国家出版基金项目
NATIONAL PUBLICATION FOUNDATION

清詩話全編

道光期一

張寅彭 編纂
張宇超 朱洪舉 點校

上海古籍出版社

圖書在版編目(CIP)數據

清詩話全編.道光期 / 張寅彭編纂;張宇超,朱洪舉點校. —上海: 上海古籍出版社, 2023.9
ISBN 978-7-5732-0829-3

Ⅰ.①清… Ⅱ.①張… ②張… ③朱… Ⅲ.①詩話—中國—清代 Ⅳ.①I207.22

中國國家版本館 CIP 數據核字(2023)第 153202 號

清詩話全編·道光期

(全十五册)

張寅彭　編纂

張宇超　朱洪舉　點校

上海古籍出版社出版發行

(上海市閔行區號景路 159 弄 1-5 號 A 座 5F　郵政編碼 201101)

(1) 網址: www.guji.com.cn

(2) E-mail: guji1@guji.com.cn

(3) 易文網網址: www.ewen.co

安徽新華印刷股份有限公司印刷

開本 850×1168　1/32　印張 234.75　插頁 76　字數 6,000,000

2023 年 9 月第 1 版　2023 年 9 月第 1 次印刷

ISBN 978-7-5732-0829-3

I·3757　定價: 2280.00 元

國家出版基金資助項目
「十四五」時期國家重點出版物出版專項規劃項目
二〇一二年國家社科基金重大項目（編號 12&ZD160）

封面題簽　集翁方綱字
責任編輯　（以姓氏筆畫爲序）
戎　默　袁嘯波　黄亞卓　常德榮
張衛香　彭　華
校對人員　王舒平　王怡瑋　沈息蘭　羅思遠　等
美術編輯　嚴克勤
技術編輯　隗婷婷

清詩話全編總目

全編序

清代詩學文獻的整理，民國初即有丁福保首輯《清詩話》，此後郭紹虞等多人迭有續輯，相繼選編了《清詩話續編》、《三編》及《訪佚初編》等，學術遺澤甚厚。今《清詩話全編》受此學澤，又得國家之力相助，寅彭遂敢承乏，以六十之年，與一班同道，賈餘勇完成此一極大之書。至於以「詩話」爲題，而盡收詩評、詩法、摘句圖、本事詩、論詩詩、點將録等各體勒爲成書之作，非僅詩話一體之專輯，此乃從何文焕《歷代詩話》以來之老例，以方便叢書之命名，固非用其體例之本義也。

有清一代文化繁盛，乾嘉學術臻于傳統學術的高峰，詩學自是其中的一部分。又由於時間距今最近，保留較歷代爲完整。據各家書目著録，幾達一千數百種之多，雖不無亡佚或有目無書，但數量仍極可觀。今《全編》遍訪海内外藏書單位，所獲將近千種，亦庶幾可謂備矣。全書編輯兼採傳統之「編年」與「分類」兩法，相輔而行：先以分類劃出内、外兩大編，内編置自撰之著，外編置彙輯之著。而内編採編年法，以順遂十帝三百年間詩學生成發展之自然之勢；外編下復分「斷代」、「地域」、「詩法」三類，俾其體例與題旨之繁複多樣稍得各愜其當。其詳可參凡例，此處不贅。

清代詩學留存下如此鉅量的文獻材料，這爲今人解讀清人之詩觀、詩法、詩情乃至詩生活，提供了在它之前任何一個朝代的詩學之於當代都未曾有過的充裕條件（應與同樣鉅量的詩人詩集合觀）。

我們可以具體地讀到，詩觀、詩法是如何集歷代之大成而又推陳出新的，詩情是如何四處溢出而導向平民化的，尤其社會日常生活是如何普泛地詩化的。總之，在經歷了唐宋詩的輝煌及元明詩的學唐後，清人在詩學、詩藝方面繼續前行的同時，更在生活方面日常地踐行着「詩言志」、「不學詩無以言」、「詩可以興觀群怨」的聖人古訓。而其前所未有的具體可感的程度，最是令人感覺新鮮。毋庸諱言，此種體認效果也是閱讀上述幾種局部選輯性質的清詩話叢書難以達成的。

清代詩學的學術屬性，余嘗援《四庫全書總目》集部詩文評類小序「五例」之概括，進而約爲詩評、詩法、詩話三大體例，及各從其體例的三種屬性，以爲非藉此不能從容把握其總量之鉅，不能認清其體例繁複之實質。

如清人詩評、詩觀集成與創新的情形，二十世紀以來學界已有比較充分的研究，歸結爲所謂「神韵」、「格調」、「性靈」、「肌理」四大說。當然現在統觀全部材料之後，還可以補充更多的内容。例如康熙時吴喬倡言、趙執信弘揚的「詩中有人」說，中經乾、嘉時發展爲「詩中有我」說，迄於道光初落實於潘德輿的「質實」說，實是足與四說的「文飾」性質平行分立的另一條詩學的主流脈絡。故余嘗謂潘德輿「質實」說乃是清人詩觀的第五說，其義切「今」，匡扶本朝詩風之功，不在四說下也。而即就四說本身言，也有了較之二十世紀學界更進一步的認識。如「格調」說旨在承舊，「性靈」說易發寫詩之興，前者温厚無偏頗，宜作初學之教科書，後者則在當年鼓蕩起一場盛大的詩潮，兩說之長皆不在詩理之新創也。惟王漁洋之「神韵」說與翁覃溪之「肌理」說，一前一後，最具論學之質，王說立足五言而盡出其妙緒，翁説著意長篇而暢通其文、理之脈，有清一代詩學之學理，端賴此兩家之實質性推動，而進於一新境界也。

昔者孟子説《春秋》云：「其事則齊桓、晉文，其文則史。孔子曰：其義則丘竊取之矣。」（《孟子·離婁》）此言何嘗不可看作是聖人在爲史著定義，即析出了事、文與義三種成分，缺一不可。此言又何嘗不可借用於清人詩學：詩中有「人」、「事」，其「文」則詩，其「義」則詩評發之也。若以上述五論分疏之，吴修齡、趙秋谷之「詩中有人」説稍重於詩中之「人」、「事」，王漁洋「神韵説」、沈歸愚「格調説」、翁覃溪「肌理説」稍重於「文」之表達，而袁隨園「性靈」、養一齋「質實」之説，則有人有文，意主融通平衡，此各家「義」之稍别也。清人詩評的此種「義」旨，如果擴大至學術全體來看，與乾嘉學者中章學誠「六經皆史」、「文史通義」，姚鼐「義理、考據、辭章」等名論，亦屬同路，是完全可以打通互參的。

再如詩法類，清人此類著作最盛，大抵一爲童蒙初學而作，一爲士子考試而作。此時古、近體詩的一般法則格式，在理論上已經基本没有新義，剩義可供探究了，所以此類著作多爲歸納、總結前人成法，用來教授初學。至於應試之作，乾隆二十二年科舉恢復試詩以後，大量直接供作參考之用的韵書、事典類書、試帖作法書等充斥市面，如徐文弼《彙纂詩法度鍼》、鄭錫瀛《分體利試詩法入門》之類，篇幅宏大，格式全備，雖也可屬廣義的詩法性質，但均係工具書，不在「詩學」的範疇之内，今皆不予收録。

詩法多須附麗於體式方可著論。吾國詩體至清代，各體雖都不乏好詩，但若就「體」而論，似只有七律與七古歌行兩體尚有一些變化發展。如七古歌行有「梅村體」，七律有袁枚的所謂「第四變」（舒位《瓶水齋詩話》）。尤其是前者，乾嘉時又有楊芳燦、陳文述等，直至清末民初樊增祥、楊圻，都被公認爲此體的大家，其成就甚是可觀。若非白話詩體代興，此體幾可直入現代矣。故清人於七古歌行一體，既有創作實績，又有詩理探討，大爲開抉了明人何大復《明月篇序》之説，其新創的成分最可引人關注。其他如古體詩探究其聲調之秘，亦是一個熱門的話題，自清初王士禛、趙執信等發其端，引來宋弼、翁方綱衆家之回應，一直持續到同、光間，還出現有董文渙的《聲調四譜圖説》等作，以爲總結。又有周春的《杜詩雙聲叠韵譜括略》，亦是聲韵研究方面的專門之著。所以「聲調譜」著作也自成詩法類中的一類，是超越了實用性而具有學理性質的題目之一。

清人説詩法表現得最爲充分的場合，乃在别集、總集的作品評説之中，往往精心選録某家、某體、某代之作，編爲選本，然後一首一首詳加分析，就詩説法，不欲徒托空言。此種選詩説法的形式雖然由來已久，不自清人始，但清人則將説辭部分大爲擴充，甚至多有徑直題爲「論」、「説」、「法」者，如徐增《説唐詩》、吴淇《六朝選詩定論》、屈復《唐詩成法》等。此類著作一般仍被視作總集、别集，如《四庫全書總目》，今亦從之。其中有選詩與説法原即分開者，如清初馬上巘《詩法火傳》分左右兩編，右編録詩，左編則採衆家之言説法辨體；王士禛《五七言古詩選》、姚鼐《今體詩鈔》，道光中方東樹以桐城文法批點之，復將批校語彙輯爲《昭昧詹言》，則《火傳》左編與《詹言》自是現成之詩法之作也。亦有將總集的可剥離部分抽出單行者，如徐增《説唐詩》卷首《與同學論詩》一篇，即曾被張潮改題《而庵詩話》，收入其《昭代叢書》。拙《三編》也曾將康熙中徐錫我《我儂説詩》的樂府、古詩、律詩三體三篇「總説」，輯爲一卷收入，蓋其説法務求詳盡，頗有可採者也。乾隆中李懷民《中晚唐詩主客圖》亦同此例，今亦抽出其卷首之《圖説》一卷入《全編》。又如紀昀《玉溪生詩説》亦爲一異例，既選一百六十餘首，儼然義山詩選本，却又爲不選之三百六十餘首逐一説明理由，則又破從來選本之例矣，亦不容不收入。故清人詩法之作往往需要逐種甄别，視其選詩數量多寡（數十首以下者多非選本）、説之輕重詳略、詩録出與否（僅列詩題者自非選本）等因素，而定其説法爲主抑或選詩爲主，非可一概而論也。總之，清人之選詩説法遠較歷代細密，遂大破「金鍼不度人」之古箴，已孕有民國現代學術的旨趣了。

又如以記事録詩爲主旨的詩話之作，其體例也在清代發生了一次躍進，即由康熙中《漁洋詩話》之以本人視聽爲中心的傳統寫法，發展爲乾隆中由《隨園詩話》爲代表的四方廣爲徵詩作話的新寫法。此種長篇詩話在乾嘉以後幾乎成爲寫作的常態，篇幅動輒在十卷以上，記録功能亦非同昔比。此是由其所處的疆域遼闊、民族衆多、生活五花八門的大國新時代使然也。蓋清詩除鐘鼎廟堂、漁樵僧道、山川草木、鳥獸魚蟲等傳統題材外，又極力著墨於較新的題材，諸如十八行省、藩部四陲，士農工商、閨閣布衣，乃至怪行醜物、洋人夷器等，鉅細靡遺，無一不能吟咏入詩，轉化成極爲可觀的當代詩學甚或社會學的史料。「詩話」作爲一種主要「通於史」（章學誠語）的詩學體例，其從北宋《六一詩話》始，至此殆可謂完成。若以現代術語名之，或可稱之爲「歷史詩學」。「此時的詩話，在平静地記録當下歷史的過程中，順帶也呈現出作者的詩學趣尚。換言之，清人詩學的理論思維，此時已是自然無痕地融入歷史記録的取捨褒貶之中了。現成的詩學原理與規則都已爛熟於詩人内心，作詩的主要趣味只在表現性情與生活，相信只要真實地表現即可自具面目而達於獨創」（《清詩話三編》拙序）。詩被生活日常化了，而與此同時生活也被詩形式化了。此種曾經存在過的詩性的生活方式，在清人詩話的記録之中，被空前絶後地、完整地呈現出來了。

詩話的史的旨趣，除了記録當代詩壇外，前人還曾嘗試運用此體彙纂一代詩史與一地詩史，如宋人托名尤袤的《全宋詩話》，係奪胎於計有功《唐詩紀事》；明人郭子章輯撰《豫章詩話》等。但宋代與明代都只此一部，尚屬偶見。斷代詩話與地域詩話都是在清人手上纔被激發出生機的，並蔚成大觀，各自形成了相當完備的系列。

以上即是清代詩學的主要内容及其特徵。其他如論詩詩之連章體亦有較大的發展，又新創「點將録」一體等，則皆可歸入詩評類。三大例要而言之，詩評、詩法自具美學的性質，詩話則偏於歷史的性質，合而爲一亦詩亦史的整體，雖是最近的形態，也正未出儒家詩學言志言情、興觀群怨的規範也。

清代距今已踰百年。二十世紀初清亡不久，陳寅恪先生即曾就治中國古代史，對現代學人提出過一個「應具瞭解之同情」的要求。余以爲這是一個高懸於其他任何治學方法之上的原則，當然也不妨視之爲底線。陳先生並進而指出：

蓋古人著書立説，皆有所爲而發。故其所處之環境，所受之背景，非完全明瞭，則其學説不易評論，而古代哲學家去今數千年，其時代之真相，極難推知。吾人今日可依據之材料，僅爲當時所遺存最小之一部，欲藉此殘餘斷片，以窺測其全部結構，必須備藝術家欣賞古代繪畫雕刻之眼光及精神，然後古人立説之用意與對象，始可以真瞭解。所謂真瞭解者，必神遊冥想，與立説之古人，處於同一境界，而對於其持論所以不得不如是之苦心孤詣，表一種之同情，始能批評其學説之是非得失，而無隔閡膚廓之論。否則數千年前之陳言舊説，與今日之情勢迥殊，何一不可以可笑可怪目之乎？（《金明館叢稿二編·馮友蘭中國哲學史上册審查報告》）

陳先生此言寫於民國二十年，針對一部學術著作，自是一個學術的立場。但是否也是對於剛過去的「五四」運動中的反孔之舉，作出的一個極早、極敏鋭的反思呢？

在走完了敵視祖宗文化的幾乎整個二十世紀之後，刻下回味陳先生此言，纔驀然驚覺其言之善。二十一世紀中華文化的復興之業，不得不需要從接續上世紀被鑿出的文化斷層開始，不得不需要從頭再培養起此種「瞭解之同情」的正常心態。余與同仁此番編輯《清詩話全編》，不避瑣屑而務求其「全」，即秉持此種同情之心態，欲爲古人續命也。蓋清後之百年，或罪其以少數族入主中土，或罪其挫於中、西交涉之際，更有罪其爲「封建專制」而全盤抹煞者，影響流傳所及，已全然不知康、乾盛世之得中華文化之正，即如詩話也幾成絶學了。在此謹冀望《全編》的出版，能够促進清詩的整理、閱讀、研究之業，推動評定其作爲繼唐詩、宋詩之後第三個高峰（汪辟疆語）的歷史位置。詩與文，本是最能代表中華文化的權威兩體，其中如唐詩的價值，乃是在宋人手上評定的；宋詩的價值，更在歷經元、明兩代，在清人手上纔得以評定，其獲定評都費去了數百年的漫長時間。如此則清詩距今尚不算遥遠，又有汪辟疆、錢仲聯、錢鍾書等前輩學者開導在先，正是今後大可用武之地，吾儕豈能不努力乎。

這一套大叢書的編輯，余雖忝列首席，實賴同道團隊之合作：內編順治、康熙、雍正三期之點校由楊君担任，乾隆期由劉奕担任，嘉慶期由姚蓉担任，道光期由朱洪舉、張宇超担任，咸豐、同治期由鄭幸担任，光緒、宣統期由王培軍担任；外編斷代類由鄔國平担任，地域類由蔡錦芳担任，詩法類由嚴明担任。此外如李德强、李清華、竇瑞敏、郭星明、楊曦等同學，亦曾先後參與其間。付梓階段，又與上海古籍出版社奚彤雲、劉賽、戎默等往復切磋，郭時羽亦參與了前期的工作，書名題簽由虞桑玲集翁方綱字而成。十數年中我們相會同行於清人詩話之字裏行間，甘苦與共，炎凉同嘗，有得於學術之餘，亦可謂不負歲月人生也。

張寅彭識於丁酉臘月

全編凡例

一、清人説詩風氣繁盛，各家書目、各級地志著録的詩評、詩法、詩話類著作，不下一千數百種，惟有目無書及散佚者不在少數。今借國家之力，得以遍訪海内外藏書單位，所收亦有近千種之鉅，雖仍不免掛漏，亦可云備矣。

一、「詩話」本是傳統詩學諸種體例中的一種，其他尚有詩評、詩格詩式、摘句圖、論詩詩、選本等，至清人又新創一「點將録」體，不一而足。然明清人編叢書，好泛用「詩話」之名，以概其餘，後遂相沿成習。清人詩學叢書，前即已用此名，輯有《清詩話》、《續編》、《三編》等。今《全編》亦從此例，而非用「詩話」之本義也。

一、所收各書，自以成於有清一代爲限。人入清而其書成於前明者，如錢謙益《讀杜小箋》有崇禎六年序，盧世㴶《讀杜私言》、馮舒《詩紀匡謬》有崇禎間刊本，方以智《通雅説詩》末有崇禎壬午之署年，張次仲《瀾堂夕話》，《昭代叢書》本楊復吉跋謂乃其少作，皆未入清，則錢、盧、馮、方、張人雖入清，而書仍不收。又清人入民國者，其作於民國之詩話，自亦不宜闌入，以清兩朝之時限。

一、全書編輯兼採「編年」與「分類」兩法。首據「自撰」與「彙輯」之不同，分爲内編、外編兩大類。内編自撰之著，按順治、康熙、雍正、乾隆、嘉慶、道光、咸豐、同治、光緒、宣統十朝之時序排列，俾三百年之進程得以次第呈現之。外編彙輯之著，則按題旨内容分爲斷代、地域與詩法三類，其下又各分小類若干，較内編多一層次。此是全書之體例框架也。

一、内編各期按十帝次第劃分命名，稱「期」不稱「朝」者，以所輯非史著也。各期内之排列，略按成書之先後，如毛先舒《詩辯坻》成書於順治九年，即列於順治初；葉之溶《小石林文外》有乾隆元年張雲錦序，林昌彝《射鷹樓詩話》有咸豐元年家刻本及温訓序，即據以分别列爲乾隆、咸豐朝之首。又如阮元《定香亭筆談》成於嘉慶三年戊午，轉較趙翼《甌北詩話》之成於嘉慶九年前後爲早，則阮元歲齒雖較趙翼晚三十餘年，其書仍得置趙書前。如此排列，可復當年諸書次第面世、讀者先後接閲之實情，亦即叢書以「書」爲第一輯旨之謂也。

一、成書、刊刻年份無考者，則據撰者生卒年、科第先後等酌定。如宋顧樂壽短，逝於雍正元年，其《夢曉樓隨筆記》未明寫作時間，即置为康熙朝殿軍。馬魯，乾隆二十五年舉人，其《南苑一知集》有論詩二卷，未知作於何年，即按其科名年份置於乾隆二三十年間。成書於同一年者，亦據撰者生平先後排列。一無可據者，則列於相應各期乃至全書之末。

一、一人有一種以上著作者，按最早之一種排列，其餘接排於其下，不復按時序，俾便睹其著述之全。如周春（一七二九——一八一五）享壽長，其《杜詩雙聲疊韵譜括略》作於乾隆二十年至四十六年，《耄餘詩話》作於八十一歲之嘉慶十四年，即據前一種置於乾隆期，不復分置兩期。然若或自撰或彙輯，則不能不分隸内、外編矣。仍以周春爲例，其《遼詩話》一種屬彙輯而非自撰，即另入外編之「斷代類」。他皆倣此。

一、乾隆後長篇詩話頗有續作者，按初集時間排列，續、後集次第接列。如王偁《歷下偶談》十卷《續編》十卷，即據前編道光七年自序排列。然初、續集復由撰者董理爲一書者，則依此全帙完成之時間排列。如凌霄《快園詩話》十六卷，前八卷先成，有嘉慶刻本；後八卷入道光作，即據十六卷全本列於道光期。又如謝堃《春草堂詩話》十六卷，前八卷先成於道光十年、十一年之際，有揚州書局刻本，後八卷成於道光十四年後，復合前八卷爲一書刊行，今即據十六卷成本書之時間排列。

一、彙輯之著偶有内容不盡合於上述外編三大類者，如徐釚輯《本事詩》屬徵事性質，張宗柟輯《帶經堂詩話》屬專家性質，石林鳳輯《閨閣詩話》屬閨秀性質等，其數量尚不足以別成一類。又有王毓芝《詩剩》、張道《蘇亭詩話》、鍾秀《陶靖節紀事詩品》之類，半屬彙輯半屬自撰。凡此皆不再另立類目，以避枝蔓，而改入内編相應各期，非自亂體例也。

一、清人説詩好操選政，遂與別集、總集無分。如徐增《説唐詩》、吴喬《西崑發微》等，《四庫全書總目》概不入詩（文）評類。本叢書亦略倣此，如吴瞻泰《杜詩提要》、屈復《唐詩成法》、吴淇《六朝選詩定論》等，雖各有主旨，今皆視同選本，不予收録。惟此類著述之可單獨抽離部分，如徐增《説唐詩》卷首之《與同學論詩》一卷，李懷民《重訂中晚唐詩主客圖》卷首之《圖説》一卷等，前者即曾被張潮改題《而庵詩話》，收入其《昭代叢書》，則後者亦不妨抽出，收入《全編》。又如紀昀《玉溪生詩説》既選一百六十餘首，儼然義山詩選本，却又爲不選之三百六十餘首逐一説明理由，則又破從來選本之例矣，亦不容不收入。故此種界劃需要隨書逐一審慎甄别，非可一概而論。

一、科舉試詩，肇自唐代，宋後式微，至清代復盛。清初毛奇齡輯《唐人試帖》，「試帖詩」一名遂沿用開來。其體代人立言，進身實用，承題限韻，格本難高。然以講究相題、用韻、刻劃等規則，識字辨韻，其藝與律體間亦互通。紀昀等之試律選本居間講疏，而梁章鉅《試律叢話》、楊秉杷《應體詩話》等專門之「試帖詩話」，亦應運而生矣。此則前代詩話所無也。

一、説《三百篇》者例屬經部，自在不收之列。偶有稍近詩話旨趣者，如王夫之《詩譯》、勞孝輿《春秋詩話》等，前人已收入詩話叢書，今亦酌予採録。

一、版本必據最善者。其「善」有二義，即最接近於原貌者與最全者。前者如王士禛《詩問》取康熙刻本，方薰《山静居詩話》取管庭芬《花近樓叢書》本；後者如蘇一圻《詩法問津》取乾隆壬午静遠堂刻本，嚴首昇《瀨園集》「三十四年十五刻」，集中之《詩話》三續之，即取其最終所續之全本。惟每種擇一本收入，不作彙校之工作。

一、一種之稿本、鈔本、刻本並存，亦就其善者擇一本收入，如《鳬亭詩話》、《梧門詩話》取定稿本捨鈔本，《養一齋詩話》取刻本捨稿本等，亦不作彙校之工作。然若刻本與稿本差異較大而各著影響，則一併收入。如吴喬之《逃禪詩話》、《與萬季野書》與《圍爐詩話》三種併收，田雯之《山薑詩話》與《古歡堂雜著詩話》兩種併收等。此亦庶幾「全」之謂也。又有原刻本與改訂本形成差異，其異稍大者亦併録，如《西河詩話》之八卷本與一卷本等；改訂轉不如原撰者，則取一捨一，不併録，如順治間葉弘勳《詩法初津》與乾隆間錢思敏《增訂詩法》，錢氏雖云增訂，實僅减損而已，故不復收録。而併録與否，又嚴於乾隆以後，乾隆以前則稍寬。

一、清人詩話稿本、鈔本保存至今者甚夥，自當一一辨析整理而寶重之。然亦頗有率爾抄撮、不成著述者。如上海圖書館藏佚名鈔本《詩話》一卷，乃摘抄袁枚《隨園詩話》若干則而成；南京圖書館藏鈔本《槐堂詩話》一卷，乃摘抄宋長白《柳亭詩話》若干則；復旦大學圖書館藏《涵暉書屋詩話》一卷，乃摘抄《堅瓠志》若干則。諸如此類，略無價值，一般皆予删汰，以免蕪雜。其抄撮成帙、稍有輯旨者，如方起英《古今詩麈》等，則酌予收録。凡條删者擬倣《四庫總目》「存目」之例，容於稍後之《清詩話總目》中著録之。存其目而不録其文，或爲兩宜。此則非《全編》之不「全」也。

一、整理以存舊爲上。書名、序跋題辭、撰人署名款式、卷次、分則等，皆從原版式；引詩、引文文字與今傳本有異者，一般不予校改。蓋求整理本之忠實程度，達於「下影印一等」之水準。其他如古今字、異體字、避諱字等酌情改爲通行字，俗字歸雅，闕字用□標識；少數顯誤之字，或逕改，或據別本及相關文獻校改，並出簡明校記。

一、叢書名「清詩話全編」五字，乃集翁方綱法書。翁先生一代書法大家，又兼詩學大家，足膺此任。

一、各種前弁以提要，略述撰者生平、所據版本、成書始末等。撰人入《清史稿》者則予著明，以示身份。版本述其刊刻流傳有關者，不復一一羅列，以與書目相區別。每種又務求闡明其詩學旨趣及體例特徵，疏通其與前後上下各家之相互發明者，此乃提要之「要」義所在，故雖限於學識，而不能不著力於此也。文字用淺近文言，半文不白，期以銜接古今。此在白話通行百年後之古籍整理場域，勢或不得不然：純用文言不通於今，純用白話不通於古，不古不今，豈稍得「中」之謂乎。

道光期目次

第一册

第二册

第三册

第四册

第五册

第六册

第九册

第十册

第十一册

第十四册

第十五册

第一册目次

讀漁洋詩隨筆

讀漁洋詩隨筆提要

《讀漁洋詩隨筆》二卷，據道光間刊本點校。撰者梁章鉅（一七七五—一八四九）字閎中，又字茝林，號退庵，福建長樂人。嘉慶七年進士，歷官至江蘇等省按察、巡撫，兼署兩江總督。著述甚富，有《藤花吟館詩鈔》等數十種。按此本無刊行年月，孫殿起《販書偶記續編》謂約刻於嘉慶間，梁氏從翁方綱問詩，在嘉慶二十年至二十二年（《退庵自訂年譜》），《販書偶記續編》或即據以推論。而梁氏本人於《退庵隨筆》中提及《讀漁洋詩隨筆》「近已付梓人」。《退庵隨筆》刻於道光十六七年，則此書之刊行，當已入道光。書中記其師紀昀、翁方綱二家評漁洋詩之語，多得自親炙，選存亦精，所謂紀「平允」而翁「精嚴」也。書中另採録沈炳垣（曉滄）等多家評漁洋語，而終以梁氏自評爲主。全書大抵按漁洋《精華録》之序，逐首與評，近二百題二百餘首，約詳於《漁洋集》、《續集》等中年以前之作，至《南海集》、《蠶尾集》等則寥寥矣，《雍益集》、《蠶尾續集》等僅獲評一二首而已。蓋梁氏以爲漁洋平生刻意之作全在前二集，故有此重輕之别。其評具體切實，不務高談，於二師之説採翁稍多，而其識實近於紀。學清詩者當從漁洋入手，則梁氏此評可與《精華録》惠棟、金榮兩家注相輔而行也。

讀漁洋詩隨筆卷上

長樂梁章鉅撰

余嘗問詩於文達紀師、蘇齋翁師之門，二師皆令熟讀王漁洋詩，而議論風旨微有不同：文達師之論平而允，蘇齋師之論精而嚴。要皆於漁洋有深契，而不惜以金針度人者也。今謹就所聞緒論，參以他家之説，略爲編次，俾讀漁洋詩者有所折衷焉。

文達師曰：漁洋談詩，大抵源出嚴羽，以神韵爲宗。其在揚州作《論詩絶句》三十五首，前三十三首皆品藻古人，末二首爲漁洋自述。其曰：「曾聽巴渝里社詞，三閭哀怨此中遺。詩情合在空舲峽，冷雁哀猿和《竹枝》。」平生大指，具在是矣。當康熙中，其聲望奔走天下，惟吴修齡竊目爲「清秀李于鱗」，語見趙秋谷《談龍録》。汪堯峰亦戒人勿效其喜用僻事新字，語見漁洋自作《居易録》。《談龍録》詆排尤甚。平心而論，我朝開國之初，人皆厭明代王、李之膚廓，鍾、譚之纖仄，於是談詩者競尚宋、元。既而宋詩質直，流爲有韵之語録；元詩艷縟，流爲對句之小詞。於是先生以清新俊逸之才，範水模山，批風抹月，倡天下以「不著一字，盡得風流」之説，天下遂翕然應之。然所稱者盛唐，而古體惟宗王、孟，上及於謝朓而止；較以《十九首》之驚心動魄，一字千金，則有天工人巧之分矣。近體多近錢、郎，上及乎李頎而止；律以杜老之忠厚纏綿、沈鬱頓挫，則有浮聲切響之異矣。故國朝之有漁洋，亦如宋有眉山、元有道園、明有青丘。而尊之者必躋諸古人之上，激而反脣，異論遂漸生焉。此傳其説者之過，非漁洋之過也。今其詩具存，其造詣淺深，可以覆按，一切黨同伐異之見，置之不議可矣。

文達師《灤陽消夏録》載益都李詞畹記趙秋谷與木魅談詩事。有客竊聽魅謂：「漁洋山人詩如名山勝水，奇樹幽花，而無寸土藝五穀；如雕欄曲榭，池館宜人，而無寢室庇風雨；如彝鼎罍洗，斑斕滿几，而無釜甑供炊爨；如纂組錦繡，巧出仙機，而無裘葛禦寒暑；如舞衣歌扇，十二金釵，而無主婦司中饋；如梁園金谷，雅客滿堂，而無良友進規諫。」秋谷極爲擊節。又謂：「明季庸音雜奏，故漁洋救之以清新；近人浮響日增，故先生救之以刻露。勢本相因，理無偏勝。竊意二家宗派當調停相濟，合則雙美，離則兩傷。」秋谷頗不平之云。謹按：此論漁洋詩恰得分際，當即是詞畹之託辭，或吾師又從而潤色之，非山中木客果解如此也。

蘇齋師曰：國朝詩家，漁洋先生爲之冠。先生嘗自言：「李、杜、韓、蘇，則不敢及；若放翁、遺山之間，或庶幾耳。」此固先生謙詞，然其詣到妙處，實有與放翁、遺山争勝者；豈惟争勝，亦尚有放翁、遺山所未至而先生獨至者，此以詩品言也。若以導後學論，則放翁、遺山，後賢所當效之；而先生詩，則恐後賢未可胥效之。既後賢未可胥效之，而必首舉先生詩以示後學者，何也？曰：風行水上，請看自成文處；箭在括間，試來共聽絃聲。

又曰：昔之推漁洋者太過，而今之譏漁洋者太甚。二者相權，則無寧過推之耳。漁洋於五言言陶、謝，言韋、柳，而於七言乃言《史》、《漢》。昔東坡亦教人熟讀《三百篇》及楚《騷》耳。然則由漁洋之精詣，可以理性情，可以窮經史，此正是讀書汲古之藴味。而所謂「不涉理路，不落言詮」者，乃專對貌爲唐賢者言之耳。謹按：漁洋先生答郎梅谿問，言司空表聖「不著一字，盡得風流」，此性情之説也；揚子雲「讀千賦則能賦」，此學問之説也。二者相輔而行，不可偏廢。若無性情而侈言學問，則有譏點鬼簿、獺祭魚者矣。學力深始能見性情，此破的之論。然則先生固先有持平之論矣。

又曰：評漁洋詩者，有祧唐祖宋之説，固非；即謂其專主唐音者，亦有所未盡也。謂先生師韋、柳者，似矣；顧何以選《三昧集》而轉遺韋、柳乎？又謂具體右丞者，似矣；顧何以鈔五言詩又不及右丞乎？或又曰讀先生詩當熟《史記》、《漢書》，故以惠氏、金氏、徐氏諸箋説援據極博，而尚有補注者。然且又舉司空表聖、嚴滄浪言詩之旨歸於妙悟，則又若不假注釋者。此皆仁知各見，吾惡乎執一處以求之。

趙秋谷《談龍録》攻擊漁洋，出於忿悁之私，不無過激。然其大旨謂「詩中當有人在」，其譏漁洋《祭告南海留別》詩「盧溝河上望，落日風塵昏。萬里自兹始，孤懷誰與論」爲類羈臣遷客之詞，則實切中漁洋之病。文達師曰：神韻之説，不善學者往往易流於浮響。施愚山「華嚴樓閣」之喻，汪堯峰「西川錦匠」之戒，漁洋亦嘗自記之；則秋谷所談，未始非預防流弊之篤論也。

秋谷雖排擊漁洋，而其實未嘗不心折。《談龍録》云：「或問於余曰：『阮翁其大家乎？』曰：『然。』『孰匹之？』余曰：『其朱竹垞乎！王才美於朱，而學足以濟之；朱學博於王，而才足以舉之。是真敵國矣。他人高自位置，强顏耳。』」又云：「嘗與天章、昉思論阮翁，可謂言語妙天下者也。憶敖陶孫之目陳思王云：『如三河少年，風流自賞。』請移諸阮翁。」此皆推服漁洋之至，亦是非之公，不可掩爾。

蘇齋師曰：《談龍録》所云「朱貪多，王愛好」者，近日學人往往沿習作語資，誤也。彼自腹儉耳，朱何嘗貪多；彼自不要好耳，王何嘗愛好哉。

漁洋山人初編少作爲《落牋堂詩》，後又刻順治丙申至辛丑所作爲《阮亭詩》，復有《過江》、《入吴》、《白門》前後諸集。後又删併諸作，定爲《漁洋前集》，始順治丙申，終康熙己酉，凡十四年之詩。是集出而少作諸集悉微，故今不甚傳。至康熙甲子，又裒其辛亥至癸亥之詩十六卷，爲《漁洋續集》。此外又有《蠶尾集》，則康熙甲子祭告南海，阻雪東平，望小洞庭中蠶尾山，悦其清遠，因取以名其山房，並以名集。又别録途次往還之作爲《南海集》。又有《雍益集》，則康熙丙子祭告西嶽、西鎮、江瀆途中所作。其《蠶尾續集》，則乙亥迄甲申之作。惟中無丙子年詩者，以别爲《雍益集》之故耳。至乙西歸里之後，有《古夫于亭稿》。又有《蠶尾後集》，則所作五七言，絶句居十之九矣。綜而論之，《漁洋前集》刻於権關時，《續集》刻於官詹事時。其時年華鼎盛，方與天下作者角藝矜名，故平生刻意之作全在二集。迨後再使秦、蜀，往返萬里，得詩纔百餘篇已。自言無復當年蜀道、南海豪放之格。又嘗自言老耽禪寂，遇事短吟，略仿西竺氏偈頌，不應更作文字觀。又《蠶尾續集・自序》謂時方删定洪容齋《萬首絶句》，因效爲之。蓋暮年精力漸衰，不耐爲長篇巨製。雖名手亦然，不必爲之諱也。

今海内讀漁洋詩，皆以《精華録》爲家絃户誦之本，此係先生所手定，而屬其門人林吉人以精楷付梓者。余嘗得先生手札真蹟二十餘紙，皆與吉人往復商榷之語。其中一章之去留、片詞之點竄，無不稱量而出之。乃知其子啓汧跋語稱門人曹禾、盛符升仿任淵《山谷精華録》之例，蓋託詞也。

康熙中，邵長蘅選先生及宋牧仲中丞詩爲《王宋二家集》。時論頗以獻媚大吏爲疑，秋谷因此不平。後先生有寄宋詩云：「尚書北闕霜侵鬢，開府江南雪滿頭。當日朱顔兩年少，王揚州與宋黄州。」蓋言兩人少爲卑官，即已齊名，不自長蘅合刻始也。

漁洋擬古樂府諸篇病在太似，查初白譏其紙上不見有一字，仿之何益，非苛論也。惟《精華録》開卷第一篇《飲酒》云：「對酒歌慨慷，自我屬有生，共得睹太平。皇帝陛下惟樂康，宫府治，丞相無私人。諸諫官彈射奸慝，咸有直聲。自中丞刺史良二千石，各各有廉名。曰南交趾，皆我郡縣；蠻夷君長，以時稽首殿廷。屬國具爲令，文笥生翠來玉京。幸太學，三老而五更。遂賜民爵一級，存問長老，遣都吏循行。大酺十日除宫刑。美人曼壽，百室豐盈。」此先生故作是篇以壓卷，非先生本色詩也。乃獨有議此篇爲失樂府之體者，是不知樂府者之言也。凡先生所擬古樂府，皆不及此篇有自運之神理耳。

王霖蒼應鯨《群書廣注》云：「《精華録·慕容垂歌》云：『燕燕尾涎涎。』惠氏《訓纂》、金氏《箋注》並刊作『涎涎』。今按《漢書·五行志》、《飛燕傳》，皆本作『涎涎』。顔師古注：『涎，陡見反。』其謡之下文云：『張公子，時相見。』則『燕』、『涎』、『見』三字共一韵。二家注俱刊作『涎沫』之『涎』，屬平聲字，誤矣。又卷四《海燕樓》詩『涎涎會相見』，二家之誤並同，俱依本史作『涎』爲是。」

王霖蒼又曰：「『三原隔五嵕』，『五』字誤也。《晉書·載記》、温公《通鑑》、朱子《綱目》晉孝武太元五年，此事皆作『三原』、『九嵕』。《前漢志》：『九嵕山在左馮翊谷口縣西。』《隋》、《唐志》：『九嵕山在京兆醴泉縣。』《一統志》：『九嵕山在西安府醴泉縣西北六十里。』並無所謂『五嵕』也。『五』爲『九』字之誤，猶上文『涎涎』爲『涏涏』之誤耳。《訓纂》謂『五嵕未詳』，是不敢斷其爲誤矣。」按《精華録》注引《晉書・載記》作「九」，不誤。則正文或誤用，或誤寫，無可疑矣。

沈曉滄炳垣曰：《擬美女篇》後半云：「容華誠自惜，貴盛寧易詳。洛水正微波，明瀾一何長。川路西南永，扁舟不可方。寄語盛年子，顧義慎自防。」數語即「南有喬木」詩意，發情止義，風人之旨，最爲得體。若《擬白馬篇》，則純是鋪排耳。

《醴泉謁誌公像觀唐碑》句云：「磨滅開元碑，蟲鳥紛難譯。」按顧亭林《金石文字記》：「《誌公碑》，行書。」則何至如蟲鳥之難譯乎！此與《焦山古鼎》詩所云「世次迷夏殷」者同一用字浮泛，亦隨手失檢也。

《自石橋尋黛溪遂至摩訶峰下》云：「日落山氣涼，清流自迴轉。窮源不知勞，漸忘溪路遠。幽石各奔峭，修樹亦婉孌。遥睇徑難測，迴矚途屢變。寂歷衆山響，蕭條晚風善。微徑暮樵出，懸厓歸鳥見。須臾夕霏收，殘陽四山徧。新月忽清揚，餘霞自舒卷。稍覺葛衣輕，幸藉孤笻健。平生邱壑人，兹言庶能踐。」此詩追摹謝客而能化《選》體方板之習。惟「須臾」二句與起語微犯，雖《選》體不忌，然節去似更佳。

《醴泉寺高閣瞻眺有懷范文正公》云：「風雨湖上來，蕭條灑飛閣。殷雷起眉際，極目窮寥廓。遥天壓烟水，空濛氣磅礴。大澤盤蛟龍，斜風偃雕鶚。却眺鴻濛中，日光遠迴錯。草木暗四山，急淙鳴萬壑。悵然思古人，大雅何時作？」全詩鋪排瞻眺，極有精采，惟懷范意祇於末聯輕帶一筆。夫既懷范文正公，自不應以尋常憑弔之虛詞相混也。如此結語，不太通套乎！此下《書堂》一首，亦自有書堂應説之語，乃亦以寫景空語了之，與此詩正同一不切也。《漁洋詩話》云：「鄒平長白山醴泉寺，即范文正公畫粥處。張鯤詩：『山護埋金窟，泉通畫粥廚。傳燈衣鉢在，曾伴老龍圖。』」按先生極賞張詩之工，而自爲詩偏不及此，意豈所謂「不著一字，盡得風流」者乎？韋公《同德寺》詩「川上風雨來，須臾滿城闕」，是此詩起語來歷。

《復雨》云：「花枝濛濛日將暮，颯颯涼飈起庭樹。雨脚射地晝陰晦，急溜鳴簷不知數。連年左輔嗟大無，有蜚多麋仍屢書。良民重累背鄉縣，奸民攻剽成萑苻。天南干戈未休息，男罷農耕女廢織。長沙江中多戰船，祝融峰頭尚兵革。羽書日日下山東，秸稈轉輸動千億。苦竹黄楓猿晝啼，舟子征人少顔色。掘冢鑄幣既不能，展轉呼天猶力穡。今年稍稍宜雨暘，黍稷撲撲稻葉長。長官鞭朴那敢避，努力公家輸酒漿。」通首沈著蒼涼，自是此題合作。惟「掘冢鑄幣」句不可爲訓，或改「不能」爲「不敢」，與下句更覺貫注。起處「濛濛」、「颯颯」，結處「稍稍」、「撲撲」，皆兩句連用叠字，亦微瑕也。「撲撲」字前人少用，或是「撲地」之譌。

《和窟室畫松歌》：「江南吴生昔爲此，一一下筆皆龍形。」《漁洋山人集》此下有「畢宏韋偃去已遠，妙筆於今誰弟兄？吴生作此良已苦，徂徠銅鞮互變更」四句。蘇齋師以爲不宜節去。沈曉滄曰：

「山人自注，以《黄門畫松歌》頗極奇偉，故和作亦著意爲之。然『顛毛亂指舌上撟』句，未免太甚。」「左右騰跳飛鼯鼪」，「跳」字平聲，此似誤作仄用。

《蠡勺亭觀海》一首，壯浪恣肆，全學太白。詩云：「登高丘而望遠海，坐見萬里之波濤。長天寥廓雲景異，春陰偃蹇魚龍高。怒潮乘風立千丈，虎蛟水兕紛騰逃。群靈潛結萬蜃氣，一痕未没三山椒。須臾勢盡潮亦止，波淡天清静如綺。菱苔沈緑紛塘坳，螺蚌摇光散沙汭。參差島嶼羅殊域，紛如星宿秋天裏。擊我劍，聽君歌。有酒不飲當奈何。日主祠前水蕭瑟，仙人臺上雲嵯峨。羡門高誓不可見，秦皇漢武空經過。祇今指顧傷懷抱，黄腄㡉鉼盡荒草。人生快意無幾時，明鏡朱顔豈長好。吾將避世女姑山，不然垂釣蜉蝣島。」此膾炙人口之作。然合全詩細按之，則尚是空架局，祇得太白皮毛耳。正自歌，忽云「君歌」，纔説求仙無蹤影，又要「避世」要「垂釣」，又只爲人生易老。此等激昂感喟，皆令人摸頭不着。

《周文矩説劍圖》詩題下自注云：「後有董宗伯書《説劍篇》。」此詩第七句「君王隱逸各有態」，即用董跋語也。入手倣杜，有氣勢。中惟「使筆如劍劍氣出，此公無乃能鐵兵」二語爲一篇之警策，宜評者與杜老之「一洗萬古凡馬空」、坡老之「筆所未到氣已吞」相提並論也。「雲間墨妙」以下，帶寫董宗伯書筆，則未免近弱而涉蕪耳。「晉有衛協吴曹興」，以曹不興爲「曹興」，可乎？後《彭澤雨泊》云「三歎顔延誄」，以顔延之爲「顔延」，與此同。似皆前無所據。

《阮亭秋霽有懷西山寄徐五》云：「孤亭新霽後，藤竹夜涼生。忽憶西峰寺，曾經采藥行。夕陽雲木秀，秋雨石泉清。不見烟霞侣，相思空復情。」神韻自然，似《英靈集》中合作。

文達師曰：《冬日偶然作》四首，其源出太沖。然意有所指，殆非泛然詠史。

《和西樵蠡勺亭觀海》起句云：「春浪護魚龍，驚濤與漢通。石華秋散雪，海扇夜乘風。」或嫌「春」與「秋」字妨，「浪」與「濤」字複，則以試帖之見繩之耳。

《秋柳四首》云：「秋來何處最銷魂，殘照西風白下門。他日差池春燕影，衹今憔悴晚烟痕。愁生陌上《黄驄曲》，夢遠江南烏夜村。莫聽臨風三弄笛，玉關哀怨總難論。」「娟娟涼露欲爲霜，萬縷千條拂玉塘。浦裏青荷中婦鏡，江干黄竹女兒箱。空憐板渚隋堤水，不見瑯琊大道王。若過洛陽風景地，含情重問永豐坊。」「東風作絮糝春衣，太息蕭條景物非。扶荔宫中花事盡，靈和殿裏昔人稀。相逢南雁皆愁侣，好語西烏莫夜飛。往日風流問枚叔，梁園回首素心違。」「桃根桃葉鎮相憐，眺盡平蕪欲化烟。秋色向人猶旖旎，春閨曾與致纏綿。新愁帝子悲今日，舊事公孫憶往年。記否青門珠絡鼓，松枝相映夕陽邊。」詳味此詩，集於明湖而慨白下，別有寄託，非舍近就遠也。其大意爲南都而作，人皆知之。惟詞旨惝恍迷離，但當以風格神韻取之。陳伯璣允衡所謂「初寫《黄庭》，恰到好處」者，自是定評。見《分甘餘話》。若必字字按以時事，處處律以章法，則殊多不合。如以「《黄驄曲》」爲思孝陵，「烏夜村」爲悲福邸，「板渚」、「瑯琊」爲懷汴京，「桃根」、「桃葉」爲譏選妓，「新愁帝子」爲傷太子，「舊事公孫」爲悼永明；而「南雁」、「西烏」二句，語意尤爲淒婉，在當時豈無所指？然以意逆志，亦都在離合之間，必求其人以實之，則鑿矣。

蘇齋師曰：或議「浦裏青荷」、「江干黄竹」二語爲不切，然此是即當下景物托襯，此及下聯皆用樂府作格韵，是先生擅場。即如下聯，「瑯琊」尚涉柳事，而「大道王」則毫無所取，故先生必自注云：「借用樂府語。」然有此句之借用，正足配上聯「中婦鏡」、「女兒箱」之神理，則正不必以「不切」議之矣。又曰：分别觀之，前三首自成格韵；後一首竟是湊成，不但「桃根」、「桃葉」之太離也，「秋色向人」、「春閨曾與」，「與」字豈可對「人」字？律體似不宜如此。「悲今日」、「憶往年」亦是隨手用之。末聯又用樂府語，料别無深意，果能包裹上文乎。

題下原有先生自序云：「昔江南王子，感落葉以興悲；金城司馬，攀長條而隕涕。僕本恨人，性多感慨。寄情楊柳，同《小雅》之僕夫；致託悲秋，望湘皋之遠者。偶成四什，以示同人，爲我和之。丁酉秋日北渚亭書。」今刻《精華録》者遺之，注《精華録》者又只載《菜根堂詩集序》數語。

偶閲東萊李瀛客兆元《秋柳詩箋》，鈎深索隱，雖未必盡合漁洋本旨，而旁引曲證，要可謂之善説詩者。昔人謂《秋柳》詩乃先生少年英雄欺人語。爲所欺者强爲注釋，究之不切秋，並不切柳，其佳處正在不切」云云，此則真欺人語耳。惜箋辭繁而不殺，因隱括其意，附録於左，以便觀者。第一首弔明亡而追憶開國時事也。「白下門」三字，點明其地；「殘照西風」，已隱寫一亡國景象。三句「春燕」，用建文中童謡「莫逐燕，逐燕日高飛」語，以「燕」指燕王也；「差池」云者，見已經一番變革矣，今指福王，言亡國之慘更甚於靖難之日。第五句以唐太宗比明太祖，追憶創業之艱，而傷後人不能繼也。《樂府雜録》：《黄驄曲》，唐太宗定中原時所乘戰馬，後馬斃命，撰此曲。第六句追憶開國時母后之德，而傷後代無嗣音也。烏夜村爲晉穆帝后所居，徐注引《輿志》云。明之創業，馬后佐助爲多。厥後鄭貴妃、李選侍幾危宗社。福王係鄭妃之孫，原與熹宗、莊烈相水火者，故復用逆璫之黨，重興復社之獄，自底滅亡，實自鄭妃階之厲耳。桓伊吹笛，係金陵舊事，其地名邀笛步，言外有風景不殊之感。「玉關哀怨」，則以春光之不度比明社之難復，真覺黯然魂銷矣。第二首爲福王作。首句虚寫一南都將亡之象。次句比福王之不能自振。三四句指馬、阮輩，嘆輔佐之非其人也。蓮爲君子花，而但餘「青荷」，有群小得位，君子消亡之意；「中婦鏡」，刺其昏暗，不能補益君德。竹應有勁節，而無如「黄」竹只供「女兒箱」之用，譏其聲色逢君也。「隋堤水」，直以福王比煬帝。桓宣武爲瑯琊内史，與「大道王」無涉，雖自注云「借用」，亦太不倫。按《晉書》，瑯琊王睿生於洛陽，南渡後爲晉中興之主；福王亦生於洛陽，立於南都，與瑯琊其始相類，其終大不相侔。則知先生所謂「借用」者，雖因宣武而借用樂府語，實因樂府語而用晉瑯琊以例福王也。且晉五王渡江，而瑯琊中興；明季亦有五王，而無一中興者。如此看來，不但本聯中「空憐」、「不見」二字寄慨遥深，詞意貫注，且與下「洛陽」云云，尤爲一線。末二句用找補法，言南都已不堪回首，誰復更問洛陽始封之地乎！「若」字當作「誰」字解。「永豐坊」用洛陽舊事，乃節取移植禁中之意，比福王以藩邸播遷，驟膺大寶耳。第三首爲南都諸遺老作。三四句承「景物非」説，下「南雁」正指遺老諸公。「西烏」用沈攸之事，沈爲荆州刺史，以蕭道成篡位，聲罪致討，兵潰而亡。《西烏夜飛》者，其東下時所作曲也。大意謂國家代明復讎，闖、獻餘孽已盡，不必效沈攸之妄興恢復，自取敗亡也。第四首專爲福王故妃童氏作。按《明紀補注》，童氏，周府宮人。逃亂至尉氏縣，依福王於旅邸，生一子，已六歲。福王南奔，各不相顧。及即位，陳潛夫奏妃尚在，不召。後自詣宮，不納。旋下錦衣衛獄。童妃細書相遇月日及離别情事甚悉，付掌獄馮可宗進呈，棄不視，命斃之獄中。王居禁中，惟漁幼女、飲火酒、雜伶官演戲爲樂。首句「桃根桃葉」，正指其得新寵而行樂。次句言童妃之流落而不召。三句言妃自詣闕陳辭。四句則追溯旅邸相依情事。五句「帝子」，以湘夫人比童妃也。徐夔注引魏文帝《柳賦序》，大誤。六句「公孫」，以漢宣帝形福王也。《漢書・眭宏傳》：上林苑中大柳樹斷枯，有蟲食樹葉，成文字，曰：「公孫病已立。」按病已即皇曾孫宣帝也。漢宣帝有詔求微時故劍事，大臣如指，因白立許倢伃爲后。此借漢事以大義責福王，諷刺雖切，而措詞微婉，尤得風人之旨。末聯「記否」二字，直向福王心内下一棒喝，故與第四句意相應而不相複。第一首「夢遠」句追思馬后，見開國之如彼；此首悼傷童妃，見亡國之如此，照應在有意無意之間。《關雎》爲西周之始，《白華》爲西周之終。先生此詩命意直接《三百篇》，世推爲風雅之宗，夫奚疑？

屈悔翁復亦有《秋柳詩解》，以爲四章皆刺南渡之亡也。第一首述江南之開創，第二首譏亡國之姦邪，第三首弔當時之遺老，第四首譏荒淫之失國。大略與李瀛客同而遜李之核。嚴給事沆稱「東風」一首風調淒清，如朔鴻關笛，易引羈愁。按：四詩自以此首爲警策，有實際。嚴評亦善於形容。

《苦寒行》云：「遠游漁陽城，飲馬滹沱湄。河朔恒苦寒，日夕風鳴悲。悲風起廣塗，霜霰凋人衣。欲渡川無梁，層冰何纍纍。鴟鴞鳴枯楊，豺虎交路衢。深谷多猿猱，得食歡相追。我行歲既晏，十步八九迷。他鄉少親故，相逢知是誰。憂愁鑠肌骨，自顧顔鬢衰。俛視飛蓬根，隨風時轉移。我獨久伊鬱，歲暮空徘徊。寄語後來人，遠游不如歸。」文達師曰：此詩規仿魏武，可稱形似，但亦是空架局。通首用支、微、齊、灰韵，而忽押一「衢」字，亦似可不必也。蘇齋師曰：按《年譜》，公賦此詩不過二十四五歲時，而遽云「自顧顏鬢衰」，亦不切。

《慈仁寺雙松歌贈許天玉》云：「我昔登泰山，舉手攀秦松。東南雲海幾千里，夜懸日氣開鴻濛。山人出山已三載，復見金元雙樹在。玃髯石骨青銅姿，古貌荒唐閱人代。長夏蒼蒼秋氣深，風來絶磵蛟龍吟。仙人五粒不可見，但有元鶴來往飛。陰森蚴蟉詰屈宛相向，千曲盤拏氣初放。一任支離拔地生，那須夭矯排雲上。我來高枕石壇邊，耳畔往往聞驚泉。白日沈沈不到地，颯然雷雨生空天。烟色欲暝鐘復起，雄談岸幘波濤駛。千秋萬歲知者誰，閩海奇人許夫子。」汪鈍翁曰：「歌辭雄偉沈麗，與題相稱。先是，王十一將遷居慈仁寺，予往阻之曰：『子寓慈仁，不得不賦《雙松》詩，恐損子名。』王傲然曰：『寓不可不移，詩那可便作。』王既爲此言，而後竟操筆，才人固是難量也。」文達師曰：《雙松歌》遒逸處似太白，絶不闌入宋調。

《洗象行》亦最有名。或疑「玉河波射珊瑚赤」後三字無着，然上句是「日中傳呼洗象來」，重按「日中」二字，則「波射珊瑚」之神理自見。結云：「大秦師子多威神，山林豈是天家珍。」一襯更覺有力。

沈曉滄曰：「《題趙澄仿王右丞群峰飛雪圖》結句云：『即教唐宋多能手，未必常逢如此人。』以贊畫作結，無力且落套。」

《息齋夜宿即事懷故園》云：「夜來微雨歇，河漢在西堂。螢火出深碧，池荷聞暗香。開窗鄰竹樹，高枕憶滄浪。此夕南枝鳥，無因到故鄉。」此襄陽神境。「螢火」一聯極刻畫而能出以渾成，尤佳。《漁洋詩話》云：「余最愛范德機『雨止修竹閒，流螢夜深至』兩句，少時曾作『螢火出深碧，池荷聞暗香』一聯擬之。」《池北偶談》云：「亡友葉文敏訒庵極喜此十字，取入《獨賞集》。」

《宣和御墨枇杷圖歌》云：「盧橘蒼蒼橫幹起，故印依稀識天水。風枝雨葉不關愁，慘淡如披靖康史。」第三句申首句，第四句申次句，即起下「宣和文物」一段。憑弔盛衰，語語切畫。「紫筠花木摧爲薪」句，映帶在有意無意之間。「還同麥飯哭冬青」，又收歸畫上。此集中七古之最合法者。

《別萬大屏楊勝林》結句云：「關門今夕雨，蕭颯動寒砧。」遒勁有格，集中所難。

《法慶寺閣上望雲門山》頂聯：「落日眺平楚，青山生暮寒。」十字高秀之極。惜腰聯熟徑耳。然四十字中，曰「碧林」、曰「平楚」、曰「遠樹」，亦微嫌其複。

《滸山道中》云：「斷靄望沈沈，關河歲暮心。蒼山連凍浦，雪屋入寒林。梟雁荒陂晚，鷄豚古社深。墨王亭畔路，載酒憶登臨。」通首情味俱佳，中二聯緊承「歲暮」，於律亦細。

《夜經古城》以下數詩皆韋、柳派，神韻雖佳，然正如學雲林畫者，只省墨耳。

《淮安新城有感》二律神似隨州，緣其中寫景處即寓感愴，實有情味可尋，不僅是空架子。此即先生所謂神韻也。詩云：「澤國陰多暑氣微，一城烟靄晝霏霏。春風遠岸江蘺長，暮雨空堤燕子飛。四鎮蟲沙成底事，五王龍種竟無歸。行人泪墮官橋柳，披拂長條已十圍。」「開府當年據上游，建牙賜爵冠通侯。即看別院連雲起，更引長淮作帶流。荒徑人稀鼪鼬嘯，野塘風急荻蘆秋。永嘉南渡須臾事，忍向新亭問楚囚。」

《雨後觀音門渡江》云：「飽挂輕帆趁暮晴，寒江依約落潮平。吴山帶雨參差没，楚火沿流次第生。名士尚傳麾扇渡，踏歌終怨石頭城。南朝無限傷心史，惆悵秦淮玉笛聲。」「寒江」句接得高渾，不僅造語入畫也。結聯深慨明季，情見乎辭。前半寫景，後半言情，此首最爲分晰。

《夜登燕子磯》五古乃一時乘興題壁之作，詩因事以傳，其實非極意之筆也。「大江森欲動，浩浩千里色」，十字正合夜觀神理，而評者云：「豈有千里大江而不動者，乃但云『欲』乎！」亦忘却題爲「夜登」矣。惟以「悲慨下沾襟，此意誰當識」十字爲結語，殊不稱爲先生之詩。蘇齋師曰：「知是專諸邑」，「邑」或作「色」，固誤；然「邑」字亦未穩也。謹按：韓騏曰：「《史記·刺客列傳》：專諸，吴堂邑人也。《明統志》：六合縣，本楚之棠邑。」

《曉雨復登燕子磯絶頂》云：「岷濤萬里望中收，振策危磯最上頭。吴楚青蒼分極浦，江山平遠入新秋。永嘉南渡人皆盡，建業西風水自流。釃酒重悲天塹險，浴鳧飛燕滿汀洲。」三、四一聯，妙合遠勢。先生自評，謂「神韵天然，不可湊泊」者，盡之。五、六又以南渡慨明季，情景俱到之作。惟末句微嫌其滑耳。

《題徐半山山居圖》云：「先生竟學道，自製水田衣。獨卧寒林静，故人相見稀。晚涼松鼠落，曉日竹鷄飛。亂葉千峰裏，行歌何處歸。」字字瀟灑，希風襄陽。

《登金山二首》云：「振衣直上江天閣，懷古仍登海嶽樓。三楚風濤杯底合，九江雲物坐中收。石艟落照翻孤影，玉帶山門訪舊遊。我醉吟詩最高頂，蛟龍驚起暮潮秋。」「三山縹緲望如何，有客褰裳俛逝波。絶頂高秋盤鸛鶴，大江白日踏黿鼉。泠泠鐘梵雲間出，歷歷帆檣檻外過。京口由來開府地，不堪東望尚干戈。」二律闊遠稱題。次首更高曠，結聯以時事收，亦自然之出路耳。蘇齋師以「由來」二字涉於通套。此自精益求精之論，然此詩自有大氣盤旋，不以此二字減色也。惠定宇《訓纂》引《九曜齋筆記》謂「大江」句本蘇紳「人踏金鰲背上行」句來，似非。

《自招隱登夾山入竹林寺》云：「籃輿俯高嶺，石磴轉幽谷。諸峰亂空翠，澄江叠輕縠。迴望戴公宅，秋氣益蒼肅。紺壁隱奇杉，危亭蔽荒竹。孤僧遠獨歸，山鳥暮相逐。樹杪見古寺，松栝散林麓。絶壁尚千尋，紆徑非一曲。初蠟阮公屐，逝將訪金粟。瞑坐竹林深，山山静寒緑。」句句陶鍊而出之自然，實兼王、孟、韋、柳之勝。陳伯璣評云：「讀之如身到其境，詩中右丞，記中柳州。」

《姑蘇懷古三首》云：「争長黄池未濟師，餘皇舟已徙熊夷。山川終古迷商魯，花草千年怨種蠡。故國魂消吴苑水，行人腸斷越溪絲。《竹枝》聲裏春將盡，破楚門東暮雨時。」「斜日停橈唤奈何，横塘聲散《采蓮歌》。青山古道通閶闔，緑黛春風憶苧蘿。廢苑愔愔花欲暮，長洲淼淼水空波。千金枉鑄鴟夷像，鳥自高飛避網羅。」「山徑何時葬玉鳧，興亡轉瞬日西徂。越人已自籌三策，秋祭當年竟五湖。雨過麋城空碧草，春深鶴市半青蕪。傷心更有南陽宰，不獨寒潮泣子胥。」此詩以議論運化故實，神似玉溪。蘇齋師亦最賞之。惟以「種蠡」入平韵，深所不喜。後《分賦得館娃宫》詩結語亦云：「何處黄金鑄范蠡。」蓋先生於此字竟作平讀也。徐夔曰：「《越語》宋庠《補音》：范蠡之『蠡』音『禮』。今讀爲平聲，未詳。」按：凡古人名字有可平仄兩用者，如伍員之「員」，依唐人「令君四俊，苗呂崔員」之語，應讀作「韵」；然陸氏《釋文》則音「云」，平聲；陸魯望詩「賴得伍員騷思少」，亦作平用。枚乘之「乘」，《漢書》無音，故杜詩「枚乘文章古」，作仄用；李詩「八月枚乘筆」，又作平用。此皆可以古人已用爲據。若以「范蠡」爲平聲，則前未之見也。杜詩「蝦菜忘歸范蠡船」、韓詩「范蠡爾其誰」、白詩「莫泛扁舟尋范蠡」、又「范蠡舟中無子弟」、高適詩「江湖范蠡舟」、皮日休詩「收和范蠡養魚經」、劉兼詩「五湖范蠡才堪重」、蘇詩「何日五湖從范蠡」，皆作仄聲之明證。即先生集中《送許竹隱》云「鶯啼范蠡宅，草長謝敷家」，亦何嘗不讀仄聲乎！

《丹徒行弔宋武帝》詩，約計其時，上距義熙不過千餘年耳，而詩乃云「南北推移幾千載」，亦太隨手，失之未考耳。沈曉滄曰：「此詩前不言宋武之篡，而結處以『天命還歸蕭建康』警之，隱然見天道好還意，令人於言外領取耳。」

《舟暮》云：「向晚金牛道，林寒響宿禽。雪晴烟樹小，日夕竹園深。川路通蕭港，扁舟動越吟。蘭陵今夜酒，無那故鄉心。」題是唐人題樣，詩亦是唐人詩樣。

先生詩好用「殊」字，如《上方寺》之「妙態殊嬋娟」、《聖恩寺》之「龍氣殊蚴蟉」，似皆未能恰好。《雨夜宿聖恩寺還元閣》云：「梅樹初花石澗流，滿山香雪送行舟。三更蕭瑟湖邊雨，百尺高寒水上樓。師子窟中嵐翠合，法華山外暝烟收。霜天欲曉鯨音起，萬壑聲從何處求？」五十六字純以神行，此集中不可多得之作。

《自米堆山下行至上陽村錢家磡望湖中漁洋法華諸山》詩後半首云：「震澤控三江，波瀾此方始。法華表東陲，漁洋正相似。烟雨春空濛，峰巒暮俶詭。昨朝梵天閣，遠眺如隱几。豈知方丈山，忽落芒鞵底。欲乞五湖長，垂釣將已矣。」先生取號「漁洋」，此詩其發端也。

沈曉滄曰：「《鄧尉竹枝詞》『西來銅井又銅坑，山勢高低有二名』，次句嫩極。」

漁洋文云：「漁洋山在鄧尉之南，太湖之濱，與法華諸山相連綴。巖谷幽窅，筇屐罕至。登萬峰而眺之，陰晴雪雨，烟鬟鏡黛，殊特妙好，不可名狀。予入山探梅，信宿聖恩寺還元閣上，與是山朝夕相望，若有夙因。乃自號漁洋山人。」此語亦載《居易録》中。又辛丑詩自序云：「吾友汪琬有詩云：『鄧侯棲隱處，身在西南峰。』常誦而慕樂之。辛丑春，始以吳門之役，冒雨入鄧尉探梅，信宿聖恩寺還元閣，日與湖山相對，因自號漁洋山人。漁洋者，鄧尉之奇峰，蔓壑連綴湖中者也。」又《年譜》云：「正月，有事吳郡，看梅元墓，宿聖恩寺，望太湖。漁洋，湖中小山也。一峰正當寺門，愛其秀峙，無所附麗，取以自號。」又《蠶尾集》中《題沈客子林屋幽居》有「漁洋山下是吾家」句，《漁洋續集》中《金孝章畫梅》有「忽憶漁洋山」句。「漁洋」二字入詩者，僅此而已。

《登光福塔望穹窿靈巖諸山懷古》，故篇中有「眺遠跡方遐，懷古情彌辛」之語。然「遠」與「遐」不應同在一句，次句「辛」字與結句「落日悲孤臣」「悲」字亦近而複。

《惠山下鄒流綺過訪》云：「雨後明月來，照見下山路。人語隔谿烟，借問停舟處。」陳伯璣評爲「語淺意深」，信然。

《題沈朗倩石𡌫秋柳小景》云：「宫柳烟含六代愁，絲絲畏見冶城秋。無情畫裏逢摇落，一夜西風滿石頭。」此與《秋柳四首》可稱異曲同工，亦所謂「不著一字」也。陳伯璣評云：「工於言愁。」竊謂此和牧翁之作，别有言外意在。

《秦淮雜詩》中用「雨絲風片」字，人多議之。何堂曰：「卓人月《秦淮竹枝》：『雨絲風片有時有，雲黛烟鬟無日無。』」沈大成曰：「元微之《景申秋》詩：『雨柳枝枝弱，風光片片斜。』『風片』本此。」然畢竟近纖，不宜於詩。若《玉茗堂傳奇》用之，則可。

「潮落秦淮春復秋，莫愁好作石城游。年來愁與春潮滿，不信湖名尚莫愁。」陳伯璣評云：「此眼前話，一時説不到，可稱神品。此即六朝樂府也。」

《甌北詩話》云：「《秦淮雜詩》有感於阮大鋮《燕子箋》事，所云『千載秦淮嗚咽水，不應仍恨孔都官』，又《柳耆卿墓》云：『殘月曉風仙掌路，何人爲弔柳屯田。』醖藉含蓄，實是千古絶調。」

《長干寺》五律一首，惟「宫闕秋聲壯，滄江曉勢分」十字貌似唐人，餘皆浮響，「臨眺絶人群」句尤滑。結處「高臺元咫尺」，「元」字亦費解。

《登觀音閣眺望》云：「幕府山頭晚吹凉，登高望遠極蒼茫。濛濛夕照開棠邑，葉葉風帆下建康。畫閣臨江飛鳥外，丹崖拔地暮雲傍。娑羅花發香林净，坐聽微鐘出上方。」此詩三四句最有名，通體氣象亦相稱。

《滄浪亭寄牧仲中丞二首》，其前首九青韵，末云：「子美有語即吾語，擬來隨汝腰笭箵。」自注：

「蘇子美詩：『擬來隨爾帶笭箵。』」或以九青無「箵」字爲疑，不知「箵」字本有平上二音。《唐書・元結傳》：自釋語「能帶笭箵，全獨而保生；能學贅齖，保宗而全家」，皆取聲之協，故以「箵」與「生」爲韵；謝幼槃詩「身前萬事一笭箵」，亦作平聲。《康熙字典》引陸游、黄庭堅、秦觀、陶宗儀詩，「笭箵」皆作平讀，入九青韵。按：先生《香祖筆記》亦云：「『笭箵』皆在青韵，今小本《詩韵》只收『笭』字，誤也。」惟先生《雜題蕭尺木畫册》截句云：「笭箵沿溪踏亂流。」則「箵」字又未嘗不讀仄聲。似平、上二讀皆有據耳。

先生少時嗜讀吴立夫集，今存和吴詩二首。以原詩對勘，足覘其用功之概，不殊書家之響搨硬黄也。《和吴淵穎題錢舜舉張麗華侍女汲井圖》云：「景陽樓上鐘聲止，結綺閣中美人起。百花濕露啼宫鴉，鹿盧曉汲銀河水。黄奴慵起倚隱囊，瓊枝璧月交輝光。貴人夾坐詩先就，狎客擘牋歡未央。《玉樹》歌闌方競媚，桃葉山前陳鐵騎。青龍飛出建陽門，群鳥空呼奈何帝。可憐拂檻曉妝時，入井倉皇那得知。千載畫圖猶省識，石闌紅泪黦臙脂。」「百花濕露」句是極力渲染之筆，與原作「寶帳垂綃」句可稱工力悉敵。「青龍」、「群鳥」兩句，全仗樂府神理，是先生擅場。興高采烈，當駕原作而上之矣。

附録吴淵穎原作云：「景陽宫中景陽井，手出銀盤牽素綆。鉛華不御面生光，寶帳垂綃花妒影。臨春結綺屹層空，璧月瓊枝狎客同。鴛鴦戲水池塘雨，蛺蝶尋香殿閣風。日高歡宴驕若訴，牀脚表章昏不寤。吴兒白袍戰鼓死，洛土青蓋降船渡。井泥無波井闌缺，半點胭脂污緋雪。蕙心蘭質吹作塵，目斷寒江鎖江鐵。」

《和吴淵穎題袁子仁巴船出峽圖》云：「桃花夜泛三江水，蜀中估船日千里。錦官城外指東吴，萬里行當自兹始。金牛玉壘向天開，朝雲突兀瞿塘堆。飛流一瞬下萬仞，長年屏息顔如灰。峽中無人但烟霧，杜宇聲悲客行處。巴巫迎神歌《竹枝》，忽見雲安郭邊樹。上峽懸橦下安流，東風吹送江陵舟。却從一幅鵝溪上，髣髴三刀夢益州。」此詩雖非警策，而自然不喫力處，似較吴作爲勝。吴作結處太弱，不如此之别生意趣也。

附録吴淵穎原作云：「巴山一帶高崔嵬，巴江萬里從天來。前夫疾挽後夫推，黄牛白狗遽船開。曉風東回水西上，艷澦堆頭伏如象。盤旋鳥道怕張帆，汩没龍淵驚掉槳。世人性命重濤波，吴鹽蜀麻得利多。怪石急流須勇退，貪夫險魄謾悲歌。神禹釃江江更惡，五丁鑿路空巖崿。舟船可坐尚髮危，棧閣能行終泪落。嗟兹舉目無不然，直愁平地即山川。至喜亭邊聊酹酒，長年三老好攤錢。」

《董公祠》結語云：「我自愛傳《繁露》學，《玉杯》曾問廣川鄉。」《繁露》、《玉杯》，如此隨手配料，了無意旨可尋。

《淮陰雪夜》云：「俛仰古今可太息，側身天地多煩憂。」以此效杜，未見手法，頗似明七子荒蕪之篇。

古韵侵、覃、鹽、咸四韵相通，自吴才老《韵補》始以侵韵通真，誤也。集中《奉答葉訒庵長歌》之作，於「深」、「陰」、「襟」、「心」之間，雜用「塵」字，亦沿其誤。

《送茗文之京》前首云：「感激真從難後平。」次首云：「疏狂真與世相違。」兩「真」字皆未真，與用「殊」字同一滑筆。

《青陽道中》云：「修竹被晴川，淪漣映空曲。日夕雪初消，人家在寒緑。」後二句天然入畫，正恐畫不出耳。

《江陰何明府邀登君山》結云：「却思洞庭上，一十二峰青。」《訓纂》云：「江陰君山以春申君得名，岳州君山以湘君得名，事不相蒙。」沈曉滄曰：「此詩乃因江陰而思及洞庭之君山耳，玩『却思』二字自明。」

《和李退庵侍郎讀水經注懷洞庭之作》云：「楚望經時入窅冥，岳陽樓上數峰青。曾臨南極浮湘水，坐對西風憶洞庭。斑竹想從春後長，《落梅》猶向笛中聽。新詩吟罷愁多少，腸斷當年帝子靈。」其神全在空際，然藴味未厚，結意近竭，後學似不必效之。

《蓉江寄牧翁》云：「共識文章千古事，直教仙佛一身兼。」又云：「兩到江南不相見，少微空向老人占。」前語極其推崇，後語則不刺之刺耳。先生於牧翁有知己之感，故瓣香亦及之。晚年爲《池北偶談》，乃推刃焉。「共識」、「直教」，畢竟是於五言上添凑二字。

《鑾江舟中雪霽月出即事題鄒喆畫》云：「拂曉春寒重，揚帆急霰侵。月明生水際，積雪滿空林。岸火推篷近，漁庵閉户深。平生剡溪興，兹夕是山陰。」字字澄鍊，然只完得「即事」二字，於「題畫」意尚少關顧耳。沈曉滄曰：「山人每有此忽意處，如《曉雨復登燕子磯》一首，全不關照『曉雨』。《潤州曉渡》一首，亦不切『曉渡』。」

《葛一龍枇杷》云：「洞庭詩人葛震父，畫成盧橘亦清蒼。想他縹緲峰頭坐，快寫西林五月黃。」題是畫枇杷，仍以畫枇杷收結，得不意隨語盡乎？

《九日集平山堂送方黄二子赴青州》七古一章，乃平韵到底之正調，而中間忽入「京江南望」四句用三韵，而第二句却無韵，此格古所未見。蓋先生用韵插叠之神理，尚未可與遺山並論也。前云「歐公風流已黄土」，又云「劉蘇到日已陳迹」，又云「從來王霸已如此」，凡三用「已」字；又「蕭公旌旆何飛揚」、「羽聲變徵何激昂」，亦再用「何」字，句調皆未免犯複。七古句中用「何」字空調頗可厭，不意先生於一篇中乃再用之。

《鄧玉書招飲梅園》云：「暨陽城外路，倚棹數寒鴉。何處吹横笛，江南雪後槎。故人碧山隱，招我問梅花。更上花間閣，香山數點斜。」可謂脱盡排比之習矣。然熟讀之，似極要自然而却未甚自然。

《惲向千巖競秀圖》云：「萬壑千巖雲霧生，曹娥江外幾峰晴。分明乞與樵風便，身向山陰道上行。」只如身入畫中意耳，而句特工妙。

沈曉滄曰：「杜老詩所以千古獨絶者，於君臣、弟妹、妻孥間無不十分真摯也。先生《送家兄禮吉歸濟南》只以二絶句平平寫景而已，似可不存。」

讀漁洋詩隨筆卷下

長樂梁章鉅撰

《戲仿元遺山論詩絶句》三十五首,《精華録》僅存三十二首。《漁洋詩話》云:「余往如皋,馬上成《論詩絶句》,從子浄名作注。」按此或即先生自注,猶夫《精華録》之託名於盛、曹也。

蘇齋師曰:此《論詩絶句》作於康熙元年壬寅之秋,先生二十九歲。與遺山之作皆在少壯,而二先生一生識力皆具於此,未可僅以少作目之。惟此作雖亦以「論詩」命題,實則但取詩中況味以見致,非復遺山神理之可比也。

「巾角彈棋妙五官,搔頭傅粉對邯鄲。風流濁世佳公子,復有才名壓建安。」蘇齋師曰:論詩從建安説起,此即遺山所謂「疏鑿手」也。李太白亦云:「蓬萊文章建安骨。」韓文公亦云:「建安能者七。」然漁洋則未加品隲,此即所謂「不著一字」之旨,先生説詩每如此。

「挂席名山都未逢,潯陽喜見香爐峰。高情合受維摩詰,浣筆爲圖寫孟公。」原注:「右丞愛襄陽『挂席幾千里,名山都未逢』之句,因爲寫《吟詩圖》。」或疑此詩只叙其事,而無論説。按:先生《分甘餘話》一條云:「或問『不著一字,盡得風流』之説,答云:太白詩:『牛渚西江夜,青天無片雲。登高望明月,空憶謝將軍。余亦能高詠,斯人不可聞。明朝挂帆去,楓葉落紛紛。』襄陽詩:『挂席幾千里,名山都未逢。泊舟潯陽郭,始見香爐峰。常讀遠公傳,永懷塵外蹤。東林不可見,日暮空聞鐘。』詩至此，色相俱空，政如羚羊挂角，無跡可求。所謂逸品是也。」此前一首借太白懷小謝，説意亦如此。

「杜家箋注太紛拏，虞趙諸賢盡守株。苦爲《南華》求向郭，前惟山谷後錢盧。」此首似有議論矣。然論杜而僅及其注，論注杜而所斥者虞、趙，所主者錢、盧，宜爲蘇齋師所譏矣。德州盧世㴶《杜詩胥鈔》，其書不甚行於世，不知先生何所取之。

「風懷澄澹推韋柳，佳處多從五字求。解識無聲弦指妙，柳州那得並蘇州。」按：《許彦周詩話》：「東坡云：『柳子厚詩在陶彭澤下，韋蘇州上。』」先生《分甘餘話》云：「東坡此言誤矣，予更其語曰：『韋詩在陶彭澤下，柳柳州上。』」蘇齋師曰：王弇州《藝苑卮言》云：「韋左司平澹古雅，柳州刻削雖工，去之稍遠。」此論與漁洋相似。然而遺山《論詩絶句》自注云：「柳子厚，唐之謝靈運；陶淵明，晉之白樂天。」又詩云：「謝客風流映古今，發源誰似柳州深。」則直以柳繼謝，此則上下古今之定品耳。蓋陶、謝體格並高出六朝，而以天然閑適者歸之陶，以藴釀神秀者歸之謝，此所以爲「初日芙蓉」，他家莫及也。東坡謂柳在韋上，意亦如此。未可以後來王漁洋謂韋在柳上，輒思翻此案也。

「中興高步屬錢郎，拈得維摩一瓣香。不解雌黄高仲武，長城何意貶文房？」《精華録》注：「高仲武名適，晚唐人。」惠定宇曰：「《唐書·藝文志》：『高仲武《中興間氣集》二卷。』陸放翁跋是集云：『高適，字仲武。』此乃名仲武，非適也。注以達夫名適，復以爲晚唐人，何所據乎？」

「廣大居然太傅宜，沙中金屑苦難披。詩名流播雞林遠，獨愧文章替左司。」蘇齋師曰：先生不喜白詩，故特借白詩此句，以韋左司超出白詩上也。前詩固以韋在柳上，此則以五言古詩類及之，猶爲有説也。若以韋在白上，則儗於不倫矣。白詩所云「敢有文章替左司」，是因守蘇州而云爾，豈其關涉詩品耶！白詩之爲廣大教化主，實其詩合賦、比、興之全體，合《風》、《雅》、《頌》之諸體，他家所不能奄有也。若以先生論詩之例例之，則所謂「廣大教主」者，直是粗細雅俗之不擇，泥沙瓦礫之不揀耳。依此以披沙得金，則何金屑之有哉，竟皆目爲沙焉而已。未知先生意中所謂「金屑」者，何等金，何等屑也？若以白詩論之，則無論昆田麗水，皆金也，即一切恒河沙，皆得化爲金也。先生倡爲神韵之説，其實即明人格調之改稱，自必覺白公詩皆粗俗膚淺矣。故以「維摩一瓣香」屬之錢、劉，而以「文章替左司」之語原出於白詩，只作引述，宛似不著議論者，轉使人乍看，不覺其有意貶斥白詩之痕跡也。

「獺祭曾驚博奧殫，一篇《錦瑟》解人難。千年毛鄭功臣在，獨有彌天釋道安。」原注：「琴川釋道源，字石林。」按：此借《世説》之釋道安以贊明末之釋道源也。道源之注，雖朱長孺略採取之，何足當「毛、鄭功臣」之目乎！蘇齋師曰：遺山《論詩絶句》中已有《錦瑟》一篇，其云：「望帝春心託杜鵑，佳人錦瑟怨華年。」拈此二句，非第趁其韵也。以杜鵑之託説在前，而以華年之怨收在後，乃是此篇迴復幽咽之義。大旨了然，何庸復覓鄭箋乎？先生此詩先以獺祭之博奧，則似以藻麗爲主；又歸於琴川僧之注，則於虛實皆無所據。故雖同以《錦瑟》篇作論詩絶句，而與遺山相較，去之千里矣。

「涪翁掉臂自清新，未許傳衣躡後塵。却笑兒孫媚初祖，强將配食杜陵人。」原注：「山谷詩得未曾有，宋人强以擬杜，反來後世彈射，要皆非文節知己。」按先生《鈔七言詩凡例》云：「山谷雖脱胎於杜，顧其天姿之高、筆力之雄，自闢門庭。宋人作《西江宗派圖》以配食子美，要亦非山谷意也。」此與詩注意同，自是平心之論，益知詩注即先生自作耳。蘇齋師曰：山谷學杜，得其微意，非貌杜也。即或後人以配食杜陵，亦奚不可？而此詩以爲「未許傳衣」，則專以「清新」目黄詩，又與平時之論不合矣。遺山云：「論詩寧下涪翁拜，未作西江社裏人。」此不以山谷置《西江派圖》中論之也。漁洋云：「却笑兒孫媚初祖，强將配食杜陵人。」此專以山谷置《西江派圖》中論之也。山谷是西江派之祖，又何待言；然而因其作西江派之祖，即不許其繼杜，則非也。遺山詩初非斥薄西江派也，正以其論杜一首中，與義山並推其繼杜，又豈可以一方之音限之。惟其不斥薄西江派，愈見山谷之超然直接杜公耳。近日如朱竹垞，論詩頗不慊於山谷。惟漁洋極推山谷，似是山谷知己矣。而此章又必拘拘置之西江派，不許其嗣杜。揆之遺山《論詩》，孰爲知山谷者？明眼人必能辨之。

「詩人一字苦冥搜，論古應從象罔求。不是臨川王介甫，誰知暝色赴春愁？」「苦學昌黎未賞音，偶思螺蛤見公心。平生自負《廬山》作，才盡禪房花木深。」此二詩相連而皆用唐人五字作收句，似於章法未協。

「鐵厓樂府氣淋漓，淵穎歌行格儘奇。耳食紛紛説開寶，幾人眼見宋元詩？」按：先生《鈔七言詩凡例》云：「元詩靡弱，自虞伯生外，惟吴立夫長句瑰瑋有奇氣。視楊廉夫之學飛卿、長吉，區以別矣。」此詩亦似偏嗜吴立夫者，惟末句「宋元詩」，「宋」字不知何着耳。

「李杜光芒萬丈長，昌黎《石鼓》氣堂堂。吴萊蘇軾登廊廡，緩步空同獨擅場。」此首今《精華録》所删。蘇齋師曰：既以韓《石鼓歌》接李杜光燄，顧何以吴立夫繼之？且以吴居蘇前，可乎？且以李空同繼之，可乎？此則不可以示後學矣。

「藐姑神人何大復，致兼《南》、《雅》更《王風》。論交獨直江西獄，不獨文場角兩雄。」按：先生不欲人訾李、何，此《論詩》三十餘首，而論明人者幾及其半，推重李、何者又凡幾首，此一首贊何亦太過。「《南》、《雅》」二字未的，「《王風》」尤不可解。殆本是「《國風》」而强諧平音耳。此後「接迹風人《明月篇》，何郎妙悟本從天」二語，贊何亦過。「接迹風人」亦何不可，「妙悟」則未也。

「正德何如天寶年，寇侵三輔血成川。鄭君變《雅》非關杜，聽直應須辨古賢。」蘇齋師曰：鄭善夫固不可云「學杜」，然亦不得云「變《雅》」也。末七字麤直，似非漁洋先生之詩。

「十載鈐山冰雪情，青詞自媚可憐生。彦回不作中書死，更遣匆匆唱《渭城》。」論明人詩太多，偏是此首駡嚴嵩駡得有味，又不着迹。此所謂「羚羊挂角」也。蘇齋師曰：如嚴嵩者，縱使其能詩，亦不直得措一詞以駡之。若果通加選輯明詩諸家而及之，或可云不以人廢言；今於上下古今作論詩絶句，乃有論嚴嵩一首耶？

「中州何李並登壇，宏治文流競比肩。詎比蘇門高吏部，嘯臺鸞鳳獨逌然。」蘇齋師曰：高蘇門勝於李、何遠矣，此詩詞氣抑揚之間尚有歸重，但以中州登壇，推許何、李，則仍是徇俗之論耳。

「文章烟月語原卑，一見空同迥自奇。天馬行空脱羈靮，更憐《譚藝》是吾師。」蘇齋師曰：漁洋有徐、高二家詩鈔，此與前一首評高、徐皆當矣。此首論徐而推重空同，亦是實事。如此非前首論高而先推何、李者比也。徐詩不必皆真，而其古淡究在李、何上，第遽以直接古作者，則尚不敢附和，不過較空同爲近正耳。

「濟南文獻百年稀，白雪樓空宿草菲。未及尚書有邊習，猶傳林雨忽沾衣。」錢竹汀先生曰：「濟南風雅盛於明宏、正、嘉、隆間，前有邊尚書華泉，後有李觀察滄溟。二公没後，尚書猶有仲子傳其家學，滄溟聲塵蔑如。王季木《齊音》所云『可憐天半峩眉雪，空自頹樓冷暮雲』是也。詩意殆即謂此。」按：注《精華録》者引《邊仲子集序》云云，與詩無涉，宜以錢説易之。蘇齋師曰：原注：「邊仲子有詩一卷，佳句云：『野風欲落帽，林雨忽沾衣。』」予曾見邊仲子手稿，漁洋有紅筆圈點，或偶改一二字。此句「疎雨忽沾衣」，實是「疎」字，漁洋紅筆壓改「林」字，蓋以「林」與「野」相對也。不知此「野」字原不必定以「林」爲對，自以「疎」字爲是。必改「林」字，則滯矣。漁洋先生亦竟有偶失檢處。

《過氾光湖懷古》句云：「逆濠睨神器，弄兵下鄱陽。勢異北平順，迹同吴濞狂。」「北平」，即靖難之師，似亦不得爲「順」。且詩意亦不免以成敗論耳。王文成平宸濠在正德己卯，先生此詩作於康熙癸卯，相距一百四十五年，而云「事往二百年」，亦似未檢。然此詩通體老健，頗似少陵。

《夜遇陳伯璣即别》云：「聞君返西江，崎嶇歲將暮。不知秋浦歸，復此吴陵遇。烟暝失漁村，雪消數江樹。惆悵聞荒鷄，别君立前渡。」但寫别景，而離情自見。

惠定宇曰：「申鳧盟，直隸廣平人。其地有廣羊山，鳧盟隱居於此。」故《至日懷申鳧盟並寄張覆輿》詩云：「晚雪融長至，春風到廣羊。」而《精華録注》乃引《南畿志》云：「廣洋湖在寶應縣東南五十里。」豈非郢書燕説乎？

《蘇門行寄劉公戭兼呈孫鍾元先生》七古一首，正調正局，氣足神完，學者所宜拍節熟讀也。詩云：「劉生俠氣老不除，腰間玉具纓曼胡。目送飛鴻卧西省，畫夢秋水思菰蒲。掉頭一竿清潁尾，琉璃萬頃堆西湖。憶昨聽爾《御風操》，山泉抉溜松風呼。黄鵠山頭一握手，戴公往蹟今有無。山中舊約息壤在，相看一笑言非疎。濤頭如山五馬渡，酒酣夜別黄公壚。平山堂上望汝潁，恨無好句追歐蘇。昔與汪程共盤礴，看君寫作《蘇門圖》。怪石嵯峨樹蕭瑟，醉墨絶似雲林迂。嘯臺鸞鳳儼在耳，安知嵇阮非吾徒。聞君近散萬金盡，便衣掃塔辭妻孥。山中有鄰德不孤，蘇門先生今大儒。夏峰村邊看秋瀑，雲中髣髴開精廬。尋源采藥去不返，空留鳥跡巖間書。廣陵西望連孟諸，倘逢樵叟一相訊，山中服食今何如。」蘇齋師曰：少陵五七古於第二字每分平仄，第四字亦然。漁洋於古詩亦極論音節，而第二字好用平聲，頗於唐人未合。曾見先生《晚年定論》云：「七古平韵，上句第五字用仄以抑之，下句第五字宜平以揚之；仄韵之第五字上句用平，下句用仄。」此論甚精，但未及第二字耳。

《饒湖舟夜讀渭南集》云：「少陵不作昌黎死，大衺仙人落儋耳。渭南老子來堂堂，鬱律蛟龍蟠筆底。半世功名梁益間，拓弦横矟劍門關。白頭鏡水江湖夢，夜夜山南射虎還。」渭南志在恢復，老而不忘。一結寫盡寥落之况。

《冶春絶句十二首》末首云：「故國風光在眼前，鵲山寒食泰和年。邗溝未似明湖好，名士軒頭碧漲天。」收到思鄉，恰是全詩結穴。第八首云：「海棠一樹淡胭脂，開時不讓錦城姿。花前痛飲情難盡，歸卧屏山看折枝。」只三韵而遍用「脂」、「姿」、「枝」，愛好如先生，豈忘之乎？

《陸放翁心太平庵研歌》云：「此研爾時伴戎幕。」再云：「此研爾時厠高讌。」筆陣森然，但此種章法究竟近俗。若後半云：「先生老矣竟東下，鏡湖支枕看風漪。但餘此研伴幽獨，猶能起賦《從軍詩》。」毫不着力，而仍不脱題，似較前幅爲勝。

《真州懷家兄西樵》云：「依然山郭與江樓，長夏蕭條只似秋。十里香生芰荷水，亂蟬聲送木蘭舟。試尋戰壘連京口，無數雲山指石頭。曾與坡公吟賞地，對牀風雨戀真州。」是兄弟吟賞之地，因重過而生感。一氣旋轉，情景相生。於先生七律中爲別調。

《登雞鳴寺》云：「雞籠山上雞鳴寺，紺雨淩霞鳥路長。古埭尚傳齊武帝，風流空憶竟陵王。白門柳色殘秋雨，玄武湖波澹夕陽。下界銷沉陵谷異，楓林十廟晚蒼蒼。」此詩若入隨州詩中，幾不能辨。

《尋半山堂遺址》五律，評者以只用唱歎、不用譏評爲高絶，然再三味之，了不得其佳處。

《宿長干寺》一首稍有神韵，但兩用「夜」字，又兩用「夕」字。前云「開南軒」，後云「啓北牖」，皆未免複沓。此詩似亦可不存。

《蕭思話彈琴石》云：「宋代蕭常侍，彈琴於此山。清徽泛松石，逸響碧雲間。我欲尋遺蹟，風流不可攀。惟餘遠江水，朝夕送潺湲。」不拘屬對，不落言詮，味在酸鹹之外。其源出於襄陽。結用志在流水意，妙在無痕而有味。

《六朝松石歌》刻意學杜而痕迹太露。起處「不辭重墊一角巾，此生當著幾兩屐」二句無着，結處「一物亦荷皇天慈，懷古茫茫百憂集」二語尤泛，竟須删去。

《夜登觀音巖宏濟寺贈終南融道人》云：「登臨建業暮鐘時，楚客憑高一寄思。淼淼寒潮孤鳥去，冥冥微雨數帆遲。遠江人語驚山鬼，方丈燈明叩導師。借問龐眉老尊宿，空山雨雪是前期。」此詩神氣生動，惜第七句不佳，「借問」複「叩」字，「尊宿」複「導師」字也。

《陳生行戲送其年歸陽羡》云：「陳生陳生，爾既不能入淵斬長蛟，又不能登山射猛虎。復不能無賴作横苦鄉里，十載哦詩吟環堵。徒抱輪囷一片心，藜藿鼪鼬相枝拄。昨日渡江來，今日渡江歸。運租船上苦憔悴，風高浪湧横江磯。朝來寄我新詞句，明月無情蟬鬢去。五湖歸去伴漁竿，楓岸蘆汀不知處。季鷹鱸鱠思江東，我亦年年歎轉蓬。期汝扁舟同射鴨，銅官山下竹枝弓。」此詩脱胎宋人，而風調自佳。於送陳迦陵體裁正合。

《江上讀韋詩》云：「彈琴向空江，夜静見江月。水波正遥裔，河漢坐超忽。五絃泛波濤，餘音散林樾。沙邊鶴唳遠，烟中人語歇。何處楚山青，孤帆遠將没。獨有韋公詩，依依伴清絶。」詩與題正相配，極寫江水清絶之景，句句爲韋詩傳神，故一結便醒。

《蕭尺木楚辭圖畫歌》有詞調，又有氣勢，與題相稱。惟「楚纍一去」與「武關一入」兩句相近，調微複耳。

《題宏濟寺方融道人壁》云：「曾挈軍持伴領軍，五年重訪鹿麋群。天花尚散空江雨，龍氣仍蒸下界雲。鉼拂不辭銜虎過，旃檀常是逆風聞。聽鐘又逐驚蓬去，山木蒼蒼落日曛。」此等詩雖亦不過唐人面目，然却非時手所能。

《黄子久王叔明合作山水詩》參差錯落，神似少陵。結處尤以不盡爲妙，此元、虞諸公所不及也。「長林巨壑」四句，似可節。「峭壁無梯猿臂絶，天外孤茅誰所縛」二句，頓挫絶佳。

《白沙江上雪却寄家兄揚州》云：「停舟揚子縣，支枕夜寒侵。人語烟初暝，鷄鳴雪漸深。江天多曠望，漁浦極楓林。不見梅花閣，烟波愁暮心。」句句有層次，其味在聲色之外，最近開元、大曆間人。

《南將軍廟行》云：「范陽戰鼓如轟雷，東都已破潼關開。山東大半爲賊守，常山平原安在哉。睢陽獨遏江淮勢，義激諸軍動天地。時危戰苦陣雲深，裂眥不見官軍至。誰與健者南將軍，包胥一哭通風雲。抽矢誓讎已慷慨，拔劍墮指何嶙峋。賀蘭未滅將軍死，嗚呼南八真男子。中丞侍郎同日亡，碧血斕斑照青史。淮山峩峩淮水深，廟門遥對青楓林。行人下馬拜秋色，一曲《淋鈴》萬古心。」通首唐音，可稱名作，勝《鑾江大雪歌》。《大雪歌》亦是唐調，然尚多題外話。此詩則全是本題應有之筆。

《焦山古鼎詩》通體浮泛而平衍，乃先生特自負，以爲筆力回千鈞。爾日名流亦多稱之，殊不可解。「復惑虞雌敦」，此用「有虞氏之兩敦」也，而押入平韵，似先生不應有此誤也。集中有《多父敦》一詩，自注云：「敦，音對。」則何以獨於此詩忘之乎？

《雨登湘中閣眺望》末聯云：「不見烟中人，但聞烟中語。」亦結得淡遠，但涉東坡牙後耳。

《登天闕望金陵懷古》後段語似近雜，既云「江山看不殊，俯仰自生悲」，又云「時清異偏安，憑弔將奚爲」；而結處「壯心不可已，泪下如綆縻」，尤欠融貫。

《胡元潤畫》云：「白波青嶂非人境，憶住江南過五年。今日長征老鞍馬，菰蒲春雨夢江天。」此借題自寫胸臆，亦爲題畫者開一法門。

《答梅淵公贈畫》句云：「好是謝家團扇上，相思爲畫敬亭雲。」全襲晚唐潘佐語。《送陶季之潞州》、《送朱秋崖歸安宜》二篇皆平韵正調而未見意匠。《送朱秋崖》起處摹蘇頗似，然亦有何佳趣？

《葛洪移家圖歌》起句云：「下簾卧清晝，遠夢生羅浮。覺來北堂上，素練横滄洲。」此亦從「堂上不合生楓樹」脱胎而出。「惠懷之際」以下十句，借葛洪時事，拓開張生妙筆。以下收到畫上，局調完整，可爲題畫詩格式。

《送耿承哲赴高州》五律二首，設色極濃，然亦不過就題取料而已。上首「酌泉君有意，知不厭清貧」十字，尚得贈言之意；次首則毫不知其歸宿之處。沈曉滄曰：「第二首即以律論，收處單頂冼氏，於法亦未合。」

《送同年袁秋水歸甘州》七古一首，議論鋪叙太繁，而無波瀾意度跌宕其間。局調雖佳，終非合作。既是送同年，則必有爾日之情景、爾日之懷抱，似未可專作懷古詩也。

《朱錫鬯自代州至京》云：「短後曾將代馬騎，談兵絶塞偃牙旗。錦囊舊事悲唐壘，碧玉春流寫晉祠。燕市雪深衣褐敝，吴江楓落酒船遲。鴛湖若買三間屋，得便從君下釣絲。」前半安頓「代州」，第五句始點「至京」。第六句透起結語，細意熨貼而不着迹，極意研鍊而又渾成，實不可及。

《爲茗文題焚香掃地圖》云：「朱門鼎鼎厭粱肉，忍饑誦經無此人。娜如山中好泉石，他年真作孟家鄰。」字字生新，脱盡尋常蹊徑。

《讀唐宋金元諸家詩各題一絶》云：「一代高名孰主賓，中天坡谷兩嶙峋。瓣香只下涪翁拜，宗派江西第幾人？」蘇齋師云：此首竟套襲遺山《論詩絶句》「論詩寧下涪翁拜，未作江西社裏人」之句調，竟係先生隨口讀過，不能知遺山詩之意矣。遺山「寧」字百鍊不能到也。其上句云：「古雅難將子美親，精純全失義山真。」有一杜子美在其上，又有一李義山在其上，然後此句「寧」字只以一半許山谷而已，超出所謂西江派方隅之見矣。只此一個「寧」字，其心眼並不斥薄西江派，而其尊重山谷之意與其置山谷於子美、義山之後之意，層層圓到，面面具足。有此一「寧」字，乃得上二句學杜之難與學義山之失真，更加透徹也。若漁洋此作云「瓣香只下涪翁拜」，换其「論詩」二字作「瓣香」，則真不解也。夫遺山諸絶句皆論詩也，何以此處忽出「論詩」二字乎？所以漁洋以「瓣香」二字换之，揆其意，似以「瓣香」二字近雅，而「論詩」二字近套。誰知遺山「論詩」二字正見意匠，蓋對其下一句言之：彼但以西江派目山谷者，特以一方之音限之，非通徹上下源流者也；若以論詩之脈，而不以方隅之見限之，乃能下涪翁之拜，知是子美門庭中人耳。此其位置古人分際，銖兩不差，真善於立言者也。若云「瓣香」，吾不知漁洋之意果其欲專學山谷詩乎？則漁洋固未嘗專學山谷詩也。然即使欲專學山谷，則其意以「只」字特見推崇山谷矣，乃其下接句却又不然，乃曰：「宗派江西第幾人？」此又實不可解。夫山谷是《江西派圖》中之第一人也，所以云「兒孫媚初祖」。漁洋固明知其爲西江派之初祖也，何以此處又佯問曰是「西江派第幾人」？不知其意欲顯其高出西江諸人乎？抑欲較量其與西江諸人之等級乎？

實則不過隨手套襲遺山之句調，而改换其「社裏人」爲「第幾人」，是則近今秀才套襲墨卷之手段耳。正與其《浯溪碑》七言古詩襲用山谷「瓊琚詞」三字，笨滯相同，而更加語病矣。向見近日言詩者薄視漁洋，心竊以爲未然。今日因説《論詩絶句》，至此而不能默也。

《初春四日休沐同荔裳方山西樵往西山道中作》有句云：「清暉一何多。」同時《香山寺月夜》又云：「清暉一相照。」屢見此等語，有何意味。《香山寺》首尤無實際。

《登石景山浮圖絶頂》首情景皆真，非前數詩比也。詩云：「浮圖兹山頂，崚嶒插孤標。千盤歷詰曲，直上淩風飈。寒空稍明净，百里見纖毫。茫茫塞上山，浩洶連波濤。渾河盪山來，石壁如動摇。咫尺居庸關，鳥道迴青霄。上谷接雲中，設險非一朝。聖代亭障空，丸泥罷函殽。關門開落日，士馬無矜驕。回身望漁陽，城闕何寮寮。薊丘植汶篁，遺烈思燕昭。望諸與騎劫，智勇皆蓬蒿。朔吹揚驚沙，屯雲盤怒雕。慷慨一傷懷，覽古心鬱陶。逝將御泠風，揮手辭塵囂。」

沈曉滄曰：「《碧雲寺魏閹葬衣冠墓》詩『松風依落日，泥飲當千巡』，按之通首，『泥飲』句似雜出。」

《故明景帝陵懷古》一首，選事配詞，皆極按切，無一字涉空支架，誰謂先生專以「不著一字」爲高乎！此種七言詩直接杜、蘇，正恐放翁、遺山集中選不出也。詩云：「金山南臨裂帛湖，荒陵十里鵂鶹呼。奪門事往二百載，行人過此猶欷歔。紅牆剥盡古瓦落，莓苔溜雨生銅鋪。老松離立色枯槁，中穴蟲蟻餘根株。莪塗龍輴禮本殺，矧乃劫火經樵蘇。咫尺天壽雲氣接，坏土獨葬西山隅。洪宣老臣稍凋喪，國成一旦歸刑餘。勃鞮之問史所貶，詎有宦寺干征誅。黄沙慘澹鼓聲死，萬乘一擲成纍俘。國有君矣社稷重，孫申謀鄭無差殊。白登城南翠華返，錢塘司馬功難誣。紛紛南渡議和戰，乃知計左非良圖。仝寅之占信奇中，朝衣東市嗟何辜。劍南歸來西内閉，唐家父子輸廄奴。處人骨肉事非易，子臧季札今則無。功罪千秋有特筆，九鼎一髮須人扶。謚同泉鳩理太酷，紀年猶幸無革除。裁合流水良亦足，寧論玉匣還珠襦。欲落不落夕陽下，弔古且復留斯須。殘碑滅没牛礪角，石玃横卧蒼髯鬚。君臣一代盡宿草，雍門太息當何如。」此後《玉泉》一首亦何嘗無切事語，然竟是無骨力以運之。

《雨中度故關》云：「危棧飛流萬仞山，戍樓遥指暮雲間。西風忽送瀟瀟雨，滿路槐花出故關。」此「黄河遠上」之亞也，今人何必不如古乎。

《河中感懷寄諸兄》云：「何處依依動客愁，蒲津雲物迥高秋。河聲近挾中條雨，關勢遥分太華旒。人代茫茫雙去鳥，夕陽渺渺獨歸舟。京華故國俱千里，心折西風鸛雀樓。」此亦名作，寫高秋雲物極闊大，又極淒緊。或譏其於題中「感懷寄諸兄」意全無關會，不知一首中「動客愁」、「獨歸舟」、「俱千里」句凡屢見，題意已躍躍紙上，何必拘定試帖家點題之法乎！

《潼關》云：「潼津直上勢嵯峨，天險初從百二過。兩戒中分蟠太華，孤城北折走黄河。復隍幾見熊羆守，棄甲空傳犀兕多。漢闕唐陵盡禾黍，雁門司馬恨如何。」三四極形天險，句意精到。末言有險不能守，寄慨深矣。

《渭橋懷古》云：「秦川夕澄霽，灃水明如練。西上中渭橋，颯然秋氣變。嬴政昔構造，作此象天漢。美人與鐘鼓，流連恣荒宴。徐市期不來，山鬼璧已獻。我昨驪山行，徘徊弔中羨。荆榛蔽銀海，樵牧羅金雁。麒麟折其股，冷落青梧觀。後代復何王，繡嶺明珠殿。惟有終南山，興亡幾回見。」此摹杜老《玉華宫》詩，可謂神似。

《咸陽早發》云：「日照長陵小市東，依然蹤跡逐飛蓬。未央宫闕悲歌裏，鄠杜鶯花泪眼中。已見銅人辭漢月，空留石馬卧秋風。多情最有咸陽草，和雨和烟歲歲同。」此種殊近許渾、韋莊風致。先生入蜀後詩格始變蒼老，此猶是《才調集》本色也。先生以郎官典試入蜀，「悲歌」、「泪眼」等字不知從何而發？《茂陵》云：「《天馬歌》成愁出塞，泉鳩事去泪沾膺。」同一無病而呻也。又考先生入蜀時剛三十九歲，而《扶風道中》云：「老鬢愁中改。」《寶鷄道中》云：「白盡老夫頭。」《鳳縣》云：「衰遲慙鳳德。」《鳳嶺》云：「一夕驚老瘦。」《武關寄家書》云：「白頭吟更苦。」《棧道感懷》云：「白頭騎馬嘉陵路。」似皆不切。又蜀道雖遥，並非異域；壯年奉使，有何牢騷？而《漢中府》云：「只愁明日金牛路。」《藥物》云：「愁多老病侵。」《富村驛雨》云：「愁人泪點明。」《鵝溪》云：「剩水殘山祇益愁。」《和鄭次公》云：「與君俱絶域。」《金花橋》云：「異域忽驚摇落久。」《雙流縣》云：「絶域老霜華。」《嘉陽登舟》云：「飄零萬里一歸人。」語意不倫至此，無怪爲趙秋谷所譏也。先生《脚痛詩》云：「去年牙齒豁，一痛連鰜車。今年腰脚痛，登降須人扶。吾年纔四十，早衰信有諸。」以此例觀，則「白髮」、「白頭」、「老病」、「老瘦」等語，竟或有之。

《寄家人》云：「京洛分襟七夕前，南岐驛路五更烟。故園刀尺齊紈素，遠道風花蜀國絃。斷續鶯飛深塢裏，横斜雁度夕陽邊。棧雲隴樹重重隔，閨夢何由到左緜。」情致綿麗，此題合有此作。妙在清脆而不傷薄，刻琢而又渾圓耳。

《雨度柴關嶺》句云：「鳥語不聞深箐黑，馬蹄直上亂雲高。」不必明露「雨」字，而自然警切。

沈曉滄曰：「《觀音碥》五古通首漾韵。」中云：「故人推沈宋，詩筆各雄長。」按：「雄長」之「長」宜從上聲，若作去聲，則是「冗長」之「長」矣。下「韶石恒古長」，韵同誤。

《定軍山諸葛公墓下作》云：「高密起南陽，文終從高祖。暴繫本見疑，數衄亦非武。堂堂諸葛公，魚水託心膂。二表匹《謨》《訓》，一德追伊吕。視操但如鬼，畏蜀還如虎。嗟彼巾幗徒，與公豈儔伍。紫色復蛙聲，抵隙各爲主。火井方三炎，《赤伏》更典午。志士耻帝秦，祭器猶存魯。陰平一失險，面縛忘奔莒。知公抱遺憾，龍卧成千古。峩峩定軍山，悠悠沔陽滸。鬱鬱冬青林，哀哀號杜宇。耕餘拾遺鏃，月黑聞軍鼓。譙侯寧足誅，激昂泪如雨。」沈歸愚先生極賞此詩，謂起四語以蕭何之下廷尉、鄧禹之連敗歸印綬，形武侯之一德一心未嘗挫衄也。叙述忠義武烈及天命興衰，激昂憑弔，如有神助。此等詩典重高朗，即欲使之無傳，其可得乎？

《謁諸葛武侯祠》七律一首，亦傑作。詩云：「天漢遥遥指劍關，逢人先問定軍山。惠陵草木冰霜裏，丞相祠堂檜柏間。八陣風雲通指顧，一江波浪急潺湲。遺民衢路還私祭，不獨英雄血泪斑。」沈曉滄曰：「通首神完氣足，起結有力，不在琢句鍊字見工。置之盛唐，亦推上乘。」

《夾江縣》云：「江山真萬里，雨雪到諸蠻。」《居易録》中歷舉押「蠻」字五句，皆先生得意語。然此

「雨雪到諸蠻」與下《鎖江亭晚眺》之「飛鳥近南蠻」，皆不見意趣。上句「萬里」二字本不確，又加「真」字，更滑。

《合江縣》云：「鰼部蠻荒水，東南裂地來。江臨巴子闊，山倚少岷開。故國音書絶，天涯老鬢催。渝歌聲太苦，中夜起徘徊。」詩自老健，然時異人異如此，學杜亦無病而呻耳。下《合江早發》云：「日出少岷山。」又下《塗山絶頂》云：「山圍巴子國。」調亦太近而複。

《晚登夔府東城樓望八陣圖》云：「永安宫殿莽榛蕪，炎漢存亡六尺孤。城上風雲猶護蜀，江間波浪失吞吴。魚龍夜偃三巴路，蛇鳥秋蟠八陣圖。搔首桓公憑弔處，猿聲落日滿夔巫。」論既精切，氣復排奡，極似玉溪生《籌筆》、《馬嵬》諸作。

《瀼西謁少陵先生祠五首》隱括一部杜詩之料，不漏不支，而又能自具神致，此自先生擅長，非他手所能辦也。詩云：「萬古瀼西宅，斜連谷口關。高雲魚武縣，秋水麝香山。老作諸侯客，心依供奉班。樊川臨素滻，遺恨不生還。」「白髮三川客，新詩百鍊功。飄零逐猿鳥，得失感鷄蟲。弟妹悲歌裏，朝廷涕泪中。浣花形勝地，回首雪山風。」「浩劫遺祠在，依然白帝城。崖連巫峽影，門對蜀江聲。太息隆中業，平生庾信情。艱難詩萬首，夔府至今名。」「已見浮三峽，還憐到九疑。湘娥何處是，楚客至今悲。槎繫南溟近，天連北斗垂。江陵空望幸，愁絶侍臣詩。」「欲去頻回首，停舟灧澦堆。東屯渺雲水，西閣莽蒿萊。感事悲《諸將》，懷人賦《八哀》。昆明遺碣在，落葉滿蒼苔。」

《登白帝城》云：「赤甲白鹽相向生，丹青絶壁鬬峥嶸。千江一綫虎鬚口，萬里孤帆魚復城。躍馬雄圖餘壘跡，卧龍遺廟枕潮聲。飛樓直上聞哀角，落日濤頭氣不平。」雖亦是格調架子，然使他手爲之，非湊則支，亦談何容易乎！頸聯一字百鍊。

《白帝城謁昭烈武侯廟》云：「赤甲山頭雲氣蒼，楓林蕭瑟落微霜。魚人故壘生秋草，鳥道寒空挂夕陽。當日君臣真灑落，至今祠廟有輝光。江流薄暮聞笳鼓，回首中原泣數行。」敗興語必新艷，著色語必深遠，此先生獨擅其勝。

《歸州書感》云：「歷歷青山遠更圍，蕭蕭黄葉晚争飛。一天暮雨來巫峽，萬里寒潮到秭歸。郢路蒼茫衰草遍，楚宫蕪没昔人非。灘聲半夜堪頭白，況復天涯未授衣。」語語淒緊，格調渾成，豈其易到。

《五更山行之屈沱謁三閭大夫廟》通首未見用意，而「未惜馬蹄遥」句尤無謂。下《題廟》句云「依依問楚人」，亦湊。

《南陽》云：「炎精十世飛雄雉，鼎足三分起卧龍。」金注引《漢書·五行志》「雌鷄化爲雄」事。按：「炎精」句用陳寶事。《列異傳》云：「二童子名陳寶，化爲雉，得雄者王，得雌者霸。秦文公獲其雌者，其雄者飛入南陽。」蓋秦後併六國，爲雌雉之應；漢家厄十世，光武興於南陽，爲雄雉之應。東漢一君，季漢一臣，皆在南陽，故詩並舉之。《訓纂》所引最是，金注以雄鷄當雄雉，且云「借用」，以指王鳳，恐非詩人之指。

《滎澤渡河》第二首云：「渺渺星槎擊楫登，鴻溝極目氣飛騰。已過白雪三城戍，初試黄河十月冰。沙磧連雲朝牧馬，獵圍行炙晚呼鷹。金堤東下夷門路，落日寒烟弔信陵。」雄豪老健，足以方駕小杜。

《徐五兄自號稽庵》云：「我慕阮步兵，君學嵇中散。平生竹林期，鳧鶴誰長短。君抱出世姿，夙昔薄軒冕。彈琴聊自足，採藥忽忘返。且復龍性馴，兼久養生善。嗟哉儁傷道，斯語君知免。獨應七不堪，仿佛嵇生懶。我本澹蕩人，早歲頗任誕。一聞如鸞嘯，自顧爲人淺。廿年嬰世網，歲月坐晼晚。往往逢途窮，痛哭回車阪。深慙至慎言，薄俗誰青眼。永懷素心侶，詎異平生撰。空傳周僕射，遠欲希嵇阮。」用事而不爲事所窘，又能超脱，到此分際者，有幾人哉！

《輓姜貞毅先生》云：「曾聞碧血裹朝衣，滄海横流萬事非。生已變名吳市去，死當埋骨敬亭歸。空山落日鳴題鴂，孤墓深春長蕨薇。魂傍要離君愛弟，英靈來往怒濤飛。」此詩豈徒以格調風致見長。

《題杜工部秦州像》云：「靈武中興日，秦州旅食年。羌戎常雜處，崖谷至今傳。意氣凌天馬，幽愁拜杜鵑。瞻依思往事，攬涕獨潸然。」先生此題詩凡三首，此其次首，最佳。惜結十字稍滑耳。汪鈍翁嘗聞先生作此詩，駭之曰：「子率易如此耶？」王不應，直擲其詩，令讀之。至「意氣」十字，急加稱賞。曰：「能道得個語，真工部後身矣。」

《羼提軒病中漫興》云：「海客秋善病，歸來卧茅屋。東窗蔭叢桂，西窗羅斑竹。露檻警孤鶴，風欞散疎菊。以此淡漠心，聊取媚幽獨。鴻鵠薄天遊，麏麚樂巖谷。」相傳先生成此詩，顧自矜賞。嘗出示汪鈍翁，曰：「此詩當不減韋左司。」鈍翁笑曰：「『露檻』十字已微類柳柳州矣。」先生躍然起曰：「君言良是。」蓋先生《論詩》有云「解識無聲絃指妙，柳州那得並蘇州」，故汪云爾。

《漫興十首》當如惠定宇所分：第一首謂吴逆據衡、永，二首謂忠愍爲王輔臣所害，三首謂圖文襄繼忠愍出征，四首謂文襄先平哈爾哈，五首以平吴逆望文襄，六首謂耿逆從吴逆叛，七首謂平察哈爾，八首謂劉進忠、孫延齡相繼而反，九首謂死節諸公，十首先生自謂也。

沈曉滄曰：「《戴嵩牛圖》七古章法極細密。點明戴嵩後，即以『田家風物宛在眼，但有耕作無兵戎』二句逗下；『一從羽書急滇海』一段却不徑接，先從自己舊事關照圖畫，然後推開發議，層層收足；末以『童牛不牿』暗指孽藩作收，純是少陵家數。若後作《同李湘北陳子端登慈仁寺閣》七古，中間插入『兵車轔轔』一段，則不免硬拉時事矣。」

《雜感》第三首云：「天狗過秦野，氂牛限鬼方。」此即《易》、《詩》之鬼方。《倉頡篇》訓鬼爲遠。班固《典引》之「鬼區」，義亦同。《精華録》注以爲「輿鬼之分野」，誤甚。「天狗」，秦也；「氂牛」，蜀也。故下曰：「古來稱隴蜀。」「隴」指隗囂，「蜀」指公孫述，以喻王輔臣、鄭蛟麟、馬寶諸逆。

《送許竹隱之紹興》第一首結句云：「沼吴兼霸越，懷古意無窮。」語太浮泛，「懷古」五字，又豈可成詩？

杭大宗《書漁洋山人題展子虔高歡歸晉陽圖後》云：「元《郝文忠公集》亦有此題，稱高緯，非高歡也。考《宣和畫譜》，展子虔畫《齊後主歸晉陽圖》六幅。《高歡歸晉陽圖》是唐張昉畫，不可混也。至今日而商丘宋氏突出展子虔之畫，定爲高歡。山人詩云：『紅衣執樂一千指。』益知爲馮小憐偕行之證。歡雖多内寵，《神武紀》中『每歲一歸晉陽』，以太原根本之地，藉婁后居守也。其時方與關中構難，未暇攜挈宫眷。觀《北史·后妃傳》，馮翊太妃爲高澄所烝，因司馬子如而事解，可證。芒山一戰而根基立，沙苑一敗而疾，遂不起。使斛律金唱《敕勒歌》，正其疾革時事，任意闌入，尤爲雜遝。」

《寄汪茗文堯峰隱居》第四首云：「欲訪天隨子，來過甪里村。五湖正秋色，一棹到閒門。林屋探仙跡，咸池問水源。嗒然白雲外，相對坐聞猿。」閒逸之致，逼近右丞。《再題梧桐閣卷》一首格調亦同，其韵在言外，亦能得右丞三昧。

《題昌黎詩後》云：「西京功業繼三代，貞觀仁義被九州。惜哉韓公不及此，但取將相酬恩讎。」此雖用《劉生行》語，然不知所謂，蓋當時必有所指也。以詩體論，亦與通集不類。

《北山約遊摩訶不果往》一首能以趣勝，神似眉山；《曹升六謝千仞攜酒過飲二首》，神情俊爽，又似仿劍南。知先生固不拘一格也。

《宣和打馬圖》一首徒事鋪排，毫無興象。此題詩似不應如是作。

《曹正字邀同豐臺看芍藥八首》氣韵甚高，惜八首合看，略無章法耳。

林暢園師評《秦鏡詞》前有「當年秦并六國時」，後又有「憶昔大收天下兵」，詞意似複，是也。且兩用「照膽」，字面亦複。惟結句「不照長城多白骨」，别出一意，却好。

《小飲葉子吉學士齋》詩學昌黎，甚有神理。「酒酣岸幘忽大笑」以下，從飲酒生感慨，順接出諸進士；「他年但乞五湖長」，以己之欲歸隱江南作收，既與中間「雨笠烟簑」有關會，且於起處「風塵」、「愁霖」無不包裹，章法亦甚謹嚴。「髁」「哆」兩字皆收上聲哿韵，今叶去聲，未知何據。

《張員外園亭送金山人歸越》云：「客有越鄉感，抱琴辭上京。離堂秋月色，別思楚鴻聲。水國三千里，冰絃一再行。成連何處去，今夕獨移情。」高調，亦唐音也。沈曉滄曰：「《羅塞翁猿圖》詩中數語敘次，形容如見。尤妙於簡。」結意亦力尋徑路耳，然却不凡。

《哭公鼐吏部》第二首云：「廿年藝苑忝同游，回憶音塵泪不收。結客曾傾四公子，論兵欲動五諸侯。故人半化遼東鶴，世事終輸閣道牛。手定君文纔幾日，可憐馬策慟西州。」極似劍南。史承謙曰：「陳黄門贈曹州劉大將軍詩云：『結客能傾四公子，論兵欲繫五單于。』漁洋似襲其語。」

《陳其年索詩送王生之襄陽》一首，全鋪寫襄陽景物，而忘却送行之意，亦千慮之一失乎？

《送陳子文赴安邑丞》第三首云：「道逢紵衣惠，未敢悲晼晚。」注者引子産獻紵衣事。按：此詩上四句云：「騏驥服鹽車，躑躅上虞坂。山石何磽聱，日暮途且遠。」下云：「仰首奮長鳴，市日思一展。譬彼軼世士，遭時未離蹇。」則「道逢」句自係《戰國策》伯樂遇騏驥，下車攀而哭之，解紵衣以幕之事。若引《左傳》，則與上下文皆説不去耳。

沈曉滄曰：「《藝圃雜詠十二首》，詩品亦高，然使出王、孟之手，自更有事外往致。其《六松軒》一首，意味更短，以未能洗盡鉛華耳。」又曰：「《送鄧孝威歸海陵》通首竟賦四皓，古人中少有此體，且身分亦不稱。」

《顏修來寄孔廟碑》詩弱筆累句，不一而足。如「歷代遞相嬗」、「蛟螭無錯互」、「韋蔡競先騖」、「聊持伴魚素」、「椎拓亦殆庶」、「低回不能去」等語，皆老手所不應有。「論世嘅桓靈，末造紛黨錮」，自注云：「元嘉、永壽、建寧三碑。」按：此二句不足以括三碑。讖緯則三碑或不免，於黨錮何與焉！梁鵠所書祇有黄初封孔羡一碑，有張稚圭題字爲據。以較孔廟諸碑，似稍遜一籌。而先生詩云：「尤愛梁鵠書。」恐亦非著意之筆。

《題顧茂倫雪灘釣叟圖》云：「垂虹秋色東南好，雨笠烟簑送此生。今日三高祠下過，惟君不愧隱人名。」「仿佛桐江百尺臺，旁人漫作客星猜。投竿一笑烟波外，陽鱎紛紛入釣來。」此畫江都李寅所作，先生手蹟猶存。第一首「送此生」作「過一生」。第二首云：「收拾魚竿别五湖，淋漓虎觀賦《三都》。如何裘馬縱横日，猶有先生狎釣徒？」則與刻本全異。

《和田綸霞郎中移居》詩，韵脚均未能自然。首句「田郎詩格如《雪車》」，以《雪車》當劉叉，已覺牽强。餘如「紛如雁字風中斜」、「畢逋愛伴城頭鴉」、「蹀躞聊試終參撾」、「愼莫無匹悲匏媧」，皆隨手亂扯，毫無理趣。惟「夢向漪亭坐秋水，蒼筤萬个眠麏麚」二句稍可耳。王子敬書《洛神賦》，「匏瓜」作「匏媧」，詩當本此；「無匹」只作「獨處」用，亦不切當也。

《不得宋荔裳妻孥消息》云：「宋玉琴終古，西川信未通。九原悲馬鬣，八口寄蠶叢。想像離綿竹，艱難出大蓬。猶聞豺虎亂，未可泝巴東。」此詩頗似杜。時荔裳入覲，没於京師，而西川道梗，故有此作。然其後荔裳妻孥皆全還鄉，無他故也。查初白集中有《中山尼》一詩，乃傳聞之訛耳。鄧孝威《詩觀》評云：「用幾個虚活字，全詩俱動。」

《獒圖》一詩纔十八句，而趙盾事乃衍至五句，太無味矣。通首亦不足存。

《題王元照畫》云：「琅邪家世鳳麟洲，翰墨人間第一流。松勢高低疑鸛啄，溪紋參伍學鼉頭。扶笻名嶽雲峰細，放鶴空亭雪棧幽。白首奉常今又死，買絲重擬繡廉州。」蘇齋師極賞此詩。然中兩聯寫景平實，似尚未盡搏挖之勢。

《送湯荆峴侍講使浙江》一首，鋪寫越中景物，而於湯之奉使爲何事，全無一筆涉及。雖不作可耳。

《寄李鄴園尚書》云：「閩天烽火達錢塘，太乙靈旗指越疆。文武共推周吉甫，勳名誰並郭汾陽。椎牛午夜千夫膳，射虎三秋百戰場。今日羅平妖鳥盡，早聞憂國鬢如霜。」「爛柯山上陣雲低，大末城頭月暈齊。飛檄直臨澎島外，纖塵不動浙江西。戰袍血濺盤鵰鶚，雄劍霜寒淬鸊鵜。半壁東南功不細，天書頻下武都泥。」二詩有裨實事，格調並佳，集中傑作也。

《戴氏鼎》云：「斑斑古色疑周秦。」《多父敦》云：「蒼然古色來商周。」皆惝怳之詞，此與《焦山鼎》詩同一不切。先生詩固不尚考訂，然於此等題，則實不宜。

《題五子論文》云：「馳情渭北樹，極目江東雲。不是顔光禄，誰當詠《五君》？」只此二十字，未免大率易矣。此等詩竟當不存。「五子」何人？詩既不具，其事見《訓纂》引汪楫《悔齋集》，而金注亦置之，殊不可解。

《元祐黨籍碑》云：「天津橋上啼杜鵑，耕父已見清泠淵。宫中堯舜不可作，厚陵社飯悲年年。二惇二蔡秉國軸，同文館獄紛鈎連。衣冠相望走嶺表，一網盡矣嗟群賢。司空手籍元祐黨，大書深刻相磨鎸。彗星下埽文德殿，毁碑夜半何喧闐。攸攸狒狒一兒戲，可憐宋社成南遷。潭州死骨尚有臭，黨人名字光中天。西南荒徼八桂郡，此碑千載人争傳。上云垂戒萬萬世，其詞何異誅共驩。從來青蠅亂白黑，三代遺直今如絃。小人勿用《易》所戒，崇寧僨轍無忘旃。」首句七字飄然而來，實不可及，惜次句接得不稱。「攸攸狒狒」四句亦佳，收處又太直矣。憶昔年與陳石士、劉芙初、吴蘭雪、李蘭卿同學詩於蘇齋，吾師命作《元祐黨籍碑》詩，且言：「我從前與紀曉嵐、錢籜石、陸耳山及朱竹君、石君兄弟結爲詩課，一日拈得此題，僉以入手爲難。籜石云：『記得漁洋有此詩，必有異人之處。』竹君曰：『詠史非漁洋所長，我輩不必讓他。此題入手，總不能出《宋史道學傳論》範圍也。』因伸紙一揮，已有數韵。時曉嵐檢出《精華録》，甫朗吟『天津橋上啼杜鵑』七字，竹君遽毁稿投筆，曰：『古人信不可及也。』籜石等亦相與嗟賞，是日遂不成詩云。」謹附記於此。

先生集中排律甚少，《送孫予立周星公奉使安南二十四韵》排比綿密，渲染壯麗，自是正格。當存之，以備一體。

先生《南海集》中詩，聊以編年紀行則可，若以入自定之《精華録》，則不愜人意者多。如《河間從鄭山公乞滄酒》七律，第三句「朔風初過毛萇里」是矣，而對句云「西日難遮庾亮塵」，則似隨手配用，别無所指。《荏平懷古四首》惟《張鎬》一首云：「湖海鬚眉在，寧忘社稷讎。張公琴酒客，能辨殺閭邱。」語意尚藴藉。其前三首則太淺率矣。《雪中發東阿》詩「即事成今古」，五字亦滑。《次兖郡》結句云：

「獨媿鍾離意，名符發甕書。」牽扯無謂。《少陵臺》云：「平野蒼蒼合，浮雲故故來。」「故故」二字雖本杜老，然殊未佳。《雪後過嶧山》云：「數仞碧玲瓏，參差望不窮。」後五字豈應出自名手？又云：「波浮泗濱磬，雪照嶧陽桐。」如此板對，有何意趣？《古薛城弔孟嘗君》一首亦淺。而《狐駘山》一首云：「髽弔何年事，傳聞此伐邾。至今歌小子，猶似怨侏儒。」則真不成詩矣。大抵此一路之詩皆平庸，與全集不稱，讀者當自領之。

《隋堤曲》云：「殿脚三千事已非，隋堤風物尚依稀。玉蛾金蠒飄零盡，誰見楊花日暮飛。」蘇齋師曰：先生好作此等詩，其實可以不必。此後《雨過滁岑》及《泳園夜雪》等篇，皆無一真實語也。

《昭陽湖》云：「滿湖風皺碧琉璃，微子山前返照時。閒挂笭箵泊沙觜，紅霞一抹曬鸕鷀。」「紅霞」當作「夕陽」，緣第二句已有「返照」字，故末句以「紅霞」代「夕陽」。其實紅霞一抹，於情景終欠渾成。蘇齋師曰：此先生五十以外作也。「半江紅樹賣鱸魚」，在先生少年初寫江南景，自爲好句；至此老境奉使，又作此等語，則不必存耳。

《彭門懷古》八詩亦多空衍，惟第八首云：「風雨彭城意黯然，東堂松竹没寒烟。潁濱老去東坡死，銅狄摩挲五百年。」此詩之妙，竟在言外。此種作，雖放翁、遺山不是過也。

《寫韵軒》云：「仿佛鸞岡露黛眉，繡襦甲帳爲誰施。」「繡襦甲帳」即用《采鸞歌》中語，而注不之及。

《泰和縣夜泊雷雨》云：「雷驚殷山起，雷急劃江圓。」對語尤勝，是晚唐鍊字法。

《十八灘三首》叙述出入之險，可謂奇刻。戈仙舟元生極賞次首「武朔既崖柴，崑崙絶排奡」十字，然「排奡」二字本韓詩，「奡」是人名，謂「力能排奡」也，則不應作雙字用矣。

《攸鎮雨泊》云：「竟日孤篷雨，宵分尚未休。瘴雲來嶺表，江漲下虔州。暗濕桃花重，平添竹箭流。更聞春唤語，催白五更頭。」羈愁之況，一語結之。全首氣格清老，極似少陵夔州後詩。

《自錦繡峰下至東林寺》云：「江州郭外雪雲濃，翠壁丹崖錦繡重。行盡清溪三百曲，東林纔打午時鐘。」末七字可稱名句。

《棲賢寺》云：「李渤讀書處，乃在棲賢谷。何年作招提，來尋愜幽獨。僧舍如蜂房，高下傅山麓。雲來漢陽峰，時就簷下宿。古寺無所有，脩竹間喬木。野衲喜客來，欣然設茗粥。便欲置草堂，巖棲於此卜。」此前後數詩皆學晉人，惟此首極成章可誦。

《同丁雁水登八境臺二首》起云：「天末欣相見，登臨復此臺。」是老杜起法。結云：「祇今烽火息，吾輩許高歌。」收合相見登臨之樂，法老神完。

《三峽橋》云：「五里聞瀑聲，轟若車千兩。谺回見飛梁，穹若虹百丈。衆流會三峽，峽門扼其吭。建瓴沸驚湍，排空削層嶂。石激水斯怒，水横石逾壯。水石終古争，怪奇紛萬狀。日射金井潭，濺沫出橋上。日光散青紅，雨絲亂飄颺。絶景遇兩蘇，何人繼高唱？」戈仙舟先生極賞此詩，以爲摹寫得出。細按之，只起二語佳耳，以下皆不相稱。「石激」、「水横」四語，雖接得住，而未免單弱。結語尤弱，不能爲之諱也。

《開先寺贈某公》云：「晴天雙瀑下，急雨萬松深。」十字甚妙，但接首聯意不出。後四語亦未稱。

《江上看晚霞三首》第一首云：「彭澤縣前風倒吹，三朝休怨峭帆遲。餘霞散綺澄江練，滿眼青山小謝詩。」風格絶佳，只此一首足矣。後二首可删，次首尤無謂。

《天門山夜泊》詩有「絶域此生還」句，此先生奉使南海時作，較之入蜀詩所云「異域忽驚摇落久」及「飄零萬里一歸人」諸句，更有甚矣。

《皖城懷古四首》有意摹杜，自是集中高唱。詩云：「憶昨經過射蛟浦，今朝還望盛唐山。大江日夜流如昔，武帝雄風去不還。天馬蒲桃空塞外，飛廉桂館自人間。茂陵抔土秋風裏，玉女何曾解駐顔。」「龍舟曾颭錦帆風，回首淮南事不同。降邸已聞營汴上，皖公猶自落杯中。豫章一去歸何日，廬阜重來隱未終。苦憶舒州徐騎省，江潮東下雨濛濛。」「清水塘邊余闕祠，雲霄浩氣凛鬚眉。英姿颯爽猶横槊，古砌荒凉只斷碑。鶴化千年非故國，雞鳴十廟不同時。皖江便是田横島，義士悲歌爲涕洟。」「羅刹磯頭落日懸，侍中遺跡至今傳。楚纍有限沉魚腹，蜀魄何必化杜鵑。家國幾看陵谷變，江山猶痛革除年。青溪血影留遺石，巾幗還應媿世賢。」先生《五代詩話》載徐鉉謫居舒州《贈彭芮》詩，有「短褐閑吟皖水邊」之句，故此詩第二首云：「若憶舒州徐騎省。」乃注《精華録》者不知引此。

《荻港》結句云：「黄公戰處今殘壘，憑眺休登燕子磯。」金注因先生《北歸志》「靖南侯」云云，遂以宋黄幹爲靖南侯，曾知安慶事釋之。惠定宇曰：「《北歸志》所稱乃明末黄得功事，左良玉反，公禦之，築壘於板子磯。黄後殉節蕪湖，故此詩憑弔往事，有無限感慨。」豈得如金注所云耶！

《宿唐濟武大史志壑堂即事》云：「新竹捎簷夜氣清，忽聞山鳥報寒更。單衾喚起瀟湘夢，落月已西天未明。」於聲色臭味之外，别具遠韵。

《行經鵲華二山間》詩構法變化，令人迷離不測，似從老杜《渼陂行》來。詩云：「《山海》作經首鵲山，招摇之桂生其間。麗䆶之水出其下，視餘四照花斕斒。今此鵲山毋乃是，越人陳跡誰追攀。濼水南來紆且直，羅生夾岸蘅蕪蘩。隔水正望華不注，疑臨玉鏡窺烟鬟。是邪非邪看不定，尹邢雙照蛾眉彎。被山瑀琈不收拾，蒸栗黄潤丹砂殷。七十二閘遠鉤帶，如碁布子交周環。柳花滿樹緑於染，杏花滿地紅斑斑。始知今日已寒食，潑火小雨回天慳。濯纓湖亭好烟景，春波澹蕩清心顔。回頭却望衛河北，風沙莽蒼連雄關。」

《題張力臣小照》云：「白頭更訪鴻都學，手拓陳倉《石鼓文》。」「鴻都」既非石經，亦更與「石鼓」不相涉。大約依類之話頭，隨手用之耳。

《題趙承旨畫羊》云：「三百群中見兩頭，依然秃筆掃驊騮。揭來清遠吴興地，忽憶蒼茫勅勒秋。南渡銅駝猶戀洛，西歸玉馬已朝周。牧羝落盡蘇卿節，五字河梁萬古愁。」有議論而能藴藉，此豈徒以格調爲工者乎！三、四已見命意，復以「銅駝」、「玉馬」一聯作襯，詞則清空，意則鋒刃。而更以子卿之不失節足之，趙王孫何處生活耶？人云詩史，此則詩有《春秋》。趙松雪詩：「故國金人泣辭漢，當年玉馬去朝周。」此詩即用其語，而注家竟置之。

《郎當驛雨中》二絶俱佳。「却使青驢行萬里，三郎當日太郎當」，言語真是妙天下；「西風盡日濛濛雨，開遍空山白茇花」，亦絶調也。

文達師曰：落鳳坡出《三國演義》，《廣輿志》誤收之。而先生有《落鳳坡弔龐士元》詩，可笑。

《千佛巖》云：「莫遣丹霞聞，木石總燒却。」按《指月録》只言「丹霞燒木佛」，此言「木」「石」並燒，亦可議。

《夢游三山圖歌》起云：「故人昨有夢，夢落滄海東。」叙得簡净。下半「西堂八十方兩瞳，生不並世道則同」，兜得有力。其中間羅舉蒙莊、曼倩諸人，即以本事爲波瀾，似荒幻而非荒幻也。此先生之真實本領，學者當善參之。

（吴忱、楊君、王天覺點校）

退庵隨筆・學詩

退庵隨筆・學詩提要

《退庵隨筆・學詩》二卷，據道光間《退庵隨筆》重刊本點校。撰者梁章鉅，生平見《讀漁洋詩隨筆》提要。按此原係《退庵隨筆》之卷二十、二十一。《隨筆》有道光十七年自序，謂初刊於前一年，增訂重刊於本年。郭紹虞《清詩話續編》抽出「學詩」二卷單行。「學詩」者，蓋記録翁蘇齋、紀文達二師之語，並抄撮宋金元人及時賢論詩語，排比説明，以示人門徑也。其上卷之大要，略在「用事」，竟以宋人説杜之「無一字無來歷」一語，上通至《三百篇》，謂我輩生古人後，須盡識往古來今、上下四方、鳥獸草木、古人格律，方可言詩，用駁鍾嶸「何貴用事」與嚴羽「非關學」之説，極顯其師門相沿之重學旨趣。下卷之大要略在「用韵」，尤擅長辨析古體聲調，此是漁洋、秋谷及乃師覃溪一脈相承之學，又多方參酌顧亭林、毛西河等家，其聲韵之説遂較前輩清簡可從，此亦關學問也。翁、紀二家詩學本極精深，梁氏爲翁門高足，眼界甚寬，而亦能賞袁枚之説，摘引《隨園詩話》、全録其《續詩品》等不遺餘力，故能盡得乾嘉詩學之義諦。其中之一義即爲唐、宋詩貫通無礙，如御選《唐宋詩醇》定李、杜、韓、白、蘇、陸六家，《四庫全書總目》繹之「當爲詩教幸，不僅爲六家幸」，此乃詩史大方之見，非諛辭；梁氏即詳析六家優長及歷來注本，又廣而及於唐、宋他家，雖多本師説，未能自成一家，然信而有據，頗便擇優以讀，此亦其「學詩」之謂也。

退庵隨筆

福州梁章鉅茝林編

學詩一

古人言詩，必推本於《三百篇》，或以此言爲迂者，淺人之見也。古人言語之妙，固非今人所能幾；無論今人，即漢、魏以迄三唐，所謂直接《三百篇》之作者，亦差之尚遠。此時代限之也。然《三百篇》之宗旨，「思無邪」三字盡之，則人人所可學也。《三百篇》之門徑，「興、觀、群、怨」四字盡之，則人人所同具也。《三百篇》之性情，「温柔敦厚」四字盡之，則人人所當勉也。此不可以時代限之也。但就此三層上用心，源頭既通，把握自定，然後再學其詞華格調，則前人言之詳矣。

漢、魏之詩，無意於學《三百篇》，而神理自合，時代本近也。六朝而後刻意學之者，以杜、韓爲最。杜之言曰：「雅麗理訓誥。」韓之言曰：「《詩》正而葩。」《三百篇》之詞華格調，盡此二語矣。竊謂今之學詩者，只須將《毛詩》句句字字盡得其解，再將白文涵泳數過，於詩詣而不能精進者，吾不信也。

古人立言，以能感人爲貴，而詩之入人尤深，故聖人言詩可以興、觀、群、怨。而今人作詩，但以應酬世故爲能，則不如不作。試觀《三百篇》中，如《彼何人斯》云：「作此好歌，以極反側。」《節南山》云：「家父作誦，以究王訩。」《正月》云：「維號斯言，有倫有脊。」而《四月》云：「君子作歌，維以告哀。」則自稱爲君子。《崧高》、《烝民》，一則云「吉甫作誦，其詩孔碩」，一則云「吉甫作頌，穆如清風」，則並不嫌於自譽。蓋欲人知其言之善而聽之，非必若後人作詩多自謙之辭也。故《巷伯》直云：「寺人孟子，作爲此詩。凡百君子，敬而聽之。」

《書・金縢》：「公乃爲詩以貽王，名之曰《鴟鴞》。」是先作詩後爲名之證。故顧亭林曰：「古人先有詩而後有題，今人先有題而後有詩。」顧心勿成志曰：「古人詩，無所謂題，曰篇名而已。大都取本詩中句字，或全取首句，或摘取數字，或摘取中間及篇末之字，並無義例。其合篇中句字而別立一名者，《小雅・雨無正》、《巷伯》，《大雅・常武》，《頌・酌》、《賚》、《般》而已。《雨無正》，據《韓詩》有『雨無其極，傷我稼穡』八字，則亦取篇首也。《巷伯》他人所名，《酌》、《賚》、《般》取樂節而名，皆無深意。惟《常武》一篇，特立篇名，應自有義，蓋《三百篇》中所僅見也。統計《三百篇》中，篇名少纔一字，至多不過五字，則惟《昊天有成命》一篇。今人製題，有多至十餘句者，蓋古人所謂序也。古人篇名自篇名，序自序。《三百篇》序皆他人所爲。後來如張衡《四愁詩序》，《爲焦仲卿妻詩序》，亦他人所作。今人詩則皆自序，並或於題下加序而題與序混矣。《三百篇》序不必盡出當時，而辭皆簡質。今人序文愈繁，而詩遂減味矣。」

《風》詩與《雅》詩，其體不同。《雅》詩實，鋪叙處多；《風》詩虚，藴藉處多。然《風》詩亦有盡情發露者，如《蝃蝀》卒章及《相鼠》之屬；《雅》詩亦有含蓄不露者，如《鶴鳴》、《鼓鐘》之屬，皆變體也。」

蘇齋師教人作詩，結語有用尖筆者，有用圓筆者，隨勢用之。此亦從《三百篇》出來。《三百篇》

中，有就本事近結者，《頍弁》、「間關」之類；有離本事遠結者，《斯干》、《無羊》之類，亦隨勢爲之。若《甘棠》、《小星》章，俱單句結；後人作古體詩，亦常用之。

曹子建《贈白馬王彪》詩，顔延之《秋胡行》，皆以次章首句蟬連上章之尾，此本《大雅・文王》、《下武》、《既醉》三篇章法也。而蔡中郎《飲馬長城窟》，晉《西洲曲》，復施其法於一章之中，纏綿委折，而節拍更緊，遂極情文之妙。

唐、宋以來，詩家多有倒用之句。謝疊山謂「語倒則峭」。其法亦起於《三百篇》。如《谷風》之「不遠伊邇，薄送我畿」，《簡兮》之「赫如渥赭，公言錫爵」，《小明》之「至於艽野，二月初吉」，《閟宫》之「秋而載嘗，夏而楅衡」，《殷武》之「勿予禍謫，稼穡匪懈」是也。有倒用之字，倒一字者，如「有敦瓜苦」，「菀彼桑柔」，「以我齊明」，「矧敢多又」。倒二三字者，如「婉如清揚」，「終其永懷」，「匪言不能」，「式飲庶幾」，「何辜今之人」是也。他若「中谷」、「中逵」、「中林」、「中路」、「中田」、「家室」、「裳衣」、「衡從」、「稷黍」、「瑟琴」、「鼓鐘」、「斯螽」、「下上」、「羊牛」、「甥舅」、「孫子」、「女士」、「京周」、「鼐鼎」、「息偃」之類，不勝枚舉。然在古人，却非有意爲之，亦大抵趁韵之故，遂開後人法門耳。

《三百篇》中，對偶之句，層見疊出，已開後代律體之端。如「覯閔既多，受侮不少」，「發彼小豝，殪此大兕」，「升彼大阜，從其群醜」，「念子懆懆，視我邁邁」，「誨爾諄諄，聽我藐藐」。又有扇對，如「昔我往矣」四句。有當句對，如「螓首蛾眉」，「檜楫松舟」，「有聞無聲」，「唱予和汝」，「匪莪伊蒿」，「彼疏斯稗」。有以對句起者，「喓喓草蟲，趯趯阜螽」，「青青子衿，悠悠我心」。有以對句結者，「厭厭良人，秩秩德音」，「允矣君子，展也大成」。

李、杜、韓、蘇詩中，亦不免有疵詞累句，不但無損其爲名家，且並有與古人暗合者。即如《三百篇》中，有敷演句，如「無已太康，亦已太甚」，「太」即「已」也。此與《書》之「不遑暇食」，《左傳》之「尚猶有臭」相同。有湊泊句，如「既伯既禱」，「匪載匪來」，「爰始爰謀」，「如沸如羹」，第三字皆湊成。有複疊句，其相連者，如「不我以，不我以」，「人涉卬否，人涉卬否」。相間者，如《君子于役》二章，各複一「君子于役」；《采苓》三章，各複一「人之爲言」；《雲漢》卒章，複「下瞻卬昊天」。其複二字者，在句首，如「言告師氏，言告言歸」；在句中，如「以望楚矣，望楚與堂」；在句末，如「奉時辰牡，辰牡孔碩」，「胡不相畏，不畏于天」，「戎車嘽嘽，嘽嘽焞焞」，「其德克明，克明克類」，皆取成句調，別無深義也。

魏道輔泰曰：「詩者述事以寄情，事貴詳，情貴隱，故能入人之深。如盛氣直述，更無餘味，則感人也淺，烏能使其不知手舞足蹈，又況能厚人倫，美教化，動天地，感鬼神乎？『桑之落矣，其黄而隕』，『瞻烏爰止，于誰之屋』，其言止於桑與烏爾，及緣事以審情，則不知涕之何從也。後人『採薜荔兮江中，搴芙蓉兮木末』，『沅有芷兮澧有蘭，思公子兮未敢言』，『我所思兮在桂林，欲往從之湘水深』之類，皆同此意。唐人樂府，述情叙怨，雖委曲周詳，而言盡意盡矣。」

古人不朽之作，類多率爾造極，不可攀躋。鍾仲偉有「吟詠性情，何貴用事」之語。嚴滄浪亦言：「詩有別才，非關學；詩有別趣，非關理。」此專爲《三百篇》及漢、魏言之則可，若我輩生古人之後，古人既有格有律，其敢曰不學而能乎？且詩兼賦比興，必熟通於往古來今之故，上下四方之跡，而多識於鳥獸草木之名，既不能無所取材，又敢曰「何貴用事」乎？余在樞直，每公暇，輒與程春廬談藝。春廬爲余述其友方長青之言曰：「詩必以造語爲工，而造語必以多讀書善用事爲妙。試取《三百篇》讀之：『沔彼流水，朝宗于海』，用《禹貢》也。『燎之方揚，寧或滅之』，用《盤庚》也。『國雖靡止，或聖或否。民雖靡膴，或哲或謀，或肅或乂』，用《洪範》也。『罔敷求先王，克共明刑』，用《康誥》也。虞史臣之序曰：『率釐下土方。』《商頌》用之。《夏小正》曰：『有鳴倉庚。』《豳風》用之。塗山之歌曰：『有狐綏綏。』《鄘風》、《齊風》兩用之。箕子之歌曰：『彼狡童兮，不與我好兮。』《鄭風》用之。夫商、周所有之書，其見於今者亦僅矣，而其可得而言者如此，則令其書具存，將《三百篇》無一字無來歷，可知也。蓋鍾、嚴所言，專以性靈說詩，未爲過也。乃言性靈，而必以不用事、不關學爲說，則非矣。桓野王撫箏而歌其詩曰：『爲君既不易，爲臣良獨難。』安石爲之累欷。謝康樂之詩曰：『韓亡子房奮，秦帝魯連耻。本是江海人，忠義動君子。』孝静爲之流涕。彼詩之感人，至於如此，亦可謂有性靈語矣，而皆出於用事，本於學古。然則以學古用事爲詩，則性靈自具；以不關學、不用事爲詩，雖有性靈，蓋亦罕矣。」

李文貞教人學詩，「先將《十九首》之類，句句摹倣，先教像了，到後來自己做出，自無一點不似古人，却又指不出是像那一首」云云。此最是初學一妙訣，從來名手作詩作文，大抵皆從此入門，但不肯自說破耳。王漁洋最喜吳淵穎詩，初時句摹字倣，到後來自成片段，便全不似他。今集中尚存和淵穎兩詩，以原詩對勘，幾如硬黃響搨書。此即其少年用功之迹，學者當善領之。

汪韓門曰：「魏文帝《典論》曰：『詩賦欲麗。』陸士衡《文賦》曰：『詩緣情而綺靡。』夫以綺麗説詩，後之君子所斥爲不知理義之歸也。嘗讀《東山》之詩矣，周公但言『慆慆不歸』及『勿士行枚』數言已足矣。彼夫蠋在桑野，瓜在栗薪，『伊威在室，蠨蛸在户』，町疃近廬舍而鹿以爲場，熠燿乃倉庚而螢以爲號，皆贅言也。又嘗讀《離騷》矣，屈子但言『國無人莫我知』及『指九天以爲正』，亦數言可畢矣。彼夫駟玉虯，戒鸞皇，飲咸池，登閬風，索虙妃而求簡狄，占靈氛而要巫咸，皆空談也。是則少陵之傑句，無如『老夫清晨梳白頭』；昌黎之佳作，莫若『老翁真箇似童兒』。『一二三四五六七』，固唐賢人日之著題；『枇杷橘栗桃李梅』，且漢代大官之本色。古樂府之『魚戲』，「魚戲蓮葉東，魚戲蓮葉西，魚戲蓮葉南，魚戲蓮葉北。」《浣花集》之『杜鵑』，「西川有杜鵑，東川無杜鵑，涪萬無杜鵑，雲安有杜鵑」。元劉仁本之『蕨萁』，「東山有蕨萁，南山有蕨萁，西山有蕨萁，北山有蕨萁。」明袁中郎之『西湖』，「一日湖上行，一日湖上坐，一日湖上住，一日湖上卧。」同一排比也。晉之《懊儂》，「江陵去揚州，三千三百里。已行一千三，所有二千在。」蘇之《静坐》，「無事此静坐，一日似兩日。若活七十年，便是百四十。」同一真率也。循此不已，不幾於風雅掃地乎？《典論》、《文賦》之言，豈可盡非哉！」

瞿宗吉祐曰：「老杜詩識君臣上下。如云『萬方頻送喜，無乃聖躬勞』，『至今勞聖主，何以報皇天』，『周宣漢武今王是，孝子忠臣後代看』，『神靈漢代中興主，功業汾陽異姓王』。其《上哥舒開府》及《韋丞相》長篇，雖極稱譽翰與見素，然必曰『君王自神武，駕馭必英雄』，『霖雨思賢佐，丹青憶老臣』，可謂知大體矣。至太白之《上皇西巡歌》、《永王東巡歌》，略無上下之分。二公雖齊名，而見趣不同如此。」

王從之若虛曰：「山谷論詩，有『奪胎換骨，點鐵成金』之喻，世以爲名言。以余觀之，特剽竊之黠者耳。山谷好勝而耻其出於前人，故爲此强辭而私立名字。夫既已出於前人，縱加工，要不足貴。雖然，物有同然之理，人有同然之見，語意之間，豈容全不相犯哉！昔之作者，初不較此。同者不以爲嫌，異者不以爲夸，皆不害其名家而各傳於後也。」

王漁洋曰：「律詩貴工於發端，承接二句，尤貴得勢，如懶殘履衡嶽之石，旋轉而下，此非有伯昏無人之氣者不能也。如『萬壑樹參天，千山響杜鵑』，下云『山中一夜雨，樹杪百重泉』；『昔聞洞庭水，今上岳陽樓』，下云『吴楚東南坼，乾坤日夜浮』；『古戍落黄葉，浩然離故關』，下云『高風漢陽渡，初日郢門山』；『錦瑟怨遥夜，繞絃風雨哀』，下云『孤燈聞楚角，殘月下章臺』。此皆轉石萬仞手也。」

毛西河曰：「古詩人之意，有故爲儇語而實重，故爲薄語而實厚者。『衮衣』留周公，辭甚儇而情則重；《麥秀》傷故都，語雖薄而思則厚。蓋風人之旨，意在言外，必考時論事，而後知之。此《青青子衿》之篇，朱子以爲刺淫奔，不如《小序》以爲刺學校也。朱子之意，亦不過以爲辭意儇薄，施之於學校，不相似耳。閻百詩嘗曰：唐人朱慶餘作《閨情》一篇獻水部郎中張籍，云：『洞房昨夜停紅燭，待曉堂前拜舅姑。妝罷低聲問夫壻，畫眉深淺入時無？』向使無《獻水部》一題，則儇儇數言，特閨閣語耳，有能解其以生平就正賢達之意乎？又竇梁賓以才藻見賞於進士盧東表，適東表及第，梁賓喜而爲詩曰：『曉粧初罷眼初瞤，小玉驚人踏破裙。手把紅箋書一紙，上頭名字有郎君。』若掩其題，則靡麗輕薄，與婦喜夫第何異。蓋風人寓言，往往不可猝辨如此。」

孟瓶庵師曰：「古人不輕作裙釵之詞，懼其褻也。少陵陪李梓州泛江，有女樂在諸舫，題曰《戲爲艷曲》，二詩可謂艷矣。然『江清歌扇底，野曠舞衣前』，何其藴藉！『立馬千山暮，迴舟一水香』，何其豪爽！篇終乃正言之曰：『使君自有婦，莫學野鴛鴦。』是正所謂止乎禮義者，大家身分如此。」

李義山《籌筆驛》一律，膾炙人口，而其章法之妙，則罕有能言之者。自紀文達師一批，而精神畢見，真學詩者之寶筏也。批云：「『魚鳥猶疑畏簡書，風雲長爲護儲胥』，此二句陡然擡起。『徒令上將揮神筆，終見降王走傳車』，此二句又陡然抹殺。然後以『管樂有才真不忝』句解首聯，以『關張無命欲何如』句解次聯。此殺活在手之本領，筆筆有龍跳虎卧之勢。『他年錦里經祠廟，梁甫吟成恨有餘』，『他年』乃當年之謂，言他時經其祠廟恨尚有餘，況今日親見行兵之地乎？亦加一倍法，通篇無一鈍置語。」此等傑作，非吾師之慧眼靈心，豈能如此披郤導窾，使人心開目明？若如方虚谷之瞎批，真不值一笑矣。方批云：「起十四字壯極，五六痛恨至矣。」

李義山詩，開卷《錦瑟》一篇，言人人殊。東坡「清和適怨」云云，亦未見的確。本朝朱長孺注以爲令狐青衣，更無所據。惟朱竹垞謂是悼亡之作者，近之。方文輈則以爲傷玄宗而作。玄宗之移入南内也，高力士令李輔國控馬，謂此「五十年太平天子」。杜樊川詩亦有「五十年天子」之句。故發首曰「錦瑟無端五十絃，一絃一柱思華年」也。「曉夢蝴蝶」，所謂一場春夢。「望帝杜鵑」，明指幸蜀。「藍田玉生」，則反以諷肅宗也。其旨甚明，味之可見，亦可謂善説詩者矣。然猶不若汪韓門所釋爲得神理。汪云：「按《舊唐書》，義山仕宦不進，終身坎壈，故開卷《錦瑟》一首，乃是假物以自傷。《漢書·郊祀志》：『泰帝使素女鼓五十絃瑟而悲，帝禁不止，破其瑟爲二十五絃。』今世所用者，皆二十五絃之瑟，而此乃五十絃之古製，不爲時尚。成此才學，有此文章，即己亦不解其故，故曰『無端』，猶言無謂也。自顧頭顱老大，『一絃一柱』，蓋已半百之年矣。『曉夢』喻少年時事，義山早負才名，登第入仕，都如一夢。『春心』者，壯心也，壯志消歇，如『望帝』之化『杜鵑』，已成隔世。『珠』、『玉』皆寶貨，珠在『滄海』，則有遺珠之歎，惟見月照而淚。『生烟』者，玉之精氣。玉雖不爲人采，而日中之精氣，自在藍田。『追憶』，謂後世之人追憶也。『可待』者，猶云必待於後無疑也。『當時』指現在言。『惘然』，無所適從也。言後世之傳，雖可自信，而即今淪落已極可嘆耳。」如此讀法，詩中雖虛字亦無一泛設。玉溪壓卷之作，似非如此讀法，亦不相稱也。

汪師韓解劉夢得《西塞山懷古》詩云：「金陵之盛，至晉始著，至孫皓而西藩既摧，北軍飛渡，興亡之感始盛。假使懷古者取三國、六代事，衍爲長律，便一句一事，包舉無遺，豈成體製？夢得之專詠晉事，蓋尊題也。『人世幾回傷往事』，若有上下千年、縱横萬里在其筆底者。山形枕水之情景，不涉其地，不悉其妙。至于蘆荻蕭蕭，履清時而依故壘，含蘊正靡窮矣。白香山謂其已探驪珠，其在斯乎？」按紀文達師評此詩云：「第四句『一片降幡出石頭』，但説得吴。第五句『人世幾回傷往事』，括過六朝，是爲簡練。第六句『山形依舊枕寒流』，折到西塞山，是爲圓熟。」似較汪評更爲顯豁。

劉起潛壎《隱居通議》云：「丹瑕先生張誠子自明，嘗有一絶句云：『西風颯颯雨蕭蕭，小小人家短短橋。獨倚闌干數鵝匹，一聲孤雁在雲霄。」前題曰《觀邸報》。見者輒不解曰：觀邸報而其詩若此，何也？有一士獨太息曰：此詩興致高遠，真得作詩之法。彼以『觀邸報』爲題，而其旨如此，甚不難知。『風雨蕭颯』，興國事風塵也。『小小人家』，興建都錢塘，僅得一隅也。『短短橋』，興朝廷無長策濟時也。『獨數鵝匹』，興所屬意者卑污之人也。『雁在雲霄』，興賢者高舉遠引也。當時必有君子去國，故爲是語。試以此意吟詠則得矣，不然則詩與題奚涉哉？此善於評詩者，即可爲作詩法也。」

袁簡齋《隨園詩話》所録，非達官，即閨媛，大意在標榜風流，頗無足觀。而中間論詩數條，則實足以導引後學，因輯鈔如左。云：「有客以詩見示，題皆雁字、夾竹桃之類。余謂之曰：『尊作體物非不工，然享宴者必先有三牲五鼎，而後有葵菹蜓醢之供；造房者必先有高堂廣厦，而後有曲室密廬之備。似此種題，大家集中非不可存，終不可開卷便見。昌黎與東野聯句，古奥可喜，而李漢編集，都置之卷尾。此是文章局面，不可不知。』」又云：「詩貴淡雅，亦不可有村野氣。古之應、劉、鮑、謝、李、杜、韓、蘇，皆非村野之人。蓋士君子讀破萬卷，又必須登廟堂，覽山川，結交海内名流，然後氣局見解，自然闊大，良友琢磨，自然精進。否則鳥語蟲音，沾沾自喜，雖有佳處，而邊幅狹矣。人有鄉黨自好之士，詩亦有鄉黨自好之詩。桓寬《鹽鐵論》曰：『鄙儒不如都士。』信哉！」又云：「懷古詩乃一時興會所觸，不如山經地志以詳核爲佳。近見某太史《洛陽懷古》四首，將洛陽故事搜括無遺，竟有一首中使事至七八者，編湊拖沓，茫然不知作者意在何處。古人懷古，只就一人一事而言。如少陵之《詠懷古跡》，一首武侯，一首昭君，兩不相羼也。劉夢得《金陵懷古》，只詠王濬樓船一事，而後四句全是空描。當時白太傅謂其已探驪珠，所餘鱗甲無用。真知言哉！不然，金陵典故，豈止王濬一事，而夢得胸中，豈止曉此一典乎？」又云：「今人論詩，動言貴厚而賤薄。此亦耳食之言，不知宜厚宜薄，惟在相題爲之，以妙爲主耳。以兩物而論，狐貉貴厚，鮫綃貴薄。以一物而論，刀背貴厚，刀鋒貴薄。安見厚者定貴，薄者定賤乎？古人之詩，少陵似厚，太白似薄，義山似厚，飛卿似薄，皆名家也。」又云：「欲作佳詩，先選好韵，凡其音涉啞滯者，晦僻者，皆宜棄捨。葩即花也，而『葩』字近俗。芳即香也，而『芳』字不響。以此類推，不一而足。宋、唐之分，亦從此起。李、杜大家，不用僻韵，非不能用，不屑用也。昌黎鬬險，掇《唐韵》而拉雜砌之，不過一時游戲，然亦止於古體聯句爲之。今人效尤務博，竟有用之於近體者，是猶奏雅樂而雜侏儺，坐華堂而宴乞丐也，不已顛乎！」又云：「唐人近體詩，不用生典，稱公卿不過皋、夔、蕭、曹，稱隱士不過梅福、君平，叙風景不過月露風雲，用字面不過夕陽芳草，一經調度，便意境軒新。猶之易牙治味，不過雞豚魚肉，華陀治藥，不過青枯漆葉，其勝人處，不求之海外異國也。余過馬嵬，弔楊妃詩曰：『金舄錦袍何處去？只留羅襪與人看。』用《新唐書·李石傳》中語，非僻書也。而讀者人人問出處，余遂厭而删之，故此詩不存集中。」又云：「時文之學，有害於詩，而暗中消息，又有一貫之理。余案頭有某公詩一册，其人負重名。郭運青侍講適來讀之，引手横截於五七字之間曰：『詩雖工，氣脈不貫，其人殆不能時文者耶？』余曰：『是也。』後與程魚門論及之，程亦韙其言。余曰：『古韓、柳、歐、蘇俱非爲時文，何以詩皆流貫？』程曰：『韓、柳、歐、蘇所爲策論應試之文，皆今之時文也。不曾從事於此，則心不細而脈不清。』余曰：『然則今之工於時文而不能詩者,何故?』程曰:『莊子有言:仁義者,先王之蘧廬也。可以一宿而不可久處也。今之時文之謂也。』」

蘇齋師論詩最嚴,有口授之二語,則謂「手腕必須靈活,喉嚨必要寬鬆」。蓋喉嚨寬乃衆妙之門,百味皆可茹入。王漁洋喉嚨最寬,所以一發聲即奄有諸家之長。又云:「作詩言大章法,固是要義。然學者多熟作八股,都羡慕大章法之布置,而不知五字七字之句法,至要至難。句法要整齊,又要變化,全在字之虛實雙單,斷無處處整齊之理。能知變化,方能整齊也。」

古詩多展轉相襲,如「胡馬依北風,越鳥巢南枝」,語本用《韓詩外傳》「代馬依北風,飛鳥棲故巢」,而《文選・赭白馬賦》注引曹顏遠《感舊賦》又有「胡馬仰朔雲,越鳥巢南樹」之句。又如古樂府「鷄鳴桑樹顛,狗吠深宫中」,陶公亦云:「犬吠深巷中,雞鳴桑樹顛。」何遜詩「薄雲巖際出,初月波中上」,老杜亦云:「薄雲巖際宿,孤月浪中翻。」沈佺期詩「船如天上坐,人似鏡中行」,老杜亦云:「春水船如天上坐,老年花似霧中看。」杜詩「夜足霑沙雨,春多逆水風」,白香山亦云:「巫山夜足霑沙雨,隴水春多逆浪風。」此類甚衆,不可枚舉。亦有全篇襲之者,徐孝穆《鴛鴦詩》:「山雞映水那相得,孤鸞照鏡不成雙。天下真成長會合,無勝比翼兩鴛鴦。」黄山谷《題畫睡鴨》云:「山雞照影空自愛,孤鸞舞鏡不成雙。天下真成長會合,兩鳧相倚睡秋江。」白香山《寄行簡》詩:「相去六千里,地絶天邈然。十書九不達,何以開憂顔?渴人多夢飲,飢人多夢餐。如何春來夢,合眼到東川。」黄山谷截爲兩首,一云:「相望六千里,天地隔江山。十書九不到,何用一開顔!」一云:「病人多夢醫,囚人多夢赦。如何春來夢，合眼在鄉社。」又《黔南十絶》，亦全用香山《花下對酒》、《渭川舊居》諸作。此在古人，或居然暗合，或偶爾戲爲，今人無庸相訾，學者亦未可藉口也。

魏叔子嘗言：「古樂府有語不倫而意屬者，譬如複岡斷嶺，望之各成一山，察之皆有脊脈相屬；有意不屬而節屬者，譬如一林斷石，原無脈絡，而高下疎密，天然位置，可入畫圖。」此論固妙，而謂古樂府之體必如此，則不然。古樂府亡於東漢，曹操平劉表，獲東雅樂郎杜夔，能識舊樂，惟得《鹿鳴》、《騶虞》、《伐檀》、《文王》四篇。漢、魏之樂府亡於東晉，賀循云：「自漢氏以來，依倣此樂，自造新詩而已。今既散亡，音韵曲折，又無識者，難以意言。」今之作樂府者，不過以長短句之古詩當之。不知古詩有樂府，律詩亦有樂府。《舊唐書·音樂志》所載《享龍池樂章十首》，皆七言律。沈佺期之「盧家少婦」一詩，即樂府之《獨不見》。而謝偃《新曲》、崔融《從軍行》、蔡孚《打毬篇》，又俱是七言長律。今人既不知其音，又何從辨其體？今之編詩集者，必以擬樂府數篇弁於卷首，讀者或嫌其不似，又或嫌其太似。雖以王漁洋之通才，而自定之《精華録》，亦不免落此窠臼。竊謂今人作詩，不妨借古樂府之題，寫我胸臆，而體格字句，則且以不知爲不知置之。若必鉤深索隱，刻意仿摹，正如查初白所譏，紙上不見有一字者，亦何益之有哉！

詹去矜曰：「樂府可無作也。《詩》三百篇原本性情，體兼美刺，深微窈眇之思與温厚和平之意，其諧金石而感鬼神，大抵皆樂府也。漢人始有樂府之作，然已不能爲《三百篇》矣，而當其情與境會，自然合節，亦未始非樂府也。詩家如太白之《清平調》，君平之《寒食》詩，二王之《涼州詞》、《閨怨》，既已優伶習之，絃索和之，何必非樂府乎！少陵集中如《兵車》、《出塞》、《無家》、《垂老》、《新安吏》、《石壕村》諸作沈雄悲壯，尤爲樂府勝場，何必更摹古作者之名哉！自李于鱗『擬議變化』之言出，耳食者流，轉相蹈襲，不能出入《風》、《雅》，惟闞靡誇多，每詩集一帙，標題樂府者大半。夫以一人之心思，欲使諸好皆備，忽擬美人，忽擬壯士，忽爲衮衣端冕之帝者，忽學驂鸞駕鶴之神仙，大似百戲排場子弟，顰笑俱假，趨向由人。即如《大風》、《垓下》、《易水》、《秋風》，古人已臻極至，無容更贅一詞，乃尚刺刺不休，用心無用之地。又如《陌上桑》、《秋胡行》、《君馬黄》、《戰城南》種種名目，古人緣情寫照，原自不可無一，不必有二，而或割裂全篇，换易字句，依稀影響，遂稱己作，工者不免優孟抵掌之誚，拙者至有葫蘆依樣之譏。言詩至此，勞而少功，故曰樂府可毋作也。」

王雪山質曰：「《詩》有三《揚之水》，有三《羔裘》，有兩《黄鳥》，有兩《谷風》，非相祖述也，有此曲名，故相傳爲之。如樂府一種名而多種辭，辭雖不同而聲則同也。然則不但樂府之體，原本《三百篇》，即樂府之題，《三百篇》早具其概矣。」

退庵隨筆

福州梁章鉅茝林編

學詩二

古詩純乎天籟，雖不拘平仄，而音節未有不諧者。至律詩則不能不講平仄矣。乃不知何時何人，創爲一三五不論之説，以疑誤後學；村師里儒，靡然從之。律詩且如此，則更何論古詩乎？不知律詩平仄固嚴，即古詩不拘平仄，而實别有一定之平仄，不可移易。即拗體之律詩，而其中亦有必應拗之字及必應相救之字。唐、宋大家之詩具在，覆按自得，皆非可以意爲之者也。自明以來，雖詞壇老宿，間有不盡合者。不知此即自然之天籟，自有詩學以來，不約而同，若稍歧出，即爲落調，雖詞華極美，格意極高，終不得謂之合作。吾閩人尤多不講此者，執裾而談，尚疑信參半，毋怪其不能旗鼓中原也。《禮記·王制》「同律」，鄭注云：「同陰律也。」疏云：「所以先言陰律者，以同爲平聲，平爲發語之本，今古悉然。」夫古無四聲，而孔疏已於《王制》發之。然則作古詩者，其可不講平仄乎？古詩平仄，古無專著爲書，今欲講求其理，則不可不看王漁洋《古詩平仄論》及趙秋谷《聲調譜》。相傳秋谷問古詩聲調於漁洋，漁洋祕不以告，秋谷乃就唐人諸集，排比勾稽，自得其法，因筆之於書，以發漁洋之覆。其實從前及同時諸名家，皆知之而不屑言，其不知者不能言，又不屑問，遂終身墮五里霧中。自漁洋、秋谷之書行，此説幾於家喻户曉矣。乃近人作古體詩，仍有不講聲調者，其不屑言乎？抑不能言乎？此余所以不能默然無言也。惟《聲調譜》後列李賀《十二月樂府》，所標平仄，不甚可解，姑置之可矣。

七古以平韻到底者爲正格，不可雜以律句。其要在出句第五字多用仄，落句第五字必用平，出句之第五字既用仄，則第二字必用平，落句之第五字必用平，則第四字必用仄。出句如平平仄仄仄仄平仄，或平平平平仄平仄，或仄平仄平仄平仄，間有不如是者，亦須與律句有別。落句如平平仄仄平平平，或仄仄仄仄平平平，或平平仄仄平仄平，間有不如是者，亦須與律句有別。大抵出句聲律尚寬，落句則以三平押韻爲正調。其有四平切脚者，如少陵之「何爲見羈虞羅中」，義山之「詠神聖功書之碑」，則爲落調，唐大家中所僅見，不必效之。若五平切脚，則直是不入調，唐、宋、元、明諸大家所無。前明何、李、邊、徐、王、李輩，尚不犯此病，袁中郎之流，多不能了了矣。一句一韻之《柏梁》體，不在此限。

七古有仄韻到底者，則不妨以律句參錯其間，以用仄韻，已别於近體，故間用律句，不至落調。如昌黎《寒食日出遊》詩凡二十韻，而律句十四見；東坡《石鼓詩》凡三十韻，而律句十五見。其篇中换韻者，亦可用律句，如少陵之《丹青引》，東坡之《往富陽新城》皆是。而王右丞之《桃源行》凡三十二句，律句至二十三見。此皆唐宋大家可據爲典要者。四句轉韻之初唐體，不在此限。

仄韻到底之七古，出句住脚，必須平仄間用，且必須上去入相間用之。如以入聲爲韻，第三句或用平聲，第五句或用上聲，第七句或用去聲。大約多用平聲，而以仄聲錯綜之，但不可於入聲韻出句之住脚，再用入聲字耳。若平韻到底之七古，則出句住脚，但須上去入相間，而忌用平聲。王漁洋已詳言之。今人於仄韻之出句，往往不知間用平仄，而於平韻之出句住脚，反多用平聲，殊不可解。殆以古人詩中間有不拘者，如韓公《石鼓歌》之「孔子西行不到秦」及「憶昔初蒙博士徵」，坡公《游徑山》之「雪眉老人朝扣門」，歐陽公《啼鳥》之「獨有花上提壺盧」。然合唐、宋兩朝數大家之詩，其出句用平者，不過此數處，則非後人所可藉口也。篇中轉韻疊韻者，不在此限。

五古出句住脚，亦當平仄間用，與七古同；惟平韻之出句住脚，不忌用平聲，則與七古異。漢、魏以至唐、宋諸大家詩，可覆按也。至近體之出句住脚，人惟知唐賢有忌用一紐之説，不知杜詩中凡一三五七句住脚字，上去入三聲，亦必隔别用之，莫有疊出者。昔朱竹垞寄查德尹書，謂富平李天生之論如此，以爲少陵自詡「晚節漸於詩律細」，此可徵其細處，爲他家所不能。予初聞是言，尚未深信，退而攷之，惟八首與天生所言不符。其一《鄭駙馬宅宴洞中》云「春酒杯濃琥珀薄」，又云「誤疑茅堂過江麓」，又云「自是秦樓壓鄭谷」，疊用三入聲字。其一《江村》云「老妻畫紙爲棋局」，又云「多病所須惟藥物」，疊用二入聲字。其一《秋興》云「織女機絲虚夜月」，又云「波漂菰米沉雲黑」，疊用二入聲字。其一《江上值水》云「爲人性僻耽佳句」，又云「老去詩篇渾漫興」，又云「新添水檻供垂釣」，疊用三去聲字。其一《題鄭縣亭子》云「雲斷岳蓮臨大路」，又云「巢邊野雀群欺燕」，疊用二去聲字。其一《至日遣興》云「欲知趨走傷心地」，又云「無路從容陪語笑」，疊用二去聲字。其一《卜居》云「已知出郭少塵事」，又云「無數蜻蜓齊上下」，又云「東來萬里堪乘興」，疊用三去聲字。其一《秋盡》云「菊邊老却陶潛菊」，又云「雪嶺獨看西日落」，又云「不辭萬里長爲客」，疊用三入聲字。既而以宋、元舊雕本暨《文苑英華》證之，則「江麓」作「江底」，「多病」句作「賴有故人分禄米」，「夜月」作「月夜」，「漫興」作「漫與」，「大路」作「大道」，「語笑」作「笑語」，「上下」作「下上」，「西日落」作「西日下」，合之天生所云，八詩無一犯者。由是推之，「七月六日苦炎熱」下第三句不應用「蠍」字，作「苦炎蒸」者是也；「謝安不倦登臨賞」下第七句不應用「府」字，作「登臨費」者是也。循此説以勘，雖長律百韵，諸本字義之異，可審擇而正之。此義蓋前人所未發也。

七古以第五字爲關捩，五古以第三字爲關捩，其理一也。五古出句，聲律稍寬。對句則亦以三平爲正調，如仄仄平平平是也，或亦用平平平仄平，或仄仄平仄平，間有不如是者，但不入律即可。或謂六朝以前，五古皆不避律句。此似是而非之説也。古詩之興，在律詩之前，豈能預知後世有律句而避之？若後來律體既行，則自命爲作古詩者，又豈可不講避忌之法？此如古時未有韵學之名，出口成詩，罔非天籟。若後世韵書既行，則自應有犯韵出韵之禁，又豈得藉口古人之天籟，而盡棄韵書不觀乎？朱子贈人詩：「知君亦念我，相望兩咨嗟。」自注云：「望，平聲。」夫「望」字作去聲讀自可，而必注平聲者，豈非力避律句乎？

宋、元詩人，於古體平仄，多有未諧，近體平仄，尚無走作。明人則不能，大抵皆爲一三五不論之俗説所誤耳。一三五不論，並不可施於古體，何況近體？其依附此説者，皆由不知有單拗雙拗之法也。近體詩以本句平仄相救爲單拗，出句如少陵之「清新庾開府」，對句如右丞之「暮禽相與還」是也。兩句平仄相救爲雙拗，如許渾之「溪雲初起日沉閣，山雨欲來風滿樓」是也。《聲調譜》所講此例頗精，其餘變例，皆本此而推之，而一三五不論之謬，不攻自破矣！

作近體詩，自有《佩文齋詩韻》可以遵守。若古體詩，則宜參用古韻，且依邵青門長蘅《古今韻略》用之。蘇齋師嘗云：「邵青門所著書，惟《韻略》可取。其論古詩用韻，恪遵杜、韓，可法。」今坊本韻書，所注古韻相通之處，當分別觀之。平韻尚無大出入，仄韻則多不可據。如四質與十三職、十二錫、十四緝斷不可通，十二錫與十四緝亦不可通。在昔蘇、黄及近人吳梅村皆如此混用，我輩則斷不可耳。

作古詩但用通韻，不必用轉韻，叶韻則尤不必。雖古人有之，今人又何必悉效之。往往見人於詩賦句末，旁注叶字，而讀之實不能叶，豈非徒勞而罔功乎？

古體詩用韻之寬，莫如昌黎。如《此日足可惜》一首，通用東、冬、江、陽、庚、青六韻；《元和聖德詩》，通用語、麌、馬、有、哿五韻，則後學似不宜效之。《六一詩話》謂其「得韻寬，則泛入旁韻，乍還乍離，出入回合，不可拘以常格，如《此日足可惜》之類。得韻窄，則不復旁出，而因難見巧，愈險愈奇，如《病中贈張十八》之類。此譬如善馭馬者，通衢廣陌，縱横馳騁，惟意所之；至於蟻封水曲，又疾徐中節，不少蹉跌。此天下之至工也」。然韓集中窄韻古詩，亦不止《病中贈張十八》一首。如《陪杜侍御遊湘西兩寺》一首，又《會合聯句》三十韻，洪容齋謂除「蠓」、「蛹」二字《韻略》未收，餘皆不出二腫之内。今按「蠓」、「蛹」二字，《唐韻》本收在二腫，則皆本韻也。

七律有全首不入律者，謂之吴體，與拗體詩不同。方虚谷《瀛奎律髓》合之拗字類中，非也。如杜少陵之《題省中院壁》、《愁》、《晝夢》、《暮歸》諸詩皆是。其訣在每對句第五字以平聲救轉，故雖拗而音節仍諧。宋人黄山谷以下，多效爲之。

吴體與拗體，方虚谷言之多不了了，必須看紀文達師所批，方能分晰，與《聲調譜》亦合。今吴中有《瀛奎律髓刊誤》，乃吾鄉李光垣將紀本校梓，講律詩者不可不家置一編。聞此板已就漫漶，吴門亦少刷印者，則須覓一舊本之《瀛奎律髓》，將紀批逐條抄附於上方，以爲讀本可耳。紀文達師督學吾閩時，有自行删定之兩册，在《鏡烟堂十種》中，今亦罕見刷印者。且所删太多，必須覓全本讀之。

趙松雪嘗言作律詩用虚字殊不佳，中兩聯須填滿方好。此語雖力矯時弊，幼學者正不可不知。唐人如賈至《早朝大明宫》等作，實開其端。此外則少陵之「五更鼓角聲悲壯，三峽星河影動摇」，「錦江春色來天地，玉壘浮雲變古今」，杜樊川之「深秋簾幕千家雨，落日樓臺一笛風」，陸放翁之「樓船夜雪瓜州渡，鐵馬秋風大散關」皆是。本朝惟吴梅村最爲擅長，趙甌北《十家詩話》所摘凡數十聯。劉公䳸謂「七律如强弓硬弩，古來能開到十分滿者，殆無幾人」。每以此意讀前人七律詩，庶動筆時自不至有滑調耳。

作近體詩前後複字須避，即古體詩亦不宜重疊用之。劉夢得贈白樂天詩：「雪裏高山頭白早」，又「于公必有高門慶」，自注云：「高山本高，高門使之高，二字爲義不同。」觀唐人之忌複字如此，我輩又焉得不檢點乎？

今人讀《離騷》者，但以爲憂惶瞀亂，所以一句説向天，一句説到地。其實不然。李文貞謂「《離騷》須注得一過，看出此人學問條理，讀的書既多，又一字不亂下，都合義理」云云。蓋必如此，方得讀《騷》之益。近龔海峰先生有《離騷注》一卷，精博而復能貫串，允足爲學《騷》者之一助。余嘗録得副本，並勸其家亟付梓以廣其傳。

王荆公嘗謂「太白人品甚卑，十句九句説婦人」。或駁之曰：「荆公學識太高，故嘗笑《春秋》爲斷爛朝報。」夫《風》、《騷》之旨，豈有他哉！五倫正變之際，蓋難言之，愛成仇而忠見謗，古人所遭，往往有同世不知、後賢不諒之隱，亦遂不能已於言。然而直言近訐，比興多風，故往往寄託於美人香草，此正其用心之厚也。試思七子賦詩，亦何取蔓草零露，豈有各誦其國人淫奔之什以贈答其鄰封者？風人之旨，概可窺矣。至若屈子見放，厥有《楚辭》，竟體香艷，幸已見諒於後之賢者，尊之爲經。假使當日身不沉湘，史不立傳，又焉知好議之口，不疑其人品之卑哉！今有人動筆啓口，輒稱忠孝，而處心制行，都不外妻子利禄之間，則亦可目爲高品人乎？且風人托物起興，不貴遠引，亦不須泛作莊語。試思《周南》之首，美開國聖母之德，亦止以小鳥起興，而竟目之爲「窈窕淑女」；至文王求女不得，則又直書其「輾轉反側」。若以字面訾之，雖直坐之以大不敬可也。「雎鳩」則曰「關關」矣，「荇菜」則曰「參差」矣，「采之」則曰「左右」矣，「求之」則曰「寤寐」矣，重重複複，只此數句，又全無節義高品之言，微乎妙哉！正所謂風也，聲也，如絲桐之泛音也。意篤而語重，言近而旨遠。夫近莫近於兒女之情，而遠莫遠於《周南》之化，皆婦人也。故吾謂《風》、《騷》之旨，不出閨房，亦不貴遠引莊論。假使冬烘作此詩，則必曰「關關鳳凰，聖女端莊。求之不得，寤無反側」，豈不令人腸痛哉！

讀漢、魏、六朝詩者，以《昭明文選》爲主，而參看王漁洋之《古詩選》，足矣。其各家梗概，具見漁洋《古詩選凡例》中，蓋五言古詩之源流正變，悉具於此。今人但知學《文選》詩者爲《選》體，特專指摹山範水諸作當之，豈足以該蕭選乎！

既讀蕭選，不可不參讀徐孝穆之《玉臺新詠》。《大唐新語》云：「梁簡文爲太子，好作艷詩，境内化之。晚年欲改作，追之不及，乃令徐陵爲《玉臺集》，以大其體。」即此書也。雖所録皆綺羅脂粉之辭，而去古未遠，猶有講於温柔敦厚之遺，未可概以綺靡斥之。余有《玉臺新詠》讀本十卷，每詩後各附批語，皆本紀文達師之緒論，尚擬付梓以行也。

漢、魏而降，惟陶靖節詩須全讀。其立言之旨，息息與周、孔相關，故韓昌黎惜其不遇孔子。世人但笑其出口便溜到酒上，彼何等時，尚敢以行坊言表自居乎？李文貞最喜「但恨多謬誤，君當恕醉人」二語，謙得有意思。謂吾之行事，謬誤於《詩》、《書》、《禮》、《樂》者；麴蘖之託，而昏冥之逃，非得已也。謝靈運、鮑明遠之徒，稍見才華，無一免者，可以觀矣。

唐詩前無好選本，高廷禮之《唐詩品彙》，可謂用心，而實啓後來無撫之端，膚廓之弊。故雖終明之世，館閣以此爲宗，而迄不能行遠。王漁洋不得謂非明眼人，其《古詩選》最傳於世，然五言不録少陵、昌黎、香山、東坡、放翁，七言不録香山；《唐賢三昧集》則非惟昌黎、香山不載，即李、杜亦一字不登，皆令人莫測其旨。無已，而但求一平正通達之選，以爲初學金針，則沈歸愚之《唐詩別裁》，尚堪充數。此書規模初備，繩尺亦極分明。先熟復此書，而後博觀御定《全唐詩》，以求初盛中晚之分合正變可矣。

自王漁洋倡神韻之説，於唐人盛推王、孟、韋、柳諸家，今之學者翕然從之，其實不過喜其易於成篇，便於不學耳。《詩》三百篇，孔子所删定，其論詩，一則云温柔敦厚，一則云可以興觀群怨，原非但品題泉石，摹繪烟霞。洎乎畸士逸客，各標幽賞，乃别爲山水清音。此不過詩之一體，不足以盡詩之全也。竊謂王、孟、韋、柳之詩，只須就選本讀之，只須遇相稱之題學之。此外初盛中晚，各有名家，皆須研究。蘇齋師《石洲詩話》言之詳矣。若專守一家之言，而盡束諸名家不觀，其能免固陋之誚乎？

唐詩自以李、杜、韓、白爲四大家。李詩不可不讀，而不可遽學。有人問太白詩於李文貞公，公曰：「他天才妙，一般用事用字，都飄飄在雲霄之上。此人學不得，無其才斷不能到。」竊謂太白之神采，必有迥異乎常人者，司馬子微一見，即謂其有仙風道骨，可與神遊八極之表；賀知章一見，即呼爲謫仙人；甚至唐玄宗一見，即若自失其萬乘之尊者。其人如此，其詩可知，故斷非學力所能到。惟《古風五十九首》，語多着實，不徒爲神仙縹緲之談，則後學所當熟復之。第一首開口便説大雅不作，騷人斯起，然詞多哀怨，已非正聲；至揚、馬之流宕，建安之綺麗，亦不足爲法；迨有唐文運肇興，而己適當其時，即思以删述繼獲麟之後。此與少陵「文章千古事」同一抱負。蓋自信其才分之高，趨向之正，足以起八代之衰，而以身任之，非徒大言欺人也。

太白本是仙靈降生，其視成仙得道，如其性所自有。然未嘗不以立功爲不朽，所仰慕之人，率多見諸吟詠，如魯仲連、侯嬴、酈食其、張良、韓信輩，皆功名中人也。其《贈裴仲堪》云：「明主倘見收，烟霄路非遐。時命若不會，歸應鍊丹砂。」《贈楊山人》云：「侍吾盡節報明主，然後相攜卧白雲。」《贈衛尉張卿》云：「功成拂衣去，摇曳滄洲旁。」《贈韋祕書》云：「終與安社稷，功成去五湖。」《登謝安墩》云：「功成拂衣去，歸入武陵源。」其意總欲先有所樹立於時，然後拂衣還山，登真度世。此與少陵之一飯不忘何異，以此齊名萬古，良非無因。李義山云「李杜操持事略齊」，蓋知李、杜者，固莫如義山也。

杜詩無體不佳，論者謂惟絶句稍讓太白。然後學却不必如此分别，但須學其字字有來歷，即其蕪詞累句，讀之亦皆有益。猶憶少時，聞先資政公言：「讀杜詩，須當一部小經書讀之。」此語似未經人道過。顧亭林亦謂「經書後，有幾部書可以治天下，《前漢書》其一，杜詩其一也」。

劉起潛《隱居通議》云：「家藏小册一本，字畫甚古，題曰《東坡老杜詩史事實》。略舉杜句，有曰『賤子請具陳』，引毛遂云：『公子試聽吴、越之事，容賤子一一具陳。』杜句曰『下筆如有神』，引仲舒答策『下筆疑有神助』。杜句曰『青冥却垂翅』，引李斯『丈夫如提筆鼓吻，取富貴易如舉杯，何青冥之翮與鷃共垂翅乎』。杜句曰『崆峒小麥熟，且願休王師』，引武帝欲討西羌，耿遂諫曰：『今崆峒小麥方熟，陛下宜休王師。』如此者凡十卷。乃知杜句皆有根本，非自作語言也。山谷云：『杜詩韓文無一字無來處，今人讀書少，故謂韓、杜自作此語。』予初未以此説爲然，今觀此集，則此言信矣。」

杜詩注本，以郭知達之《九家集注》爲善。此外如唐元竑之《杜詩攟》，仇兆鼇之《杜詩詳注》，皆未免有附會不經之處。近浦起龍之《讀杜心解》，雖索摘文句，强分段落，不免爲通人所嗤，然如《送遠》、

《九日》、《崔氏莊》、「諸葛大名」等篇，所解誠有意趣，可作後學讀本。其寓編年於分體，亦頗便檢尋。

編注韓詩者，多出吾鄉人之手，最前者爲莆田方崧卿之《韓集舉正》，自朱子《考異》出而其書遂微。其以朱子《考異》，於本集之外，别爲卷帙，不便尋覽，重爲離析，散入本句之下者，爲福州之王伯大。而安溪李文貞公，又以王伯大本譌脱竄失，頗失本來，復以朱子門人張洽所校舊本重刊，而其版亦旋佚。厥後有編輯《五百家音》之魏仲舉，亦建安人，與所刊《五百家注柳集》同一炫博，不出書坊習氣。前明又有不著名氏《東雅堂集注》，相傳爲廖瑩中舊本，故世不甚重其書；且仍是採輯朱子及仲舉之書，毫無新意。今欲求一初學讀本，惟近人方扶南所輯《編年箋注》十二卷，簡而能賅，尚有條理。再求吾師紀文達公所批點之本，合而讀之，亦可得其大凡矣。

周元公言：「白香山詩似平易，間觀所存遺稿，塗改甚多，甚有終篇不留一字者。」按公詩有云：「舊句時時改，無妨悦性情。」則元公之言信矣。

王漁洋力戒人看《長慶集》，此漁洋一家之論，後學且不必理會他。《白氏長慶集》凡七十一卷，詩文各半。宋祁謂白香山「長於詩，他文未能稱是」。故本朝汪立名别刊其詩爲四十卷，名曰《香山詩集》，考證編排，堪稱善本。香山自記所撰詩文分寫五本，一送廬山東林寺經藏堂，一送蘇州南禪寺經藏内，一送東都聖壽寺鉢塔院律庫樓，一付姪龜郎，一付外孫談閣童。愛名之甚，與杜元凱沈碑同一過計。今考李、杜集多散落，所存不過十之二三，而香山詩獨全部流傳，至今不缺，則未必非廣爲藏貯之功耳。

唐詩自李、杜、韓、白四大家外，尚有李義山、杜樊川兩集，亦須熟看，當時亦以李、杜並稱。近義山集有馮孟亭浩注本，《樊川集》有孟亭之子鷺庭集梧注本，皆極精極博，不可不看。若《李長吉集》，則祇須選擇觀之，知其門徑可矣。長吉驚才絶艷，比太白更不可摸捉，後學且不必遽效之。今人但知學其奇句險語，何益於事！如「石破天驚透秋雨」句，雖奇險而無意義，趙甌北所以譏其「無理取鬧」也。

唐以李、杜、韓、白爲四大家，宋以蘇、陸爲兩大家，自御選《唐宋詩醇》，其論始定，《四庫提要》闡繹之，其義益明。《提要》云：「詩至唐而極其盛，至宋而極其變。盛極或伏其衰，變極或失其正。通評甲乙，要當以此六家爲大宗。蓋李白源出《離騷》，而才華超妙，爲唐人第一。杜甫源出《國風》、二《雅》，而性情真摯，亦爲唐人第一。自是而外，平易而最近乎情者，無過白居易；奇創而不詭乎理者，無過韓愈。録此四集，已足包括衆長。至於北宋之詩，蘇、黄並駕；南宋之詩，范、陸齊名。然江西宗派，實變化於杜、韓之間，既録杜、韓，無庸復見山谷。石湖篇什無多，才力識解亦均不能出《劍南集》上，既舉白以概元，當存陸而删范。」可謂千古定評。竊謂有志學詩，此六家缺一不可。其聰明才力，能全讀本集者固佳，否則專就《詩醇》所選讀之，已無偏倚陋略之虞。其後綴之評語，擇精語詳，尤足爲學詩者之圭臬。《提要》所謂「當爲詩教幸，不僅爲六家幸」，豈虚語哉！

注蘇詩者，宋代已有王梅溪、施元之二家。王本分門别類，不免割裂顛倒，然其書流傳最久。施本則隨年之先後，編訂成書。元、明以來，久已淹没，本朝宋漫堂始得之，又多殘缺，屬邵青門爲之補訂，而後出處老少之跡，粲然可觀。施本既出，王注遂微，故讀蘇詩者，無人不知有施注。繼此查初白慎行有補注，馮星實應榴有合注，翁蘇齋師亦有補注，而紀文達師評點本，尤爲度人金針也。近涿州盧厚山督部坤已於粵東付梓，可以嘉惠後學矣。

李文貞不喜蘇詩，謂東坡詩殊少風韻音節，逐句俱填典故，亦不是古法。此非篤論也。蘇詩清空如話者，集中觸處皆有。如《和陶》云：「丈夫貴出世，功名豈人傑。」《哭刁景純》曰：「讀書想前輩，每恨生不早。紛紛少年場，猶得見此老。」《題楊惠之塑維摩像》云：「世人非不碩且好，身雖未病中已瘵。此叟神完中有恃，談笑可却千熊羆。至今兀坐寐不語，與昔未死無增虧。」《泗洲僧伽塔》云：「耕田欲雨刈欲晴，去得順風來者怨。若使人人禱輒遂，造物應須日千變。」《與宗同年飲》云：「黄雞催曉不須愁，老盡世人非我獨。」《趙閲道高齋》詩云：「長松千尺不自覺，企而羨者蓬與蒿。」《登玲瓏山》云：「脚力盡時山更好，莫將有限趁無窮。」此豈得以少風韻、填典故概之？文貞意在講學，於詩詣力未深。其於唐詩，只取張曲江及燕、許、李、杜、韓、柳數家，宋詩只取歐陽文忠、王荆公、朱子三家。講學與論詩，自是兩事，學者不必爲所惑也。

放翁詩初編爲四十卷，再編通前爲八十五卷，合計之已九千二百餘首。當時羅椅選十卷爲前集，劉辰翁選八卷爲後集。羅本有圈點而無評論，劉本則句下及篇末間有附批，去取皆頗不苟。放翁詩派，初境本宗少陵，雖窮極工巧，而仍歸雅正。自從戎巴、蜀，而後始臻宏肆。迨及晚年，又力歸平淡，所謂「詩到無人愛處工」者，蓋自道其詣力之所至也。《劉後村詩話》僅摘其對偶之工，已爲皮相；後人又專取流連光景、可以剽竊移掇者轉相販鬻，而劍南一派，遂爲論者口實。不知其全集中，感激豪宕、沈鬱深婉之作，指不勝屈，豈可以讀者之誤，并集矢於作者哉！

放翁與朱子有道義之契，集中屢見往復之詩。其祭朱子文云：「某有捐百身起九原之心，傾長河決東海之淚。」其傾倒如此。當時僞學之禁方嚴，而能不立標榜，不聚徒衆，故不爲群小所嫉。是放翁學養勝於東坡。集中詩如《冬夜讀書》云：「《六經》萬世眼，守此可以老。多聞竟何爲，綺語期一掃。」又云：「雖歎吾何適，猶當尊所聞。從今尚未死，一日亦當勤。」《書懷》云：「平生學《六經》，白首頗自信。所覬未死間，猶有分寸進。」《示兒》云：「《易經》獨不遭秦火，字字皆如見聖人。汝始弱齡吾已耄，要當致力各終身。」皆老學有得之言。

放翁詩有云：「愈老愈知生有涯，此時一念不容差。」又云：「皎皎初心質天地，兢兢晚節蹈冰淵。」此老心中必有把握，而史傳輒謂其不能全晚節，晚年再出，見譏清議；楊萬里寄詩亦有「不應李杜翻鯨海，更羨夔龍集鳳池」之句，皆未免失之過刻。按放翁自嚴州任滿辭歸，里居十餘年，時年已七十七八，祠禄秩滿，不敢復請，其絶意於仕途可知。嘉泰二年，韓侂胄以其名高，起修光、孝兩朝實録，然職在文字，不及他務；且藉以報孝宗知遇，原不必以不出爲高。甫及一年，史事告成，即力辭還山，並無留戀，則其進退之際，有何可議？而世人所藉爲口實者，徒以其爲侂胄作《南園記》、《閲古泉記》。然一則勉以先忠獻之遺，一則諷其早退，毫無依草附木干澤向榮之意，何損於放翁？小人好議論者，一唱百和，不樂成人之美如是，亦可嘆也！

蘇、陸二大家之外，宋詩之源流派别，亦不可不知。其初爲西崑派，以楊大年爲眉目；次則江西派，以黄山谷爲弁冕；南渡以後有道學派，以朱子爲領袖；再降而爲四靈、江湖兩派，而宋詩遂衰。其中名家專集，自宜全讀。此外則泛覽吴之振之《宋詩鈔》，曹廷棟之《宋詩存》，厲鶚之《宋詩紀事》足矣。惟《宋詩鈔》不録西崑體，是其師心自用處，今當取《西崑酬唱集》補之，以存其概。此書外間鮮傳本，余曾刊入《浦城遺書》中，擬爲之注釋以行，亦匆匆不暇及也。

劉起潛曰：「唐、宋人詩，雖格致卑淺，然謂其非詩不可。今人作詩，雖句語軒昂而其理則不可究。此陵陽韓子蒼語，深中宋詩之病。近世劉後村亦謂『宋三百年中，人各有集，詩各有體，皆經義策論之有韵者爾，非詩也』。二三巨儒，十數大作家，俱未免此病』。皆至論也。其後劉須溪則又云：『後村所短適在此。』可發一笑。」又曰：「古詩一變《騷》，再變《選》，三變爲唐人之詩。至宋則《騷》、《選》、唐錯出。山谷負修能，倡古律，事寧核毋疏，意寧苦毋俗，句寧拙毋弱，時號江西派。此猶佛氏之禪，醫家之單方劑也。近年永嘉復祖唐律，貴精不求多，得意不戀事，可艷可澹，可巧可拙，衆復趨之，而唐與江西相抵軋矣。」

金詩只一元遺山爲大宗。《遺山集》四十卷，詩凡十四卷，所作興象深邃，風格遒上，無南渡江湖諸人之習，亦無江西流派生拗粗獷之失。古體構思窅渺，十步九折，竟欲駕蘇、陸而上之。七言律沈摯悲涼，自成格調，直接少陵，非王滹南、趙閑閑諸家所能企及。惟所撰《中州集》，意在以詩存史，去取既不能精，甄録亦尚未盡。我朝康熙間，御定《全金詩》，因郭元釪之舊本，薈萃排纂，重稟睿裁，而金源一代之歌詩，乃彬彬乎賅備云。

元詩大家，世稱虞、楊、范、揭，其實祇當以虞道園爲大家，或以篇幅稍狹爲嫌，則皮相之見也。嘗聞之蘇齋師云：「遺山言『詩到蘇黄盡』，此五字不知出自何時，真詩家大結局也。過此更無可展之才，更無可施之巧矣。放翁、遺山二家，又恰當斯際，此後更當如何？惟一虞道園，上而經術之腴、儒先之緒，下而樂府之韻、書畫之神，以及丹經道藏之旨，靡不該焉，則奚必其排比鋪陳，舂容乎大篇之羨矣！」又云：「周文公之《雅》、《頌》，惟杜少陵能執筆爲之。然杜公具此能事，而未嘗有此篇章。厥後千百年，亦更無能具此手腕者，或者虞道園足以當之。」此兩條議論，前無所承，可爲道園千載下知己。讀虞詩者，當以此意求之。

王漁洋《古詩選》，至虞道園、吴淵穎止。蘇齋師《志言正集》，亦至遺山、道園止，於明詩皆一概舍旃。惟趙甌北《十家詩話》，獨以高青丘接放翁、遺山之後，青丘詩固足爲明人弁冕，然祇可稱名家，而不足當大家。余但愛誦其七律，如「重臣分陜出臺端」一首，真足方駕古人。然在集中，已不可多得。而論者每盛稱其樂府及擬古詠古諸作，以爲只叙題面，不著議論，神似青蓮，則非余之所知矣。

元詩以顧俠君《元詩選》爲善本，明詩以朱竹垞《明詩綜》爲善本。顧本前具小傳，朱本前綴詩話，網羅繁富，議論平正。兩代之詩，以此兩本爲巨觀，他本可束之高閣矣。

沈歸愚之《明詩别裁》，不如《唐詩别裁》之正派，中有英雄欺人之語，當分别觀之。袁簡齋嘗譏其評「劉永錫《行路難》」一首云：『雪漫漫兮白日寒，天荆地棘行路難』，此數字抵人千百。按上句直襲《荆軻傳》之唾餘，下句『行路難』三字即題也，永錫苦湊得『天荆地棘』四字耳。此三尺童子皆能爲之，而登諸上選，真不可解」。

國朝詩以王漁洋、朱竹垞並稱，自係公論，百餘年來，未之有改也。而趙甌北《十家詩話》獨遺之。蓋甌北詩離神韻稍遠，與漁洋之宗旨本不相謀，而其學又不如竹垞之該博，故以吴梅村、查初白代之，有意爲此軒輊。其實吴、查亦只可稱名家，非可以淩轢王、朱也。自趙秋谷有「朱貪多、王愛好」之説，後人多資爲口實。蘇齋師嘗言：「汝自腹儉耳，朱何嘗貪多？汝自不要好耳，王何嘗愛好？」實爲棒喝。竊謂今之學詩者，正當以愛好學王，以貪多學朱，則方將講求聲律，博綜故實之不暇，則此兩言轉可爲學詩者之階梯，又何所容其排擊哉？至近又有抹殺王、朱，而以蔣心餘爲我朝詩人冠冕者，狂生一偏之見，逞其雌黄，付之不辨可矣。

王漁洋談藝四言，曰典，曰遠，曰諧，曰則，而獨未拈出一「真」字。漁洋所欠者，真耳。余有《讀漁洋詩隨筆》兩卷，其説較詳，中間多述紀文達師及翁蘇齋之緒論。近已付梓人，或可爲讀《精華録》者之一助乎？

朱竹垞詩，通集中格調未能一律。趙甌北謂其「初學盛唐，格律堅勁，不可動摇。中年以後，恃其博奥，盡棄格律，欲自成一家。如《玉帶生歌》諸篇，固足推倒一世，其他則多頹唐自恣，不加修飾之處」。錢籜石謂「竹垞早年，尚沿西泠、雲間之調，暮年則涉入《江湖小集》，惟中年《騰笑》諸篇，同漁洋正調，抑若在漁洋籠罩中者」。蘇齋師則謂「詩至竹垞，性情與學問合」，此論尤精。

本朝經學世家，以元和惠氏爲第一，至定宇徵君而益精，所著書凡十餘種，皆著録《四庫》中。徵君祖父，瓣香漁洋，兼精吟詠。而徵君則不復作詩，其撰《精華録訓纂》，亦以箋疏之學行之，極爲賅博。然爲吴企晉舍人《研山堂序》，謂「詩之道，有根柢，有興會。根柢原於學問，興會發於性情，二者兼之，始足稱大家」。則亦深於六義者矣。

《三百篇》之必有韵，夫人而知之。然前人於《周頌》首章，多方求叶，余終未敢以爲信也。惟近人有解「清廟之瑟，一唱而三嘆」者，是《清廟》一詩，每句皆必一人唱而三人和之。如此則合四人之尾聲，自然成韵，所謂「有遺音者」也。此説似最明通。可知古人之韵，即是天籟，必以唐、宋之韵，繩三代上之詩，宜其窒礙而鮮通矣。

汪韓門曰：「七言古詩轉韵，漢張平子《思玄賦》系詞，其肇端矣。轉韵之首句，古無不用韵者，惟江總持詩，有『雲聚懷清四望臺』《宛轉歌》，『來時向月别姮娥』《新入姬人應令》二句無韵，此在唐以前者。唐七古以少陵爲宗，少陵集中，惟『先生有道出羲皇』《醉時歌》，『或從十五北防河』《兵車行》，『君不見東吴顧文學』《醉時行》，『先帝侍女八千人』《舞劍器行》，『杖兮杖兮，爾之生也甚正直』《桃竹杖行》，『憶昔霓旌下南苑』《哀江頭》，此六處轉句無韵。其他名人集中，偶一有之。如太白之『匈奴以殺戮爲耕作』《戰城南》，喬知之『南山羃羃兔絲花』《古意和李侍郎》，東坡之『不羡白衣作三公』《賀朱壽昌蜀中得母》，虞伯生之『丹丘越人不到蜀』《題墨竹》，『圖中風景偶相似』《柯博士畫》等是也。然一篇中只偶一句耳。今人有至連轉皆不用韵者，竟與四言五言一例，音節乖舛甚矣。」

又曰：「律詩亦有通韵，自唐已然，惟東、冬、魚、虞爲多。如明皇《餞王晙巡邊》長律乃魚韵而用

『符』字、『敷』字，蘇頲《出塞》五律乃微韻而用『麾』字，杜詩《寄賈嚴兩閣老》乃先韻而用『騫』字，又《崔氏玉山草堂》乃真韻而用『芹』字，劉長卿《登思禪寺》五律乃東韻而用『松』字，戴叔倫《江鄉故人集客舍》五律乃冬韻而用『蟲』字，閻丘曉《夜渡淮》五律乃覃韻而用『帆』字，魏兼恕《送張兵曹》五律乃東韻而用『農』字，宋若昭《麟德殿》長律乃東韻而用『農』字、『宗』字，耿湋《紫芝觀》五律乃冬韻而用『風』字，釋澹交《望樊川》五律乃冬韻而用『中』字。至於李賀《追賦畫江潭苑》五律，雜用『紅』、『龍』、『空』、『鐘』四字，此則開後人『轆轤』、『進退』之格，詩中另爲一體矣。其東韻之有『宗』字，魚韻之有『胥』字，或《唐韻》原是如此。如耿湋《詣順公問道》五律之末聯，王維《和晉公扈從》長律之第八聯，楊巨源《聖壽無疆詞》長律之第八首末聯，司空曙《和常舍人集賢殿》長律之第三聯，皆以東韻而用『宗』字。李白《鸚鵡洲》乃庚韻而用『青』字；此詩《唐文粹》編入七古，後人又編入七律，其體亦可古可今，要皆出韵也。元以後，律詩尤多通韵，如元遺山、虞伯生、薩天錫、楊廉夫諸名家集中皆有之，非可概論。唐律第一句多用通韵字，蓋此句原不在四韵之數，謂之『孤雁入群』，然不可通者，亦不用也。『進退格』乃是兩韵相間而成，亦必韵本相通，非可任意也。」凡此皆於古有據，讀者不可不知，作者正不必遽效之。

袁簡齋曰：「顧亭林言：『《三百篇》無不轉韵者，唐詩亦然。惟韓昌黎七古，始一韵到底。』余按《文心雕龍》云：『賈誼、枚乘，四韵輒易，劉歆、桓譚，百韵不遷，亦各從其志也。』則不轉韵詩，漢代已然矣。」

閻百詩曰：「百里不同音，千里不同韵。《毛詩》中凡韵作某音者，乃其字之正聲，非强爲押也。」

《焦氏筆乘》載古人「下」皆音虎，《衛風》「于林之下」，上韻爲「爰居爰處」；《凱風》「在浚之下」，上韻爲「母氏勞苦」；《大雅》「至於岐下」，上韻爲「率西水滸」。「服」皆音迫，《關雎》「寤寐思服」，下韻爲「輾轉反側」；《候人》「不稱其服」，上韻爲「不濡其翼」；《離騷》「非時俗之所服」，下韻爲「依彭咸之遺則」。「降」皆音攻，《草蟲》「我心則降」，下韻爲「憂心忡忡」；《旱麓》「福禄攸降」，上韻爲「黄流在中」。「英」皆音央，《清人》「二矛重英」，下韻爲「河上乎翱翔」；《有女同車》「顔如舜英」，下韻爲「佩玉鏘鏘」；《楚詞》「華彩衣兮若英」，下韻爲「爛昭昭兮未央」。「風」皆讀分，《緑衣》「淒其以風」，下韻爲「實獲我心」；《晨風》「鴥彼晨風」，下韻「鬱彼北林」；《烝民》「穆如清風」，下韻爲「以慰其心」。「憂」皆讀嚶，《黍離》「爲我心憂」，上韻爲「中心摇摇」；《載馳》「我心則憂」，上韻爲「言至於漕」；《楚詞》「思公子兮徒離憂」，上韻爲「風颯颯兮木蕭蕭」。其他則「好」之爲吼，「雄」之爲形，「南」之爲能，「儀」之爲何，「宅」之爲托，「澤」之爲鐸，皆玩其上下文及他篇之相同者而自見。袁簡齋亦云：「『風』字《毛詩》中凡六見，皆在侵韻，他可類推。」後人不解此義，乃欲以後來詩韻强協《三百篇》，誤矣！

古人之音，隨時遞變，後人亦止能尋其迹，而實無由聞其聲，則以今人言古韻，亦祇以意而已。沈約以吴音爲人口實，吾閩之音，又有甚焉。而言古韻者，實莫善於閩人，則亦惟古書之是據而已。講古韻者，自吾閩之吴才老棫始，惟《韻補》一書，頗多謬誤。連江陳季立第因之作《毛詩古音考》、《屈宋古音義》，則條例貫通，考證精密。顧亭林之《音學五書》，實從此出。亭林之學，又傳之安溪李文貞公。康熙間御定《音韻闡微》，即出文貞之手。昔劉貢父攽《中山詩話》，載閩士試《清明象天賦》，破題云：「天道如何，仰之彌高。」會考官亦同里，遂中選。宋人以此事爲閩人笑柄。然蘇子由，蜀人也。其集第一卷《嚴碑》長韵，磨、訛、高、豪、何、曹、齊、戈亦相間而用，則知宋人用韵多似此，又豈得獨誚閩音乎？

毛稚黄《聲韵叢説》云：「韓文公《蝌蚪書記》云：『作爲文辭，宜略識字。』然韓公識字頗不深。如《諱辨》云：『漢之時有杜度。』不知『杜』上聲，又平聲，晉有杜蒯，劉昌宗讀作屠，無讀作去入二聲者。『度』去聲，又入聲，《詩》『周爰咨度』，無讀作平上二聲者。則『杜』、『度』二字，非同音矣。云：『諱吕后名雉爲野鷄，不聞又諱治天下之治爲某字也。』不知治天下『治』字平聲，非去聲也。《子産不毁鄉校頌》以『監』叶『言』，《徐偃王廟碑詞》以『頑』叶『耽』，古音既無此通法，考之《唐韵》益謬。韓公蓋讀『監』爲『肩』，讀『耽』爲『丹』故也。是公於常用之字，尚識之不盡，何論蝌蚪書乎？蓋聲韵之難明，自古已然矣。」

毛西河曰：「韵者，均也。《鶡冠子》曰『五均不同聲』，謂宫商角徵羽聲本不同，且即一均之中，亦必取聲之不同者而彙爲一宫，蓋以不均爲均，而韵名焉。故古人爲詩，即二句三句，無同聲者。如『元首明哉，股肱良哉』，『日出而作，日入而息』之類，而其宫則同。如『明』、『良』爲陽、庚之通，『作』、『息』爲藥、職之通，皆同宫音也。至魏時李登，始取其聲之同者而分聚之，名曰《聲類》。如東、中、通、同爲一類，支、忌、脂、之爲一類，但取聲之相類者而聚於一處，故曰《聲類》，然而猶無四聲也。及齊中書郎周顒，始著《四聲切韵》，而梁沈約效之，又有《四聲類譜》之作，夫然後就一類之中，而又分四等。即平、上、去、入。然當時雖存其書，而其説不著，雖梁武猶疑之。梁武問何爲四聲？周捨曰：「天子聖哲。」至隋皇間，有陸詞者，即陸法言。偶與同時劉臻等私相擬議，謂既名切韵，則必細加剖析，而音始親切。于是又將《聲類》之中支、脂、魚、虞、先、仙、尤、侯諸類，前此從未分列者，而又加分之，總其名曰《四聲切韵類譜》，析爲五卷。此則合周顒、李登之説而統爲一書。今其書不傳。顧當時詩文，自魏、晉迄於六季，其拘聲類者十之七，拘四聲者十之八，而拘切韵者，則十不得一。六朝詩文無分東冬、支微者，若冬又分鍾，支又分脂之類，則自六朝至唐並無遵之者。蓋其説雖自以爲音韵微眇，宜有分劃，實未嘗强世間之押之者限以是也。自唐以律詩律賦取士，欲創爲拘限之説以難之，遂取《切韵》之書爲取士之法，實則除應制詩賦之外，仍用古韵。且謂律韵雖嚴，亦不宜太瑣，即又取冬、鍾之分，支、脂之判者而合之，亦何嘗謂一東、二冬本金科玉律，六脂、七之皆精微幻眇，而上以之繩《六經》，下以之檢百代哉！乃自是以後，逡巡唐代數百年，或稱《切韵》，或稱《官韵》，或稱《唐韵》，俗傳吴彩鸞所書者，近人僞作也。即宋初取士，猶仍舊本。真宗大中間，遂改《切韵》爲《廣韵》，删《唐韵》習用之字而增以他字。仁宗景祐中，又更造爲《集韵》。然當時試士，則又置《廣韵》、《集韵》二書不用，而别爲《禮部韵》。南渡後，又有毛晃《增修禮部韵略》。至理宗朝，乃有平水劉淵者，實始併冬、鍾、支、脂二百六部爲一百七部，且盡删去三鍾、六脂數目而易以今目，是爲《平水部》。自元、明迄今，皆遵用之。則是今所行韵，實創於楊隋一人之作俑，而迄於南渡後一人之更定，而舉世夢夢，稱爲沈韵，且疑爲古韵，是何千古長夜至此也！至《平水韵》，當時又名《試韵》，蓋以單爲試士而設，而他無所用。今人率稱詩韵者，殆亦『試韵』之訛乎？」

詩話莫盛於宋，今四庫所録，自《六一詩話》以下二十餘家，求其實係教人作詩之言，則不可多得。國朝吴景旭撰《歷代詩話》至八十卷，嗜奇愛博，而尚非度人金針。余嘗欲就宋人各種中，精擇其可爲詩學階梯者，益以明人及我朝名流所著，都爲一編，庶幾爲有益之書。未知此願何日酬耳！

方虚谷《瀛奎律髓》一書，行世已久，學詩者頗奉爲典型，吴孟舉至懸諸家塾以爲的。海虞馮氏嘗有批本，方氏左袒江西，馮氏又左袒晚唐，負氣詬争，矯枉過正，亦未免轉惑後人。若非得紀師批本，則謬種蔓延，何所底止？紀本有序，别白是非，大旨已具，讀方書者，不可不先讀此篇也。序云：「虚谷選詩之大弊有三：一曰矯語古淡，一曰標題句眼，一曰好尚生新。夫古質無如漢氏，沖淡莫過陶公，然而抒寫性情，取裁風雅，樸而實綺，清而實腴；下逮王、孟、儲、韋，典型具在。虚谷乃以生硬爲高格，以枯槁爲老境，以鄙俚粗率爲雅音，名爲遵奉工部，而工部之精神面目迥相左也。是可以爲古淡乎？『朱華冒緑池』，始見子建；『悠然見南山』，亦曰淵明。響字之説，古人不廢。暨乎唐代，煅煉彌工，然其興象之深微，寄託之高遠，固别有在也。虚谷置其本原而拈其末節，每篇標舉一聯，每句標舉一字，將舉天下之人而致力於是，所謂温柔敦厚之旨，蔑如也；所謂文外曲致，思表纖旨，亦茫如也。後人纖巧之學，非虚谷階之厲耶？贊皇論文，謂『譬如日月，終古常見，其光景常新』。人生境遇不同，寄託各異，心靈濬發，其變無窮，初不必刻鏤瑣事以爲巧，捃摭僻字以爲異也。虚谷以長江、武功一派，標爲寫景之宗，一蟲一魚，一花一木，規規然摹其性情，寫其形狀，《騷》、《雅》之本意，果若是耶？是皆江西一派先入爲主，而變本加厲，不知所返也。至其論詩之弊：一曰黨援，堅持一祖三宗之説，一字一句，莫敢異議。雖茶山之粗野，居仁之淺滑，誠齋之頹唐，宗派苟同，無不袒庇。而晚唐、崑體、江湖、四靈之屬，則吹索不遺餘力，是門户之見，非是非之公也。一曰攀附，元祐之正人，洛、閩之道學，不論詩之工拙，一概引之以自重，本爲詩品，置而論人，是依附名譽之私，非别裁僞體之道也。一曰矯激，鐘鼎山林，各隨所遇，亦各行所安。論人且爾，況於論詩？乃詞涉富貴，則排斥立加，語類幽棲，則吹嘘備至，不問其人之賢否，並不計其語之真僞，是直詭託清高，以自掩其穢行耳。文人無行，至方虚谷而極。周草窗所記，不忍卒讀也。又豈論詩之道耶？凡此數端，皆足以疑誤後生，瞀亂詩學，故不可不亟加刊正也。」

今之學詩者，但知以偷語爲戒，而以偷勢偷意爲尚，即可謂高手矣，而不知其尚有進也。紀文達師曰：「詩之爲道，非惟語不可偷，即偷勢偷意，亦歸窠臼。夫悟生於相引，有觸則通；力迫於相持，勢窮則奮。善爲詩者，當先取古人佳處涵泳之，使意境活潑，如在目前，擬議之中，自生變化。如『蕭蕭馬鳴，悠悠旆旌』，王籍化爲『蟬噪林逾静』；『光風轉蕙泛崇蘭』，王荆公化爲『扶輿度陽焰，窈窕一川花』，皆得其句外意也。水部《詠梅》有『枝横却月觀』句，和靖化爲『水邊籬落忽横枝』，『疎影横斜水清淺』，東坡化爲『竹外一枝斜更好』，皆得其句中味也。『春水滿四澤』，變爲『野水多於地』；『夏雲多奇峰』，變爲『山雜夏雲多』，就一句點化也。『千峰共夕陽』，變爲『夕陽山外山』；『日華川上動』，變爲『夕陽明滅亂流中』，就一字引伸也。『到江吴地盡，隔岸越山多』，變爲『吴越到江分』，縮之而妙也。『曲徑通幽處，禪房花木深』，變爲『微雨晴復滴，小窗幽且妍。盆山不見日，草木自蒼然』，衍之而妙也。如是有得，乃立古人於前，竭吾力而與之角。如雙鵠並翔，各極所至；如兩鼠鬭穴，不勝不止。思路斷絶之處，必有精神坌湧，忽然遇之者，正不必撏撦玉溪，隨人作計也。」

司空表聖《詩品》，但以雋詞標舉興象，而於詩家之利病，實無所發明，於作詩者之心思，亦無所觸發。近袁簡齋作《續詩品三十二首》，乃真學詩之準繩，不可不讀。自序謂：「陸士龍言：隨手之妙雖難以詞諭，要所能言者盡於是。」蓋非深於詩者不能爲也。今悉録如左。《崇意》云：「虞舜教夔，曰詩言志。何今之人，多辭寡意？意如主人，辭如奴婢。主弱奴强，呼之不至。穿貫無繩，散錢委地。開千枝花，一本所繫。」《精思》云：「疾行善步，兩不能全。暴長之物，其亡忽焉。文不加點，興到語耳。孔明天才，思十反矣。惟思之精，屈曲超邁。人居屋中，我來天外。」《博習》云：「萬卷山積，一篇吟成。詩之與書，有情無情。鐘鼓非樂，捨之何鳴？易牙善烹，先羞百牲。不從糟粕，安得精英？曰不關學，終非正聲。」《相題》云：「古人詩易，門户獨開。今人詩難，群題紛來。專習一家，硜硜小哉！宜善相之，多師爲佳。地殊景光，人各身分。天女量衣，不差尺寸。」《選材》云：「用一僻典，如請生客。如何選材，而可不擇？古香時艷，各有攸宜。所宜之中，且爭毫釐。錦非不佳，不可爲帽。金貂滿堂，狗來必笑。」《用筆》云：「思苦而晦，絲不成繩。書多而壅，膏乃滅燈。焚香再拜，拜筆一枝。星月驅使，華嶽奔馳。能剛能柔，忽斂忽縱。筆豈能然，唯吾所用。」《理氣》云：「吹氣不同，油然浩然。要其盤旋，總在筆先。湯湯來潮，縷縷騰烟。有餘於物，物自浮焉。如其客氣，冉猛必顛。無萬里風，莫乘海船。」《布格》云：「造屋先畫，點兵先派。詩雖百家，各有疆界。我用何格，如盤走丸。横斜超縱，不出於盤。消息機關，按之甚細。一律未調，八風掃地。」《擇韵》云：「醬百二甕，帝豈盡甘！韵八千字，人何亂探！次韵自繫，叠韵無味，鬬險貪多，偶然游戲。勿瓦缶撞，而銅山鳴。食雞去跖，烹魚去丁。」《尚識》云：「學如弓弩，才如箭鏃。識以領之，方能中鵠。善學邯鄲，莫失故步。善學仙方，不爲藥誤。我有神燈，獨照獨知。不取亦取，雖師勿師。」《張采》云：「明珠非白，精金非黄。美人當前，爛如朝陽。雖抱仙骨，亦由嚴妝。匪沐胡潔，非薰胡香？西施蓬髮，終竟不臧。若非華羽，曷别鳳凰？」《結響》云：「金先於石，餘響較多。竹不如肉，爲其音和。詩本樂章，按節當歌。將斷必續，如往復過。簫來天霜，琴生海波。三日繞梁，我思韓娥。」《取徑》云：「揉直使曲，叠單使複。山愛武夷。爲遊不足。擾擾闤闠，紛紛行人。一覽而竟，倦心齊生。幽徑蠶叢，是誰開創？千秋過者，猶祀其象。」《知難》云：「趙括小兒，兵乃易用。充國晚年，愈加遲重。問所由然，知與不知。知味難食，知脈難醫。如此千秋，萬手齊抗。談何容易，着墨紙上。」《葆真》云：「貌有不足，敷粉施朱。才有不足，徵典求書。古人文章，俱非得已。僞笑佯哀，吾其優矣。畫美無寵，繪蘭無香。揆厥所由，君形者亡。」《安雅》云：「雖真不雅，庸奴叱咤。悖矣曾規，野哉孔駡。君子不然，芳花當齒。言必先王，左圖右史。沈誇徵栗，劉怯題糕。想見古人，射古爲招。」《空行》云：「鐘厚必啞，耳塞必聾。萬古不壞，其惟虚空。詩人之筆，列子之風。離之愈遠，即之彌工。儀神黜貌，借西摇東。不階尺木，斯名應龍。」《固存》云：「酒薄易酸，棟橈易動。固而存之，骨欲其重。視民不佻，沉沉爲王。八十萬人，九鼎始扛。重而能行，乘百斛舟。重而不行，猴騎土牛。」《辨微》云：「是新非纖，是淡非枯。是朴非拙，是健非粗。急宜判分，毫釐千里。勿混淄澠，勿眩朱紫。戒之戒之，賢智之過。老手頹唐，才人膽大。」《澄滓》云：「描詩者多，作詩者少。其故云何，渣滓不掃。糟去酒清，肉去泊饋。寧可不吟，不可附會。大官筵饌，何必橫陳。老生常談，嚼蠟難聞。」《齋心》云：「詩如鼓琴，聲聲見心。心爲人籟，誠中形外。我心清妥，語無烟火。我心纏綿，讀者泫然。禪偈非佛，理障非儒。心之孔嘉，其言藹如。」《矜嚴》云：「貴人舉止，咳唾生風。優曇花開，半刻而終。我飲仙露，何必千鍾。寸鐵殺人，寧非英雄。博極而約，淡蘊於濃。若徒梟獠，非浮丘翁。」《藏拙》云：「晝贏宵縮，天不兩隆。如何弱手，好彎强弓？因謇徐言，因跛緩步。善藏其拙，巧乃益露。右師取敗，敵必當王。霍王無短，是以無長。」《神悟》云：「鳥啼花落，皆與神通。人不能悟，付之飄風。惟我詩人，衆妙扶智。但見性情，不着文字。宣尼偶過，童歌《滄浪》。聞之欣然，示我周行。」《即景》云：「混元運物，流而不住。迎之未來，攬之已去。詩如化工，即景成趣。逝者如斯，有新無故。因物賦形，隨影换步。彼膠柱者，將朝認暮。」《勇改》云：「千招不來，倉猝忽至。十年矜寵，一朝捐棄。人貴知足，惟學不然。人工不竭，天巧不傳。知一重非，進一重境。亦有生金，一鑄而定。」《著我》云：「不學古人，法無一可。竟似古人，何處著我？字字古有，言言古無。吐故吸新，其庶幾乎？孟學孔子，孔學周公。三人文章，頗不相同。」《戒偏》云：「抱杜尊韓，托足權門。苦守陶韋，貧賤驕人。偏則成魔，分唐界宋。霹靂一聲，鄒魯不鬨。江海雖大，豈無瀟湘。突夏自幽，亦須廟堂。」《割忍》云：「葉多花蔽，辭多語費。割之爲佳，非忍不濟。驪龍選珠，顆顆明麗。深夜九淵，一取萬棄。知熟必避，知生必避。入人意中，出人頭地。」《求友》云:「游山先問,參禪貴印。閉門自高,吾斯未信。聖求童蒙,而況於我!低棋偶然,一着頗可。臨池正領,倚鏡裝花。笑倩旁人,是耶非耶?」《拔萃》云:「同鏘玉珮,獨姣宋朝。同歌苕花,獨美孟姚。拔乎其萃,神理超超。布帛菽粟,終遜瓊瑤。《折楊》《皇華》,敢望鈞韶。請披采衣,飛入丹霄。」《滅迹》云:「織錦有迹,豈曰蕙娘。修月無痕,乃號吴剛。白傅改詩,不留一字,今讀其詩,平平無異。意深詞淺,思苦言甘。寥寥千年,此妙誰探?」

凡作詩,不可有時文氣,惟試帖詩,當以時文法爲之。先讀紀文達師之《唐人試律説》,以定格局,其花樣,則所選《庚辰集》盡之。晚年又有《我法集》之刻,其苦心指引處,尤爲深切著明。時賢所作,驚才絶艷,儘有前人所不及者,而扶質立幹,不能出吾師三部書之範圍也。

鄭蘇年師曰:「排律爲詩之一體,而其法實異於古近體諸詩,其義主於詁題,其體主於用法,其前後起止,鋪衍詮寫,皆有一定之規格,淺深之體勢。而且題中有一字,即須照應不遺,題意有數重,又須迴環鈎綰,尺寸一失,雖詞壇宗匠,亦不入程式焉。蓋其道與八股制義相出入。八股之原,固亦出於古文,然竟以古文爲八股,則必有所隔閡而不行。蓋題體纖雜,神理非出於一端,鋪寫有定,語言不可以旁出也。」又云:「八股與古文,雖判爲兩途,然不能古文者,其八股必凡近纖靡,不足以自立。排律亦然。排律雖以用法、詁題爲主,然無性情、學問、風格以緯於其間,則亦俗作而已。深於風雅者,當自得之。」

紀文達師曰:「試帖結語,更要緊於起語,起語可平鋪,結語斷不可不用意。錢起《湘靈鼓瑟》詩,自以結語擅場。西河毛氏曰：往在揚州，與王于一論詩，王謂錢詩固佳，而起尚樸僿，相此題意，當有縹緲之致，雯然而起，不當纏繞題字。時余不置辨，但口誦陳季首句『神女泛瑶瑟』，莊若納首句『帝子鳴金瑟』，謂此題多如是。王便默然。蓋詩法不傳久矣。」

又曰：「陳季《湘靈鼓瑟》詩：『一彈新月白，數曲暮山青』，語略同錢作。然錢置於篇末，故有遠神，此置於聯中，不過尋常好句。西河調度之説，誠至論也。此如『大江流日夜，客心悲未央』，『悵矣秋風時，余臨石頭瀨』，作發端則超妙，設在篇中，則凡語。『客鬢行如此，蒼波坐渺然』，『問我今何適，天台訪石橋』，作頷聯則挺拔，設在結句，則索然。此意當參。」又曰：「作詩最可藏拙者，莫過於險韻。唐人試律中，限險韵者至少，蓋主者深知甘苦，不使人巧於售欺。且如柳詩限『青』字，鷺詩限『明』字，皆非難押，而惠崇五易其稿，始得『棲烟一點明』句，萊公四押『青』字不倒，竟至閣筆。難易之故，了然可悟矣。」

昔僧秀關西與黄山谷云：「作詩無害，惟艷歌小詞，可罷之。」山谷笑曰：「殆空中語耳，終墮此惡道耶？」師曰：「若是以邪言蕩人淫心，使彼由汝犯法，恐不止墮惡道而已。」黄自此不作艷詞。此語見《七修類藁》，甚爲有理。鄭蘇年師嘗言：「填詞語多佻達，可不必學。」故及門中，亦無一工此者。

（王天覺點校）

試律叢話

試律叢話提要

《試律叢話》八卷，據咸豐五年福州梁氏知足知不足齋刊本點校。撰者梁章鉅，生平見《讀漁洋詩隨筆》提要。此書有道光二十二年吴廷琛序，謂梁氏嘗以稿本見示，書當成於稍前。試律託始於唐，格本不高，宋後式微。乾隆中期科舉恢復試詩，此體得紀文達居間疏通，詁題用法外，緯以性情、學問、風格，（鄭光策語）復盛有年，成就遂遠在唐帖之上，非僅古疏今密而已。梁氏生當其時，浸淫其間，親炙於曉嵐等名師，宜有是編，以話乾、嘉、道其體之始末。卷一輯各家總論，又多引紀氏《唐人試律詩》析唐人之作。卷二、三、四亦以《庚辰集》、《課館存稿》、《我法集》等爲據，詳析紀氏本人及乾隆朝諸家之作。其中卷二特遵紀語，抉覆金雨叔姓《今雨堂詩墨》與之並；卷三謂翁覃溪試律與曉嵐功力悉敵，惟本人不甚重，曾有《復初齋試律説》一種，體例略如《我法集》，未刊佚失，晚年竟不復記憶；卷四專記乾隆六十年隨叔父梁上國在京，參與吴錫麒、王芑孫等人會課活動，惕甫編成《九家試帖合存》風行，一新試律耳目風氣。梁氏復加評隲，如謂穀人試律勝詩，惕甫詩勝試律等，皆有見。卷五記嘉、道兩朝又有《七家試帖》、《後九家試帖》等集出，表彰陳沆爲最善；而時至道光，《我法集》等已爲李楨《分類詩腋》所替矣。卷六記同僚朋儕，卷七記閩鄉前賢，卷八記本人及宗族中人，體例甚明。梁氏有心，多從名家學，故所記頗多珍聞，除紀、翁兩家外，法式善、阮芸臺乃至林則徐等，皆有涉及。言語、性情、逸事，筆帶《隨園詩話》之風，而辭鋒不及也。

試律叢話序

試律於詩爲末務，然功令以之取士。第一場次時文，後至於庶常館課、大考翰詹，皆以是覘其所學，固未可薄而不爲也。國朝名公巨卿多工是體。曩吾師河間紀文達公有《庚辰集》選本，上下六十年，鴻篇佳製，無美不備。注釋詳明，評論剖析，一歸精密，一時應舉之士及館閣諸公無不奉爲圭臬。故乾隆、嘉慶間，和聲鳴盛，能手輩出。大約根柢必深厚，理法必清真，然後斟酌章句，斧藻群言，推陳出新，雕琢之至，歸於自然。吾鄉王惕甫先生嘗云：「有杜、韓百韵之風力，乃有沈、宋八韵之精能。」洵知言也。邇來風氣漸變，詞藻不尋本原，對仗務取纖巧，偭越規繩，第求速化，剽襲割裂，詞意乖舛，鮮有能講明而切究之者。同年長樂梁茝林中丞，素好爲詩，於諸體無不工，以其餘緒輯爲《試律叢話》八卷。其所徵引，得之家庭傳習、師長淵源，口講指畫，皆有法度，足以續古人之慧命，標後學之津梁。嘗以稿本見示，余亟稱之，屬其刊板行世。爲是體者，誠能沿流討源，務反乎今時之所尚，駸駸乎不懈而及於古，庶可無篤於時而拘於墟矣。

道光二十二年歲次壬寅端午日吴廷琛序。

試律叢話例言

《試律叢話》之作，繼《制義叢話》而成，皆爲舉業家導源溯流，爲邨學究發聾振聵也。顧制義託始於宋，存於今者寥寥數篇，具體而已。而試律託始於唐，《文苑英華》所載多至四百數十篇，固已無法之不備、無巧之不臻，允宜詳哉其言之。故首卷於總論之後，即遵先資政公之指授，專論唐律，而以紀文達師《唐人試律說》爲歸宿，庭訓、師傳一以貫之，時賢之言有合者亦間採焉。讀唐律者，可不必他求矣。

近人說試律者，既以紀文達師爲宗，則《唐人試律說》之外，不可不首讀《我法集》。而學者或哂其過拘，或嫌其近率，則非妄人，即淺人也。《我法集》成於晚年，間有老手頹唐之處，而《館課存稿》則正盛年用意之作，乃亦有議其多用虛字，病在太流者，尤妄也。今並合而論之。其同時專精此事，最爲吾師所契可者，爲金雨叔之《今雨堂詩墨》，巧力兼到，足與吾師相提並論，惟老氣老識遜一籌耳。附於卷末，正可相附而行。

《試律說》及《我法集》外，惟《庚辰集》最行於世，以其詩最近時，且有注便讀也。集中皆乾隆中老輩之作，其乾隆末以迨近今，又不乏名作，因略就所見附焉。

嘉慶初，《九家試帖》震耀一時，實爲試律不可不開之風氣。自是而降，又有《七家試帖》，雖蘊味稍遜，而才氣則不多讓，且巧力間有突過前修者。又有《後九家詩》，則後起之秀，層見叠出，其光燄有不可遏抑者，亦不忍置之弗論，並精採時人之論詩，而參酌之。

試律自以詞館所作爲大觀，而余同榜壬戌一科，館選者至九十四人之多，爲前此所未有，則名篇俊句，自較前後各科爲多，因别爲一卷論之，以識一時之盛。而吾鄉作者後先相望，實足以旗鼓中原，時流常以海濱不諳聲律爲疑，今亦别爲一卷，以質觀者。至吾家群從人人有集，惜於試律多散佚不收，僅從記憶之餘，列而論之，而殿以拙作，又别爲一卷云。

制義及經義之題，以四子書及五經爲範圍，試律之題則不拘何書皆可用。唐人試律之題皆考官所命，而本朝會試及順天鄉試試律各題悉由欽命，至有軼出四部書之外者，如「燈右觀書」、「南坍北漲」等題是也。故本朝試律相題之法、押韻之宜，有非唐人格式所能盡者。今就所聞見，恭録嘉慶以前歷次會試及順天鄉試欽命詩題，弁諸卷端。其歷次朝考及散館欽命詩題，暨歷次御試翰詹、乾隆以前歷次時巡召試各詩題，亦謹就所記憶，恭録附後，以備學者揣摩。其聞見所未周，道光以後余已外宦，不復還朝，尚望留心掌故者續之。

謹按：道光年間會試、鄉試並朝考、散館、大考翰詹各題未經載入，兹特恭録歷次詩題續載於後。

男逢辰謹識。

歷次會試詩題

「循名責實」得「田」字。乾隆二十二年丁丑科。按：是科始裁表、判，易以五言八韵詩，著爲例。

「王道蕩蕩」得「同」字。乾隆二十五年庚辰科。

「賢不家食」得「同」字。乾隆二十六年辛巳科。

「從善如登」得「難」字。乾隆二十八年癸未科。

「三復白圭」得「寒」字。乾隆三十一年丙戌科。

「河海不擇流」得「虚」字。乾隆三十四年己丑科。

「下車泣罪」得「慙」字。乾隆三十六年辛卯科。

「匠成翹秀」得「多」字。乾隆三十七年壬辰科。

「燈右觀書」得「風」字。乾隆四十年乙未科。

「春服既成」得「鮮」字。乾隆四十三年戊戌科。

「春日載陽」得「風」字。乾隆四十五年庚子科。
「王良登車」得「行」字。乾隆四十六年辛丑科。
「摛藻爲春」得「賓」字。乾隆四十九年甲辰科。
「四時爲柄」得「乾」字。乾隆五十二年丁未科。
「草色遥看近却無」得「夫」字。乾隆五十四年己酉科。
「老當益壯」得「方」字。乾隆五十五年庚戌科。
「繁林翳薈」得「賢」字。乾隆五十八年癸丑科。
「閏月定四時」得「和」字。乾隆六十年乙卯科。
「春雨如膏」得「稀」字。嘉慶元年丙辰科。
「鳴鳩拂其羽」得「鳴」字。嘉慶四年己未科。
「天臨海鏡」得「天」字。嘉慶六年辛酉科。
「山輝川媚」得「藏」字。嘉慶七年壬戌科。
「我澤如春」得「春」字。嘉慶十年乙丑科。
「立中生正」得「精」字。嘉慶十三年戊辰科。
「一意同欲」得「同」字。嘉慶十四年己巳科。
「虚堂懸鏡」得「情」字。嘉慶十六年辛未科。

「受中定命」得「中」字。嘉慶十九年甲戌科。
「桐生茂豫」得「桐」字。嘉慶二十二年丁丑科。
「敦俗勸農桑」得「敦」字。嘉慶二十四年己卯科。
「惠澤成豐歲」得「成」字。嘉慶二十五年庚辰科。
「春風風人」得「風」字。道光二年壬午科。
「雲隨波影動」得「波」字。道光三年癸未科。
「鶯聲細雨中」得「聲」字。道光六年丙戌科。
「春色先從草際歸」得「歸」字。道光九年己丑科。
「循名責實」得「誠」字。道光十二年壬辰科。
「以禮制心」得「誠」字。道光十三年癸巳科。
「王道平平」得「偏」字。道光十五年乙未科。
「布德行惠」得「時」字。道光十六年丙申科。
「泉細寒聲生夜壑」得「聲」字。道光十八年戊戌科。
「慎修思永」得「謨」字。道光二十年庚子科。
「師直爲壯」得「平」字。道光二十一年辛丑科。
「白駒空谷」得「人」字。道光二十四年甲辰科。

「凡百敬爾位」得「賢」字。道光二十五年乙巳科。
「天心水面」得「知」字。道光二十七年丁未科。
「取人以身」得「人」字。道光三十年庚戌科。

歷次順天鄉試詩題

「秋日懸清光」得「清」字。乾隆二十四年己卯科。
「平秩西成」得「成」字。乾隆二十五年庚辰科。
「月中桂樹」得「香」字。乾隆二十七年壬午科。
「八月剥棗」得「成」字。乾隆三十年乙酉科。
「白駒空谷」得「心」字。乾隆三十三年戊子科。
「野無伐檀」得「場」字。乾隆三十五年庚寅科。
「百川灌河」得「方」字。乾隆三十六年辛卯科。
「九方歅相馬」得「黄」字。乾隆三十九年甲午科。
「秋風動桂林」得「林」字。乾隆四十二年丁酉科。
「鴻雁來賓」得「時」字。乾隆四十四年己亥科。

「栽者培之」得「和」字。乾隆四十五年庚子科。
「仙露明珠」得「秋」字。乾隆四十八年癸卯科。
「蓬瀛不可望」得「秋」字。乾隆五十一年丙午科。
「六藝道德本」得「行」字。乾隆五十三年戊申科。
「四時殊氣」得「陽」字。乾隆五十四年己酉科。
「爽氣澄蘭沼」得「心」字。乾隆五十七年壬子科。
「清露滴荷珠」得「宜」字。乾隆五十九年甲寅科。
「形端表正」得「心」字。乾隆六十年乙卯科。
「八月剥棗」得「時」字。嘉慶三年戊午科。
「師克在和」得「哦」字。嘉慶五年庚申科。
「百川赴巨海」得「收」字。嘉慶六年辛酉科。
「鴻漸於逵」得「時」字。嘉慶九年甲子科。
「河出榮光」得「光」字。嘉慶十二年丁卯科。
「清如玉壺冰」得「冰」字。嘉慶十三年戊辰科。
「正誼明道」得「明」字。嘉慶十五年庚午科。
「大田多稼」得「多」字。嘉慶十八年癸酉科。

「洗心藏密」得「心」字。嘉慶二十一年丙子科。
「飛雲臨紫極」得「臨」字。嘉慶二十三年戊寅科。
「心清聞妙香」得「心」字。嘉慶二十四年己卯科。
「謙受益」得「謙」字。道光元年辛巳科。
「詢於芻蕘」得「聞」字。道光五年壬午科。
「讀書用三餘」得「餘」字。道光五年乙酉科。
「檐際雨餘逢月色」得「檐」字。道光八年戊子科。
「圓出於方」得「規」字。道光十一年辛卯科。
「萬物静觀皆自得」得「觀」字。道光十二年壬辰科。
「吉人辭寡」得「言」字。道光十四年甲午科。
「曉霜楓葉丹」得「丹」字。道光十五年乙未科。
「窗中海月早知秋」得「清」字。道光十七年丁酉科。
「學古有獲」得「修」字。道光十九年己亥科。
「秋色牆頭數點山」得「山」字。道光二十年庚子科。
「庭中竹撼一窗秋」得「聲」字。道光二十三年癸卯科。
「言去其辨」得「誠」字。道光二十四年甲辰科。

「一行斜字早鴻來」得「秋」字。道光二十六年丙午科。

「月中桂」得「香」字。道光二十九年己酉科。

歷次朝考詩題

「野含時雨潤」得「時」字。乾隆元年丙辰科。

「披沙揀金」得「金」字。乾隆二年丁巳科。

「因風想玉珂」得「珂」字。乾隆四年己未科。

「山川出雲」得「和」字。乾隆七年壬戌科。

「追琢其章」得「瑊」字。乾隆十年乙丑科。

「玉壺冰」得「瑶」字。乾隆十三年戊辰科。

「閏月定四時」得「欽」字。乾隆十六年辛未科。

「十月滌場」得「場」字。乾隆十七年壬申科。按：是年以八月會試，故朝考在十月。

「窗中列遠岫」得「同」字。乾隆十九年甲戌科。

「動復歸有静」得「爲」字。乾隆二十二年丁丑科。

「南風之薰」得「風」字。乾隆二十五年庚辰科。

「五月鳴蜩」得「清」字。乾隆二十六年辛巳科。
「大禹惜寸陰」得「陰」字。乾隆二十八年癸未科。
「鑑空衡平」得「公」字。乾隆三十一年丙戌科。
「羲之换鵝」得「庭」字。乾隆三十四年己丑科。
「桂枝生自直」得「良」字。乾隆三十六年辛卯科。
「日華承露掌」得「清」字。乾隆三十七年壬辰科。
「大車檻檻」得「還」字。乾隆四十年乙未科。
「黄金臺」得「真」字。乾隆四十三年戊戌科。
「日午」得「中」字。乾隆四十五年庚子科。
「瑾瑜匿瑕」得「差」字。乾隆四十六年辛丑科。
「從善如登」得「登」字。乾隆四十九年甲辰科。
「良玉不琢」得「淳」字。乾隆五十二年丁未科。
「郁樸無成」得「勤」字。乾隆五十四年己酉科。
「臨風舒錦」得「文」字。乾隆五十五年庚戌科。
「松風水月」得「閒」字。乾隆五十八年癸丑科。
「公而不明」得「誰」字。乾隆六十年乙卯科。

「正誼明道」得「淳」字。嘉慶元年丙辰科。
「詩正而葩」得「中」字。嘉慶四年己未科。
「山水有清音」得「音」字。嘉慶六年辛酉科。
「天降時雨」得「川」字。嘉慶七年壬戌科。
「定時成歲」得「和」字。嘉慶十年乙丑科。
「羨魚結網」得「更」字。嘉慶十三年戊辰科。
「幽蘭扇發」得「馨」字。嘉慶十四年己巳科。
「疏川導滯」得「川」字。嘉慶十六年辛未科。
「被褐懷珠玉」得「珠」字。嘉慶十九年甲戌科。
「梅雨稻田新」得「新」字。嘉慶二十二年丁丑科。
「陳詩觀民風」得「民」字。嘉慶二十四年己卯科。
「分秧及初夏」得「分」字。嘉慶二十五年庚辰科。
「君子比德於玉」得「温」字。道光二年壬午科。
「用汝作霖雨」得「霖」字。道光三年癸未科。
「清如玉壺冰」得「涵」字。道光六年丙戌科。
「千章夏木清」得「詩」字。道光九年己丑科。

「用汝作霖雨」得「霖」字。道光十二年壬辰科。　按：此題與癸未同。

「穮蓘致功」得「功」字。道光十三年癸巳科。

「坐看雲起時」得「霖」字。道光十五年乙未科。

「山梁悦孔性」得「山」字。道光十六年丙申科。

「力田逢年」得「豐」字。道光十八年戊戌科。

「霖雨思賢佐」得「心」字。道光二十年庚子科。

「既雨晴亦佳」得「佳」字。道光二十一年辛丑科。

「訏謨定命」得「儀」字。道光二十四年甲辰科。

「毁方瓦合」得「儒」字。道光二十五年乙巳科。

「喜雨志乎民」得「時」字。道光二十七年丁未科。

「山虚水深」得「蕭」字。道光三十年庚戌科。

歷次散館詩題

「爲有源頭活水來」得「頭」字。乾隆元年。　按：是次係七言八韵。

「藏珠於淵」得「淵」字。乾隆二年。

「春蠶作繭」得「咸」字。乾隆四年。
「鴻漸於逵」得「和」字。乾隆七年。
「平秩南訛」得「官」字。乾隆十年。
「木從繩」得「心」字。乾隆十三年。
「黄花晚節香」得「修」字。乾隆十七年。
「樵夫笑士」得「羞」字。乾隆十八年。
「夏雲多奇峰」得「峰」字。乾隆十九年。
「和闐玉」得「珍」字。乾隆二十二年。
「瑾瑜匿瑕」得「清」字。乾隆二十五年。
「舜歌南風」得「薰」字。乾隆二十六年。
「麥浪」得「翻」字。乾隆二十八年。
「鹿角解」得「訛」字。乾隆三十年。
「至人心鏡」得「虚」字。乾隆三十四年。
「夏不御氈」得「餘」字。乾隆三十六年。
「松不棲蟬」得「威」字。乾隆三十七年。
「玉壺冰」得「昭」字。乾隆四十年。

「方諸見月」得「精」字。乾隆四十四年。
「不踰矩」得「夫」字。乾隆四十五年。
「心如止水」得「澄」字。乾隆四十六年。
「滄海遺珠」得「淵」字。乾隆四十九年。
「石韞玉」得「和」字。乾隆五十二年。
「石韞玉」得「真」字。乾隆五十四年。
「和闐玉」得「圖」字。乾隆五十八年。
「臨風舒錦」得「當」字。乾隆六十年。
「虛堂習聽」得「聲」字。嘉慶元年。
「四月清和雨乍晴」得「晴」字。嘉慶四年。
「農乃登麥」得「農」字。嘉慶六年。
「麥秋至」得「秋」字。嘉慶七年。
「長松吟風晚雨細」得「翁」字。嘉慶十年。
「農服先疇」得「疇」字。嘉慶十三年。
「器成琢玉」得「成」字。嘉慶十四年。
「清池皓月」得「心」字。嘉慶十六年。

「寒山晴後緑」得「寒」字。嘉慶十九年。
「政如農功」得「思」字。嘉慶二十二年。
「閏月定四時」得「成」字。嘉慶二十四年。
「律比崑崙竹」得「和」字。嘉慶二十五年。
「子産有辭」得「人」字。道光二年。
「小闌花影午晴初」得「闌」字。道光三年。
「山鷄舞鏡」得「山」字。道光六年。
「窗中列遠岫」得「中」字。道光九年。
「花邊鳥趁抱香蜂」得「飛」字。道光十二年。
「緑葉成陰雨洗春」得「陰」字。道光十三年。
「榆錢」得「銅」字。道光十五年。
「忠信爲寶」得「儒」字。道光十六年。
「信及豚魚」得「孚」字。道光十八年。
「人情以爲田」得「耕」字。道光二十年。
「肅時雨若」得「霖」字。道光二十一年。
「松柏有心」得「時」字。道光二十四年。

「五月江深草閣寒」得「寒」字。道光二十五年。
「無絃琴」得「音」字。道光二十七年。
「射以觀德」得「詩」字。道光三十年。

歷次大考翰詹詩題

懋勤殿早春應制。康熙二十四年。
「爲有源頭活水來」得□字。康熙四十五年。
「薰風自南來」得「來」字。乾隆二年。
「折檻旌直臣」限「三肴」韻。乾隆八年。按：是次覆試題爲「渭北春天樹」。
「洞庭張樂」得「和」字。乾隆十三年。七言六韻。
「風動萬年枝」得□字。乾隆十七年。
「野含時雨潤」得「和」字。乾隆二十三年。
「結綱求魚」得「賢」字。乾隆二十八年。
「紫禁朱櫻出上闌」得「和」字。乾隆三十三年。
「琭琭如玉」得□字。乾隆三十六年。

「循名責實」得「班」字。乾隆五十年。
「眼鏡」得「他」字。乾隆五十六年。
「春雨如膏」得「訛」字。嘉慶三年。
「懷德惟甯」得「心」字。嘉慶八年。
「春風扇微和」得「春」字。嘉慶十七年。
「鑪烟添柳重」得「烟」字。嘉慶二十三年。
「昨夜庭前葉有聲」得「心」字。道光五年。按：是次七言八韵。
「研精耽道」得「深」字。道光十三年。
「心共寒潭一片澄」得「心」字。道光十九年。
「半窗殘月有鶯啼」得「鶯」字。道光二十三年。
「澡身浴德」得「行」字。道光二十七年。

歷次時巡召試詩題

「披沙揀金」得「真」字。乾隆十六年浙江召試題。按：是次凡試三題，有「明通公溥論」、「無逸圖賦」，而以「披沙揀金」試律爲首題。

「指佞草」得「忠」字。乾隆十六年江南召試題。

「蠶月條桑」得「留」字。乾隆二十二年浙江召試題。按：先是以「循名責實」命題，得「田」字。因御筆草書，諸生莫辨，押「因」字、「思」字者多，押「田」字只二卷，難定去取。次日復以是題考試，第一名童鳳三，即押田字卷也。

「鴻漸於陸」得「時」字。乾隆二十二年江南召試題。

「春雨如膏」得「逢」字。乾隆二十七年浙江召試題。按：是次北試三題，有「和闐玉賦」、「海塘得失策」，而以「春雨如膏」試律爲首題。

「江漢朝宗」得「宗」字。乾隆二十七年江南召試題。按：是次凡試三題，「觀回人繩伎賦」、「耗羨有無利弊策」，而以「江漢朝宗」試律爲首題。

「春蠶作繭」得「同」字。乾隆三十年浙江召試題。

「稼穡惟寶」得「夫」字。乾隆三十年江南召試題。

「泰山不讓土壤」得「容」字。乾隆三十六年山東召試題。

「春水船如天上坐」得「時」字。乾隆三十八年天津召試題。按：是次係七言八韵。

「崑山片玉」得「精」字。乾隆四十一年山東召試題。

「天道無爲」得「然」字。乾隆四十一年天津召試題。

「春風扇微和」得「巡」字。乾隆四十五年浙江召試題。

「日華川上動」得「輝」字。乾隆四十五年江南召試題。

「南坍北漲」得「心」字。乾隆四十九年江南召試題。
「聖人心鏡」得「無」字。乾隆四十九年江南召試題。
「周而不比」得「同」字。乾隆五十三年天津召試題。
「泗濱浮磬」得「和」字。乾隆五十五年山東召試題。
「首夏猶清和」得「潛」字。乾隆五十九年天津召試題。

試律叢話卷之一

福州梁章鉅撰

試律始於唐，至宋以後，作者寥寥，闕焉不講。我朝乾隆間始復用之科舉。或稱爲排律，然古人排體詩，有數十韵及百韵者，今限以六韵、八韵，則不得以排律概之也。又或稱爲試帖，然古人明經一科，裁紙爲帖，掩其兩端，中間惟開一行，以試其通否，故曰試帖。進士亦有贖帖詩，帖經被落，許以詩贖，謂之贖帖，非以詩爲帖也。毛西河檢討奇齡有《唐人試帖》之選，蓋亦沿此誤稱。惟吾師紀文達公撰《唐人試律説》，其名始定。

先資政公《四勿齋隨筆》云：「試律詩古無專本。《文苑英華》中所載四百五十八首，曰省試詩，州府試附。」省試即禮部試。州府試者，每歲自縣升於州，若府試中而後解送也。然所存不必皆佳作，其用法處又在隱顯之間。國初毛西河太史所撰《唐人試帖》，雖間有見解，而多臆改之字。近時如朱笠亭之《唐試律箋》、任南陵之《唐詩靈通解》，則皆體例猥瑣，類三家村塾所爲。惟河間紀文達師之《唐人試律説》，批郤導窾，實足爲度人金針。講試律者，須先讀此本，以定格局，其花樣則所撰《庚辰集》一部足以盡之。晚年又有《我法集》之刻，其苦心指引處，尤爲深切著明。時賢所作，驚才絶艷，儘有前人所不及者，而扶質立榦，不能出吾師三部書之範圍矣。

紀文達師《唐人試律説》有序一首，於作試律之法已備。序云：「竊聞師友之緒論，曰凡作試律，須先辨體。題有題意，詩以發之，不但如應制諸詩惟求華美，則襞積之病可免矣。次貴審題。批窾導會，務中理解，則塗飾之病可免矣。次命意，次布格，次琢句，而終之以鍊氣鍊神。氣不鍊，則雕鎪工麗，僅爲土偶之衣冠。神不鍊，則意言並盡，興象不遠，雖不失尺寸，猶凡筆也。大抵始於有法，而終於以無法爲法。始於用巧，而終於以不巧爲巧。此當寢饋於古人，培養其根柢，陶鎔其意境，而後得其神明變化，自在流行之妙，不但求之試律間也。」

鄭蘇年師光策曰：「試律爲詩之一體，而其法實異於古近體諸詩。其義主於詁題，其體主於用法。其前後起止鋪衍詮寫，皆有一定之規格，淺深之體勢。而且題中有一字，即須照應不遺，題意有數重，又須迴環鉤綰。尺寸一失，雖詞壇宗匠，亦不入程式焉。蓋其道與八股制義相出入。八股之原固亦出於古文，然竟以古文爲八股，則必有所隔閡而不行。蓋題體纖雜，神理非出於一端，鋪寫有定，語言不可以旁出也。」又曰：「八股與古文，雖判爲兩途，然不能古文者，其八股必凡近纖靡，不足以自立。試律亦然。試律雖以用法詁題爲主，然無性情、學問、風格以緯於其間，則亦俗作而已。深於風雅者，當自得之。

毛西河《唐人試帖》序云：「今之詩，非《風》、《雅》、《頌》也，非漢、魏、六朝所謂樂府與古詩也，律也。律則專爲試而設，按：先生既爲此言，則何以不稱試律，而稱試帖乎？唐以前詩幾〔曾〕有所謂四韵、六韵、八韵者？而試始有之。唐以前詩又何曾限以五聲、四聲、三十部、一百七部之官韵？而試始限之。是今之所爲詩，律也，試詩也。乃人曰爲律，曰限官韵，而試問以唐之試詩，則茫然不曉，是詩且不知，何論聲律？且世亦知試文八比之何所昉乎？漢武以經義對策，而江都、平津太子家令並起而應之，此試文所自始也，然而皆散文也。天下無散文，而複其句，重其語，兩疊其話，言作對待者，惟唐制試士改漢魏散詩而限以比語，有破題，有承題，有頷比、頸比、腹比、後比，而後結以收之。六韻之首尾即起結也，其中四韻，即八比也。然則試文之八比視此矣。今日之試文亦目爲八比，而試問八比之所自始，則茫然不曉，是試文且不知，何論爲詩？夫試詩緊嚴，有制題之法，有押韻之法，有開承轉合、頷頸腹尾之法。若措思窅渺，雖備極工幻，具冥搜之勝，而見之而頤解目觸，一若有會心之處遇於當前，夫乃所謂詩也。」

張玉田熙宇曰：「詩莫盛於唐，惟試帖則不然，其傳爲絶唱者，如崔曙之《明堂火珠》，錢起之《湘靈鼓瑟》，當時已不多覯。今取其詩而讀之，通體亦未盡臻妙境。昌黎一代大手筆，追逐李、杜，而《精衛銜石填海》一首，只有題意而無題面，故毛西河、紀曉嵐兩先生胥疵之。蓋五言近體濫觴六朝，洎唐人始均其重輕，齊其音律，王、楊四子導源於前，而沈、宋輩繼之，高、岑輩又繼之，相代而興，日臻精妙，至少陵長篇百韻，横絶古今，而其製大備，後雖漸靡，其足駕六朝而上者，固猶是唐人家法也。若試帖，則諸公於應制時偶然一作，作即旋已，既未嘗專心極造，畢力於斯，則其中之細微曲折、神明變化，有不可得而悉者矣，亦何怪佳者之鮮哉。故吾嘗謂唐人之於試帖，猶六朝之於五言。五言至唐而始工，則試帖在唐而不得即工，亦其勢然耳。」

吴中徐商徵曰璉、沈士駿文聲有合輯《唐律清麗集》，每首之後附以零句，注釋、評騭頗詳，惟連載百韵長排，體例頗雜。卷首備列諸家論詩之語，有可爲試律準繩者，今摘録如左。虞山馮氏曰：「排律『排』字，始於《唐詩品彙》，其名最足貽誤後學。古人雖有排比聲律之語，何曾直稱之爲排律？」胡氏應麟曰：「陰鏗《安樂宫》詩十句，氣象莊嚴，格調鴻整，平頭、上尾，八病咸除，切響浮聲，五音並協，實百代近體之祖。近體之有陰生，猶五言之有蘇、李也。」《唐詩平》曰：「唐考試多五言排律，此體尤其所加意。今觀諸作鋪叙次第，絶不淩越犯複，而且虚實相間，無癡肥板重之形，則知專鍊字句不顧章法者，非唐人意矣。」汪東浦論五言六韵作法曰：「首聯名破題，兩句對仗要工，或直賦題事，或借端引起，若借端則次聯即宜亟轉到題，然兩句亦有參差而起，不盡對者。次聯名承題，又名頷比，破題未盡之意於此補出，全題字眼亦至此全見矣。三聯名頸比，如身之有頸也，破承分舉，此用合擒，不但思意借此變换，抑且句法不至重複，此處最是要緊。四聯名腹比，即八股之中比也，總要切實明白，淋漓盡致而止。五聯名後比，即補足中比之意，或襯墊餘賸之情，以完全篇之局。至於結尾所謂合也，或勒住本題，或放開一步，要『言有盡，而意無窮』，法盡是矣。」

徐商徵曰：「沈約所標律詩八病，其蜂腰、鶴膝、大韵、小韵、正紐、旁紐，但使句不失黏，六者尚非所重，惟平頭、上尾不可不知。二病所指甚廣，今舉其易犯者。平頭謂上聯首二字或並實並虚，或一虚一實，而下聯首二字亦然，雖下三字變换，已犯平頭也。若四句，下二字虚實相同，即爲上尾。又四句中，兩出句末字同上上聲，或同去入聲，亦上尾也。總期句法變化而已。」

陶鏡堂鑑《試帖標法·凡例》云：「詩總六義，試律則多賦體，而少比、興。其詠民間事物尚爲風，應試、應制半屬雅，而朝廟禮樂則駸駸乎入頌矣。贊美處勿涉阿諛，干請處勿失身分，即有規勉，亦當温厚和平，言之無罪，聞之足戒，一切不吉之語，衰颯之字，慎勿犯其筆端，至於款式忌諱，則臨場自有條例矣。」

林辛山聯桂《館閣詩話》云：「唐詩各體俱高越前古，惟五言六韵、八韵試律之作，不若我朝爲尤盛。蓋我朝法律之細，裁對之工，意境日闢而日新，鍾鍊愈精而愈密，虚神實理，詮發入微，洵爲古今極則。故紀文達相國《庚辰集》一出，而前人之《近光集》、《唐試律》諸刻，及《瀛奎律髓》等書，一時俱廢。學者誠能博觀於館閣諸詩，而以此集爲權衡，思過半矣。」按：此言唐試律之不及本朝，但就裁對之工、意境之新、鍾鍊之密言之，若法律之細，則唐人固不讓於後人。第研究吾師之《唐人試律説》，則知後人之才力，未有不在前人範圍之内者也。又云：「毛西河檢討謂試帖八韵之法，當以制藝八比之法律之，此實爲作試帖者不易之定論。金雨叔殿撰《今雨堂詩墨》嘗引伸其説，至紀文達公《庚辰集》、《我法集》所論更無餘藴。若法梧門之《同館試律鈔》，王藝齋諸君之《續鈔》，亦一代之淵海，不可不瀏覽以盡其才也。」又云：「姚文僖公文田嘗言科舉之五言排律，其體實兼賦頌，依題敷繹，惟在意切詞明，所謂賦也。言必莊雅，無取纖佻，雖源本風雅，而閨房情好之詞、里巷憂愁之作，不容一字闌入行間。三頌具存，其體式固可考而知也。善手經營，專在開章得法，如繅絲者引之不竭，則逐節遞生，自無衡決之患。其中亦有疏密離合，非如累土積薪，徒務平直。旨哉斯言。學試律者，可深思而自得之耳。」按：此論甚精，其謂「非如累土積薪，徒務平直」，尤近人論試律者所未及也。

法時帆學士法式善曰：「翰林者，風雅之淵藪也。試律一體固不足以盡其材，而總鄉會試、朝考、御試、館課諸作，鼓吹群籍，潄滌萬態，其至者足以繼賡歌，颺拜唐虞三代之風，而其餘亦皆出奇制勝，和其聲以鳴國家之盛。蓋功令所重在是，則專精極致，人各出其所長，以表見於一時者，無不在是。彙而鈔之，洋洋大觀，爲唐、宋、元、明館閣未有之盛事，一以導揚盛美，一以沾溉藝林，且使讀是編者，知某某爲名家，某某爲大家，某某爲名卿，爲碩輔，蓋將有風動而興起者，豈第選詩云爾哉。」

王楷堂比部廷紹曰：「或問試帖與古近體有以異乎？余曰：『同而異，異而同，惟善學者參之耳。古近體義在於我，試帖義在於題。古近體詩不可無我，試帖詩不可無題。古近體之我，隨地現形。試帖詩之題，隨方現化。泥之者，土偶也。失之者，游魂也。此同而異，異而同之説也。』曰：『然則爲試帖者，何以基之？』曰：『法必老，氣必空，詞欲其靈，筆欲其卓，四者相需，缺一不可。舍是而以虛夸藻繢爲工，失之遠矣。』」

翁覃溪師曰：「凡詩、文、詞皆今不如古，惟今人試律實有突過古人者。非古拙而今工，實古疏而今密，亦猶算術弈藝，皆古不如今也。即如唐人喻鳧《春雨如膏》詩，通篇皆春雨套詞，並不見如膏之意。而嘉慶丙辰會試此題詩，則於如膏意無不洗發盡致者，且『膏』字必作去聲讀，此尤唐賢所不及知也。」

王荆公選唐詩，以玄宗《早渡蒲津》首壓卷，非以其御製也，其氣象實足以冠冕三唐耳。人但知「春來津樹合，月落戍樓空。馬色分朝景，雞聲逐曉風」兩聯壯闊，而不知承題「鳴鑾下蒲坂，飛旆入秦中」十字已有裼裘而來之概。《朱子語録〔類〕》云：「『飛旆入秦中』何等飄逸，便有帝王氣燄。然陶公已有相似者。」

徐商徵曰：「唐制試律皆六韵，偶有八韵者，一是主司所限，如殷寅《賀聖祚無疆》首是也。一是舉子自增，如『清如玉壺冰』題，潘炎八韵，王季友仍六韵，『迎春東郊』題，張温八韵，王綽仍六韵是也。句數雖增，其韵用題字則同。」

林暢園師茂春曰：「徐商徵謂盧照鄰之《西使兼送孟學士南遊》詩，起語雄闊，通篇渾灝流逸，上洗六朝堆垛之習，下開盛唐清健之風。或疑其奬許太過，然讀其詩云：『地道巴陵外，天山弱水東。相看萬餘里，共倚一征篷。零雨悲王粲，清尊別孔融。徘徊聞夜鶴，悵望待秋鴻。骨肉胡秦外，風塵關塞中。惟餘劍鋒在，耿耿氣如虹。』初唐體難得如此深穩，徐評非過譽也。」

《唐詩紀事》云：「中宗正月晦日幸昆明池賦詩，群臣應制百餘篇。帳殿前結綵樓，命上官昭容選一首，爲新翻御製曲。從臣悉集其下，須臾紙落如飛，惟沈、宋二詩不下。又移時，一紙飛墜，乃沈詩也。及閱其評，曰：『二詩工力悉敵。沈詩落句云「微臣雕朽質，羞覩豫章材」，蓋詞氣已竭。宋詩云「不愁明月盡，自有夜珠來」，猶陡健竪舉。』沈乃服，不敢復争。」按：宋之問詩云：「春豫靈池會，滄波帳殿開。舟淩石鯨度，槎拂斗牛迴。節晦蓂全落，春遲柳暗催。象溟看俗景，燒劫辨沈灰。鎬飲周文樂，汾歌漢武才。不愁明月盡，自有夜珠來。」毛西河曰：「沈詩惟頷比『雙星遺漢石，孤月隱殘灰』二句是晦日，與昆池合賦，而他並不及宋，於頸比既有『節晦蓂全落』矣，而結處復顧晦日一句，與昆明池、夜珠兩相照合，則仍是應試顧題之法，昭容取之有以也。」

林暢園師曰：「沈、宋《晦日奉和昆明池》二詩，設色濃縟，實開近代試律之先聲。沈詩云：『思逸横汾唱，歡流宴鎬杯。』宋詩云：『鎬飲周文樂，汾歌漢武才。』不但工力悉敵，而使事亦復相類。因憶《白孔六帖》中御宴門，有周文在鎬之宴，漢武濟汾之歌。鎬、汾並舉，蓋唐時習用之典，雖名手亦不免雷同也。」又曰：「《三輔決録》載昆明池中有神泉。武帝夜夢一魚求去其鉤。明日，戲於池，見一大魚銜索，帝取放之。後三日，池邊得明珠一雙，帝曰：『魚之報也。』此是昆明池故實。而以『不愁明月盡』埶出，既貼其時，又貼其地，故應壓倒群英也。」

唐錢仲文起省試《湘靈鼓瑟》云：「善鼓雲和瑟，常聞帝子靈。馮夷空自舞，楚客不堪聽。苦調淒金石，清音入杳冥。蒼梧來怨慕，白芷動芳馨。流水傳湘浦，悲風過洞庭。曲終人不見，江上數峰青。」按：《舊唐書》本傳云：「起初從鄉薦，客舍月下，聞人哦於庭，曰：『曲終人不見，江上數峰青。』起攝衣從之，無所見矣。及就試，詩題乃『湘靈鼓瑟』也，因以鬼謡十字爲落句。主文李暐稱爲絶唱，登高第。」又按：宋人説部載樂平鍾紹之長於詞賦，紹興乙卯春，夜讀書窗下，聞有哦句於外，云：「霖作商巖雨，薰來舜殿風。」至秋試，以「膏澤多豐年」得「豐」字，鍾以所聞句入第五韵，考官稱歎，遂寘高第。詩有神助，與錢事頗同。毛西河曰：「此題所見唐人凡五首，然多相襲句。如錢詩最警是『流水』、『曲終』四句，然莊若訥詩有『悲風絲上斷，流水曲中長』，陳季、魏璀詩俱有『曲裏暮山青』、『數曲暮山青』句。始知詩貴調度，此詩調度佳，原不止以江上數峰見縹緲也，善觀者自曉耳。」紀文達師曰：「此詩之佳，世所共解。惟第三句隨手注題，第四句提醒眼目，通篇俱納入『聽』字中，其運法甚密，讀者或未之察也。」又曰：「臧氏《唐詩類釋》頗訾『白芷動芳馨』句，不知此寫聲氣相感之妙，在可解不可解之間。常建《江上琴興》曰：『泠泠七絃徧，萬木澄幽陰。能使江月白，又令江水深。』此豈復可以言詮乎？」又曰：「毛西河謂『流水』、『悲風』是瑟調二曲名，然作者之意正以流水悲風烘出遠神，爲末二句布勢，如作曲名，反成死句矣。杜詩『無風雲出塞，不夜月臨關』，本自即景好句，宋人必以二地名實之，反覺索然無味。況『流水』、『悲風』之爲曲名，亦並未詳所出乎！」

紀文達師曰：「試帖結語更要緊於起語，起語可平鋪，結語不可不用意。《湘靈鼓瑟》詩，自以結語擅場。西河毛氏曰：『往在揚州與王子一論詩，王謂錢詩固佳，而起尚樸僿。此題當有縹緲之致，雯然而起，不當纏繞題字。時余不置辨，但口誦陳季首句云「神女泛瑶瑟」、莊若訥首句云「帝子鳴金瑟」，謂此題多如是，王始默然。蓋詩法不傳久矣。』」

又曰：「唐人作《湘靈鼓瑟》詩，惟陳季一首可亞於錢仲文，如『一彈新月白，數曲暮山青』，語略同錢作，當時亦稱爲名句。然錢置於篇末，故有遠神。陳則置於聯中，不過尋常好句。西河調度之説，誠至論也。此如『大江流日夜，客心悲未央』，『悵矣秋風時，余臨石頭瀨』，作發端則超妙，設在篇中則凡語。『客鬢行如此，滄波坐渺然』，『問我今何適，天台訪石橋』，作頸聯則挺拔，設在結句則索然。此意須參。」

《唐詩紀事》載唐宣宗與中書舍人李藩論錢起《湘靈鼓瑟》詩，重用「不」字以爲病。紀文達師謂古人詞取達意，故漢、魏諸詩往往不避重韵，無論複字。今律詩既均以儷偶，諧以宮商，配色選聲，自不得句重字複。無已，則重字猶可，意必不可使重。此詩「不」字兩見，各自爲義，所以不妨。如張子容《璧池望秋月》詩，既曰「玉鏡銀鉤」，又曰「菱花蟾影」，又曰「似璧疑珠」，一字不重，其爲重複也大矣。此所當懸爲厲禁者也。

蔣紹孟鵬翮《唐人排律詩論》云：「吴綏眉謂結聯用鬼語之説，此出忌者之口。余謂此論良是。蓋必因主司稱爲神助而附會之，但詩句實佳，非人所及。」又云：「此題詩數首，有以『湘』字爲韵者，舊謂主司限韵『青』字，故仲文即以二語作落句，尤爲附會之談也。」

卞雅堂觀察斌曰：「試帖有題中要字難於刻畫者，唐人每於結句挑剔出之。如錢起《湘靈鼓瑟》詩，首聯一點『靈』字，以下四聯只是湘江鼓瑟耳，結句乃云『曲終人不見，江上數峰青』。此以『人』字挑醒『靈』字也。人不見，則其爲靈可知矣。」

《四勿齋隨筆》云：「王右丞作《秋日懸清光》詩，承聯云：『圓光含萬象，碎影入閒流。』改『清光』爲『圓光』，下句又不補還『清』字，作法已疏。且『閒流』亦不對『萬象』，恐有訛字。三、四兩聯云：『迥與青冥合，遥同江甸浮。晝陰殊衆木，斜影下危樓。』毛西河以爲上聯專賦『清』字，下聯專賦『光』字，此分賦，是變法，亦未見其的。此詩本非右丞佳製，不必曲爲之詞。惟結聯『餘暉如可託，雲路豈悠悠』，寓干請意，而仍落落大方，自是古人不可及處。毛西河謂此題，太宗早有詩賜房元齡，至玄宗朝復以之試士，然總不敵太宗作。雖風簷多局步，然亦帝王氣象，迥不侔也。」按：太宗詩上半亦不過常語，惟第五聯云「臨波無定影，入隙有圓輝」，十字實是六朝人高唱，唐以後所不能也。

又云：「劉昚虚《積雪爲小山》第四聯云：『以幽能皎潔，謂近可循環。』毛西河謂上句雪積，下句山小，此以文句入詩法。」按：此亦開後來一法門耳。必以爲切題好句，則未見也。

濮陽瓘京兆府試《出籠鶻》詩云：「玉鏃分花袖，金鈴出彩籠。遥心長捧日，逸翮鎮生風。一點青霄裏，千聲碧落中。星眸隨狡兔，霜爪落飛鴻。每念提攜力，嘗懷搏擊功。以君能惠好，不敢没遥空。」毛西河謂六朝游獵篇遜此勁爽，遂爲三唐絶作。又謂「一點」十字寫出籠神筆。而余尤愛後四句雙喻夾寫，倜儻不凡。今人有此想頭，無此筆力。

毛西河曰：「裴晉公度《中和節詔賜公卿尺》詩結句云：『願續延洪壽，千春奉聖躬。』『延洪』二字，世多不解。按《尚書・大誥》『天降割于我家不少延洪惟我幼沖人』，孔《傳》以『不少』句，『延洪』又句，『惟我幼沖人』又句。《爾雅・釋詁》云：『延，長也。洪，大也。』古讀如此。自宋蔡沈注《尚書》，以『不少延』句，『洪惟』連讀，遂致天壤之間無此二字矣。此詩二字極不關係，然猶見三唐取士亦有學問，即詩人如裴晉公，未嘗不讀書，而此後遂絶響也。《文苑英華》及《詩彙》本皆注云：『延洪』一作『南山』，此皆不解而妄思改者。『延洪』借尺所絜量以寓祝頌者，作『南山』則索然矣。」

陸宣公贄「禁中春松」句云：「嵐助鑪烟遠，形疑蓋影重。願符千載壽，不羨五株封。」典重切題，惟秦封爲五大夫係官名，非五株松也。毛西河以爲詩句自可不拘，是矣。

殷文珪省試「春草碧色」句云：「花黏繁鬭錦，人藉軟勝茵。淺映宫池水，輕翻輦路塵。」王叡亦有此題，句云：「淺深千里碧，高下一時春。嫩葉舒烟際，輕陰動水濱。」二詩工力相仿，而俱未得題神。

毛西河曰：「是年光化戊午放榜後，王叡以試帖示鄭谷，谷微嫌未足，亦賦此題，極其刻畫。如『窗紗横映砌，袍袖半遮茵』，蓋用青草似春袍，與殷作單拈軟茵者已有天凡之隔。又『天借新晴色，雲饒落日春。嵐光垂處合，眉黛看時嚬』，賦寫至此，幾於泣鬼神矣。詩思必如是，始稱獨絶。」

毛西河曰：「公乘億《郎官上應列宿》詩云：『北極佇文昌，南宫早拜郎。紫泥乘帝澤，銀印佩天光。緯結三台側，鉤連四輔旁。佐商依傅説，仕漢笑馮唐。委佩摇秋色，峩冠帶曉霜。自然符列象，千古耀巖廊。』入手絶不似制題，但以清壯之氣行之，此三昧法也。後比用『秋』、『霜』字，殊不可解，豈是時以主司權輕，借臺省知雜以呵護之，故假霜威寓干請耶？」

又曰：「沈亞之《春色滿皇州》詩後二聯云：『繡轂盈香陌，新泉溢御溝。行看日近處，進騎似川流。』又張嗣初後二聯云：『麗景浮丹闕，晴光擁紫宸。不知幽遠地，今日幾枝新。』是題試帖甚夥，此二作俱以干請無跡勝人。」

又曰：「柳宗元《省試觀慶雲圖》第四聯云：『高標連汗漫，回望接虚無。』以『圖』與『雲』合觀，極見作法。且『高標』『回望』字，俱不犯下。」按：毛此評是也。其評李行敏此題句云：「『光從五色起，影向九霄分。』以爲十字冠場，則不知所謂矣。」

林暢園師曰：「賓常求自試六韵詩中，有『文墨無青眼，詩書誤白頭』之句，今人詩多用骯髒不平語，即從此出。」

吴融《雨夜帝里聞猿聲》詩次聯云：「已吟何遜恨，還賦屈平情。」蓋緣何遜有「夜雨滴空階」句、屈平《九歌》有「猿啾啾兮狖夜鳴」句，故分用其意。然食古不化，啓後人堆砌典故之病，不得以唐人而爲之詞矣。

韓文公有《精衛銜石填海》詩云：「鳥有償冤者，終年抱寸誠。口銜山石細，心望海波平。渺渺功難見，區區命已輕。人皆譏造次，我獨賞專精。豈訝休無日，惟應盡此生。何慙刺客傳，不著報讎名。」純寫題意，不顧題面，語語沈著。而不知者以無精采少之，即毛西河亦有率易之評，知詩誠不易也。惟結語似用聶政姊事，頗晦。西河以爲引類不合，亦非。

元微之稹《數蓂》詩云：「將課司天術，先觀近砌蓂。辨時常有素，數閏或餘青。」此題重「數」字，非可專詠蓂莢。起聯醒題意也，「辨時」句言開落有常，「數閏」句補小月則一葉不落意，以盡其變，「素」與「青」亦假字對法也。末聯云：「堯年始今歲，方欲瑞千齡。」蓋微之以貞元元年登第，適值改元，故曰「始今歲」。亦緣蓂莢生庭本堯事，故以顧母爲頌詞，且關合時事作結。即此一首，已開後人多少法門矣。

元微之《玉卮無當》詩云：「共惜連城寶，翻爲無當卮。詎慙君子貴，深訝巧工隳。泛蟻功全少，如虹色不移。可憐殊礫石，何計辨糟醨。江海誠難滿，盤筵莫妄施。縱乖斟酌意，猶得奉光儀。」海鹽朱氏評曰：「以『無當』合題意，以『玉卮』見身分。抑揚互用，運掉自如。」紀文達師曰：「此題出《韓非子》，本以言玉卮無當，不如瓦卮有當。然試律之體有褒無貶，有頌無刺，不得不立意斡旋，此立言之體也。此詩『玉卮』與『無當』全篇對舉，銖兩悉稱。三句、四句從『玉卮』說到『無當』，五句、六句即從『無當』挽到『玉卮』，下兩聯亦復如是。順逆往來，一絲不亂。入手當還題面，故三、四句即承『無當』順説下；篇末當見作意，故末二句即接『玉卮』意作收。用法之密，殆無以復加也。」

白行簡《金在鎔》詩，前半篇全寫題面，後半篇關合題意，而以「堅剛由我性，鼓鑄在君心」二語爲轉捩，隱然自寓，又全不説破，此雙關題之善措筆者。

朱延齡《秋山極天净》前六句云：「雨洗高秋净，天臨大野閒。葱蘢清萬象，繚繞出層山。日落千峰上，雲消萬壑間。」信筆揮灑，氣象萬千。又劉得仁《蓮花峰》詩前六句云：「太華萬餘重，岧嶤只此峰。當秋倚寥泬，入望似芙蓉。翠拔千尋直，青危一朵濃。」亦能雄闊稱題，惜其後半不稱耳。

李景《都堂試貢士日慶春雪》詩，人皆賞「灑詞偏入曲，留研忽因方」一聯，此因曲有「白雪」名，又《雪賦》「因方爲珪」之語，隨手關合耳。其實上兩聯「靄空迷晝景，臨宇借寒光。似暖花融地，無聲玉滿堂」語較勝。毛西河曰：「臨，臨檐也。試場景寫得如畫。」紀文達師曰：「試帖用事，須點化得活。如山谷《猩猩毛筆》詩曰：『生前幾兩屐，身後五車書。』因猩猩好著屐，而思及阮孚之語。因筆可以作書，而思及惠施之事。未經運用，了不相關，偶然湊泊，天然妙諦。蓋用事之妙，全在點化有神。抄撮類書，搜尋韵府，雖極工切，皆成死句。如陳祐《風光草際浮》詩，起二句云：『秀發王孫草，春生君子風。』豈復成語乎？」朱笠人曰：「『入曲』、『因方』是假對法，間有用者，貴穩出之。若如他詩中以子規假『紫』字對顔色字，以緑波假『六』字對數目字，試律不必效之。」按：假對之法，竟可不必。如前人謂張喬《月中桂》詩「根非生下土，葉不墜秋風」，爲假對，殊屬無味。即以「下土」對「秋風」有何不可，而必假「下」爲「夏」乎？

王景中《風草不留霜》詩云：「悠揚方泛影，皎潔却飛空。不定離披際，難凝翳薈中。」紀文達師謂此題本寫難狀之景，詩必刻露警動，乃足以稱之。不著故實，戛戛生造，此固能以意勝者。

裴乾餘《早春殘雪》詩云：「零落偏依桂，霏微不掩蘭。」或疑「依桂」字爲不切。紀文達師曰：「桂本春花，故《酉陽雜俎》譏曲江『桂花秋皎潔』之誤。今人以秋花爲真桂，併摩詰《鳥鳴磵》詩不省所云矣。此『零落』句，正以桂花形似雪花，借爲點綴，謂之語拙則可，以爲不切則非也。」

馬戴《府試水始冰》詩：「乳竇懸殘滴，湘流減恨聲。」紀文達師評云：「此府試詩，『乳竇』、『湘流』切其地也，語最警策，若移於他處則非矣。題上存『府試』二字爲此也。」又曰：「上聯『暗雲霜少厚，迴照日還輕』，著意『始』字，亦工。」

馬戴《觀開元皇帝東封圖》詩云：「挂壁雲將起，淩風仗若迴。」十字風骨獨超。紀文達師謂「挂壁」句用「白雲起封中」事無迹，滄浪所謂「著鹽水中，飲水方知鹽味」者也。

唐試律中有《晨光動翠華》詩，此題頗難摹寫，緣動非真動，乃日光所爍，炫耀不定，有似於動耳。唐人「烏羽飄難定，龍文照轉真」十字，爲世傳誦，然尚不及紀文達師所擬云：「日抱丹烏上，旗開翠鳳新。陸離光莫定，炫耀望難真。不道精芒閃，惟疑蕩漾頻。龍蛇微掣影，楊柳共摇春。」爲字字精警得神也。

柴宿一作宋華。《海上生明月》詩，前半云：「皎皎中秋月，團團海上生。影開金鏡滿，輪抱玉壺清。漸出三山上，將淩一漢横。」此六句具大神力，人所共見。第四韵「素娥嘗藥去，烏鵲繞枝驚」，堆砌無謂。第五韵「照水光偏白，浮雲色最明」，更屬浮泛。結聯「此時堯砌下，蓂莢正敷榮」，則尤爲頌揚俗套，毫無意味可尋。而毛西河評此詩，猶謂制題之中尚存顥氣，初唐之殊於後來如此，真欺人語矣。「三山上」本作「三山岊」。按《廣韻》：「岊，子結切，高山貌。」毛西河嫌其字僻，故易爲「上」，然以「岊」對「横」，自有神彩，易「上」字未必是也。紀文達師曰：「『金鏡』、『玉壺』，在今日已爲詠月惡套，然自後來用濫，不得歸咎創始之人。」

鄭蘇年師曰：「凡體物詩，以不即不離爲妙，試律亦然。唐人《月映清淮流》詩云：『遥塘分草樹，近浦寫山城。』十字極藴藉，不必用清淮故事，何嘗非淮上真景。若下聯『桐柏流光遠，蠙珠濯景清』，語愈切而氣愈窒矣。」

紀文達師嘗言《文苑英華》載《閏月定四時》詩凡數篇，惟徐至及羅讓兩篇尚不支蔓。然定四時爲題中要旨，羅詩但鋪陳閏月，尚不及徐詩之入格，故《唐人試律説》中止録徐詩。竊謂徐詩實亦平平無奇，於題理、題面都未醒出。此題吾師自作有兩首，一在《館課存稿》中，起處云：「陰陽交轉運，氣朔遞參差。杪忽原無迹，微茫漸有奇。三年如不閏，四序定潛移。」用反接以抉題根。一在《我法集》中，前半云：「寒暑循環至，陰陽遞盪摩。盈虚緣氣朔，贏縮驗羲娥。杪忽差之久，畸零漸以多。求其時令正，如此羨餘何。惟置三年閏，斯調四序和。短長皆互補，節候自無訛。」用順遞以還題理。皆以大開大合勢行之。此等沈悶題，要須如此爽豁，唐人似未見及此。余叔父九山公亦有此詩云：「三百六旬期，三旬月可知。餘分無置閏，四序已全移。氣本周天溢，陰還合朔虧。以兹成積算，如扐得歸奇。」曲折赴題，蓋即用吾師之法，而又加以錘鍊，居然青出於藍。

張翟《迎春東郊》詩，初閲之亦似平平，而通體典質名貴，無一纖詞，配色選聲，粹然先民矩矱，必參閲紀文達師評語，始得其真。今全録之，以諗讀者。詩云：「顓頊時初謝，句芒令復陳。飛灰將應節，賓日已知春。考曆明三統，迎祥與萬人。衣冠宵執玉，壇墠曉清塵。肅穆來東道，回環拱北辰。仗前花待發，旂處柳凝新。文達師評云：「『旂處』二字生造無理，『柳凝新』三字亦稚。」雲斂黄山際，冰開素滻濱。聖朝多慶賞，希爲薦沈淪。」文達師評云：「一、二句點春，三句呼『迎』字，四句醒『東郊』，五、六句見其義之深，七、八句見其禮之重，九、十句從東郊唱歎『迎』字，十一、十二句從『迎』字唱歎『春』字，十三、十四句渲染『春』字，末二句即以《月令》義寓干請，理脈極細。」又云：「皇甫冉亦有此作，起句云：『曉見蒼龍駕，東郊春已迎。』是迎春之後，非迎春也。又云：『綵雲天仗合，元氣泰階平。』泰階六符不切迎春。又云：『佳氣山川秀，和風政令行。』上句不必是春，下句與迎春亦隔。又突出迎春意云：『句陳霜騎肅，御道雨師清。』語脈横決，漫無端委。惟後四句：『律向韶陽變，人隨草木榮。遥歡上林苑，今日遇遷鶯。』無大疵累。而海鹽朱氏乃以爲高雅勝張翟詩者，誤也。」

南巨川《美玉》詩云：「抱玉將何適，良工正在斯。有瑕寧自掩，匪石幸君知。」紀文達師謂此四句精神飛動，眼前陳事，色澤忽新，入後皆凡語也。

周存《白雲向空盡》詩云：「白雲生遠岫，摇曳入晴空。乘化隨舒卷，無心任始終。欲消仍帶日，將斷或因風。勢薄飛難定，天高色易窮。影收元氣表，光滅太虚中。」紀文達師曰：「妙寫難狀之景，而自在湧出，毫無刻鏤艱苦之痕。毛西河謂『欲消』六句刻畫殆盡，試帖有數之作，信然。惟雲已向盡，而句中又有『影收』、『光滅』云云，結聯乃云：『倘若從龍去，還施濟物功。』是雲生之結語，非雲盡之結語，此則偶未之檢也。」

毛西河曰：「吕温《白雲起封中》詩云：『封開白雲起，漢帝坐齋宮。望在泥金上，疑生祕玉中。攢柯初繚繞，布葉漸朦朧。日觀祥光合，天門瑞氣通。無心還出岫，有勢欲淩風。倘遣成膏澤，從兹旁太空。』詩已及格，惜通首不曾賦『白』字。」張南士嘗曰：「何不云『日觀珠光合，天門練影通』？」時聞者皆鼓掌稱善。始知詩境本無盡也。「練影」用孔子登泰山望吴門匹練事，甚合。

裴杞《風光草際浮》詩云：「葉似翻宵露，藂疑扇夕陽。」「光」字、「浮」字點染生動，然「扇」字應作平聲讀，此誤作仄聲。盧榮《春風扇微和賦》亦押作仄韵，蓋同此誤，不必以唐人而爲之詞也。又「崇蘭泛更香」五字佳極，而出句「白芷生還暮」五字實不可解。

朱笠人曰：「唐人《春風扇微和》詩，存者數首，如陳通方詩只『池柳晴初坼，林鶯暖欲飛』一聯切『微和』。邵偃詩『烟動花間葉，香流馬上人』居然雋永，微嫌纖仄。公乘億詩詞采亦好，然『暖浮丹鳳闕，韶媚黑龍津』，稍露粗獷。『舞席潛回雪，歌梁暗起塵』，歌舞作對，意境亦平。惟『緑摇宫柳散，紅待禁花新』一聯合格。『宫柳』、『禁花』亦平對，妙在『摇』字、『待』字鍊得好，便動宕，於此可參句法。」

紀文達師曰：「舒元輿一作蔣防。《風不鳴條》詩，只『花下蝶微飄』五字爲神到之筆。『初滿緣堤草，因生逐水苗』一聯太拙。毛西河改爲『但偃緣堤草，能扶出水苗』，真有點鐵成金之妙。自謂無聲之詩工於繪聲，亦不虚也。」按：「低枝且暗摇」五字亦佳。

鄭谷《奉試春漲曲江池》詩云：「深宜一夜雨，遠似五湖春。」用筆靈活之至。又云：「翠低孤嶼柳，香汨半汀蘋。」則又刻畫之極，而能出以自然，故佳。

厲元《緱山月夜聞子晉吹笙》詩起云：「緱山明月夜，岑寂隔塵氛。紫府參差曲，清宵次第聞。」結云：「坐惜千巒曙，遺音過汝墳。」海鹽朱氏極賞「岑寂」五字，謂由此入「聞」字，方能十分神動。結曰「千巒曙」，收繳「月夜」也。曰「遺音」，收繳「聞笙」也。曰「過汝墳」，收繳「緱山」也。蓋不令題中一字放過，唐律之嚴如是。鍾輅亦有此詩云：「初聞盈谷遠，漸聽入雲清。」「盈谷」似用黄帝張樂在谷滿谷意，「入雲」似用秦青之歌響遏行雲意。按：作詩者不必定如此沾滯，而注詩者則不可不知。

張仲素《緱山鶴》句云：「笙歌憶天上，城郭歎人間。」情景相生，警策之至。

錢可復《鶯出谷》詩，惟「拂柳知烟暖，銜花覺路春」十字爲時傳誦，前後皆不稱。紀文達師尤賞「銜花」五字，以爲獨有千古。李頻《振振鷺》詩「群棲入静看」五字，亦深得白鷺之神。今人學唐音者，皆從此入手。

崔曙《明堂火珠》詩云：「夜來雙月滿，曙後一星孤。」此十字在當時爲警句，誠非溢美。但崔無子，次年便卒，身後只一女，名星星，人以此爲詩讖。孰謂試律詩無關繫乎？

蔣防《日暖萬年枝》詩云：「自與恩光近，非關煦嫗偏。結根誠得地，表壽願符天。」上聯寫日暖，下聯點綴萬年枝，極典切名貴。此題《文苑英華》凡有數首，以此首爲佳。

張喬《華州試月中桂》云：「與月轉鴻濛，扶疏萬古同。根非生下土，葉不墜秋風。每以圓時足，還隨缺處空。影高群木外，香滿一輪中。未種丹霄日，應虛白兔宮。何當因羽化，細得問元功。」紀文達師曰：「刻畫精警而自然超妙，純以神行。後四句接法矯變，遞入祈請無痕，試律中之絶高者。」顧封人亦有此題詩云：「能齊大椿長，不與小山同。」何嘗不警切，較此則如翦綵之花，持對春風紅紫矣。

王表《花發上林》句云：「地接樓臺近，天垂雨露深。」名貴稱題。結云：「欲託淩雲勢，先開捧日心。當知桃李樹，從此必成陰。」立言有體。獨孤授此題詩，世亦傳誦，然結云：「願君勤採摘，不使落風沙。」則遜前作遠矣。

侯洌《金谷園花發懷古》句云：「猶疑施錦帳，堪歎罷朱絃。」結云：「殷勤問前事，桃李竟無言。」渾脱瀏亮，漸啓時蹊。無名氏此題詩起六句云：「春風生梓澤，遲景映花林。欲問當年事，因傷此日心。繁華人已没，桃李意何深。」亦有氣格。

陸宣公《御園芳草》句云：「濕烟摇不散，細影亂無行。」可謂傳神之筆。紀文達師曰：「『摇』字似柳不似草，若改爲『低』字則更佳。」按：今西苑及熱河御園中芳草如茵，竟似剪裁畫一者，謂之規矩草，似此意亦可鍊以入詩也。

白行簡《李都尉重陽日得蘇屬國書》詩云：「降虜意何如，窮荒九月初。三秋異鄉節，一紙故人書。對酒情無極，開緘思有餘。感時空寂寞，懷舊幾躊躇。雁盡平沙遠，烟消大漠虛。回頭向南望，掩淚對雙魚。」紀文達師曰：「『重陽得書』此事不省出何書，亦不省命題何意。詩則渾灝流轉，迴出諸試律之上。」又云：「此題頗難措語，就題還題，一字不著論斷，可謂善於用筆者矣。」毛西河曰：

「《文選》有《李陵答蘇武書》，唐李周翰注曰：『《漢書》曰陵降後，與蘇武相見匈奴中。及武歸，爲書與陵，令還漢。』今考《漢書》無武與陵書事，而此題且有『重陽日得書』，事不可解。唐人以小説家事命題，宜爲議貢舉者所薄視也。」紀文達師曰：「比喻之題，最忌比中生比。如劉軻《玉聲如樂》詩云：『佩想停仙步，泉疑咽夜聲。』既以樂比玉聲，又以泉聲比樂，展轉牽引，題緒茫然。摩詰《清如玉壺冰》詩曰『氣似庭霜積』，亦同此病。此亦當懸爲厲禁者也。」

又曰：「律詩仄起平受者，第一句入韵則調響。『風勁角弓鳴，將軍獵渭城』是也。平起仄受者，第一句入韵則調啞。『悠然四望通，渺渺水無窮』是也。古人二格並用，然調啞終不流美，用者審之。」

按：平起仄受，惟五律中間用之，若在試律中則爲失調，應試者斷不宜用之。

又曰：「選詩摘句，陋見也。然此爲題之有次第、有意義者言之。若流連光景，本無深意之題，苟文從字順，即可觸處延賞。唐人試律中如張聿之『郊原麥氣浮』，「首夏猶清和」題。孫顧之『臨水泫微明』，「清露被皋蘭」題。顧偉之『山寒響更深』，「雪夜聽猿吟」題。喻鳧之『幽點濺花匀』，「春雨如膏」題。無名氏之『水净覺天秋』，「晦日昆明池泛舟」題。張蕭遠之『薄光全透日，殘色半銷春』，「履春冰」題。何頻瑜之『影深斜月白，光借夕陽寒』，「牆陰殘雪」題。吴祕之『碧凝烟彩入，紅是日華流』，「風光草際浮」題。李程之『風漫游絲轉，天開遠水明』，「春臺晴望」題。劉得仁之『欲語如調舌，初飛似畏人』，「鶯出谷」題。王轂之『淺深千里碧，高下一時春』，「春草碧色」題。張季略之『半見離宮出，纔分遠水明』，「小苑春望宮池柳色」題。陳通方之『池柳晴初坼，林鶯暖欲飛』，「春風扇微和」題。沈亞之之『鬭雞憐短草，乳燕傍高樓』，「春色滿皇州」題。皆傳誦於時。雖全篇未稱，要不失爲佳句也。

朱笠人謂試律句法，必要健字撑拄，活字斡旋，有用虛字者，須於調諧中寓風逸，亦活字斡旋之法。此論誠是。然舉劉眘虛《積雪爲小山》句云：「以幽能皎潔，謂近可循環。」梁鍠《方士進恒春草》句云：「掇之稱遠士，持以奉明王。」爲式殊不見佳。又謂有用虛字爲韵脚者，如劉得仁《目極千里》句云「此心常鬱矣，縱目忽超然」之類，則更可不必也。

紀文達師所作試律，最善用虛字。《庚辰集》所選亦多用虛字者，莫不靈妙絶倫。近人喜用填滿五字法，每以用虛字爲戒，而心薄《館課存稿》及《我法集》爲不足，尚非通人之論也。文達師嘗言：「襞積錯雜，非詩也；排偶鈍滯，亦非詩也。善作者鍊氣歸神，渾然無迹。次亦詞氣相輔，機法相生。初爲詩者不能翕闢自如，出落轉折之際，必先以虛字鉤接之。漸熟，自能刊落虛字，精神久漸轉運於空中，血脈周流於内際。」此真洞澈源流之論，而試律之準繩亦不外是矣。

劉潤柟遵陸《試帖説》云：「試帖始於唐人，如周鼎商彝，典重肅穆，特有不經意之句，爲人襲用增厭耳。若其命意所在，往往揣摩所不能到，且能開後人無限法門也。如起句忌平衍，要突兀，而王季友《移晦日爲中和節》題起聯云：『皇心不向晦，改節號中和。』看似平直，但仿此做去，自有氣勢。郭遵南《至日望含元殿爐烟》云：『冕旒初負扆，卉服盡朝天。』公乘億《郎官上應列宿》云：『北極佇文昌，南宫早拜郎。』李竦《長至日上公獻壽》云：『應律三微首，朝天萬國同。』薛能《天際識歸舟》云：『斜日滿江樹，江天無盡流。』張喬《月中桂》云：『與月轉洪濛，扶疎萬古同。』諸作俱工於發端闊大，而兼以凝鍊，實可爲後學準繩也。」

又云：「唐試帖多六韵，則第二韵乃緊承破題，宜用意不可放鬆。如張子容《璧池望秋月》云：『滿輪沈玉鏡，半魄落銀鈎。』李華《海上生明月》云：『影開金鏡滿，輪抱玉壺清。』張維儉《西戎獻白玉環》云：『列土金河北，朝天玉塞東。』白行簡《李太尉重陽日得蘇屬國書》曰：『三秋異鄉節，一紙故人書。』戴叔倫《曉聞長樂鐘聲》云：『霜淩萬户徹，風散一城聞。』章孝標《騏驥長鳴》云：『力疲吴坂峻，嘶苦朔風生。』李子卿《望終南春雪》云：『色摇鶉野霽，影落鳳城春。』王貞白《宫池産瑞蓮》云：『香飄雞樹遠，榮占鳳池先。』王叡《春草碧色》云：『淺深千里碧，高下一時春。』夏侯楚《秋霽望廬山瀑布》云：『一帶連青嶂，千尋倒碧流。』皆自然合格也。」

又云：「結句之法，自以錢起之『江上數峰青』、宋之問之『自有夜珠來』爲絶唱。此外如白行簡《鼓琴得其人》云：『曲終情不盡，千古仰知音。』亦自高渾。舒元輿《風不鳴條》云：『太平無一事，天外奏虞韶。』張籍《反舌無聲》云：『來年上林苑，知爾最先鳴。』皆用反結，又是一法。王泠然《古木卧平沙》云：『不逢星漢使，誰辨是仙槎。』黄滔《内出白鹿宣示百官》云：『貴臣歌詠日，皆作白麟看。』則俱莊重得體。又黄滔《越臺懷古》云：『不堪登覽處，花落與花開。』獨悠然不盡，亦懷古題之體，宜爾。」

又云：「題有兩截應行合發者，如張子容《長安早春》云：『雪盡黄山漈，冰開黑水津。』既貼長安，又貼早春。曹著《曲江亭望慈恩寺杏園花發》云：『香迷亭外路，紅出塔東垣。』則將曲江、慈恩俱并入花字。童漢卿《昆明池織女石》云：『岸雲連鬢濕，沙月對眉生。』亦妙在兩層俱關合得到也。」

又云：「凡試帖句要雄健而忌平鋪，如老杜《重經昭陵》云：『風塵三尺劍，社稷一戎衣。』可爲絶唱。他如康翊仁《鮫人潛織》云：『七襄牛女憾，三日大人嫌。』張仲素《緱山鶴》云：『笙歌憶天上，城郭歎人間。』高弁《春臺晴望》云：『金湯千里國，車騎萬方人。』白香山《太社觀獻捷》云：『廟算無遺策，天兵不戰功。』此等皆純是唐音，非後人所能貌襲也。」

又云：「東坡言：『作詩必此詩，定知非詩人。』此是高論，不可以律試帖。然如黃滔之《秋夕聞新雁》云：『一聲初觸夢，半白已盈頭。』題意在離即間，頗得此理。」

又云：「對句自以工力悉敵爲正。此外有流水對，如黃滔《越臺懷古》云：『北望人何在，東流水不回。』有開合對，如莫宣卿《水懷珠》云：『迥夜星同貫，清秋岸不枯。』有欹側對，如徐元鼎《太常寺觀舞聖壽樂》云：『日華增顧盼，風物助低昂。』有假借對，如張喬《月中桂》云：『根非生下土，葉不墜秋風。』此等對法，皆已備於唐人。若今之巧對，乃靈心結撰而成，在唐時尚未開此境耳。」

試律叢話卷之二

福州梁章鉅撰

康熙五十四年乙未，始定前場用經義性理，次場刊去判語五道，易用五言六韵試律一首。至於大小試皆添用試律，始於乾隆丁丑。越三年而紀文達師即有《庚辰集》之選，每首之後皆有評注，實開風氣之先。越三十餘年而有《我法集》之刻，其説愈精，其格愈老，於試律一道殆無復餘藴矣。吾師嘗以語及門陳孝廉若疇曰：「試律之以古句爲題，始於沈約『江蘺生幽渚』一章是矣。西河毛氏持論好與人立異，所選唐人試律亦好改竄字句，點金成鐵。然其謂試律之法同於八比，則確論不磨。夫起承轉合，虚實淺深，爲八比者類知之。審題命意，因題布局，爲八比者亦類知之。獨至試律，則往往求之題面而不求之題意，求之實字而不求之虚字，求之句法而不求之篇法，於是乎湊字爲句，湊句爲聯，湊聯爲篇，不勝其排纂之勞，幾如葉葉而刻楮。豈知不講題意，則題面一兩聯即盡，無怪其窘束也。不講虚字，則實字一兩聯亦盡，無怪其重複也。不講篇法，則句句可以互换，聯聯可以倒置，無怪其紛紜膠葛也。豈非不知試律之法同於八比，如所謂能以米爲飯，不能以米爲粥哉？余作試律速於他文，亦不過以八比之法行之。譬諸作器，片片雕鏤而綴合，不如模鑄之易也。譬諸取水，瓶瓶提汲而灌溉，不如渠引之易也。吾黨之作試律，如知以八比法行之，其難其易，其速其遲，必有甘苦自知者，又何必舍易趨難，以雕飾填綴自苦哉？」

《我法集》第一首係《一片承平雅頌聲》，吾師自注云：「此題指試場吟哦之聲，嘗見一詩，竟以場中詩賦比《雅》《頌》，句句以《雅》《頌》作對，殊乖本意。且唐制皆夜試，以燒燭三條爲限。此題上句云：『白蓮千朵照廊明。』下二句云：『纔唱第三條燭盡，南宮風月畫難成。』其次首云：『三條燭盡鐘初動，九轉丹成鼎未開。明月漸低人擾擾，不知誰是謫仙才？』是作此詩時，尚未閱卷，安得即稱其文乎？故此詩著重全在『聲』字，通首不以《雅》《頌》分對，而於次聯云：『文章盛唐代，歌詠續周京。』六聯云：『合奏宣功茂，和鳴應節成。』略帶《雅》《頌》之意，而『歌詠』字、『合奏』字、『和鳴』字，仍納入『聲』字中也。」如此審題，如此立論，真不惜以金針度人者也。

乾隆乙卯會試，榜後磨勘官多所指摘，是科總裁爲聊城竇東皋先生，遂被議左遷。上知竇深，因有「公而不明」之諭，覆試遂以此四字命題。《我法集》中有擬作二首，其第一首云：「人對芙蓉鏡，持衡在主司。云何矜正直，轉不問妍媸。陸贄空期汝，顔標莫辨誰。遂教杏園宴，濫折桂林枝。緣恃情無染，都忘照已疲。驪黄誇闊略，甲乙致參差。所幸平生志，猶蒙聖主知。一言功過定，睿鑒洞無遺。」自注云：「公當生明，公何以反致不明？正緣自恃其公，無所愧怍，無所嫌疑，故不詳悉檢點耳。此詩皆發此意。」第二首云：「皇心金鏡朗，四照辨毫釐。得失同時見，瑕瑜一覽知。蕭蘭均採擷，瓜李致嫌疑。紕繆何如是，愆尤更諉誰。乃蒙天俯鑒，猶諒意無私。明罰中公論，矜愚示聖慈。權衡歸至當，操縱頌咸宜。應識裁成化，持平總若斯。」自注云：「此首暢發前首結處之意，結更推開一層，仰見乾綱獨斷，鑑空衡平，不獨此一事也。」按：此詩按切時事，知人論世，可當詩史。其用筆縱横起落，亦如游龍矯變，不可端倪，不當以試律目之。然試場中遇此等題，舍此即無由擅長，則未嘗非金科玉律也。村塾陋儒讀此等詩，不審題之原委，輒謂《我法集》詩太近浮滑，真夏蟲不可以語冰矣。

試律中有須用壓題法者，如「斧藻其言」題本揚雄《法言》，其言雖是而其人則不足尚，故吾師此題起四句云：「載酒詢奇字，研思著《法言》。擬經雖僞體，作賦亦專門。」結四句云：「所惜篇章富，難稱道德尊。蕭樓傳妙選，符命至今存。」抑揚之間，銖兩恰稱。又中間「心矩遵尼父，詞華溯屈原。斲輪通意匠，後素悟詩源」，分貼「斧藻」處，亦具見手法。緣此是揚雄之論文，移作劉勰、鍾嶸不得，題太寬則須尋窄路也。

詩有非注不明者，便非天然湊泊之句。吾師嘗云：「余作《松風水月》詩云：『七絃思古調，一印悟禪關。』上句用琴操《風入松》，下句用《五燈會元》『如何是一印』。」「印水曰秋蟾，影落千江裏」，此二句正坐非注不省之病，以束於窄韻，牽於上下文，不得不然耳。

《我法集》中有《意司契而爲匠》詩，中二句云：「萬間籌結構，一髮鏤毫釐。」自注云：「工匠之技，縷述難窮，故舉極大之營建，極細之刻鏤，以兩端括其中間也。」按：此亦詩文中之一訣，聊於試律發之，以待人之舉隅耳。

吾師《雷乃發聲》詩云：「芳樹鳩鳴後，新巢燕到初。原注：二月第三候爲鷹化爲鳩，第四候爲玄鳥至，第五候即雷乃發聲。一聲驚鳥夢，何處走雷車。半子萌來久，三陽鬱欲舒。已經蒸勃勃，難更遏徐徐。衝激淩高頂，砰鏗轉太虛。驟聞音擊格，纔展氣吹噓。好雨催扶耒，輕陰待荷鋤。年豐應奏瑞，太史有占書。原注：定制，每歲雷發聲時，欽天監推其干支之方位，奏年歲之豐歉。」自注云：「見試律有此題詞采極佳，似指吴穀人先生作。然意主極寫雷聲，故多形容其勢焰。此詩則著意下三字，所謂各明一義也。」吾師又有《以雷鳴夏》詩，中四聯云：「陰氣包而遏，陽剛鬱乃争。兩搏相震蕩，一奮遂砰訇。冰結冬深閟，雲興夏屢鳴。都緣隨節候，不是失和平。」亦是寫雷之所以然，與前詩同一用意。蓋雷無貌可寫，即寫聲亦難得好語，不放手極寫則不肖題，一放手極寫則破山劈海諸字齊來，欲不粗獷不得矣。此二詩祇平實説理，自然題藴畢賅，足令才人頫首。

《文心雕龍》云：「風骨乏采，則鷙集翰林；采乏風骨，則雉竄文囿。惟藻耀而高翔，乃文筆之鳴鳳。」按：此論文分三品，自以鳴鳳爲最上，而鷙集次之，雉竄又次之。《我法集》中各有一詩，自注云：「鳴鳳題不重『鳴』字，故但就『藻耀』、『高翔』發揮，如『舒錦文章麗，淩雲氣象高。質原殊燕雀，棲肯到蓬蒿。自有輝光焕，非矜骨力豪』，皆一句貼『藻耀』，一句貼『高翔』。『藻耀』是采，『高翔』是風骨。惟以采説鳳易，以風骨説鳳難，此中措語自費斟酌耳。」又自注云：「嘗見一試帖，亦用此韵，中一聯云：『翽翽真稱瑞，翩翩亦自豪。』出句雖是鳳，却非藻耀，對句雖是高翔，却似霜隼下晴皋，不似鳳德。蓋體物詩如寫小照，非惟面貌要似，神氣亦要似耳。」《鷙集翰林》首一氣十二句搏捖，全題似變調而實正格。詩云：「巨手矜風骨，多成亢厲音。正如鷹隼疾，不受網羅尋。寥廓孤盤影，飛騰萬里心。宜乘秋翮健，瞥没野雲深。乃挾風霜氣，偏棲翰墨林。雖云勝凡鳥，終覺異文禽。」自注云：「風骨乏采，本是高手，故鍾嶸記當時稱鮑照爲羲皇上人，以其語近質也。然鮑照亦何可及哉？特不及枚、馬、班、揚耳。故此詩不甚著貶詞。」《雉窺文囿》首後八句云：「古有飛騰入，兹惟綺麗聞。一翔旋躋蹶，五色漫紛紜。脱韝風生翮，盤空氣籥雲。饑鷹稱獨出，轉憶鮑參軍。」自注云：「此指齊、梁間永明一派，又在風骨乏采之下，故詩多貶詞，其品與鳴鳳更隔一層，故反以『鷙集翰林』作結。」按：近有注釋《我法集》者，於「古有飛騰入，兹惟綺麗聞」聯，但引李詩「綺麗不足珍」爲注，不知此聯乃用杜詩「前輩飛騰入，餘波綺麗爲」二語，引此作注則詩意了然，但引李詩注「綺麗」二字，便没却作者之意。注詩亦談何容易哉。

《佳士如香固可熏》詩云：「瑶草雖同拾，旃檀恐逆聞。」近人注《我法集》者，於「瑶草」句無注，於「旃檀」句但引《華嚴經》「旃檀香從離垢出，塗身火不能燒，及除一切煩惱」云云，而不知上句乃用杜詩「方期拾瑶草」，下句乃用李義山詩「旃檀常恐逆風聞」句也。注試律者自以《庚辰集》爲最，後有作者弗可及矣。吾師嘗云：「凡注引證，當與詩意相合。」如「晚節」字出《鄒陽傳》，然在《菊殘猶有傲霜枝》詩，則當引韓稚圭語。又如《金柅》詩「微陰杜櫱芽」句，惟引紫巖《易傳》著聖人防微杜漸之意，不復更注「櫱芽」字。凡此之類，皆不可釋事而忘義。又注有二説相足者，如「銀燭」字本《穆天子傳》，然原文乃「燭銀」非「銀燭」，則當兼引鮑照詩。「鳳沼」字本《荀勖傳》，然原文乃「鳳池」非「鳳沼」，則當兼引謝莊表。此須源委分明，並非故爲蔓衍也。

南宋時，有以「黄花如散金」命題者，通場俱誤作菊花解，不知此張季鷹《雜詩》：「暮春和氣應，白日照園林。青條若總翠，黄花如散金。」既斷非菊花，則止可以野花還之。《我法集》中此題詩起八句云：「春意闌珊後，餘春尚可尋。四圍芳草裏，一路野花深。疎朵多依水，繁英自滿林。有時疑是菊，總爲散如金。」即借舊事陪剔，極見分明，非開八句點題法也。自注謂此題頗難著手。「金」字更無替身，「黄」字復難比擬。況此題「金」字已是比，再以別物比金，是爲比外生比，爲試律之厲禁。故前半用疎鬆引題法入，後如「蕊密藏鶯坐，枝低映酒斟。摘來縈響釧，落處誤遺簪。桂馥秋將至，槐黄候正臨」，方句句貼合「黄」字形寫。或以點題鬆緩譏之，真不知甘苦語矣。

《我法集》中有「樓鐘晴聽響」、「池水夜觀深」兩題詩，自注云：「趙師秀《冷泉亭夜坐》詩云：『衆境碧沈沈，前峰月正臨。樓鐘晴聽響，池水夜觀深。』拈此句作詩，真極小之題，極窄之境，而加以難狀之景。紫芝於此聯幾於百鍊而得之，《詩話》俱載其事。方虚谷《瀛奎律髓》所謂『詩眼』，即此種之隔日瘧也，於詩家爲魔道。然既以魔語命題，不得不隨之作魔語，譬如八股以『若是乎從者之廋也』命題，不得不肖或人口氣，誣孟子門人作賊也，故此詩以瑣屑刻畫還之。」其《池水夜觀深》詩云：「月黑浮光斂，星高倒影沈。遂令三兩尺，望似百千尋。」自注云：「火日外景，金水内景。凡晴，晝則水面浮光，與外面日光互耀，光在水上，自不能下視；夜則四面皆黑，内影自明，昏暗中視若深者以此。又星日極高，其倒影入水亦必極深，上面相距之差數，即下面相距之差數，星月下視若深者又以此。」按：此是真景，亦是實理。其《樓鐘晴聽響》詩云：「器古含蒸易，中虚聚氣盈。性原通燥濕，音亦變陰晴。」亦能抉透題之所以然。吾師雖遇極小之題，亦必還他一真實境界，而其筆又足以達之。必如此種作法，方能益人神智，耐人尋思，所謂深人無淺語耳。又《池水》詩結句云：「此景原恒見何人費苦吟。四靈追少監，自許嗣唐音。」《樓鐘》詩結句云：「審律陰陽辨，窮微分刌明。移兹調大樂，豈不贊《韶韺》。」兩詩結意略同，均惜其沿溯姚武功一派，留心細碎，不見其大也。但一是直説，如魏泰評山谷詩謂「當其拾璣羽，往往失鵬鯨」。一則微婉其詞，如《漢書・元帝本紀》贊，意使兩篇相避耳。

《我法集》中有《煉石補天》詩，起六句云：「帝魁書尚佚，況乃帝魁前。誰記媧皇事，偏教列子傳。嘗見詭言五色石，曾補九重天。」此是六句點題，似失之宂緩，然用跌起以駁題，自是變調。自注云：「嘗見試帖有此題，似指吴穀人先生作。以張湛注爲出路。審題極確，詞旨亦殊工雅，然猶用常格鋪叙，直至曲終奏雅，已代説一篇荒唐話在前矣。因作此詩，使知題爲情理所有，而其事有失，其論未確，可以篇終駁正。若如此出格無理之題，則入手先須叫破，如八比之有斷做，與順口氣不同，不能以常格拘也。」

作試律者，有避難就易之法。如《我法集》中《棲烟一點明》詩，起句云：「妙寫無人態，詩僧體物精。」結句云：「雍陶兼杜牧，詎識此禽清。」自注云：「題已微妙，安能更取題外之神？故只以他人鷺詩襯貼，以首尾相顧爲完密。此所謂避難就易，不争其所不能。」又云：「此題是神來之句，所以勝四靈者，彼是刻意雕鏤，此是自然高妙。當時終日苦吟，五易稿始得此一句，形容難狀之景，終未成篇。今更形容此句，豈非翦綵之花持對春風紅紫乎？然既命此題，即不能不作，宋人所謂應官詩也。」篇中「似仿烘雲畫，鉤成片月生。四圍輕渲染，一點自分明」，寫正面處，仍以比例出之，亦是避就之巧，開出後人法門也。

吾師嘗曰：「憶在四庫館時，金壇于文襄公偶以『東壁圖書府』題，屬同館共擬試帖。或以爲當賦天文，或以爲當切中秘，而以天文映帶之。諸公質正於余，余曰：『賦天文則脱題意，賦中秘則脱題面，處處以天文映帶，則繳繞不明。』因援筆作首四句曰：『列宿占東壁，珠纏瑞彩多。在天爲册府，其象應鑾坡。』告諸公曰：『以下竟接中秘寫去，不必回顧天文矣。』其論乃定。後二十餘年，撰《我法集》，適拈此題，起四句云：『珠緯占東壁，琅函耀石渠。法天爰取象，稽古用藏書。』亦用前法也。」

又《西園翰墨林》詩云：「唐主開詞苑，燕公侍壽樽。直將漢東觀，取譬魏西園。赤帝猶乘運，黄初未建元。讌游非翠蓋，賓客會朱門。點筆吟花徑，分牋涴酒痕。五言交唱和，七子互攀援。是豈明良比，而同賡拜論。高名蘇頲並，惜矣玷斯言。」自注云：「此壓題之格。魏文非賢君，其時猶爲世子，並未成君，七子皆狎客，亦偶然讌集，更非堂陛尊嚴，殿庭賡拜，燕公此語可謂儗人不倫，作此題者若拋却出典，則『西園』是何地，『翰墨林』是何書，無從措語。如切『西園』則不能不出曹丕；如切『翰墨林』則不能不出七子，公讌詩尚成文理乎？此亦不得已之變格也。」

試律中，亦有用大開大合之筆凌空取勢者。如《我法集》中《清暉能娱人》詩，一起直貫八句云：「瀑自何年響，峰從太古青。偶然逢客過，詎識是誰經。潭影波涵鏡，嵐光翠叠屏。偏如相嫵媚，邀使久留停。」自注云：「此緣山水清暉，已見上文。謝靈運詩：『昏旦變氣候，山水含清暉。清暉能娱人，游子憺忘歸。』若再鋪排清暉，是上句題詩，非此句題詩，故只於第三聯略寫清暉，餘俱力爲『能娱人』三字取勢也。」

余讀《我法集》，最喜《綺麗不足珍》一首，謂足以增長神智，開拓心胸。詩云：「誰居天寶末，敢薄建安人。才自歸文苑，心原溯聖津。尊王昭衮鉞，正始述雎麟。屈宋非年輩，曹劉豈等倫。遺經方獨抱，麗句漫爲鄰。肯舍淵源古，而誇纂組新。斯言雖莫踐，所論未無因。正似歌周鼓，蘭亭不見珍。」按：此詩議論縱橫，有龍跳虎卧之勢，而於學術源流瞭如指掌，於太白身分亦不爽毫釐，豈得僅以試律目之！蓋此題須將題之原委先理會分明。吾師自注云：「太白此詩，人多不解。以建安爲綺麗，語頗難通。沈歸愚曲爲之説，曰所指乃建安以下，如齊、梁之類，故曰『自從建安來』。『來』字似有著落，而『自從』二字究不知作何安放。然則由周而來，爲除周不論乎？此由逐句論詩，而未理會其全篇也。」此詩起云：「大雅久不作，吾衰竟誰陳。王風委蔓草，戰國多荆榛。」乃從《三百篇》説起，中間「正聲何微茫，哀怨起騷人」，並屈、宋亦斥爲變調。結云：「我志在删述，垂暉映千春。希聖如有在，絶筆於獲麟。」乃以《春秋》爲歸宿，舉出六經，尊出孔子，是何等志業，則建安輩非綺麗不足珍而何？蓋舉崑崙則岱華不足爲高，舉滄海則江河不足爲深，亦猶之昌黎詠石鼓舉出史籀，則不得不以羲之爲俗書耳。此詩全發此意，而運以清空之筆，可謂識高於頂，力大於身，彼沾沾於尋行數墨者，烏足以知之？

《我法集》中《野竹上青霄》詩，中四句云：「藉託陂陀勢，延緣迤邐形。漸連斜坂上，直到亂峰停。」自注云：「野竹在地，何以能到青霄？再加一『上』字，竟似運動之物，益不可解。蓋山麓土坡陂陀漸疊漸高，竹延緣滋長，趁勢行鞭，亦步步漸上，長到高處，故自園邊水際望之如在天半也。從此著想，『上』字方不虛設，否則是賦得山頂竹矣。」按：此吾師教人認題之法，以平易之筆寫真實之理，不特爲作試帖之準繩，即凡詩文皆可從此隅反。而近人評本輒云「不會者學之，便成鈍腐」云云，真門外漢語。

試律詩有借意作收者，吾師《黄庭换鵝》結句云：「猶應勝諸帖，任靖代書多。」自注云：「此題結不到頌揚，又别無餘意可生。今以當面换鵝，必是親書，故借任靖代筆收局。右軍雜帖多任靖代書，蓋靖學書於右軍，後大令又學書於靖，事見陶宏景與梁武帝論書啓，今載《隱居集》中。此事人多不知，即歷代書家傳中亦佚，靖名蓋不幸而湮没耳。」

《我法集》中《高山流水》詩凡四首，而各有命意。第一首渾寫琴曲之高妙，而「一時聊寄託，終古自高深」十字，題面題意並到。第二首以伯牙善鼓、鍾期善聽立意，作兩截摹寫，上半「千巖憶樵徑，一葉想漁舠」，是伯牙所志之山水；下半「雉飛知悦孔，魚樂悟游濠」，是鍾期所聽之山水。故不相重複，亦不能互换。第三首以伯牙爲主，言苟真高調必有知音，結句「信是精能至，無云遇合難。知音一已足，何必徧塵寰」，一洗唐人試帖中自傷淪落，陳訴求知惡習。第四首以鍾期爲主，寓想望知音意，結云：「由來孫伯樂，一顧辨驊騮。」另借一意爲出路，以避重複。又第三首起句云：「邈矣成連操，情移海上山。琴師傳此意，天籟在其間。」是從題前一步引入。第四首起句云：「琴在鍾期往，山高水自流。七絃聲落落，千載意悠悠。」是從題後一步繞入。吾師自注謂「凡器物必有反、正、側三面，凡人事必有去、來、今三境，題目亦然。各作一意求之，即各有各意。合看此四詩，並非一意重説到四次」云云。則凡連篇累牘，以敷衍爲能者，可以反矣。

唐時主司之於舉子，如今督學之於諸生，試日可以面談，故試律中或陳訴以求知，或矜試以炫鬻，沿成習徑，不以爲非，今則皆干禁例，故此第三首但以懷才必遇爲言。

吾師嘗曰：「凡押韵而不穩者，謂之懸脚。如人立於亂石碎塼之上，雖不至顛仆，却摇摇然不踏實地，終不穩當也。遇窄韵不能避此者，必須有出典方可。如余《鵶背夕陽多》詩云：『城頭尾並訛。』乃本杜詩『城頭烏尾訛』。又《刻鵲類鶩》詩云：『終殊烏鵲毛。』乃本杜詩『空瞻烏鵲毛』。『訛』字、『毛』字皆有懸脚之嫌。幸老杜已經懸脚在前，今日依樣壺盧，便不算懸脚。如公家案牘，有前例可援便可依據，無例則不免干議矣，此病最易犯。記得試帖中有《日方升》詩，第二句云：『扶桑日色晶。』『晶』字原解作光明，然復成何語，『熙』字亦解作光明，可曰日色熙乎？」又曰：「王樓村《菊殘猶有傲霜枝》詩中有『匝野木聲乾』句，乾韵亦頗險，然岑嘉州有『踏地葉聲乾』句，李義山有『霜野物色乾』語，亦是此句所本。」又曰：「作詩最可藏拙者，莫過於險韵。唐人試律限險韵者至少，蓋主者深知甘苦，不使人巧於售欺。且如柳詩限『青』字，鷺詩限『明』字，皆非難押，而惠崇五易其稿，始得『棲烟一點明』句；萊公四押『青』字不倒，竟至擱筆。難易之故，了然可悟矣。」

吾師試律，《我法集》自係老筆，而翰苑正宗尤在《館課存稿》，故王蘭泉司寇特録於《湖海詩傳》中，以爲士林準則。劉雲房師稱其清美流逸，圓轉曲折，無誇多鬬靡、争奇炫異之習，而讀者無不飫適，誠定評也。見《館課存稿序》。惟此稿向無評注之本，時髦但艷稱九家、七家，而此書遂束之高閣，甚可慨也。今摘其尤者略爲論闡，布之藝林，俾知此書實足上掩唐賢，下開來哲，非尠學者所可輕議。

憶鄭蘇年師嘗有批點《館課存稿》之本，句櫛字比，不惜以金針度人，惜爲門徒所匿，今不可得矣。

《簾疎燕誤飛》云：「寶押雙懸重，湘紋幾縷稀。瑠璃光洞徹，霧縠影霏微。未覺重簾隔，仍穿曲榭飛。驟然抛玉翦，始覺礙雲衣。」前四句虛還「簾疎」正面，後四句實寫「誤飛」緣由，情景相融，題蘊自露，非板板截做也。結云：「主人深愛爾，肯使故巢違。」忽從題外著想，而仍是題中餘情。吾師曾緣事出戍西域，旋荷賜環，時以此二語爲詩讖云。

《山梁悦孔性》句云：「偶爾逢心賞，悠然息翰環。坐看雲自出，忽見鳥知還。童冠如偕點，行藏欲語顔。鳳翔千仞上，龍德六爻間。」將題中五字團結爲一，而毫不費力，非老手不辨。又《以樂爲御》句云：「兩驂如舞處，六轡似琴時。」以經語作對，天然巧合，亦試律中所僅見也。

《昆明池織女石》云：「池取天河象，仍標列宿名。至今傳織女，遺迹在昆明。化石還相望，淩波若有情。疑當燒劫後，偶以落星成。何日橋方架，終年水自横。定知心不轉，莫訝杼無聲。夜月初飛鵲，秋風欲動鯨。憑看獨立影，可讓漢傾城。」此題入手頗難安頓，此詩點題四句鉤勒分明，以下自然熨貼，與《東壁圖書府》題機杼正同。唐人童漢卿此題起處云：「一片昆明石，千秋織女名。象星何皓皓，依水更盈盈。」亦與吾師同一格局，結云：「還如明鏡裏，形影兩分明。」則似勝一籌也。

《澮雲微雨養花天》句云：「低訝烟逾重，垂疑露未晞。數枝苞漸吐，幾日葉初肥。」寫「養」字細膩風光，而題中無字不到，此等手法似易而實難也。

《月印萬川》句云：「莫以人人見，因疑在在殊。應知千里共，原止一輪孤。」前兩句開，後兩句合，摹寫空靈，指點圓活，不嫌其多用虚字也。第七聯云：「曼衍川流體，渾圓太極圖。」實抉題旨。此詩中實斡語，劉彦和所謂「前有浮聲則後須切響」是也。又《殘月如新月》句云：「祗道絃將上，誰言魄漸虚。依然千里共，還是一鉤餘。光但分增減，形難辨斂舒。有時斜映水，定亦誤驚魚。」兩詩同一局調。陸耳山師亦有此題詩云：「人對虚明鏡，形窺色相前。應知千里共，都是十分圓。」大同小異，不能爲之軒輊。

《鶴立鷄群》句云：「潔真如倚玉，高不待乘軒。」又云：「游仙方獨夢，得食任争喧。」前聯寫其狀，後聯寫其志。結云：「泬寥天萬里，珠樹在崑崙。」上下融成一片矣。

《秋水長天一色》句云：「惟看孤鶩影，直到落霞邊。」借本事透出「一色」二字，用筆極其靈便。又「更無痕界畫，只覺氣澄鮮」十字，亦是極力摹寫，而稍遜前十字之切矣。

《海上生明月》句云：「龍女微開鏡，鮫珠漸吐芒。高淩天尺五，直湧水中央。輪抱三山影，波添萬里光。乾坤浮澒洞，風露浴青蒼。河漢微雲斂，蓬壺水氣涼。」從乍生之初寫到已生之後，層次井井，壯麗雄闊，必如此方稱此題。

《行不由徑》全首云：「邈矣高風格，稜然古性情。此心無曲折，一步亦分明。秋水官橋闊，春山驛路平。長亭扶杖過，仄徑看人行。細草雖通步，斜陽肯問程。從來避瓜李，不但畏榛荆。孤直真難匹，迂疎莫見輕。他年投璧處，寶劍氣縱横。」此詩以變格行之，首二聯踞題之上游，三聯反託「徑」字，四聯反託「不由」，而「徑」字又以側筆點出，五聯一開一合以還題面，六聯洗發所以不由之根，七聯以出句還題位，以對句作轉關，用筆跳脱之至，末聯絶不關合題位，而恰是本題神理，結得興高采烈。此種結構，斷不從試律中來。而尚有議吾師試律太整齊而少變化，與時下墨卷無異。試問此詩整齊乎，變化乎？翁覃溪師嘗語余曰：「作詩先求整齊，後求變化，必能整齊而後能變化。」通此説者，可與讀紀師之試律矣。

《其人如玉》句云：「空谷高人往，風流想見之。每當吟宛在，輒欲賦温其。緬彼千金寶，蕭然一褐披。誰家生玉樹，之子是瓊枝。」前四句原題，後四句正寫，端莊流麗，兼而有之。第五聯云：「潔白平生許，雕鎪幾度施。」抉題之藴，所謂詩心也。

吾師有《秋風生桂枝》詩，又有《秋風動桂林》詩，自注謂「生桂枝」是初秋景，「動桂林」是仲秋景，一生一動，意亦判然。《生桂枝》詩點題云：「銀牀纔落葉，金粟亦含秋。」以襯筆醒出「秋」字。第六韵云：「涼生明月裏，聲在小山頭。」還他「桂」字著落，以醒「生」字。其《動桂林》詩點題云：「高樹生秋外，清飆八月中。無聲潛帶露，有響乍摇風。」第二句點清「秋風」，第三句託出「動」字，皆十分醒豁。第四韵云：「數行枝戛緑，一帶雨翻紅。」此「動」字正面。第六韵云：「夜涼新落子，山小舊生叢。」上句描足「動」字，下句綰合「林」字。兩詩作法，各不相侔。此爲審題之精，用意之密，學者勿草草讀過也。

試律往往將題字分寫，此係定法，然相題變化亦存乎其人。如「鶯聲細雨中」題，若將鶯雨分説，自易成篇，而殊少神味矣。吾師詩云：「沾濡衣乍濕，宛轉語相交。唤侣深藏葉，呼晴穩護巢。影憐輕縠隔，歌雜碎珠拋。細點聲頻滴，清音聽欲淆。」語語合寫「中」字，始見圓光。惟老手乃能神明於法如是。又第二首云：「沾灑衣雖溼，清圓字不淆。泥應呼滑滑，鳴亦似膠膠。」又一合寫法，於題理愈覺生動。

吾師《指佞草》詩起四句云：「聖世原無佞，孤芳自效忠。不妨存弱植，用以戒群工。」壓題有體，句亦警健絶倫。後卞雅堂光禄起四句云：「皇仁能遠佞，小草竟何功。偶負夭喬異，虛懷指摘衷。」錢竹汀詹事末四句云：「瑞應中天遠，清明聖化隆。不須重致此，庶尹已和衷。」蔣秦樹雍植結二句云：「聖世無偏黨，宜生幽谷中。」皆與吾師意同。

乾隆間，試律專家除《我法集》及《館課存稿》外，以金雨叔先生甡《今雨堂詩墨》爲最善。其自序云：「余始學爲詩，輒以古體爲適意，而於律詩不耐拘束，殊不多作。浮沈公車者二十年，幸叨一第，乃不得不應館課，作排律，輒自以時文之法行之。散館後，謬厠庶常館小教習之列，按期校課。諸君或逡巡以詩爲難言者，余謂君等勿以詩爲異物也，其起承轉合，反正淺深，一切用意布局之法，直與時文無異，特面貌各别耳。律詩面貌與律賦爲近，律賦即與八股爲近，此較然可知者也。今科場特蒙易表以詩，於是五言八韵遂爲功令所不可闕，急而求之，而昧於所從入，則不特不能合律，並且艱於成篇。應試者或苦其難，是不可不引以易從之道。夫詩道之甚易明者，亦惟即時文之法求之而已。時文之神奇變化，胎息於古者，誠未易津逮，而墨卷則平正圓熟，便於揣摩者也。論詩而必氣體超妙，有味外之味，在初學將愈難而愈遠。若夫周規折矩，格律井然，使讀者心開而目明，似人人皆可幾及。

是五言八韵固詩體之墨裁，而究心於墨卷者，當亦不煩言而解矣。」按：此序舉平昔甘苦之數，嘉惠來學之心畢具其中，最爲淺近易入。所存詩百首，已入《庚辰集》者三分之一，已有評注，極詳盡。後其門下士洪兩山鐘又爲合注梓行。《館課存稿》、《我法集》外，不能不首數此編矣。

孟瓶庵師超然曰：金雨叔《動復歸有靜》句云：「市散斜陽後，農安改歲期。」又云：「響徹三終曲，塵清九達逵。」此與《動靜交相養》題有别，彼是對待語，此必須側注始合。似此超脱不落言詮，演之可作一小賦。按：金雨叔《動靜交相養》句云：「躍本由潛出，明因得晦包。蟄蟲還啓户，飛鳥或安巢。」此先將「交」字義抉透，「相養」二字不煩言而解。精心析理，昌言敷文，是作足以當之。

金雨叔《循名責實》句云：「亦有龍驚葉，終應鼠笑燕。濫竽難竊禄，畫餅詎登筵。但欲搜荆璞，誰教墾石田？鼎陳方識贋，刀試肯留鉛。」自注云：「此題全要有采色，方是詩辭。其法全在以比體爲賦體，否則只是五言叶韵講章耳。」

《四勿齋隨筆》云：「蟻穿九曲珠事，惟見蘇詩《祥符寺九曲觀燈》詩，王注引小説，其實不知所出何書也。自唐楊濤有《蟻穿九曲珠賦》，故試律家亦相沿命題。夫珠非如水晶之表裏通明，誰從辨其九曲？且又何人能鑿此竅？題既無理，則下筆即不必認真。金雨叔詩起句云：『宛轉珠光映，盤旋蟻力酣。』著一『映』字，略圓其説。後四句云：『役智人皆詘，通微聖所參。尋源思鑿竅，妙手竟誰諳。』仍以不解解之，棘端母猴請觀其鑿，正同一參悟也。」

又云：「金雨叔試律精力彌滿，人尚可學而能，惟結聯獨能游刃有餘，同時實罕有其匹。如《新月誤驚魚》云：『不到忘機處，臨淵悟保身。』《皎鏡無冬春》云：『屢照忘疲日，空明得似無。』《笑比河清》云：『士龍眈照影，此癖迥殊科。』《雲卧八極》云：『幾回淩倒景，斗室尚斜曛。』《魚登龍門》云：『士仰天衢近，無煩慕李膺。』《修竹引薰風》云：『解愠琴歌洽，延清重此君。』《芙蓉出水》云：『天然非藻繪，刻畫笑無鹽。』或正收，或借結，或反掉，皆有含毫邈然之妙。而《海人獻冰蠶》後兩聯云：『絶域琛常貢，中朝服有恒。從教致東費，端合重西陵。』用壓題法，名貴典重，直接唐音，可爲冠集之作。」

試律叢話卷之三

福州梁章鉅撰

《四勿齋隨筆》云：「《庚辰集》中詩皆取巧力兼到者，精選而詳注之，故不必求備求多。若他家選本，我朝必以傅聊城以漸詩冠首。其《登春臺》詩，器局光昌，詞旨莊雅。『接天雲物壯，拔地霽光奇』二語尤壯，自是開國元音。惟『臺』字、『春』字至第七聯方點出，於律未爲盡協。又如朱竹垞彝尊《檇李》詩，體物自工，而點題處『瑶光』、『青簡』等字，尚欠清醒。又如施愚山閏章《洞庭湖》詩，最爲雄闊稱題，第七聯『天地滄洲盡，江湖畫角哀』，自屬名句，而第六聯出句『氣連南嶽霧』，固爲雅切，對句『濤駛北溟雷』則不知所指。大抵國初諸巨公詩專取氣象，尚不屑屑講格律，故《庚辰集》中皆不以入選。」是吾師之精心定識，讀者不可不知也。

紀文達師曰：「試帖以布格爲先，雖無奇語，要當不失法度。人必五官四體具足而後論妍媸，工必規矩準繩不失而後論工拙。若佳句層出而理脈横隔，反不如文從字順，平易無奇。〔宋〕〔李〕嘉祐『野樹花争發，春塘水亂流』句，前人以爲至佳，然上聯曰『年華初冠帶，文體舊弓裘』，下聯曰『使君憐小阮，應念倚門愁』，十字横亘其中，竟作何解？孟公《晚泊潯陽望廬山》詩無句可摘，神妙乃不可思議，可悟詩法矣。」按：吾師此論自係正法眼藏，然慧業文人中，信者半，不信者亦半。憶嘉慶己未會試詩題爲「鳴鳩拂其羽」，場後，林樾亭先生喬蔭索余闈中詩稿，余不敢呈閱，因舉吴穀人祭酒有此題詩，先生即索取《有正味齋集》，閱之終篇，因舉其頸聯云：「『早晚鋤聲外，陰晴樹色中。』此語極佳，然作頸聯不得。若先鋪叙題面，而以此聯作後幅咏歎語，便算合作。榖人古近體詩不失浙派，而試帖則不可以訓人。此集極好，但必須删却試帖爲善耳。」祭酒爲香海先生門下士，即樾亭先生之介弟，香海早卒，故於其兄亦執弟子禮甚恭。先生以老輩自居，遂直言不少假。余亦竊韙其論。而在旁同聽者已有違言，先生亦不與辨，但勸其熟觀《庚辰集》而已。

林暢園師曰：「《庚辰集》所選專以理法爲主，而工巧次之。如史文靖公貽直《乾坤爲天地》詩云：『太極中含藴，萌芽肇窈冥。一奇還一偶，成象更成形。動静根相互，陰陽户自扃。德原昭健順，撰已體清寧。闔闢從兹起，周流未始停。潛龍占地位，牝馬合天經。六子綿生化，三才聚秀靈。珍符歸闡握，聖道契千齡。』紀評謂第五句至八句以對待言，十一句至十四句以流行言，佳在九句、十句折轉有力，使通篇氣機靈活，脈絡分明。」按：此題須有此精實諦當之篇，紀評亦實能闡明作者之意，後有作者弗可及矣。

余棟《詩書至道該》句云：「精言根性命，餘緒識禽魚。」「至道」二字已經櫽括。又云：「載筆從稽古，談經足起予。傳家推伏鄭，待詔引嚴徐。逸作還搜討，遺篇更補苴。」紀文達師曰：「或疑嚴徐與詩書無涉，不知題本集賢院詩，『傳家』句收足題面，『待詔』句轉合題意，『搜討』、『補苴』皆稽古論思中事也。」

孟瓶庵師曰：「近人作試律，於起首點題，多以率易之筆行之。或但取其位置妥貼，而不再求工。

不知名手於此，亦無不著意者。如《庚辰集》中所録朱石君《秋雲似羅》句云：『時拖三兩尺，畫出淺深秋。』何等渾成。秦味經《松栢有心》句云：『質同人有禮，堅比木多心。』何等典雅。阿文勤《河源飛鳥外》三、四句云：『朝宗歸渤澥，流派自崑崙。』何等簡括。陳惪華《禁林聞曉鶯》三、四句云：『未許雙柑聽，先來五柞鳴。』何等工麗。孫人龍《反舌無聲》三、四句云：『音雖兼百鳥，語已慎三緘。』何等流動。金雨叔《槐夏午陰清》三、四句云：『葵心無轉側，槐影正森沈。』何等警策。竇東皋《屈刀爲鏡》三、四句云：『誰識窺明鏡，還因折大刀。』何等瀏亮。韋慎《旃劍化爲龍》三、四句云：『藏猶射牛斗，去必作波濤。』何等激昂。崇士錦《萍始生》三、四句云：『三分春色後，一夜柳花餘。』何等脱灑。范錫圭《月印萬川》三、四句云：『一輪如印印，萬派見淵淵。』何等高超。」

鄭蘇年師曰：「顧鑑芳《芸應節馥》點題云：『候從冬至應，名似夜來聞。』紀曉嵐先生謂似此弄筆狡獪，小題無所不可，但不必以此爲專門耳。」按：薛靈芸改名夜來，見《拾遺記》，詩意本此，真可謂弄筆狡獪耳。

《四勿齋隨筆》云：「朱竹君師《大衍虚其一》詩，通首無一浮泛語。首二語『欲究靈蓍德，圓神信有諸』已抉題之根，以下信手寫去，頭頭是道矣。最後以『是萬還根一，無盈不用虛』補點題字，實足題意。了然於心，了然於手，真不負此題也。」

王金英《葭灰應律》云：「緹室重帷護，葭灰六管勻。天風應不到，地氣已更新。按節求無爽，乘時候最真。短長分律吕，寒暖驗冬春。」此前幅四韵，題旨已該。紀文達師謂十二月皆可候氣，不必子月始然，正如分至啓閉，必書雲物，不必南至登臺也。承訛已久，此詩乃得分明。

林暢園師曰：「詩有離題而恰能肖題者，試律亦然。高貴《昭文不鼓琴》後四句云：『大海風濤闊，空山雨雪殘。無絃原有悟，莫語董庭蘭。』詞旨高超，此題合如此結法。」

紀文達師曰：「費奎勳《一覽衆山小》云：『天下猶疑小，群峰詎足攀。覽時形點點，望處影斑斑。但覺同丘垤，何如聳髻鬟。蓬壺浮海曲，皛嶧帶沙灣。白鳥時明滅，孤雲自往還。不因躋岱頂，那得豁心顔。』此切本詩以岱嶽立言，蓋非泰山不稱此語，不可泛詠也。『白鳥』二句，亦化用本詩『盪胸生層雲，決眥入歸鳥』意，氣脈高闊，風骨遒上，不減張喬《月中桂》詩。此題須此筆寫之。」

又曰：「韋愼《旃劍化爲龍》詩有『風雨一潭高』句，妙在可解不可解之間，蓋即杜老『四海之水皆立』意。又《曉樹流鶯滿》詩『直將千百囀，併作兩三聲』，寫『滿』字入神。此皆體物之妙。」

又曰：「曹坦《明月照高樓》云：『銀燭停蘭燄，珠簾上玉鉤。絳河如練挂，碧瓦有波流。牛斗窗前逼，關河望裏收。空明知地闊，孤迥訝身浮。出海光先得，銜山影尚留。泬寥天萬里，仿佛廣寒遊。』能將題中『高』字寫得出，則『明』字、『照』字自寫得透。若但寫明月，則『高樓』字必不得神。」又曰：「『銀燭』句是用謝靈運《怨曉月賦》『滅華燭兮弄曉月』意，坊本改『停』字爲『搖』字，失其旨矣。」

又曰：「孟生蕙《高摘屈宋艷》起四句云：『風雅聲誰續，奇文鬱楚騷。詞雖殊美稗，艷更溢錙毫。』按《文心雕龍·辨騷》篇云：『《風》《雅》寢聲，莫或抽緒。奇文鬱起，其《離騷》哉。』又云：『金相玉式，艷溢錙毫。』又《詮賦》篇：『風歸麗則，辭翦美稗。』此全以劉舍人生造語翦裁用之，恰與題稱。

才人之筆，何所不宜。」

黃樹齋爵滋曰：「趙青藜《學然後知不足》起句云：『聖德徇齊擅，披圖丙夜餘。』況茲爲學者，其敢不勤歟。』從頌揚起，折到學者，有高屋建瓴之勢。凡文調不可入詩，以其最難討好，間有用語助入韵者，必須現成乃佳。此獨筆意雅健，自然合度。」又曰：「末聯『文章思報國，願上萬年書』，與起處得子母鉤帶之法，鑄局特爲遒緊。」

林暢園師曰：「沈歸愚《蟬鳴高樹間》七、八兩句云：『風疏聲欲斷，烟重響逾深。』不減『一樹碧無情』句。」

又曰：「鄭炳也虎文《松栢有本性》云：『自應栽漢殿，未許受秦封。』又云：『夜烏休見託，老鶴許相從。』俱從旁面渲染，而松栢之本性自見。此詩人之筆。」黃樹齋曰：「寫來確是有本性，移作『松栢有心』不得，亦善於評詩者也。」按：詩中「香葉曾棲鳳，虬枝欲化龍」兩句，與秦澗泉《松栢有心》詩同。惟秦詩易「虬枝」爲「蒼鱗」，蓋此本天然對偶，故不約而同。

《四勿齋隨筆》云：「『野徑雲俱黑，江船火獨明』，杜老詠春雨詩也。陳裕齋聖時作『夜雨滴空階』第四聯云：『濕雲三徑黑，老屋一燈紅。』即從此脱胎，而寫來確是夜雨，確是空階，遂成名句。第六聯『伴人惟絡緯』句寫足『空』字，『隔牖是梧桐』句寫足『滴』字，尤得味外味，視唐人喻鳧作倜然遠矣。」

又云：「蔡季實以臺《簑笠聚東菑》云：『半彈斜障日，微欹不礙風。田歌紅樹外，人影夕陽中。』寫景如畫，絶似大曆十子。」

紀文達師曰：「有以『停琴佇涼月』爲題者，然云『停琴』，是無琴也；云『佇月』，又無月也。但鋪叙琴、月，而不得『停』字、『佇』字之神理，是爲買櫝還珠。李翊詩云：『一鉤光欲吐，三叠響微沈。寂寂朱絃歇，遲遲素魄臨。樓臺依水近，松石寄情深。露濕中庭白，秋澄萬木陰。所懷空淡泊，此夕最蕭森。若問絲桐意，飛鴻自遠音。』寫出蕭然自遠之神，最爲得解。」

又云：「錢文端公陳群《春從何處來》中八句云：『誰遣如期到，端應有自來。偶然相問訊，轉覺屢疑猜。烟暖鶯微覺，風和柳暗催。尋蹤空杳藹，佇目但徘徊。』唐人亦有此題，癡寫春光，下四字消歸烏有，論者曲爲之詞，正如拙於女紅，反嗤纂組爲傷巧。惟此作乃課虚叩寂，妙入希夷。」姜小枚皋曰：「嘉定李許齋方伯賡芸亦有此題詩，云：『問春春不語，春到總如期。本以無心遇，偏成有脚奇。來從何處所，別似未多時。約略殊難指，依稀却耐思。慣憑梅報信，兼倩鳥通詞。路豈蓬蓬遠，歸嫌緩緩遲。玉壺邀共買，金屋貯差宜。蹤跡天涯滿，東君可自知。』亦是空中取勢，與錢作可稱異曲同工。」

黄樹齋曰：「暗水流花，徑言暗水則不見水，但聞聲矣。此本題中應有之義，呆手却未解拈出。惟李松雲此題承聯云：『每從花徑外，覺有水流聲。』點題得法，以後自曲折如意矣。」

蔣心餘士銓《竹外一枝斜更好》云：「忽到蕭森處，遥看静好枝。縞衣驚乍見，翠袖倚多時。宛爾重簾隔，嫣然一笑窺。孤標真綽約，半面倍風姿。倭墮梳偏好，瓏璁映轉宜。此君真結伴，彼美最堪思。」按：此題七字無一字可略，如此逐細雕鎪，可謂虚實並到。作者本詩壇飛將，而爲試帖，乃斂才就法如此。

德畬齋保賦梅花云：「天女姿超俗，維摩意絶塵。來從衆香國，同化此花身。滿樹多原好，疎枝少更珍。先開非有意，獨笑肯邀人。偃蹇看逾媚，荒寒畫未真。氤氳成別調，淡泊是前因。貌古寧嫌瘦，山空不厭貧。逋仙曾見訪，落落尚難親。」通首未見「梅」字，而非「梅」字不足以當之。紀文達師謂此題久成塵劫，行以禁體，耳目乃清，結處雖用事，妙在翻入一層，故不落窠臼也。

鄭蘇年師曰：「吴頡雲鴻《柳橋晴有絮》中四句云：『吹到朱欄積，鋪來石齒平。薄浮花港活，密糝釣篷輕。』的是橋邊之絮，移向他處不得，此著題法也。秦澗泉大士《風軟遊絲重》句云：『行蹤眠柳伴，心事落花知。』下五字妙在可解不可解之間，所謂不落言（銓）〔筌〕者，此離題法也。」

又曰：「鄭炳也《反舌無聲》詩云：『反舌隨時異，無聲契化微。當春欣得氣，入夏頓忘機。躁吉寧知辨，深沈豈畏譏。語憐新燕巧，歌悟曉鶯非。百囀何煩爾，三緘或庶幾。獨先群鳥静，自覺太音希。肯去隨蟬噪，能來逐鳳飛。守雌還守默，苑樹萬年依。』錢茶山維城《五月鳴蜩》詩云：『五月薰風滿，蜩鳴覺暑闌。榴邊霞欲暮，蒲外雨初殘。葉密棲宜穩，枝卑抱豈安？質從初夏化，聲在未秋寒。斷續知身弱，依微想翼單。院深傳處迥，林遠聽來難。空意號烟景，何由乞羽翰。上林欣借得，沆瀣擬仍餐。』此二詩皆寓意深微，爲試律之超詣，不當以尋行數墨讀之。」又曰：「『能來逐鳳飛』句，人多不解，蓋本梅堯臣《百舌》詩云：『曉升高高樹，百鳥言漏泄。只此聞鳳凰，有亦學不徹。』此蓋翻用其意。」又曰：「錢茶山有《龍池春禊》詩，最見手法。蓋題爲『龍池春禊』，如著一觴一詠，風流跌宕之語，則不稱『龍池』。如著禮節樂和，排偶板滯之詞，則不稱『春禊』。作者於典麗之中，仍寫出天地訢合之意，故佳。」按：此詩第三韻云：「凡百冠裳列，惟三日月重。」十字面面俱到，可謂工極。吉渭崖師夢熊《鼓琴得其人》詩，承聯云：「望羊舒遠眺，鳴鳳入高吟。」屬對妙在不脱不黏。第五韻云：「西土榛苓杳，東山歲月侵。」尤爲警健。

姜兆翀曰：「康熙辛未，黄崑圃詩最爲高華典麗，然見《瓣香集》所選，如『餘霞散成綺』、『霧隱平郊樹』、『緑樹陰濃夏日長』、『雨中春樹萬人家』等作，皆是十韵、十二韵者，似後來選家截作八韵，所以細觀之往往有不足不貫之處耳。嗣後如史鐵厓《聖人以四時爲柄》句云：『璇軸操於静，金樞運乃神。』陳表直《西王母獻益地圖》句云：『花説三千歲，人經五萬途。來時青鳥報，貢處白環俱。形勢金甌拓，文章玉字殊。封山增舜典，括地補河圖。』阿克敦《河源飛鳥外》句云：『俊鶻排風勢，盤鵰没草痕。天低惟斷影，地闊更荒原。』劉延清《巨靈擘太華》句云：『導水排雙闕，開山勝五丁。聳原虧日月，擘忽走雷霆。』蔣恒軒《王道蕩蕩》句云：『直環鼇紀外，盡入象胥中。』皆有初唐沈、宋之風。錢稼軒『秋水長天一色』，王白齋『門對浙江潮』，朱石君『天驥呈材，青雲干吕』，吴頡雲『河鯉登龍門』，饒霽南『開元字舞』，吉渭厓『鳥獸氄毛』，腔調皆承是派。壬戌金雨叔所著詩墨，尤與黄崑圃相近，皆當時膾炙人口者也。」

又曰：「試律至紀曉嵐先生《館課存稿》，始一變板重之習，一時風會多效之者。如趙耘菘《五月斯螽動股》句云：『動無肱折慮，響出足音奇。錯訝鳴雙翼，從知暢四肢。』謝蘊山《駟不及舌》句云：

『豈惟躬不逮，莫信舌猶存。』平寬夫《匠成翹秀》句云：『刈彼翹翹質，成兹藹藹多。』《遇圓成璧》句云：『種應憐日暖，懷欲化雲英。』李松雲《菽粟如水火》句云：『有求無弗與，既濟本相於。』《維德之隅》句云：『爲言知所止，從此引而伸。』朱淵亭《銜書佛臍》句云：『宛然呈腹稿，豁爾闢心緘。』邵二雲《下車泣罪》句云：『縱使明惟允，猶憐教未諳。恤哉刑以五，惻爾宥之三。』靈筆巧思，均爲秀絶。」

又曰：「乾隆年間，講試律者惟翁覃溪先生與紀公工力悉敵。紀之格老，翁之神超，未易軒輊。惟翁專致力於古近體，所存試律不多。余僅記得佳句數聯，如《蓬蓬遠春》云：『縹緲虛無外，微茫杳靄中。目窮惟水碧，路盡但桃紅。采采孤舟去，深深曲徑通。天如開畫本，人正倚東風。』《詩有六義》云：『溯自商而後，猶存檜以前。材還該百五，目可括三千。』《冰雪净聰明》云：『比之懸水鏡，可以鏤雲斤。』《天降膏露》云：『泉還同醴出，雲本以油名。』二家口吻，亦何減當年温、李也。」按：余家舊存藏有覃溪師《復初齋試律説》一本，體例亦略如《我法集》。惜爲一友借抄，竟匿之不還。後日侍蘇齋談詩，偶詢及此書，則吾師已不復省記，其家亦久無傳本矣。

《四勿齋隨筆》云：「讀曉嵐師詩，不可不兼讀覃溪先生詩。兩家古今體詩門庭各別，不可强同，而兩家試律則如驂之靳。翁詩如《鑑空衡平》句云：『高照周群品，誠懸本寸衷。四圍珠璧映，一綫準繩通。』又云：『懸來孤月滿，秤到幾星同。』《冰雪净聰明》句云：『渾無纖翳染，定有妙香聞。』《春蠶食葉聲》句云：『字猶縈蚓勢，思早闢蠶叢。』《成童舞象》句云：『自諧堂下管，不羡洛濱笙。』《池光不受月》句云：『孤光低不下，碧落倒來深。』《緑槐高處一蟬吟》句云：『更無餘響雜，直透午陰圓。』《柳塘春水漫》句云：『流雲遲易皺，宿雨膩無聲。』《柳邊風去緑生波》句云：『幾層金縷影，一片麴塵波。』情景併到，格調渾成，雜之《館課存稿》中不能復辨。而余尤愛其《三十六宫都是春》起四句云：『月滿誰成窟，天旋孰作根。宛如春有脚，此即易之門。』《程門立雪》結兩句云：『春風吹浩蕩，更以坐邀之。』此種龍跳虎卧之筆，斂入試律，正與曉嵐師異曲同工，他家罕有其匹也。」

又曰：「錢籜石先生詩筆傲兀，與覃溪先生略同，而作試律乃極細膩熨貼，信此事之須斂才就範也。如《芙蓉始發池》句云：『剌水心微卷，淩風影漸圓。』《梅雨灑芳田》句云：『漠漠寒兼暖，濛濛往復來。』《既雨晴亦佳》句云：『砌水清多響，簾雲緑幾層。』皆以輕描淡寫出之，以期稱題而已。而《日向壺中特地長》句云：『絜量年大小，摹繪世唐虞。歲月諸天有，神仙一事無。』則又玉佩瓊琚，大放厥詞，烏從而測之？」

孟瓶庵師曰：「王西莊師鳴盛殫心經史之學，其書滿家，似不屑講聲韵，而所存試律則高華沈實，兼擅其長。如《上苑春鶯隨柳囀》句云：『似將歌節奏，巧趁舞腰肢。』《夏雲多奇峰》句云：『氤氳纔吐岫，横側盡成峰。』《共登青雲梯》句云：『月户紛相接，飆車若可齊。』而《王言如絲》句云：『應識樞機發，難將經緯疎。』則直抉題藴，尤非巨手不能。」

姜兆翀曰：「我所見近人試律詩，當以汪杏江學金作爲最，其《攀桂仰天高》中四韵云：『玉宇秋如水，瓊梯夜有霜。誰人臨鵲鏡，何處詠霓裳？金粟壺中影，青雲袖裏香。步虚方寂寂，凝睇轉茫茫。』《蒹葭秋水》句云：『雁信傳千里，鷗群聚一灘。短叢摇雪浪，碎響雜風湍。』《晝爾于茅》句云：『連茹多益善，純束聚無紛。舊業牽蘿補，餘功刈稻分。綢繆未陰雨，捆載及斜曛。』《如湯沃雪》句云：『羹熟鹽空撒，錫炊粉暗儲。鵝毛堆滿滿，蟹眼候徐徐。烟火功原驟，冰霜氣自除。烹茶嘉客話，餐飯故人書。』《深巷明朝賣杏花》全首云：『預話明朝事，春聲隔巷傳。遥知聽雨夜，已是賣花天。烟景錫簫裏，晴香繡壤邊。暮寒猶料峭，曉市定喧闐。翠冷新垂手，紅酣早壓肩。侵晨鶯燕報，近午蝶蜂顛。屈指當三月，關心又一年。挑燈眠不穩，檢點酒家錢。』諸作皆有情有景，洵爲上乘。」

林暢園師曰：「邱芷房先生庭瀣《武帝旌旗在眼中》起四句云：『武帝留燒劫，曾聞習戰船。開元修故事，復見耀戈鋋。』按：此用扇對法也。《漁隱叢話》論律詩有扇對法，第一與第三句對，第二與第四句對。杜老《哭台州司户蘇少監》詩云：『得罪台州去，時危棄碩儒。移官蓬閣後，穀貴没潛夫。』東坡《鬱孤臺》詩云：『邂逅陪車馬，尋芳謝朓洲。凄凉望鄉國，得句仲宣樓。』又名隔句體，杜、蘇皆有此格，並非臆造。然試律中正，以不用爲宜。」按：先生詩驅遣史材，沈雄偉麗，純以氣行，且有合兩首爲一首者，未可以尋常摘句讀之。而余最愛其《買絲繡作平原君》句云：「向誰肝膽是，老我夢魂勞。」十字幾於擊碎唾壺矣。

孟瓶庵師曰：「李文藻《白露爲霜》云：『陽晞三徑濕，月落一林光。』寫『霜』字獨有神理，非描頭畫角者所能。」

又曰：「施鳳起《江海出明珠》云：『澤訝藏時媚，波看折處圓。』眼前語，而能天然湊合，遂爲高唱。」

顔酌山崇濶《聖教集書》句云：「象教宣如是，鴻題首蓋聞。」可謂巧切。又句云：「體自蘭亭摘，章從貝葉分。」蘭亭句人多忽略過，而不知僧懷仁集字多本於《蘭亭叙》，如群字之雙權其最顯者，翁覃溪師《蘇米齋蘭亭考》第八卷即詳列此事。酌山此句具徵博雅，未可以泛泛讀之。其同時作此題者，如許秋巖兆椿、莫青友瞻菉皆未見及此。莫青友詩中有「蘭亭真骨换」句，不過借作語料，與顔酌山本旨渺不相關。

陸璞堂伯焜《詩雜仙心》題云：「爲覓詩中趣，含毫正邈然。那知新得句，便擬小游仙。慧業三生在，靈心五字傳。丰神真絶世，意想本從天。緱嶺吹笙曲，湘江鼓瑟篇。全消烟火氣，獨結水雲緣。入悟非關學，旁通亦證禪。何年凡骨换，逸步繼青蓮。」通體超脱，與吴穀人先生《明月前身》一首，意境相同。

《四勿齋隨筆》云：「『水懷珠而川媚』是陸機《文賦》語，作者但泛作珠詩，便失本旨。馮文止詩云：『寳氣深深映，波紋淼淼長。自然含秀潤，不待露精芒。』實能寫得『懷』字、『媚』字神理。蘭懷璣詩云：『沈淵猶莫掩，入掌定生光。』拓進一層，尤爲有力。」

又云：「王堡《腐草爲螢》三、四句云：『夏夜看流火，春風記染青。』吴穀人起四句云『大化誰非化，無知倏有知。今宵螢熠熠，前度草離離』，皆是逆挽法。紀文達師曰：李義山《馬嵬》詩云：『此日六軍同駐馬，當年七夕笑牽牛。』温飛卿《蘇武》詩云：『歸日樓臺非甲帳，去時冠劍是丁年。』皆用此格，最爲跳脱。」又曰：「王堡『微姿誠草草，照眼恰星星』二句，屬對工妙，此爲才人之筆。」

又云：「楊其禄《讀書秋樹根》起四句云：『老樹空庭茂，高秋可讀書。何人同嘯詠，此景最蕭疎。』此又一點題法也。筆墨超逸，而神味已該，不得以法縛之。」

紀文達師曰：「張四教《春風扇微和》句云：『淡若揮紈扇，輕宜逗袷衣。』此二句拾諸目前，而爲唐人諸詩體貌所未到。」按：「扇」字應作平聲，自唐人即已誤讀。此詩紈扇不必是點題字，固不妨也。嘉慶間翰詹大考亦此題，有一卷云：「似扇能扇物，惟風解風人。」平去兼用，遂擢前列，亦巧過前人矣。

又曰：「陳孝泳《倉庚鳴》句云：『斜捎驚蝶夢，軟語帶花香。』又云：『有情邀伴侶，無譜自宫商。』二聯俱警策。」

又曰：「裘麟查《客至斗牛》詩後半云：『乍到疑無地，微寒似欲秋。何人牽犢飲，有女抱機愁。回首諸天隔，歸裝片石留。還家問消息，應向卜簾求。』層次分明，用筆亦靈氣恍惚。『何人』二句，不説牛女，尤妙。有此含蓄，末二句方收得有味也。」

又曰：「王樓村式丹《菊殘猶有傲霜枝》十韵詩，起八句云：『園圃初冬日，欂栌滿眼看。入檐霜氣重，匝野木聲乾。獨有黄花好，無妨緑葉殘。孤標非附熱，晚節豈驚寒。』此先寫秋之蕭瑟，然後『菊殘』二字説得有根，『猶有』二字出得有力。此題前聚勢之法，良由篇幅稍長，故不妨如此展步，亦非開八句點題法也。第十七、十八句云：『天意遲清景，吾生愛古懽。』是一篇結撰處，所謂不懈而及於古矣。」

《四勿齋隨筆》云：「詩家自有占身分之法，試律詩爲拜獻先資，尤不可不慎。順治初，秦松齡以庶吉士召試『詠鶴』詩，有『高鳴常向月，善舞不迎人』之句。上大加歎賞，以爲有品，館僚内至今傳誦。莊滋圃先生有恭朝考『春蠶作繭』詩云：『經綸猶有待，吐屬已非凡。』其抱負可想。張南華鵬翀應制賦『湯圓』句云：『甘白俱能受，升沉總不驚。』其度量可想。又金檜門德瑛『迎歲早梅新』後四句云：『乘時熙化日，攬秀冠群材。桃李知多少，經寒尚未開。』的是金華殿中第一人語，與北宋王沂公及吾宗文靖公故事相同。若袁子才朝考『因風想玉珂』句云：『聲疑來禁苑，人似隔天河。』當時有嫌其佻達者，雖尹文端公極力爲之揄揚，而不能掩其本色。至吾鄉某孝廉會試文已中式，以詩中『一鞭殘照裏』句擯落。蓋題爲『草色遥看近却無』，闈中嫌其用《西廂》語，黜之。其實本人並不知《西廂記》中有此句也。」

科場撥卷，受撥者意多不愜，此亦人情，然亦視其卷何如耳。紀文達師嘗曰：「余充壬午順天鄉試同考官時，得一卷，文甚工而詩不佳。因甫定試詩之制，可以恕論，遂呈薦主考梁文莊公。已取中矣，臨填草榜，公病其『何不改乎此度』句侵下『改』字，題爲「始吾於人也」四句。駁落，另撥一備卷與余。初視其詩第六聯曰：『素娥寒對影，顧兔夜眠香。』題爲「月中桂」。已喜其秀逸，及觀其七聯曰：『倚樹思吴質，哦詩憶許棠。』遂躍然曰：吴剛字質，故李賀《李憑箜篌引》曰：『吴質不眠倚桂樹，露脚斜飛濕寒兔。』此詩選本皆不録，非曾見《昌谷集》者不知也。華州試『月中桂』詩，與許棠爲第一人，棠詩今不傳，非曾見王定保《摭言》、計敏夫《唐詩紀事》者不知也。中彼卷之『開花臨上界，持斧有仙郎』，何如中此詩乎？微公撥與，亦自願易之。」即朱子潁卷也。

于蓮亭比部克襄《左右惟其人》詩中間四句云：「輔也還兼弼，臣哉即是鄰。是誰肩厥辟，惟汝翼斯民。」分貼處極工穩，妙只是用經語鑄成。

黄霽青太守安濤詩名風行海内，試律亦雄傑不凡。如《玉剖驥騏》句云：「結緑渾無玷，飛黄若有神。」《喬木生夏凉》句云：「青銅千丈立，翠幄四圍張。」《四時花放不知秋》句云：「傲霜何待菊，向日總如葵。」郭蘭石稱之不容口。

卞雅堂光禄斌有《静樂軒排律》，自序云：「時人作排律，其雄者類操唐律爲之。唐人止六韵，首聯入題，頸聯承明，三、四聯正面，五聯餘意，末聯收結。前後停勻，氣度充足。今八韵詩而效唐律，其失有三焉。唐人警句多在三、四兩聯，今人效法即佳，亦未免前振後弱矣。唐人正意不過一兩聯而止，今人敷衍至四、五聯之多，次序繁複，未免前後可移置矣。唐人詩多有末、後兩聯相承作結者，今人或至第七韵猶賦正面，止剩末一韵另意作結，未免後路氣促矣。」按：此論蓋自光禄發之，實是度人金針。今之作試律者，知此亦鮮矣。

《卞雅堂試律》專以法爲主，然亦時有巧句。如《千潭一月印》云：「何止東坡百，休論太白三。」妙在巧而自然。又《一月得四十五日》詩最見意匠，起云：「月計皆恒晷，贏餘理則那。祇緣宵益半，却道日增多。」叙題已極清醒。又云：「算真符洛數，景豈駐仙戈。」實託出四十五日。又云：「宛添蓂莢出，原止幅牙羅。」上句恰是多十五日，下句又還他只是三十日，面面俱到，非細意熨貼者不能。

姜小枚曰：「李許齋方伯《華陔草堂試律》有頗似紀文達公者。如《白駒空谷》云：『行矣身將隱，跫然足有音。一鞭斜照淡，千里暮雲沈。暫解松間轡，應彈石上琴。與誰今夕永，從此入山深。』又《秋水伊人》句云：『豈不相思甚，其如未見何。目空窮彼岸，詞欲託微波。』又《秋燕已如客》句云：『相期來歲到，仍與故人依。』又《纖鱗如不隔》句云：『至清真見底，其樂果何如？銀沼三分皺，晶簾一樣虚。』又《川不辭盈》句云：『有容方至海，無外欲浮天。』又《嫩寒山店杏花面》句云：『深巷聲誰喚，重衾夢怯單。路疑沽酒旆，行過讀書壇。』皆有彈丸脱手之妙。」

試律本應制詩，則本朝之掌故不可不講，臨時之風氣亦不可不知。如耕耤儀注，自雍正年間已加定四推之禮，而應試之作尚有用三推作雙擡字者。謁陵儀注有敷土一節，係用素服將事，而御試「地平天成」詩中尚有用《禹貢》敷土作頌揚語者，宜其均被擯黜也。至《月令》七十二候中「麋角解」，自乾隆三十一年上於冬至日親詣南苑考驗，是日麈角解而麋角不解，遂將時憲書中「麋角解」句並改爲「麈角解」，而士子尚不能徧知。館課中有莊承籛此題起四句云：「是麈非麋也，誰訛解角名。著書儒者誤，格物聖人精。」壓題得體，又開後進一法門矣。

錢湘舲閣學棨《桂林一枝》句云：「無雙超月府，獨秀聳天庭。」我朝三元開於閣學，「無雙」、「獨秀」，真覺詩中有人。

德州盧南石師相爲一代名臣，兼登上壽，丰裁嶽嶽，仍復和易近人。其《里仁爲美》詩云：「土樂郊無鼠，人欣野有麐。豈惟風盡古，真覺物皆春。芹藻音傳魯，羔羊俗繪豳。當門鋤莠去，入室佩蘭紉。」隱然見熙朝相業矣。

郭縉光《月湧大江流》三、四兩聯云：「影射魚龍躍，光連島嶼浮。有無痕不定，宕漾勢難收。」結尾兩聯云：「雪浪吞吴楚，金波貫斗牛。蒼茫人獨立，詩思滿輕舟。」前六句極力寫「湧」字，十分飽足。結兩句辭意雙超，不減「江上峰青」之韵。此乾隆癸卯江右領解之作，李松雲先生亟稱之。

蔣礪堂相國攸銛《鴻毛遇順風》句云：「夙有扶摇志，欣逢鼓舞緣。」是題前神理。又云：「汝翼偕雲路，爲儀近木天。」是題後地步。正喻、夾寫，自見身分，不愧大言炎炎。

周石芳侍郎系英作《雙管齊下》詩，「岑有異苔封」五字最佳，惜上句「石非論日畫」五字未稱。

王魚樹克峻《三辛集》云：「凡用經語命題者，必句句取材於經，方與題稱。如陳步瀛『賢不家食』題中四聯云：『帝有調羹手，臣思作醴功。芬薌嘗法膳，粗糲愧儒風。汲井心何惻，觀頤道獨隆。笙吹鳴野鹿，卦叶漸磐鴻。』字字名貴，方見試律之體之尊。」

又云：「曹仁虎《至關學雞鳴》云：『陝阪雲千疊，崤函月一彎。』善於烘託。秦潮《五日一風》云：『畫裏新添石，花時細轉柯。』巧於雕鏤。汪如洋《渭川千畝在胸中》云：『平安春入抱，芒角酒争功。』著題而能渾成。陸伯焜《日中有王字》云：『當陽符出震，盈度叶占豐。』《易·豐卦》：「豐亨，王假之勿憂，宜日中。」切題而能典重。皆足以牖迪後學心思。」

陳東橋應元曰：「論詩者每謂詩中可覘人品，即試律亦有之。如曹文正公《虎賁脱劍》詩云：『蓮鍔森能斂，霜鋒厲不聞。兩階干羽舞，一氣斗牛分。但使深藏器，何須上決雲。三千人偃武，八百國同文。』居然有太平宰相氣象。又如洪稚存編修亮吉《銅似士行》詩云：『沙礫鑪錘外，風霜鍛鍊中。青非詩萬選，赤亦表孤衷。』編修以鼎甲詞臣建言出塞，平生志事亦具見於斯也。」

程春廬同文曰：「那繹堂尚書《歌風臺》云：『山河供盼睞，龍虎出塵埃。』又《心鏡》云：『四照神仙目，千秋宰相才。』蓋非内綜部政，外握兵權者，不能作此語。」

高廟不用眼鏡，而考試翰林詩乃以「眼鏡」爲題得「他」字。阮芸臺師句云：「眸瞭何須爾，瞳重不用他。」擢第一。一云：「四目何須爾，重瞳不用他。」吴稷堂先生省蘭結聯云：「聖皇離照普，天鏡不須磨。」擢第二。聞有一短視眼者，乃據實自陳云：「聖明何用此，臣昧必須他。」得附高等，亦可謂善於立言者矣。

阮芸臺師嘗告余曰：「記得會試詩題爲『草色遥看近却無』，我詩已作成，時方亭午，因沈思遥有近無必須説明方好，吮毫許久，得結句云：『回望經行處，芊芊又滿途。』自鳴得意，而人皆忽略若無覩也。同時有吾邑貴徵者句云：『碧歸行馬外，春到濯龍隅。』恰好關合到御園，爲時所傳誦。」

乾隆庚戌散館詩題爲「石韞玉」。先是數日有聖製《石韞玉論》宣示廷臣，篇中大旨辨石之不能韞玉。時阮芸臺師已入南齋，敬聆其説。及應試，首句云：「玉石難相韞，宸章辨理精。」遂擢第一，此所謂風氣之先者也。

乾隆間考試翰林以「春雨如膏」爲題得「訛」字，應試者皆知「訛」字指「膏」字言，然孰平孰仄，尚不能遽下斷語也。惟陳花農珙直讀作去聲，遂擢第一。而第二爲潘芝軒先生世恩，則平去二音並用，於

三、四點題云：「膏之膏自沃，雨我雨偏多。」以去聲「雨」字陪出去聲「膏」字，令人無可指摘，尤爲巧不可階。此外尚有數人平、去兩用者，皆在二等。其餘用平聲讀者，悉入三等矣。

乾隆甲辰南巡召試，詩題爲「南坍北漲」。時上方閲視海塘，題意爲塘工祝固也。張蘭渚侍郎師誠取列第一，詩云：「新猷欣在甲，昔效溯於壬。」恭閲高廟御製詩，有「壬午溜遷後，甲辰水尚深」之句，壬韵一聯與聖意合。又費西墉錫章詩云：「水行全制丙，土德自安壬。」亦入選。嘉慶間，大考詩題爲「春風扇微和」。毛吟樹謨得高等，其句云：「淩消河帆順，霙化土膏匀。」緣是時河工適報淩汛安瀾，又逢元旦瑞雪，御製詩有「元旦祥霙合」句也。後聯又云：「龍韜閑甲士，鸞輅肅寅賓。」亦緣是年舉行大閲禮，並逢親祭朝日壇。皆關切時事，合頌揚之體也。

嘉慶甲子考試差詩題「成允成功涂澮」。莊以𨌺起句云：「睿算先操勝，臣謨亦獻誠。」時值三省軍務告捷，頌揚得體，遂擢第一，典試江南。道光辛卯考試差題爲「水流心不競」。有某翰林句云：「執競原無競，皇衷仰智臨。」亦膺超擢，典試江南。

卞雅堂曰：「經語入詩，古已有之，於試律尤宜。如姚文僖文田《吉人辭寡》詩頸聯云：『吉哉彰九德，寡矣慎三緘。』王苹華觀察耀辰《誠存爲物祈》詩頸聯云：『銘丹書紀敬，保赤語求誠。』邱芙川勳《拔茅連茹》第六聯云：『群萃徵於野，同升慶得輿。』陳午橋鴻《砥礪廉隅》第四聯云：『介矢心如石，圓嗤器不觚。』皆極典重。」

劉澗柟所撰《試帖説》，博取近代名流所作，分別評題，有足豁人心目者，爲摘録若干條如左。

云：「凡試帖須先講起結。起得正大者，如紀文達公《指佞草》云：『聖世原無佞，群芳自效忠。』起得高妙者，如吴穀人《杏花時節在江南》云：『一唱江南曲，春風動客思。』起得飄忽者，如吴穀人《嚴陵釣臺》云：『畫眉聲不斷，來泊上灘舟。』起得豪邁者，如王惕甫《赤壁燒兵》云：『一笑無江左，曹兵竟欲東。』而結聯尤難入選，如李介夫《雪夜入蔡州》云：『凱歌來日唱，猶帶郢中聲。』能攝全題，故佳。邱茝房《武帝旌旗在眼中》云：『茂陵凝望處，秋色滿長安。』吴穀人《昆明池習水戰》云：『宵來鯨目冷，望斷茂陵烟。』又《秋陰》云：『笛聲能叫破，催日出峰頭。』又《蚓笛》云：『倚樓人不見，籬畔月斜臨。』王惕甫《江船火獨明》云：『羈人常獨醒，炯與客心懸。』皆有遠神逸致。而宓如椿《秋山如妝》云：『只有眉難畫，須銜月一鉤。』用筆靈敏。彭雲墀《長房縮地》云：『轍迹周天下，雄心笑穆王。』尤得反結之法。此不過摘取數聯而法已略備。」

又云：「試帖中有以人姓名押韵者，尤見力量。如王惕甫《蝴蝶上階》云：『蹉跎三絶鄭，贊歎五言蘇。』蔣丹林《言在匾蓋之間》云：『守瓶箴記弼，炙輠説嗤髡。』又《以稼名軒》云：『問稼樓題米，躬耕隴憶龐。』邱茝房《買絲繡作平原君》云：『金鑄同懷范，衣裝似象敖。』宓如椿《牧豕聽經》云：『操鞭方效祜，隔帳欲師融。』竊謂姓名單用一字，必須最著之人，兩字、三字，不妨稍僻之典也。」

又云：「試帖體當多用實字，而少用虚字，便味厚而氣健。若五字不相連屬，而自我得之，天然成句，則軟弱之病除矣。亦有但用一虚字，而殊愜余心者，如吴穀人《玄鳥至》云：『草又今年碧，襟猶去日紅。』又《披書坐落花》云：『文章曾水面，風景又吾廬。』何蘭士《新萍泛沚》云：『流水纔今日，楊花又夙因。』王惕甫《迷路出花難》云：『折梅曾此地，飛絮又誰家。』孫平叔《赤壁前遊》云：『赭鞭餘斷岸，紅葉又新秋。』彭雲墀《赤壁後遊》云：『殘杯猶在手，明月又當頭。』陳厚甫《春草秋更緑》云：『西堂曾舊夢，南浦又新愁。』似此數聯用一虚字，皆能摇曳多姿。若操之未熟者，每假虚字，以醒用意、用典之處，鮮不流入平軟一路矣。」

又云：「凡對仗之工緻者，莫如吴穀人。如《漏洩春光有柳條》云：『鵝兒黄乍破，螺子黛新描。』又《蟄蟲坏户》云：『護凉依草脚，補隙借苔鬚。』又《春泥百草生》云：『屐齒通深巷，裙腰認故蹊。』又《夏蟲語冰》云：『頭銜宜亦假，牙慧拾何須。』又《落日在簾鉤》云：『倚猶分白醉，垂亦近黄昏。』又《三月春陰正養花》云：『已罨雲頭重，還防日脚侵。』錢雲巖《老當益壯》云：『梨眉安且吉，艾髮壽而臧。』朱芸舫《草木爲毛》云：『苔髮春梳雨，松髯夜拂濤。』宓如椿《如掃落葉》云：『纔除三豕誤，又墜四羊訛。』又《木棉》云：『裳衣周赤子，鼓笛賽黄婆。』梁九山《亥有二首六身》云：『巧將蒼帝子，核出絳人年。』聶蓉峰《得意忘言》云：『每笑卮詞費，何勞鼎説詳。』蔣丹林《求馬唐肆》云：『物已成烏有，人還與馬謀。』李介夫《偃伯靈臺》云：『經營曾不日，聲教暨無雷。』似此側對、反對、實對、虚對，錯綜變化，用之不窮矣。」

又云：「詩中用支干字作對，須兼正用、旁用、虚用法始備。正用法，如吴穀人《王道蕩蕩》云：『步難窮豎亥，世自樂夷庚。』又《歐冶子鑄劍》云：『天風驅六甲，星魄攝長庚。』吴稷堂《鍊石補天》云：『六丁晨動橐，太乙夜投春。』蔣丹林《五經無雙》云：『亥豕文歸一，丁鴻殿少雙。』李鍾壁《天船横漢》云：『浮空同太乙，懸象配長庚。』蔣霽園《無逸圖》云：『戊甲徵元鳥，丁辰遡赤烏。』又《龍星體見》云：『尾辰猶待伏，鱗甲本來無。』李振庸《先立秋三日》云：『伏庚行欲盡，先甲慮須周。』　旁用法，如雷筠軒《燕知戊己》云：『路向丁橋識，簾隨甲帳窺。』《泰山霤穿石》云：『穴應從丙出，峰直待丁開。』黃本驥《囿有見韭》云：『挑菜剛三卯，銘椒雜五辛。』宓如椿《小卯出耕》云：『辛田犁乍發，戊社鼓齊鳴。』《一色杏花紅十里》云：『去馬誇黃甲，遊人笑白丁。』王儕嶠《柳稊》云：『生寅同見韭，孚甲未爲萍。』　虛用法，如蔣霽園《夏扈趣耘》云：『作意催丁壯，關心警午慵。』吳穀人《綠竹夾清水》云：『穿出東丁韵，消除正午炎。』雷筠軒《深巷明朝賣杏花》云：『漏憐丁夜點，春約午橋賒。』

又云：「題有數目字者，不可抛荒，但要運以巧思。如顏崇潙《雪花六出》云：『三珠疑樹迸，一瓣較梅添。』李松雲《其數六》云：『三陰重卦合，一線五紋添。』陳伯恭《其數七》云：『審音兼正變，齊政察璣衡。』梁九山《一月三捷》云：『山連傳箭定，城築受降勤。』又《石碑三體》云：『蠹失成仙具，魚無轉寫槧。』宓如椿《飲易三爻》云：『上中由下起，天地以人參。』邵玉清《十日一雨》云：『經旬纔度一，逢閏恰餘三。』程蘭翹《五日一風》云：『月周番六計，旬浹信重過。』」

又云：「題有方向字，亦須刻畫。如戴紫垣《魚戲蓮葉東》云：『光搖新月上，影避夕陽紅。』吳穀人《燈右觀書》云：『短袂舒肱易，新銘勒座工。』又題有顏色字，亦須渲染。如法時帆《雨五色》云：『露囊盛欲溢，雲錦濯初勻。』雷曰履《知白守黑》云：『素辭爲絢地，涅謝不緇名。』陳楓階《柳汁染衣》云：『紵拋前度白，袍話異時藍。』」

又云：「詩忌平庸，然亦不可過火。如汪彦博『腹笥』題『坦信舒遷卷，捫宜實若虚』之句，最爲穩愜。或亦有句云：『笈不雙肩負，廚真兩脚連。』則已著跡。若『腹稿』題有『詎防心賊竊，儘許臟神觀』，豈不太鑿混沌致傷風雅耶？」

又云：「應試詩體最宜吉祥，凡字不雅馴，典非祥瑞者，斷不可輕涉筆端。余己卯分校粤闈，詩題係『山崇川增』，有反用崩騫而被黜者，有韵押滄桑而不録者。至於傷時慨世及『魂』、『鬼』等字，雖懷古題亦宜斟酌用之。」

又云：「凡闊大題，不但寒儉非宜，即清麗題而配色選聲亦必須相稱。如吴穀人《春色滿皇州》云：『雲霞開世界，草木健精神。』《卧龍》云：『天地廬中大，風雷世上忙。』《河源》云：『地軸中間轉，天瓢絶頂翻。』《華山仙掌》云：『千尋雄赤壤，一握去青天。』王惕甫《振衣千仞岡》云：『湖山隨俯仰，天地久低昂。』《聖爲天口》云：『霧披開日月，雪亮話乾坤。』梁九山《水雲魚鱗》云：『溟鯤將海立，河鯉挾雷屯。』李常吉《王道蕩蕩》云：『天包垣左右，地盡畝南東。』劉文正《巨靈擘太華》云：『練界中央白，螺分兩道青。』曹大文《大圜在上》云：『連環坤轉軸，句股月虚弦。』何研農《雲霞出海曙》云：『蛟宫天不夜，貝闕地先春。』宓如椿《鼇戴山抃》云：『勢翻黿窟動，聲撼蜃樓寒。』似此等題，非胸有書卷亦不能成佳句也。」

又云：「凡遇瑣細題，能不爲題所窘，而以大雅之筆出之，斯稱能手。如吴穀人《蟭螟巢蚊睫》云：『身名青眼及，世界白毫如。』何等氣象。又《阮孚蠟屐》云：『回頭餘雪爪，插脚厭風塵。』何等興會。李介夫《袖中有東海》云：『心胸有雲夢，襟帶自江湖。』何等胸次。何研農《花蘂上蜂鬚》云：『鰕簾投或誤，鼠筆畫難描。』何等瀟灑。胡梁園《飛篷不賓》云：『出山仍小草，處世亦勞薪。』何等超脱。此等句皆當鑄金奉之。」

林辛山曰：「聶蓉峰太史銑敏謂天地之物無獨，必有對。作詩者茍細求之，自有天然對偶，然須是在人意中，却又出人意外，方爲入妙。近日試帖對偶之巧而不纖者，如吴稷堂省蘭《學雞鳴度關》句云：『學成雞口利，穩度虎牙尖。』王聽濤茂松《班生投筆》句云：『燕頷威名著，蠅頭事業閒。』潘芸閣錫恩《聲音木》句云：『爲啓商巖兆，疑從魯壁聞。』吴藹人信中《鑪烟添柳重》句云：『鵲尾薰時逗，鶯身壓處偏。』周酉山有章《大山宫小宫》句云：『兒孫皆布列，天地此牢籠。』伍實生長華《高宗夢得説》句云：『理參漁父吕，占異客星嚴。』楊疊雲殿邦《菊殘猶有傲霜枝》句云：『天應憐晚節，人更憶重陽。』奎伯冲照《年少不廉》句云：『我方知不足，人乃笑無厭。』吴梅梁傑《竹室生虚白》句云：『案無塵馬到，人與籜龍居。』」

又曰：「試律有空中一聯傳神者，情景在有意無意之間，神韵在不即不離之際，此境最爲超妙。如戴蓮士相國《漁舟唱晚》句云：『月白人歸浦，山青客倚樓。』英煦齋相國《遠看原上村》句云：『幾家深樹繞，一帶夕陽殘。』馬元伯瑞辰《繞屋樹扶疎》句云：『柳巷成陰處，柴門返照餘。』諸如此類，皆能於空際傳神。」

又曰：「試律有兩句作一句讀以醒題者，氣格更爲流宕。如彭文勤公《風不鳴條》句云：『有時花自落，應是鳥頻驚。』紀文達公《殘月如新月》句云：『有時斜照水，定亦誤驚魚。』王惕甫《風泉韵繞幽林竹》句云：『欲將千个緑，併作一庭秋。』陳荄坪俊千《人情爲田》句云：『望君如望歲，時雨復時晴。』伍實生《斷帶續燈》句云：『有餘垂可用，不足繼猶能。』葉兩垞維庚《易俗是張琴》句云：『斯民殊皞皞，其德自愔愔。』皆能運兩句爲一氣者也。」

又曰：「温飛卿『樓臺甲帳，冠劍丁年』一聯，此用干支巧對法也。近人試律多喜用之。如黄在庵玉衡《生魚懸庭》句云：『出穴知從丙，充庖莫付丁。』劉心農煒《膏澤多豐年》句云：『德並壬公頌，期甯甲子訛。』伍實生《民生在勤》句云：『生生垂甲令，在在惕辛勤。』楊叠雲《政如農功》句云：『如將辰告意，其切卯耕期。』陸小雅以烜《咸與維新》句云『《詩》樂《由庚》補，人知令甲嚴』之類是也。」按：此調始開於乾隆年間，彼時語尚渾成，不似近來之傷於襞積。記得《館課集》中有「五風十雨」題云：「循環占甲子，次第課丁男。」可謂絶唱。而《有正味齋集》中《禹平水土》題云：「癸甲勞心日，庚辰佐命初。」亦落落大方，今人不能及也。

又曰：「卦名作對，其制非古，而今人亦喜用之。今録其巧不入纖者，如王聽濤《佩刀出飛泉》句云：『定許占師吉，何煩掘井勞。』趙樹三殖庭《敦俗勤農桑》句云：『井井青疇畫，離離緑蔭繁。』端木俊民杰《政如農功》句云：『爾疆開井井，我黍藝離離。』又《安于覆盂》句云：『泰平基早定，震仰勢全殊。』」

張蘭渚侍郎庚戌恩科會試詩題爲「老當益壯」。時值高廟萬壽，詩有云：「孰比乾行健，争看泰策長。八徵欣遞衍，六帝豈能方。」頌聖合法，闈中傳觀，遂中第七名。館課詩題爲「有時三點兩點雨」，中四句云：「子山修竹句，工部野航詩。汲水僧歸後，眠沙雁起時。」間林少穆督部言，院長彭文勤公極賞此兩聯，謂刻畫「三」、「兩」二字精巧絶倫。按：後進習試律者，每誦是篇，然能學其工切者鮮矣。侍郎長君同甫應鼎試律詩甚多，並精切不浮。如「高屋建瓴」題云：「形踰飛閣險，守異挈瓶勞。」「説言乎兑」題云：「西方徵有喜，東作慶初收。」「秧馬」題云：「叱犢追雲陌，翻車答水鄉。」皆刻意而成，不同凡手。侍郎次君仲甫舍人應昌工試律，與同甫如驂之靳。如「詢于芻蕘」題云：「笑士樵談道，横經牧解文。」「春日遲遲」題云：「坐久鸎啼换，眠酣蝶夢癡。」「曝書」題云：「西山高閣外，午院細風初。」均佳句。仲甫第二子慈齋興厚能承其家學，「斗柄南指」題詩句句切「南」字，如云：「門紀昏黄正，光休太白參。秩平訛可驗，杓轉象能諳。齊色三能現，歌薰一曲含。鶉躔依漢路，龍見映湘潭。上界爲車擬，中央長物探。」

試律叢話卷之四

福州梁章鉅撰

《九家試帖合存》之刻，成於乾隆乙卯。是年余方留京夏課，即寓居余叔九山公宅中，親見諸先生往來會課。每課初稿，余皆得從旁竊觀，後乃匯存王愓甫教習處。愓甫自任選政，丹黄塗乙，滿紙燦然。九山公嘗舉以示余。京師之爲試律者，風氣耳目爲之一新。當時同課實不止九人，愓甫叙例中所謂「同人尚有筆録未竣者嗣出」是也。然自愓甫於丙辰會試報罷出京，而此會遂歇，詩亦遂止於九家。惟記其時如何實齋西泰、游彤卣光繹、伊墨卿秉綬、蔣丹林祥墀、辛筠谷從益諸前輩，皆會中人也。特其詩無多，故不入集耳。坿記於此。按：近有《十家試帖》之刻，九家之後添入汪雲壑如洋詩，不知何人所爲。當九家會課時，雲壑實不在京，恐已歸道山矣。

會中人以吴榖人先生錫麒年輩爲最先，故以《有正味齋》居第一。愓甫最推重先生之試律，其作序云：「榖人他詩靡不工，然生峭之音，新蒨之色，超逸之解，以南宋、金、元與漢、魏、六朝共鑪而冶，雖脱化幾變，猶足以知其爲西泠前輩流風。獨八韵詩則天弢自解，一洗萬古，真力彌滿，先射命中，洞入題湊，横生側坿，衆妙孕包。時而見若異軍蒼頭，時而見若時花好女，時而見若佩玉長裾，時而見若仙巾鶴氅。儵忽異狀，不名一能。予方瞑眩顛踔，驚猶鬼神，而又烏乎測之哉。」亦可謂傾倒之至矣。

榖人先生詩句，每如生金鑄成。如《天行健》句云：「旋乃無聲磨，張之不弛弓。」運古語爲偉詞，他人有此筆力，而不能如此自然也。若《十八學士登瀛洲》云：「天心方李屬，公等合松呼。」特是巧語。紀文達師《四十賢人》云：「五君容共席，八座各分茵。」程蘭翹師《六出花》云：「十方留四照，三徑見雙清。」《一年七十二風》云：「花計三番信，春添一倍宫。」同此巧合天然，偶一爲之，亦見新穎。若專事以此爲工，則傷格矣。《有正味齋詩》美不勝摘。全首如《明月前身》云：「忽悟團團月，從前即此身。小時渾不識，今夕又相親。萬古留圓相，三生證净因。瓊樓寒處夢，金粟影中人。倏到皆仙佛，邀來孰主賓。冰壺曾濯魄，秋水定爲神。磨鍊經千劫，虚空只一輪。吴郎舊游在，幾度桂花新。」通體靈妙稱題，竟是自爲寫照，故結語直下「吴郎」二字。《春色滿皇州》句云：「清鐘長樂樹，暖鼓太平人。」然鐘鼓互舉，究竟近聲而不切色。余記得先生原稿是「萬家元夕酒，一路曲江人」，似勝今本，或後以「酒」字不宜於試帖而改之。又《殷浩書空》云：「高閣宜君輩，蒼生誤此公。」記得原稿上五字是「末路慙名士」，似皆原稿爲勝也。《花壓闌干春晝長》句云：「人正東風倚，天難夕照斜。」《披書坐落花》句云：「文章曾水面，風景又吾廬。」當時此兩聯最膾炙人口。《春陰》句云：「城郭描能淡，樓臺望轉深。白摇飛絮去，紅帶落花沈。」又云：「一番中酒意，幾日裏頭吟。易暝新烟路，難忘舊雨心。」《秋陰》句云：「遠水三分白，斜陽半餉留。模糊雲際樹，蕭槭水邊樓。點雪明雙鷺，迷烟夢一鷗。丹黄開畫本，昏黑盪漁舟。」皆繪水繪聲之筆。《愚公移山》句云：「豈是鞭之走，居然負以趨。」句法似《我法集》，孰謂兩派格不相入乎？《泥金帖詩集》中共有四首，撰詞各異而命意則同，不如《我法集》中之「高山流水」四詩，各出機杼也。「惜來原似墨，披去竟無沙」一聯特工，人皆稱之，而余尤愛「一函增鄭重，幾輩動咨嗟」十字，空寫更妙。然尚不及余叔九山公句云：「千佛經傳世，群仙夢到家。」尤有情景。

《元夜張宴奪崑崙》句云：「戰氣笙歌外，兵機匕箸間。鼓鼙齊入破，鐙月不能閒。」聲采俱壯，非此不能稱題。存素堂之「峰烟迷火樹，酒氣失雲山」，芳草堂之「觥籌參律令，火樹射朱殷」，亦是好句，而尚遜此之雄深也。《李愬雪夜入蔡州》句云：「蝴蝶人方夢，鯨鯢穴早搜。洗兵今夕艷，挾纊後時酬。」此種粗獷題，獨以蘊藉出之，故佳。《長生未央》句云：「西頭風不到，太古月同明。」用空寫法。「銅盤通露氣，瑶島接春聲」，用旁寫法。結句原稿是「蟾蜍忍清淚，爲汝賦西京」，今稿改爲「琉璃還製匣，留與石交盟」，以合應制體裁耳。論詩境，則以原稿爲佳也。《似曾相識燕歸來》句云：「故人猶白屋，公子自烏衣。」又云：「光陰深巷是，風景落花非。」情景相生，妙在毫不費力。

《龍興雲屬》句云：「噓氣全成水，回頭忽變峰。鱗而黏絮絮，尾段裹蓬蓬。」《風雨奉龍》句云：「慘淡群靈會，蒼茫萬里從。半空蒸海氣，大澤護神蹤。」二詩題面相同，故摹寫亦略相似。王惕甫《風雨奉龍》句云：「白鷺滄海立，黑入太陰濃。」又《巨魚縱大壑》句云：「江湖身外事，風雨腹中書。顧盼生頭角，蒼茫接尾閭。」與此同一氣勢，皆題境使然也。集中單聯之足傳者，如《儒爲雞廉》句云：「身世愁風雨，光陰誤米鹽。」《行己有耻》句云：「放教清夢穩，笑謝盗泉甘。」《詩雜仙心》句云：「身從明月證，夢向綵毫圓。」《王猛捫蝨》句云：「目已無餘子，談真破小言。」《鷄缸》句云：「起舞交雙蔗，留談配一蕉。」《得意忘言》句云：「文章花在水，風景月當門。」《豳風圖》句云：「春酒羔羊地，秋風蟋蟀天。」《漂母飯信》句云：「春雨王孫草，秋風大將幢。」《臨卭沽酒》句云：「幢花桃竹路，名士美人風。」

《淵明歸隱》句云：「花因簪鬢好，柳解折腰非。」《萬變圖》句云：「霖雨隨時有，丹青絕世無。」《漏洩春光有柳條》句云：「灞岸烟初活，旗亭雪已消。」《賞月延秋桂》句云：「天開金粟界，人話木犀禪。」《鷹隼出風塵》句云：「目中餘澒洞，秋外極蕭騷。」皆名句。而《山人足魚》句云：「傳書應謝雁，快意許兼熊。」尤爲巧力兼到。按：近人有欲改「霖雨隨時有」爲「朱墨隨時近」者，真點金成鐵也。

次穀人先生者，爲余叔九山公。惕甫序云：「《芝音閣詩》一卷，凡八十首，長樂梁上國九山撰。九山與穀人同年進士，齒次於穀人，故卷居第二。九山穎悟絕人，入翰林以善清書有名，養親家居十餘年，然後還朝。授徒輦下，假館以居，借車乃出，落落然若未始有官者，即其人可知也。其爲人溫純而慤，貞固而信，一事一言，旁皇周浹，無所不到，雖於八韵詩亦然。其入課稍後，而作之甚勤，每課同人出稿無多於九山者，蓋敦敏而入進又如是。茲所存多卓麗茂密，以博徵材，以巧寓思，以華縟盡飾，以雕琢詣微。讀館閣詩者，讀九山詩而於是滿志矣。」

惕甫最賞九山公《夢吞丹篆》詩云：「衡嶽岣碑杳，張生石鼓殘。豈期丹篆好，翻向夢中看。吞比爻三畫，祥逾錦一端。日光兼玉潔，鳳泊更龍蟠。惝怳殊蛇影，分明作蠹餐。珊瑚將拄腹，蟲鳥欲鐫肝。浣胃江浮籀，探喉彩吐翰。天章仍手抉，雲漢永瞻韓。」余曾見惕甫所輯《試帖合存》初稿，惟此題全首密圈，謂浩氣流行，排律中所僅見也。《芝音閣集》中《亥有二首六身》句云：「首作乾坤策，身推臂指聯。分明斑白景，支拄百骸堅。」游彤卣前輩最賞之，謂此種題亦能傳神阿堵如此，自是筆妙。《以指測海》句云：「伸臂同蠡抃，淩波學鷺拳。浮光將撈月，倒影欲捫天。」《春泥百草生》句云：「風軟扶初出，烟輕盼欲迷。峰容蘇野燒，雨色换荒蹊。」《天孫雲錦》句云：「運斗璣衡正，飛梭日月忙。雷硠喧杼柚，霞綺襯明光。」《張良借箸》句云：「宰肉群猷壯，杯羹霸氣柔。有人撞玉斗，此著奠金甌。」《共登青雲梯》句云：「氣協能衡斗，輝聯欲聚奎。風聲聽履接，月路列名題。九道揚鑣合，三階拾級齊。」《如飲醇醪》句云：「未識温淳意，幾嫌淡泊遭。肝脾經浹洽，膠膝讓堅牢。」《春浮花氣遠》句云：「暖蒸烟外島，香擁水邊樓。浩蕩喧黃鳥，迷離趁紫騮。」《金鴨焚香》句云：「餤浮鳺擘海，烟遠鶴歸林。已泛三春暖，難灰一寸心。」《飛星過水白》句云：「趁勢孤痕直，流光兩道微。分明高與下，倏忽是耶非。」《春帆細雨來》句云：「江光沈曉几，人意爽春衫。捩舵雲收港，推篷翠浥巖。」伊墨卿評云：「無不從大處落墨者，而端莊流麗、剛健婀娜遂兼而有之，信非大手筆不能。」他如《千佛名經》句云：「世界有爲法，凡夫如是觀。」《六翮傳鳩》句云：「争詑馬非馬，竟同牛戴牛。」《一生二》句云：「譬之仁兩瓣，本是核孤擎。」語皆警策，非俗手所能及，特非試律正體，不可不知也。

次《芝音閣》者，爲蒙古法時帆祭酒之《存素堂試律》，凡五十首。惕甫序云：「時帆長子二歲而次於九山，故卷在第三。時帆用漁洋三昧之説言詩，主王、孟、韋、柳。又工爲五字，一篇之中，必有警句，一句之勝，敵價萬言。其所學與予異，而過辱好予，有作必就予審定。嘗刻其咏物一種首以示予，偶弗之善，遂止不行。後五六年，欽州馮魚山敏昌見而大稱之，問何以不行，時帆以余言告，余始獲聞之而悔前言之過。世亦有沖然嗜學如是者乎？時帆於八韵詩，獨不言王、孟、韋、柳，應用之格，當時之體，皆同課中所寡有也。然以其居遠，逢課或不時至，或至而不及爲詩，是卷所存大半皆舊作及應試、應制之篇云。」

伊墨卿曰：「法時帆老於詞館，故於掌故源流及典學宗旨最所熟諳。如《雲上於天》詩云：『水也雲之體，還因習坎成。直從天上覆，不比地中行。噓氣騰三極，流膏沛八瀛。月波浮淰淰，星渚驗盈盈。但覺風輪鼓，誰知雪練横？解經儒者誤，釋卦聖人精。位協中孚德，繇傳下濟情。宋書兼晉志，考訂未詳明。』《螻蟈鳴》詩云：『是蟈非蛄也，誰訛《月令》名？著書沿俗解，格物仰詩評。青草年年滿，空堤夜夜鳴。居然喧兩部，豈止叫三更？不問官私地，頻聽遠近聲。響同鳩喚雨，情别鵲呼晴。是有機緘鼓，非將口舌争。持頤來水畔，識爾爲催耕。』闡繹御論，宣究物情，皆非徒鑽故紙者所能辦也。」

游彤卣曰：「法時帆《上元張宴奪崑崙》句云：『烽烟迷火樹，酒氣失雲山。』《韓蘄王湖上騎驢》句云：『雪笠三杯後，霜刀百戰餘。』雜之《有正味齋》、《芳草堂》中，亦一勁手也。」

《芳草堂試律》凡一百首，惕甫自序云：「予既齒次時帆，亟不獲讓，遂爲卷第四。予前家居爲諸生十年，非考試不作八韵詩，亦偶以獲賞巨公。初不自負，及來京師，始覺此事爲當今所重，猶未暇措意也。既召試入一等，以詩賦爲名，乃稍稍爲之。及是與諸君同課，所作始漸多矣。予聞講試帖者，皆謂與他詩異，能試帖不必兼能他詩。予以爲與他詩同，且必他詩悉工而後試帖可工，必有韓、杜百韵之風力而後有沈、宋八韵之精能。是耶？非也？予無以自信也。是課始起，予年最先，作詩紀事，諸君和之，繼而時帆至，又繼而九山、穀人至，然猶次居第四。嗚乎！此增予年長之悲，又重予弗殖之懼也。」

《芳草堂詩》純以古近體之法行之，故俊語雖多，而不能掩其麤氣。如《李愬雪夜入蔡州》云：「三更驅鸛鶴，一箭叫鵾鶤。收還銀世界，提出血骷髏。」句雖動人，而不及《有正味齋》之蘊藉矣。《韓蘄王湖上騎驢》五、六句以下云：「記得黄天蕩，曾翻赤日車。風檣皆陣馬，粉黛亦旄旗。秃尾今如此，雄心合付渠。何人争棧豆，老我即籃輿。」搏捖盡致，試律中不可不開此法門。陳恭甫《蘇子瞻游赤壁》後四韵云：「憶昔東風便，燒兵白晝鏖。青蒼自吴楚，旗鼓幾孫曹。今夕孤篷影，長天萬里濤。三更有歸鶴，飛夢下臨皋。」正同此機軸也。《江清月近人》起四句云：「危檣江上程，遥夕坐空明。沙迴雪無色，潮歸月有聲。」造語雖工，但此是五律句法，不可以入試律。且第四句「月」字必應用平聲，不但與上句「雪」字相救，且與首句「江」字相呼吸，否則落調矣。此不得以惕甫而爲之詞。他如《自鋤明月種梅花》云：「偶影兼描我，前身本是渠。幾生脩得到，此照畫何如。」《迷路出花難》句云：「嶺記來時是，橋從轉處差。折梅曾此地，飛絮又誰家？」《樓深月到難》句云：「銀燭頻銷夜，冰簾只貯寒。明纔分屋角，影未落簷端。」《鷹乃學習》句云：「健骨雙縧下，秋心萬里前。擭身旋颯爾，側目又翻然。」《率馬以驥》句云：「紫電奔孤影，青雲付後塵。權奇從駕馭，駑鈍亦精神。」細膩熨貼，此試律之正調，實惕甫之變調也。

《知不足齋試律》凡八十首，南豐雷筠軒太守維霈撰，次爲第五。惕甫序云：「課中諸君皆與余有素，惟筠軒以同課始相識，遂相好也。其爲人默而好深湛之思，意有所屬，目光上視，瞬不得轉，攫之深深，索之杳杳，思路既窮，忽然穿脇而出，語必驚絶。每課常先至，而脱稿必最遲，燭上會食，時時團坐以待筠軒，蓋慘淡經營，出於其性也。」

伊墨卿曰：「雷筠軒詩在九家中，格律最爲謹嚴。如《禮義爲衣》句云：『鼠謝無儀警，鵜懷不稱慙。』《丙吉問牛》句云：『繫占无妄吉，茁聽有司長。』《亥有二首六身》句云：『尾非由丙借，腹偶似壬聯。』《林繁匠入》句云：『鳥聲紅樹裏，人影緑雲隈。』《王猛捫蝨》句云：『噬膚心載切，抵掌舌頻翻。』不必露掌掀拳，而自然雅合，此境正不易到。」按：筠軒有「細雨滴梧桐」題承聯云：「微雲微雨夜，一葉一聲秋。」自在流行，集中當以此爲絶唱。

《方雪齋試律》凡八十首，靈石何研農太守元烺撰，次爲第六。惕甫序云：「研農先生在詞館習清書，旋居户曹，無由作八韵詩，故舊作無幾，所作多課中題目。研農之詩，渾灝流轉，從空而下，一氣相生，一筆迅掃，尋本植榦，播蕤發條，咸得其序。鍊而不至於碎，雋而不傷於雅。雖其才敏勝予，而詩格在同課中與予爲近，其作字好用歐陽率更體，又與予同。惟其性行醇粹，非予所能及。然則予之所以稱研農者，人且以爲蘉言而好人之與爲同也。」

有一客向余論九家試律，以《有正味齋》、《芝音閣》、《芳草堂》爲上選，而以《存素堂》、《方雪齋》爲可删。余謂今人讀九家詩者，每至三卷，已覺五花八門，目眩意足。四卷以後，題目既多複見，意境亦復大同，直未嘗首首研究，遂憑耳食之論，一掃而空之耳。即如《方雪齋詩》，如《王猛捫蝨》句云：「黑頭誰霸佐，赤手此中原。」《韓蘄王湖上騎驢》句云：「此日朝廷小，平生將佐疎。」《焦桐入聽》句云：

「焦亦何妨尾，灰原不到心。」《鷹隼出風塵》句云：「長鳴規大野，得勢下晴皋。」《風送春聲入櫂歌》句云：「轉喉成樂府，有脚是春聲。」《似曾相識燕歸來》句云：「朱猶前度網，烏是故人衣。」《春陰》句云：「粉壁明三面，梨花皎一林。」此等與諸家抗衡，似皆有過之無不及者。客曰：「如《林繁匠入》句云：『拔其尤切矣，工則度誠然。』子亦以爲好句乎？」予曰：「老筆頹唐，偶爾有之，豈得掩其通集之美。集中如《道遠知驥》句云：『惟爾才堪託，稱其德信然。』《抱一爲天下式》句云：『惟精同執厥，大衍異虛其。』《郭林宗折角巾》句云：『豈必儀堪式，由來士所宗。』《先雨芸耨》句云：『去本嚴非種，勤休忘迨天。倘經私及我，已懼舍其田。』《夏雲多奇峰》句云：『真幻形原别，高低認欲訛。不知騰處速，但訝望中多。削出奇如此，飛來妙自他。』皆以清空之氣行之，於九家中實爲别調。而《一心呪筍莫成竹》首云：『幾日曉雷驚，春園筍盡萌。但愁新籜解，難遂老饕情。纔見貓頭小，俄將鳳尾成。萬竿如眼底，千畝那腸撐。願屈琅玕節，長留玉版瑩。滿懷商瘦俗，軟語戒縱横。報略平安待，人防詛呪爭。此君風味好，屬饜快平生。』一氣卷舒，直與《我法集》相似。誰謂九家詩出，而紀河間之派遂蕩然無存乎？」

《桑寄生齋試律》，凡一百首，江陰王儕嶠太守蘇撰，次爲第七。惕甫序云：「始予未識儕嶠，讀其賦而夸詫之。已而儕嶠至蘇州，常主予家，自肄業紫陽書院，及來成均，出入必偕，共鐙火筆硯。主文者第其名，輒互相先後。戊申津門之役，同日被旨，皆賜爲舉人。同課中無如儕嶠爲舊矣。予嘗泥古而不通於時，儕嶠意主投時而勿背於古，其好博覽與予同，然予善忘而儕嶠善記。予志於古，曾不得古人一毛髮；儕嶠從今，遽爲今人所稱好。甚矣！予之不如儕嶠也。其爲八韵詩，靚麗深隱，尤工於比附，以指喻非指，從佩離析亂中膠合無縫，渾然天造，不知所繇，所謂人巧極，天工錯，信有之歟。」

游彤卣曰：「王儕嶠詩藻密慮周，實爲諸家之冠。如《開徑望三益》句云：『籬東思杖履，窗北隔桑麻。』《萍魚漾碧》句云：『鷗心同淡遠，蓮性悟從來。』《華平》句云：『向日心先捧，連雲蓋不傾。』《一日成三賦》句云：『戈頭揮詎退，鼎足健能扛。』皆筆能垂露，思若湧泉。而儕嶠《宫花一萬樹》云：『一望應論萬，韶光詎有涯。建章宫啓户，温室樹生花。計里穠芳發，隨方絶艷誇。衣冠朝帶露，錦繡谷蒸霞。香落連雲廈，春歸細雨家。選青枝許借，叢緑影難遮。日暖年同永，時和物以嘉。十全符聖治，泰策衍疇加。』通首不脱『萬』字，精力彌滿，詞義渾成，試律中所僅見矣。」

《蛾術齋試律》凡一百首，大庾李介夫編脩如筠撰，次爲第八。惕甫序云：「初，介夫見予詩，大驚服，因以其詩示予，予又大驚服，以是相親相譽頌也。然介夫沈沈静默而予疏於口，予性褊削而介夫淵中。介夫以文字示予，予必有所是正；予以文示介夫，介夫不予正也，予殊恨之。同課諸君或騖於古，或趨於時，惟介夫參會其中。以古人之雄直，運今人之婉約，潭潭深思，漱滌牢籠，豁然著紙，奔硅有聲，擢肝掐腎，轉成渾融。予足未到江西，見南昌彭公，讀其文辭而想其山川之雄厚。至於巖厓刻露，洞壑崯岈，迴谿枉渚，流洙成輪，響若操琴，渟若懸鏡，森竦秀潔之狀，於介夫覩之矣。」

伊墨卿曰：「九家作詩之人，皆與予摯交，而生平尤所慕愛者，無如李介夫、何蘭士二人。兩家工力悉敵，而一以縝密勝，一以豪俊勝，皆恰肖其爲人。介夫詩如《諸峰羅立如兒孫》句云：『石曾呼丈異，山合以童論。』按：近人刻《十家試帖》者，以此詩嫁名汪如洋。《禹耳三漏》句云：『不數臧三耳，真符舜四聰。』《林木似名節》句云：『植已先培本，從人笑守株。』《貫月槎》句云：『天上船誰坐，人間水不秋。』《星使出詞曹》句云：『驛館花争發，宫袍草共青。』《雞缸》句云：『菜花秋一稜，風雨客三焦。』《聖言如水火》句云：『科從觀海進，傳賴荷薪存。』《偃伯靈臺》句云：『月蝟星弧偃，天山露布來。經營曾不日，聲教暨無雷。』《巨鼇冠瀛洲》句云：『十洲天蒼莽，三島水周遭。』《披書坐落花》句云：『雲堆千卷縹，香護一經葩。』《李愬雪夜入蔡州》句云：『鵝鴨軍聲亂，風雲戰壘愁。怒花生劍槊，涇絮壓兜鍪。』《坐茅以漁》句云：『大風看表海，此日兆分茅。』《一目羅》句云：『莫訝恢恢漏，原無面面多。』余曾選入《句圖》。」

《雙藤書屋詩》凡百二十首，靈石何蘭士太守道生撰，研農太守之介弟也。同課中齒莫少於蘭士，故次居第九。惕甫序云：「蘭士取科第早，入工部爲郎，勤於其職，終歲無一二日休澣，而慨然有學問之志。其爲詩，疏爽雄健，出入昌黎、劍南之間，自謂八韵詩猶未足以稱其他什，因共爲課，每課蘭士詩必先成，所作特多，故所存亦多，皆得於簿書期會之餘，偶有商榷，應時改定。以予束髮好議論，與海内學士、大夫相可否，亦未數數遇有蘭士其人者也。其爲八韵詩，清新流利，脱手如彈丸，而蒨雅多姿，隨手之變，動成折宕，其天才弗可及矣。雖然，蘭士所志者遠，豈能以區區八韵詩論之哉？」

蔣丹林曰：「吾最喜蘭士詩，有開門見山之妙。如《待雪》點題云：『人心期快雪，天意重流膏。』《六轡如琴》點題云：『馳憑周道直，數較舜絃餘。』《貫月槎》點題云：『乘風萬里浪，貫月一輪秋。』皆巧合自然。《長生未央》句云：『直比山呼重，休嗤瓦合輕。』又云：『日向壺中永，春從屋角生。』《郊原浮麥氣》句云：『影如離隴畝，香欲到衡茆。』《皇皇者華》句云：『搴帷遥辨色，繞鐙不知名。』筆意皆迥不猶人。而《點點楊花入研池》結聯云：『丹毫垂潤渥，未肯化浮萍。』頌揚有情，尤近唐賢風格。」

試律叢話卷之五

福州梁章鉅撰

《九家試帖》之後，又有《七家試帖》，記嘉慶甲子、乙丑間爲試律者，群推王楷堂比部爲老斵輪。比部性爽直，與人言詞氣並足，滿堂滿室，時號之曰「嚷王」。其作詩亦多亢厲之音，試帖雖亦不免此病，而藻密慮周，實足引人入勝，故《澹香齋》一集頗稱於時。今擇其尤者，録之如左。如《秋至拭清碪》起四句云：「人不同秋至，寒衣尚此碪。十年征戍恨，一片別離心。」借「人」字點「秋至」二字，神來之筆，迥異恒蹊。《灞橋風雪中驢子背上》句云：「凍雲津吏屋，寒色酒家旂。」題字太繁，此獨於空處描寫，而神理已具。《落日照大旗》句云：「暮烟横十丈，寒色閃重霄。」《帶月荷鋤歸》句云：「長鑱三尺柄，高樹半輪輝。」《關月冷相隨》句云：「遠天沈鼓角，滿地認江湖。」《僧敲月下門》句云：「階空真似水，殿遠欲無燈。」皆情景兼到之筆。《無樹即新村》句云：「藤蘿纔補月，桑柘不成春。」又云：「待有千章木，應多百歲人。」前聯還正面，毫無滯相，後聯用反託，益現圓光。《鷩雉逐鷹飛》句云：「多因魂未定，不識計全非。」十字含毫邈然，可笑可歎。《樹老半心空》句云：「尚許横秋氣，無妨缺午陰。孤根經閱歷，斷節聽銷沈。」亦有寄託，似是自爲傳神。《南陽草廬》句云：「屋想參天樹，池饒得水魚。奇才門不榜，名士案何書。」按：切「草廬」，不是題丞相祠堂，亦不是南陽懷古。心思、筆力，絶後空前。《伍員吹簫》句云：「眼中人落落，頦下雪飄飄。月色來時路，江聲死後潮。」

《赤壁燒兵》句云：「失計舟曾纜，當歌槊不雄。蛟龍思水外，烏鵲散雲中。」《潯陽琵琶》句云：「尊前人老大，座上客句留。白浪連湓浦，青衫佐小州。」《五月渡瀘》句云：「鬱鬱天如火，深深地不毛。」又云：「白羽中軍扇，紅榴戰士袍。」慷慨激昂，入《有正味齋集》中幾無以辨。《江南江北青山多》句云：「眼界來空闊，眉州入杳冥。」《對酒當歌》云：「江山餘夏口，星月射秋毫。」對仗活脱，異曲同工。

那竹汀尚書那清安《修竹齋詩》，雖非大觀，而細膩停匀，自是試律正軌。如《春泥百草生》句云：「舊跡留鴻爪，新陰趁馬蹄。」《鳥踏庭花露滴琴》句云：「香飛金羽滑，潤到玉徽沈。」《夜潮留向月中看》句云：「魚龍翻上下，蟾兔映清寥。」《雨雪霏霏》句云：「馬蹄殘菊後，驢背小梅天。」皆自然合拍。《首夏猶清和》首聯云：「聖代恒春駐，芳韶首夏留。」冠冕堂皇。此題如此起法，固應館閣諸公爲之斂手。又「綺羅重入詠，夷惠此爲儔」十字，爲時傳誦。然用「夷惠」具見巧思，而對以「綺羅」尚嫌未匀稱也。近有輯《七家試帖》者，以尚書繼楷堂比部之後，亦猶九家詩之收《存素堂》耳。

蘄水陳秋舫殿撰沆，初魁大廷，即歸仙籙。余素耳其文譽，而於其生平著作並未窺一斑也。久之，乃讀其《簡學齋試律》，則驚才絶艷，實足冠倫魁能，遂以未得見詩文全集爲憾。殿撰作《詩正而葩》試律云：「性情騷悱惻，文字漢萌芽。自有和平聽，非徒綺麗夸。」殆不啻殿撰之自叙其詩矣。集中如《山月照彈琴》詩，蒼莽沈雄，聲律俱足，是冠集之作，今録其全篇云：「萬古清高氣，都歸此夜琴。月華彈不落，山影照來深。鏡寂蟾窺座，絃幽鶴避林。人誰天上聽，秋是曲中心。冰玉當頭鑑，星辰滿指音。數峰青了了，孤籟自沈沈。調逸難爲譜，霜多欲上襟。四更斜漢轉，餘韵尚松陰。」《晴天養片雲》中四聯云：「細與游絲裊，高疑獨鶴横。無波偏作態，近日亦多情。美蔭千花仰，閒身一葉輕。風從亭午定，雨是昨宵行。」靈機妙緒，原評謂有身分，有性情，信然。《柳偏東面受風多》結語云：「欲隨花送遠，如隔玉關何。」與《晴天養片雲》結語云：「晚來歸未得，還戀玉輪明。」同一温柔敦厚之音，悠然不盡。此詩人之詩，非僅試律也。而偏賦年不永，孰從而測之？《群峰懸中流》句云：「石插青無底，江摇緑不圓。」《棲鳳難爲條》句云：「枝柯誰共老，毛羽不能低。」《明月照積雪》句云：「樓臺寒有韵，天地皓無聲。」《思發在花前》句云：「身如庭樹兀，信怕驛梅傳。」《蔭暍樾下》句云：「商郊同解渴，夏屋等容身。」《春星帶草堂》句云：「水暗時拖白，燈殘乍避青。」《萬木無聲待雨來》句云：「安排濤瀉蓋，彷佛戰銜枚。」《漏聲遥在百花中》句云：「滴疑兼宿露，出即帶香風。」《三月春陰正養花》句云：「地無驚夢影，天有展春心。」皆振采負聲，巧法兼到，非徒工組織者所能望其後塵。《江邊黄鶴古時樓》句云：「遠引梅花笛，高凌杜若洲。雲隨荀費去，月照晉唐游。」分寫題字，穩愜之至。而後以「不改青山色，無邊白水流。酒家猶繞郭，詩客幾停舟」合寫之，既不脱「江邊」字，而「古」字仍在箇中。《心清聞妙香》句云：「居然如水定，信有不言芳。」又云：「無花能舉似，與佛共參將。」「妙」字層層俱到。殿撰試帖於詠史尤爲擅長。《荆軻入秦》句云：「怒髮聲俱變，函頭血未乾。圖中風雨泣，殿下虎狼看。」又云：「提囊殊急智，走柱亦奇觀。世運并吞定，天心驟奪難。劫盟真錯計，秦政豈齊桓。」前半叙事，後半斷制，不意韓、蘇大文乃於試帖中見之。又《文姬歸漢》全首云：「女有才如此，千金贖亦宜。存孤全友誼，忍死得歸期。一騎東風快，雙雛朔雪飢。身如焦尾在，心豈左賢知。大漠回看慘，陳留再到疑。經温刊石本，笳補入關詞。兵燹餘悲憤，門楣繫孑遺。可憐書未續，無命作班姬。」直是一篇文姬小傳，而情韵隱秀，居然班、范之間，此豈尋常筆墨耶？《水流心不競》句云：「估帆争若鶩，人影淡於鷗。」托得醒。《雲在意俱遲》句云：「坐久山俱瞑，寒深杖不知。」寫得出。《月到中秋分外明》句云：「天將雲洗浄，地訝水鋪平。」只用常語，而於題中「分外」二字分兩已盡。《深樹雲來鳥不知》句云：「一任穿晴絮，還如負午陰。槎枒中有路，去住兩無心。」《水深魚極樂》句云：「徹底春如海，游空夜有音。人間幾濠濮，鳥外一山林。」此兩題皆難形狀，而作者精思妙諦，都不似人間得來，能無拍案叫絶？《對竹思鶴起》句云：「梅宜邀月到，松亦盼雲還。偶爾對修竹，因之思羽仙。」兩意夾出，亦點題一變調也。又云：「遠目琴邊注，秋心杖外懸。便應成逸友，難致似高賢。」題之神理，更栩栩然活矣。

墊江李伯子惺《西漚試帖》爲時流所稱，惜余未得交其人。讀其詩，似可以肩隨金雨叔。如《桃花潭水深千尺》點題云：「三月桃花浪，扁舟李翰林。」巧不傷雅。《松凉夏健人》句云：「濤聲清刷耳，雲氣冷蟠胸。」《燕子瞋垂一桁簾》句云：「未歸原待汝，欲捲恰無人。」《陰陰夏木囀黄鸝》句云：「舌尖風翦翦，身外雨絲絲。」又云：「坐宛遮雲母，歌能鬪雪兒。」《八月書空雁字斜》句云：「催成重九節，搨出兩三行。」《憑君傳語報平安》句云：「强飯還今日，耽吟倍昔年。煩將詞約略，代寫意纏綿。」《閉户著書多歲月》句云：「客訝門難叩，人爲墨所磨。緒餘皆説部，紙上即行窩。」《五言長城》句云：「移將秦壁壘，并入漢河梁。」《苦吟僧入定》句云：「魔偶來相覷，人常唤不膺。」《千古河山一戰枰》句云：「國手難收拾，天心妙主張。」《重簾不捲留香久》句云：「有灰温寶鴨，無縫漏銀蟾。」又云：「氣從深處静，味到倦時甜。」詞采葩流，皆足以發人神智。

李伯子試律擅長亦在詠史。如《高宗夢得説》句云：「此事須圖象，其人似植鰭。九圍霖雨足，去矣始騎箕。」《弦高犒師》句云：「倉卒曾無備，縱横頗自豪。區區皆敝賦，款款爲同袍。」《范蠡游五湖》句云：「夜火松陵蟹，秋風笠澤鱸。帆飛今日櫂，鼓息舊年枹。」《范蠡遺大夫種書》句云：「讒與疑相召，功爲禍所儲。貞心誰亮汝，長頸渺愁予。」《王濬樓船下益州》句云：「三刀秦故郡，一纛晉元戎。玉壘浮雲外，金陵落照中。」又一首云：「人竟從天下，龍真出海來。」《劉伶酒德頌》句云：「痛飲真名士，狂言一老饕。何曾乖大雅，徑欲反《離騷》。」《郭子儀見回紇》句云：「大人應虎變，匹馬亦龍驤。不插三條箭，憑拋半段槍。」《下馬草露布》句云：「帳外刀光白，尊前燭影紅。萬言憑日試，七紙謝雷同。」《春夜宴桃李園》句云：「人願花長在，天教月不沈。百篇曾幾斗，一刻抵千金。」此等當與《有正味齋》頡頏，《芳草齋》恐尚讓一頭地也。《梅妻》詩起句云：「仙尉門楣舊，分枝總姓梅。」《鶴子》詩起句云：「養子如生子，添丁舊姓丁。」此皆游戲三昧之作，而無中生有，足以開學者智慧。又《鶴子》句云：「閲世應無紀，傳家别有經。」上句用《瘞鶴銘》鶴壽不知其紀也，下句用浮丘公《相鶴經》而爲之，注者皆不之及，則何用注之有哉？

江安楊少白庚有《桐雲閣試帖》。其《敦俗勸農桑》一首，端莊清麗，洵當爲全集弁冕。詩云：「耕織鴻圖肇，農桑鳳詔温。巡春民用勸，函夏俗同敦。考禮欽祈穀，歌《豳》重采蘩。公田皆雨及，法駕屢星言。推四風清甽，繅三月滿盆。笠看黄壤聚，梯到緑雲屯。安土齊趨業，蠲租疊沛恩。萬年衣食裕，壽寓邁羲軒。」評者謂其苦心組織，幾如無縫天衣，可爲作者知己矣。他如《江鳴夜雨懸》句云：「西來天本漏，東去浪爭淘。」《閉户著書多歲月》句云：「門無凡客到，日對古人多。」《鸚鵡驚寒欲喚人》句云：「誰憐紅豆冷，自怯緑衣單。」《得劍乍如添健僕》句云：「夜雨孤舟側，秋風匹馬餘。」《風梭織水紋》句云：「文章花一樣，日月影雙過。」《菖蒲拜竹》句云：「輪欲扶纔雅，鞭雖執亦欣。」《國於蝸之角》句云：「星分牛是野，雨借蟻爲兵。」《馮諼爲孟嘗君焚券》句云：「探懷同滅刺，快意比傾囊。」又云：「爾曹非負負，此舉自堂堂。」《悔教夫壻覓封侯》句云：「此意憐蘇蕙，何人識馬周。」《貂裘夜走胭脂坡》句云：「裼來公子是，畫出美人多。」《東坡説鬼》句云：「蜀國酆都地，鍾馗進士科。」《梨花瘦盡東風懶》句云：「有時憑雨打，無力送春來。」《清簟疏簾看弈棋》句云：「此局當炎夏，何人似弈秋。凉於松下住，樂過橘中游。」《張良從赤松子游》句云：「弟子烟霞骨，神仙婦女容。支離瞻叟範，灑脱棄侯封。」《明妃琵琶》句云：「譜作《離鸞》曲，催成汗馬功。」《木蘭從軍》句云：「姓字名花配，威儀大樹同。」《王大令桃葉團扇》句云：「同根雙姊妹，傍月一姮娥。」《陶淵明眠醉石上觀瀑》句云：「三生開醒眼，百丈問源頭。」《懷素種芭蕉作紙》句云：「硬黄秋後翦，飛白雪中描。」皆巧力兼到，前無古人。《日啖荔枝三百顆》句云：「多儀如享禮，有味欲删詩。」巧矣，而不及「我愛紅襦擘，人爭赤芾貽」之大雅。《二十四橋明月夜》句云：「題來詩品妙，游記信風飄。」切矣，而不及「問誰騎鶴背，到此數虹腰」之自然。

盩厔路鷺洲農部德與余同直軍機，博學能文，尤喜爲試律，著有《樫花館試帖》一卷。戴可亭師相每見必極稱之，而鷺洲旋以目疾歸。越十餘年，余過關中，往訪之，則目疾已愈，所作試律益多，其及門諸子爲之注釋以行，幾於家絃户誦矣。鷺洲試律不事組織，專寫性靈，在七家中爲别調，而實能奄有諸家之美。如《大手筆》起四句云：「本是調羹手，馳聲翰墨場。一朝名宰相，千古大文章。」《以文會友》句云：「蓮社閒吟地，蘭亭暢叙年。驪珠期共得，牛耳讓誰先。」《知白守墨》句云：「頭上雲生候，胸中雪亮時。虚從予室認，甜與此鄉宜。」《牀頭一壺酒》句云：「紙帳高人住，花村舊日沽。香留徐孺榻，夢到阮公壚。」《同學少年多不賤》句云：「蓬山爭珥筆，梓里盡鳴珂。此日車應下，當時硯共磨。」《今月古月》句云：「却向飛觴後，遥追鍊石先。恰宜終夜對，曾爲昔人圓。」《畫橋碧陰》句云：「雲重斜垂脚，虹藏半露腰。雀停名士舫，鶯學玉人簫。」《秦雲如美人》句云：「渭竹寒頻倚，峰蓮步亦香。曾隨王母馭，合想貴妃裳。」《魚戲新荷動》句云：「浪破鱗鱗緑，霞欹面面紅。偶隨波上下，難定葉西東。」《漁村水作田》句云：「鷗盟多比舍，魚夢即豐年。」《夜來風雨聲》句云：「枕邊無蝶夢，牆外又雞鳴。」《青草池塘獨聽蛙》句云：「繁聲傳閣閣，孤影立亭亭。」《七月食瓜》句云：「暑銷貧士宅，秋在故侯家。」《田家自有樂》句云：「納禾魚入夢，布穀鳥能言。」《高枕石頭眠》句云：「三生身外認，五嶽夢中游。」《交情脱寶刀》句云：「一揮驚繞指，萬事等吹毛。」《曹參飲醇酒》句云：「經綸刀筆外，燮理酒杯中。」《卓犖觀群書》句云：「放懷天下小，欺我古人難。」「自是君身有仙骨，世人那得知其故」，吾於鷺洲亦然。

陽湖劉芙初編修嗣綰爲余甲寅同歲生，又在京同結宣南詩社。所著《尚絅堂集》，各體俱備，試律特其緒餘，今摘其尤者，亦可當嘗鼎之一臠。如《老子騎青牛過函谷關》前四聯云：「逐鹿秦中地，騎牛柱下班。五千真道德，百二古河山。梓樹何年走，桃林昨夜還。三峰盤華岳，四扇豁潼關。」《説詩仍記夜聯床》句云：「静夜詩仍説，連床得未曾。劍南餘好句，渭北此良朋。」《悔教夫壻覓封侯》句云：「錦字成終古，弓衣又幾秋。傳聞還射虎，悵望到牽牛。」《忽聞海上有仙山》句云：「南内迷黄月，西巡怨白雲。誤猜麟島路，别起馬嵬墳。」《楓落吴江冷》句云：「翦水無邊色，流紅不斷聲。胥濤迴八月，楚雨入三更。」《懶殘撥芋》句云：「我了頭陀願，君儲燮理才。生涯尋熱路，滋味撥寒灰。」《一江春水濃於酒》句云：「盡日流霞片，因風起麴塵。」《胸中左癖》句云：「味因南董辣，香勝馬班濃。」《玉版禪》句云：「本來胸有竹，奚藉舌生蓮。」《雞缸》句云：「午啼人已倦，卯飲此能消。」《伯牙操篴鐘》句云：「有時聽郭索，隨意學蒲牢。」《竹外桃花三兩枝》句云：「倚風留翠袖，和雨透紅紗。」《冷節和雪倚》句云：「一肩山字瘦，雙屐水痕深。」《二分明月在揚州》句云：「照殘《金縷曲》，斜到玉鉤墳。」不愧爲驚才絶艷矣。

芙初作「木筆初開第一花」一題凡三首，皆佳。余尤賞其點題四句，如第一首云：「次第修花史，東君筆底來。却從香國倚，真見木天開。」第二首云：「爲有江郎筆，名花更一開。無雙天女下，不二木神來。」皆將「木筆花」三字打碎點出，乃才人隨手開此法門。緣此題本尖新，故不妨作此狡獪耳。

蔣雲籫侍御泰階嘗與余同直禁廷，談藝最密。一日謂余曰：「近日館閣諸巨公論試律，以豪邁爲上，麗密次之。余絀於才，故但從事於其次者。」因以所刻《紙窗竹屋試帖》相示，余讀之竟，乃語雲簪曰：「凡作詩者，豪邁易而麗密難，君所謂舍其易而爲其難者歟？」然集中如《更上一層樓》句云：「黄鶴飛何渺，元龍卧自豪。」《詩清都爲飲茶多》句云：「集宜題玉茗，杯欲泛金莖。」《甆瓶隨意插新花》句云：「窖以唐烘盛，窑惟宋製佳。」《庚日養魚》句云：「降辰騷客問，守夜鈞師知。」《芸香辟蠹》句云：「座宜荀令近，架任鄴侯紛。」《輶車朱軒》句云：「皇風傳驛暢，卿月傍輪圓。」《五月鳴蜩》句云：「新節叙黏虎，前身珥伴貂。」《歲豐仍節儉》句云：「甕餘新釀秫，蓽任舊編篷。」又云：「桑蠶吴越俗，樞蟀魏唐風。」《慎乃儉德》句云：「葛天三古闋，茅土九重階。」《維嶽降神》句云：「下界旗鈴夢，中台衮繡身。氣蟠河洛壯，光揭壁奎新。」《夙夜匪懈》句云：「戴星雙轂轉，伴月一鑪熏。」《國士無雙》句云：「俯瞰諸侯壁，高搴大將幢。重瞳猶氣沮，餘耳更心降。雄略收三户，英名壓九江。幟驚行陣拔，斗笑敵營撞。」《循名責實》句云：「餘聲諸葛大，一字太丘真。」《登春臺》句云：「仙引排雲路，人饒獻曝思。」《松凉夏健人》句云：「儘留三徑客，相對十圍身。」則麗密之中，又何嘗不豪邁乎？又《子産有辭》句云：「刑書垂卓卓，戎服寓彬彬。縞帶傾談日，銅鞮抗論辰。文經裨草潤，賦到隰桑新。役陋鮀從會，名高豹聘鄰。」又《孔耽道德》句云：「姬琴音獨領，點瑟趣同諧。梁雉生機洽，淵魚化境涵。風嘗蔬水飫，雨沐杏壇酣。數仞牆窺賜，千言柱問聃。」此兩首，尤爲精力彌滿，當與前九家相頡頏矣。

道光間有輯後九家詩者，《桐雲閣》、《簡學齋》、《尚絅堂》、《檉花館》、《澹香齋》五家已在前七家試帖之内，此外實止《貽經堂》、《晨葩書屋》、《環雲閣》、《砥碧山房》四家而已，今亦分摘其尤者如左。

錢塘鄭念橋城《貽經堂試律》多至四百餘首，奇情壯采，亦以詠史爲最工。如《文選樓》句云：「蕭梁無寸土，太子有高樓。」《吴王宫裏醉西施》句云：「捧心顰更好，嘗膽氣方雄。」《荆卿飲燕市》句云：「壚邊沙草短，帘外岱雲多。」《屈原行吟澤畔》句云：「薜蘿山鬼語，蘭芷美人香。魚腹終成恨，蛾眉黯自傷。」《海上牧羝》句云：「日暮寒駝過，秋高瘦馬嘶。玉關千里夢，雪窖廿年棲。」《五月渡瀘》句云：「椒花飛漢壘，白詩。菌露濕蠻桴。《選》句。」《文姬歸漢》句云：「破鏡開塵匣，遺書守故楹。」《淝水破秦》句云：「江山留正統，草木助疑兵。」《明皇駕回經馬嵬》句云：「杜宇春風泪，淋鈴夜雨聲。」《天寳宫人》句云：「閒愁題落葉，國色醉沈香。」又云：「殘聲悲羯鼓，舊曲記《霓裳》。」《陳希夷墜驢》句云：「踏雪宜徐步，看山合倒騎。」《半閒堂鬭蟋蟀》句云：「羽書千里急，逸興一秋忙。夜雨甘蕉敗，秋風白雁凉。木棉庵不遠，淒絶聽寒螿。」皆足與前九家諸老抗衡。餘如《樓雪融城濕》句云：「屋瓦揩層碧，街塵膩軟紅。」《明月滿揚州》句云：「燈火連江口，簫聲出畫樓。定知千里共，何止二分留。」《淮南秋夜雨》句云：「漁燈寒饒社，酒市罷秦郵。」《孤負香衾事早朝》句云：「漏點關心聽，羹湯洗手調。馬蹄初隱隱，雞唱漸迢迢。」《看劍引杯長》句云：「淬出龍泉利，盛來虎珀光。豪情浮大白，盛氣敵中黄。」《百花深處一僧歸》句云：「衲補霞千片，門敲月半稜。」亦皆細意熨貼，逸趣横生。

朱絳槎階吉《晨葩書屋試律》，名句膾炙一時。如《掃晴孃》句云：「奉帚恰平明。」惜上句未稱。《舜有羶行》句云：「羹從前聖契，饔轉不才憐。」下句新創，亦勝出句。《濟河焚舟》句云：「憤猶餘板屋，歸敢計茅津。」《李都尉從軍》句云：「地逼飛狐近，門推射虎豪。」《阮步兵詠懷》句云：「神交中散闊，心緒阿咸商。」《五柳先生》句云：「風流張緒繼，門第展禽高。」《虞初九百》句云：「荒唐傳市虎，啁哳審都豬。聽不嫌姑妄，談真類子虛。」盡態極妍，洵有目共賞之作。

姚古芬伊憲甫儁聲，即歸兜率。其友人爲哀集所作試律二十餘首爲《環雲閣試律鈔》。如《浙東飛雨過江來》句云：「驟易沙痕没，喧兼海氣通。濤歸胥廟響，雲卷越山空。」《陳敬仲奔齊》句云：「風真從馬及，田莫問牛蹊。雅樂聞儀鳳，雄場啓鬬雞。」《李都尉從軍》句云：「節縱呑氊讓，心猶繫帛殷。」《盧中郎感交》句云：「北州稱故吏，南渡愧諸公。」《休上人怨别》句云：「撒手泡無定，低眉月亦愁。遥心通楚峽，遠夢落揚州。」《鮑參軍戎行》句云：「夜聽刀頭唱，朝飛盾鼻毫。談兵胸有竹，感世目頻蒿。」《李斯逐兔》句云：「韓弓終古恨，秦月幾回圓。」皆卓然可傳。《環雲閣集》中有《單刀會》句云：「酒氣埋深帳，霜鋒冷戰袍。逡巡三顧起，談笑萬人撓。」有聲有色，恰好稱題。或疑「單刀會」三字爲小説演義語，不宜命題。按：《三國・吴志・魯肅傳》云「肅與關相見，各駐馬百步上，但請將軍單刀俱會，肅因責數關公」云云，是正史中實有此事，小説家特從而演之耳。

後九家詩以丁式甫鈺《砥碧山房》爲殿，存詩不多，而時有驚人之語。如《斷鼇立極》句云：「九野扶持穩，三山頂戴勞。峥嶸霄路迥，蹴踏海雲高。」《蓬萊起中央》句云：「半峰猶瀲灩，九氣總迷茫。」《洞庭始波》句云：「湘浦遥連碧，君山略露青。蒸成千里霧，湧出一湖星。」《老子騎牛渡關》句云：「挂角真經在，當頭古月閒。」《姑蘇臺》前四韵云：「俯瞰五湖秋，層臺最上頭。君王長夜飲，歌舞幾時休。楊柳新堤接，梧桐别館幽。烏棲妃子醉，鹿走諫臣愁。」《牡丹爲花王》句云：「世胄傳姚氏，封圻界洛陽。藥翻堪作相，薇對僅稱郎。」飛騰、綺麗兼而有之。俞少卿廷簡但以樸亮稱之，似未的也。

試律所以應制，關合時事中，尤貴得頌揚之體。即如羅蘿邨文俊《人在蓬萊第一峰》詩結聯云：「西苑香宸殿後南向曰『瀛臺』。」則非曾讀《日下舊聞考》不知也。又鮑樸齋文淳《名園依緑水》詩大半按切圓明園鋪叙，通首十二頌聖，章法井井，天然嘉構。其四、五兩聯云：「鳴琴開鏡檻，坐石廠珠軒。春帶耕雲影，秋添印月痕。」四句均本《欽定日下舊聞考・國朝苑囿》。「鳴琴」句謂圓明園別有洞天迤西爲夾鏡鳴琴。「坐石」句謂圓明園有坐石臨流，在水木明瑟東南。「耕雲」句謂圓明園北遠山村東北，度石橋折而西爲湛虛翠軒，又西爲耕雲堂。「印月」句謂圓明園方壺勝境西北爲三潭印月。此非知其出典，幾不知其頌聖之所由來也。「瀛臺高傍處，香染御鑪濃。」「瀛臺」二字非泛用也。謹按：《欽定日下舊聞考・國朝宮室》：

又如杜芝農受田《弧矢威天下》詩云：「弧矢崇家法，皇威薄海宣。蕩平歸有極，智勇錫從天。夏箭流星迅，唐弓彀月圓。六軍親教射，七札舊摧堅。勁習陰陽竹，雄馳霹靂弦。鈞傳嗤魯士，楛貢陋周年。神武超千載，豐功繼十全。銷兵逢聖世，膏澤溥農田。」通首八頌聖，而「十全」句則以高廟《御製文三集》有《十全記》，此不可不知者也。又杜蕉林彥士《天邊看取老人星》詩結聯云：「玉瀾秋景霽，錫宴聖恩覃。」則以《御製初集》有《仲秋七日幸萬壽山玉瀾堂錫宴十五老臣》詩，若未寓目其書，則所謂「玉瀾」者不知何指矣。又池籥庭生春《歸及薦櫻桃》詩，通首著眼「及」字，驪珠獨得。時正值張格爾獻俘之後，即借詠時事入手，尤爲頌揚正宗，應制者所當效法也。詩云：「盼到櫻桃熟，西師奏凱歸。

神宮珍果薦，官道羽林飛。龔秀初登麥，軍行昔采薇。關河猶渺渺，楊柳自依依。野戍瓜難待，官廚筍亦肥。三霄多雨露，一路趁芳菲。籠借青絲色，盤盈赤玉輝。獻俘邀懋賞，喜氣溢皇畿。」「關河」十字尤爲得神。

翁二銘心存早入芸館，久侍三天，聖眷極渥，屢膺皇華之選。而秉性恬憺，強仕年即奉母歸家，若無意於功名者。今其哲嗣亦接踵木天，蜚聲翰苑。讀其《黄花晚節香》詩，可卜其老運彌佳也。詩云：「獨具幽貞節，清香菊散葩。晚來彌有運，開後更無花。正氣中央得，疎烟四面遮。影寒淩落日，秋老鬪殘霞。舊夢留冰雪，餘芳沁齒牙。人誰申澹契，天爲駐韶華。載酒柴桑宅，浮舟栗里家。春叢能似否，遲暮莫興嗟。」

凡詩題之難於總發者，不能不分聯排叙，惟必有一聯以綰束之，方能使全題神情畢露。即如朱九香蘭《纔了蠶桑又插田》詩云：「入夏農無隙，程功計後先。桑蠶纔罷市，秧馬又分田。供簇剛親手，攜鋤肯息肩。一經收白蠒，更欲叱烏犍。梯影閒村外，針芒蘸水邊。風過蘩葉路，晴課楝花天。并力稱忙月，關心祝有年。」以上諸聯均分叙，得第七聯倍覺收束有力也。

楊翠巖維屏詩筆極雋秀，每遇試帖亦多有佳句。於道光乙未領本省鄉薦，詩特冠場。題爲「竟日松聲雜水聲」，四句點題後，即將松水兩項分叙，末總綰一聯云：「六時無住著，四聽不分明。」全題在握，好在前數聯已按切松、水，此聯便不落空也。又於戊戌會試薦而不售，詩題爲「泉細寒聲生夜壑」，最愛其第七聯云：「鐘磬諸天寂，松杉片月明。」空中摹寫，頗得神韻。

李季雲恩慶《殘雪在樹》詩云：「烟棲深處白，天補望中青。」不必規規於切題，而自得雋遠之神。

吕鶴田賢基《靈液播雲》一詩，其第六韵云：「隱約龍噓氣，迷茫鳥失群。」在通首中尤爲警策。

葉昆臣名琛《前身相馬九方皋》詩，通首雙管齊下，毫不著迹，而自能關合。詩云：「妙不關顔色，奚嫌擬弗倫。畫梅參此意，相馬合前身。萬古空凡骨，三生證夙因。離形誰得似，忘象直傳神。品自精能擅，圖難按索真。修來曾幾世，買到定何人？庾嶺香如幻，燕臺迹未陳。更摹明月下，古驛一枝春。」

林梅友國士貧而好學，詩筆超邁。年過半百，始博一科。其甲辰會試一聯，人傳誦之，題爲「凡百敬爾位」，詩云：「旰日傳餐地，疎星待漏天。」雖未必切題，而神理頗足。

吴江袁湘湄棠工詩詞，著有《秋水池堂集》。舉嘉慶元年孝廉方正。其應江南戊申鄉試，題爲「天影落江虚」，題珠在「虚」字，湘湄中一聯云：「此中流日月，何處辨鳶魚。」主司極賞此十字。其弟子鄭瘦山璜亦工詩，嘉慶丁卯鄉試題爲「白露横江」，題珠在「横」字，瘦山首句即云：「露脚斜飛白」，主司劉金門宫保圈此五字，獲雋。李長吉有「露脚斜飛濕寒免」句，用「斜飛」二字恰好切「横」字也。

乾隆間《我法集》之刻，一時風行海内。近日踵事增華，喜新厭故，老輩法程束之高閣矣。其實紀曉嵐師不惜以金鍼度人繡鴛鴦者，詎可忘其所自？余故於前卷爲闡發之。李守齋楨近有《分類詩腋》之刻，分爲八法：一押韵，二詮題，三裁對，四琢句，五字法，六詩品，七起結，八鍊格。而各采名句，以示準則。雖不免瑣屑，其一片苦心，實足爲試律獨開生面。蓋神而明之，原不必囿於法。初學從入之途，舍法則不識門徑矣。故制藝與試律均爲場屋所重，悟其法乃入彀中，雖高才績學之士，不能不就其範圍耳。因擇其精者節録之如左。

論押韵曰：「未求句工，先求韵穩。必韵爲我用，我不爲韵拘方是。若做起九字，尋一字凑成之，譬以瓦片木頭帖不平之物，何由得穩哉。凡實字易押，虚字難押。如劉鳳誥《草色遥看近却無》句云：『碧知浮不盡，青笑踏來無。』上句做上四字，下句做下三字，筆意夷猶。又實字有典故易押，活字通用難押。如李楨《且將墨竹换新詩》句云：『愛他鵝絹活，配我雁箋宜。』『换』字意到，對亦工。李煒《子路負米》句云：『腰漫柴桑折，山應飯顆投。』用事靈活。《墦間乞食》句云：『如鬼其真餒，斯人不復良。』妙有冷趣。宓如椿《隱逸花》句云：『晚節貞于早，秋心冷不春。』『晚』、『早』、『秋』、『春』四字迴環成趣。押韵之法不一，最便莫如因韵或倒或順，拆開運用。如王其名《老當益壯》句云：『香山人憶白，圯上蹟傳黄。』對固工靈，語亦典切。李煒《杜門不出》句云：『窗卧陶潛北，山歸謝傅東。』句韵老鍊。又地名易押而難於見巧，莫如押一字者爲佳，陶淵明只押『陶』字，蘇東坡只押『蘇』字是也。如翁方綱《投策分馬》句云：『進殊之反魯，贈豈繞朝秦。』句法新挺。宓如椿《蕭何追韓信》句云：『正擬同扶漢，如何學避秦。』對句靈活。」按：蘇東坡好次韵、叠韵，往往出奇無窮，惟其韵爲我用，我不爲韵拘耳。

論詮題曰：「詩韵既能穩，尤貴於相題，總以清真爲主。一題到手，不知是情是景，著眼何字，只尋詩料上貼括，敷衍成篇，又不知襯託、映帶、串合之法，總由不能詮題故也。描景如汪學金《三月桃花浪》句云：『緑烟連塢暗，紅雨壓溪寒。』佳景如輞川名畫。然實景易描，虚景難描，如石韞玉《瀟湘夜雨》句云:『雁飛秋在水,人語夜生潮。』不寫雨景而確切不移。景中有情,情中有景,如黄泰《槐花黄》句云:『又聽蟬聲響,旋看蟻夢移。』蟬聲、蟻夢是景,又聽、旋看便有情矣。詩發乎情,試律爲題所拘,情難摹寫。如盧澤《春思結垂楊》句云:『漢殿人何在,隋堤事已非。』情意綿邈。魯沂《槐花黄》句云:『樹老猶如此,人忙似昔時。』情景妙不蹈空。空中描神,全於無字處著筆。如蔣祥墀《道以神理超》句云:『月朗千峰印,雲開一鑑收。』是『神理超』三字之魂。聶銑敏《深山何處鐘》句云:『夕陽沈絶壑,寒翠鎖孤松。』寫深山景象,即爲『何處』傳。虚字之神,最難描寫。如謝登雋《寒梅著花未》句云:『香如浮雪屋,夢欲繞溪山。』用筆絶靈活。宓如椿《不知秋思在誰家》句云:『舉頭千里共,對影一番疑。』正面是不知神氣。空中寫情尚易於工,惟體物則難於肖,雖前輩集中亦不能多得。然刻畫易入於纖,須巧不傷雅,乃爲合作。如莫晉《廉泉讓水》句云:『飲馬投錢處,牽牛洗耳餘。』刻畫大方,對亦現成。李煒《左挹浮丘袖》句云:『月裏持螯共,雲間袒臂投。』刻畫『左』字,仍關合題旨、題面。有時不能刻畫,則以相近者掩映之。如李楨《冬山如睡》句云:『夢破梅花冷,眉低雪影寒。』映帶無跡。黄因蓮《春風柳線長》句云:『有情牽畫鷁,無力繫花驄。』映合自然,情致纏綿。陪襯與映帶不同,以雅切爲主。如宓如椿《飲易三爻》句云:『事同吞篆幻,心比醉經酣。』典切。李楨《燕壘》句云:『螢燈巡寇警,蛙鼓助軍威。』善於襯托。李煒《蠅虎對陣》句云:『蜂曾鎗一擊,蛙定鼓三通。』旁襯有筆趣。烘託與映法、襯法俱不相同,如畫家畫月,四面烘染雲色而月自見。如宓如椿《諸葛菜》句云:『小園開隴蜀,老圃話關張。』託出菜是諸葛。《弓勢月初三》句云:『電光流矢疾,星點列丸勻。』託出弓是月。李楨《荷葉疊青錢》句云：『雨欲絲絲串，風拋个个圓。』題中應有此託法。李煒《明四目》句云：『不徒存隻眼，始信有重瞳。』語能解頤。《結草爲人》句云：『尉或長松督，營應細柳移。』天然託法。雙關以渾融爲主，不得呆詮。如宓如椿《共工氏以水名官》句云：『止也予當鑑，欽哉汝作舟。』從『官』字關合『水』字。《五言長城》句云：『詩開唐世界，句鍊漢都京。』關合工巧而大雅。李楨《菖蒲拜竹》句云：『虛心原久仰，折節本非諛。』兩兩關合『拜』字。《詩思清於水》句云：『渣滓全消去，波瀾獨老成。』融洽自然。串合與雙關相似而不同，兩截話頭不得粘合無情。如宓如椿《秋山如粧》句云：『粉借霜華重，膏分露氣稠。』串合無跡。李楨《桃花紅近竹林邊》句云：『人面湘簾外，春心渭水中。』串合大雅。李煒《燕壘》句云：『攜雛申甲令，掠水耀寅威。』從『燕』串『壘』，自然。《楊柳樓臺》句云：『穿鍼千絮譬，垂釣萬絲抽。』細意串合。兩句夾題法，佳句甚少。如曹仁虎《一月得四十五日》句云：『爲計三旬候，應增半月功。』徐用書《五日畫一石》句云：『待擘三峰出，將無半月乘。』此二聯最擅勝。」按：古人但有詩，並無所謂題，《三百篇》以詩中字爲名目，非詩題也。漢、魏、六朝亦未嘗先立題後作詩，至唐人以詞賦應制，然後命題而後作詩。他如少陵《漫興》、義山《無題》等作，皆未沾沾於題。陸魯望善於題目佳境，蓋以詩言之，「題目」二字，後人往往誤會。李君守齋「詮題」一條細爲分析，亦就試律立論，至詩之源流，實不在題也。

論裁對曰：「天地之物，無獨必有偶。試律至今日，講究極細，僅求工穩，尚不能出色，必取巧以勝人矣。但巧不可入纖，工不至傷雅，仍須出以大方，乃爲入妙對之工者。如錢大經《角黍》句云：

『雀風吹艾緑，龍雨破榴丹。』句中雙對，字字精工。陳洪書《楊柳春旂一色》句云：『楊柳摇官緑，春旂颺帝青。』生成工對。李楨《畫橋碧陰》句云：『司馬題應早，牽牛渡豈遥。』司馬非真馬，牽牛非真牛，靈巧極矣。支干對數見不鮮，又有許多生新法門。如陳萬青《日長如小年》句云：『丙丁綿化宇，甲子衍仙壺。』神情已透。宓如椿《亥既珠》句云：『丙舍星同燦，寅階月共圓。』帶定『珠』字，不徒對工。李楨《多文爲富》句云：『庫思丁蘊蓄，山想酉巍峩。』用事折運便不窘迫。《三畫連中》句云：『端冕辰居北，垂裳巳正南。』假借字面作對，凡干支對須用此法。」按：裁對至晚唐而益工，即如温飛卿「回日樓臺非甲帳，去時冠劍是丁年」，李義山「此日六軍同駐馬，當年七夕笑牽牛」等句是也。唐人裁對工整而少變化，至宋人則出奇無窮矣，有活對、有側對、有雙聲叠韵對，大約蘇、黄詩集中最備。又有借對之法，則始於唐人「姓名已蒙齒録，袍笏未賜牙緋」，以「緋」對「録」。有以虚對實之法，則始於唐人「梓澤丘墟，蘭亭已矣」，以「已矣」對「邱墟」。試律雖不能備此等法，苟得古人遺意，自能戛戛生新，不同凡手。

論琢句曰：「清易於淡，奇易於險，華易於俗，正易於平，窺透諸弊，自出機杼，莫不天然合拍。熟極生巧，原不必泥於成法。然初學者不按法以求，何從下手？詩有五字俱實，其式多分兩截，易於生，亦易於凑。如宓如椿《白露降》句云：『蓼蕭君子德，蔓草美人思。』卓犖動人。《多情芳草舊知己》句云：『輪蹄千里客，裙屐六朝人。』情深於文。李楨《李白夜宴桃李園》句云：『烟花千古事，詩酒一家人。』翩翩自賞。下三字生成貼括，用上兩字掉弄，多失之平板。如蕭鎮《硯田》句云：『磨穿鸜鵒眼，奪得鳳凰池。』工穩而流逸。羅廷彥《告善旌》句云：『結思君子德，招想大夫情。』切實。宓如椿《經神》句云：『天降文昌宿，人居著作庭。』氣機流動。上四字各句自對，押脚一字須出自現成乃佳。如陳鍾麟《顧盼生姿》句云：『緩帶輕裘度，綸巾羽扇情。』生成工對，引用恰合。沈棟《太學石鼓》句云：『禹鼎湯盤後，秦碑漢隸前。』古茂稱題。宓如椿《白露降》句云：『竹修梧碧處，雲淡月明時。』佳景清麗。上二字與下二字平對，中以一字串之，謂之横擔，須運用渾成乃佳。如宓如椿《吴宫教美人戰》句云：『舞裙更繡甲，歌扇換琱弓。』平中側串。凌和錞《懷爲夾》句云：『異姓如同姓，天垓迸地垓。』端莊流麗。狄夢松《心秤平》句云：『執中非執一，持正即持衡。』運用工巧。折腰句者，上下詞意相反而不粘，中用虚字以折之。如宓如椿《吴宫教美人戰》句云：『虎貔皆粉黛，閨閣亦英雄。』饒有趣味。《葛稚川移家》句云：『鼎爐爲長物，雞犬亦仙儔。』雋秀。李煒《夫人城》句云：『君王能遣將，閨閣亦知兵。』雋句不可多得。逆挽者，上句是正面，下句推憶題前。如彭玉雯《春風吹又生》句云：『芊眠今日意，荏苒昔年情。』爲『又』字添毫。李棹《程門立雪》句云：『宫牆今日望，桃李昔年恩。』自然。《潯陽琵琶》句云：『鬢憐今日白，顏愧少年紅。』補題情。開合亦詩中開展一法。如宓如椿《乘風破浪》句云：『縱教濤浪捲，要使水分開。』從『破』字作合。李楨《夫人城句》云：『縱使蓬婆奪，毋虞哲婦傾。』筆意靈活。《天寶宫人》句云：『縱教珠斛賜，何似玉顏親。』開合有情。流水句有二法，用虚字流水忌平庸，不用虚字，二句一串，亦名流水，須自然。如翁方綱《萬丈光芒》句云：『古今相照耀，李杜有文章。』全不見排偶之迹。法式善《魚戲新荷動》句云：『不疑抛玉尺，正道選青錢。』摹寫入神。王祖武

《魚網紙》句云：『未須嫌敝笱，聊以代操觚。』關合靈敏。李楨《多文爲富》句云：『欲將金匱典，來敵玉山禾。』大雅。運用成語作對，須自然而確切。如百齡《目上於天》句云：『至人原炯炯，賢者以昭昭。』自然。曹振鏞《鴻毛遇順風》句云：『時哉方舉矣，善也正泠然。』全用却不薄。李煒《美成在久》句云：『欲速非求益，無疆故至誠。』切『久』字。句又有出奇出格，異樣生新者。如宓如椿《抱素懷璞》句云：『唐魏之間俗，羲皇以上人。』新句不事雕琢。彭元瑞《太學石鼓》句云：『維魚貫之柳，我馬射其豜。』似生而實新。」按：昔人論顔光禄之鏤金錯采，不如謝康樂之初日芙蓉。至唐杜少陵則元氣淋漓，光燄萬丈，韓吏部則巨刃摩天，争光日月。至宋蘇玉局則萬斛原泉，不擇地而涌出。自古大家未嘗以琢句見長，白太傅詩老嫗都解，李長吉乃以佳句貯錦囊，他日足成之，長爪生之鬼才，究不及廣大教主也。下至四靈，專以琢句爲事，詩之格乃日卑矣。試律詩但取悦一夫之目，固不容入於率易，則李君之論琢句亦未可厚非。然詩之源流亦不可不知也。

論字法曰：「積句成章，積字成句，故琢句之外，字法亦不可忽。試律至今日，花樣争新，講究尤細，總須字字先求穩當，工夫熟後莫不咳吐亦成珠玉耳。鍊字，如崔問余《雨中春樹萬人家》句云：『錫香寒食節，花醉玉樓人。』鍊第二字。李煒《送春惆悵在》句云：『風雨長埋句，鶯花最逼人。』鍊第四字。《舜居深山》句云：『木石俱能聖，耕漁已得天。』鍊第五字。疊字，如那彦成《春風吹又生》句云：『畫應迴步步，蹋欲重行行。』新逸。朱方增《山猶有口》句云：『牙牙開嶺曲，齒齒漱溪灣。』工切。李楨《深柳讀書堂》句云：『其人應濯濯，此地望森森。』句不平滑。藏題字如莊永籛《夫子之牆》句云：『循傳三命禮，面勗二《南》詩。』藏『牆』字。李楨《龍賓十二》句云：『隨時成幻相，與牧並稱臣。』藏『十二』字。一字傳神，如那清安《落花無言》句云：『茶烟仍別館，草色自開門。』『仍』、『自』二字傳『無言』之神。蔣辰祥《渭北春天樹》句云：『清尊曾夜月，綠柳又天涯。』吸取懷人遠神。李楨《一客聽琴》句云：『空谷惟鴻至，長宵只月臨。』言外有神。《天寶宮人》句云：『香衾猶翡翠，繡枕自鴛鴦。』『猶』、『自』二字得遠神。按：唐人作詩，字字從心坎中體認而出。如「此波涵帝澤」，「波」不如「中」。「僧推月下門」，「推」不如「敲」。杜少陵「身輕一鳥過」，「過」字漫漶，宋人以意續之，均不類，得完本校之，知是「過」字，乃其歎服。所謂「吟成五箇字，雙淚一齊流」也。張僧繇畫龍不點睛，點則破壁飛去。試律五字中之一字猶龍之睛也，傳神正在阿堵中，安得不於一字著意耶？

論詩品曰：「詩有華貴者，司空所謂『神存富貴，始輕黄金』是也。如李煒《元夕觀燈》句云：『和豐天子樂，綺靡太平歌。』有闊大者，司空所謂『真力彌滿，萬象在旁』是也。如宓如椿《元氣爲舟》句云：『乾坤同一氣，風水閲千秋。』有悲壯者，司空所謂『壯士拂劍，慨然彌哀』是也。如李煒《微子出奔》句云：『風雨愁宗緒，江山觸淚痕。』有感慨者，司空所謂『蕭蕭落葉，漏雨蒼苔』是也。如宓如椿《岳少保奉詔班師》句云：『大錯何人鑄，偏安此局終。』有渾脱者，司空所謂『真體内充，返虚入渾』是也。如李楨《優孟衣冠》句云：『貌將真僞辨，人合死生看。』有奇闢者，司空所謂『超然煉冶，神出古異』是也。如彭玉雯《季札挂劍》句云：『魂徒招舊雨，鬼不唱斜曛。』有新逸者，司空所謂『落落欲往，矯矯不群』是也。如鄒靖《十月成粱》句云：『車聲催月冷，馬跡印霜圓。』有秀鍊者，司空所謂『如鑛出金，如鉛出銀』是也。如沈遺大《蘭亭圖》句云：『座中誰主客，林外自春秋。』有綺麗者，司空所謂『月明華屋，畫橋碧陰』是也。如吴鼒《一日看徧長安花》句云：『青雲千里足，紅雨萬人家。』有瀟灑者，司空所謂『如將白雲，清風與歸』是也。如顧蒓《隔水問樵夫》句云：『未暇從頭説，相逢便手招。』有工細者，司空所謂『如覓水影，如寫陽春』是也。如莫晉《日長一線》句云：『影向金鍼度，痕難玉尺量。』有疎通者，司空所謂『生氣遠出，不著死灰』是也。如汪如藻《綵囊承露》句云：『候當秋八月，山有柏千株。』有雋爽者，司空所謂『不著一字，儘得風流』是也。如彭玉雯《五老峰》句云：『鬚眉如此古，面目本來真。』有神韵者，司空所謂『太華夜碧，人聞清鐘』是也。如那彦成《春風吹又生》句云：『重來青眼看，猶是緑袍情。』有俊拔者，司空所謂『明漪絶底，奇花初胎』是也。如汪彦博《海客乘槎》句云：『高寒瓊島月，空闊玉河秋。』有大雅者，司空所謂『語不欲犯，心不欲癡』是也。如劉嗣綰《鷄缸》句云：『風雨留紅友，雲烟賸白描。』有流利者，司空所謂『若納水輨，如轉丸珠』是也。如李楨《菖蒲拜竹》句云：『君曾松作友，我肯橘爲奴。』」按：鍾嶸《詩品》舉其人以實之，司空《詩品》但著其目。古今人之詩，即其目可以附會之，於是司空《詩品》遂爲空前絶後之作，而鍾之《詩品》乃爲所掩。試律雖異於古今體詩，然非詩人則試律亦不能擅場。李君「詩品」一類，實見試律同流共貫，不可歧視。仿司空《詩品》之目，減其四而參易之，各録名句，亦可窺見一斑矣。

論起結曰：「作古文争起結，時文亦争起結，試律何獨不然？起法，如宓如椿《不知秋思在誰家》句云：『豈見團圞月，而忘繾綣思。況當秋半後，更到夜深時。』《蘇子卿還漢》句云：『十九年前節，三千里外人。不圖胡地牧，還作漢家臣。』承法與起聯須緊相附麗。如李楨《菖蒲拜竹》句云：『禮賢傳漢武，颺拜效唐虞。』《程門立雪》句云：『來時風滿座，立處雪當門。』李煒《秧馬》句云：『任人呼以馬，此器用於秧。』《結草爲人》句云：『兵俱芳草結，德本小人宜。』曾煥《我愛夏日長》句云：『可同冬日愛，爲似小年長。』法式善《音聲樹》句云：『登科曾染柳，入相更聞槐。』崇碩《斗酒詩百篇》句云：『君原詩内伯，臣號酒中仙。』彭玉雯《金鑄范蠡》句云：『銅異將軍面，金留宰相身。』結法尤難，宜有興會不鬆泛。如宓如椿《蘇子卿還漢》句云：『河梁詩酒伴，愁絶餞行晨。』李楨《完璧歸趙》句云：『將軍神勇在，擊缶又聞聲。』《紙作良田》句云：『洛陽如有價，又喜報豐年。』金啓南《十月隕籜》句云：『惟餘松柏在，長愛色青青。』倪鴻《雲構發自然》句云：『神仙來往熟，門者問誰監？』莊承籛《雞聲茅店月》句云：『壯心頻起舞，橋柱看留題。』」按：作試律全須有筆，無筆則平，一起一結尤忌平塌，起筆要破空而來，如蘇東坡《真興寺閣》詩起筆云：『山川與城郭，漠漠同一形。市人與鴉鵲，浩浩同一聲。側身送落日，引手攀飛星。此閣幾何高，何人之所營。』若將起六句置在中間，便是凡手。結筆要悠然不盡，如黄山谷《水仙花》詩結筆云：『出門一笑大江横。』蘇、黄一代大手筆，固未嘗屑屑注意於一起一結，而自然得龍跳虎卧之概。初學試律詩，須知用筆忌平，能於起結注意，則思過半矣。

論鍊格曰：「以上七類俱摘出佳聯，各法已備，然拾一鱗之美，未得全豹之窺，故又選全章具美者如左，名曰鍊格。夫一題到手，當先覷定題眼，體會題狀，自不犯手。邱庭瀠《江上青山送六朝》詩云：『六代匆匆盡，寒江渺渺流。青山還四面，陳跡已千秋。白馬蹤全杳，紅羊劫復休。總緣歌舞換，幾見戰争收。形勢驚秦帝，神靈拜蔣侯。烏啼王氣歇，虎踞霸圖留。烟樹連京口，雲帆去石頭。翠微如恨别，合沓迥凝眸。』此題只宜渾寫大意，若徒泥定『江上青山』小景，便不得懷古感慨之情。黄焜望《焉哉乎也》詩云：『落筆從空際，含毫試細研。焉哉詞畢肖，乎也用尤便。理向虚中悟，神偏象外傳。藏修徵素藴，喜起憶當年。巍焕文成化，高明道配天。語分疑與决，意以緩而宣。不解終能解，其然或未然。昭回宸翰富，定弗在言詮。』此題並無題面、題意、題前、題後，並不能用襯託、渲染諸法，幾於無從下手，不知熟於試律者，虚描實詮，别具靈心。宓如椿《詩王》詩云：『一夢不尋常，詩人竟作王。班崇五等爵，誥錫九雲章。拜命丹霄上，提封墨海旁。武功收筆陣，文德啓詞場。奄有騷壇衆，新開酒國疆。并連兼六代，臣服盡三唐。此老尊無敵，諸家霸孰强。主持風雅運，正統自堂堂。』雙關小題並無别訣，以渾融自然爲主。此題應從『詩』字關合『王』字，或從『王』字串合『詩』字，不得支離扭合。」

按：唐人詩講格律，况試律豈可無格？不鍊則不入格矣，故以鍊格終焉。

試律叢話卷之六

福州梁章鉅撰

壬戌同榜傳臚日，吴棣華廷琛之名入御詩，有名榜之目，榮遇爲前後科所未有。棣華古近體詩爲同年諸君之冠，其試律乃不多見，緣登第後即膺典試督學之選，館課之日無多，故同館詩鈔中止存《天河洗甲》一首，尚是庶常館第一次大課題也。然五、六兩聯云：「星漢天全朗，欃槍燄不留。灑將功德水，唱徹太平謳。」於題面不即不離，而有涵蓋一切之概。大教習南昌彭文勤師已盛稱之。

壬戌同年中，試律之富無過於李芝齡，而詣力之深亦無出其右者。嘗以《聞妙香齋試律》一百八十首，付其門人鈕松泉殿撰福保逐句注釋之，衆美兼該，無體不備，而志和音雅，適合應試體裁。余仿《句圖》之例。摘録其最工整者若干聯以貽讀者，在試律中亦可謂躊躇滿志者矣。如《璇源載圓折》云：「迴腸看蟻曲，入抱想龍跧。」《長劍倚天外》云：「雷槖群靈鑄，雲屏四野張。」《玉帛放心》云：「五三同盛禮，太一協禎符。」《厚禄故人書斷絶》云：「陰雨淒涼久，晨星想像頻。」《王言如絲》云：「繩從資作則，帛暖盡知恩。」《天河洗甲》云：「藏將留月窟，卷欲並參旓。」《興酣落筆摇五嶽》云：「烟雲千丈落，雲雨衆靈朝。」《望杏開田》云：「榆星垣外景，莒雨隴邊情。」《時移氣尚春》云：「晻靄仍三月，清和近小年。」《雁陣》云：「銜枚衝遠塞，背水下孤灘。」《舉實成秋》云：「祈曾黄茂種，氣應白藏收。」《鸜鵒寒夜唤人》云：「關心冰簟冷，顧影雪衣單。」《山月照彈琴》云：「疎峰迴兔魄，大壑感龍吟。」《壺中九華》云：「蓮花穿欲透，芥子納疑無。」《冰寒於水》云：「頭銜看獨冷，心跡本雙清。」《晴天養片雲》云：「子雨含膏重，嬰風送力輕。」《河帶斷冰流》云：「行天雲萬片，碎浪月千稜。」《一覽衆山小》云：「鵠華秋碧淺，鳧繹晚青濃。」《忠信爲寶》云：「中流黄理徹，旁尹白虹孚。」《學古有獲》云：「崇山知業富，辨囿息辭紛。」

朱文定公士彦侍學三天，以樸誠嚴重上結主知。如《元鳥司分》句云：「乃心期有恪，汝翼效其勤。」《詩雜仙心》句云：「響已超凡界，身宜近上清。」雖以無意出之，而隱然自見身分。

朱蘭坡侍講珔學有本原，著作甚富，詩文及雜體應試諸作，皆非率爾操觚者，所謂固而存之，欲其重也。如《士卒鳧藻》句云：「陣勢翩翩起，歡聲泛泛多。白魚欣異瑞，朱鷺待新歌。」《學校如林》句云：「此材堪納麓，其本必同岑。」又云：「高談樵莫笑，巨室匠先尋。」《牛鐸諧音》句云：「靜聽鳴深穽，旁求配大鏞。塔鈴同感觸，球石待和雝。」《參和爲仁》句云：「函元歸太極，肆雅葆天真。」《文昌氣似珠》句云：「懷增銀漢媚，貫借玉繩圍。」皆非凡響。

吴退旃尚書椿《水木有本源》句云：「河尊終號伯，桐小自稱孫。」語雖新巧，而不若下聯云：「流衍原無盡，端倪各自存。」渾寫題意，落落大方。又《春風風人》句云：「已解絃中愠，還揚扇底仁。」題後唱歎，言之有物。

顧南雅學士蒓以儒臣而著直聲，詩文特其餘緒，而乃無體不備，無藝不精，儒林、文苑當一以貫之。試律非所注意，然如《游魚動圓紋》句云：「半灣橋影聚，一朵水花研。」又云：「周圍量玉尺，含折認珠淵。」《蒼苔依砌上》句云：「重來應礙屐，更長便侵扉。」《蟬噪林逾静》句云：「古木濃陰合，空山衆響沈。」《望雲思雪意》句云：「快心期一尺，作態釀三分。」《細雨荷鋤立》句云：「一肩輕霧立，兩岸散絲如。」《小闌花韵午晴初》句云：「芳砌貓睛細，深叢蝶夢殘。」體會入微，又似宋廣平作《梅花賦》矣。

吕星泉兆麒郡丞《然糠照讀》句云：「妙得因糧巧，聊同炳燭明。」用事渾然無跡，故佳。

林蓼懷邑侯軒開績學雄文，一官一邑，非其所樂，故不久即罷歸。仍縱情詩酒，有樂而忘死之風。其《赤壁後遊》句云：「年華憑轉眼，吟賞又從頭。」即其自寫照也。又有《雲帆轉遼海》句云：「晝鷁聯翩去，高驪指點來。」孫平叔宫保爾準亟稱之。

費心谷編修蘭墀以館元聞名，而修文遽召，僅存試律數首。如《海不讓水》句云：「但知多益善，不信澮成交。」《玄鳥司分》句云：「調和新氣候，際會古風雲。」皆非食人間烟火者。

洪介亭編修古銓學詩於蘇齋，居然入室，詩集已付梓，余嘗爲之題籤。其試律賸句，如《復以自知》云：「虛靈纔見我，將伯欲呼誰？雪净梅初放，雲開月一規。」《與人一心成大功》云：「試看常汗血，幾肯愛拳毛。生死真堪託，風霜任所遭。」皆不掩其斲輪老態。若《目送飛鴻》句云：「流水緑無盡，數峰青欲深。」《棗花簾子水沈熏》句云：「畫燭誰家笛，清風別院琴。」琢句雖工，而按之題位則未免過於超脱矣。

陶文毅公澍功名鼎盛，著作恢宏，詩文皆裒然大集。集中所存試律多至二百首，皆係春明館課應試之篇，外宦後即不復從事於此矣。如《繞屋樹扶疏》句云：「濃陰三徑合，空翠一庭高。」又云：「微涼生北牖，遠色納東皋。」《恍惚中有象》句云：「月印千潭共，花拈一鏡同。祕惟徵象罔，邃欲剖鴻濛。」《望雲思雪》句云：「釀寒猶悄悄，作勢欲氛氛。」《砥礪廉隅》句云：「圭防微角玷，矩肯一分踰。」《夏雲多奇峰》句云：「望疑衡九面，高壓岱千重。」《竹柏得其真》句云：「太古常留色，群芳枉作春。心筠通表裏，風雨自精神。」《笑比河清》句云：「高流推此輩，佳語任前橫。氣息狂瀾挽，機鋒謔浪輕。」五字中具見氣概，迥不猶人。

張秋水侍御源長《隨意數花鬚》點題兩句云：「花鬚紛可數，人意澹相隨。」第七韻云：「句以尋芳得，情因解語移。」淡淡著墨，而題面、題意已該，自關火候。

易石坪學士元善《又展芭蕉數尺陰》句云：「窗虛風細細，簾静雨瀟瀟。」空際傳神，自然高妙。又《人情以爲田》句云：「篤自因栽者，芸還戒舍旃。」運經鑄詞，雅與題稱。

黄定軒農部錫禐朝考冠軍，詩名藉甚，而淡於榮進，即賦《歸來》。在庶常館應第一課《天河洗甲》句云：「積曾熊耳咏，棄叶兕皮謳。」爲彭文勤師所賞。時余亦有句云：「積容熊耳並，包或虎皮留。」文勤師亦賞之，以爲英雄所見略同。蓋朝考定軒第一，余第二，皆文勤師所擬進也。

蔡韶九邑侯以成《舉筆不忘規》句云：「文章綸閣静，心事管城知。」可謂雅音。今其子徵藩已繼爲庶常矣。

任淑渠州牧鄘祐不以詩自名，其《殘雪在樹》句云：「有時疎點贉，錯認好花攢。」雅近自然。又《緑樹陰濃夏日長》句云：「不放夕陽沈。」又《麥浪》句云：「牛背穩如舟。」皆單語之致佳者。

瞿子皋太守昂詩筆輕利，故最宜於考試差。如《人心如面》句云：「置腹誠難見，觀頤理可通。」《貪看梅花過野橋》句云：「躋許霜留暫，途拚月共遥。」《聖人不手》句云：「凡人皆附鳳，惟聖總猶龍。」《苔卧緑沈槍》句云：「四圍痕漬雨，百鍊氣干雲。」皆雅俗共賞之作。

中文恪公啓賢《風門》句云：「開時還自闔，寒處訝能温。」《撲滿》句云：「厚斂終須破，深藏乃不堅。」賦物之工，頗爲時所傳誦。其《香稻啄餘鸚鵡粒》詩云：「雕檻琵琶喚，平沙穲稏香。朝雲鸚母緑，秋雨稻孫黄。繡閾調新語，金籠積舊糧。瓶罌窺子細，環鎖聽丁當。餐玉晶瑩焕，含珠的皪光。商風吹翠羽，冷露墜青芒。玳瑁簾鉤下，瑯琊卷帙詳。隴頭還憶否，問訊雪衣娘。」此學填滿五字法，是其平生最得意之作，要亦不過趨時而已。

卿滋圃太常祖培德優於才，視世上揣摩之工，軟美之習，去之若浼，其爲詩亦然。如《士先器識》起兩聯云：「莫謂聲華著，而忘士所先。器原分大小，識亦具偏全。」又云：「載物中能積，通微運有權。」可以想其風概。

洪守愚觀察燿由詞林改郎署，在吏部專司考察黜陟之事，齗齗争辨，滿堂滿室，一時長屬皆敬而畏之。最敦友誼，嘗以壬戌同榜齒録不備不精，重訂而精刻之，手寫六過，閲十有八月而始成書。自是每科刻齒録者咸取法焉。在部趨公無少暇，惟遇考試差之歲月，自課試律數首，今存者亦無多。如《曉霜楓葉丹》句云：「痕疑分野火，色欲助初陽。」《鍊石補天》句云：「綻到衣無縫，窺來管共圓。」皆其得意之筆。按：守愚爲壬戌同譜職志，其重訂齒録體例簡嚴，版楮精妙，同人珍之。時陶文毅公尚爲諫官，有詩紀其事，叙述詳明，可資名榜故實，雖長排亦律體也。今附録如左。云：「序齒新刊録，開函證夙緣。大科輪浹歲，余今歲會闈忝與分校，屈指登科，歲星一周矣。名榜許從天。壬戌御製《御殿傳臚作》元注云：「今歲鼎甲三人，皆係江蘇。狀元吴廷琛，則會試第一名及第，庶異日卓有表見，人稱名榜，足副予渴賢之願，期與多士共勉之。」天語期許如是，歷科所僅有也。會際風雲盛，恩邀雨露偏。在壬逢舜紀，舜七載歲陽在壬。步戊協堯躔。堯七載歲陰在戌。宗伯聲齊斗，禮部尚書紀文達師，甲辰、丙辰兩典會試，是年復充正總裁。中丞筆似椽。正總裁熊謙山師，時官左都御史。紫微辰極近，戴可亭師、玉研農師並以閣學充副總裁。丹詔午門宣。考官命下，禮臣於午門前開讀，文達師乃自宣其名。象應奎光朗，閲卷之堂曰聚奎。題標睿札鮮。君臣欽厥止，欽命四書首題爲：「人君止於仁，爲人臣止於敬。」德禮式無愆。次題：「道之以德，齊之以禮，有耻且格。」術本羞儀衍，三題：「居天下之廣居，立天下之正位，行天下之大道。」珍還耀璞璿。詩題「山輝川媚」得「長」字。文章敦矩矱，四總裁皆有程墨。軋茁謝蹏筌。雋選儕三百，直省中額共二百四十五名。精搜徧六千。終場凡六千餘卷。鵬圖齊振翮，麟角早興賢。乾隆戊辰曾舉宗室會試，至是特命開科，著爲令。慈孝彝倫叙，欽命宗室四書題：「孝者所以事君也，弟者所以事長也，慈者所以使衆也。」絃彤武備全。詩題「弧矢威天下」。兆徵蓉鏡下，花認錦機邊。文達公閲卷後作詩四首，有云：「衰翁那識新花樣，往事曾吟古戰場。」凡骨靈丹换，仙書淡墨填。有才真特達，御製「山輝川媚」結聯云：「求賢真若渴，特達現圭璋。」此路趁先鞭。校藝人重集，求誠理共詮。欽命覆試四書題：「自誠明謂之性，自明誠謂之教。」珂鳴遥漱玉，詩題「飛泉漱鳴玉」。冶鍊舊掄錢。補應殿試九人，朝考一人。制策咨廷切，殿試以「治心典學，保赤正俗」爲問。書屏繼志虔。策問首舉《無逸》一篇，硃筆增「我皇考嘗書於屏扆」八字。民依勤教養，經訓勖鑽研。臚唱摛皇藻，御製《御殿傳臚作》：「大典掄才重士林，臚傳特達廣廷琛。雙元獨冠三吴彦，萬選都由一念欽。經正民興邪自熄，道隆化樸理誠深。慙予德薄臨天下，若渴求賢望作霖。」賡歌叶帝絃。朱文正公、彭文勤公皆有恭和御製元韵詩。雙元功賚鼎，六袠運符乾。乾隆壬戌科，金甡亦會狀連元。有喜孚霖雨，無私洽甫田。先是，京師望雨，朝考以「天降時雨」命題，御製詩有云：「日肅徵嘉兆，其霶洽甫田。」是日午刻果大雨。蒿宫酬望蜺，菜畝愜扶犍。漢詔爰敷乃，周髦悉萃焉。朝考擬漢高帝求賢詔。儉先知稼穡，崇儉去奢論。氛已靖鋒鋋。三省善後事宜疏。拔十材惟美，朝考入選六十人。登三道盡平。時川、陝、楚教匪俱就蕩平。乘風欣鼓翼，就日快隨肩。朵殿晴暉麗，宸園霽景妍。更番榮晝接，四月二十八日、二十九日，五月初一日，分班引見於圓明園勤政殿。次第報喬遷。觀政期清吏，分部共六十人，乙丑補用一人。分符廣置員。即用知縣七十六人，乙丑補用二人。庶常多藹吉，庶吉士九十四人，乙丑補點一人。公族本茹連。宗室三人皆入館選。籲俊雲開牖，儲英海納川。御製《端午作》有「崇儒廣士途」之句，元注云：「翰林爲儲材之地，今科庶常用至九十餘人，庶期文運光昌，勵士品而正人心也。」設科從未有，立教豈徒然。文勤公《謝派充教習庶吉士》摺子云：「得士至九十四人之多，論年爲六十三科未有。」芸館依師帳，大教習初命文勤公暨侍郎那繹堂師，旋命侍郎潘芝軒師，而文達公與可亭、研農兩夫子以座主相繼爲大教習，亦前此罕見云。蓬壺侍御筵。甲子聖駕幸翰林院，錫宴賡吟，並叨賞賚。比來尤鵲起，所至盡蟬聯。卿月盈盈上，文星的的圓。署淩華蓋迥，座擁繡衣翩。臺閣簪纓盍，關河笠繖便。晝輪聞夾鹿，講幔見銜鱣。却憶瓊林聚，難忘鐵硯穿。名經原戴佛，法曲記游仙。指點猶俄頃，依稀在目前。梁窺千里月，塵軟六街烟。歲月行如此，升沈劇可憐。山川音契闊，風雨夢纏綿。宿草還多感，浮萍致足牽。通家仍孔李，入室幾淵騫。管孰湘筠握，書宜嶽石鐫。容齋推博洽，詞囿久漁畋。拜賜詩曾進，駕幸翰林院，禮成，守愚恭集《味餘書室全集》詩句，分上下平韵三十首以進，蒙賜錦綺。懷人帙再編。官階披蠹簡，守愚官考功，凡同年官階升轉，悉於吏册搜録。傔驛送魚箋。履歷有未全者，則馳書徵訪得之。寵載金泥錫，並載内外官覃恩封贈。輝增寶樹駢。自癸酉以前諸家子弟得科名者，亦爲增注。別淮咸畫斛，肖趙弗譌沿。排次眉同列，鈔謄手任胼。守愚自云：「此録已謄寫六過矣。」鴻裁登巨製，貂續擬長篇。故事追盧肇，唐進士題名雁塔始於盧肇。芳名表季延。宋紹興十八年《同年小録》載，五甲第九十名朱某字元晦，小名沈郎，小字季延。宋題名録惟考亭、文山兩榜具存，以人重也。憑誰尊甲第，及此勵丁年。勳業前程遠，聲華後日傳。勉承九重語，庶以答陶甄。」

王香湖方伯青蓮吏才卓犖，恩眷優隆，倚畀方殷，遽返兜率，同輩咸惜之。中年始勇於學問，每從簿書期會極忙迫中，常向余講論聲律，娓娓不倦。同僚多笑之者，香湖不顧也。余所編《吴中唱和集》，皆一時壬戌同年在吴及過吴者之近詩，香湖獨任校勘剞劂之勞，亦可謂敦於友誼者矣。試律僅存之句，亦復乎甲新意。如《玄鳥司分》云：「佀似曾相識，時原重以殷。」《龍見而雩》云：「維時剛雨若，其地足風乎。」《井收勿幕》云：「此象符蒙發，其機暢坎流。」皆當年庶常館課作也。

龔季思尚書守正詩風華典贍，於試律尤所擅長。《五鳳齊飛》句云：「聯翩應比竇，軒舉想攀嵇。」《聖賢爲杖》句云：「蹇躬三尺節，乾步五雲端。」《直如朱絲繩》句云：「偶然鏗爾作，如見古之遺。」《古硯微凹聚墨多》句云：「金壺新蘊蓄，青鐵舊消磨。」

夏森圃廉訪修恕因公鐫級，終於思南太守。而其子姪俱繼起入詞林，可無憾矣。其《學校如林》句云：「杞梓山川秀，菁莪雨露深。四門賓士日，百穫樹人心。」自是福澤人語。

鄧鑒堂觀察士憲《幾生修到梅花》句云：「冰雪聰明净，風霜骨力堅。衆香懷舊國，素質悟先天。」不假雕琢而自然名貴。「衆香」五字，其有玉堂天上之感乎？

卓海帆閣老秉恬於同榜中年最輕而官最貴，古近體詩亦最多。惟試律所存僅數首，皆三十年前館課之作也。《小闌花韵午晴初》句云：「暗逗貓睛細，微烘蝶粉團。」與顧南雅句相似，而各具神理。《詩清都爲飲茶多》句云：「頓教心似洗，不覺手頻叉。」所謂落筆甚輕，而著題甚重者。

葉心畇邑侯申棻，名父之子，同懷兄弟七人並登科第，心畇實爲白眉。其第六弟茞汀觀察，第七弟小庚太守，先後入翰林，心畇獨以粤東知縣終，同人咸爲扼腕而處之泰如。有《瑾瑜匿瑕》句云：「闇然文益著，瑟彼性彌温。」評者謂詩如其人。

李竹醉廉訪振翥《天河洗甲》句云：「路擬乘槎到，功從破浪收。人皆欣放馬，水不隔牽牛。」大教習那文毅師極賞之。

施惺渠編修鸞坡本吴門宿學，晚得一第，深以翺翔木天爲榮。館課日高談雄辨，旁若無人。題紙下，衆方講「天河洗甲」出典，惺渠乃朗誦杜老《洗兵馬》篇四十八句，一字不遺，彭文勤師目之曰：「此可謂老名士矣。」詩中有「霓裳真愷鼙，銀甕即共球」句，同人有爲之撟舌者。文勤師曰：「此老名士詩，不得以尋常蹊徑繩之。」

黄俊民觀察中傑，南昌素封也。一家群從皆登省闈，徵歌選舞，日事豪游。惟俊民道貌岸然，鬚髯如戟，衆皆望望焉去之，而不知其遇可與言者則和易近人，亦無不酣嬉盡致也。其試律如《大木百圍生遠籟》句云：「十畝垂陰美，三霄得氣清。是能勝棟宇，可以樹風聲。」讀其詩如見其人。

程竹厂鴻臚邦憲《防意如城》句云：「動先求氣帥，輕莫縱心兵。盡仰高深量，毋寒夙夜盟。」又《蛾子時術》句云：「爲山吾志在，啓垤爾心殷。」學人之言，迥殊雕蟲小技。

霍松軒州牧樹清《投籤階石》句云：「不待雞人報，頻教蝶夢驚。」《人情以爲田》句云：「戒思嚴越畔，樹德望逢年。」語皆深厚。

萬軒湖邑侯鼎琛《視遠惟明》句云：「智非矜以察，物自貢其情。」《復以自知》句云：「一陽初動處，三月不違時。」《魚躍于淵》句云：「是本天而動，皆因樂有餘。」在試律中亦可謂太古元音矣。

林鑑塘編修春溥習清書三年，極精殫思，强能留館，故於詩賦不暇分譽。余僅記其《天降時雨》句云：「泥融登麥後，擔濕採茶前。」簇簇生新，殊有晚唐風味。

林廷桐邑侯朝陽工爲制藝，六時可得十首，皆筆酣墨飽，對仗嚴整之篇，而作試律則非一時許不能成一首。余嘗與同在鼇峰書院會課，記其《從善如登》句云：「爲謝歧途赴，渾忘彼岸高。」即此十字而刻燭已盈寸矣。

陳蘭鄰邑侯徵芝四十年拙宦，雖兩膺卓薦而不能遷官。行將循格推陞，乃以親病請急歸，竟得終養，以七品官終於家。其《從善如登》句云：「有等何須躐，如階自可升。」《鳩化爲鷹》句云：「呼猶饒雨意，擊已帶霜威。」《渭川千畝在胸中》句云：「夢去蔬同躐，吞來芥並空。」蘭鄰嘗受業於廷桐，作制藝心服其師，而作試律則有當仁不讓之意，廷桐亦爲之心折。

葛樨香編修方晉《如印印泥》句云：「位置從心後，功夫委地餘。」《望雲思雪意》句云：「冬心方瑟縮，寒意尚氤氳。」樨香散館後，旋奉督學中州之命，不踰年以勞終。今其喆嗣蓬山景萊已繼起爲庶常，雛鳳清於老鳳聲，樨香可不死矣。蓬山詩見後。

蓋健園觀察運長《七德武功成》全首云：「舉手天山定，皇威赫有聲。全軍聞凱奏，七德告功成。用武原除虣，安民在戢兵。王師來以雨，衆志聳如城。保世恩滋大，豐年敵自平。頻聆三捷報，不數《六韜》精。義問光星日，仁風捲旆旌。熙朝多駿烈，隆碣久垂名。」不屑屑烘染「七德」落小家數，而字字深穩，氣象萬千，置之唐人試律中，幾無以辨。

孔望山觀察汶《近悅遠來》句云：「都邑成群聚，梯航望氣來。」《衢尊》句云：「澤豈拘三爵，途原闢四門。」語雖尋常，能舉其大。

孫少蘭太守世昌《螢火不溫風》句云：「坐衣寒尚怯，撲扇暑全收。」此題頗難詮寫，此十字尚不即不離。

宗室果益亭將軍果齊斯歡《烟波釣徒》句云：「耕樵都作伴，風雨不須歸。」《以彘嘗麥》句云：「甘芳憑鼎鼐，風味憶糟糠。」以金枝玉葉之貴，而吐屬不異書生，亦足尚矣。

陳駿甫邑侯聲遹軀材豐偉，同年咸呼爲「陳胖子」，健飲而善睡，與人談不踰刻而鼻息已如雷。散館日試於殿廷，腹距矮几踰尺，懸腕作楷，鎮日如坐針氈，遂以下等歸原班候選知縣。玉研農師憐之，令在實録館效力。踰年，得廣西縣令，大著循聲，以不能迎合上臺罷去。余撫廣西日，其遺愛猶在耳也。試律賸句如《淩烟閣》云：「風雲同氣概，龍馬舊精神。」《動復歸有静》云：「群生原不擾，大造未曾疲。」《抱一爲天下式》云：「無私天宇覆，不貳歲功成。」吉光片羽，彌足珍矣。

馬湘門州牧倚元《耕織圖》句云：「辛勤關國計，乙覽念民功。」《偃伯靈臺》句云：「登壇辭將將，荷耒念生生。」語自渾成。

海容百邑侯海齡有吏才而好講聲律，如《方圓隨規矩》句云：「有象同隅舉，爲程若的懸。」《鳥散餘花落》句云：「來當紅雨細，去趁緑烟虚。」亦自細膩熨貼。

徐香粟郡倅驥《天降時雨》句云：「泉鳴千澗玉，人荷一簑烟。」此壬戌朝考詩題也。憶余在浦城日，祖舫齋師嘗告余曰：「當日承命讀朝考卷日，同事那繹堂侍郎拈此句以詫於衆。我適得君卷，有『響迸千道水，濕徧萬家烟』之句，亦持以示繹堂。僉謂異曲同工，而余終謂『千道水』、『萬家烟』氣象較『千澗玉』、『一簑烟』爲闊大，與繹堂争論者久之。後公同合擬名次，君卷果高標，而彼卷乃在五十名外矣。」

李鄰園邑侯蟠根《五丁力士開山》句云：「玉壘浮雲撥，青城古堞摧。險除熊耳峻，功咄虎傀奇。」壯語足以稱題。

李服齋廉訪文耕循良之聲，上達天聽，言坊行表，人無間言。詩不多作，惟喜爲試律。與余同官山左時，每考課灤源書院，輒有擬作。如《太乙仙人乘蓮葉舟》句云：「穩真天上坐，望若水中仙。」《三復白圭》句云：「且合捫吾舌，安知解客嘲。」《蓬瀛不可望》句云：「宫闕瞻常切，雲霞護轉深。」《鯤化爲鵬》句云：「縱壑心猶在，搏風力倍增。」聲律俱足，余至今尚能背誦之。

朱蔭塗邑侯玉林《剔毛攬翮》句云：「洗伐原超俗，扶摇欲化仙。欣成新羽後，好遇順風前。」穩適稱題。

張立亭觀察本枝《雁字》句云：「舞雪迴旋勢，翻風急就章。」《詩雜仙心》句云：「入歌皆廣樂，珥筆本瀛洲。」皆精心結撰之語。聞李芝齡言，立亭觀察蘭州時，常自録試律數十首，寄京屬點定，惜余未得寓目。而抗塵走俗中有此别情，亦足尚矣。

謝椒石觀察學崇詩品與吴棣華相伯仲。寓居揚州，與余唱和日最多，每一篇出，余輒欲焚筆硯也。於試律非所注意，然如《吾亦愛吾盧》句云：「趣因尊酒淡，心與岫雲孤。」《菉竹猗猗》句云：「騷無盈室感，賢有入林思。」《心契九秋榦》句云：「性情辭斧藻，毫素託蕭森。」《朱虚侯行酒》句云：「耕耘非種戒，歌舞幾人留。」風雅之遺，亦試律家射雕手。余以《叢話》稿示謝椒石，並索其舊作，椒石曰：「余詩不足存，稿亦久失，惟余婿葛蓬山景萊及兩兒蔚卿振彬、子昭振宣會課之作尚有可觀。」因以《潛石山房試帖課存》一本相示。如葛蓬山之《海不揚波》句云：「何曾看水立，直比頌河清。」《葉不墜秋風》句云：「響不敲金井，寒惟耐玉樓。」《爆竹聲中一歲除》句云：「光陰催電火，消息走雷車。」《王獻之迎桃葉》句云：「青氊尋舊夢，白紵换新腔。」謝蔚卿之《衆山皆響》句云：「龍吟千嶂應，雁落萬峰環。」《豐年足魚》句云：「占星殊在罶，得象可忘筌。」《張湯磔鼠》句云：「兩端疑自決，三尺法無傷。」《司馬題橋》句云：「讀書原慕藺，投筆竟同超。」謝子昭之《白香山遣楊枝》句云：「弱縷無因挽，飛花幾見還。」《陶士行武昌種柳》句云：「夏口將軍樹，春風戰士袍。」《梁鴻賃廡》句云：「死尚要離近，生如冀缺從。」《荆卿擊筑》句云：「氣隨冠珮慘，聲雜鼓鼙多。」「清詞麗句必爲鄰」，亦後起之秀也。

余撫粤西時，朱文定公嘗郵書告余曰：「貴屬僚中有詩人吴次山楷者，長於吏治。」時次山方爲臨桂令，余爲奏升同知。當時實第賞其聽斷之才，而不知其試律之工乃爾。如《易水送荆卿》句云：「一身悲短筑，匹馬去長安。生死豪能決，頭顱血未乾。衝天頻豎髮，塗地願傾肝。命等鴻毛易，身探虎穴難。重關斜日黯，萬里暮雲殘。歸夢刀頭斷，雄心匕首看。」通首對仗活脱，韵脚深穩，豪壯是其餘事。次山又有《曼倩偷桃》句云：「潛蹤窺弱水，豪興壓綏山。」《命婦花》句云：「玉堂今日寵，金屋舊時藏。」《一團和氣》句云：「心地陽春滿，形容太極圓。」心花濬發，斐然動人。蓋次山肄業成均多年，其琢鍊有素也。

《史記·佞幸傳》引諺語云：「力田不如逢年，善仕不如遇合。」適道光戊戌朝考以「力田逢年」命題得「豐」字，通場不知所出，惟鈕松泉修撰因手注其師李芝齡尚書試律中有此題，記之甚悉。然題面易還，題意難肖，題之出典亦難叙清，且韵限「豐」字，似又宜但寫題面，而不必拘定題意。修撰起聯云：「諺詞遷史載，節取頌年豐。」只十字而面面俱到，以下便放手寫題面，斷不必再糾纏題意。如此靈心好手，獨出冠時，雖其師芝齡亦爲心折矣。宜其上結主知，一登巍科即屢司文柄也。

卓海帆寄示《藕花吟社試帖》一本，爲潤州章茶坪炳蘭所作，中多詠史之章。如《三閭大夫廟》句云：「萬言惟愛國，千載此羈臣。」又云：「芳菲公子怨，遲暮美人愁。」《范睢相秦》句云：「印同鳩鵲占，國助虎狼驕。」《明妃出塞》句云：「單于驚絶世，女子立奇功。」《滹沱冰合》句云：「我軍休戰栗，此地見滄桑。」《耿恭拜井》句云：「莫笑神龍困，能教渴驥蘇。刺山同鬵沸，湧地即醍醐。」《出師表》句云：「已定南方亂，宜張北伐軍。斯文懸日月，奇陣結風雲。」《張翰歸吴》句云：「素履完名士，黄花詠故都。」《庾信平生最蕭瑟》句云：「慙愧餐周粟，淒涼作楚歌。」又云：「惻愴雙蓬鬢，流離七葉身。」《郭子儀拜織女》句云：「神仙傳六字，福命冠三唐。」《鄭俠上流民圖》句云：「雜遝鳩形見，峥嶸虎吏尊。」《東坡生日》句云：「風流千載後，春夢百年間。」《岳王墳》句云：「黄龍難痛飲，白雁易來賓。」以此肩隨《有正味齋》，殆無愧色。

謝椒石示余《種樹山房試帖》一本，爲丹陽於仲舟汝濟作，椒石爲之序。如《朋盍簪》句云：「客似三千集，人同二八升。」又云：「盛會彈冠慶，初筵側弁懲。」《同人于野》句云：「求聲頻伐木，引類譬思苹。」《謙受益》句云：「象符三友至，貝勝十朋占。」《説築傅巖》云：「此地鄰虞虢，斯人勝陟咸。」《羊牛下來》句云：「薄莫麾肱後，斜陽上背時。」又云：「白石千山遠，黄昏一徑催。」《槐花黄》句云：「側耳音聲作，催人筆墨忙。」《對竹思鶴》句云：「眼中千个字，夢裏九皋詩。」《冰寒於水》句云：「夏蟲難共語，春鴨未曾知。」《金人三緘》句云：「約法原嫌贅，吞爻更覺饞。」《草色遥看近却無》句云：「望中非約略，行到漸模糊。」《牛背穩於舟》句云：「波不生平地，風還送遠疇。」《河陽一縣花》句云：「訟息三春月，香濃百姓家。」《風暖鳥聲碎》句云：「韵攙鈴鐸静，舌趁翦刀輕。」《滿城桃李屬春官》句云：「繞堞春如海，成蹊錦作團。青雲開甲第，紅雨徧長安。」《高梧一葉下秋初》句云：「疏雨聲纔歇，孤雲影共流。珪從庭畔翦，扇未篋中收。」余尤愛其《女曰雞鳴》句云：「帳中忘燕婉，枕上説雞鳴。」《五日畫一石》句云：「一星天上落，五日案頭摹。」點題瀏亮可喜。椒石所云「運斤於芒芴，諧聲於抗墜」，往往有爲前人所未有者，非虚譽也。

吴門夏静甫尚志爲諸生時，不喜作排偶詩，然有「柳色春藏蘇小家」題，詩中云：「樹擬連枝木，人稱解語花。六朝鍾美麗，兩岸鬭繁華。」此兩聯即喜作排偶詩者，亦不能如此工麗。又「虎豹之鞟」題云：「嘯風勞想像，隱霧失繽紛。俗目休皮相，虚名尚駭群。」切合而有渾成之致。

姚笙華樟由庶常改官宰吾閩，詩才俊逸，兼工試律。《五風十雨》句云：「采藍花信轉，畫水墨痕消。」《柳偏東面受風多》句云：「眉飛迎月上，腰折過橋扶。」運意巧妙入神。其入室弟子羅鏡泉以智有《太白酒樓》句云：「名豪千古客，氣懾列仙儔。」吐屬不凡。朱虹舫閣學極賞此十字，名噪一時。鏡泉爲余年家子，博通典籍，擅長古文及古今體詩，試律迺餘技耳。

試律叢話卷之七

福州梁章鉅撰

吾鄉唐人試律所存無幾，其最先者爲莆田林緯乾藻《青雲干吕》一首，各選本皆有之。詩云：「應節偏干吕，亭亭在紫氛。綴霄初度影，捧日已成文。結蓋祥光迥，爲樓翠色分。還同起封土，更似出横汾。作瑞來藩國，成形表聖君。徘徊知有託，誰道比閒雲。」中兩聯運事入化，結聯補點「雲」字，言盡而意不盡，體格嚴重，足爲後學楷模。較勝王履貞、令狐楚諸作，而胡竹巖謂通篇不著「青」字，忘却奥窔。按：「青」字原不必著迹，即「干吕」二字亦豈有的解？若近人爲之，勢必字字還他著落，轉難免穿鑿之弊，此豈可以繩唐人之詩乎？焦郁之《白雲向空盡》一首，何嘗管到「白」字，不害其爲佳製也。

林緯乾又有《吴宫教美人戰》句云：「掩笑分旗下，含羞入隊中。」評者皆以爲工，實非唐律上選也。

莆田黄文江滔爲晚唐人，其《白雲歸帝鄉》詩，通首皆著眼「白」字，自是正法，然如「和霜帶月」、「銀河粉署」等字，究竟著迹。惟結句「旅人隨計日，自笑比麻衣」，唐制試士令服麻衣，見《唐會要》。評者以爲謔語趣甚，亦開後人一法門也。紀文達師曰：「起聯『杳杳復霏霏，應緣有所依』，上句破『白雲』，下句破『歸帝鄉』，措語近拙，且首句是唐人試律之陋調，不必效之。次句擬用陶靖節《貧士》詩語，改爲『孤雲何所依』，陶詩云：「萬物各有託，孤雲獨何依。」既點『雲』字，又與三、四句『不言天路遠，終望帝鄉歸』意相呼應，且以孤雲比貧士，尤與結處『旅人』十字祕響潛通也。」按：此是點鐵成金手段，必有此本領，方可改定前人之詩。

黄文江河南府試《秋夕聞新雁》句云：「餘燈依古壁，片月下滄洲。」不必切定題字，而神理自在箇中。又試《明月照高樓》句云：「卓午收全影，斜懸轉半明。」極力刻畫，而轉嫌沾滯矣。按：古人以卓午指日，梁元帝《纂要》謂日在午爲卓午，李白詩亦云「頭戴笠子日卓午」是也。其指月言者，惟見此詩。

毛西河曰：「黄文江廣州試《越臺懷古》全首云：『南越千年事，興懷一旦來。歌鐘非舊俗，烟月有層臺。北望人何在，東流水不回。吹窗風雜瘴，沾檻雨經霉。壯氣曾難抑，空名信可哀。不堪登覽處，花落與花開。』結處不露干請，祇自傷沈滯，亦是一法。」按：此詩蒼蒼莽莽，老筆縱横，今學唐音者多從此入手。

先資政公曰：「黄文江省試《内出白鹿宣示百官》詩，諸家選本並有之。其實語多鈍置，未爲佳篇。惟『孤立雪花團』五字艷絶耳。結聯『貴臣歌詠日，皆作白麟看』，實開後人頌揚之體，而詞意含蓄，仍是唐賢身分，則後人所不能也。」

馬授疇璞曰：「莆田徐昭夢夤《東風解凍》中四韵：『扇冰都覺泮，吹海旋成空。入律三春變，朝宗萬里通。岸分天影闊，色照日光融。波起輕摇緑，鱗遊乍躍紅。』無語不雄，無字不麗。『波起』二句摇曳生姿，人所易知。至『岸分』句竟若與題無涉，而其實刻畫『解凍』之妙，曲盡形容，非古人筆妙未易得此。」

裘文達公曰修曰：「徐夤《東風解凍》承聯云：『扇冰都覺泮，吹海旋成空。』上句實寫，下句大寫。下聯云：『入律三春變，朝宗萬里通。』即分頂上文。唐律之精如此，此雄俊語亦非唐人不能。」

林暢園師曰：「徐夤有《尚書命題瓦硯》句云：『莫嫌涓滴潤，深染古今情。』此真言近旨遠，詠物好句也，而胡竹巖以爲泛甚；其上聯不獨雄文陣，兼能助筆耕，則意甚淺近，似凡手皆能之，而竹巖評爲如此便切，真不可解。」又曰：「徐夤又有《黄河》句云：『莫訝清時少，都緣曲處多。』汪退谷士鋐曾纂入《句圖》。」

漳浦潘鎮之存實有《玉聲如樂》句云：「韵含湘瑟切，音帶舜絃清。不獨藏虹氣，猶能暢物情。」題面、題意並能醒豁。結句云：「后夔如爲聽，從此振琤琤。」秦沐雲錫淳曰：「后夔指司樂者，謂主司也。此亦唐律以祈請爲出路之常格。」

侯官林寬有《臘後望春宫》句云：「仗凝霜彩白，袍映日華紅。」雖寫景常句，然後人學之，便不能如此典重高華。又《省中寓直》承聯云：「此中真吏隱，何必更巖棲。」此已開近人蹊徑，而吐屬瀏亮，不得不推爲唐音。

閩縣陳載物翊省試《龍池春草》云：「春風光鳳苑，細草徧龍池。曲渚交蘋葉，回塘惹柳枝。因風初苒苒，覆案欲離離。色帶金堤静，陰連玉樹移。日光浮藹藹，波影動參差。豈比生幽遠，芳馨衆不知。」按：此以反託作出路，亦是尊題正格，而徐商徵以爲欠俊，皆未爲知詩者也。

歐陽希甫袞亦閩人，寶曆元年及第，官侍中御史，存詩九首。《聽郢客歌陽春白雪》句云：「調雅偏盈耳，聲長杳入神。連連貫珠並，裊裊遏雲頻。」亦試律正格也。

宋初，西崑體以楊文公億爲領袖，其體格於試律最宜。今人填滿五七字之法，即託始於此。如《秋夜對月》起兩聯云：「孤雲飛隴首，顥氣滿商中。警鶴仙盤外，圓蟾玉殿東。」首聯「秋夜」，次聯「對月」，格律極分明。後兩聯云：「露館迷秦甸，冰臺接魏宫。繞枝驚暗鵲，促杼辨陰蟲。」組織又極工麗。此等詩無甚深意遠情，而足以醫空疎甜俗之病，非益智糉，乃饋貧糧耳。又《上巳日玉津園賜宴》云：「禊飲逢元巳，春游盛舞雩。流杯傳楚俗，飫賜出堯廚。玉樹天開苑，銀潢水貫都。肆筵環曲沼，飛蓋塞交衢。洛邑聲詩逸，蘭亭歲月徂。顔王有遺韵，待子一操觚。」格調一同前作，文公詩體多類此。今《西崑酬唱集》中篇篇可讀，録此以當舉隅也。

鄭蘇年師曰：「楊文公《致齋太一宫》詩云：『漢帝初年館，威神法太微。赤章修祕祝，盤石拂仙衣。雉雊靈光發，鸞歌彩霧霏。霓旌飄夕吹，瑶草泛春暉。瓊屑晨杯滿，芝田晝茹肥。象尊猶一獻，鳧舄自雙飛。天迴飆輪度，宵殘素瑟希。回看葱鬱處，佳氣接彤闈。』此五言八韵正格，專用濃墨卧筆爲之。北宋人即有此手段，今人偶能工此者，輒矜奇自喜，抑末矣。」按：南宋人學此派者，亦不乏人。如羅大經《鶴林玉露》所載，紹熙甲寅光宗以疾不能過宫，時太學出詩題「問寢龍樓曉」得「樓」字，盧陵尹德鄰詩云：「父母人皆有，儀型自冕旒。問安趨燕寢，拂曉過龍樓。鶴駕嚴晨衛，雞人徹夜籌。慈闈天語接，飛棟月華收。萬姓齊呼舞，三宫款獻酬。小儒憂國切，幾白九分頭。」壯麗稱題，又何減西崑諸公乎？

朱子爲南渡詩人之冠，其試律甚謹嚴，上接唐賢，實無多讓，而近人言試律者多遺之。如「以蟲鳴秋」題全首云：「天籟誰爲主，乘時各自鳴。如分百蟲響，來助九秋清。未歇吟風調，先催泣露聲。乾坤闢氛氣，草木斂華英。易斷愁人夢，難安懶婦驚。惟應廣成子，萬感不關情。」首句暗醒「以」字，次句明破「鳴」字，三句倒點「蟲」字，四句清出「秋」字，於律法一絲不走，而老筆紛披，後之名手無以過也。

狄春暉之武曰：「結句萬籟無聲。」

俞振英璠曰：「朱子有《應教題巖桂》詩，結聯云：『珍重王孫意，芳香襲滿襟。』顧定『應教』，復能自占地步，此唐人定法。」

林暢園師曰：「林子羽膳部鴻《王屋山天壇》句云：『分野連三晉，風雲萃百靈。鶴歸松已偃，龍去水猶腥。』膳部詩力學唐音，此試律已見其概。選家多稱其第二聯『深窺砥柱黑，高並太行青』，謂切其地也。然余嫌其『砥』字落調，且『砥柱』、『太行』，亦微近合掌。」

吾鄉安溪李文貞公理學、勳名爲我朝領袖，時藝亦一代宗工。惟不以詩名，無論試律，而僅存之作乃格法兼備。如《霧鳥》句云：「憐足夔應惜，潛文豹共寒。中膨羞豕腹，側睨陋雞冠。」於運用故實中隱存身分，非僅號稱詩人者所能識也。若起句「不是樹間翮，相將雲際看」，「樹」、「雲」兩字用互救之法，亦是精於音調者，特非今日試律所宜耳。

孟瓶庵師曰：「李文貞公『爲有源頭活水來』題，通首俱寫題意，不拘拘於題面，自是古法。十三、十四兩句云：『往哲嚴歧路，前修貴反身。』樸實説理，自然沈著，亦是此題源頭也。」按：此詩見《同館試律補鈔》，據法時帆祭酒云，因校書文淵閣得之。

晉江陳謙季萬策「所樂在人和」題首二韻云：「在鎬周傳雅，迎薰舜作歌。天顔長有喜，皇極本無頗。」起調似此博大昌明，實開館閣風氣。

雷翠庭先生鋐《千潭一月印》句云：「是萬還爲一，于淵即在天。静時渟止水，動處貫流川。」此等題須以此空靈筆寫之，方能使理障一空，紀文達師指爲度人金針是也。

漳浦蔡文恭公《荷氣上薰風》句云：「翠蓋浮香遠，修莖擢秀多。」《野含時雨潤》句云：「衆緑澄如滌，香紅軟不移。」尋常語皆自然秀麗。而《天行健》云：「蟻磨旋何滯，鼇撑載豈傾。於中齊剥復，何處問虧盈。」又復壯闊稱題，足徵太平相業。

林青圃通政枝春由鼎甲洊躋卿列，以鐫級返里，而嚴氣正性，復能淑其鄉邦。詩文稿皆散失，所存《春秋元氣見天端》試律一首，藉窺一斑。句云：「大哉爲物統，至矣見心源。」又云：「義同詩取首，妙即易之門。」皆見道有得之語。

永定廖南崖太史鴻章《追琢其章》句云：「受範還追琢，無瑕得巧鑱。形模憑刻劃，肉好妙空嵌。」押險韵不費力。

南定洪叔時世澤應詞科得館選，今僅存一首。如《恩沾垂露餘》句云：「灑潤從霄漢，飛甘出帝鄉。」又云：「沛澤流何盡，騰文布未央。」信非金華殿中人，不能作此語。時張惕庵先生甄陶亦同舉詞科，此題句云：「湛湛來天上，濃濃下帝鄉。」又云：「流處先三殿，飛來徧八方。」亦工力悉敵也。

安溪官瑜鄉庶子獻瑶《復其見天池之心》句云：「氣將呈長子，數已兆陽奇。」又云：「就中參性命，於此識微危。」庶子束身圭璧，名實相符。嘉慶間崇祀鄉賢，其疏中看語余所擬也，讀此詩乃如親有道之容。

南安陳修堂桂洲侍講《消冰水鏡開》句云：「一泓梳緑柳，萬頃濯青蘋。」《風傳碧樹凉》句云：「清陰鋪遠徑，冷意透晴川。」皆能於空際傳神，恰如題分。侍講視學粵西，有教澤，至今在人口也。胡竹巖曰：「陳修堂《入簾殘月影》句云：『玉鉤斜影度，銀蒜一痕添。』畫出纖微，妙在無跡可尋。」

李竹人宗文擩染家學，所作詩文皆渢渢盛世元音。如《敷教叶天工》句云：「泰運無爲化，乾元乃統天。百司扶日馭，列署拱星躔。雲漢文章備，風雷號令宣。禮行倫自正，樂奏氣無偏。」非斯語不稱斯題。

葉毅庵詹事觀國《緑筠書屋古近體詩》，温柔敦厚，爲詩學正宗。其試律體亦相仿。如《疏雨滴梧桐》句云：「數行斜點處，一葉始凋初。」《秋水灌河》句云：「百川波乍漲，九曲勢全收。」《一生二》句云：「奇偶爻初畫，陰陽氣互行。胚胎初剖判，法象遂縱横。」皆不假雕琢而出，自是老斲輪也。

李璞庵光禄宗寶《修竹引薰風》句云：「團蔭饒遮日，高枝易引風。」題本無深義，故宜此輕圓之筆。吾師孟瓶庵先生詩學陸放翁，實能神似。《亦園亭詩鈔》中古今近體皆温厚和平，深得風人之旨。於試律非所措意，《同館詩鈔》中只存《山水含清暉》一首，句云：「嵐光方靉靉，潭影自悠悠。極目空明映，無邊澹蕩浮。」一片空明，亦是劍南詩境。

漳浦藍古蘿先生應元由庶常歷踐清華，平躋卿貳，老於館閣，未嘗一掌中外文衡，惟知貢舉一次而已。有《燕乃睇》試律一首，句云：「對語聲偏好，低飛意早馴。欲求棲息穩，不厭往來頻。故壘看仍在，空梁認可真。關河經歲別，風雨隔年親。」

孟瓶庵師曰：「李敬堂光禄廷欽《緑槐高處一蟬吟》句云：『古調彈宜獨，高枝隱倍深。垂緌流片影，鼓翼訴清心。』又云：『圓陰穿欲透，餘響聽俱沈。』題神、題理俱出。『碧無情』之句，不得專美於前矣。」

王魚樹曰：「吾鄉鄭雲門閣學際唐《亦在車下》詩云：『東山歸有日，暫此息旋車。易地仍同轍，連鄉亦比閭。仰轅安局促，倚軫漫紆徐。月破三年斧，星隨九罭魚。飛鴻聊信宿，歸馬伴離居。江樹迷鄉夢，秋風報客書。華旌翻斗帳，陰靷俯檐除。回首蜎蜎蠋，相看一笑予。』此詩通體妙寫征夫，不黏『車下』，悱惻纏綿，深有得於《東山》詩旨，不但『月破』十字壯麗動人也。」　按：閣學《至人心鏡》句云：「屢照疲何有，圓靈動不居。」《山夜聞鐘》句云：「不眠清漏迥，深省寸心長。」皆沈著語。

乾隆間，吾鄉前輩試律以林香海先生澍蕃《幾生修得到梅花》一首爲最著。詩云：「歷劫不能到，梅花如許清。竹邊逢一笑，石上話三生。境本仙塵隔，功緣次第盈。東風曾夙契，明月又前盟。幾閱團蒲穩，從教凡骨更。鍊魂冰雪淡，得氣水烟輕。縹緲孤山路，高寒白玉京。一聲來翠羽，勝果報初成。」先生負夙慧，詩文皆有靈氣，象外孤寄，亦其不壽之徵，此作語雖稱，而「鍊魂」、「得氣」云云，已自爲寫照矣。同時盧霽漁編修遂《大車檻檻》句云：「驪唱經時別，魚書問訊閒。聲隨平野闊，人羡故園閒。」王魚樹以幽燕老將氣韻沈雄稱之，惜與香海先生同時以壯齡物故。玉樹易折，時輩傷之。

香海先生之伯兄樾亭先生，湛深經史之學，博聞廣識，而復雄於詩文。少與香海互相切磋，不愧難兄之目。由舉人長名榜，出爲百里侯，故於試律不多作。余嘗記其遺句如《吹萬群方悅》云：「黍谷吹噓早，桐生感召寬。」《人情以爲田》云：「因材皆篤厚，樹德必滋榮。」《行不由徑》云：「旁趨徒窘步，獨往自空群。」《虛堂習聽》云：「祥原占止止，德自合愔愔。」《以水沃面》云：「興會淋漓候，聰明澡雪餘。」皆自然名貴，異乎以側媚逢時者，此可徵詩品。

李劍溪先生光雲以宿科名德，洊陟清卿，詩學白太傅，字學歐陽率更。嘉慶初，甫奉視學粵東之命，旋以末疾罷歸，舟行至劍溪而逝。其字竟爲之讖，亦奇矣。生平極和易近人，德符暉映，無論同輩、後進，見之者無不如飲醇醪，其實孤介之操，壁立萬仞。嘗授徒和珅家，並不恃爲奧援，講貫外毫無所與，和亦敬之。惟癖嗜葉子戲，時名爲之稍減。館和家時，偶出城逢場作戲，輒數日不歸，並和誕辰亦忘之，和不怪也。然卒被和門之謗，偃蹇以終，時論惜之。有《奇文共欣賞》試律句云：「癖也情偏嗜，攻之間可乘。澹交真似水，疑義渙如冰。」先叔父太常公嘗舉以示余，曰：「此殆劍溪自爲寫照也。」亦可哀矣。

張棫軒颺揚在翰林日淺，最以謹言著，讌會之際，可終日不發一詞。其《三復白圭》句云：「意自期緘口，心何羡解頤。寡尤時懍懍，服古自孜孜。」可謂言行相符者矣。

蔡蓮舟先生廷舉與香海先生同以妙齡先後入詞館，並有時名，而俱不永年，深爲大興朱文正師所悼惜。在庶常館課《河鯉登龍門》詩句云：「得水來偏疾，因風舉獨輕。恍疑騰劍氣，不復接濤聲。」文正師嘗拈以語人曰：「此非好音也。」時輩每與香海先生《幾生修到梅花》詩相提並論云。

浦城祖舫齋師之望《振衣千仞岡》句云：「舉袖星辰近，披襟霧露晞。疑當新浴後，欲御晚風歸。」高唱入雲，忘其爲試律體也。又《占風鐸》句云：「不盡晨珂想，頻驚午夢甜。」此館課之作。後師家居養親，余適主南浦講席，與師朝夕談藝無間，偶拈此句，師笑曰：「此十字宛爲今日張本也。」師又有《蜂重抱香歸》句云：「春飽三分艷，房高一寸峰。未將崖蜜釀，猶憶露華穠。」亦傳誦於時。

蔡慕溪善述，文恭公之群從也。《望雲思雪意》句云：「日脚光猶薄，霜毛趣未描。濃期到花聚，陰恐爲風銷。」又《捲簾殘月影》句云：「影隨鉤曲曲，光透指纖纖。」體物工緻。《同館詩鈔》所録字句稍有不同，應以原本訂之。

何實齋西泰爲念修少宰逢僖之子，文采翩翩，傾其流輩，而以老編終其身。《經霜忽盡開》句云：「自是乘時發，多應得氣清。」《入簾殘月影》句云：「静應忘坐久，清欲迫人寒。」吐屬自是不凡。

陳啓堂編修有會有《蟬以翼鳴》詩，頸聯云：「但憑風兩腋，却訝口三緘。」又云：「質原矜羽化，響亦異塵凡。」先叔父太常公曰：「此福州會館課題，一時同作者皆爲之閣筆。」

薩露蕭龍光素不言詩，《同館詩鈔》中有《惠風入懷抱》句云：「凉籟清堪挹，微芬澹可茹。無聲香冉冉，流響聽徐徐。」亦自藴藉。

吴和庭邑侯觀樂以清才屈爲縣令，非所樂也。歷任浙中、楚北，皆有循聲。以病歸，遽卒，無子。

詩文稿皆散失，僅記《吉人詞寡》句云：「但欽人藹藹，無取辨紛紛。」《以人爲鑒》句云：「所得相觀善，何曾屢照疲。」在試律中，亦可謂清真雅正者矣。

龔海峰先生景瀚爲吾鄉第一流人物，儒林、循吏實有兼長。所著《澹静齋文鈔》、《詩鈔》均可傳世，惟試律未之見。其第三子小峰邑侯豐穀，余妹婿也。京居時，嘗從其書案中翻出舊稿數篇，彼時未及録副，今小峰亦久逝，并此不可復得矣。尚記得有《太華夜碧》一首句云：「始青高處合，深翠古來團。品到詩如是，求之畫亦難。」聞小峰言，是西安軍帳中夜闌課子之作也。

龔小峰爲名父之子，文采動人。由舉人謄録議叙知縣，歷楚北各名區，楚民倚之如慈父母。有《天降時雨》句云：「散作千村福，添成萬木陰。」《風不鳴條》句云：「養花天正好，潤物雨無聲。」可想其和平坦易之概。

曾禹門邑侯奮春詩才壯闊，摇筆即成，於試律不多作。有《亭皋木葉下》句云：「寒近同蟬蜕，風高逐鳥飛。洞庭波到岸，栗里月穿扉。」風格遒上，不愧爲騷壇飛將軍也。

曾霽峰州牧暉春，禹門之弟也。禹門夭而霽峰壽，禹門無子而霽峰多子。霽峰曾作《池塘生春草》句云：「西堂縈舊夢，南浦茁新芳。」又《松栢有心》句云：「化石枯猶在，參天蔭自寬。」蓋禹門嗣子少坡太史即霽峰之子，詩語若預爲安排者，亦奇矣。

鄭松谷太守鵬程與余同鄉薦，而少於余一歲。苦心爲詩，官農部有聲，自言趨公之餘，只有二事，非鬭葉戲，即作排律也。《水彰五色》句云：「虚明涵萬有，藻繪出中央。」《太極圖》句云：「陰陽分黑白，俯仰悟烟煴。」《宵燈焠掌》句云：「痛同錐股忍，樂與枕肱殊。」《金在鎔》句云：「鍊去功須百，分來品有三。」亦可覘其工力。

余甲寅同年中以劉守齋邑侯祖憲爲最少。守齋聰穎絶人，於雜學無不宣究。作詩非得驚人句不肯落筆，故所存無多。有《菊爲重陽冒雨開》句云：「滿城秋已老，三徑客初歸。」空際追摹，可謂神來之筆。

甲寅同年中，最嗜學者推黄雲岡瓊。作時藝必學戚价人，詩則初學長吉，後進而昌黎，皆以苦心孤詣從事。每讀書作詩文，恒徹日夜不寐，至嘔血始休。鄉薦後，逾年即逝，蓋以身殉之矣。其試律遺句如《顔苦孔卓》云：「心持三月後，樂在一簞餘。」《汲古得修綆》云：「涵濡原一脈，挹注乃千尋。」皆可存。

王陸亭廣文大經年與雲岡相埒，其老而嗜學亦同。著有《論注辨歧》數卷，專訂西河毛氏《稽求篇》之訛。又編輯吾鄉《岐海文鈔》至百餘家，皆有關吾閩文獻，稿如束筍，存於家。其試律遺句，如《鑒於止水》句云：「色本空中見，神還象外呈。」《擊鉢催詩》句云：「聲如諧搏拊，勢恰助推敲。」皆在鼇峰書院應課之作。孟瓶庵師每語同人曰：「陸亭詩筆甚好，而意所不屬，每自謂詩不如文。平心論之，未敢論其自知之明也。」

伊墨卿太守秉綬《秋水園詩鈔》出入韓、蘇，久已風行海内，其試律則僅有存者。如《里仁爲美》句云：「風謡祛鄭衛，氣誼洽荀陳。」《天孫雲錦》句云：「舒宜鋪玉宇，濯欲借銀河。」《芍藥殿餘春》句云：「棼尾看無厭，招腰舞自遲。」自是斂才就範之作。

張孟詞進士騰蛟與伊墨卿、吴清夫賢湘同爲甯化人，時有「黄連三俊」之目，甯化古名黄連。而孟詞之名尤噪。受知於朱石君師最深。師有詩贈孟詞云：「萬錦雲霞天上句，雙清梅竹雪中姿。」初捷南宫，尚未成進士，遽卒。其詩文稿皆不可收拾。嘗著《山海精良》以續王氏《玉海》，稿已百餘卷，未成書，今亦不可問矣。僅存試律數首，如《從善如登》句云：「崇情期踐迹，樂事快先登。」《反舌無聲》句云：「但愛花蹊寂，何關石闕銜。」《銜書佛臍》句云：「似教空五蘊，那識守三緘。」《水由地中行》句云：「分疆天自塹，學海地何歧。」

陳望坡尚書若霖敭歷中外，聲施爛然。至老不以詩名，惟《同館詩鈔》中存其數首。如《講易見天心》句云：「奇耦參貞悔，陰陽貫古今。六爻宜静契，萬象入微吟。」《圓筩側理紙》句云：「似藉苔爲網，何緣蘚作花。團團絲不斷，縷縷飾交加。」皆能質文相稱。

王魚樹曰：「葉蓮山大觀《讀書百徧》詩中間六句云：『金石歌聞堵，菑畬畝計田。神同量步射，力擬舉鈞堅。丹竈鋼成鍊，珠盤琲入穿。』連用『百堵』、『百畝』、『百步』、『百鈞』、『百鍊』、『百琲』，真經營慘淡之筆。」按：蓮山又有《一月三捷》句云：「溝應踰刻度，壘想浹辰摩。」《箠捶琴》句云：「是絲旋叶竹，得手即從心。」《龍賓十二》句云：「來原偕虎僕，請不待魚緘。」亦爲人傳誦。

曾禹門曰：「謝春洲淑元《繁林翳薈》詩六、七兩聯云：『坐以春三月，依於尺五天。即今深雨露，憶昔長風烟。』意雖平淡，然非木天清暇中人，不能作此語也。」

張息廬明經國洛初入庠時，紀文達師視學吾閩，試「草色引開盤馬地」詩。息廬有「一行青乍偃，十里獵初回」一聯，爲文達師所激賞，遂著詩名。年尚未弱冠，時有「張青草」之稱。

廖佩香英乾隆間即有詩名，每在鼇峰書院會課，其試律必冠場。孟瓶庵師嘗語同學曰：「廖生之詩，可以糊名易書，暗中摸索而得之。」最賞其《他山之石》句云：「是益翻如損，能磨豈患堅。」《言行相顧》句云：「樞機真欲慎，枝葉漫相參。」《宵燈焠掌》句云：「豈不膚知愛，惟防志少懈。」時同人惟知佩香之詩專以妃紅儷白爲長，非吾師之精鑒，佩香之真隱矣。

余以乾隆乙卯留京夏課，主游彤卣侍御光繹宅，每夜同課試律一首，咸就正於侍御。一夜以「京兆畫眉」爲題，同人皆已脱稿，侍御曰：「諸作並佳，但於『京兆』二字尚欠周到耳。」因自出其稿相示，同人乃心服。承聯云：「官臨三輔貴，意到一彎癡。」後幅云：「政本賢能擅，家應静好宜。」結句云：「伯鸞自高節，所樂只齊眉。」意則沈著，語則渾成。真此題絶唱也。侍御又有《竹如意》句云：「從來三徑友，相對六朝人。」詞館中人人能誦之。

鄭涵山邑侯振圖精於詩律。憶乾隆乙卯與余同留京，聯爲試律之課。一日以「棋聲花院静」爲題，同人率多鋪寫景物，描成一幅清簟疎簾看弈棋小照，獨涵山謂此當緊切聞聲者説，與兩人對弈情事毫不相干，因撰句云：「漏箭從容午，晶簾淡蕩晴。」「橘中誰對著，竹外想移枰。」「丈室僧初定，空廊客獨行。」「日長懷閴寂，風細聽分明。」純於空際盤旋，而題妙畢該，同人咸爲之閣筆。涵山自刻其詩爲《觀瀾堂試帖》，中間不乏佳句。如《日長如小年》云：「槐夏原名九，椿齡不記千。」《積雪爲小山》云：

「並階横白嶽，縮地作藍關。」《車如流水馬如龍》云：「喧闐人海闊，激宕月波舒。」《山雨欲來風滿樓》云：「晶簾摇欲碎，綺户闔應難。」《山重水複疑無路》云：「何緣通小有，直欲贈文無。」《黑牡丹》云：「閒來元頃刻，牽去尚盤拏。」而《聞雞起舞》云：「客訝鴻門會，人猶馬磨棲。桃都聲喔喔，蓮漏夜淒淒。」語尤壯麗。

陳綺石侍御蘭疇《天道如張弓》句云：「日月懸雙鵠，神光射九鴻。」《賜箸表直》句云：「鹽梅應用汝，骨鯁必需卿。」《講易見天心》句云：「斂藏徵剥果，養育寓蒙泉。」《士美養禾》句云：「秕去其兄長，穮肥乃媪神。」《焦冥巢蚊睫》句云：「渾忘三蝨訟，本是一龍魔。」《鑑空衡平》句云：「色從空處現，象與數俱呈。」《響不辭聲》句云：「山空人語迴，谷静足音明。」皆有戛戛生新之概。

邱春卿兵部立和《金壺墨汁》句云：「休嗤人可飲，剛趁筆初簪。」春卿與余同鄉薦，而先余成進士，旋由庶常改兵部。迨余館選時，則春卿已歸道山矣。誦其詩，猶想見屋梁月色也。

許春山直牧鋐《軒鶴避雞群》句云：「風雨喧如此，烟霄去渺然。千門沈漏箭，三叠冷徽絃。」《春陰又過海棠時》句云：「游蜂天欲醉，走馬客猶狂。」又云：「簾旌吹脈脈，粉片去堂堂。」《冶鎔炊炭》句云：「刻鳳添香餅，成蚨點絳鉛。即堪榆莢落，何異豆萁煎。」春山本詩人，故其試律亦奇麗如此，惜所存無多。

林退巖祠部東垣以美才不得館選，然在禮曹清暇，乃時時以詩自娱。如《秋燕已如客》句云：「香塵憐海外，軟夢記樓頭。」《詩雜仙心》句云：「風御誰能引，烟情不可尋。」《賣劍買牛》句云：「贈人三尺短，衝雨一犁鬆。」《漁者宵肅》句云：「烟波雖結夢，廉讓早銘心。」皆已借刻他氏。

郭韶溪學博龍光嗜學工詩，古近體皆超超元箸，使天假之年，所成就當未可量。於試律雖工力未深，記其與余同在鄭蘇年師齋所作，如《自鳴鐘》句云：「聲似鯨鏗麗，針隨蟻磨横。叩還分大小，候不誤陰晴。」《月湧大江流》句云：「暝色開京口，潮聲打石頭。天心懸寶鏡，波面滚晶毬。」《蟻穿九曲珠》句云：「鑿真開混沌，光已串牟尼。」《桂枝生自直》句云：「得天標八樹，拔地冠千章。」皆極爲蘇年師所賞，選入《句圖》。

陳楓階宸書作宰湘南，而不廢吟詠，有自撰《賜葛堂試帖》兩卷，自爲之注。中間好句如《射中正鵠》云：「心皆祈有的，事豈曰無争。」《寅賓出日》云：「斂容長鵠立，翹首待烏踆。」《臧三耳》云：「禹漏非難信，聃門豈不經。」《潤物細無聲》云：「樓頭聽未許，屐齒響難兼。」皆非拾人牙慧者。

陳恭甫壽祺詩工作豪語，遇豪壯之題尤能相稱。如《聞雞起舞》句云：「惕懼蠅聲惑，飛騰鶴勢紓。披衣回雪亂，斫劍落星孤。風雨愁時世，雌雄問壯夫。中原忘失鹿，名士笑爲鸜。」《潯陽射蛟》句云：「犀手三吴聚，鴟鳴一箭捎。黄華脱鱗甲，白浪洗弓弰。動地千艫轉，吞天九派交。黿鼉移窟穴，風雨戰菰茭。」《陸賈使南粤》句云：「筆舌群公讓，關山百粤連。蠻花迎劍舄，海雨洗旌旃。歸橐千金壯，游軒五子賢。功成醉閭里，富貴亦神仙。」藻耀高翔，聲色俱足，忘其爲試律也。

《館閣詩話》云：「近有以『登高能賦』命題者，語本《漢書・藝文志》。此題名作如林，而渾雄老健莫如福州陳恭甫編修一首。詩云：『秋色來千里，烟情落九皋。登臨餘草莽，咳唾入風騷。鳥路排空迥，鸞吟結興豪。層霞供咀嚼，萬木寫橚槮。墨掃丹崖合，詞鐫碧落高。問天誰入想，摇嶽欲揮毫。懷抱青雲上，歌音《白雪》操。大夫能事富，蓬觀和仙曹。』」

游彤卣曰：「陳恭甫詩以密見長，力學古人不用虛字之訣。如《晨光動翠華》句云：『海色飛輪曙，天階啓仗晨。影浮仙掌迥，光入翠華新。玉罘離褷曳，銅鉦滉漾頻。霞梯騰若木，雲蓋動鉤陳。虹蜺翻難定，龍蛇暖欲振。六螭移雉尾，九鳳閃烏踆。冠珥明丹穴，爐香裊紫宸。還餘楊柳露，遥拂桂宮春。』此所謂填滿五字法。恭甫之能事在此，雖甚典麗矞皇，然專學此種亦微嫌板重也。」

許萊山光禄邦光質不敏而嗜學，初作試律，句意未免黏滯，爲郭蘭石所切磋，歲賢昨愈，頓臻超詣。其《百川赴巨海》句云：「源從天上落，性自地中行。」《東坡赤壁後遊》句云：「鴻飛曾指爪，狼藉又杯盤。」用筆皆能生動。又《庾信小園》句云：「井梧憐半死，鄰笛感平生。」語雖佳而聲殊苦，乃未久即赴修文，亦詩讖也。

王蘭谷檢討道行以妙齡入詞館，皎若玉樹臨風。初釋褐，謁座主董文恭公。公於廣坐中屢目之，既乃憬然曰：「何乃酷肖貴鄉祖舫齋乎？」其作試律，鍛鍊不遺餘力。《呂尚釣璜》句云：「瑞待頒周玉，符先兆夏璜。」《銅雀臺瓦》句云：「春風深鎖閉，明月認飛來。」葉苞汀每讚誦之。惜屢考試差不得一當，翩然歸去，遽返蓉城，何福命遠不及浦城尚書也？

達玉圃儀部麟人極篤厚，專精試律，真所謂三折肱者，果獲其益。考試差輒入選，兩分會試房，惜不及外掌文衡，無疾而逝，同輩咸爲驚惋。其《明目達聰》句云：「止水空靈象，虛堂靜穆功。大觀誠有耀，邇察更何窮。」《日中有王字》句云：「一輪居最上，三畫正連中。會意形疑閏，占爻卦值豐。」《入關棄繻》句云：「馬革饒豪氣，雞鳴笑鄙夫。」《攀桂仰天高》句云：「仙窟花多少，丹霄路萬千。」《一行雁字排雲陣》句云：「寫作連鉤勢，揮成犄角場。」皆千錘百鍊之語，而出之以自然。　孔荃溪曰：「達玉圃《哀多益寡》詩云：『重輕分燕雀，盈昃配烏蟾。』儀曹同人咸爲閣筆。」

楊竹圃方伯簣口不稱詩，偶作試律，專以認題爲工。如《共登青雲梯》句云：「千尋標乍建，九叠錦初迷。回睇紅塵遠，昂頭碧落齊。烟霞胸欲盪，風月手同攜。仙侣聯吟上，群峰一望低。」郭蘭石最賞之，曰：「雅健固不待言，而切定游山，不混入鵬路、龍門等語，相題獨真。竹圃德性堅定，不喜模棱，此詩足覘其概也。」

楊蓉峰太守惠元詩筆瀟灑，絶不露斧鑿之痕。如《春光發隴首》句云：「一枝曾此地，五字最清晨。」又云：「蓬蓬尋已遠，盎盎畫難真。」《鷹化爲鳩》句云：「收將雙眼鷙，換出滿腔春。」又云：「青海經年別，斑衣到處新。」皆非徒事襞積者所能。

齊北瀛觀察鯤通籍後，不十年即出守洛陽，中間又嘗渡海爲册封琉球使者。在翰林未久，故《同館詩鈔》中無其詩。僅記在鄭蘇年師館中會課作《三復白圭》句云：「心同緘口慄，事比省身勤。」《謙受益》句云：「恭承三命訓，吉兆六爻兼。」吾師亟稱之。

葉茝汀觀察申萬詩喜作豪語。《漢高祖置酒沛宮》句云：「藏弓思猛士，擊筑和兒曹。」又云：「楚猴空自棄，秦鹿豈能逃。」《簾外春寒賜錦袍》句云：「奇暖留春住，新恩入夜叨。籠憑鸚鵡罵，座擁鷫鸖豪。」綺麗飛騰兼而有之。

葉小庚太守申薌，茝汀弟也，詩格與其兄相仿。作《太白酒樓》詩云：「勝蹟謫仙留，天津又濟州。多情惟愛酒，到處可名樓。爲有千鍾量，能消萬古愁。如君真醉聖，此地即糟丘。漫説騎鯨去，誰曾跨鶴游。一杯邀月問，百尺與雲浮。墓碣青山古，祠堂采石秋。至今瞻仰際，千載想風流。」按太白詩云：「憶昔洛陽董糟丘，爲余天津橋畔造酒樓。」起聯即據此，而第八句亦即借作襯貼，非泛用故實也。小庚又有《琅嬛福地》句云：「守憑雙犬護，借想一鴟難。」《樓深月到難》句云：「已是依山吐，誰先近水尋？」

廖儀卿觀察鴻藻、鈺夫尚書鴻荃以同胞兄弟有聲詞館，而所作極矜慎，不欲示人，故《同館試律鈔》中莫由窺其一字。余從他處録得儀卿《山明海静》句云：「豹霧知無隱，鯨波望不揚。朗疑松雪映，輕但麴塵颺。」鈺夫《雨息雲猶漬》句云：「日射光微漏，風翻勢欲流。似紆歸岫想，還裕作霖猷。」按：儀卿淡於仕途，日以棋酒自樂，其詩閒雅藴藉，即肖其爲人。鈺夫則宦場通顯，與乃兄有閒忙之判，日射一聯，極細意熨貼，而「歸岫」、「作霖」等語，則未免自落窠臼。即此寥寥數語，二君之身分已各見端倪，第五票騎之名，實難爲之左右袒矣。

林少穆督部則徐《同館試律鈔》中亦無一字，余僅記其在鼇峰書院課試《寰海鏡清》句云：「樓臺憑結蜃，島嶼不横鯨。」督部近以籌海揚名，此二句若預爲寫照也。

杜蕉林給諫彦士《王子安宴滕王閣》句云：「江山濡大筆，天地入扁舟。」壯闊切題，可爲絶唱。

龔春溪編修維琳視學楚南，旋因事罷歸。其《江春入舊年》承聯云：「年華催舊律，春色入長江。」《梅雨稻田新》承聯云：「一天梅子雨，萬頃稻孫田。」皆點題之最工者。

曾少坡編修元海，禹門邑侯嗣子。弱冠入詞林，旋典試黔中，視學嶺右。以承重憂歸里，即返道山。少坡同懷兄弟五人，聯翩科甲，其本生父霽峰州牧尚老健里中，以五子登科扁旌其閭。時少坡已逝，少年老成，並無夭相，論者惜焉。詩格亦深穩遠殊，嘔心鬼才。如《出師表》句云：「艱難先帝業，憔悴老臣身。學本伊周侶，書真誓誥倫。」《謝傅東山》句云：「絲管陶情易，林泉割愛難。」《褒公鄂公毛髮動》句云：「淩烟雙像古，捧日一心丹。」皆琅然可誦。

許鶴舲檢討冠瀛《圯上受書》句云：「人訂聞雞約，天開逐鹿場。星辰羅册簡，風露話河梁。」又《漢宮人誦洞簫》點題句云：「月旦歸彤管，風騷入《洞簫》。」皆學填滿五字法也。

龔鑑湖庶常文煇《寒梅著花未》句云：「好風香裏信，明月夢中家。」《明月前身》句云：「石畔三生話，潭心五夜秋。」《積雪爲小山》句云：「戲就天公手，飛來玉女鬟。」匀配皆見匠心。

巫菊坡編修宜福晚得館職，即賦《歸來》，其試律好句尚在人口。如《焚香薦士》云：「濃宜薰漢史，虔類沐齊卿。」《星使出詞曹》云：「每游青鎖静，今出紫垣高。」皆戛戛獨造語。

巫雨池觀察宜禊《春服既成》句云：「沂水看新浴，汀州任遠游。」用典毫不費力，此爲弓燥手柔之候。

龔霞城編修文焕《一月得四十五日》句云：「一日時添半，三旬月再中。寸分陰共惜，五九數相通。」所謂巧不傷纖也。　霞城又有《吉人詞寡》句云：「有常彰九德，無易慎三緘。」《慈儉爲寶》句云：「棠應封召樹，茆不翦堯茨。」語皆名貴。

魏和齋編修建中以名翰林屢考試差，輒不得當，終因大考無心之誤，鐫級以歸，所謂「文章憎命達」也。其《十二材得其任》句云：「英莖調嶰竹，槐棘拱宸楓。」《近説遠來》句云：「就日光先得，瞻天首盡回。」《新秋雁帶來》句云：「關外涼先覺，雲中響忽遒。」巧力兼到，可爲館閣正宗。

陳叙齋觀察功作試律勝於他詩，蓋專致力於館課者。如《心如槃水》句云：「其天原浩浩，汝止在安安。」《智燭信符》句云：「照臨涵大地，契合偏殊方。」《政平訟理》句云：「象合泥從印，形如網在綱。」《冰壺玉尺》句云：「頭銜期比潔，掌握仰持平。」皆非徒以鞶帨爲工者。

莫翹南邑侯樹椿《對影成三人》句云：「臧耳微言契，坡身化境涵。」用事恰如無縫天衣。

林研樵邑侯慶章，樾亭先生哲嗣，出後香海先生。稟承庭訓，詩文皆足以自存。因遠宦黔中，稿多散失，僅記其試律遺句。如《蓬瀛不可望》云：「盛欲騰身到，難憑縱目收。幾番風力引，但見日華浮。」研樵本翰苑才，而終於縣令，此作似情見乎詞。

祝雲帆侍讀春熙詞條富麗，而屢困禮闈，以秘閣深資即將一麾出守矣，乃緣微疾化去，令人愴然。憶其作《木葉微脱》句云：「故枝如可戀，生意已全非。」已若爲之讖矣。

陳韋田郎中宗疇性情古拙，而《述作楷模》句云：「小山承蓋日，老手斲輪餘。」吐屬清婉，乃不似其爲人。

郭蘭石廷尉尚先作詩寫字工力固深，亦由夙慧。如《對竹思鶴》句云：「雲霄何處問，心事此君知。」《班超投筆》句云：「藏鋒嗤故我，磨盾自今朝。」《昆明池織女石》句云：「天難離恨補，地已劫燒經。」《五月江深草閣寒》句云：「懸知梅雨冷，好捲竹簾看。」靈心慧腕，鈍根人似未能一蹴而幾。

林岵瞻比部揚祖，爲蘭石高弟，詩文足以傳其衣鉢。入直樞禁，即將改授西臺。忽一夜，夢作《眷戀庭闈》詩，醒後記其四句云：「菽水歡長在，桑弧計已非。商量毛義檄，護惜老萊衣。」翼日適赴同社詩課，題爲「蝴蝶夢中家萬里」，得詩云：「萬里家山路，逍遥一夢中。祇疑身似蝶，何必爪留鴻。孤影伶俜瘦，前程去住匆。五更惟月白，三徑有花紅。離别從頭説，關津轉眼通。片時驚縮地，此境妙行空。齊物心俱淡，游仙興不窮。懷人春得句，草色滿池東。」是日回宅，適得家言，知祖母有病，遂於次日呈請終養歸。

王雁汀編修慶雲《八月湖水平》句云：「胸中雲夢闊，頭上月輪盈。」可謂切題佳句。余擬改「輪」字爲「華」字，似對仗更匀稱，俟晤雁汀時商之。

陳秋丞侍御文翯初入詞館即陟諫垣，典試黔中，歸而物故。有同鄉某，誦其《士伸知己》試律句云：「偶然膺藻鑑，長此謝風塵。」以爲詩讖。信有之耶？

藍又航邑侯瑛《花與思俱新》句云：「葵心隨所向，蘭臭自相親。」德州盧文肅師以爲藴藉可喜。

蘇鼇石廷尉廷玉總制西川，威惠兼著。以建言不合改京秩，旋即罷歸，未盡其用也。詩才卓犖，善於鍊句。如《春來俱是桃花水》句云：「莫辨故人家，滿衣花露聽。」《宫鶯》句云：「深紅細語明。」不愧五言長城矣。

楊翠巖邑侯維屏，竹圃方伯長嗣也。嘗從余學爲詩文，才筆極雋，余甚以詞苑期之，乃以舉人寫書議叙，出爲隴干令長。尚記其作《鴻漸于逵》試律句云：「雪爪依稀在，風毛次第吹。冥冥真足慕，肅肅欲何之。燕雀回頭失，雕鵬逐隊宜。」詞意雖倜儻不群，知其非金華殿中語矣。翠巖又有《鵠脚紅旂蘸碧流》句云：「紅静無風掣，宵深有露浮。」掩映「蘸」字，不即不離，最爲大雅。《松菊猶存》句云：「采羞簪髮短，撫愧折腰忙。」《周郎顧曲》句云：「羽扇飄飄拂，醇醪細細斟。」《武夷君宴幔亭》句云：「月知今夜白，山是古來青。」《團扇》句云：「古今圓月少，兒女熱腸多。」好句如仙，余皆能憶誦之。

郭遠堂觀察柏蔭《遥爲晚花吟白菊》句云：「落月誰同調，繁霜恰滿襟。推敲疎雨後，棖觸故園心。筆底香縈繞，籬根色淺深。句從空際索，影向淡中尋。」題中字字並到，具見匠心。

李蘭卿都轉彦章詩才雄闊，篇什極富，古體多長篇，弱冠以前已有千餘首。自與余同侍蘇齋師，日知矜慎，成篇亦稍難，而灑灑數百言者，尚層見叠出也。惟試律不多見，緣未入詞館，不必以此擅長耳。僅記其《吉人辭寡》一聯云：「敬慎憑廷議，浮游謝族談。」録之以存其概。

李蘭屏比部彦彬才筆不亞於蘭卿，而貪多則過之。竊聞館中前輩以詩入《同館試律鈔》者，至多不過二十首，此法時帆先生所定。而蘭屏獨有四十四首，足見其露才揚己。其實麗則可傳之句，亦不可多得。若《烟花三月下揚州》句云：「簫管金山路，神仙玉蘂游。」《太白酒樓》句云：「天地樽前小，江山檻外浮。」《畫橋碧陰》句云：「花柳空濛筆，樓臺澹冶心。」《銅雀春深鎖二喬》句云：「烟月漳臺晚，家山皖水遥。」《張桓侯刁斗銘》句云：「寒聲傳虎帳，健筆挾蛇矛。」《山雨欲來風滿樓》句云：「雲添孤嶂墨，涼貯四楹秋。」想蘭卿亦甘讓一籌也。

闈中應試之詩，忌用「酒」字。吴榖人先生之「萬家元夕酒」，此會課游戲之作，不可爲例也。嘉慶庚辰科詩題「惠澤成豐歲」，楊雪椒慶琛甫出闈，即自誦其得意之句云：「緑榆三月酒，華黍萬家笙。」林少穆爲之擊節，曰：「句誠佳，但『酒』字何不改作『耒』字，且與『榆』字關照尤切乎。」雪椒爲之頫首。後聞闈中正極賞此聯，榜後謁本房師，亦令改「酒」爲「耒」云。

浦城朱緘三孝廉秉銘中歲失明，而老學不懈。詩文集皆已梓行，試律尤出色，所刻《雪龕試帖》以詠史題爲最。如《高漸離擊筑送荆卿》前四韵云：「天地英雄氣，銷魂奈别何。衝冠來怒客，擊筑此高歌。僕亦輕生死，君今已網羅。秦關歸路少，易水殺聲多。」《趙括談兵》後四韵云：「閼與千秋恨，長平一戰酣。黄金留宅後，白骨哭城南。舉國思廉相，千秋食伍參。可憐而母在，老鬢獨毿毿。」《句踐事吴》句云：「相國頭空白，君王喙自烏。苞苴歸大府，花草怨西湖。」《灞陵尉》句云：「朝有公孫泣，宫無姊妹群。功名輸衛霍，社鼠不勝熏。」筆陣縱横，足令豎儒咋舌。

朱緘三有《帖體課存》之刻，皆其及門高才生所作。中有數人，則余掌教南浦書院時舊徒，契闊三十餘年，閲其詩尚如晤對也。如劉寶樹鍾琪《四海爲帶》句云：「龍盤空際現，犀影望中收。」《乾蝴蝶》句云：「那堪雙燕舞，不共落花飛。」朱瑞蕃箎《織錦作頌》句云：「裁應同露布，字不起風波。」徐墨林炳書《屐痕》句云：「浮生新雨後，去路亂峰西。」徐青史炳簡《經苑》句云：「月明奇字影，烟濇古人居。」張鈞千允中《禿筆》句云：「憐君心已盡，令我頰難添。」徐蘭臺炳業《鳳尾諾》句云：「錯認雲移雉，真看海戲鴻。」又范青藜煒然前題點題云：「兔毫方落紙，鳳尾已淩風。」徐墨林《禿筆》點題云：「如何雞距禿，非復鼠鬚尖。」徐蘭臺《破酒罌》點題云：「一朝藏酒盡，萬事舉杯空。」意雖尋常，而脱手輕圓，頸聯之能事已畢。

試律叢話卷之八

福州梁章鉅撰

先大父天池公，以老儒宿學教授鄉里，困於場屋者五十年。當乾隆丁丑功令初頒，大小試皆增用五言試律。時紀文達師《唐人試律説》及《庚辰集》兩書俱未出，公即有《試律指南集》之選，精擇唐人及國朝諸名作各得二卷，約百餘首，導其脈絡，闡其精華。以初稿授先父資政公，俾擴充而卒業焉。後因紀書盛行而止。先資政公猶以稿自隨，嗣因司鐸甯化，爲大水所漂，片楮無存。惟平時緒論，散見於《四勿齋隨筆》者，尚歷歷可記也。

三叔父翠巖公諱上泰登乾隆乙酉鄉薦，首場卷已以額滿置之，因謝金圃先生極賞其試律，以爲通場之冠，得中五十名。詩題係「三農生九穀」得「收」字，今録中間四句云：「莫憚畦當夏，須知穡有秋。辛勤田祖意，酉熟稻孫謀。」

余同堂伯兄虛白孝廉際昌詩好爲豪壯之語，試律亦然。《項莊舞劍》云：「怒拔鴻門劍，陰謀笑項莊。乃公殊豁達，豎子太披猖。計借雙飛舞，心驚百鍊剛。霜威淩匕箸，電影掣鋒鋩。勢比渾脱捷，情難酩酊忘。雄心銷鬼母，殺氣吐魚腸。排闥來樊噲，持籌藉子房。明朝撞玉斗，斫地恨茫茫。」此鼇峰書院課題，爲陸耳山師所賞。又《月湧大江流》云：「激躍光難定，奔騰勢未休。黿鼉争汩没，星斗伴沈浮。」空際傳神，置之《我法集》中幾無以辨。

同堂第三兄曼叔編修運昌試律法最謹嚴，而《魚不脱於淵》一首，獨以開合取勢，蓋學《我法集》而能神似者也。前十二句云：「魚也依江海，如君握大權。不離瀰淼地，始適泳游天。誰使軒鬐鬣，而令失水泉。呿沙方圉圉，吻濕但涓涓。乃識波臣樂，全憑澤國偏。蛟龍通變化，螾螘絶延緣。」一氣搏捖，亦因題面太平，故作此跳盪之筆以避庸熟耳。

曼叔有《明月前身》詩云：「一片光明界，詩成月皓然。邀來今夜影，悟到此生緣。直自成身後，而推濯魄前。夙因長覺凈，妙想總留圓。心跡雙清地，精靈太古年。高寒瑶杵夢，超脱木犀禪。秋水傳神淡，元霜换骨堅。司空《詩品》在，洗鉢得真詮。」超超元箸，是一是二，當與吴穀人先生作並傳。

按：曼叔又有《智燭信符》一首，爲林辛山録入《館閣詩話》者。其好句云：「半券先操左，餘輝更徹旁。燎來宜暗夜，到處達殊方。舜揆徵能合，燕書過不妨。印塗皇道暢，調玉帝期昌。」分貼處語語穩括，惟「燭」、「符」二字忽先忽後，雖古今人俱有之，而不可爲法也。

同堂第四兄澤卿孝廉雲銑《海上看羊十九年》句云：「去國如重耳，還家似令威。」吴穀人先生極賞之。或謂丁令是複姓，作「令威」似未安，而不知駱賓王詩「人疑列禦至，客似令威還」，唐人已先用之矣。

同堂第八弟桂巖明經雲鑲《樓深月到難》起八句云：「豈有層樓敞，翻云得月難。明時原普照，深處且遲看。睡鴨頻銷篆，凉蟾尚隔闌。有梯皆曲折，此地但高寒。」雖非警筆，而婉轉如意，自非弓燥手柔者不能。

同堂第十弟蘭笙廣文雲鏞古近體詩無所不工，試律月鍛季鍊，亦可旗鼓中原。惜屢困公車，以大挑司鐸，非其志也。所作試律如《晴日數蜂來》句云：「瘦認枝間影，喧來葉底聲。濃香薰翅重，嫩粉上鬚輕。」《挂席拾海月》點題云：「天風吹片席，海月入孤艭。」又云：「輕蒲飛葉葉，圓鏡擘雙雙。」《重簾不捲留香久》句云：「波紋湘水渌，霞氣博山添。」《懷素種瓜》句云：「天垂濃緑遠，風捲硬黄稀。」《用汝作霖雨》句云：「望歲商郊徧，興雲傅野深。酣應同麴糵，禱不事桑林。」《雲在意俱遲》句云：「自從看蒼狗幻，未覺白駒馳。」《春風風人》句云：「象真符偃草，機益暢生桐。」《禮鼠拱而立》句云：「成無體禮，不愧有皮詩。」《三豖渡河》句云：「黻章雙背合，水影六身多。」《李謩擫笛傍宫牆》句云：「人憐南内隔，曲記下方無。」《摛藻爲春》句云：「溪壑回姿早，雲烟到眼新。」《犀象投江》句云：「壑辭然火照，香豈渡河留。」有書有筆，置之館閣中亦是好手。

余十三齡即受知於學使者陸耳山先生，考入鼇峰書院。詩題爲「既雨晴亦佳」，先生最賞「花片落無聲」五字，每對人揚譽之，其實並非切題佳句也。後值院課，爲人捉刀，《夏雨生衆緑》詩中四句云：「静裹機難遏，空中色自成。雨人原普徧，著物最分明。」以爲寫實追虚，頗兼其妙，而校閲者乃以四逗了之。

余在京與游彤卣侍御同宅，每夜課試律一首，同作者爲王虚谷錫齡、葉蓮山大觀、黄星巖奎光、李葭浦鴻詩、吴和庭觀樂、陳雙蘆羲。每一題出，必侍御先脱稿，及衆稿齊出，又必以侍御爲最佳。同人有心妒之者，而無如何也。一日以「程門立雪」命題，余稿先出，有句云：「鳶魚恬一老，龜豸朗雙峰。」侍御拍案大叫曰：「『龜豸』二字，我腹稿已有之，乃被君奪去，所謂怵他人之我先矣。」余笑曰：「在座皆閩人，楊龜山、游豸山二先生，何人心中不有之，而君乃欲據爲己物乎？」侍御爲之嘿然。

嘉慶壬戌春閒，余所作詩文多分送游彤卣、辛筠谷二先生評閱。一日，彤卣語余曰：「頃晤筠谷，謂梁茝林春闈必雋矣。余問何由知之，筠谷曰：『昨讀其試律兩句，以是決之。君試索其稿閱之，自能耀眼耳。』」余以昨稿呈，題爲「蒙馬虎皮」。彤卣閱至「鋒稜仍骨瘦，彪炳忽文明」一聯，大笑曰：「君真自爲寫照乎！」其實余只是就題還題，毫無所容心也。

壬戌朝考，詩題「天降時雨」。先一日，上正詣黑龍潭祈禱。試日，散卷時尚未有雨，題紙下後，乃大沛甘霖，竟日始止。余詩起兩聯云：「正切龍湫禱，欣看燕石翩。發生欽昊貺，感召慰宸虔。」朱文正師亟賞其得體，將以第一本進呈。彭文勤師嫌「翩」字稍近懸脚，改置第二。此祖舫齋師事後爲余所述如此。

「三月正當三十日」題，頗難詮寫。在儀曹日，曾與孔荃溪、達玉圃諸公同課此詩。余有句云：「櫻籠心先赤，花筵尾自藍。楝風吹面熱，穀雨到頭酣。」蓋楝花風在穀雨第三信，爲二十四番最後一風，過此則立夏矣，故孔荃溪極賞其雅切。又第七聯云：「禴祀齋方肅，雩祈澤已涵。」蓋孟夏時享齋期必在三月杪，而常雩典禮亦正於日前舉行，恰好用此事遞入頌揚，又能切題，故達玉圃以爲到底不懈也。

鄭蘇年師於門下士所課試律，最不輕許可，而每稱余所作以爲筆路空靈。如《望雲思雪意》中六句云：「望中飛鳥絶，静裏早梅知。問訊消寒酒，沈吟揣色詩。珊珊天女意，落落歲華期。」又《雲逐度溪風》前六聯云：「秋老秦城北，天低渭水東。溪流長繞寺，雲意盡隨風。一片寒聲走，連番暝態籠。岸容增浛浛，帆影帶濛濛。烟水痕難辨，魚龍氣欲通。無心何有競，是色却非空。」謂此兩題皆極難肖，似惟此繪影繪聲之筆，可稱異曲同工。又云：「『烟水』十字所謂神來，雖館閣名手不過如是。」

郭蘭石嘗謂余曰：「君所作試律，以《無雨無風花命長》一首爲冠集之篇。余亦曾試拈此題，只入手點叙已極不易，輒至數易稿，總不慊心而罷。讀君起四句云：『司命問東皇，花期孰短長。除將風雨妒，翻笑燕鶯忙。』始悟『花命』二字，必如此折點，『無風無雨』四字必如此倒跌，而後題面、題神層層俱到，爲之心開目明。後接四句云：『嫩質支輕暖，閒情鬭晚芳。未須愁小劫，但爲祝晴光。』與前四句呼吸相通，所謂一噴一醒，再接再厲也。又後四句云：『遲日無邊麗，諸天不斷香。韶華偏福地，醉態幾斜陽。』始是摹寫正面語，十分酣足。結四句云：『鎮覺潘城好，虚煩石障張。蓬山春景霽，願進萬年觴。』又於題字綰合得點滴不漏。此等作法，殆由爛熟《我法集》得來。我素不喜讀《我法集》，自拈過此題，乃知是書之不可廢也。」

余有《三顧草廬》一首，自謂藻不妄抒，蓋詠史題不能不略檢史傳、旁參他書也。詩云：「天下頻煩計，隆中感遇年。再興原帝胄，三顧爲名賢。魚水通千里，風雲護一椽。儀如莘野備，地記鄧城偏。井火循環兆，樓桑信宿緣。旌旄來已數，葛羽卧難堅。契合關張上，馳驅管樂前。莫徒矜鼎足，好讀習家編。」郭韶溪問「鄧城」二字所出，余曰：「此即見《蜀志》諸葛公本傳注引《漢晉春秋》曰：『鄧城舊縣西南一里，隔沔有諸葛亮宅，是劉備三顧處。』」葉茝汀問「葛羽」二字何以不改爲「綸羽」，余曰：「諸葛公葛巾羽扇指揮三軍，此語始見唐裴啓《語林》云。一説孔明軍中常服綸巾。是葛巾爲正文，綸巾爲歧説。至連用『羽扇綸巾』四字，實始於蘇東坡《赤壁懷古》詞，乃專指周公瑾，並不涉諸葛，故余但用『葛羽』而不欲用『綸羽』也。」二君囅然曰：「若然，則此詩信無一字無來歷矣。」

余有詠史二詩，一爲《聞雞起舞》云：「天步多艱日，康屯仗祖生。待時甘蠖屈，起舞爲雞鳴。意氣期吾友，蒼茫感此聲。英雄曾有幾，風雨不能平。脱手空長袖，回身避短檠。壯懷孤劍起，前路一鞭迎。世事驚旁午，閒情陋守庚。三辰何日朗，擊楫大江横。」一爲《陶侃運甓》云：「運甓傳芳躅，持心懍怠敖。石頭功未就，髀肉感相遭。幾輩懸瓴建，諸公破甑豪。如何千里寄，翻似一人陶。意謂分陰惜，猶勝牧戲操。中原方擾擾，無事合勞勞。舊跡飛梭幻，空灘戰艦高。由來宏達望，豈作老莊逃。」客有笑余者曰：「凡詠史詩以博綜四部、五花八門爲妙，若此二詩分詠祖逖、陶侃事，但專用二人本傳語，有何見長處？」余曰：「實緣二傳語料，已用之不盡，無須旁及他書耳。然如前首『意氣』句，何嘗不參用《劉琨傳》中『意氣相期』語。次首『空灘』句，何嘗不參用李義山『陶公戰艦空灘雨』詩乎？且作試律必用詠史題者，原欲學者就一題即研精一傳，以收讀史者泛濫之心。若如君言，必有束書不觀、空事餖飣之弊，古來詩人作詠史樂府，亦專就各題之本傳敷衍，並無有責其不能旁溢者，何獨於試律爲此苛論乎？」客曰：「吾亦聊以相謔耳，君之論誠是。」

余與同人會課，偶作《馮夫人錦車持節》詩云：「幾見香車出，居然錦節持。中朝馮侍者，彼國大昆彌。玉玦臨軒肅，金環壓轡遲。衣帽膚使艷，弩矢骨都疑。判斷琵琶怨，齎操粉黛資。世婚庇雌粟，山色奪燕支。迹笑看羊苦，情殊挽鹿私。皇華真解語，早捲破羌旗。」陳恭甫見而喜之，曰：「此題大佳，自來未見作者。」因和一首云：「漢闕徵馮嫽，曾充使者軒。錦車馳赤谷，金節定烏孫。繡幰龍沙暖，星旄虎竹尊。春風珠勒騎，明月玉關門。習事通諸部，和戎託世婚。勳名歸婦智，環珮拜君恩。毳幙琵琶語，琱戈戊己屯。誰知脂粉貴，紅壓塞花繁。」時二詩並出，同人不能第其甲乙。葉茝汀並録而質之蘇齋先生，先生笑曰：「梁作典贍而兼風華，陳作端莊而雜流麗，實未易爲軒輊之分。然使諸君子再拈此題，則可保瞠乎其後矣。」

余有《滿城風雨近重陽》詩，中間兩聯云：「雉堞環蕭瑟，龍山入混茫。何方堪落帽，此會恐霑裳。」陳恭甫最喜之，以爲虚實兼到，但以結聯衰颯爲嫌。余亦屢欲易之，而不得出路，又斷無頌揚之法。偶讀同年李芝齡《聞妙香齋試帖》中有此題詩，結句云：「蠲租方捧詔，下吏莫相催。」爲之拍案叫絶。才人筆妙，何所不可，正不但以莊語壓題也。

吾鄉有秋闈中式者，方刻硃卷，求余改定。其詩題爲「玉以瑜潤」。余以意修飾其十之六七，還之。其人似嫌不切，另倩他手删潤，嵌以「温其瑟彼」、「蒸栗截肪」等字。客有以告者，余笑語之曰：「彼不知此題是潘尼贈陸機詩，以玉喻人，並非專詠玉，自以句句雙關爲合法，又以按定陸機爲切題。記我改稿中四聯云：『特達傾流輩，連輝盛弟兄。崑山真得氣，玄圃久蜚英。挺秀原無價，探懷舊有聲。居然裴氏朗，直似衛家清。』『特達』二句先將人、玉源頭打通。『崑山』句用本題『崑山何有，有瑶有珉」語，陸機宅即在崑山下也。『玄圃』句用《世説》『陸平原之文如玄圃積玉，無非夜光』語。『挺秀』句用《晉書・陸機傳》贊『挺珪璋於秀實』語。『探懷』句用陸機答詩『探我好懷，疇爾惠聲』語，而後以同時之裴氏、衛家爲襯墊，純是人、玉雙關語。第七聯『桑梓棲遲地』用本題『祁祁大邦，惟桑與梓』語，對句『蒹葭景附情』，又綰到『玉』字，而以景附，醒出贈答之根。即結聯『東南思彼美，潘陸本齊名』亦用本題詩『東南之美』及『彼美陸生』語。通首殆無一字泛設，我方自謂頗具意匠，同時可保無第二手，而不料其遭按劍之嗔也。」後其人聞客轉述，乃大赧悔，來謝，仍用余初稿付梓。鄭蘇年師囑余筆其事於書。

「青山久與船低昂」題，頗難描寫。余有句云：「帆席年年送，嵐光面面環。烟波如作意，翠黛不能閒。易亂斜陽影，難描遠樹斑。抑揚便觽唱，離合幻雲鬟。」辛筠谷先生以爲得神。或疑「翠黛」字未的，余記得「烟波山色翠黛横」前人有此句，似見《彦周詩話》。

辛筠谷先生又賞余《一茅三脊》句云：「瑢瓚符燗獻，連茹協泰爻。堯茨雲共素，禹匭壤全包。」以爲句句説茅，句句有「三」字，妙在渾成典重，韵脚自然。

余在儀曹分詠《五日畫一石》詩，句云：「嶽形須縮本，風候幾斜陽。」同人皆以爲巧絶。又云：「巧如雙管下，翦可半江量。」孔荃溪尤賞之，以爲詩有文心，所謂合兩句爲一句也。

紀文達師嘗語余曰：「凡作詩，不可隨手輕作。梅花詩，以題本塵劫，若復以尋常之語應付，不如其已。惟爲試律遇此題，不能不作，則亦須力求擺脱，切不可陳陳相因。故余所作《館課存稿》及《我法集》中皆無其詩。而一部《庚辰集》中，衹有德慎齋一首實愜余心而已。」詩見第三卷。按：《館課存稿》中有《迎歲早梅新》一首，句云：「明月憐孤影，空山見遠神。芳心雖向暖，高格本離塵。」於題中無字不到，而言外自見身分，故卓然可傳。然已非吾師著意之作，信乎梅花詩若是其難也。余《試律稿》中爲梅花而作者凡四首，雖不能一一超脱，而自謂命意遣詞，尚不全落窠臼。惜吾師早歸天上，無由質其離合淺深。姑全録之，附於此書之後，以待識者攻吾短焉。《先向百花頭上開》云：「掃迹千林後，群花一俯看。眼中明有在，頭上讓誰安。月地清如許，春城夢未闌。南枝真得氣，東閣易成官。香國參初祖，天心見履端。修來原早秀，高處獨勝寒。飛盞應相賀，調羹諒不難。吾宗共佳話，指點瑞英團。」按：王沂公曾詩：「雪中未問和羹事，且向百花頭上開。」吾遠祖文靖公克家亦有詩云：「九鼎燮調終有待，百花羞澀獨能芳。」蓋以宋人爲梅花詩，安排作狀元宰相者，故此詩借作去路佳話，即指文靖公夢鏡中梅英事也。《昨夜一枝開》云：「試向川原望，欣看第一枝。春從深夜逗，花是隔年期。鄭重簷前笑，徘徊竹外窺。尚疑欹枕夢，便想貯瓶宜。啅雀心猶怯，騎驢句已遲。園林渾未覺，風雪悟多時。卯飲騰騰趣，庚郵脈脈思。江南香似海，誰識出塵姿。」《竹外一枝斜更好》云：「左右皆修竹，還饒竹外花。暗香猶隱約，老榦已横斜。虚白原無礙，濃青偶不遮。此君憑偃蹇，彼美自風華。烟月描雙絶，冰霜共一家。春隨流水至，人憶碧雲遐。東閣書初寄，南塘路未賒。由來三徑友，詎等倚蒹葭。」《一樹梅花一放翁》云：「憑我非非想，分他樹樹春。由來名士習，合作此花身。烟霧蒙仙質，冰霜鬬性真。吟魂應似舊，瘦骨或翻新。印證千潭影，删除一念塵。空山仍故我，微雨幾詩人。

剡上朱闌遠，江南畫扇陳。底須詑奇事，玉笛倚烏巾。」朱詠齋嘗告余曰：「此詩固佳，然語多惝怳，恐非注不明。」余曰：「詩必須注即非上乘，然非所論於試律，但不宜於題外多用僻書耳。此詩純用放翁語，尚是本地風光。」如「冰霜」句本放翁《梅花》詩：「氣力苦戰冰霜開。」「一念」句本放翁《西郊尋梅》詩：「翛然自是世外人，過去生中差一念。」「空山」句本放翁《湖上尋梅》詩「慣往空山鬣冰雪」及「萬木僵死我獨存」。「微雨」句本放翁《王氏莊尋梅》詩：「我來不須晴，微雨正相宜。」又《劍門道中遇微雨》詩：「此身合是詩人未，細雨騎驢入劍門。」「剡上」句本放翁《西郊尋梅》詩：「朱闌玉砌俱有命，斷橋流水君何見。嗟余相與頗同調，身客劍南家在剡。」「江南」句本放翁《夜中夢賦詩記江湖之樂》詩：「吴中近事君知否，團扇家家畫放翁。」結聯本放翁《大醉梅花下》詩：「我亦落烏巾，倚樹吹玉笛。人間奇事少，頗謂三勍敵。」緣此題應以不即不離之法行之，一著相便成鈍滯，故不得不尋此窄路也。

余與澤卿兄在京同作試律，先叔父九山公每持稿屬吴穀人先生批閲。先生極賞余《天山早挂弓》一首，謂按切本題時地，而氣勢又極沈雄，雖王惕甫拈此題不過如此也。詩云：「唐室防邊日，哥舒第一功。勢成三箭定，威振兩隅空。夐此天山險，真爲地户雄。雪消西塞白，烟徹北庭紅。直自洮陽復，都教隴右通。甲高雄耳影，聲歇雁翎風。可待銅標柱，聊同塔放弓。杜陵猶有劍，應共倚崆峒。」九山公曰：「余最賞其借故事補點『弓』字，而結聯尤出人意表也。」

余在儀曹會課，《與人一心成大功》句云：「髀肉蒼凉共，鞭鞘付託深。勳名輕萬里，骨性並千金。」同人以爲神似吴穀人先生。而孔荃溪獨賞余「名王一鼓禽」句，爲之揚譽於外云。又《風入四蹄輕》句云：「羈勒無聲過，塵沙有影低。泠泠真善御，落落絶凡蹊。烟雪蕭騷併，雲山指顧迷。疾隨鞭一著，響入耳雙批。」又《駿足思長阪》句云：「每謂陂陀險，何如局促羞。駑材渾不管，龍性自難柔。意態争空闊，程途矢阻修。蒼凉西極夢，颯爽太行秋。」謝薌泉先生振定笑謂余曰：「昔杜老工於詠馬，君乃刻意學之於試律，可謂異曲同工矣。」

戴簡恪公敦元與余向未謀面，余與鄉友會課詩文，多由陳望坡先生送公批閱。一日忽來相訪，且定交焉。曰：「君日前曾作《飛鴻響遠音》詩乎？」余曰：「然。」公曰：「『聲響難銷寂，江湖易渴饑』兩句，於題神在離即之間，絶調也。然必有上文『但覺高難和，誰憐客未歸。迢迢棲不定，切切意何微』四句，頓跌而下，始顯得此十字愈唱愈高。此題必此語，方稱詩人之筆，不僅作試律觀矣。」余甚愧其言，而感公之樂道人善也。

嘉慶丙辰，初以公車報罷歸里。一日，先資政公語章鉅曰：「昔宋臣范文穆公之親族有請教者，文穆告以惟儉可以助廉，惟恕可以成德，其人書於坐隅。儉可助廉，是一大好試律題，爾其爲我賦之。」章鉅於是夜即呈稿云：「美德惟崇儉，官箴懔具瞻。仗兹神濬定，助我守清廉。器笑三歸小，防師一介嚴。倘憑嗟不節，能免黷無厭。風味儒門慣，生涯冷宦恬。幸資操皎皎，遑謝計纖纖。象齒焚應免，豚肩陋莫嫌。名臣留訓典，凡百慎針砭。」公曰：「此題未見得是專告有位者，此詩入手即指定官箴，以下『冷宦』、『凡百』等語皆一意相承，固無不可。但爾將來如果有服官之日，即須無忘此日立言之意。言者心之聲，初不計詩之工拙也。」至今四十餘年，每閲此稿，輒爲悚然。

何郊海孝廉治運刻意爲詩，嘗與余同課「鶴知夜半」題，語同人曰：「此詩須句句切夜半，又須句句切鶴，方不負題。」余曰：「句句切合，談何容易。切合而不渾成，又何取乎爾？」是會余稿最先出，有句云：「劍影雙雙起，鐘聲一一疑。揚州燈已盡，赤壁夜何其。」郊海曰：「祖生先我一鞭矣。」合座爲之閣筆。

道光元年春，由樞直扈蹕。直中諸友多預考試差者，每日行帳公餘，必分題各課試律一首，命題必屬達拉密程春廬駕部同文。國語領班者，謂之達拉密。一日以「初哉首基」得「元」字爲題，同人以題難，嘖有違言，且曰：「此詩即一點題，已無可著筆，何況成篇？」是日適遇直務填委，遂無一肯構思者。而春廬預有愠色，意必欲余成之以塞衆口。余乃於退食後篝燈勉成一首云：「十九篇章冠，遺言託始尊。初兼哉並釋，基繼首同論。若帝三謨啓，陳周百世敦。出曾先庶物，迹可肇諸昆。數起靈臺憲，明生月窟根。善區真建極，美室既勤垣。義到權輿備，文開詁訓繁。維皇新御宇，慶洽道光元。」春廬閲之大喜，乃徧向同人朗誦而揶揄之。時樞長黄左田先生聞悉其事，索稿閲之，笑謂春廬曰：「我有一評語，此題此詩皆所謂不可無一不能有二者，毋怪乎同人之斂手也。」

余任京秩二十年，以補實缺太遲，只於辛巳春考試差一次。是日詩題爲「繞屋樹扶疏」，余後四韵云：「捧日心彌遠，淩雲勢有餘。周遮三面水，擁護一床書。雅愜流觀趣，欣承茂對初。樹人如樹木，好作棟梁儲。」考之次日，盧南石師即來索詩稿閲之，曰：「此卷必當高標，結語尤見抱負。」外間亦微聞「樹人如樹木」卷已入選，而竟不獲一差。踰年，即一麾出守矣。

余於道光壬午出守後，即不復作試律。兒輩彙編舊稿，請付梓人，余笑却之曰：「無已，選作《句圖》可矣。」大兒逢辰請曰：「選句固佳，然有必須全録通篇而後見氣勢之佳、局陣之妙者。如『廣寒宮聽紫雲曲』題云：『試作非非想，凌虚便壯游。紫雲迴一曲明月滿三洲。碧落千門迥，塵寰萬籟收。影團金粟界，聲徹玉壺秋。擲地空難辨，鈞天韵自遒。太清渾不覺，帝子本無愁。風水翻新調，神仙顧上頭。白鸞來往亟，七寶竟誰修。』又『刻舟求劍』題云：『那識流行妙，而容刻畫求。漫言尋故劍，已是泛虚舟。繪畫憐鯔板，飛騰失虎丘。倘成龍變化，未待鵠雕鎪。稱象空留迹，然犀莫燭幽。迢迢元氣御，渺渺太阿秋。未解聽風水，何如望斗牛。臨淵應有悟，得失果誰尤。』此兩詩興高采烈，一氣流轉，似不應於字句間求之。又如『分曹射覆蠟燈紅』題云：『綺席蛾眉會，銀燈雁足高。聯歡齊射覆，決勝各分曹。慧解通犀角，閒情刻鳳膏。繡檀心宛轉，紅袖影周遭。繞翠回光艷，飛烏引例勞。守宫春意逗，背檻月華韜。錦瑟翻新調，真珠滴小槽。玉谿門外意，聽鼓首頻搔。』此詩藻密慮周，雅與題稱，亦是填滿五字之法，不必以摘句爲工也。」

余自十五歲即知專攻試律，學之將三十年，無年不作，殆盈千首，而隨手散失，今有稿者不過百餘篇。兒輩欲爲編梓，余未允之。惟念半生心力所存，庭訓所繫，以及師友之緒綸，考試之叢談，歷歷如在目前，不忍棄同廢紙。因擇其稍具意匠者薈萃若干條，其篇中剩句可存者亦附列如左。《丹穴之人智》句云：「柳溪嘲欲解，樗里術偏神。」《榮光塞河》句云：「寶光迴日稷，佳氣泛霓羅。」《入夏展春暉》句云：「輕陰如戀戀，寸草最依依。」《拂鏡滄江流》句云：「無心明白髮，有路認滄洲。」《秋山瘦益奇》

句云：「探疑前度淺，畫到此中艱。」《雞犬路旁村》句云：「桑麻濃入畫，花柳暗無言。」又云：「雲中憑逸響，世外或仙源。」《知人安民》句云：「五明開若扇，四表奠如磐。」又云：「化光中古鏡，格徧七旬千。」《禹耳三漏》句云：「昌言原可貫，呱泣偶如聾。」《紀昌貫蝨》句云：「白眼憐三載，朱殷幻一輪。」《滹沱冰合》句云：「勢方追電迫，臣乃濟川能。」《庚子陳經》句云：「靈圖方演孔，冥契欲援神。」《曹無留事》句云：「妙手風能旋，閒庭草欲蘇。」《笙猾弈》句云：「意方司彼匠，心乃役乎聲。」《書名玉杯》句云：「蛇影疑都釋，龍威秘欲開。酌斟繁露旨，變化寶虹胎。」《雙管齊下》句云：「釵憑描作兩，花定夢成雙。」《刻鵠類鶩》句云：「莫訝馬非馬，猶勝烏不烏。癡應憐宋楮，笑恐等韓盧。」《思不出其位》句云：「休作非非想，真看止止宜。」《木從繩》句云：「形難欺曲直，名始副林烝。」《射己之鵠》句云：「鴻無將至鶩，爵不以祈寬。」《從善如登》句云：「關隨賢者闢，階與吉人升。」《銅似士行》句云：「身世經千鍊，功名陋半通。」《六轡如琴》句云：「鸞和徵有象，馬秣笑無心。」《先中中》句云：「惟志能持氣，如圓恰赴規。」《心清聞妙香》句云：「幡隨賢者動，室與善人忘。」《洗金以鹽》句云：「若梅調寶鼎，擬雪點紅爐。」《古硯微凹聚墨多》句云：「文章欣得助，歲月感同磨。」《林木似名節》句云：「冰雪心常在，丘山首重回。」又云：「倚賴元精理，沈吟大廈材。」《采菊東籬下》句云：「襟袖西風冷，柴荆返照高。」《花爲四壁船爲家》句云：「張成雲錦密，透出月華鮮。」《春風吹又生》句云：「畫圖增淡蕩，氣候悟枯榮。」《接葉暗巢鶯》句云：「擇枝原鄭重，入畫却分明。」

道光乙酉，大兒逢辰登鄉薦第二名。時監臨爲無錫孫文靖公，榜後語人曰：「梁某卷不得元，不爲屈。若論其試帖，則通場無與倫比，實足以横掃八千人矣。」題爲「春草秋更緑」，詩云：「誰信蕭辰屆，依然衆緑稠。詩情應是夢，草色尚如油。嫩影迎凉蒨，陳根過夏柔。露明青欲染，霜重翠頻抽。似襯楓林晚，渾忘蓼岸秋。風光疑待畫，天意最憐幽。大造枯榮嬗，王孫汗漫遊。春華方醖釀，拭眼近瀛洲。」余謂此亦不過通幅熨貼，惟第十二句用玉谿詩語押幽字，則鑽新花蘂，試帖中得未曾有也。

逢兒會課試律，有頗見意匠者。《既雨晴亦佳》句云：「鏡彩懸來乍，鐘聲聽處皆。清和開畫稿，淅瀝憶空階。」《所寶惟賢》句云：「金臺春有價，珊網月無邊。」《如保赤子》句云：「痌癢渾無跡，痌瘝隱有聲。援將慈母手，絜以大人情。」《大風吹垢》句云：「歌薰將解愠，表海陋稱雄。」《日長如小年》句云：「壺中增歲月，枕上悟炎凉。」《稼穡作甘》句云：「旨應田畯喜，飴或稻孫含。」又云：「于登香始飶，爲醴味彌酣。」《樹德務滋》句云：「因材生自篤，邁種計非私。」又云：「風行民必偃，雨化聖之時。」此等句不必奇麗，而應規蹈矩，亦足自張其軍。

次兒丁辰己亥鄉試詩，題爲「筆非秋而垂露」。通場皆熟聞其語，謂是陸士衡《文賦》句，點出處者不下千餘卷。丁兒起處云：「不盡非非想，蘭成妙緒抽。文心圓似露，詩筆爽於秋。」繳卷時收卷官訝曰：「此陸平原語，何爲叙及蘭成？」丁兒應之曰：「我曾讀《文賦》終篇，並無此語，惟記得《庾子山集》中似有此句，實未知有誤否耳。」及出場，猶衆口一辭以爲《文賦》，且指坊刻《詩題典彙》以證之。適吴晴舫學使來索闈稿，另開一紙云：「詩題是庾子山《謝趙王示新詩啓》中句，曾點明否？」丁辰始自喜所記之不差，榜發得中。聞闈中詩題點出處者亦祇此一卷，而主司何子貞太史尤激賞第六聯「乾坤清氣在，雲水大光收」十字。

三兒恭辰初學作試律，頗有會心。如《砥礪廉隅》句云：「德原將玉並，行合與銅符。」《政如農功》句云：「去惡根芟草，求賢節取葑。但能無逸勉，乃亦有秋逢。」《明目達聰》句云：「大觀開宇鑰，合聽偏康衢。」《節用愛人》句云：「量入籌宜審，誠求喻最真。」又：「惠先期不費，儉自近乎仁。」交互説尤有理趣。《知白守黑》句云：「雪光堪照讀，雲氣憶催詩。」此十字不必切題，而却有詩趣。《思不出位》句云：「鳶魚存活潑，猿馬謝紛馳。」《詩正而葩》句云：「儼同繩範木，真覺筆生花。」《柳偏東面受風多》句云：「鶯身棲穩否，馬首奈牽何。」《正誼明道》句云：「思在無邪範，天原有顯呈。遵來能不陂，問處詎於盲。」切合「正」、「明」二字，頗具匠心。《春風吹又生》句云：「枯榮仍此物，造化已如神。」《柳塘春水漫》句云：「齒欲紅橋没，眉還翠帶勻。軟風飛絮地，落日喚船人。」皆見意匠。充其所至，亦足以掉臂騷壇也。

恭兒守東甌時，適東偏客廨無額，因取「節儉正直」四字榜之，並以自勖云。值府試考泰順縣文童，即以此四字爲試律題得「詩」字。通場無妥協之詩，恭兒因講論此題應如何做法。余謂此題四字平列，若以唐人之格繩之，自以合寫、渾寫爲正。若以近時風氣論之，必以分貼四字爲工。六韵者可用一層分貼，八韵者竟須兩層分貼。今日館閣諸公乃優爲之，原非所望於童子試。且此題四字皆仄聲，點題即不容易，毋怪乎通場之無合作也。恭兒五試春官，皆佹得復失。於試帖用力頗深，自爲擬程一首以呈，雖未爲警策之篇，而運筆尚能空靈，配詞亦頗勻稱，因附録於此。詩云：「節儉尋常事，還兼正直思。一麾臨要地，四字奉良規。禮要隨時撙，用「撙節以明禮」語。廉真待養宜。用「儉以養廉」語。從繩先檢柙，用「木從繩則正」語。如矢莫差池。用「其直如矢」語。守約防嗟若，用「不節若則嗟若」語。懲奢合示之。用「國奢示之以儉」語。形端同此表，用「形端表正」語。道見自無私。用「不直則道不見」語。經訓西河古，句本子夏《小序》而朱子述之。臣心北闕知。客夏請訓時，即承以此語諄諭。懸楣資觸目，日誦五紽詩。」時次兒丁辰由内閣中書請假南來省視，即令襄同校閲試卷，遂亦擬作一首，則又别出機杼，與恭兒所作乃異曲同工，因並録之。詩云：「經訓兼庭訓，翹瞻四字楣。家常原節儉，正直備箴規。度本隨心制，用「節以制度」語。純憑與衆宜。用「儉吾從衆」語。蒿邪須判别，用邢寺論邪蒿事。蓬植自扶持。用「蓬生麻中，不扶自直」語。象齒焚先懍，豚肩陋不辭。政行憑所帥，用「子帥以正，孰敢不正」語。繩在孰能欺？用「繩墨誠陳不可欺以曲直」語。南國周王化，東甌太守詩。循陔饒樂事，握管佐委蛇。」

（姚蓉、尚鵬點校）

石溪舫詩話

石溪舫詩話提要

《石溪舫詩話》二卷，據道光二十三年刊香蘇山館全集本點校。撰者吴嵩梁（一七六六——一八三四），字子山，號蘭雪，江西東鄉人。嘉慶五年舉人。屢試不第，以貲爲國子監博士，官内閣中書，出爲貴州黔西知州。有《香蘇山館全集》。按此書有蘭雪弟子王以暢序，未署年月。序引吴氏姪瘦生語，謂此稿係蘭雪當年閲王昶《湖海詩傳》中知交之作，一時興會所至而作，而與王氏所藏其師「廿年前」評本「一字不差」。據此推測，當成於道光初。書中記事署年，則多爲嘉慶十五年前後事。卷一得六十四人，卷二得三十九人。蘭雪久師翁方綱，又以江西籍，故論詩甚推覃溪與蔣心餘；然取徑實較寬，於一時名家如黄仲則等，多能識其長。又論七古長篇不宜太盡，則轉主唐調矣。其人交遊廣，詩名盛，乃至遠播朝鮮、琉球，故書中所存之掌故，雖不免揚己自詡之嫌，亦深有關係於乾嘉詩壇者，如記翁方綱欲選其詩與黄仲則合刻之類，可存詩史。

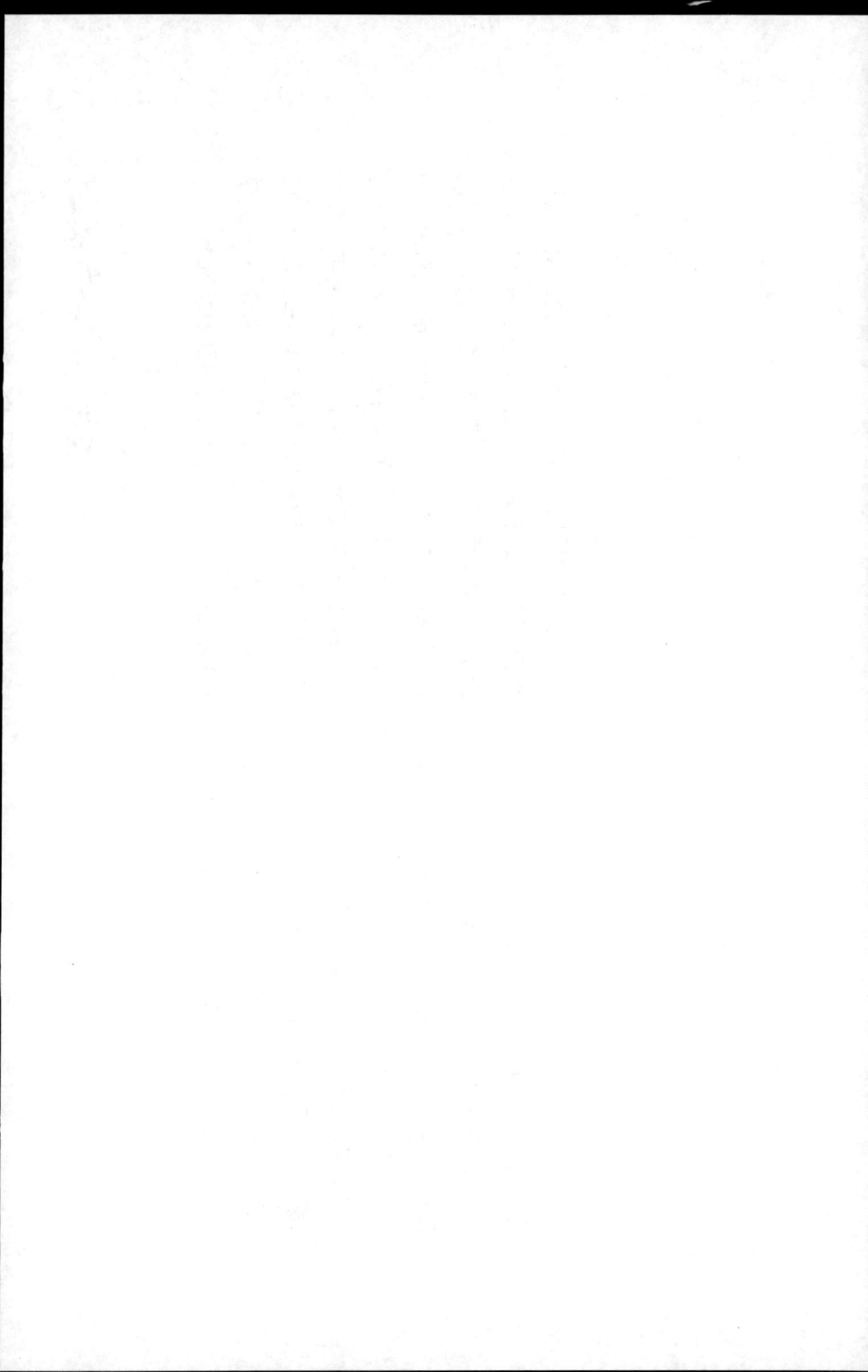

序

廿年前，余藏蘭雪師所評王述庵先生《湖海詩傳》，視爲墨寶，未肯輕以示人。今哲嗣小蘭、令姪瘦生、令姪孫莪生、暨余弟蓉湖，同校先生全集，復以詩話二卷附刊於後。余詢瘦生曰：「是果吾師意乎？」瘦生曰：「非也。此吾叔曩閱《湖海詩傳》，一時興會所至，墨瀋淋漓，自有不容已於言者。夫焉得盡人而識之、評之耶？」余見而録之，質諸叔父，謂作詩話觀亦可。時吾弟小蘭尚幼。揣其意，若欲藏諸有待，俾余兄弟各有所取法者。然余小子何忍復秘？」因取原評較對，一字不差。未嘗求合于古，而自與古相得；未嘗求異于衆，而自與衆各別。再三讀之，吉光片羽，精采動人，真乃豹窺一斑，已見其全；味嘗一臠，可例其餘。雖其間或就詩論人，就人論詩；或即詩論詩，而不涉乎人；即人論人，而不涉乎詩；或又不論人論詩，而祇論其事；或又論人論詩，而并論其時地。窮達不一，咸屬相知，多寡難齊，適可而止。蓋吾師是編不特精于論詩，抑且深于知人論世，讀者作諸名公小傳觀可也，詩話云乎哉！受業王以暢謹序。

石溪舫詩話卷一

東鄉吴嵩梁蘭雪

袁枚字子才，號簡齋，錢塘人。有《小倉山房全集》。

予於乾隆癸丑冬至金陵，先生即折柬見招，爲予題《拜梅圖》，推以異才。有門下士諷予執弟子禮者，口占示意云：「修竹生來掃俗氛，錦棚纔脱便捎雲。讓他桃李公門外，玉立亭亭只此君。」蓋耻與噲等伍，非不肯師先生也。然先生終愛予詩，殁前《見懷》絶句云：「芳訊經年一雁無，仙才逸韵滿江湖。梅花清福知多少，消得詩人拜不扶。」身後攻之者太甚，太半即其門生，故訃至揚州，予與山尊獨爲位哭之。先生嘗以其詩見貽，予謂一代作家而非正宗，欲擇其精華，釐爲四卷，刊以行世，庶令後賢無可指摘，亦藉報知己于九原也。至其古文，義法未醇，亦有生氣。四六流麗可喜，惟詞曲則門外漢耳。

沈德潛字確士，號歸愚，長洲人。有《竹嘯軒詩鈔》、《歸愚詩鈔》。

議文慤者以其規摹唐人，未能變化。得德甫先生《湖海詩選》，真氣迴出，卓然名家。

裘曰修字叔度，號諸皋，新建人。

文達公不以詩名，而其詩雅健，絶無曼聲。恭讀《御製土爾扈特歸順記書後》一篇，尤傑作也。

竇光鼐字元調，諸城人。有《東皋詩集》。

五律清雄，不愧名家。

王太岳字基平，號芥子，定興人。有《青虚山房集》。

芥子先生古文卓然名家，詩亦婉妙獨絶。嘗見其與蔣心餘丈書，論詞學源流甚悉。居官極廉，而愛士殊厚，真古人也。

夢麟字文子，號午塘，蒙古人。有《大谷山堂集》。

蒙古詩人繼先生起者，近有法梧門學士。法工五言，以清悟入微。先生才大如海，筆妙如龍，亦從悟境中來。觀其自述，所謂「金翅擘海，香象渡河」，與「鏡花水月」豈有異耶！

朱珪字石君，大興人。

予《上文正公》詩，有「聞道退朝焚疏草，嘉謨未許外廷知」之句，或有疑爲諷公者，公獨見賞，謂其「頌不忘規」。大臣心事，廓然可見矣。

金農字壽門，錢塘人。有《冬心先生集》。

壽門有《自度曲》一卷，予從徐袖東司馬借觀，清婉可愛。聞其晚年多蓄婢，曲皆小調，落紙後即付絃唱，不盡拘牌名，自然合拍，亦一絶也。

查禮字恂叔，號儉堂，宛平人。有《銅鼓書堂集》。

乾隆壬寅，予年十七，公過河南訪先大夫于修武縣舍，命予出拜，極蒙獎許，且解所佩荷囊爲贈。至湖南，復寄千金與先大夫，同建撫州南館于京師。蓋公自述在前明家於臨川紫石村，故至今猶敦鄉誼如此。公子淳繼擢江西按察，以内遷入都。姪孫訥勤官翰林，與予善。

錢載字坤一，號籜石，秀水人。有《籜石齋詩集》。

坤一先生詩清真逋峭，深得宋人妙處，勝于優孟唐人者多矣。翁覃溪師論詩極嚴，獨推作者。其研究音節尤善。

曹秀先字冰持，號地山，新建人，謚文恪。

宗伯工書，與先君善，故得其墨迹頗多。

劉墉字崇如，號石庵，諸城人。

公爲予書詩一册，皆其晚年所作，洵墨寶也。

翁方綱字正三，號覃溪，大興人。有《復初齋集》。

覃溪師論詩以杜、韓、蘇、黄及虞道園、元遺山六家爲宗。全集多至五六千首，嘗命予校定。卒業，予請分編爲内外集。性情風格、氣味音節得詩人之正者曰「内集」，考據博雅、以文爲詩者曰「外集」，吾師亦以爲然。第云：「吾集現已編年排録，賢友所論，須于身後選定，别爲鋟版。」今年已八十，猶能作小楷，日疏經義，手不釋卷。每日黎明即起，辰巳時延見同志，午初即趺坐不出。朝貴罕見其面，真海内之魯靈光也。嘉慶丁卯，重赴鹿鳴宴，先期請至予寓舍，爲王漁洋作生日，賦詩三首而歸，京師傳爲美談。二十年來枉貽詩札，皆在篋中，異日當付裝潢，乞加題跋，以誌瓣香之誠。其詩雄深奇麗，無所不有，尤以七古爲極則。述庵先生未見全集，故所選止此耳。

陸燿字朗夫，號青來，吴江人。有《切問齋集》。

予嘗欲緝一代經濟之文，以裨實用，勒爲一書。及見公所論著，先得我心，爲服膺不置。惜乎未及親炙。讀其詩，有餘慕焉。

王鳴盛字鳳喈，號禮堂，嘉定人。有《耕養齋集》。

禮堂晚年喜勸人學温飛卿詩，爲予題《新田十憶圖》五古十章。時年七十有四，瞽目重開，亦一奇也。

錢大昕字曉徵，號竹汀，嘉定人。有《潛研堂集》。

先生觀予《銀槎歌》，評云：「沈鬱開合，安得不推爲第一奇才。」又爲手書「風騷力主年猶少，仙佛才兼古亦稀」二語於楹帖，墨迹尚存，念之感涕。

朱筠字美叔，號竹君，大興人。有《笥河文集》。

竹君先生詩多學韓，卷中《平定準噶爾恭紀》一篇，亦有《平淮西碑》風格。

徐堅字孝先，號友竹，吴縣人。有《絸園詩集》。

友竹翁晤予於覃溪先生南昌使院，見贈畫一幀、楹帖一聯。報以小詩，今二十年矣。

蔣業晉字紹初，號立厓，長洲人。有《秦中》、《吴廡》、《楚游》、《出塞》、《歸田》諸集。

立厓豪邁，詩如其人。乾隆甲寅端午日，潘榕臯户部、陳雲濤中翰邀予同錢竹汀、袁子才兩先生與君集於虎丘觀競渡。入夜燈船尤盛，畫《湖樓燕集圖》，以予當王晉卿，故有句云：「科頭畫我當花坐，絶代蛾眉替捧箋。」及予三過吴門，則君與錢、袁皆歸道山，惟榕皋清健如昔。追憶舊事，能無泫然。

蔣士銓字定甫，號心餘，鉛山人。有《忠雅堂集》。

詩史肇自杜陵，至我定甫先生始極其盛。集中序事諸作，以班、馬之才行韓、杜之法，沈鬱頓挫，變化錯綜，有識有力，有聲有光。蓋其至性奇氣不可磨滅，故發于詩者如此，斷爲五百年來第一大家。予年十九，謁先生于藏園，以詩七百首就正，爲删存六十首，初未心服，及得先生全集讀之，始大愧悟，取所作盡焚之。請以師事，先生謂其長君曰：「此子才高氣奇，而勇于自屈如此，名山有替人矣。」蓋予喜讀太白、昌谷、義山三家詩，至是始知必從杜出，方能成家。二十三歲，受知于覃溪先生，因得窮究漢、魏、唐、宋、元、明以來諸家正變，洞悉其旨大要。由元遺山、蘇東坡以上溯李、杜，而參以王右丞、孟襄陽、白香山、李義山、韋蘇州、柳柳州、張文昌、賈浪仙、黄山谷、王荆公、歐陽公、陸放翁十數家。韓昌黎、虞道園頗用功而性不甚近，此外各有所采，都無專功。今逾四十，心力漸耗，其不能成就可知。述庵先生謂予當繼先生而起，爲一大宗。每念此語，汗下數升，安得起兩先生于九原，竭所知以請益耶！

畢沅字湘蘅，號秋帆，鎮洋人。有《靈巖山人詩集》。

秋帆先生爲近代龍門，嘗詢予于先生，先生答書曰：「世有歐陽永叔而不識梅聖俞者乎？」及制府在兩湖寄書見招，適爲陳中丞留主講席，不果行。後十五年，始在吴門識公子鄂珠司馬，公篋室張望湖夫人又攜其《深閨織素圖》小影訪予姬緑春于一樹寓園，索其作畫，并予題詩。尚書履聲，已歸天上；平泉緑野，亦屬他人。而文采風流，猶未零替。俯仰今昔，感與泪俱。

王文治字禹卿，號夢樓，丹徒人。有《夢樓詩集》。

夢樓先生歸田後，湖山跌宕，所至以家姬自隨。與予相見于揚州，嘗同達有夫人及女孫玳梁、女弟子駱佩香邀予泛舟湖上，觀畫賦詩。是日泊高詠樓下，荷花盛開，命妓合樂，絲竹迭奏，翰墨横飛，人月争華，水雲俱艷。來游者皆撥棹追隨，夜分始散。先生爲手書《唱和詩》一册見貽，至今傳爲盛事。及予官胄監，適琉球，奏請遣其子弟來學，詢知先生與予善，猶追問昔周海山侍郎册封舊事。蓋先生墨迹流傳于海東者頗多，渠國珍藏以爲至寶，且乞予姬緑春畫蘭歸呈王妃，惜乎先生不及見之也。

謝啓昆字蘊山，號蘇潭，南康人。有《樹經堂詩集》。

蘇潭中丞于嘉慶丁巳開藩浙江，予在幕府暇日，輒櫂舟西湖，往往經旬不返。馮星實方伯、趙雲崧觀察適來訪予，與中丞約赴瑪瑙寺看牡丹，覓予不獲，中丞遣一舟、一騎追尋所至。予自放鶴亭舍舟步行入南屏，觀司馬温公所書《家人卦》磨厓，稍倦，枕石而卧。既寤，有侍立其側者出授一箋，則中丞以詩見招，且云馮、趙兩公待予已三日矣。是日主客皆盛衣冠，而予以野服匆匆入座，科頭縱談，持住僧及從吏咸竊訝之。俄有游女數輩，相值花下，淡妝者尤麗，迴顧同伴，似與論語，微聞「今日有東坡其人，餘不了了」，遥睇所持扇書，小楷甚工，款署爲「蘋香女史作」，不知其爲誰家閨秀也。座中賦詩，予得七律二首，有云：「雲將山翠都侵酒，人與花枝共入樓。」又云：「翠袖隔花聞細語，座中今日有東坡。」聊紀一時韵事。中丞移節桂林，未幾下世，惟雲菘尚健。昨自杭州歸，即湖上亦未一至，況欲再續前游耶？

徐觀海字滙川，號袖東，錢塘人。

袖東刺史判樟樹鎮，招予課其子及孫，爲予畫《蘭雪圖》甚妙。君善琴，予能茗戰。嘗約予聽琴，爲飲龍井茶一百甌，極歡而罷。《凌波小築詩》曾次其韵贈之。

趙翼字雲菘，號甌北，陽湖人。有《甌北詩鈔》。

觀察才大氣雄，無所不有。集中七律最爲擅場，名句不可勝采。爲予作《文信國公與新溪公手札》古詩及次韵七律，獨精整，無一排語，《題東浦方伯集》五古亦然。豈其信手揮洒，亦英雄欺人耶？

趙文哲字升之，號璞函，上海人。有《媕雅堂》、《娵隅》等集。

升之先生詩清而不佻、華而不縟、壯而不粗、哀而不激。七子中自述庵師而外，無其匹也。

姚鼐字姬傳，桐城人。有《惜抱軒集》。

姬傳先生早辭清要，人品甚高。古文有義法，清而能深；詩有標格，正而能雅。嘗致其弟子陳石士編修書，亟稱予詩，可愧也。

施朝幹字鐵如，儀徵人。有《正聲集》。

鐵如府丞力持清節，詩有正聲。集中五律尤工，記其《悼亡》有「白水貧家味，紅羅嫁日衣」，真中唐佳句也。

張塤字商言，吴縣人。有《西征》、《熱河》、《南歸》諸集。

商言詩瘦秀可愛，書法亦然。詞獨婉麗，惜未多見也。

鐵保

冶亭先生官漕督，予以公車道出淮上晉謁，先生方病癱，召入内室，詢及座師，李小松、王鹿圃兩先生則皆出門下。喜甚，贈以詩一册、字一幅。先是公得歐陽公南唐官硯，屬吴山尊徵予詩，至是受知。因作七古一首書後，有「此詩此硯今無多，生不逢公當奈何」之句。賓谷謂兀傲有奇氣，非鐵公不能當也。

朱孝純字子穎，漢軍正紅旂人。有《海愚詩鈔》。

夢樓先生以八音論詩，謂子穎如金鐘，予如玉笛，藏園如戰鼓，隨園如琵琶。予請先生自道其實，不得謙讓。笑曰：「予詩如笛，但非玉聲，故不及君耳。」予問琴聲爲誰？慨然曰：「難、難！」予謂先生平日推隨園爲奇才，擬以琵琶，不已褻乎？曰：「琵琶妙處最能移人，此老獨絶之技即在于此，故非奇才不能。君才似蔣而稍遜其横，情似袁而不盡其妍，氣似朱而不極其縱。然以哀艷之思，發清壯之響，穿雲裂石，往而復返，此正聲也。」嗚呼！聲詩之道，感人入微，自唐以後，才力馳騁已到十分，講音節者寥寥矣。夢樓翁此語雖一時興會所及，却是此中三昧，特予不足當此，願與同調，共領微言。李、張仙樂，杜集大成，能爲琴聲者，其彭澤、蘇州乎？

陳朗字大昭，號青柯，平湖人。有《青柯館詩集》。

青柯先生官吾郡太守，以丁憂歸，與予別于南昌舟次。促膝行李堆中，縱談移晷。自述「少壯負才氣，以不得三元爲恨。繼出典郡，與世寡諧，皆坐鋒鋩太露，吾友蔣心餘亦然。今子年甫弱冠，得名太早，才鋒太峻，其病與吾兩人同。當重自韜晦，以養厚福，毋鬱鬱自苦也」。瀕行，復爲畫蘭一幀，誦白香山詩曰：「芝蘭樹不榮，荆榛鋤不去。兩者無奈何，徘徊歲將暮。」予亦泣下沾襟，孰知其遂永訣耶！平生篇什頗多，異日晤公子邃古當借鈔一卷，以候選家采録。先生固自有不朽者在，予乃濩落如此，不能稍酬知己於萬一，悲夫！

程晉芳字魚門，號蕺園，歙縣人。

《蕺園全集》中有《京師新樂府》數十章，極得白香山、張水部筆意。予於法梧門案頭見之，已刊版矣。

魯仕驥字九皋，號絜非，新城人。有《山木居士集》。

山木先生學行醇粹，所居中田村與陳氏比屋，今編修石士少、司空鍾溪昆季皆出門下。嘗爲予作《香蘇草堂》序，勗獎交至。身後遺書，陳氏將爲付刊，幸不至于零替也。

錢澧字東注，號南園，昆明人。

南園先生風節海内共知，詩集僅二卷，師荔扉爲刊版。予在法學士詩龕代集《朋舊見聞録》，選入五十首，且題七言古詩一首，有「河聲秋挾雷雨壯，岳色夜凌星斗寒」之句，其氣體雄奡可知。先生書法專效魯公《争坐位帖》，遒麗可愛，間作畫亦工。予爲作《畫馬歌》，俱載法選中。

汪端光字劍潭，江都人。有《沙江》、《晚霞》、《才退》諸集。

劍潭詩多淒艷哀響，詞尤刻而善入，讀之移人。予于乾隆甲辰獻賦江南，因蔣君湘雪訂交，今二十有六年矣。

許兆椿字秋岩，雲夢人。有《秋水閣詩集》。

秋岩先生詩風力遒上，其出守時作《昭君詠》八首，一往沈鬱，情見乎詞。予賦七律一首和之，有「不辭紅粉成邊土，終遺烏孫作外臣」之句。今官漕督，政聲翕然。

秦瀛字淩滄，號小峴，無錫人。有《小峴山人集》。

小峴先生古文名家，詩有高格。曩在京師，唱酬頗密，閩中亦相往還。倉場獄起，前後總督皆降罰有差。吾姬緑春曰：「秦公是清官，必無累。」既而果然。東坡所謂「緑衣有公言」，古今人豈相遠耶！先生嘗于姬扇頭見劉芙初所作《聽香館畫蘭賦》，賦詩索和，有「西方彼美流蘭韵，南國才人有賦心」，余次韵曰：「徘徊似惜香山暮，幽艷能傷楚客心。」蓋余方辭倉差不就，又下禮部第，來詩甚加惋惜，故用此奉答先生。今以總憲乞病歸，而余因奉諱家居，姬亦下世，不獲從游于蓉湖、惠山之間，其感愴何可勝言。

趙希璜字渭川，惠州人。

聞渭川爲黄仲則刻全集，風義可感，惜未識也。

吴錫麒字聖徵，號穀人，錢塘人。有《有正味齋集》。

穀人先生性情閒遠，不矜其才。詩有大宗之麗而風神過之，有樊榭之幽而材力過之。所至有山水俊游，花月清集，長鬚飄然，縱飲不醉，望之如神仙中人。在北與翁覃溪師、法梧門學士、張船山、楊蓉裳、謝薌泉諸君，在南與錢辛楣、袁子才、王夢樓、洪稚存、阮雲臺、曾賓谷、吴山尊諸君唱和最多，予皆追隨其間。近聞予病卧虎丘寓園，艤棹塔影橋，直入寢室，慰藉良厚。爲予作《扁舟歸養圖》駢體文序，有六朝俊味。又題予集，有「斟酌萬花妥，蕩摩孤月圓」之句，此作者自道其所詣，豈予所能至耶。

黄仲則名景仁，武進人。有《兩當軒詩集》。

仲則詩無奇不有，無妙不臻。如仙人張樂，音外有音；名將用兵，法外有法。天縱其才，不能不奪其福；人忌其才，不能不發其光。年未四十，落魄而死。身後佳句，所在流傳。劉松嵐觀察刻其選本，趙渭川刺史刻其全集，述庵、覃溪兩先生表章不遺餘力。吾嘗論海内詩人，能從古人出而不爲古人所囿者，藏園而外，必推仲則第一。覃溪先生曩欲選録予詩及君詩合刻，辭以二十年後再踐此約，蓋自知不逮仲則遠甚，非謙辭也。

程夢湘字荆南，丹徒人。有《松寥山館詩鈔》。

荆南詩清而能深，淡而可味。予每至潤州，輒與夢樓、雅堂諸公談藝，此君游宦，惜未與同泛瀟湘也。

楊芳燦字蓉裳，金匱人。有《吟翠軒初稿》。

蓉裳農部才華絶世，與弟荔裳方伯早負盛名。中年以後，詩律益細，而藻采不凋。集中七古近體擅場，五言長律尤爲絶調。七古嗣響四傑，七律抗衡西崑，人所共知。排律妙處，以義山之工麗、香山之纏綿，加以沈宕開合，具體少陵，不襲其貌，而得其意。每逢佳題，殫思以就，迴波舞雪，振羽沈宫，聲情之美，往往移人。嘗自言作諸體詩，患在太整而不能暇，惟排律覺心手俱柔，自然合拍，其用功深矣。然君爲予題文信國公手札七古，風力遒上，逼近高、岑，賢者固不可測。時人專以梅村相擬者，非也。君與予一見定交，以弟昜予。每謂古人詩多亂頭粗服，不礙其爲大家，我輩疵累却少，然不及古人處即在此，旨哉言乎！君昆季皆文學士，皆有軍功，荔裳由中書佐戎幕，不數年晉秩屏藩。君獨浮沈郎署，久而不還。然公子浣香及女蕊淵皆工詩、善倚聲。一門風雅，勝于七葉貂蟬多矣。

楊揆字荔裳，金匱人。有《桐花吟館詩鈔》。

自古詩人例得江山之助，而軍中所作尤奇。近代名家如述庵先生及趙損之太常、陳東浦方伯，皆卓然可傳。荔裳早擅風華，中年從嘉勇公出征衛、藏，所歷熊耳山、星宿海諸勝，異境天開，詩格與之俱變。極造幽深，發以雄麗，字外有力，紙上生鋩，非摹擬《從軍行》者所能道其一語。聞其官中書時，困乏特甚，至質鏡爲炊。即於是年出參戎幕，屢立軍功，不數歲晉擢蜀藩，勞瘁而卒。蔭其子，一爲州牧，一爲縣令。今官黄梅者名慧，即入監從余肄業生也。君嘗勸其兄蓉裳刻集，云：「星士之言，以文章、兒女爲我所生。兒即當娶婦，女即當擇婿，其得佳偶與否，聽命而已。詩文爲我輩平生心血所寄，必自鋟版，其傳與否，亦有命在，聽之後人而已。」此論似諧而確，蓉裳每述以勸予。予姬緑春手藏詩集，欲盡典衣物爲付梓人，余以持擇未暇，遲遲至今。姬病殁之頃，猶諄諄以此爲言，一念及之，涕泪交集。始知天之造就人才，不獨予以富貴、憂患，即名山之業，亦有數存乎其間。才乎不才，命也如何！

吴照字照南，號竹庵，南城人。

照南少作多效李太白、孟襄陽體，與予最善。年四十奉教於錢蘀石先生，遂變其格，專以石湖爲宗。官大庾廣文，拓所居曰「六琴館」，蓺花竹其中。嘗和陶《飲酒》，詩甚閒適，手書一册見貽。曾賓谷轉運揚州，同在題襟館，豪宕如初。自予入都，君亦棄官縱游，不復再見。所畫蘭竹，張之壁間，尚憶其半酣落筆時也。

宋大樽字左彝，號茗香，仁和人。有《學古集》。

左彝中年詩專學太白，有逸氣。又善鼓琴，嘗自天台歸，邀余集吴山之平遠樓，酒半爲鼓《風入松》一曲，泠然善也。

馮敏昌字伯子，號魚山，欽州人。

魚山詩有風力，殁後，覃溪先生屬予爲選定其集。甲選者得百首，乙選者五百首，先生第欲存甲選者。余以甲選者鈔一副本，全集并付其門人刻之。集中《謁韓文公祠》、《拜杜工部墓》二詩卓然可傳。

管世銘字蘊山，陽湖人。

蘊山侍御負名久而得第遲，故制藝尤善，詩亦遒鍊有格。嘗選唐詩爲讀雪山房藏本，今已刊板。予舊于康龍山工部座中識之。孫繩萊，清才玉立，亦佳士也。

李鼎元字味堂，號墨莊，綿州人。有《師竹齋集》。

墨莊儀觀甚偉，聲如洪鐘。使琉球歸，以《歸棹圖》小照屬題。予方經理琉球學務，詢入監四生，得其國風土頗詳，欲爲撰一序。而君以奉諱，匆匆攜卷出都，并所題七言近體二首亦未及録，悵然至今。

法式善字開文，號時帆。本名運昌，奉旨改名，有《存素堂稿》。

時帆先生三入翰林，一擢祭酒，再陟宫坊，皆官至四品即左遷。名盛數奇，似有成格，先生顧泊如也。與予折節定交二十年，每見益親。詩亦屢變，初爲五言，近體最工，佳句亦多可採，篇幅未免稍隘。既與覃溪師往復切磋，于古大家、名家無所不效，各體無所不工，五古尤兼衆善。短什妙于澄鍊，如與仙人談洞天秘旨，參其精微而表裏皆徹；如與高士作山水俊游，領其佳要而登臨不煩。長篇善于發揮，如與耆宿述累朝掌故，舉其綱目而文獻無遺；如與朋舊叙歷世交情，極其纏綿而往還不厭。集中論畫諸篇，一字一句俱有名理；懷人諸什，一時一事各有襟期。予爲删去詠物及應酬之什二千餘首，所存尚七八百首，可謂富矣。

謝振定字薌泉，湘鄉人。有《雲將山草》。

薌泉再起爲禮部員外郎，擢坐糧廳，特著清節，積勞病殁。平生豪邁不羈，詩亦跌宕自喜。初見予于邗上，即邀集洪氏園，置酒高會，出《玉帶橋觀月圖》屬題。擊節浩歌，聲出金石，醉擁紅袖，踏月而歸。再入京師，數偕予及法梧門、陶季壽、趙象庵爲西山之游，枕石眠雲，佳句層出。嘗以舊端硯求售，予愛而留之，亦不責其值也。君既肆力爲古文詞，又博緝元、明及本朝諸家之文凡數百卷，欲加決擇，久而未成。其子亦登賢書，當不墜其先業，他日擬與君門下高弟吴玉松侍御用力勘定，續成此書。

陸伯焜字重暉，號璞堂，青浦人。有《玉笥山房詩鈔》。

璞堂廉使有本朝《四家詩選》，朱竹垞、王漁洋、宋荔裳、施愚山四先生也。其宗尚可知。人甚藴藉，淡于宦情，故所作五古多清遠可味。家居時嘗一見之，其地與三泖漁莊最近，扁舟可小泊也。

史國華字濟衆，溧陽人。有《石淙山房集》。

史君一字竹圃，予庚子入都即識之。壬子再見于周駕堂侍御座間，聞其度曲最妙。同集者尚有李雲門侍郎、羅兩峰山人，今俱下世矣。

趙懷玉字億孫，號味辛，武進人。有《亦有生齋詩鈔》。

余久知味辛名，辛酉始定交京師，未幾即別去。其詩多見于梧門學士齋中，爲選其尤佳者入《朋舊及見録》。君詩句斟字酌，洗鍊功深，寫景既工，用事亦切。由中書擢郡丞，未久罷歸，清貧如昔。聞其意氣漸衰，而篇什未減，殊可念也。

彭元瑞字掌仍，號雲楣，南昌人，謚文勤。

文勤公少與蔣心餘先生齊名，故蒙純皇帝賜詩，有「西江兩名士」之句。然館閣山林，其體不同，公自燕、許，先生杜、韓，千秋無異議也。

曾燠號賓谷，南城人。有《賞雨茅屋詩鈔》。

賓谷方伯轉運兩淮十有四年，政聲翔洽。開題襟館，以延海内名士。六月廿一日爲歐陽公生辰，讌客於平山堂，折荷行酒，授簡賦詩。往來金、焦兩山中，亦必窮攬烟月而返。是時袁子才、王夢樓諸公方以風雅提唱江南，王述庵師又因予歸里，皆過揚州。其門下諸子悉蒙延譽，多歸幕府。予與吴穀人祭酒、洪稚存編修、吴山尊學士、孫淵如觀察、徐朗齋州牧、王鐵夫典簿，及同鄉蔣師退、胡香海、樂元淑、吴白庵昆季唱和尤密。方伯襟情既勝，才氣無雙，折節愛才，虚心談藝，蔚然爲一大宗。所著有《賞雨茅屋詩鈔》，命意必高，鍊格必峻，選材必雅，結響必沈，而以挺脱夭矯之筆出之，渾灝流轉之氣行之，精思獨運，衆美畢臻。夢樓翁嘗與論詩，以簡齋爲奇才，予爲艷才，君爲清才。予謂「清」字似易實難，當爲詩家第一妙諦。詩不能清，則山無峰巒，水無波瀾，槎枒漫衍，不得爲奇；剪綵爲花，畫紙成月，粉飾規摹，不得爲艷。清則真矣，清則逸矣，清則雄矣，清則麗矣，清則和矣，清則遠矣，清則新矣，清則妙矣，世之爲僞體者皆不從清出者也。故元遺山曰「乾坤清氣得來難」，有味哉其言乎！君又輯《江西詩徵》十卷、《四六正宗》八卷、《題襟集》前後若干卷，並已刊行。其宏獎風流與宋綿津、盧雅雨諸公相匹。才由天授，詞必己出，非可同日語也。

陳廷慶字兆同，號桂堂，奉賢人。有《古華詩鈔》。

桂堂詩才敏贍，下筆千言。人尤豪宕不羈，縱情于山水花月間，所得萬金立盡。近亦清苦，主講于越中數年，恐不能不再出山也。

楊倫字西禾，陽湖人。有《九柏山房吟稿》。

西禾與予同在江西陳中丞幕府，唱和頗多。其詩律細而音和，嘗謂予詩藻華而氣逸，人喜傳誦，自謂不及。予謂君詩不可及處即在此。其爲人所喜者，未必皆可傳也。

胥繩武字燕亭，鳳臺人。有《晉普山房詩鈔》。

燕亭三十罷官，游吴、越幕府最久。花月勝游，每多酬唱，佳句殊可采也。

劉大觀字崧嵐，丘縣人。有《玉磬山房詩鈔》。

崧嵐一字正孚，初官廣西，與李少鶴州牧、松圃郎中交最善。五言詩以張水部、賈長江爲宗，清能徹底，瘦可通神。高格自持，名句可味。嘗納姬周氏于吴中，甚麗。命出拜，予贈以字曰湘花，爲賦詩，屬潘榕皋農部畫蘭，以代小照。湘花手繡予《石溪看桃花》詩以報。一時名宿閨秀，皆詠其事。後數年，崧嵐官寧遠州，有詩見寄，序曰：「瀋陽大雪，與湘花同坐齋中。湘花忽黯然良久曰：『如此風雪，未知吴蘭雪先生却在何處？』因戲之曰：『卿對雪思雪，焉知渠不對蘭憶蘭耶？』爲賦七言古體一章。」有句云：「風雪滿天無定踪，憐才興嘆一女子。」予答以詩曰：「誰知萬里炎荒外，猶有蛾眉感斷蓬。」蓋謂此也。崧嵐再擢河東鹽道，出都。予娶岳姬緑春，原籍文水縣人，善畫蘭，以一册寄湘花，約爲女兄弟。予題一詩曰：「姊妹花開也夙因，未曾相見已相親。素心一朵同矜寵，難得鷗波有部民。」蓋予前贈湘花有「素心一朵能專寵，千樹桃花不敢開」之句，而文水爲君屬縣也。君今罷官京師，而予已南歸，緑姬亦化綵雲，湘花聞之當愴惻不已，況篤交如我兩人耶。

朱彭字亦錢，號青湖，錢塘人。

君子困泉善畫，詩亦有家法。與予善，爲予作《蘇齋論文圖》，山水蒼潤可愛，非名手不能。

黎簡字簡民，順德人。有《五百四峰堂詩鈔》。

簡民詩戛戛獨造，書畫亦然。邱鐵香太守嘗以奚鐵生畫梅長卷屬題，予亦同作。覃溪師題二絶於後，且云：「此卷得簡民與蘭雪兩詩，江山靈秀，皆在几上矣。」予因此與君神交，每從君鄉人宋芷灣編修誦君佳句，未嘗不擊節稱賞。惜乎不能起君于九原而質之也。

曹秉鈞字仲梅，嘉興人。有《籐花老屋詩鈔》。

仲梅嘗作貴溪書院山長，爲予畫梅，題一詩，亦清絶可愛。

黄易字小松，錢塘人。有《小蓬萊閣詩》。

小松爲予作《岱雲會合圖》，覃溪師爲題五古一章，且命作《影庵四絶》寄君。有句云「夕陽紅到亂鴉邊」，頗見咨賞。

羅聘字兩峰，歙縣人。

兩峰作題畫小詩，間有可采，古體非所能也。

石溪舫詩話卷二

東鄉吴嵩梁蘭雪

徐鑠慶原名嵩，字朗齋，崑山籍，金匱人。

朗齋才氣不可一世，與予訂交於題襟館，同賦《康山留客圖》、《銀槎歌》、《西溪漁隱圖》，諸作並佳。予尤愛其「鷺絲飛去釣船歸，七十二峰秋月緑」二語，深秀可愛。前半篇有「金支翠旂」等語，予謂與「西溪」不稱，勸令删去。君曰：「此李、杜門面語，不可少。」子詩只講清真，故人或議其不能雄闊。予曰：「雄闊亦須因題而設，如觀海詩亦可作漁隱圖中句否？若以門面爲李、杜，不如清真爲愈，奈何作英雄欺人語，爲識者所棄乎？」君始折服。繼以連下禮部第，投筆從軍，約予偕赴畢秋帆先生幕府。予以親老，不果行。君由是得官，且將晉秩，忽以事牽緊死。負異才而不善持其身，殊可痛惜也。

孫星衍字淵如，號季述，陽湖人。有《雨粟樓詩集》。

季述一代人才，中年曾攻樸學，詩不多作，故流傳者少。《吴會英才集》中所刻七古數篇，矯變異常，有如羅、浮二山以風雨爲離合者。配王采薇亦有幽艷哀響，宜其《悼亡》之作一往情深。予以去年道出德州，君冒雨過舟中小飲，竟日而别。至蘇州即借君所建孫武子祠園居避暑，爲題小琅嬛洞曰：「洞中之天，仙者所室。石氣皆雲，溪光自日。異書中藏，漢觴唐述。飲水餐花，吾願斯畢。」君又得武子銅印一枚，屬爲賦詩，未敢即報。而君極賞予書扇《苦雨》二詩，及扇背緑姬畫蘭，謂皆傳作，殊可愧也。

何道生字立之，號蘭士，靈石人。有《方雪齋集》。

蘭士與予俱乾隆丙戌生，壬子定交京師，爲予題《新田十憶圖》七言十章甚工。既由九江守奉諱歸，再起爲夏寧守，卒于官。予與法梧門勘定其集，删存八卷，序而歸之。君詩有俊邁之氣，而筆力透脱異常，掃除一切障礙，佳句亦多可傳。友誼尤篤，嘗與王君鐵夫割宅而居，資其旅食。予有兄喪，亦厚賻焉。子春民乞予序其集付刊，且以君所畫山水絹扇二握、賀蘭山石硯一方見貽，皆君手澤也。

王芑孫字念豐，號愓甫，長洲人。有《淵雅堂詩稿》。

愓甫身短而瘠，負氣甚高，久困場屋，益肆力于詩古文。其詩以五言古體爲最工，落筆有芒，壓紙有力，浮響膚詞，剗削净盡。譬諸鐵笛横秋，霜鐘警夜，天高月白，木落江青，其境殊不易到。在京師交法時帆學士，在揚州主曾賓谷運使最久，以專修《鹽法志》，於同人少所推轂，遂爲衆怒所歸。予嘗謂君詩以骨勝，古文以才勝，但多一分矜氣，其人亦然。若并此去之，所造益不可及。故有《寄懷》詩曰：「老筆君無敵，狂名衆或嫌。才高憎命達，律細考詩嚴。茗氣雲生幔，書聲雪滿簾。寒閨工寫韵，字價亦酬縑。」蓋謂君配墨琴也。

阮元字伯元，號雲臺，儀徵人。

雲臺先生官督學、開府，皆有政聲。虚己愛才，出于天性。予自客游吴、越及官京師，奉教廿有餘年。先生每過必談藝移晷，名位升沈，都無芥蔕。故其學皆深博無涯涘，詩亦從經術、性情中流出，金和玉節，卓然正聲。在越招飲，曾謝以詩云：「萬卷琅嬛洞，書聲幕府間。飲泉無世味，隨地有仙山。文貴司衡早，詩成破賊還。秀才能許國，憂樂早相關。」皆實録也。

伊秉綬字組似，號墨卿，寧化人。有《留春草堂詩草》。

墨卿自惠州罷官，後再起爲揚州太守，清介自持，一矯浮靡之習，詩亦矜鍊有風格，而才力足以副之。嘗得倪文正公《小桃源詩》墨迹，乞余題句，爲賦七古一首，復綴絶句于後，曰：「鶯游門外水雲寬，海運纔通力已殫。誰道仙源無路入，求仙容易救時難。」及君蒞任日，正值兩淮水災甚亟，來書述其宦況，輒誦此詩末句，爲之流涕。

洪亮吉字稚存，陽湖人。有《卷葹閣集》。

稚存先生早年與黄仲則在畢秋帆制府幕中，並推爲「萬人敵」。其詩思力沈雄，鋭入横出，無險不破，無堅不摧。七言古體尤多奇格，其氣如黄河萬里，捲地而來；其筆如太華三峰，倚天而立。激宕之音，又如驚濤出峽，觸石頻迴；矯變之法，又如斷嶺連山，吞雲復吐。蓋與仲則各有擅場，自心餘而外未見其匹也。嘉慶元年以言事謫戍伊犁，未久即召還，所作益横絶一世。予贈以二律，有句云：「孤臣九死恩難報，不願人傳敢諫名。」又云：「留得新詩光萬丈，夜郎争送謫仙還。」君與趙甌北、徐惕庵同在座中，並爲擊節。君與予論詩，詩必有珠光劍氣，始爲不可磨滅。自謂其詩有劍氣七分，珠光三分。予詩有珠光七分，劍氣三分。持論奇妙，惜予未足以當此耳。

張問陶字樂祖，號船山，遂寧人。文端公元孫。

船山一字仲冶，其人與詩皆有奇氣，以七古擅名一時。舊與洪稚存太史同官京師，觴詠最密，詩才酒量，各不相下。嘗縱飲至醉，着道士衣，卧雪下，自歌所作，其聲遏雲。或相對痛哭，咸以爲狂。然君莅事固精明有識，豈有所託而逃耶？予嘗規以詩曰：「館閣儲才地，清時有用身。官閒仍課士，俸薄且娱親。道味回中歲，詩名似古人。莫耽通夜飲，醉語亦傷神。」君頗爲之節飲。稚存既以言事出塞，君又浮沈于京宦十餘年，由翰林改御史，由御史改吏部郎中，出爲萊州太守，故有「官如詩草何妨改」之句。予與君及稚存先後定交，每論七言古體詩前人尚有未盡發之秘。稚存善用法，五花八門，繁而不亂；船山善用筆，千巖萬壑，轉而益奇。其超脱靈敏有稚存所不到處，鎚幽鑿險之力稍遜一籌。予謂其七律尤妙，述懷叙事，沈透能到十分，吐屬生新，音節悲壯。忽如猛將斫陣，忽如高士參禪，忽如舞女簪花，忽如仙人吹笛，别有一種悟境。所傳《寶雞道中題壁》八首，尚非壓卷。五律亦多名句可采，爲予書扇《秋齋雜咏》云「有情難作佛，無用且温經」，「所學參諸子，無疑廢六壬」等句，皆不拾人牙後慧也。

張若采字谷漪，號子白，婁縣人。

予不識子白，然觀其《瘦吟樓唱和詩》劇佳，且有見懷之語，亦神交也。

英和字樹琴，德保〔子〕。

壬子，予與樹琴侍郎同應京兆試，定交于場屋中，即推爲一代偉人。即以是科舉于鄉，次年成進士，朝考前一日爲予題《新田十憶圖》七律十章贈别，佳句甚多。不數年，即以少司農入南書房，累主鄉、會文衡。而予于庚申始上公車，侍郎兩充總裁，予皆下第。見贈詩云：「定交三十載，相對足平生。贈扇意何厚，遺珠予不情。」且邀令下榻邸第，校勘其集，唱和極歡。予嘗雪夜下直歸，公同介文夫人賞蠟梅花于覿生閣，用東坡韵自賦七古二章索和。命侍婢以雪水煎茶潤筆，予立飲十餘甌，就花下和之，公爲擊節。又《題秋燈佐讀圖》、介文夫人《畫蝶》詩，公夫婦皆喜誦之。然公日益貴，功業爛然，予以冷官暫謀菽水，自老母就養入都，即出居南城，不獲常侍清宴。今且別公而歸，回憶適園舊游，渺若天上。其負愧知我，何可言耶！

葉紹楏字琴柯，歸安人。

琴柯給諫官中書時尚應禮部試，其配秋穀夫人方題予女弟素雲所畫《杏花雙燕圖》，即于是日報捷，故有「一枝紅向日邊栽」之句。及予補官，君偕其弟筠潭已先後督學矣。花蕚迭唱，皆有雅音。君尤工倚聲，有句云：「夜深小倚闌干立，怕影兒、壓壞梨花」，予姬緑春極喜歌之，予以告君，君亦殊自喜也。

唐仲冕號陶山，善化人。

陶山刺史初官元和令，予舟北上，君方在假，病未告痊，即屏騶從來，與晤別甚歡。始知予與樹琴侍郎訂交時，君即館于侍郎第中，故見予詩頗多。

何錦字尚之，吴縣人。

何君一字豈匏，初從劉崧嵐觀察游，故爲五言詩最工。有「行龜空砌雨，燒笋廢厨春」之句，予與崧嵐賞之。古體亦有佳者，但不能七言耳。

陳燮字理堂，泰州人。

理堂早年與仲則、子雲諸君俱在秋帆制府幕中，詩載《吴會英才集》中。予于癸丑秋初至揚州，賓谷運使招飲于康山草堂，欲繪《留客圖》，苦乏佳手。予以羅小峰薦，遣使往，則云與理堂同赴某家席去。予曰：「理堂亦詩人也，盍并招之。」既至，同吴穀人、徐朗齋諸君俱有作，遂與同入題襟館。予前此固未識理堂也，此後唱和頗多，每以予詩擬仲則，且曰：「君與仲則皆逸才，但仲則詩味苦，君詩味甘。甘者多近唐人，苦者多近宋人。」其論甚新。然予酷愛仲則詩，自愧不及，豈甘苦未能自喻耶。

鮑桂星字覺生，歙縣人。

覺生先後與予同出少宰李小松先生門下，先生嘗謂予，于會試分房，得安徽鮑桂星；於鄉試主考，得江西吴蘭雪。二生才相敵，其名字亦絶對，故吾兩人交誼尤篤。君在翰林久且甚貧，刻苦自勵，朱文正公薦于上，簡任河南督學，所投多經術士，益有聲。其詩早年從明七子入手，上溯唐大曆十子，多整鍊高華之作。然有真才力，不爲空格調。其論李空同詩亦然。故在河南爲空同立祠，自爲文記之。嘗評予詩曰：「規太白者風骨不遒，撫玉局者丰神太峻，至長爪生而僻澀之病多矣。作者擅三家之長，而祛千古之失，要其性靈山水，吐納雲烟，陶、謝爲宗，風騷作主，求之當代，疇與並肩。」又擇其尤者手書一册藏之，雖予索之，亦不得也。

吴鼒字山尊，全椒人。

山尊未第時游揚州，在題襟館聞有誤傳予耗者，每大哭，自以不及識予爲恨。及見予，述前事，悲喜交集，遂爲文字骨肉之交。贈予詩曰「天意憐吾輩，人言竟不然。誰知相見始，即是再生年」云云。二律皆沈痛，誦之感涕。君詩如李將軍射虎，殁石飲羽，神勇無敵。又如石季倫家珊瑚七尺，錦帳十里，光怪陸離，不可逼視。蓋學博才雄，筆力足以赴之。顧推予太過，自謂不及。每語蔣師退曰：「吾兩人詩如以金銀銅鐵並投一爐，火力亦能鎔鑄，蘭雪獨得九轉妙丹，固由洗鍊功深，其仙骨則天授也。」曾賓谷曰：「蘭雪詩沈雄而以駘蕩出之，精鍊而以機神化之，故爲奇作。」予笑而謝之曰：「諸君持論奇妙，但非予所克承，請奉爲金針可耳。」

樂鈞字蓮裳，臨川人。有《青芝山館詩鈔》。

蓮裳與予居同郡，生同歲，又與伯兄茗香拔貢同科，故定交最早且密。丙辰自粤東歸，示予行卷佳什頗多。予議其七古長篇，未免太盡。君謂非此發揮不透。予曰：「唐人多短篇，宋人多長篇。唐人非不能長也，其旨貴藴藉，而不欲馳騁以竭其才；宋人非不欲短也，其筆易流宕，而不能沈頓以養其氣。好盡透，而力量反不能盡透；能留有餘於不盡，則無所不透不盡矣。」别後再見于題襟館，則向之長篇多所删改，所作則益精悍不可當。每有詠懷古迹及感述時事之篇，淋漓悲壯，其力陷堅陣，其氣捲怒潮，其聲叶絲管而鏘金石也。又工四六文，賓谷爲刊入《駢體正宗》中。所著説部，曰《耳食録》，亦行于世云。

錢林字東生，錢塘人。

東生與予同年舉于鄉，人甚恬雅，瘦若不勝衣，而筆力清健過人。

陳文述字雲伯，錢塘人。

雲伯與予庚申同年，未舉於鄉即在阮雲臺中丞幕中定交。君初贈予詩七律四首，中有句云：「騷壇旂鼓知多少，願附淮陰上將臺。」予亦推君甚至，或有妬而詆之者。既與其從兄弟曼生、荔峰才名鵲起，並稱三陳。君所作尤沈博絶麗，集中七言最工，大抵以吴梅村爲宗，題多美人名將事迹，錦心繡口，振羽沈宫，金石千聲，雲霞萬態。吾輩中最推楊蓉裳農部，格調亦同。然荔峰亦與予同年生，不數年由翰林大考第一，洊擢詹事，入南齋，累主文柄。曼生以拔貢得縣令，君乃入資爲郎，先後與曼生同試用江蘇。君嘗攝常熟縣事，訪得柳如是墓，亟爲表章，自爲駢體文記之。同時閨秀如歸佩珊、席佩蘭皆有詩紀事。曼生兼工書畫，每值花月勝游，壎篪迭奏，稱爲仙吏，不虚也。

葉紹本字筠潭，歸安人。

筠潭編修與兄琴柯給諫同官京師，一門俱擅風雅。嘗以詩集屬爲校定，所棄取皆當君意。旋奉命督學閩中，刊其詩，制府阿公雨窗爲題詞，卷首以予並稱。而君詩體雄整，用事典雅，予所不逮。其繼配何夫人又善鼓琴，與姒氏陳夫人並稱名媛，足嗣織雲樓徽音，真所謂神仙眷屬矣。

汪庚字上章，全椒人。

汪君一字艾塘，故寒士。在翰林未久，忽以公子誤撻其婢至死罷官。才人之厄，豈意料所及耶？

顧蒓字希翰，號南雅。長洲人。

南雅亦與予同年生，故吴中名士。爲秀才時即有丰骨，以持清議，幾爲勢家所中。未幾成進士，今官編修。詩不多作，而格高音雅，如王、謝子弟，自有大家風韵，兼工書畫。嘗見予緑姬畫蘭，稱其挺秀，有文衡山筆意，自畫一册贈之。又爲書《紅梅賦》小楷便面，精妙絶倫，貽以詩凡十餘章。今皆在篋笥中，每一展玩，輒念緑姬臨風握管，神韵如生，其能毋黯然耶！

史善長字誦芬，號赤厓，吴江人。

赤厓以秀才從軍，目擊湖、襄弊政，故其詩多激宕不平。予往時亦願策馬一觀軍容，以壯其氣，顧以母老而止。然誦其詩，已爲扼腕，況親履行間乎！

郭麐字祥伯，號頻伽，吴江人。有《靈芬館初集》、《二集》。

頻伽清癯如鶴，一眉龐然，故自稱曰「白眉生」。予初在吴下見其贈答瘦吟樓諸作，已亟賞之，及交久且深，其詩亦屢變益上。大抵五古以拗折入勝，七古以峭刻出奇。如游匡廬、武夷諸山，正不以五嶽争雄，而妙處非淺人所能攬結。君館會稽，刻其印曰「苧蘿山長」，又娶朱氏女素君爲中婦，有「長陵宛若」之稱。苛以禮法者遂有遺議，然才人不羈如杜牧之、温飛卿輩固自嶔嵜可愛，彼張禹、吕惠卿者，僞以經術文其貪庸，豈非當時所交譽乎？君集中七言近體風懷頗多，亦不自諱其銷魂蕩魄處，直與《疑雨集》相匹，而瘦硬之作亦不妨並傳也。

何元錫字夢華，錢塘人。

夢華有金石之癖，嘗病狂，友人約贈以漢碑，乃服而愈。阮中丞延之詁經精舍校刻諸書。予方獨宿西湖舟中，累旬不返，湖上諸君見其焚香讀書，孤游無侶，或疑爲隱君子。夢華尋踪而至，遂偕郭頻伽、陳曼生、陳花南、華秋槎携花俱來，爲餞春之會，各有所作，屬奚鐵生畫圖紀之。

姚椿字春木，華亭人。

春木與吴巢松、嚴麗生皆隨其尊人久宦巴蜀、嶺海間，故予至京師，始得定交。三君年相若，其才皆萬人敵。巢松如老吏斷獄，手筆皆挾風霜；麗生如名將臨戎，甲光欲照山谷；春木如長江萬里，而帆檣島嶼出没其中。皆大觀也。

華瑞璜字秋槎，無錫人。

秋槎善談兵，爲同官所忌，罷去。久居西湖，往來皆知名士。烟笻雨櫂，所至忘歸。然以老而懷鄉，辦歸亦復不能，其宦味可知矣。

陳韶字九儀，號花南。青浦人。

九儀與予同在常山旅舍，聞予樓上讀書，異之，遂袖其詩來訪。既集西湖，結餞春社，且約爲買屋于桃花港，與君同居梅莊，大可結鄰。蹉跎十載，而君已歸道山。梅莊聞已易主，况予未買之屋耶！

袁廷檮字又凱，號綬階。吴縣人。

又凱爲節母之子，喜藏書，家以中落。予初至吴門，君尚能置酒爲文字飲，再見于揚州，則依康山主人而居，今且死矣。聞所藏善本書往往佚去，悲夫。

陳基字竹士，元和人。

竹士詩清而綺，爲子才翁所賞。困于諸生，以賣文爲活，然得孅孅女士以爲之配，雖上第名卿不以易也。女士所著詩曰《瘦吟樓集》，世皆推爲仙才。陳雪蘭、楊蕊淵、李佩金三女史已鋟版于京師，故不載其詳。

方燮字子和，南安人。

子和客蘇州數十年，貧甚。善書，賣以自給。娶虞氏字冰壺，倡隨風雅。嘗畫小照，爲《桃源圖》，自題有句云：「過此便分仙境界，來時猶着嫁衣裳。」隨園賞之，乞予題絶句二首，今已十七年矣。

邵晉涵字與周，號二雲。餘姚人。

予於述庵先生座中見之，粹然名儒也。

周厚轅字駕堂，湖口人。有《蜀游草》。

駕堂侍郎酒量極佳，書法東坡，醉後能作小楷，甚工。嘗同羅兩峰、宋雲墅、陸杉石、王菲亭同集予寓舍，連沃十巨甌不醉。予攀紫藤架、登屋牆，折花數朵擲之，爲賦一詩以紀之。後由給事權天津鹽政，歸即病，乞假出都。家居一年，復入都，殁于德州。其別時已非昔日豪宕故態矣。

李堯棟字松雲，山陰人。有《寫十三經室詩鈔》。

松雲太守才思壯麗，七律尤工用事，結響亦高。近見其作雜曲小劇，風度翩翩，知才人無所不可也。

汪中字容夫，江都人。

容夫詩亦有佳篇，但不及其駢體文耳。

黄騂字嶽嶺，興化人。

嶽嶺兼善畫，書法亦可觀。

陳樹華字芳林，號冶泉，元和人。

冶泉有嗜貓之癖，嘗畜一貓甚馴，死而葬之，爲作銘。

梁同書字元穎，號山舟，錢塘人。

予贈先生詩，有云：「時清求退早，官貴乞書難。」

英廉字計六，漢軍廂黄旂人，謚文肅。有《夢堂詩集》。

公有句云：「老來筋骨知風雨，身後田園累子孫。」予每喜誦之。

（吴忱、楊焄、張宇超點校）

陰常侍詩話

陰常侍詩話提要

《陰常侍詩話》一卷，據道光元年二酉堂刊張氏叢書本點校。輯者張澍（一七八一——一八四七），字時霖，號介侯、伯瀹，甘肅武威人。曾主講蘭山書院。有《五涼舊聞》等。此詩話九則，輯自《西溪叢語》等評陰鏗語，附於《二酉堂叢書》本陰鏗詩集後。張氏並有序及按語一則，又録《梁書》本傳於前，今亦併存之。

陰常侍詩集序

吾涼陰氏父子若孫皆擅文采，兼通經義，不徒以官閥侈也。觀荀濟《贈陰梁州》大詩曰：「詩酒悦風雲，琴歌愛桃李。」又鄧鏗有和陰梁州《閨怨》之作，則幼文之能詩可知矣。其子鏗以清麗之格，與何遜齊名，而孝穆、子山并深慹服。梁、陳之際，蓋一作者。鏗子灝官虎門博士，箸《瓊林》二十卷。灝子宏道官臨涣令，雜采子夏、孟喜等十六家之説，爲《易新傳疏》十卷。今《瓊林》、《易傳》湮沫無傳，而子堅詩句猶得於塵邈之餘，留其光氣，雖散佚過半，精華不存，而尋其梗概，可於灰裏撥之，宜爲少陵野老吟誦不置與。余從《文苑英華》及諸類書裒㸒，得三十五首，較馮北海《詩紀》多一篇，復參校其字之同異，叙而刊之，以餉同好者。

《梁書》本傳

陰鏗字子堅，博涉史傳，尤善五言詩，被當時所重。爲梁湘東王法曹行參軍。初，鏗嘗與賓友宴飲，見行觴者，因回酒炙以授之，衆坐皆笑。鏗曰：「吾儕終日酣飲，而執爵者不知其味，非人情也。」及侯景之亂，鏗常爲賊擒，或救之獲免。鏗問之，乃前所行觴者。陳天嘉中，爲始興王中録事參軍。文帝嘗宴群臣賦詩，徐陵言之，帝即召鏗預宴，使賦《新成安樂宮》。鏗援筆便就，帝甚歎賞之。累遷晉陵太守、員外散騎常侍。頃之卒。有文集三卷行於世。

詩話

《西谿叢語》：「柳色黄金嫩，梨花白雪香。」乃陰鏗詩，今陰詩無之。

《歷代吟譜》：子堅五歲能誦詩賦，日千言。尤善五言詩，爲當時所重。賦《新成安樂宮》，援筆便就。

《揮麈録》：「柳色黄金嫩，梨花白雪香。」陰鏗詩也，李太白取用之。杜子美《太白》詩云：「李侯有佳句，往往似陰鏗。」後人謂以此譏之。然子美詩有「蛟龍得雲雨，雕鶚在秋天」一聯，已見《晉書・載記》。昔人不以蹈襲爲非。

《竹林詩話》：陰鏗之體用兼優，神采新澈，辭精意切，名之弗浮也。韓子蒼曰：陰鏗與何遜齊名，號「陰何體」。《何遜集》五卷，其詩清麗簡遠，正稱其名。陰詩至少，又淺易無他奇，其格律仍似隋、唐間人所爲，疑非出於鏗。雖然，自隋、唐以來謂鏗詩矣。

《芥隱筆記》：陰鏗詩有「夜雨滴空階」，柳耆卿用其語，人但知爲柳詞耳。

黄伯思《東觀餘論》：陰鏗風格流麗，與孝穆、子山相長雄，沈、宋近體之椎輪也。

張淏《雲谷雜記》：陰鏗詩有「水田飛白鷺，夏木囀黄鸝」之句，王維但加「漠漠」「陰陰」四字。

澍按：陰鏗詩有「行舟逗遠樹」，杜詩「殘生逗江漢」、「遠逗錦江波」用之。又陰詩有「天際晚帆孤」、「天邊看遠樹」、「大江静猶浪」，老杜「江流静猶浪」、「雲中辨烟樹」用之。陰詩有「薄雲巖際出，初月浪中生」，老杜「薄雲巖際宿，孤月浪中翻」用之。又陰詩有「中流聞棹謳」，老杜「中流聞棹謳」。陰詩有「花逐下山風」，老杜「雲逐度谿風」均用之。而老杜「寒日出霧遲，清江轉山急」，亦用陰詩「野日燒中昏，山落入江窮」之意。

鼂公武《讀書志》：陳陰鏗子堅，幼聰慧，五歲能誦詩賦，日千言。及長，博涉史傳，尤工五言詩。徐陵言之於世祖，使賦安樂宫，援筆立成。累遷散騎常侍。有集三卷，隋已亡其二，今所存十數詩而已。杜少陵嘗贈李太白詩，首云：「李侯有佳句，往往似陰鏗。」今觀此集，白蓋過之遠矣，甫之慎許可乃如此。

陳振孫《書録解題》：陳散騎常侍南平陰鏗子堅纂，才三十餘篇。杜子美云：「李侯有佳句，往往似陰鏗。」今考之，未見鏗之所以似太白者，太白固未易似也。子美云爾，殆必有説。

《南史》：《陰鏗集》三卷。《隋志》：《陰鏗集》一卷。《文獻通考》：《陰鏗集》一卷。

竹岡詩話

竹岡詩話提要

《竹岡詩話》一卷，據道光間刊竹岡齋九種本點校。撰者趙敬襄（一七五六——一八二八），字瑞星，一字司萬，號隨軒，江西奉新人。嘉慶四年賜同進士出身，官吏部主事。有《竹岡齋九種》。按竹岡乃趙敬襄齋號。趙氏著述七種初刻於嘉慶間，道光三年癸未其弟子龔耀南重刊之，增《竹岡詩草》等二種，輯詩話十四則附於後。龔耀南字東樂，號虛舟，亦爲奉新人。趙氏非專治詩者，故所輯無多，皆辨析前人之誤者，雖不爲無見，惟就史過甚，如駁袁宏道《經下邳》詩，謂「授書時秦尚未焚書」云云，則不似説詩矣。

趙太史《竹岡齋九種》總目：《竹岡小草》、《字書三辨》、《困學紀聞參注》、《四書圖表就正》、《端谿書院志》、《端谿書院課藝》、《竹岡雜綴》、《竹岡雜綴續》（附筆記二十六條）、《竹岡詩草》（附《哀周渭川哀韓蔚庭詩》、《詩話》十四條）。

右趙竹岡先生書九種，其《小草》等七種，版刻於端谿書院。庚辰正月，耀南辭歸，先生命攜其版藏之，蓋慎之也。間印書，以公同志見者，以未得傳記、雜文及各體詩爲憾。因編次平日所抄讀者刻之，共成九種。是二者，先生以爲無足觀。然其中《辨解》《考論》諸篇，多前人未發之覆，詩辭理真，實可見其人，出以公同志也，不亦宜乎。道光癸未六月乙卯，龔耀南謹書。

詩話十四條

受業龔耀南編

或謂《三百篇》不必盡佳，引點燭語云「點點蠟燭，薄言點之。點點蠟燭，薄言剪之」以爲戲。不知《芣苢》治婦人産難，此詩音節純是婦人、女子喁喁口吻，而太平景象，宛然如見，所以爲佳。若點燭，豈專係婦人、女子之事乎？昔人謂讀《風》詩不解《芣苢》，讀《雅》詩不解《鶴鳴》，爲無得於詩者。又如行役者聽鷂鑾黄鳥而作歌，「飲之食之」四語，便使讀者如聞啁噍細碎之聲。故曰詩，天籟也。

十五國風往往以夫婦喻君臣。《離騷》所謂虙妃、有娀、二姚，王逸注以爲喻賢臣、隱士，自屬定解。不知後人何故以求女喻求君，可謂悖謬之極。何義門《讀書記》駁《洛神賦》非感甄，論極明晳，但仍以洛神比魏文，則非。賦云：「雖潛處於太陰，長寄心於君王。」君陽臣陰，其以洛神自喻，君王喻魏文，明矣。杜工部詩：「江山舊宅空文藻，雲雨荒臺豈夢思。最是楚宫俱泯滅，舟人指點到今疑。」李義山詩：「一自《高唐》賦成後，楚天雲雨盡堪疑。」二「疑」字一例，皆笑俗人之妄，而明詞客之心，可爲卓識。

陶彭澤《讀山海經》詩：「精衛銜微木，將以填滄海。形夭無千歲，猛志故常在。」曾紘謂第三句當作「刑天舞干戚」。而《二老堂詩話》以爲不然，謂此詩十餘首，每首止咏一事，不應此首獨用二事。今以本詩考之，曾説近是。蓋此下一首云：「巨猾肆威暴，欽䲹違帝旨。猰貐强能變，祖江遂獨死。」正兼咏兩事，與此同也。但此詩末云：「徒設在昔心，良辰豈可待。」則二事不平對，蓋云精衛之志與刑天之舞干戚同其猛耳。

方正學《釣臺》詩：「糟糠之妻尚如此，貧賤之交可知矣。」謂光武不當廢郭后，寵陰麗華。評者以涉議論少之。然議論果佳，於詩何害？又云廢郭后在徵嚴光後，用事有誤。然論見幾之早，則以後事爲證，未爲不可。但光武以更始元年納陰后，二年始納郭后，因郭后先有子，故以太子母得立，非糟糠之妻也。

袁中郎《宿朱仙鎮》詩以張浚殺曲端，比秦檜殺岳飛，惡浚也。竊意以浚比檜不無太過，而誤國之罪，當與王安石同科，剛愎亦略相似。宋之天下，一壞於安石，再壞於浚。富平一敗，而高宗止可偏安；符離一敗，而孝宗不能恢復。人事乎？抑天意乎？其劾罷李綱，尤北宋存亡一大關鍵。史稱浚能知人，然以秦檜之奸，而浚云：「近與共事，始知其闇。」則固始終不知檜者，是知人乃其所最短也。若朱子行狀，據其家所録事實而作，未足爲信，朱子已自言之。後人用此爲講學家詬病，則妄矣。

袁中郎《經下邳》詩：「諸儒坑盡一身孤，始覺秦家綱目疏。枉把六經灰火底，橋邊猶有未燒書。」陳元孝《讀秦紀》云：「謗聲易弭怨難除，秦法雖嚴亦甚疏。夜半橋邊呼孺子，人間猶有未燒書。」二詩大意相同。陳距袁未久，必非勦襲，殆偶合爾。但授書時，秦尚未焚書。據《始皇本紀》及《留侯世家》，博浪沙之事在始皇二十九年癸未。後五年爲三十四年戊子，始燒書。次年己丑坑儒。又三年，爲二世元年壬辰，陳勝起，子房亦聚少年百餘人。癸未至壬辰十年。子房逸去之後，即亡匿下邳，故老父授書云後十年興也。

黄朝英《緗素雜記》謂東坡《岐亭》詩不當兼用數韵，引老杜《早發射洪縣》詩首尾只用一韵爲證。苕溪漁隱非之，謂杜詩若只用一韵，則何以爲兼備衆體也？今按：古韵通轉自有一定之例，但不當謂於今韵中只用一韵耳。豈必闌入不可通之韵，然後爲兼備衆體乎？東坡入韵詩於屋、沃、覺、藥四韵外，皆比而同之。如此詩用屑、陌、錫、職、緝、洽六韵，屑爲先韵入聲，陌、錫、職爲庚、青、蒸入聲，緝、洽爲侵、咸入聲，自屬差誤。黄氏既不能明正其失，而苕溪漁隱徒以東坡未可輕議，遂詆黄氏爲可笑，難免盲人瞎馬之譏矣。杜詩有兼數韵者，如《客堂》詩用屋、沃、職三韵，此東、冬、江、陽、庚、青、蒸七韵相通之例。屋、沃爲東、冬入聲，職爲蒸韵入聲也。

秦少游謂子美詩冠古今，而無韵者殆不可讀。《西清詩話》以爲不然，引《朝獻太清宫賦》中語「九天之雲下垂，四海之水皆立」爲證。夫此數語，誠磊落驚人，然謂爲無韵之作，可乎？《藝苑雌黄》已辨正之。然近本杜詩注解尚有引之而譌其文，謂此非有韵之作者。

《漁隱叢話》載一武弁論杜詩：「既云『白也詩無敵』，何又云似庾開府、鮑參軍？」漁隱解之云：「開府能清新，而不能俊逸；參軍能俊逸，而不能清新。太白兼之，故云無敵。」此大可笑。夫所云無敵，亦謂一時無兩耳，豈必自古無其敵乎？雖太白詩實勝庾、鮑，然此詩之意不過以庾、鮑比之也。

注詩大是難事。如注杜詩者，兼及其文。文内《范陽郡太君墓誌》云「冢婦同郡盧氏太君」，爲工部祖母；「冢婦盧」，蓋工部繼母。公母氏崔早卒，故公詩云「江總外家養」。而墓誌叙既哭成服之人，其爲繼母無疑。注家因公祭外祖母文有云「事成於義陽之誄，名載於燕公之筆」，而燕公紀義陽王女實適崔，遂謂同郡盧氏當作清河崔氏。夫人縱極疎忽，未有執筆紀其母之姓氏而致有誤者。若云傳寫之譌，則「同郡盧」與「清河崔」三字毫不相涉，無容誤也。黄鶴謂公母微，故墓誌不書，尤可怪。公外祖母，義陽王女也。聯姻帝里，尚可謂之微乎？又有謂此文爲公代父作者，亦謬。若代父作，安有自譽爲平津孝謹者乎？夫世系文理之顯然者，尚不能知，况詩中興寄深微，欲注家無誤，豈可得也？近錢唐馮景《補施注蘇詩》，不知一字詩之解。方扶南注昌黎《晝月》詩，謂《唐書》未見此事。不知此詩云「玉碗不磨著泥土，青天孔出白石補」，謂上下弦之月當晝有形而無光者耳，此豈災異而待考《唐書》乎？工部母氏一段，與《潛邱劄記》合。

温飛卿《過陳琳墓》詩「霸才無主始憐君」，評者以爲飛卿憐孔璋。則「始」字當作何解？不知此上句云「詞客有靈應識我」，言己與陳等輩人，而陳當世亂需才，故得人憐，爲不幸中之幸，以自歎耳。末云「欲將書劍學從軍」，語意昭然可見。

劉方平詩：「南陌春風早，東鄰曙色斜。一花開楚國，雙燕入盧家。眠罷梳雲髻，妝成上錦車。誰知如昔日，更浣越溪紗。」此感不遇之作。三、四語，喻士有才而求之者，至五、六學成應舉，七、八不第而回也。評家以爲刺奢侈，匪特索然無味，而「誰知」二語竟不可解矣。

賈島詩：「流星逗疎木，走月逆行雲。」精神全在「逆」字上。但此「逆」字當作「迎」字解。本是雲來掩月，而但覺月走就雲，如此方有味，非順逆之逆也。

韓子《書皇甫湜公安園池詩後》云：「《春秋》書王法，不誅其人身。《爾雅》注蟲魚，知非磊落人。」蓋言孔子既不得位，雖著《春秋》以褒貶，然視得時行道者，已有間矣。若蟲魚草木之學，則更非君子所急。故下云：「湜也處公安，不自閒其閒。」又云：「百年詎幾時，君子不可閒。」蓋湜非長於詩者，欲其姑置所不必學，而盡心於所當學耳。後儒謂「不誅其人身」，如弑君不得其主名，則或稱國，或稱人，若懸案待結者，然使其人不得逃於是獄之外，於《春秋》之義合矣，然非韓子之意。所謂先民有郢書，而後世多燕説也。

履園叢話・譚詩

履園叢話·譚詩提要

《履園叢話·譚詩》一卷，據道光十八年述德堂刊履園叢話本點校。撰者錢泳（一七五九—一八四四），初名鶴，字立群，號臺仙，又號梅溪，江蘇金匱人。諸生。有《梅花溪詩鈔》、《履園文集》等。《履園叢話》二十四卷，有道光三年孫原湘序。又有十八年自序，爲付梓作。《譚詩》列卷八，記事至遲爲道光元年、二年。最早由丁福保輯入《清詩話》。錢氏論詩頗爲通脱，立場稍近袁枚之性靈説，如謂「詩無格律，視古人詩即爲格，詩之中節者即爲律」；「詩文一道，用意要深切，立辭要淺顯。但看古人詩文，不過將眼面前數千字搬來搬去，便成絶大文章」云云，皆若隨園口吻。其比較沈歸愚與隨園二家，「自宗伯三種《别裁集》出，詩人日漸日少；自太史《隨園詩話》出，詩人日漸日多」，每爲談乾嘉詩壇者所樂道。郭紹虞《清詩話前言》謂其調停於格調、性靈之間，實稍親於隨園也。全卷分五小目，「總論」外，「以詩存人」、「以人存詩」、「紀存」、「摘句」等，總以存人録詩爲旨。曾游畢沅、阮元等鉅公幕，頗廣見聞。存人至及於袁簡齋之二子與蔣心餘之曾孫，表彰其能詩，以示家風不墮也。摘句則專重七律，以爲本朝此體遠勝唐宋元明，是皆有識。

履園叢話序

履園主人於灌園之暇，就耳目所覩聞著《叢話》二十四卷，間以示余，曰：「吾以是遣愁索笑也。」孫子讀而歎之曰：「此非遣愁索笑之爲也，先生欺余哉。」主人改容起曰：「噫，子知我者，試爲我序之。」其曰舊聞，識軼事，備野乘也；曰閱古，擇所見三代、秦、漢以來法物而資小學也。曰條議，曰水學，專爲三吴水利，輯録先世舊文而增益之，以紀時事也。曰景賢，勸薄俗，垂典型也。曰耆舊，思老成，奉楷模也。曰臆論，警頹風也。曰譚詩，正雅音也。曰碑帖，從所好也。曰收藏，曰書畫，慨雲烟之過眼，正法眼藏也。曰藝能，即形下以見道也。曰科第，紀人才之盛也。曰祥異，明天地之大也。曰鬼神，曰精怪，窮陰陽之變也。曰報應，昭天人之合也。曰攷索，雜取古書事物疑異以證心得也。曰陵墓，曰園林，記雪泥之鴻爪也。曰笑柄，寓莊于諧也。曰夢幻，示實于虚也。而以雜記終焉。凡人情物理，宇宙間可喜可愕之事，無不備也，此温伯雪子目擊道存之義也。序既畢，以復于主人。曰：「履園之義何昉乎？履之言禮也，將以辨上下，定民志也。顧履而園，則『賁于丘園』之謂也。其殆將託於戔戔者以諷世與，抑話者言之善也？不話於朝而話於野，亦各言其志也。《坤》之初六曰『履霜堅冰至』。《履》之九二曰『履道坦坦，幽人貞吉』。履園有焉。然則是話也，即以爲遣愁索笑可也。」時道光三年十月廿有三日昭文孫原湘書。

履園叢話序目

昔人以筆劄爲文章之唾餘，余謂小説家亦文章之唾餘也。上可以紀朝廷之故實，下可以採草野之新聞。即以備遺忘，又以資譚柄耳。余自弱冠後，便出門負米，歷楚、豫、浙、閩、齊、魯、燕、趙之間，或出或處，垂五十年。既未讀萬卷書，亦未嘗行萬里路，然所聞所見日積日多。鄉居少事，抑鬱無聊，惟恐失之，自爲箋記，以所居「履園」名曰「叢話」。雖遣愁索笑之筆，而亦《齊諧》、《世説》之流亞也。曩嘗與友人徐厚卿明經同輯《熙朝新語》十六卷，已行於世。兹復得二十四卷，分爲三集，以續其後云。

道光十八年七月刻始成，楳花溪居士錢泳自記，時年政八十。

譚詩

勾吳錢泳梅溪輯

總論

白香山使老嫗解詩，爲千古佳話。余亦謂詩非帷簿之言，何人不可與譚哉。然不可與譚者却有幾等：工于時藝者，不可與譚詩。鄉黨自好者，不可與譚詩。市井小人營營于勢利者，亦不可與譚詩。若與此等人譚詩，毋寧與老嫗譚詩也。

詩文家俱有三足，言理足、意足、氣足也。蓋理足則精神，意足則藴藉，氣足則生動。理與意皆輔氣而行，故尤必以氣爲主，有氣即生，無氣則死。但氣有大小，不能一致。有若看春空之雲，舒卷無迹者；有若聽幽澗之泉，曲折便利者；有若削泰華之峰，蒼然而起者；有若勒奔踶之馬，截然而止者。倏忽萬變，難以形容，總在作者自得之。

沈歸愚宗伯與袁簡齋太史論詩，判若水火。宗伯專講格律，太史專取性靈。自宗伯三種《別裁集》出，詩人日漸日少。自太史《隨園詩話》出，詩人日漸日多。然格律太嚴固不可，性靈太露亦是病也。

余嘗論詩無格律，視古人詩即爲格，詩之中節者即爲律。詩言志也，志人人殊，詩亦人人殊，各有天分，各有出筆，如雲之行，水之流，未可以格律拘也。故韓、杜不能强其作王、孟，温、李不能强其作韋、柳。如松栢之性，傲雪凌霜，桃李之姿，開華結實，豈能强松栢之開花，逼桃李之傲雪哉？《尚書》曰「聲依永，律和聲」，即謂之格律可也。

古人以詩觀風化，後人以詩寫性情。性情有中正和平、姦惡邪散之不同，詩亦有温柔敦厚、噍殺浮僻之互異。性靈者，即性情也。沿流討源，要歸於正，詩之本教也。如全取性靈，則將以樵歌、牧唱盡爲詩人乎？須知笙、鏞、箏、笛俱不可廢，《國風》、《雅》、《頌》夫子並收，總視其性情之偏正而已。

唐人五古凡數變，約而舉之，奪魏、晉之風骨，换梁、陳之俳優。譬諸書法，歐、虞、褚、薛，俱步兩晉、六朝後塵，而整齊之耳。若李、杜兩家，又當别論。然李之《古風》五十九首，儼然阮公《詠懷》；杜之前後《出塞》、《無家别》、《垂老别》諸篇，亦曹孟德之《苦寒行》、王仲宣之《七哀》等作也。

七古以氣格爲主，非有天姿之高妙，筆力之雄健，音節之鏗鏘，未易言也。尤須沈鬱頓挫以出之，細讀杜、韓詩便見。若無天姿、筆力、音節三者，而强爲七古，是猶秦庭之舉鼎而絶其臏矣。余每勸子弟勿輕易動筆作七古，正爲此。如以張、王、元、白爲宗，梅村爲體，雖著作盈尺，終是旁門。

詩之爲道，如草木之花，逢時而開，全是天工，並非人力。溯所由來，萌芽於《三百篇》，生枝布葉於漢、魏，結蕊含香於六朝，而盛開於有唐一代，至宋、元則花謝香消，殘紅委地矣。間亦有一枝兩枝晚發之花，率精神薄弱，葉影離披，無復盛時光景。若明之前後七子，則又爲刮絨通草諸花，欲奪天工，頗由人力。迨本朝而枝條再榮，群花競放。開到高、仁兩朝，其花尤盛，實能發洩陶、謝、鮑、庾、王、孟、韋、柳、李、杜、韓、白諸家之英華，而自出機杼者，然而亦斷無有竟作陶、謝、鮑、庾、王、孟、韋、柳、李、杜、韓、白諸家之集讀者。花之開謝，實由于時，雖爛漫盈園，無關世事，則人亦何苦作詩，亦何必刻集哉？覆醬覆瓿，良有以也。

每見選詩家，總例以蓋棺論定一語，横亘胸中，祇録已過者，余獨謂不然。古人之詩，有一首而傳，有一句而傳，毋論其人之死生，惟取其可傳者而選之可也，不可以修史之例而律之也。然而亦有以人存詩，以詩存人者。以詩存人，此選詩也；以人存詩，非選詩也。

詩人之出，總要名公卿提倡，不提倡則不出也。如王文簡之與朱檢討，國初之提倡也；沈文慤之與袁太史，乾隆中葉之提倡也；曾中丞之與阮宫保，又近時之提倡也。然亦如園花之開，江月之明，何也？中丞官兩淮運使，刻《邗上題襟集》，東南之士群然嚮風，惟恐不及，迨總理鹽政時，又是一番境界矣。宫保爲浙江學政，刻《兩浙輶軒録》，東南之士亦群然嚮風，惟恐不及，迨總制粤東時，又是一番境界矣。故知瓊花吐艷，惟爛漫于芳春，璧月含暉，只團欒于三五，其義一也。

蒙古法時帆先生工詩，尤長五律，爲世傳誦。余一日謁先生于京邸，索余書一小額曰「四十賢人之室」。是時吴蘭雪舍人亦在座，因問所典。先生曰：「昔人論五言律詩如四十賢人，其中著一屠沽兒不得，而四十人中又須人人知己，心心相印，方臻絶詣。」余謂觀此則凡古今體、五七言皆然，如人之身微有一點痛癢，則滿身不適也。先生與蘭雪俱以余爲知言。

有某孝廉作詩，善用僻典，尤通釋氏之書，故所作甚多，無一篇曉暢者。一日，示余二詩，余口噤不能讀，遂謂人曰：「記得少時誦李、杜詩，似乎首首明白。」聞者大笑，始悟詩文一道，用意要深切，立辭要淺顯，不可取僻書釋典夾雜其中。但看古人詩文，不過將眼面前數千字搬來搬去，便成絶大文章。乃知聖賢學問，亦不過將倫常日用之事，終身行之，便爲希賢希聖，非有六臂三首、牛鬼蛇神之異也。

口頭言語俱可入詩，用得合拍便成佳句。如歸真子之「無可奈何仍話别，不曾真個已魂銷」，槃溪弟之「未免有情終靦覥，明知無益却思量」，皆妙。

元中峰和尚詠雪詩云：「凍雲四合雪漫漫，誰解當機作水看？」近人詠牡丹詩云：「漫道此花真富貴，有誰來看未開時？」此詩家先後一層法也。

作詩易于造作，難于自然。坡公嘗言能道得眼前真景，便是佳句。余嘗在燈下誦前人詩，每有佳句，輒拍案叫絶。一妾在旁，問何妙若此，試請解之。余爲之講釋，乃曰：「此自然景象，何足取耶？」余笑曰：「吾所取者，正爲自然也。」

唐竇皋論書入微，不聞其書法過于歐、虞。司空圖論詩入微，不聞其詩學過于李、杜。乃知善醫者不識藥，善將者不言兵也。

以詩存人

唐瑀，字仙珮，一字孺含，常熟之葑溪人。爲明諸生，工歌詩。甲申、乙酉後，遂棄去，教授於沙溪、直塘之間，以終其身。與長洲汪鈍翁友善。鈍翁序其詩，以爲使陸務觀、范致能而在，與先生角逐於文酒之會，雖善論者未易優劣之也。其推重如此。今遺集不傳，余偶得數首，録於左。《破山寺》云：「松光澹陰陰，數里度林樾。精藍隱深翠，恍與前山絶。峰回壑自幽，地破泉迴合。神物無端倪，諸天有遷越。摩挲古檜庭，挑蘚讀殘碣。如聞老龍吟，叫𥦗風濤雜。山僧寡威儀，客至懶酬接。晚鐘戛然鳴，投暝命迴轍。」《桃源澗》云：「群溜争有托，一徑入深杳。清響散高林，暗流出淺草。石脈互起復，安所窮杳渺。潛羽静不飛，幽花寂相照。久立神智生，返濺濕芒屩。不見桃花紅，彌徑翳松蔦。閑心淡忘歸，避世苦不早。武陵何必優，肯與外人道。」《江樓》云：「江樓望不極，颯颯亂帆迴。落日千家郭，秋風萬里臺。但聞南雁至，不見北書來。孤客正愁絶，那堪畫角哀。」《擬出塞》云：「將軍猿臂志成灰，馬上琵琶去不迴。偏向沙場留勝蹟，明妃青塚李陵臺。」「古戰場邊蟋蟀吟，月寒沙白夜陰陰。悲笳嗚咽三更動，唤起封侯萬里心。」仙佩又自號雪井老人。

吴喬，又名殳，字修齡，崑山人。高才博學，尤工於詩。王阮亭嘗稱之曰：「善學西崑。」陳其年贈詩，亦有「最愛玉峰禪老子，力追艷體鬭西崑」之句。然觀其語必沈雄，情多感激，正不僅以妝金抹粉，步趨楊、劉諸公而已。所著詩名《舒拂集》。余僅見其七律一卷。《寒食虎邱》云：「王澤潛消帝座傾，黄腰白幟遍神京。金甌不閉千重險，麥飯誰澆十二陵？一半山光埋朔雪，五分花氣落春冰。香韉寶轂相娱賞，肯信江淮只兩層？」《登北固山》云：「渺渺川原坐榻前，村村暝色亂吹烟。江邊鐵甕城三里，雲外金焦石二卷。今夜且呼京口酒，明朝重泛渡頭船。生平不忘中流楫，每到登臨便愴然。」《雪夜感懷》云：「酒盡燈殘夜二更，打窗風雪映空明。馳來北馬多驕氣，歌到南風盡死聲。海外更無奇事報，國中惟有旅葵生。不知冰沍何時了，一見梅花眼便清。」

康熙末年，有葉先生者，名景高，號菊垞，太倉諸生。篤學好古，能文章，尤刻意於詩。喜遊覽，徧歷滇、黔、閩、廣。老年倦遊，買田於張涇之上，築學耕草堂，因自號「學耕老人」。今無有知其人者。其詩和平淵雅，可以直接盛唐。《明月山次韻》云：「窈窕如螺髻，青青倚遠天。虹飛深澗曲，寺聳小山巔。秋雨浮嵐濕，晴波落澗圓。吟懷堪寄託，待照我歸船。」《清平道中》云：「細雨迷征騎，涼颸動客衣。午晴雲氣薄，秋老樹聲微。參錯山邱稻，青葱石徑薇。前頭沽酒店，買醉興先飛。」《懷俞心在符又魯兼寄柴胥山二首》云：「俞子真同氣，符生實妙才。如何一别後，不見尺書來。異地仍留滯，伊人切溯洄。窮愁應似我，時命豈須哀。」「踪跡千山隔，心期萬里通。翦燈同聽雨，揮翰各臨風。夢别江城近，思深雲樹窮。西泠富篇什，早晚遺詩筒。」《華蓋洞》云：「徑通雲外寺，春鎖洞中天。白石炊香飯，紅漿醉老禪。鳥隨踈磬下，人趁夕陽還。仙杏初經眼，一枝紅欲燃。」《客舍對雨感懷》云：「春光三月暮，孱僽負花期。好約尋芳侶，來吟對雨詩。園林紅賸蕚，鬢髮白添絲。堪笑支離態，衰羸祇自知。」《過洞庭湖同青崖弟作》云：「連天一色碧玻璃，帆影湖光望眼迷。銅柱山高人跡少，洞庭水闊雁行低。芳洲蘭杜秋風老，遠岸蒹葭緑樹齊。騷雅吾宗推令弟，題詩直到夜郎西。」《早春感興》云：「萬里江天客未還，小樓搔首對蠻山。吟邀春色千峰冷，寺度鐘聲半榻閒。細雨緑萌愁外草，殘杯紅駐醉中顔。茫茫歸思情應劇，鬢落邊城幾點斑。」《便水驛早發》云：「曉烏啼向驛門前，便水茫茫早放船。仰面人家看不見，午雞聲出亂山巔。」《漫興》云：「細數殘花到夕陽，獨傾村酒問春光。可能借得東風力，吹落儂頭兩鬢霜。」鈔録數首，以存其人。

余十三歲遊虎邱，于肆中見舊扇一柄，以百文購得之，上有七律二首，云：「長夏成詩未附書，今來把讀是冬初。琴中雅調惟孤澹，筆下陳言早破除。寒雨平添津岸闊，衰楊遠映水亭疎。相思一見爲經歲，又待梅開訪佛廬。」「自恨摧頽逼暮年，况兼多病少安眠。幾枝晚菊經霜後，百種秋悲在雁先。匿影不成鍵户計，取譏真待買山錢。何妨旨酒看君飲，但對清淮易惘然。」後題「先著藁爲大瓢先生正」，因問先著爲何如人，皆不知也。比長，讀《國朝别裁集》，始知著字遷夫，四川瀘州人，流寓金陵，有《之溪老生集》，或云是明季遺老也。

華氏爲吾邑望族，至今猶盛。幼時，在表兄華性焉家見華碩宣詩一卷，寫作俱妙，求問其族中，無有知之者。己卯春日，偶于友人破書中得一册，始知碩宣字養聖，鵝湖人，康熙間諸生，年七十餘卒，自號「東籬居士」。讀其詩，五律最工。《題友人園亭》云：「小築深林裏，幽懷獨往還。亂雲封竹徑，野鶴護花關。松老鱗方密，梅欹蘚自斑。」《南華》初讀罷，蘿月照人間。」《聞笛》云：「横笛秋江上，江空夜更清。韵隨風暗度，愁向月明生。楊柳離亭淚，梅花故國情。無端添别恨，迸作斷腸聲。」《登塔》云：「孤塔倚霄漢，登臨象外幽。亂山排檻入，遠水接雲流。日月簷前過，樓臺天際浮。遥看霞五色，極目是神洲。」《和友》云：「雨過江皋净，移舟落照閒。興同孤鶴曠，心與野雲閒。古澗聞寒水，疏林見遠山。欣然載尊酒，訪菊扣花關。」《湖上》云：「何處堪棲隱，湖濱烟柳莊。溪聲常到枕，花影半侵牀。拂石眠蒼蘚，敲詩倚夕陽。忽驚鷗鷺起，漁笛響滄浪。」《貞女》云：「秦樓引鳳曲，幻作斷腸音。未識生前面，難移死後心。惟知因義重，非是爲情深。空負絲蘿約，蘭閨淚滿襟。」《僧舍梨花》云：「擬入羅浮窟，疎香一徑通。澹烟疑遠近，明月悟真空。雪影幽窗外，詩情曉夢中。朝來輕帶雨，寂寞淚東風。」《歸鴉》云：「遠水殘邨外，争飛噪晚晴。梁園朝見影，楚幕夜聞聲。落葉愁霜冷，驚棲妒月明。孤琴幽韵遠，猶似隔林鳴。」《喜晴》云：「夢回禽語碎，知是報新晴。雲散春衣薄，花迎曉日明。紅橋烟柳色，紫陌管絃聲。好聽香風曲，芳郊踏草行。」《春遊》云：「紅杏依江岸，青山到郭門。舟横春水渡，人醉落花邨。嬌鳥酬歌韵，香風散霧痕。勝遊應不倦，歸院欲黄昏。」

徐荔邨有《歲暮寄内》詩云：「雙手空空歲又闌，西風心與鼻俱酸。依人自笑馮驩老，作客誰憐范叔寒。寫到家書千點淚，算來歸計十分難。此身只當從軍死，累爾青鸞鏡影單。」時荔邨方客如臯，吾鄉陶學博國果正爲校官，其夫人顧氏偶見此詩，讀之淚下，謂學博曰：「邑有斯人，可令其流落不歸耶？盍爲謀焉？」于是夫人自典簪珥爲倡，同學諸生聞之，亦醵金以贈，俾其早歸，事傳遠近。又閨秀宋蘅臯，名之淑，李輪霞室也。輪霞久客未歸，宋寄以《秋夕感懷》云：「銀鴨燒殘啓碧窗，閒庭風起露華涼。梧桐影裏秋如水，蟋蟀聲中夜漸長。千里關山添别夢，十年羈旅憶他鄉。低頭怕見團欒月，只恐天涯也斷腸。」嗚呼！安得有顧夫人之賢者爲厚贈之，團聚其天倫樂事也。

「人從絶巘如魚貫，馬入寒林列雁行」，此和致齋公相隨園詩也。案庾子山《遊獵》詩有「石關魚貫上，山梁雁翅行」，似即本此。然余以爲和相未必有此詩在胸中而用其典故，亦偶爾相同耳。和相有

《嘉樂堂集》，其子駙馬公豐昇殷德所刻。聞駙馬亦工詩、古文，惟不自收拾。樊學齋主人嘗爲余言。

余於癸酉秋日以事往雲間，道出崑山，風阻泊舟，遂登岸。散步草堂寺，見壁間所挂扇面，有沈師濂七律四首，中一聯云：「文壇耻説爲偏將，酒國甘居是附庸。」可想見其抱負。徧訪斯人，無有知者。

有人《詠雁來紅》詩云：「漢使傳書託便鴻，上林一箭墮西風。至今血染堦前草，一度秋來一度紅。」此詩甚妙，不知誰作。近友人張映山亦有詩云：「塞鴻嘹唳菊離披，庭際幽叢故出奇。是草獨無遲暮感，不花能放艷陽時。矗枝大葉風流在，綠意紅情夕照知。欲寫秋容傳晚節，畫圖猶覺不如詩。」又蔣伯寅之「秋深忘歲晚，葉老代花開」一聯，亦妙。

邑侯邵公，名颿，山陰人。以中書舍人出宰吾邑，去官後改名無恙，字夢餘。陳雲伯少時嘗從學詩。其詩秀骨天成，非時輩所能跂及。《登徐州城樓》云：「霜引邊聲來朔塞，日摇河色上城樓。」《北固山看雪》云：「雲痕四合沈諸島，雪色中開見大江。」《棲霞放舟》云：「青山入夢成知己，明月同舟當故人。」《秋夜》云：「鶴影倦依涼月立，雁聲寒帶夜霜飛。」皆名句也。邵殁後，雲伯爲刻其詩。

徐湘浦司馬公子德泉，名珠。性沖澹，詩情幽逸，如花開絶塞，雁唳清秋。七古尤雄健，有《讀友人侯貞友焦山詩題後》一首云：「文章擅變幻，造化多雄奇。陰陽無軌範，山川有殊姿。長江西來一萬里，發源岷蜀東注此。奔衝直下少歸束，金焦兩山相對峙。海門扼鎖氣不洩，萬古中流作砥柱。金山如貴人，焦山如隱士。蒼巖翠壁睨欲無，青螺點點浮春水。山靈奇氣自鍾秀，侯生藴蓄天所授。憑軒句挾海濤飛，拾級語侵山骨瘦。焦先不可作，江月投山坳。眼前名士獨醉倒，狂歌唤起春江潮。情于此放，詩于此豪。幻想欲跨雲中橋，横空萬丈連金焦。安得爾我相招要，看君落筆青天高。」

古者奴婢皆有罪者爲之，謂之「臧獲」。然婢之中亦有等級，有素敏慧通音律，或善炊爨能持家，即漁童樵青，亦不過供驅使、盡執役而已，未聞有以美麗而得名者。近來士大夫家喜蓄美婢，而青樓尤多，題以雅號，如「惜花」、「采香」、「待月」、「繡春」之類。然而甘蔗旁生，荔支側出，似掃眉人不可無此陪襯。馬藥庵有《贈婢改子詩》四首，云：「阿母傳呼兩字妍，新題錦瑟改幺絃。曾聞丫角依蘭姊，不信蟠根是李仙。綽約二分籠靨淺，跉跰六寸稱膚圓。多情也似雕梁燕，相傍烏衣已十年。」「盌脱嬌姿絶代誇，管城分蔭託琅邪。儉妝未肯依時世，清韵真堪擬大家。緑綺窗前金可鑄，白團扇底玉無瑕。阿誰空學夫人様，那比芳名艷榜花。」「丁棱仙侣有方干，謂子山。聯袂尋春扣綺闗。時復中之音嚦嚦，翩何遲也步珊珊。周旋翻累當筵立，平視驚從隔座看。多謝小紅真解事，金筒玉椀許頻餐。」「一飲瓊漿百感生，藍橋夢影尚分明。平添杜牧重來恨，久負羅敷已嫁盟。未免有情空復爾，似曾相識轉憐卿。欲將細語從頭問，怕聽鸚哥唤客聲。」四詩可稱絶倒。

以人存詩

于宗堯，字二巍，遼東廣寧衛人。康熙七年，年十八，由蔭生出令常熟。精敏慈惠，一時有神君之頌。《病中詠懷》云：「三年花縣鎖江烟，南國風流事渺然。雲外錦峰餐秀色，甌中琴水拂廉泉。流亡滿目愁填壑，水旱焦心欲問天。草野不肥吾貌瘦，强將憔悴弄冰絃。」按：公卒時年纔二十一，詳縣志。此詩蓋公當日爲醫士陸顯甫書扇頭者，陸氏子孫至今寶藏焉。

南城曾賓谷中丞以名翰林出爲兩淮轉運使者十三年。揚州當東南之衝，其時川、楚未平，羽書狎至，冠蓋交馳，日不暇給，而中丞則旦接賓客，晝理簡牘，夜誦文史，自若也。署中闢題襟館，與一時賢士大夫相唱和，如袁簡齋、王夢樓、王蘭泉、吴穀人、張警堂、陳東浦、謝薌泉、王葑町、錢裒山、周載軒、陳桂堂、李嗇生、楊西禾、吴山尊、伊耐園及公子述之、蒲快亭、黄賁生、王愓甫、宋芝山、吴蘭雪、胡香海、胡黄海、吴退庵、吴白庵、詹石琴、儲玉琴、陳理堂、郭厚庵、蔣伯生、蔣藕船、何豈匏、錢玉魚、樂蓮裳、劉霞裳諸君時相往來，較之西崑酬倡，殆有過之。中丞嘗於九峰園作秋禊之會，賦詩云：「昨得蘭亭春禊硯，便思招客蘭亭遊。蘭亭去此一千里，春禊故事知誰修。揚州虹橋亦名勝，冶春詞句今傳謳。漁洋遺韵繼者少，百有餘歲空悠悠。今年三月動佳興，頗乏知己相賡酬。朅來名士稍長集，江天雨霽開涼秋。安江門外水新漲，浩蕩豈可輸閒鷗。棹歌聲發古渡頭，蒹葭深處清而幽。濃春桃李反嫌俗，秋禊之樂前無儔。南園水木况明瑟，九點烟嵐出庭側。硯池一曲含風漪，倒影奇峰嶽蓮碧。我攜禊硯適來此，一洗寒泉翠欲滴。此池爲我禊硯開，此峰爲余硯山石。異哉此會非偶然，蘭亭之人幾曾得？座中名士咸歎息，復有丹青潤州客。謂陸曉峰。明朝寫出秋禊圖，洗硯之人宜可識。」一時和者甚多。吾鄉徐閬齋孝廉一詩尤妙，附記於此：「春秋二七逢秋禊，故事千年人不記。《魯都》賦手建安才，《臨河》叙録《蘭亭》字。《蘭亭》繭紙昭陵收，此文未入文選樓。一時詩句總寂寞，細氈碑打蛟龍愁。秋稧主人有秋骨，白面繡衣持玉節。錦帶紅迎吉慶花，金樽緑瀉銀河月。直教江水作流觴，江月照客江花香。園中九峰欲飛去，齊吐雲氣天蒼涼。群賢少長列坐次，知公今年三十四。右軍修稧三十三，公長一歲應兄事。前日公攜春稧硯，新詩揚州忽傳徧。今朝又作秋稧會，觀者人人盡稱羨。殘醉江臯寄采牋，風流不讓永和年。相思一夜秋蘭發，花裏新吟秋稧篇。」

憶自乾隆戊申歲，余嘗與閬齋同客秋帆尚書河南幕府。其年七月，尚書擢兩湖總督，余回江東，閬齋以與修《衛輝府志》，獨留汴梁，送詩云：「我留黄河邊，送君黄河口。黄河八月浪連天，白日蛟龍挾船走。因君寄信報平安，家有高堂可健餐。春來更望長安去，愁絶天涯行路難。」嗚呼！以閬齋之才之美，不得中進士，入詞館，卒以從軍功試爲縣令，鬱鬱以殁，可悲也。

阮雲臺宫保以嘉慶元年提督浙江學政，諸生中有長於一藝者，必置高等，賞歎不已，是以人材蔚起，小學奮興，爲一時之盛。宫保嘗試湖州，賦《秋桑》詩，和者數十家。有諸生胡名敬者，和云：「微黄比似菊衣痕，幾樹蕭疎蔭蓽門。材美早需當世用，價高留待異時論。禦寒衹爲蒼生計，歷久空餘直幹存。多少綺羅叢裏客，何曾根本與酬恩？」「西郊昨夜有霜侵，減却茅簷一片陰。但使陽和調晚節，幾曾經緯負初心。春闈自昔相須急，寒士於今得庇深。菊秀蘭芳休把玩，直垂青眼到疎林。」便爾吐屬不凡，頗有霖雨蒼生之志。不數年，果中鄉榜，成進士，今官翰林侍讀學士。

長白斌少僕良爲前任兩江總督玉公德第八公子，嘉慶己卯、辛巳之間，官蘇松糧道，駐劄常熟。署後即虞山也，有小樓可以望遠，題曰「辛峰一角樓」。與吴中諸名士讀畫論詩，殆無虚日，自題一聯云：「群彦集東南，有温李詩才、荃熙繪事；高樓占西北，挹石梅香月、辛嶺晴雲。」年未四十，著書盈尺矣。《過拂水山莊》二首云：「江總歸來白髮新，劫灰餘燼戀無因。風騷壇坫三朝重，金粉河山半壁陳。貂珥苦思推輔座，蛾麋甘讓作完人。孝陵銅狄苔花冷，詞館空吟舊院春。」「海天閒話感滄桑，猶有交情憶孟陽。淚化絳雲紅躑躅，詩題拂水緑荒涼。彦回有壽寧爲福，庾信多才亦不祥。禪悦簡栖聊自慰，東風愁殺柳枝娘。」

吴杜邨觀察，名紹浣，其祖父俱業鹺，至杜邨與其兄蘇泉俱中進士，入翰林。杜邨詩不多作，亦無專集，而筆甚逋峭。嘗記其《舟中感懷》二首云：「楓葉兼蘆荻，紛紛滿客舟。水雲千里白，風露一天秋。獨宿同孤雁，愁懷寄遠鷗。披衣人不寐，翦燭數更籌。」「江湖天地闊，感慨别離多。壯歲猶如此，衰年更奈何。懷人看落日，倚枕發高歌。長嘯驚龍蟄，寒風起碧波。」七言如「鄉思暗隨燈影動，客愁齊逐雨聲來」，「亂山鐘響僧歸寺，古渡燈昏月滿船」。《詠梅花》云「山間月黯誰横笛，江上春寒獨掩門」，又《寒夜》云「衆星皆淡漠，孤月自精神」，十字亦妙。

輔國公裕瑞爲豫親王弟，自號思元主人，所居曰「樊學齋」，有亭臺花木之勝，一時名士如楊蓉裳、吴蘭雪輩皆與之遊。所著有《萋香軒吟草》一卷。十額駙豐紳殷德稱其詩「清華幽艷，是能鎔鑄長吉、飛卿而自成一家者」。記其《灤陽道中》云：「一馬長驅挂玉鞭，清秋風景倍蕭然。野蛾亂落荒林雪，山鳥斜銜古寺烟。雀舌宜烹疎雨夜，豆棚欲話晚涼天。無眠静對寒檠影，起視雲邊月正圓。」殊清新可喜。主人嘗贈余七古一首，又《和京師冬日八詠》及《春遊八詠》諸作，詩甚長，未録也。

婺源齊梅麓庶常彦槐，散館後出宰吾邑，未及數載，即賦歸田，遂卜居陽羨爲侍養計。於其行也，余爲刻坡公《種橘帖》贈之。其《留别梁溪》詩四首云：「撫字催科兩弗堪，八年竽濫大江南。政難言美差無惡，吏豈能廉只不貪。苗長但須除一莠，馬蕃焉用禁原蠶。此生足傲東坡處，腹貯山泉百甕甘。」「年年清興在春深，扃户重將舊業尋。校士可能持玉尺，論文誰與度金針？佇看騏驥驤雲路，莫遣鴟鴞集泮林。畢竟詞章總餘事，讀書須得聖賢心。」「可憐秋旱稻苗枯，火急符書尚索逋。拙吏甘同道州考，流民終賴鄭公圖。聖恩浩蕩如天大，鄉俗敦龐自古無。推解不緣諸父老，哀鴻安得命全蘇。」自注云：甲戌大旱，自恩賑外，邑之殷富捐貲接濟，不下十四萬緡，全活飢民無算。「一橋一墓五年修，點綴青山與碧流。俗變荆蠻思泰伯，自注云：泰伯墓在鴻山，歲久傾圮，予募貲修葺。名題豐樂憶滁州。自注云：望亭橋舊名龍匯，久圮，予以賑餘之錢興修，改名豐樂。平川日落漁樵渡，寒食花開士女遊。俯仰之間已陳迹，他時還念故侯不？」

袁簡齋先生通、遲兩公子，雖不以科第起家，而皆能詩。遲子名壽芝者，年未弱冠，稿已笥束。記其《遊棲霞寺》一聯云：「清静尚嫌禽作語，玲瓏誰與石争能？」頗有乃祖家法。又鉛山蔣心餘先生曾孫名志伊者，號小樹，能詩。道光壬午九月，余偶至邗江，相晤于王古靈席上，有《題小紅雪樓詩卷後》一律云：「續書香海記前回，曾見山陽舊雨來。小草每依庭際長，寒花獨向畫圖開。春風自掃元卿徑，尊酒誰傾杜叟醅。贏得詞人題妙筆，欲招黄鶴醉江梅。」俱可謂善承家學者。

東鄉吴蘭雪舍人有姬人緑春，本蘇州人，生辰盛京，性修潔，愛貞静，善畫蘭，法陳古白，又能詩。

舍人甚愛寵，死時年二十二耳，舍人悼痛不已，賦詩云：「冷暖相依僅五年，不應草草賦遊仙。早知一病無醫法，何苦三生種夙緣。嫁日歡娱如夢裏，殮時明麗倍生前。定情詩扇教隨殉，誰誦新詞徧九泉？」「深春妍暖似秋涼，池館蕭閑接洞房。瓶水浸開紅芍藥，鬢花簪遍白丁香。蟲聲嗚咽吟幽砌，樹影玲瓏畫粉墻。即用緑春舊句。佳句而今零落盡，但思清景亦沾裳。」「縞衣一換淚先傾，奉母艱難百事并。望遠魂消歸櫂影，追逋夢怯打門聲。賣文辛苦憐何補，投紱蹉跎悔未成。孤負同心謀養急，勸抛微禄辦歸耕。」「津門迢遞隔江關，旅泊經春苦未還。廿四花風蝴蝶瘦，一雙人影鷺鶿閒。衣香小立飄隋苑，泉味同嘗愛惠山。輸與梁溪唐孝女，白頭賣畫尚人間。孝女以賣畫養親五十餘年。」「帶圍寬盡舊湘裙，支枕哀吟未忍聞。雙頰斷紅疑中酒，一梳濃緑怕消雲。翻書風過微嫌冷，沈水香多重怯熏。爲愛梅花猶强坐，寒香禁受兩三分。」「夜半天風沸海潮，仙舟綵伴似相邀。歿前一日，夢中買舟與姊偕行。買山只道成偕隱，臨水何堪誦《大招》。心力無多愁易盡，聰明太過福難消。他生合作癡兒女，莫憶前身是翠翹。」其餘妙句甚多，不能盡録。

漁家曬網，每于古戍沙灘、斜日西風之下，鱗次櫛比，而青山每爲所掩。亡友蔣敬齋有《漁家樂》詩云：「莫教曬網如城堞，留得青山一面看。」此言未經人道。敬齋名溶，長洲諸生。年二十許，輒喜講道學，言語坐立不苟。嘗自製寢衣，長六尺餘，本《論語》所謂長一身有半也。余笑謂之曰：「古之寢衣，似即今之衾被，恐泥古太甚。」敬齋愕然，曰：「吾過矣，吾過矣！」至于下拜，其風趣如此。

鍾祥彭毓圃名志傑，以孝廉作宰浙江，任烏程十年，有惠政。嘗捐俸刻陳無軒《湖州詩録》三十六卷，爲一時所稱。毓圃能詩，而尤工於五字。《道場山》云：「斷山雲爲補，淺澗月能添。」《梅雨》云：「竹翠摇新影，溪流没舊椿。」《送友人》云：「雙鶴去不返，孤雲還幾時？」《晚晴》云：「古樹含雲潤，新花借月明。」皆名句也。其子慶長，字五雲，亦能詩。余爲書「題裙室」三字贈之。

揚州阮梅叔明經，爲雲臺宫保之弟，年未弱冠，即能詩歌，爲藝林傳誦。所刻有《珠湖草堂詩》四卷。余最愛其「萬樹紅連斜照外，一峰青插白雲中」之句，此吴澹川《南野堂筆記》、楊芸士《述鄭齋詩話》所未採也。

鄒君春帆與余同庚同月，先後一日而生，自幼相愛，工於帖括，屢困小試。偶過其書齋，有詠落花詩，尚未脱稿，起句云：「花落客心驚，小園鳥亂鳴。春光原是夢，流水本同行。」讀未畢，愀然曰：「子正在盛年，何作此種語耶？」春帆笑而不答。即於是年十月死，不意竟成詩讖。

顧西軒名銑，同鄉東湖蕩人。余十七八歲時，嘗與同寓吴門之石榴亭，有鮑子知我之感。記其《櫻桃花》詩云：「頻年作客緣何事，每到春來不在家。」暗中用典，令人不覺。

張鐵琴彰，長洲人。年十五六，貌如美人，世所希見。余長其一二歲，每與談論古今，輒以張良自命。一日，同往城南看菜花，鐵琴有詩云：「嫣紅姹紫彌天下，關係蒼生只此花。」其抱負如此。不數年而死，惜哉！

余姊夫楊廷錫，吴縣光福人。少工詩，語能動人，句必有味。《月下獨酌》云：「盃中有影人成耦，天上無雲月不孤。」《春閨》云：「春來心事憑誰問，惟有簾前雙燕知。」《初夏》云：「新篁未慣經風雨，卻傍疎籬護落花。」皆妙。死時年三十，惜無存稿。

紀存

先曾祖奉麓公，當明鼎革時，年僅十三，隨先高祖避難陽山白龍廟，至本朝順治三年，始回故里。嘗築歸鶴庵以自寄，即今西莊橋西岸之觀音庵也。庵門正對陽山。《蘇州府志》云：「陽山，一名四飛山，又名秦餘杭山，實一山也。」公有詩云：「一巢重結古荆蠻，真似蘇耽化鶴還。忍棄先人棲隱處，故教門對四飛山。」其二云：「烽火驚心事已非，翻身雲外作孤飛。故園猶有前朝樹，留得清陰待我歸。」今刻石庵中，留示子孫。

余有一扇，畫折枝杏花。秋帆先生書一絶於上，云：「上林佳處午橋邊，半染紅霞半著烟。記得曲江春日裏，一枝曾占百花先。」一日過京口，王夢樓太守見之，又書《桃花》詩於後，云：「桃花一樹艶猩唇，獨占名藍似海春。誤入溪流原有路，重來門巷竟無人。迷離夕照紅如夢，悵望天涯緑少鄰。我願大千花世界，有花開處盡詮真。」《隨園詩話》載嚴海珊《咏桃花》云：「怪他去後花如許，記得來時路也無。」謂其暗中用典，絶世聰明。余以爲不如太守之「誤入溪流」一聯更妙。

古英雄不得志，輒以醇酒、婦人爲結局者，不一其人。隨園先生入翰林時年纔弱冠，散館後改爲知縣，簡發江蘇，歷知沭陽、江寧諸縣事，有政聲，三十五而致仕，享清福者五十年，著作如山，名滿天下，而於「好色」兩字，不免少累其德。余有弔先生詩云：「英雄事業知難立，花月因緣有自來。」實爲先生補過也。

團扇之名甚古，漢時已有之。有明中葉，乃行摺扇，至本朝爲尤盛，遂不復知有古制矣。阮雲臺先生於嘉慶丙辰提學浙江，嘗得一古團扇，有馬和之畫，楊妹子題，因依式仿製，以賞諸生之高等者。時錢塘陳雲伯大令尚爲秀才，歲試賦此題，有云：「江南三月春風歇，櫻桃花底鶯聲滑。合歡團扇翦輕紈，分明採得天邊月。南渡丹青待詔多，傳聞舊譜出宣和。入懷休説班姬怨，羞見曾憐晉女歌。班姬晉女今何有，攜來合付纖纖手。闌前撲蝶影香遲，花間障面徘徊久。樓臺花鳥院中春，馬畫楊題竟逼真。歌得合歡詞一曲，不知誰是合歡人？」先生閱此卷，大爲稱賞，拔置第一，刻入《浙江詩課》及《定香亭筆談》。不二十年，團扇之制遂行滿天下。余亦有團扇詩贈先生云：「用舍行藏要及時，製成團扇寄相思。時來畢竟如公少，明月清風一手持。」

余年十七，嘗受業於金安安先生之門。先生時年八十，精神尚健，日以賦詩作書自課。偶命諸公子分賦瓶菊詩，余亦分得「堂」字韵，有云：「寄人籬下非長策，喜帶新霜入畫堂。」先生爲之擊節歎賞，謂諸公子曰：「此生出筆頗有作意，將來必能自立者。」嗚呼！余一生坎坷不遇，豈能自立耶？追憶師言，輒呼負負。

黄野鴻《賣書祀母忌辰》一首云：「母没悲今日，兒貧過昔時。人間鮮樂歲，地下共長饑。白水當花薦，黄粱對雨炊。莫言無長物，亦足慰哀思。」所謂窮而益工，其信然耶。程山溪者名亮，閨秀張文媄子也。有《春日感懷》云：「一年佳日是春光，底事逢春更感傷。雨際孤花難著力，風前歸雁不成行。緼袍已敝還思典，土竈生塵久絶糧。多少閒愁何處寫，滿庭芳草易斜陽。」又王坦庵《春感》云：「韶華如繡艶陽天，春到貧家亦枉然。破屋正愁連日雨，荒厨已斷昨宵烟。鷗團窮海剛三載，燕返空巢又幾年。滿地蓬蒿人過少，臨風獨立聳吟肩。」嗚呼！安得廣厦千萬間，留此輩人暖衣飽食，飲酒賦詩，快樂以終其身耶？

一官匏繫，垂老離家，此人間最苦之境，顧甘心受之者不一其人，或者此人之心思，反以爲樂，亦未可知也。陳石橋大令官富平，著《雁宕山人稿》。《閩中別兄》一首云：「十載離家音信稀，閒關執手見還疑。風塵到老境非昔，兒女來前名不知。舊里半凋聞欲淚，餘生相見語多悲。饑軀明日又將別，立馬斜陽塗路岐。」真令人不堪回首。

途中遇沽酒者，或賣花者，其香撲鼻可愛，擬將此意採入詩中而未得也。偶見市中掛一楹帖，有「沽酒客來風亦醉，賣花人去路還香」，不知何人所作，真先得我心矣。

詩有無心譏刺，而拈來恰合者。余中年常出門，每於四五月夜，獨宿舟中，聽蛙聲喧雜，終夜不寢。偶書絶句云：「信宿扁舟夜未央，蛙聲閣閣最淒涼。荒江月落天將曉，不辨官私鬧一場。」一日在長安，有某冢宰見之笑曰：「此詩當爲江南吏治而作也。」余大驚，遂謂：「草茅下賤，何敢妄議時事，偶然得句，實出無心。」此所謂仁者見之謂之仁，智者見之謂之智也。

唐守之嘗題《漁翁失網圖》云：「一網復一網，終有一網得。笑殺無網人，臨淵空嘆息。」然余嘗見人有營營於名利場中者數十年，至白首無成，依然故我，則不如困守固窮之爲得也。故有詩云：「前舟綱綱張空水，後有簑翁獨坐看。」程魚門太史亦有句云：「旁人束手休相怪，空網由來撒最多。」與守之之詩正相反。

詠物詩最難工，太切題則黏皮帶骨，不切題則捕風捉影，須在不即不離之間。汪春亭《詠燈花》云：「影摇素壁夢初回，一朵花從静夜開。想到春光終易謝，攪殘心事欲成灰。青生孤館愁同結，紅到三更喜亂猜。頗覺窗前風露冷，斯時那有蝶飛來。」吴野渡《詠紅蓼花》云：「如此紅顔争奈秋，年年風雨歷滄洲。一生辛苦誰相問，只共蘆花到白頭。」吴信辰《詠虞美人花》云：「怨粉愁香繞砌多，大風一起奈卿何。」高桐邨《詠牽牛花》云：「莫向西風怨零落，穿針人在小紅樓。」皆妙。

客中夜宿，秋蚊未靖，雖懸幛子，倚如長城，而一蚊闌入則不寐通宵。其時新涼退暑，殘月窺人，四壁蟲聲，百端交集，實難爲懷耳。余嘗有詩云：「十年落魄未成歸，心事如雲澹不飛。一箇秋蚊纏客夢，半窗殘月冷宵衣。擬留詩卷才難副，欲薄功名計亦非。惟有一封憑去雁，爲傳親故莫相譏。」因誦宜興儲長源之「燈摇旅思風盈幔，蟲語秋心月半墻」之句，令人心骨俱冷。

余嘗論人生如行舟，忽前忽後，忽左忽右，無有一定。張帆者自然在前，摇櫓者自然在後，然而亦看風水之順逆，江湖之險夷，居先者固可羡，落後者亦未爲失也。偶賦《前舟嘆》二首云：「前舟後舟一時發，摇摇共指天邊月。須臾月暈生長風，前舟張帆如執弓。霎時箭行三百里，白浪翻天黑雲起。欲卸長檣勢未能，載得百人同日死。後舟聞變追前舟，無那滄江水急流。看他傾覆不得救，吞聲躑躅心煩憂。」「前舟張滿帆，後舟滯沙灘。前舟忽破山脚石，後舟反過前舟前。人間風浪何浩浩，爲吉爲凶未能保。總看收帆到岸時，區區前後何足道。」

摘句

《隋書》載煬帝以薛道衡「空梁落燕泥」句至于殺身，此古人忌才過甚也。即如謝靈運之「池塘生春草，園柳變鳴禽」，庾信之「琴從緑珠借，酒就文君取」，亦平常語耳。近日詩家愈出愈奇，命意鮮新，立辭典雅，皆古人之所未有。如翁朗夫之「烟波雙鬢老，風雨一身秋」，彭念堂之「日還停水上，山已墮雲中」，方南塘之「月出江花落，詩成海月圓」，楊谷簾之「柳摇春雨暗，江漲水雲流」，張瑶英女史之「短垣延月早，病葉得秋先」，范履淵之「櫓聲摇夜月，帆影落晴波」，商嚮意之「蜂巢當午鬧，蚓壤趁涼歌」，俞楚江之「紅憐花別樣，緑愛柳當初」，劉企山之「缺月依橋斷，孤雲背郭流」，趙仁叔之「蝶來風有致，人去月無聊」，童二樹之「晴流鳴斷壑，山影卧空田」，黄星巖之「竹鋭穿泥壁，蠅酣落酒樽」，許子遜之「鐘聲涼引月，江氣夕沈山」，李維饒之「峽雨無朝暮，春風有別離」，吴杜村之「落葉疑疎雨，秋雲學遠山」，儲玉琴之「伴佛燈笑穗，窺人月半環」，汪澤舟之「木落山無障，江流月有聲」，吴師石之「斷崖殘雪補，清磬夕陽浮」，周東標之「踈雨下黄葉，秋風翦緑葵」，湯述庭之「行共孤雲懶，歸輸獨鳥閑」，趙味辛之「水清魚入定，山古樹無花」，吴象超之「白雲留晚磬，黄葉捲歸樵」，秦大樽之「風梳平野樹，雲湧一樓山」，儲長源之「雪晴春有態，山活翠難名」，莊印三之「寒烏依夕照，落葉碎秋聲」，張仲子之「門臨流水岸，犬吠隔花人」，沈奕風之「夜雨洗村徑，曉風開稻花」，何秋山之「白頭增舊感，黄葉落新愁」，石竹船之「帆隨春樹遠，水帶夕陽流」，繆牧人之「江連三楚白，山接九華青」，李少白之「一鳥翻雲外，千峰落馬前」，夏頲江之「病因看月減，情到惜花深」，于秋渚之「緑餘三徑草，紅露半墻花」，龔素山之「夜從花影轉，秋帶樹聲聽」，孫漣水之「江光摇佛面，石色上僧衣」，使阿麼見之，又當何如嫉妬也。

本朝七律，金聲玉振，不特勝于有明一代，直可超出宋、元，而亦有高出唐人者，可謂極一時之盛。國初諸公無論矣，就余所見聞者，如王少林《大梁懷古》云：「三花樹色開神嶽，萬里河聲下孟門。」黄浩浩《秋柳》云：「小驛孤城風一笛，斷橋流水路三叉」。何南園《感懷》云：「身非無用貧偏暇，事到難圖念轉平。」黄野鴻《清明》云：「村角鳥呼紅杏雨，陌頭人拜白楊烟。」浦翔春《野望》云：「舊塔未傾流水抱，孤峰欲倒亂雲扶。」魯星村《郊外》云：「春田牛背鳩争落，野店墻頭花亂開。」汪澤周《賜書樓眺雨》云：「亭遠忽從烟際出，樓高先覺雨聲來。」史位存《汴梁道中》云：「雲垂平野星初上，馬走春沙夜有聲。」《有感》云：「撲蝶會過春似夢，湔裙人去水如烟。」潘汝庭《春日》云：「草不世情隨意緑，花知客意入簾紅。」石遠梅《山海關》云：「萬頃日華浮海動，九邊風色捲沙來。」湯述庭《閑居即事》云：「得句偶逢花照眼，舉杯喜見月當頭。」郭頻迦《即事》云：「月與梧桐尋舊約，秋將蟋蟀作先聲。」《春感》云：「三月落花如夢短，一湖新漲比愁多。」高爽泉《春草》云：「新愁舊恨縈三月，細雨斜陽送六朝。」林遠峰《靈隱寺》云：「靈泉百道飛涼雨，古磴千盤入亂雲。」皆妙。又如曹楝亭之「三秋月色臨邊早，萬馬風聲出塞多」，張崑南之「松間細路通僧寺，花裏微風颺酒旗」，朱子潁之「一水漲喧人語外，萬山青到馬蹄前」，石曉堂之「窺魚淺渚翹雙鷺，待渡斜陽立一僧」，邱學敏之「山連齊魯青難了，樹入淮徐緑漸多」，李嘯村之「春服未成翻愛冷，家書空寄不嫌遲」，惠椿亭之「宿酒大都隨夢醒，殘燈多半爲詩留」，劉春池之「道在已時惟自適，事求人處總難憑」，凌香坪之「春風久負青山約，舊雨難尋白鷺盟」，吴尊萊之「莫雲抱郭霾紅樹，寒雨連江凍白鷗」，儲長源之「春衣乍暖飛蝴蝶，緑酒初香薦蛤蜊」，劉元贊之「三春鄉思先花發，萬里征人後雁歸」，「秋水懷人楓葉落，蓬窗卧病雨聲多」，莊印三之「青溪渡口餘三户，黄葉聲中有六朝」，倪稼咸之「衰柳共憐殘鬢短，閒雲應笑客程忙」，吴退庵之「樹碧兩行臨曲水，天青一角見高山」，方升矣之「小艇仍維前度樹，斜陽已挂右邊樓」，湯衎之之「社雨不知春事判，東風已覺落花多」，毛洋溟之「夜永驂鸞歸碧落，風清有鶴響空山」，林漢閣之「窺客挑燈來黠鼠，移秋入户有寒蛩」，王饒九之「兩岸白蘋秋水渡，一林紅葉夕陽邨」，吴梅原之「愁消白下鵝兒酒，人在青山燕子磯」，黄賸山之「人間萬事成秋草，我輩前身是落花」，仲松嵐之「吴楚帆檣隨樹没，金焦山色上衣來」，鄭芸書之「絶壑凍雲棲古塔，枯僧破衲補斜陽」，宗蕙亭之「酒不能攻愁有陣，曲爲自度唱無腔」，魏野塘之「有客抱琴停午至，呼僮沽酒趁花開」，顧蘭厓之「蒼苔滿徑客稀過，涼雨到門僧未知」，冒葚原之「廢苑春來花自發，空庭月落鳥相呼」，汪可堂之「三徑春歸花似雪，一齋人靜日如年」，汪周士之「徑仄秋花迎客座，夜深涼月戀人衣」，石晚晴之「瘦馬踏乾黄葉路，寒鐘敲碎白雲峰」，吴玉田之「山色和烟沈遠浦，潮聲挾雨吼滄江」，顧蘭暉之「萬種羈愁當夜集，一年鄉夢入秋多」，曹劍涵之「別浦帆歸千樹碧，隔籬人語一燈紅」，王籽園之「報喜燈花紅一夜，相思春水緑三年」，阮梅叔之「脚底白雲雙屐滑，擔頭紅葉一肩春」，吴雲坡之「烟迷古塞晴疑雨，雲擁深山晝亦昏」，朱天飲之「娱人可愛當窗樹，留客遥看雨後山」，常蹇齋之「秋從夜雨窗前聽，月在美人樓上圓」，吴蒼崖之「清夜思公惟有淚，白頭知己更無人」，徐春圃之「鍊句每存千載想，看花不放一春過」，徐德泉之「家無儲蓄期鄰富，邑有流亡望歲豐」，黄少淵之「芳草池塘尋舊夢，落花庭院算殘棋」，如此類者甚多，摘之不盡。又趙甌北先生集中有擬老杜《諸將》之作，張船山太守集中有《竇雞縣題壁》詩，長歌當哭，俱不可不讀也。

快園詩話

快園詩話提要

《快園詩話》十六卷，據道光間刻本點校。撰者淩霄（一七七一—一八二八），字芝泉，號快園居士。江蘇江寧人。諸生。曾入畢沅幕。淩氏樂善好施，篤於師友之誼，生平留意於搜採友人詩作，全首者入其《鍾秀集》，摘句佳話則輯爲《師友録》，後增爲詩話。先成八卷，卷八專録閨秀。中年得風疾，閉門著述，遂又增八卷。卷九有「余抱病寓邗，自丁丑至壬午六年」，卷十二有「卧病七年」，卷十五有「今病困七年」云云，卷十六更明紀甲申春夏，知後八卷乃續作於入道光後，自序署嘉慶二十五年，則顯爲前八卷之舊序耳。各家書目有據自序署年著録爲該年刊刻者，實誤。淩詩曾得袁枚賞識，即援以爲師。其快園延納四方風人雅士，詩話録詩徵詩，皆類隨園。其中如陳文述、孫原湘、包世臣等，淩霄與之交游尤密。全書所記或不免於俗濫，而可資談助。淩氏晚年困頓，闔家衣食，全仗友人接濟，竟亦筆筆入詩、入話，雖云感恩厚道，而瑣屑幾如詩賬矣。

快園詩話序

江都張子老蘆曾以《溟鷗集》見示，獲讀芝泉參軍詩。己卯冬，乞假掃墓，道經里門，因故人許蔬庵之子蘭墅得交芝泉，又讀其《集概》諸書。蘭墅，芝泉之壻也。出芝泉所輯《快園詩話》，屬弁言於首。僕碌碌久矣，何足與言詩耶？第愛其大旨以師恩友誼爲重。芝泉之師，如袁簡齋、畢秋帆兩前輩，洵千古傳人。其他雖一才一藝，各造其極，如畫中之張雪鴻明府、奕中之嚴德音國手是也。芝泉之友，實皆當代英奇之士，如東亭之蘇雲巢、姜種蘭，蠙浦之江立亭、吴竹亭，耳熟其行，尤爲可欽。其各隆情高義，固人所罕覯。然亦芝泉之才與德，有以感召之也。芝泉之圖，如送行感舊、乞詩紀年，載入其中，得古人未曾有，誠大觀也。斯三者，皆足信今而傳後。詩句之佳，轉爲餘緒矣。儀徵阮元撰。

自序

蓋人之生，五倫爲重。余生也賤，碌碌半生，徒負虚名，未登仕版，未得致力於君臣一倫。襁褓失怙，又缺父子一倫。及授室後，奔馳四方，間有歸時，席不暇暖，蘭溪弟復供職衡工，故於兄弟、夫婦二倫，亦多暌違。惟朋友一倫，則視余如骨肉，余亦視之如性命也。是編多紀師恩友誼，初名《師友録》。後多增入者，更名《詩話》。卷數無定，凡有佳句儘可函賜，隨到隨刊，無分先後。但病守一榻，無可查詢，遺忘舛謬，不知凡幾。幸識者憐而諒之，是所深禱。嘉慶二十五年忠孝節後一日，江東快園居士淩霄芝泉氏序。

快園詩話卷一

江寧淩霄芝泉

巢鳳山房在金陵鳳凰臺側，明韓方伯故居，城中宅之廣者居第二焉。乾隆辛卯，余生其間。童時與蘭溪弟，從王楚堂師肄業。師之子履泰題山房句云：「梧竹當窗浄碧陰，一邱一壑自深深。偶逢花事舒青眼，每感禽言憶素心。剛日讀經柔讀史，醉時彈劍醒彈琴。鳳兮羽翼丹山養，莫只長吟與短吟。」

乙巳歲放賑後，家漸落，徙居快園。園乃明徵君徐子仁故居，武宗曾兩幸，中有宸幸堂、麗藻堂、晚静閣、浴龍池諸遺跡。余每款四方名士於中，凡開百人之讌者九次，作圖咏詩。故東亭姜五橋題圖句云：「曾聞九度開壇坫，此是東南第幾回？」

余襁褓即繼爲宗子，隨丁本生父、嗣父及承重王父母艱，嗣母及本生母皆建雙節孝坊，後相繼見背，故余應布政司試恒尠。楊煦夫見贈詩云：「百萬黄金撒手輕，半爲俠士半儒生。軍營草檄烽烟靖，河幕持籌水患平。九度開筵敦友誼，十年讀禮負科名。鬢絲未改聲華馥，大鳥驚人在一鳴。」

余髫年與同社四十三人咏《九日登臺城懷古》詩，就正袁簡齋太史。太史賞余「安得送酒人，白衣弔梁武」之句，書其上曰：「此詩人也，余欲見之。」由是委贄隨園。故吴達夫介賓贈句曰：「偶逃禪處得相親，到底神交有夙因。四座客驚人似玉，一編詩吐氣如春。湘江鴻雪新留爪，雲夢烟霞舊染身。

曾記愛才袁太史，要揩雙眼見詩人。」

鎮淮橋夷齊廟，舊傳本王謝祠，宣和年改祀夷齊。太史師題詩曰：「雙雕石象古鬚眉，聞説宣和建此祠。門外清流千百折，庭前孤竹兩三枝。可知讓國全無怨，未必興歌果有詩。薄薦蘋蘩君莫笑，料應記得采薇時。」

李松雲守吾郡，葺莫愁湖新之。太史師作《櫂歌》曰：「勸栽楊柳好栖鴉，勸種芙蓉待放花。拌取他年説遺愛，甘棠都在女兒家。」太守致太史書曰：「老前輩乃一代詩史，望筆下超生。」太史乃改而存之。

某太守妓禁太嚴，太史師嘲之以詩曰：「棨戟横排太守衙，威行八縣唤民爺。如何濟世安民略，只管河陽幾樹花。」「泣翠啼紅滿耳聞，抛珠賣釧路紛紛。徒教胥吏添生計，名教何曾補半分。」「果然國計肯持籌，見解須從大處求。江水自清河自濁，不聞天地廢河流。」「大索横搜太費心，想緣俸薄苦難禁。不教妓訴貪花客，那好官分買笑金？」「女閭三百置當壚，齊國曾供士大夫。此日聞聲喫虚驚，彈章合到管夷吾。」「十七史中循吏傳，也曾翻過百千餘。如何煮鶴焚琴事，良史從無一字書。」「不誅蝨賊翦柔條，聖訓嚴如日月昭。何不公餘常跪讀，自然牌牒早焚燒。」「追溯唐虞太古風，早留此輩可憐蟲。三皇世有洪厓妓，曾載《康熙字典》中。」「江左名臣有謝安，東山功業震人寰。須知挾妓雖行樂，也當蒼生一樣看。」「青樓亦復有英雄，莫使芟除野草同。罵賊當年毛惜惜，絶勝胡廣號中庸。」

畢秋帆師自書兩湖節署天香堂中聯曰：「緑酒紅鐙，數載論心三鼎甲；蒼顔玉樹，一時把臂兩門生。」師狀元，洪稚存學使亮吉、孫淵如觀察星衍榜眼，王夢樓太守文治探花。王蓬心太守宸最長，余最幼也。

制軍師留讀書署中，張蒼雪幕府贈詩曰：「冰雪聰明畀自天，多君健筆態仙仙。輕年脱稿皆名句，異地相逢是夙緣。賭酒肯居餘子下，臨池直軼古人前。他時弘景三層閣，雲際應輸抱月眠。」

余隨制軍師平苗，獻善後八策，師頗稱賞。姚星岩吏部左垣贈句曰：「裴果才高籌八略，文鴦年少冠三軍。」

許秋巖官江寧太守，感其詳題兩母節孝，以師事之。記其任漕帥時因公過某邑，邑宰將陞武岡牧，置辦漕帥鹵簿，誤書「糟」字。漕帥以詩調之曰：「平生不作醉鄉侯，況復星馳速置郵。豈有尚書加麯部，漫勞邑宰贈糟丘。讀書字要分魚魯，過客風原異馬牛。聞説名區已陞轉，武岡可是五缸州？」

方子雲由歙寄居吾鄉，齒高望重，以師事之。著《花韵山房集》，揚州江文叔已代梓。文叔故後，惜竟不傳。記征苗時見寄句曰：「吉甫既聞歌六月，鬼方何待伐三年。」詩多警句，姑就憶及者録之。五言則有：「樹合疑溪盡，舟行覺岸移。」「邨僻居人少，年豐事鬼勤。」「雲過月東向，潮來江倒流。」七言則有：「鐙燄低知來日雨，梅花遲憶去冬寒。」「沙邨苦竹梢無葉，月夜征鴻背有霜。」「山間土厚邨無井，湖上田磽米有砂。」「空山雲與人争路，古寺風隨虎打門。」「小庭有樹堦鋪葉，破屋無鐙月到床。」「雨似春花容易落，人如晴雪最難留。」「酒盡愁同不速客，春殘花是未亡人。」「人如明月團圞少，事比黄河轉折多。」「事逢貧士謀偏拙，座有才人駡亦工。」「百里故人如日遠，空囊一笑抵河清。」「貧遑他願惟求健，飲恐無名暫借游。」「忽看緑柳真如畫，似此紅樓合有人。」「無月小池痕自白，不風高樹意先涼。」「字殘斷碣樵磨斧，廟破無僧佛守門。」「春信暖調時鳥舌，雨絲香入百花心。」「四壁緑雲栽竹院，滿身紅雨折花人。」「窗風疑鬼聲穿紙，鐙燄如螢冷背墻。」「目中敢謂空千古，海外原來有九州。」「交廣易添離别恨，學荒翻得性靈詩。」「偶因被酒雄心起，每遇聞香妄想生。」「野田禾黍雀聲樂，驛路風霜馬骨高。」「天無雨雪春來早，地有林巒月到遲。」「羲之尚恨無臣法，顧愷真能讀父書。」「夜涼深竹露初下，樓黑前山月未生。」「老大漸思依骨肉，文章枉説動公卿。」

太史師致陶衡川札書「陶相公啓」，陶覆曰：「唐時本重相公稱，近日皆爲父老輕。不是門生争禮數，門生門下有門生。」

蔡芷衫著《在山堂集》，自稱「蔡子」。《咏史》句曰：「跨虎也知難驟下，攀龍何不竟隨昇。」就正太史，師笑曰：「打油詩也。」蔡愕然。師笑曰：「菜子不打油，何用？」聞者絶倒。蔡贈余曰：「太古元音何處尋，箏琶競奏忽聞琴。孫洪袁畢神仙侶，目以奇才愛服深。」「老去頻爲伏櫪歌，幽居無力挽頽波。羡君高咏能師古，健筆真同返日戈。」

余偕洪稚存、孫淵如飲酒家，主人出紙索額。洪書曰「黄公酒壚」，孫書曰「孫楚酒樓」，余書曰「牧童遥指處」。余秋農見之，題壁曰：「從來古迹難憑信，只爲才人粉飾多。」

太史師命同人咏新燕，賞余句曰：「知否有人相盼久，小紅樓畔杏花西。」蘭溪弟句曰：「侵晨偶傍欄杆立，紅杏枝頭見一雙。」朱鏡秋曰：「怪底曉來珠箔上，一痕泥墮海棠香。」朱春崖曰：「小苑新添花幾樹，往來須要認分明。」

王伯華句曰：「憐我愁心似春草，一番夜雨一番多。」姪鶴鳴，字雲岫，號菊坪。亦有句曰：「故人情意如黄葉，一度秋風一度疏。」

長子志鈺，字式如，號小芝。初學詩，《咏龍舟》句曰：「奪標捷比珠探頷，破浪飛疑壁點睛。」次子志珏，字雙璧，號小泉。八歲時，塾師出對曰「燕語驚春睡」，珏對曰「雞鳴憶早朝」。余始命學詩。

汪玉屏坤、張老蘁鏐、江素山詡及余合刊詩集。汪曾與余及老蘁、石遠梅、黄秋谷、王柳邨、胡眉峰同賦《小秦淮春曉曲》，汪末句曰：「勸郎莫向西家住，西家樓高天易曙。」衆幾擱筆。

老蘁著《求當集》。精鐵筆，工書畫。曾贈余曰：「苦雨酸風一卷詩，賞音真悔獲交遲。廿年顧曲無同調，半日論心即故知。至味豈殊人嗜好，雅輪還仗子扶持。而今難覓隨園叟，悵望雲天有所思。」

劉卧松瞟著《無依集》，有句曰：「懷家千里敬亭山，心自勞勞夢自閒。不但欲歸歸不得，音書還在有無間。」

許蔬庵祥齡著《蔬庵詩草》，有句曰：「兒家門對海河開，海水煎茶奉一桮。莫怪味鹹嫌不美，郎君原爲買鹽來。」

太史師最賞燕山南《補琴》詩「不修争得到仙翁」之句。又《戰馬》曰：「因行沙慣蹄成鐵，見殺人多汗亦紅。」

何南園「戒酒逢杯心又轉」之句，師亦賞之。

陶怡雲部曹元旦送詩隨園曰：「才拙久瞠詞客後，今年先作送詩人。」

沈香谷見贈曰：「與君相遇即相親，天下誰能更絶塵？擲果共驚花縣客，論詩曾識草堂人。池深墨吐雲根濕，竈小茶煎雪蕊春。渭北江東思耿耿，莫因風雨再傷神。」

王博之見贈曰：「之子東南美，空群擅令譽。風流居白下，詞賦覷黄初。户大無人匹，書淫許我如。偶披卷裹句，似有暗香舒。」

贈余聯者，沈素芬曰：「郗超好客真名士，裴果從戎尚少年。」梁湘屏曰：「早年傳誦元才子，到處逢迎陳孟公。」吴玉田曰：「畫裏園林開白下，卷中詞賦壓黄初。」石蕙佩曰：「風騷骨帶三分俠，湖海人傾八斗才。」朱漱坪曰：「傲骨有時因醉軟，閒身終日爲詩忙。」袁嘯竹曰：「吴中烟月留名士，白下雲山憶主人。」

江素山書張子澣贈聯曰：「蘊藉山公度，風流水部詩。」

余四十生辰，王察庵太守祝詩曰：「酒進黄花介壽辰，知君最是弟兄親。公卿可致都因嬾，鄉里皆周不憚貧。治水七篇真足法，論兵八策竟如神。風流瀟灑情無改，四十人猶二十人。」

余幼多師。除詩文受業外，學字於張斗堂，學畫於張雪鴻，學篆刻於胡石畊，學騎射於龔俊飛，學技勇於甘九苞，學推步於梅堯夫，學音律於朱松濤，學弈於嚴德音，學琴於姚蒼然。雖無一成，頗得名師。今無一存者矣。偶閲蒼然先生所著《琴旨》，弔之曰：「七絃指授感深恩，人去餘音已不存。賸有半焦琴挂壁，當時弟子亦銷魂。」

孫淵如觀察書朱竹君句見贈曰：「小學劉臻吾輩定，麗詞庾信早年成。」汪劍潭太守書趙雲松句見贈曰：「後世不傳應不信，古人如在復如何。」

余詩已刊者，江寧之《快園集》，懷寧潘蘭如之《詩粹》，蘇州石遠梅之《同音集》，鎮江王柳邨之《酌雅集》，揚州之《溟鷗集》，泰州之《停雲集》，東臺之《海上題襟集》，如皋之《蠙山聯唱集》，通州之《蒲上題襟集》，石芸亭之《同人集》，汪月樵之《淮海同聲集》，孫淵如之《芝泉集概》。

快園詩話卷二

江寧淩霄芝泉

余自弱冠出游，至四十七歲病廢，三十年間萍蹤無定。歷舉游止之處，以誌適館授餐之德。游于湖，止澗南山莊。游都門，止金聲棧。游楚中，畢秋帆師客於兩湖節署。從征苗匪之役，客永綏、鳳凰各行營，止沅陵行館。再游楚中，張菊坡廉訪客於漢鎮。白蓮教之亂，隨營無定所。返漢陽，劉晴帆太守館於郡署之鳳鳴堂。游琴川，吴荆璧館於虞山官廨。兩游吴門，一客胥江官舫，一客雙桂樓。屢游邗上，江鄭堂客於演法龕，蕭晴岩客於九標書室，張老薑、汪智泉、胡丙皋諸君客於月隱禪林，江南匡、少泉昆季客於栢香堂，劉卧松客於停雲館，張竹泉客於小秦淮水榭，貴巍卿客於休園，江素山客於單椒山館。游瓜步，閻鑅園客於司馬署。游真州，客玩江樓。游清江兩度，一客贊化宫，一客崇實書院。游安東，客河工料廠。游淮安，客榷使關署。返里，朱白泉觀察館於巡道署之聽笛園，復移榻藩署之瞻園。游京江，客郡署山樓。兩游吴陵，一客守尉公館，一客應試館舍。三游東亭，一何涵川客於水月庵，一周琴生客於海燕草堂，一金詠堂、石渠喬梓、姜種蘭、蘇雲巢客於纂志總局。游安豐，程魯山客於見山樓。兩游雉臯，一黄孺子客於藥王廟，一昌籽南客於舍桴庵。兩游嵻山，一梁湘屏客於文星樓，江立亭移榻於碧霞山館，一繆子嘉、吴竹亭客於同仁堂。游茗海，繆伐亭客於二忠祠。兩游蒲塘，一陳柯山、吴香湖客於紫薇道院，一姜小琴客於柯珊書屋。游崇川，尚守閩、僖敬亭客於藏經閣。游海門，梁研溪客於署前公館。爲東道主者，游古豐則有徐詠堂、雪門、珠浦，游魚灣則有歐陽棣之，游馬塘則有趙雨峰，游曹橋則有朱冠虹雨林，游霜甸則有叢罕山，游新地則有李蔭環，游東洲則有沈雙溪，游林梓則有沈酌亭、椿圃、閬仙、墨庵、密庵、蔭秋、希倫。雖友情最厚，而移徙無寧。曾有詩曰：「身似楊花不自持，東西南北任風吹。哀蟬畢竟栖難穩，又咽殘聲過別枝。」

秋帆師留讀書。時歲值大比，將歸應試。師欲有所贈，余以家道尚裕辭。師遣使送至家。使陳二千金於几，曰制軍所贈，又六百金，曰眷屬諸人所饋。舉室愕然，蓋歸後始知也。師故後，再至楚中，故有「一斗眼中淚，千金國士恩。重過大梁道，不見信陵門」之句。

張菊坡在鄖陽贈余八百金，陳柟邨在沌陽亦有五百金之贈。以近年論，兩游蠙浦、三游何阜、兩游蒲上各處，因余所費皆將千金。平生友朋遇合，可謂幸矣。及病後，遠近饋問，絡繹於道。因有句云：「莫可如何寒士病，有加無已故人情。」

吟侶佳句，歲久多忘。集快園詩最多，僅記李漁衫曰：「名士總無天塹隔，好風憑送德星來。」洪稚存曰：「莫怪比來歡讌數，承平容易得歸耕。」陳理堂曰：「百年老樹留殘黛，一笑蒼顏發醉紅。」江鄭堂曰：「客比東南竹箭多，催詩擊鉢太煩苛。主人却愛狂奴態，約我看花日日過。」何允軒曰：「前明徵士留遺居，木石池亭猶有餘。庾信亦住宋玉宅，古有其事今其殊。快園主人性好客，結交海內無遺珠。手持玉麈登高呼，知名之士皆吾徒。吁嗟乎！前代居停骨已枯，生時高會如斯無？酒酣耳熱發狂論，昔人未必當過吾。君不見六朝王謝多第宅，於今故址皆鏌鋤。」周筠泉曰：「快園雅集天下傳，早樹赤幟專詩權。飛來時鳥欣有託，人生何者非前緣？尚祈通波易漕力，毋令抱璞長江邊。」光範之曰：「白下仙郎舊有名，詩情史意喜相評。莫看雅會尋常事，漢上題襟歲幾更。」王柳邨曰：「半世知音在，千秋高會難。德星今日聚，江左此騷壇。」張遠春曰：「蕭辰復此集朋簪，未了登高感舊心。怕向衆中題姓氏，青袍廿載酒痕深。」張寄槎曰：「詞壇終古在，名士過江多。」郭頻伽曰：「名士半隨雙槳到，好山親送六朝來。」許春卿曰：「風雨重樓讌，湖山過客情。水光如此淡，秋氣本來清。古意見前輩，高壇多舊盟。相逢漫相别，空羨二難并。」欽絜堂曰：「高會耻不與，闖然跨疲騾。入門不衣冠，叙禮厭煩苛。落落七十人，四座微吟哦。大約江南北，騷客繁星羅。精華半聚此，意興不可磨。」田鶴舫曰：「共領佳招八十人，一人才藻一番新。誠知此集堪千古，自愧難扶大雅輪。」孫淵如曰：「他年幾輩重經過，手拂紗籠壁上題。」袁蘭邨曰：「名士如山入座多。」李小白曰：「凌家兄弟總仙才，白下龍門兩扇開。八月芳樽臨水設，一時名士望風來。」屠琴隖曰：「過江名士望如仙，麈尾清談接四筵。一代文章還我輩，六朝帬屐又當年。」餘載《快園集》。

何阜席上咏食物，姜種蘭《淡菜》曰「出海全將水性更」七字最壓卷。金銕蕉《鹽蒿》曰：「雪舞長空輪柳絮，雨餘滿地襯蘆芽。」周琴生《鰣魚》曰：「三五捕來絲網細，百千挑上竹籃多。」蘇雲巢《菊菜》曰：「易觸秋懷惟老圃，不虞歲饉賴東籬。」金石渠《燕窩》曰：「洗來白遜三分雪，剖處形同一瓣蓮。」姜春舫《粉菌》曰：「蘆芽雨後拳同茁，篁籜風前白並彈。」

蠙山席上分咏，吴野渡《寒螿》曰：「大嚼宫商徵，深儲碧緑黄。」沈素芬《醉蟹》曰：「量爲無腸淺。」吴竹亭《鮮蟶》曰：「小得女兒名。」吴介卿《燕窩》曰：「柳絮團團繭，蓮花瓣瓣銀。」繆子嘉《橄欖》曰：「熟後青無改，甘回味有餘。」李琴生《金橘》曰：「移根難變枳，熟色轉同橙。懸處金鈴小，搓來玉手輕。」江立亭《白鰕》曰：「鞠躬懷本潔，遺蜕夜能明。」吴子安《野芹》曰：「采歸文士手，獻盡野人心。」方花農《海蛇》曰：「取味别新陳。」吴曉堂《蘑菇》曰：「烹雖枯亦鮮。」吴香畹《黄麞》曰：「管見疑窺豹，書來誤弄璋。」江松橋《咏變蛋》曰：「玄黄成混沌，腐朽化神奇。」詹銕芸《烏鰂》曰：「在胸分皂白，出口起絪緼。隱豹寧須霧，從龍願作雲。」

蒲塘席上分咏，石葱佩《諫果》曰：「甘應同蔗啖，忠豈類蒿斜。」沈東岩《木瓜》曰：「鉛粉憐渠艷，瓊琚報我情。」陳柯山《金橘》曰：「纍纍弦上彈，箇箇手中錢。」朱潄坪《蒲萄》曰：「編珠羅大小，入口雜酸甜。」姚古鳳《山楂》曰：「赤欲争仙棗，酸微遜若榴。」楊蓉仙《霜橙》曰：「老共丹楓隕，酸同緑橘銜。」吴玉田《佛手》曰：「托鉢歸香國，拈花背酒缸。」吴香湖《芋魁》曰：「懶殘煨熟後，辛相十年需。」

蒲上銷寒，吴玉田《垂幕》曰：「卧雪夜寒低不捲，藏花香暖密誰知？」鄭棣原《呵筆》曰：「口吻妙能通冷暖，指揮活可走龍蛇。」冒璞原《炙硯》曰：「江東雪積書還著，河北春融墨漸濃。」石葱佩《暖酒》曰：「莫愁冷比冰壺玉，自有春回雪後天。」姜琴南《曝背》曰：「春回野老風霜體，暢比麻姑指爪爬。」吴飴亭《插梅》曰：「點綴雅宜高士手，横斜才稱酒人懷。」吴香湖《餬窗》曰：「高卧人常驚曙色，却寒方只補紗籠。」陳柯山《圍鑪》曰：「喜我連宵添火伴，任人終日笑冬烘。」姚古鳳《窨花》曰：「漫嘲營窟成温室，差喜藏嬌有洞房。」沈東岩《煮雪》曰：「清趣何妨煨榾柮，冷吟却合鬥尖叉。」朱潄坪《補裘》

曰：「集腋時逢添線日，拈鍼巧與伐毛同。」楊芷林《鑿冰》曰：「始信此山無足恃，才能如玉已遭攻。」楊蓉仙《擁被》曰：「絮敝欲餬興祖紙，學荒嬾構子安文。」

東亭守歲，周西笭新自學幕歸，《盆梅》曰：「出山猶帶烟霞氣，閉户能參天地心。」周琴生《水仙》曰：「分得梅兄香縷縷，展來蘭箭影亭亭。」姜種蘭《爆竹》曰：「但教卷軸胸中飽，自有雲烟手底生。」蘇雲巢《門神》曰：「光我門楣森啓戟，寄人簷廡屈英雄。」蘇竹君《獸炭》曰：「蹲處爪牙因火活，褪來皮鞹竟灰殘。」金石渠《金錢》曰：「若箇乞憐甘作弟，果然有勢可通神。」

林梓賞雨，沈酌亭曰：「日如高士隱，雲似旅人勞。」椿圃曰：「人在洪荒世，天開水墨圖。」閬仙曰：「聽塌鄰家壁，憂沈下澤田。」墨庵曰：「窗紙濕將破，鐙光低漸圓。」密庵曰：「門扃宜著屐，窗暗罷觀書。」蔭秋曰：「衣黴生酒暈，地濕吐鹽霜。」希倫曰：「魚將游釜内，蛟欲起山中。」

蒲塘元旦集紫薇道院，吴玉田曰「詩從祭後初拈筆」七字壓座。石葱佩曰：「情如丹轉成膠漆，筆占春先試詠歌。」沈東岩曰：「占雞令節團鷗鷺，吐鳳文章射斗魁。」陳柯山曰：「此日籌都添甲子，昨宵歲共守庚申。」吴飴亭曰：「幸届元辰同肇慶，快登仙館共談經。」朱漱坪曰：「紀年詩好參新曆，鍊句功深轉舊丹。」吴香湖曰：「紅分丹竈添松火，緑襯椒盤薦野蔬。」姚古鳳曰：「未及辛盤供地主，翻勞卯酒治行庖。」楊芷林曰：「快園春信應舒柳，玉洞靈符喜换桃。」楊蓉仙曰：「選地會如登蕊榜，紀時詩定播雞林。」沈敏夫曰：「渡江揮扇來吴猛，奪席談經見戴憑。」

古豐咏夏寒，顧陔吟曰：「蕉雪恰宜圖一處，麥秋却已過三旬。」徐蘭圃曰：「飲猶未可湯更水，坐只能將席襯茵。」汪春潯曰：「冰雖易解調須緩，瓜縱堪浮熟尚遲。」吴榕邨曰：「未秋紈扇捐何速，當暑絺衣著尚難。」徐珠浦曰：「喜我論交無熱客，笑他曠職有炎官。」

東亭咏菊，黄孺子《菊籬》曰：「篩殘老圃通宵月，透出陶家兩院秋。」金銕蕉《菊囊》曰：「摘來冷艷縈懷抱，收拾秋光在箇中。」姜五橋《菊屏》曰：「花如錦障東西列，秋在筠床左右看。」姚麓樵《菊觴》曰：「壽稱栗里南山近，香泛甘泉曲水流。」周琴生《菊枕》曰：「宵來淡盡繁華夢，秋老愁增鬢髮霜。」繆淡書《菊圃》曰：「矮屋數椽鄰蟹舍，斜陽一徑繫魚船。」姜種蘭《菊魂》曰：「招來老圃疏籬外，斷送晨霜夜雨邊。倩女鐙前人比瘦，羲皇枕上夢疑仙。」蘇雲巢《菊譜》曰：「半由草莽通家系，差許梅蘭結弟兄。晚節宜編高士傳，秋曹先列宰官名。」蘇竹君《菊人》曰：「淡交原可呼佳友，瘦去真堪比阿儂。老圃同根排雁序，濃霜染鬢笑龍鍾。」吴素卿《菊鈴》曰：「陶令在官原有閣，羅家欲鑄豈無金。」金鶴船《菊溪》曰：「可能水味如人淡，但覺秋心對爾深。」金石渠《菊影》曰：「多情應戀東籬月，是夢何愁兩鬢霜。」

快園詩話卷三

江寧淩霄芝泉

蠙浦吟秋，金葉山《秋繪》曰：「每到逢秋常病肺，可能作畫果平肝。濃塗紅葉如花易，澹染青天似水難。」粱湘屏《秋吟》曰：「雁知拈韵先呈字，蛩解賡歌亦有聲。」吴野渡《秋漁》曰：「蘆磧霜濃侵短鬢，桃源花好憶前游。」沈素芬《秋話》曰：「秋懷誰與話丁寧，麈尾同揮倚畫屏。蕉葉窗前茶再熟，豆花棚下酒初停。月移童已垂頭睡，霜冷人猶側耳聽。還憶聯床涼不寐，論心挑盡一鐙青。」吴竹亭《秋禊》曰：「誰將帽向龍山落，我愛觴從雉水流。莫使西風吹雁斷，百年兄弟好同遊。」方菊如《秋鞍》曰：「攀處舊思芳草地，據來輕稱薄棉衫。」汪半江《秋簾》曰：「病客長垂耽小坐，玉人罷捲怯新涼。」詹鐵芸《秋樵》曰：「穿入疏林雙屐冷，挑來落葉一肩紅。」李竹溪《秋書》曰：「雙鯉孤鴻羈客感，碧梧紅葉美人癡。」吴介卿《秋步》曰：「訪菊不辭歸路遠，登山消受晚風涼。」江笠人《秋懷》曰：「情牽荒渚離群雁，書託空江比目鰜。」繆子嘉《秋笛》曰：「易使晚心生客館，却疑秋思在鄰家。吹來隔岸風偏冷，倚倦高樓月未斜。睡起滄浪成一笑，桂花才放落梅花。」江立亭《秋夢》曰：「漸覺秋宵刻漏長，迷離夢境費思量。鹿尋杳杳蕉無葉，蝶化蘧蘧菊有香。翠幙低垂人中酒，銀缸斜背簟生涼。吟魂不畏霜華冷，隨著簫聲過粉墻。」汪逸園《秋屏》曰：「戲鴻字寫霜毫健，射雀弓開月鏡圓。」程山溪《秋弈》曰：「白門冷巷遺荒墅，黄葉空山有爛柯。恰好學仙尋二叟，纍纍霜橘滿園多。」洪吟竹《秋琴》曰：

「鳳求凰處梧枝老，螳捕蟬時柳葉黄。」江子珊《秋旅》曰：「曠野霜殘人跡裏，亂山葉落馬蹄前。」吴曉堂《秋屐》曰：「敗葉堆邊聲窸窣，繁霜濃處跡參差。」方花農《秋渡》曰：「負販亂争楓影外，歸人遥唤荻花中。」孟春濤《秋讀》曰：「未冬預作三餘惜，吞月常懷一點清。」石新泉《秋笠》曰：「寬勝烏巾風易落，輕於團扇日能遮。」程湘帆《秋爨》曰：「枯桐焦尾求原少，落葉添薪掃漸多。」吴子安《秋歌》曰：「夜半繞梁驚旅雁，鐙前擫笛和鳴蟲。」吴緑洲《秋課》曰：「秋風入座變春風，桂子香飄絳帳中。暑退人堪勤學業，宵長功好及童蒙。」陳拙齋《秋帘》曰：「蒹葭影外懸江店，橘柚香中認酒樓。」徐生庵《秋賽》曰：「土席兒童分果栗，茆檐婦女帶花翹。」石書勳《秋鼓》曰：「月冷三軍聽嚴令，風高萬馬識悲聲。撾殘夜色同寒角，擊破愁心異曉鉦。」徐詠堂《秋佩》曰：「萸能益壽聊分艷，蘭有同心愛擷香。」徐雪門《秋角》曰：「和月聽時沙雁落，帶霜吹處陣雲平。」徐蘭圃《秋羅》曰：「展幅碧於葭外水，著身薄似雁邊雲。」徐珠浦《秋戍》曰：「櫪馬嘶殘營外柳，霜笳吹瘦塞前山。」吴萍波《秋心》曰：「壯懷消熱宜捐扇，清夜删愁似剥蕉。」

泰州咏春柳，夏紅舫曰：「黄金世界添春色，碧玉情人鬥舞腰。」仲雲浦曰：「濃調新翠臨眉譜，軟試輕雲作嫁衣。」諶味堂曰：「一年小住春如海，二月新陰緑到城。」張老蘁曰：「已慣別離捹此日，不堪攀折任他人。」許春卿曰：「詩心細過風梳鬢，人意温于絮著衣。」葉布帆曰：「憐伊生小貪眠慣，惹我愁添別夢多。」王左亭曰：「玉關有夢横羌笛，金縷何人鬥舞衣。」陳書農曰：「不礙於狂才子態，可憐絶瘦女兒腰。」葉古軒曰：「那有風情能似爾，縱無離别也愁人。」鄒耳山曰：「千門曉色春如畫，十里輕烟雨乍晴。」康瑞伯曰：「韓翃歌成空有淚，小蠻死後已無腰。」常達夫曰：「意態遠傳臨水屋，韶光先洩倚樓人。」羅夏園曰：「腰怯東風眠亦舞，眼空南國笑還顰。」僧煥然曰：「黄金乍布時偏暖，青眼相逢世有人。」

拼茶見冰結不甚堅，繆佺亭咏曰：「轉因銷薄見玲瓏，且作萍浮錦浪中。一片在壺心可問，幾人秉鑑照能工？禁寒有士同春鯽，借暖憑誰語夏蟲。結不甚堅應易解，恩波回首謝東風。」

通州雅會西園，余雅集詩八首，末章曰：「翰墨因緣豈等閒，雲萍小聚便開顔。心盟江海同流水，目飽淮揚未有山。到處鴻泥留一爪，他時驪唱播雙鬟。游歸敢作驕人語，新自群仙會上還。」

海門沈雙溪栻舉孝廉句曰：「幸沐恩波慚鯉躍，潛消弊竇畏犀燃。」弟棟字雲卿，亦工詩。海門士民多籍崇明，詩頗佳。徐利親《麥浪》曰：「聲聲牧笛非漁笛，牛背游來欲渡難。」黄學詩《秧鍼》曰：「綺陌誰鋪新錦繡，金鍼暗度大乾坤。」徐經文《述懷》曰：「窮愧工詩假，愁添强飲豪。」施弢《答友》曰：「老矣吾衰惟待兔，壯哉君舞爲聞雞。」張泳曰：「假館留賓都作客，異床同夢各思家。」又《紅梅》曰：「數枝艷改冰霜冷，一點丹留天地心。折處依然憐歲暮，望中便似已春深。」沈霖曰：「身將隱矣文焉用，貧亦安之病柰何。」董日中《梅妃》曰：「不知南内傷心日，猶憶疏枝冷蕊無？」沈霞《自嘲》曰：「心慚食粟鍾無粟，筆未生花眼已花。」沈思鎬《菜花》曰：「未逢九日先看菊，不是祇園亦布金。」黄誠《金銀花》曰：「誰説世間黄白少，此花逐日一番新。」沈偉《秋夜》曰：「更爲長吟短，螢從暗處明。」袁繼朝曰：「九日縱無人送酒，一籬自有菊迎秋。」

邗江爲客最久，詩酒往來者極多，不能全録。生平交半天下，而以邗江東海最多，故有句曰：「友朋情意論江海，每笑桃花只一潭。」

張竹泉每招聯吟，多不擇題，流入俳體。《螳臂當車》曰：「兩馬力能雙斧敵，大車視比一蟬輕。」《螞蟻搬家》曰：「里仁縱擇多羶行，樹大難移有撼心。」《老鼠鑽圈》曰：「穿去竟能同雀角，行來真似有人儀。」《老鼠嫁女》曰：「迨吉也如人有禮，于歸誰謂汝無家。」《蝦蟇教書》曰：「古文蝌蚪多奇字，春草池塘有妙詩。」

東亭單健堂僉判壯圖、周寄庵明府右延余纂志，遂染風疾。於志局一無所能，尚解占句曰：「人趣已諳思作鬼，醫書無驗妄求仙。」「衰殘轉羨貧非病，疾苦方知没是寧。」「趙岐已合營生穴，鑿齒真堪號半人。」「無錢可贖典同賣，以夢爲游眠即行。」「紀事尼山將絶筆，問年高適未工詩。」「五窮未備餘文學，四體皆傷況髮膚。」「一夜頓教生趣盡，中年尚慮死期遥。」「骨肉流離朋友補，衣冠抛棄枕衾親。」「兒子心癡祈病愈，僕人身嬾怨更長。」「萬事念都消病日，三餘悔未讀醫書。」「水鳥夜鳴疑鬼嘯，天雞曉唱唤人醒。」病篤之際，語不能工，見者諒之。

余不肖，不能承先人之志。病後自思，倍加慚愧。非敢聲揚，不敢竊先世之功。先祖所爲，年遠無目見者，不便再舉，姑就今人所見常挂齒頰者而言，如甲辰、乙巳傾囊賑饑，返負券三十七家，養親族工匠一百餘口。贈文安縣公子馬肇平二萬金，救父之獄。漢陽同知陳酉山因事戍巴里坤，命族星源持萬金伴往，竭貲贖罪以歸。十七莊田，輪年讓租，減小租斛。此皆大母所爲，雖用余名，余實未冠。余長，欲秉祖教，家事漸非。故助李氏僅三千金，不能復乃舍，而贍其九口亦僅八年。至赴都道中，贖歌女，代完聚，僅百金。秦淮老人因失賊欲自溺，救之僅數十金耳。如在快園款賓餽饍，乃朋情之常，更無足齒。至若先人立法施棺、散米及設有孚、誠意兩水龍局，皆將百年。余不能繼，僅設滄源水龍一局，實罪人也。及出游四方，指囷分席者不可勝數，而無一曾到快園者。故有句曰：「那知含笑相迎者，不是辛勤手種花。」

蒲塘同繪一圖者，冒璞原、石蕙佩、沈東岩、陳柯珊、楊芷林、吴飴亭、姜琴南、朱漱坪、吴香湖、季學耘、姚古鳳、楊蓉仙及余十三人，吴穀人祭酒爲之記。東岩名岱，其弟飴原岐早入翰林，其子奕亭鏞入泮時，余賀以詩曰：「笑看鹿鳴秋讌裏，老泉醉倒又東坡。」又曰：「來歲軟紅塵裏路，杏林重暢竹林歡。」東岩、奕亭己卯同捷，竟成詩讖。

黄文貞公澄，貴池人，官侍中。盡節後，唐祠部建祠秦淮上，石坊刊「一門忠烈」。翁夫人不肯辱身象奴，投塞洪橋溺死。血淚滴石上，影現夫人象。高座寺僧以爲觀音，供奉許久。崇禎癸酉老僧感夢，始移入祠。汪玉屏咏詩曰：「直同湘淚常凝竹，不比山頭只望夫。」

舊院教坊規條碑，今壖地。猶記其略曰：「入教坊者，准爲官妓，另報丁口賦稅。凡報明脱籍過三代者，准其捐考。官妓之夫綠巾綠帶，着豬皮鞾。出行路側，至路心，被撻勿論。老病不准乘輿馬，跨一木，令二人肩之。」蘭溪弟詩曰：「殘碑剩字亦茫茫，舊院風流夢一場。別有感人振觸事，豈徒瘞玉與埋香。」

水鶴杆在秦淮長樂渡。鶴銅六十四斤，栢杆八丈八尺，圍八尺。鶴口對郗后井，或言治蟒者。長干塔鐙影落秦淮，與杆影交，或言禳火災者。杆上鐵作坎卦形，則禳火災近是。嘉慶甲子，清霽亭太守華重修詩曰：「屹立高杆古渡旁，杆頭銅鸛色青蒼。井中蛇與河中塔，留待千秋細品量。」

閏魚逢閏年，海濱必湧上，無目死矣，頭按十二年肖形，最大。人不敢食其肉，取以熬油，有以骨爲橋者。金亮夫詩曰：「何時長養在重洋，形肖年支百丈長。不向天池化鵬去，只隨厄運學黃楊。」

尹望山相公梓《二山詩趣》。其尤妙者，《咏雪》曰：「北風陣陣寒，上天要吐痰。一朝紅日出，便是化痰丸。」又曰：「大雪往下攏，瓦溝漸漸聳。黑狗身上白，白狗身上腫。」《咏雹》曰：「玉皇想是無聊甚，打箇火兒喫袋烟。」《春日》曰：「春叫貓兒貓叫春，貓兒越叫越精神。老僧也有貓兒意，不敢人前叫一聲。」「紅帽哼哼黑帽哈，老爺打道看梅花。梅花嚇得忙忙跪，小的梅花接老爺。」

蠙山有《送女嫁》詩曰：「今朝相送爾從夫，幾句良言要聽吾。妯娌看承同姊妹，爺娘禮數事翁姑。粗粗衣食能於久，薄薄粧匳勝似無。一箇人家賢媳婦，千金難買此稱呼。」

庚辰夏，宋之山招張翰山集小寓，觀右軍字。山長曰：「一別十餘載，相逢倍覺歡。評書看晉墨，問字破疑團。秖守安心法，還加努力餐。何時腰脚健，買棹返長干。」太史曰：「覓譚閒結伴，舊識及新歡。小渚當門静，清樽列坐團。便應忘主客，底事勸盤餐？彩筆論王略，淋漓氣象千。」余曰：「陋室惟容膝，高人肯結歡。千秋珠玉在，萬里鷺鷗團。病喜賓忘禮，貧勞友具餐。瞻天驚望眼，星聚此河干。」志鈺曰：「喜賦高軒過，兼承菽水歡。臨書抽兔穎，瀹茗試龍團。得接先生杖，叨陪上客餐。自慚疏禮節，三拜學方干。」

快園詩話卷四

江寧淩霄芝泉

送別圖余最富，惜詩多不能備録。僅擇其情尤動人者舉之，并録其名，以示不忘。

《沌江送別圖》，王蓬心宸作。太守詩曰：「淩子乘舟將欲行，緑波春水向東生。柳絲濯濯憑誰折，芳草離離爲我平。從此關山無遠夢，而今梁月有深情。四郊多壘真堪厭，選勝秦淮橋板横。」此外賦詩者，姚星岩左垣、謝梅農登雋、孫元圃崙、史赤霞善長、王小蓬廖孫、王影山岵孫、張映山琦、嚴子進觀，皆題圖上。

《蟂山送別圖》，黄柳溪棓作。是日，沈素芬大棨、繆子嘉玉成、吴竹亭壽民、吴介卿紹祖、江立亭懋德買舟送三十里始別。竹亭曰：「衰柳折長堤，斷雁聞南浦。把酒送行人，銷魂別今雨。憶昨君來時，騷壇推盟主。方幸飛將軍，甘與噲等伍。三月共盤桓，忘形到爾汝。我不往寓齋，君即來蓬户。只因聚首長，更覺分襟苦。知君難久留，冀君少延佇。縱有別後書，空言亦何補。」其二曰：「河干分手處，黯然立斜暉。君亦不忍去，我亦不忍歸。君抱濟時略，指日看奮飛。交游滿天下，寧傷知音稀。獨我太孤陋，落落知己誰。君來欣有託，君去將何依。茫茫千萬言，俗語難致詞。願堅金石盟，皓首以爲期。」介卿四首之一曰：「已唱驪歌復挽留，情殷不忍送行舟。早知此去難爲別，翻悔盟心結鷺鷗。」孟春濤培松二首之一曰：「聽唱驪歌欲斷魂，人人惆悵夕陽邨。別離淚化寒潮水，直送征帆到白門。」此外洪介石允恭、吴野渡雲、梁湘屏承綸、沈素芬、詹銕芸壽堂、繆子嘉、江子珊桐、程山溪亮、江立亭、洪吟竹以烺、李竹溪鎔、邱曉江溶、吴曉堂暉吉、方花農培、孟襟五、吴子安綏祖、李琴生嵩、沈裕福詩題圖上。

《蒲塘送別圖》，季學芸標作。是日惜別者，姜小琴圻涕泗滂沱，鄭任堂伊泣下沾襟，吴飴亭瑞河、姚古鳳鵬春、朱漱坪章令皆揮淚。陳柯山佩珂曰：「相見尚嫌晚，何堪又送行。青青河畔柳，攀贈若爲情。」吴鑾坡世勳二首之一曰：「話舊欣逢隔歲，傷離又值今朝。只覺吟魂黯黯，怕看春水迢迢。」楊蓉仙炘《折柳歌》三疊之一曰：「折柳歌，歌聲譁。臨歧握手生長嗟。君重友朋如骨肉，君輕黄白如泥沙。快園客與金同散，跋涉關河誰是伴？浪跡真同水上萍，熱腸孰贈雪中炭？送君兮，山之缺，話到酸辛愁百結。」鄭茗仙鐄《臨江仙》詞曰：「説到行期都怕聽，誰知竟定行期。團圞幾月忽天涯。春風催去鷁，舊雨悵歌驪。　三十人難留一客，拌教鷗鷺分攜。旗亭揮手暮雲低。先生今去去，別夢尚依依。」朱漱坪《一萼紅》詞曰：「再商量。把行期稍緩，休便上河梁。我乍南歸，君偏北向，游蹤如此匆忙。纔聯得、盟鷗十二，怎東風、吹散不成行。幾月論心，一朝分手，百結迴腸。　憶自殘冬把晤，向紫薇仙館，結下歡場。夜夜聯吟，朝朝盡醉，先生久住何妨。這幾日、風風雨雨，竟等閒、潦草度春光。猛聽一聲去也，無那淒涼。」此外顧陔吟峥、吴玉田廷瑞、鄭棣原棠、鄭嶸洲鑅、冒璞原玉田、石蒽佩珩、鄭耳山銑、沈東岩岱、楊芷林葯坪、吴飴亭、姜琴南薰、姚古鳳、吴鐵崖騏、沈敏夫修來、鄭任堂、姜小琴、姚小鳳鸞皆詩詞，吴香湖世傑駢體文一篇，并載圖上。

《東皋送別圖》，冒秄南耘德作。石芸亭渠曰：「夜來微雨更瀟瀟，惆悵何堪折柳條。夢裏有懷皆別感，鐙前無語亦魂銷。方期壇坫樽常合，豈意關河路漸遥。料想輕帆留不住，且拌沈醉盡今宵。」石新泉熙準曰：「瑟瑟感秋風，盈盈悵秋水。黯然離別情，魂銷不自已。君去留無計，君住款無禮。僅賦五字詩，置君囊橐裏。詩成淚與俱，請君足少跂。今日共流連，明日空翹企。萬感不能言，身願化蘭芷。行行紉作佩，長路伴君子。」此外石書勳崇鼎、黄楚橋學圯、喬雲客普、胡春岩萱生、江心止玉章、陳拙齋鼎、冒琴石兆鯨、石運南昌圖、冒筠壑鳴、黄佩芸端、王仙圃香、錢介三愛鼎、傅柳橋祖緒、桂小山經、宗蕙亭佩鸞、范蕖仙景瑗、張蔚堂兆文、鄭務堂大本、范漱環榕、僧松原、女史熊澹仙璉皆題圖上。

《南沙送別圖》，徐小蘭畹作。徐展亭綽曰：「唱罷驪駒酒未闌，留君一刻且言歡。相期縱飲還同醉，減得離愁禦得寒。」此外于秋渚泗、繆松舟檜、繆子卿毓才、繆錫九軒、沈春芹香、繆湘洲輻、石澧原蘭、繆壽泉注、繆星泉堦、沈子容崇本、繆絅齋錦、繆伐亭軥詩載圖上。

《崇川送別圖》，楊蓮渚廷撰作，并詩曰：「河梁惆悵手初分，底事逢君又別君？此後相思望明月，天涯何處盼行雲。難迴空谷高賢駕，誰是扶輪大雅群？怪煞風流都閴寂，并無狗監解知文。」其二曰：「西園讌集乍題襟，聽到驪歌欲罷吟。擊筑悲涼豪士氣，折梅振觸故園心。紅塵莫憾知音少，白水徒慚我輩深。祇有臨歧難作別，依依相送過江潯。」此外朱石甫瑋、王晴岩鑑、王燕鎬藻、李元朗琪各以詩贈。

東亭送别，周琴生序將作圖，同人集海燕草堂。余留别詩四首，其一曰：「千言萬語寄遥箋，不及多留一見緣。歡會縱能如此日，光陰容易過中年。荒烟古渡人分袂，寒雨疏鐘客到船。懷友懷鄉心兩地，從今添得夢魂顛。」衆見之惜别唏嘘，詩圖俱輟。余至他處，遂不以詩留别。

余校過者，畢秋帆宫保《靈巖山人集》，余秋農明經《群玉山房集》，吴蒼崖孝廉《叢緑山房集》，鄭漁濱副車《養櫟山房集》，顧湘船外翰《花雨堂集》，朱蟫仙茂才《襟山閣集》，黄孺子《續東皋詩存》，徐弁江詩，洪介石詩，江立亭詩，徐珠浦詩，顧陔吟詩，宋之山詩，貴巍卿詩詞。

自著成者，《音韵異同》、《測算指掌》、《推步辨疑》、《五音琴旨》、《弈譜參評》、《孫武子注》、《河務今宜》。詩，《巢鳳集》、《雲鶴集》、《溟鷗集》、《雪鴻集》。詞，《湔薇集》。曲，《振檀集》。古文，《剥蕉集》。時藝，《爨桐集》、《快園隨筆》、《快園咏物詩》、《快園詩話》。

余秋農旻用花隱軒韵贈余曰：「君才似海涵萬有，珊瑚木難蛟螭蚪。奇光縹緲三神山，怪象峥嶸五鼇首。清似珠光向月開，輕如帆影臨風走。有時萬馬踏潮來，有時群龍撇波吼。裒然大集錦裝成，才是曹劉氣韓柳。展處千尋光照人，讀來十日香生口。解道箇語百可爲，莫向風塵悲不偶。易逢鮑叔贈千金，難遇陳思分一斗。君於此道得師資，弇山制府倉山叟。此中甘苦寸心知，休任旁人論可否。我亦耽吟本性生，築壇永遠相攜手。追補張君按日詩，同斟白也論文酒。」

徐朗齋鑅慶和韵曰：「芝泉才筆世罕有，字草龍蛇篆蝌蚪。倚馬文章十萬言，驚天詩句三千首。織女機邊雲錦張，鮫人盤底珠璣走。杜老長鑱賦慨慷，王郎拔劍歌狂吼。文采風流花縣潘，芳情旖旎屯田柳。智慧胸藏照乘珠，淵源詞出懸河口。露尾神龍豈易窺，行空天馬原難偶。衹合賡揚向廟廊，緣何塗抹謀升斗？笑我官閒等白漚，幸君年少非蒼叟。但教努力愛春華，莫逐時流問然否。十年儘費苦功夫，七尺休辜好身手。分道須先祖逖鞭，請纓願餞終軍酒。」

蔣蔣山徵蔚和韵曰：「大海狂瀾無不有，縱横字裏蟠蝌蚪。春潮疏鑿控龍門，秋禊清高醉牛首。君才真如萬斛泉，湜籍汗流慚下走。珠簾蕩漾落絮輕，玉指奔騰忽雷吼。絶壁蒼黄竄狻猊，大堤婀娜明花柳。須臾風雨集毫端，呼吸收歸土囊口。白藤織履走天涯，如此佳游亦非偶。磨盾淋漓奏凱歌，軍聲十萬傳刁斗。歸來著書聊閉關，放浪時耽漆園叟。相逢同泛秦淮舟，往昔豪情猶在否？古寺親聯石鼎詩，長城小試金湯手。破帽休嫌白袷衫，接籬且飲黄花酒。」

洪稚存亮吉和韵曰：「卓犖鴻才籠九有，尚搜活東注蝌蚪。當代疇操月旦評，惟君合置風華首。原知終與鳳鸞群，何幸不遺牛馬走。筆陣千軍背水陣，詞源三峽犇雷吼。平居鏤月復裁雲，到處嘲桃還謔柳。但會莊生外物心，寧希鄒氏談天口。鵾鵬一任嚇鵷雛，桃梗無妨笑土偶。秀氣攸鍾本嶽河，虚名罔濟空箕斗。只愁青鏡换朱顔，轉瞬黄童成白叟。分陰當惜我同然，贈句難工君恕否？火候雖輸九轉丹，推敲亦費八叉手。潤筆無須白打錢，酬庸好醉黄封酒。」

孫淵如星衍和韵曰：「奇如崑崙立希有，古如壁徑畫蝌蚪。妍如玉女眺清矑，怪如木夫攢九首。閒如竹院茶板停，疾如秋浦風檣走。喜如穿林鳺鵲鳴，怒如抉石狻猊吼。幽如廢苑繡莓苔，麗如紅亭帶花柳。妙如隱語山上山，奥如逸書口戕口。品如佛貴爲世尊，才如齊大非吾偶。君如登座散天花，我如坐井窺山斗。如思學劍遇猨公，如愛觀棋逢橘叟。慚愧才疏負眼高，平生少可恒多否。到此驚看繡虎人，從今盡斂探驪手。儻許先停問字車，願來共酌論文酒。」

蔣青荃夔贈曰：「前輩風流在，新詩許共評。狂瀾迴百尺，五字築長城。且盡樽前酒，休嗟身後名。青蓮今不作，愁思爲君傾。」

蔣雲榭福基由楚返吴，與余同舟，共作俳體詩。蔣曰：「黑夜長江道，舟行又一遭。趁風帆轉脚，作雨月生毛。童嬾偷閒卧，雞寒失曉號。篙工争用力，奔走捷于猱。」余曰：「片帆通夜挂，不放順風閒。鼎沸一江水，鞭驅兩岸山。酒嫌荒市澹，語笑異鄉蠻。起視西沈月，遥空墮缺環。」

鐵嶺朱白泉觀察，九日偕余同舟歸。朱曰：「九日袁江放棹回，風風雨雨一帆開。重陽不是端陽節，也向中流競渡來。」余曰：「佳節逡巡半客游，持螯且自醉殘秋。臨深忽作登高想，頭插茱萸上舵樓。」

余曾咏蘆花有句曰：「鋪作吴棉飛作雪，一般飄泊有寒温。」後見方子雲先生有《小庭》句曰：「西下斜陽東上月，一般花影有寒温。」

吾鄉寇坦之守尉麐趾，有《梅花百咏》膾炙人口。又有句曰：「一梧之内有真趣，七絃以外無餘音。」

閻嶘園觀察學淳有句曰：「春寒如戲典裘人。」

淮安程觀察公子菽香名瑢，瀟灑不群。有句曰：「底事當筵歌《折柳》，要他青眼送行人。」又曰：

「青衫半掩相思淚，偏印當年舊酒痕。」

甘泉經子通名緯，弱冠工詩。有「野水半潭星，孤月淡如人」、「濕鳥帶雲飛，春水畫船輕」，夢中得句「愁忘却坐起，呼鐙枕上書」等句。佳句頗多，餘見後卷。

揚州解勗齋德昌句曰：「魚憐春色去，水面唼飛花。」

快園詩話卷五

江寧淩霄芝泉

《襄鄖感舊篇》，客揚州感夢作，載《溟鷗集》。繪圖紀事題咏極多，不能備録，行當另梓專集。汪香山作《傳》，甚詳。《傳》曰：「顧蓮姑行三，竹山世家女也。年十七，依兄而居。白蓮教之亂，居遭焚，兄受害，女遂被虜。有某公子者，少俊多才，爲制軍高弟。值大帥督師襄鄖間，制軍薦佐帷幙。時房邑令以糧餉挪應軍需，蓋受大帥頤指而未白制軍者。制軍牒帥委查。帥思可於制軍前緩頰者，非公子不可。乃使王司馬往查，而以公子偕行。四郊多壘，復令李都閫率軍三百爲衛。道途值兵燹之餘，民竄市徙，住宿恒資於行帳。經房、竹之交，昏暮將雨。得空邨，因投止焉。適孫總戎遂寇甫過，故荒涼倍於他境。及入夜，雨大作。邨後竹深林密，忽有哭聲漸高漸衆。聞者初驚寇至，繼疑鬼號。探之，知難民爲寇所虜，棄於空邨者。因避兵林内，夜雨而號泣也。公子命以行帳蔽之，且賑以粥。比曉，按之則皆年少婦女，計百三十五人。公子謂王、李二公曰：『是皆蒼生。流離道路，不死寇，必死飢矣。盍拯諸？』僉曰：『此守土者之事，與焉恐獲咎。』公子曰：『是何言哉？百十生靈，忍視其死歟？請挈之行，有譴，當獨任。』於是撥兵護之，移置房邑之尼庵。邑宰白公子曰：『流亡婦女，多且屢矣。凡民之無妻者，許繳三金，即准給領。請照往例行之。』第軍書旁午，分理莫及，仍乞司馬及公子代治其事。乃遣吏一役二，以供使令。先以婦女年貌編册，婦前女後。女中之韶秀者十三人，附於册尾。其居末尤文且媚者，則蓮姑也。造册之意，蓋欲留待可偶者匹之。甫出示，具領紛至，率皆鶉衣鵠面，無一非惡狀者。按册之先後給之，彼婦女者莫不卧地哀號，皆須負曳始去。閲五日，公子、司馬必詣庵稽查一次，其未去者，悉聞前狀，色懼音哀，不可聞覩。領漸盡，將及十三人，公子惻然曰：『彩鳳隨鴉，古今同慨，況名花落溷乎？節幕賓朋稱盛，必有憐而拯之者。』乃捐金貯庫，屬邑宰止領，而致書節署。宰疑公子之有意也，欲結公子歡。爲諸女製衣履，備器用。食則易粥而飯，易蔬而肴矣。且傭嫗伴之。由是庵尼伴嫗爭相慶曰：『苟非苦至，焉得甘回？出地獄，升天堂，咫尺間耳。』諸女聞之，舉欣欣舒顔。竊計人衆，難免他贈。雖縈得失之念，然自幸較前去者，已判雲泥矣。每公子臨稽，諸女容羞心喜，咸有嬌鳥依人之態。間通語言，多士大夫後。而精翰墨，工刺繡，嫻而多韵，麗而不佻，則以蓮姑爲最。值蓮姑卧病，公子偶隔牖視之，且召醫治其疾，群遂諢爲福星。尼以長幡供佛，蓮姑爲之徧繡蓮花，并楷書佛經於上，故老尼尤德之。未幾，制軍覆書至，謂幕中無願留者，仍著照常發領。示出，即撤諸女服用，食則依然易飯而粥矣。發領之際，慘痛倍於疇昔。公子不忍見，交司馬獨理之。佛誕日，公子進香於庵。蓮姑膝行而前，泣且訴曰：『自遭寇虜，已分溝壑。得公子拯救，本屬餘生。兹同伴已盡，將次及奴。奴思身爲宦裔，頗習詩書。今骨肉已無，家産已燬，伶仃弱女，苟活奚爲？不即死者，無以報公子恩耳。豈肯辱身厮卒耶？情願削髪空門，伴老尼以終藉。可，禮佛祝公子長生；不可，則寧死公子之前。』公子曰：『可否問諸老尼。』尼曰：『哀哉！公子見尼中有此少艾乎？公子忍令此少艾而使其爲尼乎？庵居兵亂之境，保無强暴者窺視而剽掠之乎？以公子之力，煢煢一女，終竟不能生之乎？此老尼所未解，亦老尼所不忍聞者。』公子不能決，謀於司馬。司馬曰：『多人則難，一人則易。盍寄托邑署，軍竣之日攜以南旋。自留之可，擇人而配之亦可。』公子曰：『憐而生之，余本心也。若功名未立，遽納難女，人其謂我何？寄托邑署，心莫白矣。寧遣詣節署，去留聽制軍主之可也。』公子將旋大營，以女屬邑宰，賃舟車遣婢媪，送之鄂渚，且上書制軍。制軍曰：『曩書來，以人數多，故未謀幕友而遽覆。玆一人之來，何礙？』令安置内署，善視之。節署多閨秀，見女皆憐且愛。與之談論輒合，争解衣飾以贈。處以繡闥，侍以小鬟，居然富貴中人矣。取公子所遺衣箱書笥交付之，女整理悉如法。每月寄衣更换，必以紅絲繡連環、如意各狀於衣領之背。公子得衣，不知製自女手也。有蔡老垢仙者，以術數游吴楚間，持顯者書來謁制軍，下榻節署。聞女美，揚言曰：『竹山，舊游地也，居處之鄰即女家也。女受聘之夫，素所識也。今貿易閩中，音問固常通也。』次年春，公子自營返署，蔡老復以爲言。公子曰：『尚將擇人而配，況有夫乎？當設法歸之。』翌日，制軍將有辰州之行。蔡晏見曰：『現將之閩，某公子以顧女之夫在閩，託攜而歸之。敢告辭。』適公子趨過，制軍呼曰：『蔡老言爾將以顧女歸其夫，有諸？』公子行且答曰：『有之。』制軍謂蔡曰：『誠善舉也，曷可相累。』餽贐外以女故，當增百金，召閽者面諭之。次晨，制軍起行後，蔡亦俶裝向閽者索金兼顧女焉。閽者傳言内署，促女行。女始覺，舉署皆驚，以制軍命無敢留者。扶女出，堂内眷争送之。女曰：『他無所言，惟求公子一見。』公子至，女拜於地，曰：『一載再生，公子恩也。青衣畢世，願斯足矣。閩行何爲？若果昔日父母有命，奴年非稚，寧未之聞耶？料此行亦與虜於寇、辱於厮卒等耳，安望生乎？

事至此，不得不忍耻一言。奴小名蓮姑，乞公子書於素絹，庶他日孤魂有歸，爲結草銜環之地。』言已，一慟幾絶。聞者莫不揮淚。婢嫗環立數十，皆嗚咽失聲。公子亦掩面而出。女竟爲蔡老挾之登舟而去。是秋，王司馬賃栢姓舟，由沌陽之豫章。經道士洑，風斜水漩不得前，命維舟於山左。舟人婦呼曰：『不可。寧迴帆轉柁，另覓泊處，紆程所不惜也。』司馬異而問之，對曰：『蓋有故也。春間督轅傳送蔡姓東下，蔡挈一顧姓女，云是新姬，購自軍前者。女則自稱爲某公子侍兒，被其拐騙者，日惟飲泣。蔡命婦伴於後艙，勸慰之。一夕微月，舟泊兹山。蔡具酒肴，呼女同飲，女不應，執於外艙撻之。女忽改容謝罪，捧壺侑觴。蔡既醉，女竟越窗赴水死。今過其地，心猶悚然。故不敢泊也。』司馬知即房邑之難女也，太息久之。再越歲，余遇司馬於武昌。話顧女事，相與惋歎。然終疑此女既歸節署之中，何以又入蔡姓之手，反覆懸揣，莫明其故，於心歉焉。冬杪移寓漢皋，與張幕府鄰。張節署中舊人也。叩之，自女之來至女之去，始得其詳。余亦以女赴水事，轉告幕府。撫然曰：『紅顔薄命，竟至是耶！天既賦女以貌與才，生於名門，幸矣。而一旦家破兄亡，身爲寇虜，待斃道路，何其慘也。既得公子拯於難，上書將脱而拔之，則又幸矣。及不獲脱，求爲尼亦不得，又何阸歟。比至送入節署，則出泥塗而貯金屋矣，不可謂不幸也。乃復遭奸人之騙，卒至感恩莫報，銜恨捐生，玉瘞江流，珠沈魚腹，傷哉！惜哉！然其自惜宦裔，不苟活以辱身。欲醉奸人，能改容而勸酒。眷念酬恩，從容赴死。其智慧節概，大有不可及者，烏可使與草木同朽？先生悉其顛末，請爲文以彰之。』余雖不文，重幕府之屬，悲女之遇，爰爲立傳。并將詳誌制軍、大帥、公子姓氏。幕府曰：『大帥統師，不能止寇匪之虜掠；制軍察吏，不能辨術士之奸邪，皆非全德。至公子，以惻隱之心成懊恨之事，知者謂其不得已，不知者以爲不終德也。盍隱諸？』故是傳於大帥、制軍、公子，皆未載其姓氏云。」

題辭以姚古鳳倣騷體《大招》最古。

五古以張老蘁、喬雲客、胡丙皋、袁嘯竹者最佳。

倣《感舊篇》者，繆子嘉曰：「擁書坐守閒庭院，有客來修士相見。示我襄郎感舊圖，圖中細讀蓮姑傳。蓮姑顧姓竹山居，十七年華愛讀書。不幸四郊群盜起，身遭虜掠火焚廬。同時難女人無數，被賊鞭驅上長路。大兵掩至賊奔逃，餘生暫向空村住。去住茫茫正苦哀，又聞此處有兵來。恰當村後多林木，借作群娃避債臺。遥知兵在村中宿，夜黑林深暫潛伏。凍餒難熬雨又淋，不禁百口同聲哭。百口同聲將士驚，片時鐙火照山明。布帷張遍容投足，湯粥施來得再生。詰朝移入山城裏，大士龕前命棲止。食指多貽邑宰憂，蓮姑獨得庵尼喜。姿容絶世性兀靈，日日長幡寫佛經。那信空門依未久，元戎有令嫁娉婷。傳聞女伴頻頻去，盡屬鴛鴦配雞鶩。漸將及女女心悲，柔腸百轉無門訴。帷幄何人掌運籌，翩翩公子作參謀。憐才義把蛾眉贖，送入侯門百不憂。侯門舊住參謀地，更換征衣交女寄。襟上都將蘭麝薰，領邊密繡絨絲記。遠信私從侍婢探，芳心終歲繫征驂。明知連理枝無分，便作旁生蔗亦甘。王孫歸也人争賀，引避深房嬌且懦。穩擬紅鸞照命臨，何期白虎當頭坐。受欺宰相太模稜，公子匆匆語欠斟。兩錯成全奸宄計，三生癡絶女兒心。明珠投與籧篨叟，閩海無家何處走。臨歧哽咽問恩人，翦紙招魂君肯否？地獄天堂頃刻分，哀鳴匍匐淚紛紛。一言不發寧拋妾，九死無辭定報君。扁舟挾去緣江下，中途妄想星橋駕。拒命頻將彩鳳笞，守貞忍受山膏罵。改容勸酒忽殷勤，醉倒奸人便脱身。十八年來塵劫滿，抱持完璧葬江濱。江濱人去誰相問，惟憑舟子傳凶信。灑淚争憐帝女冤，負心都向王昌恨。那知不斷是情根，邗水重來夢裏魂。夢醒吟成淒楚句，至今留得畫圖存。平生我亦鍾情者，讀未終篇淚盈把。惜玉新詞伏枕吟，聯珠小字挑鐙寫。願女全銷恨邈綿，願君休忘舊因緣。楚江水接秦淮水，再世重開並蒂蓮。」

七古佳者，吴山尊學士鼒曰：「上馬持槊下馬檄，軍中有婦鼓不寂。英雄兒女皆詩情，雨中憐此名花泣。花開花落誰爲之，竟死奸人不死賊。羅敷有夫當還璧，莫怪使君不終德。平安不報訴伲儞，幽夢猶能辨顔色。詩人争弔顧三娘，佳句足酬精衛石。三生緣重與千秋，小影嘉名均不滅。」此外則黄春谷、蔣秋竹、朱葯齋、徐生庵、閔玉樵、夏紅舫、石澧原、李瘦仙、沈閬仙、黄孺子、劉小愚、閨秀熊澹仙者佳。

五律佳者，汪劍潭太守端光曰：「將軍開毳幕，笳鼓送紅粧。爲道閩山好，隨人歸故鄉。早知無宋玉，悔不嫁文鴦。似有伲儞感，聲聲向客床。」此外則黄花耘本騏、閔春樊志壋、汪智泉茂醇、李蓮溪新林、龔吉人慶者佳。

快園詩話卷六

江寧淩霄芝泉

題《感舊圖》七律佳者，胡橘洲啓榮曰：「明説羅敷自有夫，殷勤付託豈爲愚。逾時悔鑄牙軍錯，始念期還合浦珠。妾命到頭同紙薄，君心如月與人殊。寄衣肯負當年意，感慨臨池賦此圖。」李白樓曰：「默默芳心歸國土，申申謡諑誤佳人。」姜五橋曰：「一錯已成名士恨，多情翻累美人孤。」李琴軒曰：「自此珠難還合浦，那能笛再唱迴波。」徐竹薌曰：「鷩沙落日悲千里，瓊樹荒原見一枝。」李元朗曰：「關山月冷鳴鷓鴣，烟雨魂歸罷鼓鼙。」湯少仙曰：「縱使梅花心冷澹，那堪柳絮意纏綿。」此外則鄒漱石、蔣詠春、黄孟騰、王蕖莊、史叔惠、汪玉屏、汪筠溪、歐陽棣之、保印卿、洪介石、沈素芬、閨秀張茹荼者佳。

五排，范蕖仙三十韵佳。

五截佳者，鄭紫硯鑾、胡淞亭治、道士王赤城餐霞。

六截佳者，保鳳墀、金臚安南閉、阮其心恭。

七截，朱白泉爾賡額曰：「大千世界苦茫茫，戰骨如山意可傷。那得紅粧頻入夢，枕邊猶濕淚痕長。」張晴川曰：「可堪再展巾箱看，一縷紅絲萬縷愁。」許春卿曰：「侯門似海身難寄，一別侯門海更深。」李華白曰：「不是難將離恨補，本來生傍女媧山。」沈酌亭曰：「浪説重來結舊盟，多情公子枉鍾情。當時一念能持久，何必韋家説再生。」汪逸園曰：「不爲相思尋入夢，報恩兩字更憐卿。」鄒耳山曰：「百計難争花命薄，纔離駭浪又驚沙。」周西答曰：「可憐笳鼓驚聞慣，又被晨鐘怯小魂。」姜種蘭曰：「亭亭夢裏依稀見，是我憐卿轉累卿。」汪緑野曰：「平生多恨復多癡，但見名花要護持。展卷細看看又想，共君癡恨到何時？」周實夫曰：「一瓣零紅秋水渺，依依惆悵到何年。」談念堂曰：「好把迴腸比流水，邗江曲曲到湘波。」江鄭堂曰：「一箇女郎留不得，笑他磨盾説從戎。」顧陔吟曰：「一事九原堪瞑目，入江猶是女兒身。」汪春潯曰：「莫笑相逢成畫餅，英雄兒女已千秋。」徐雪門曰：「不死么麿死奸賊，居然兒女是英雄。」金鋏蕉曰：「欲托菩提棲未穩，佛心偏也不多情。」徐珠浦曰：「美人終不忘知己，千里魂猶入夢來。」洪蔗畦曰：「莫言薄福紅顔命，也是郎情太不堅。」徐蘭浦曰：「料得沌陽江上水，不應阻向夢中尋。」江立亭曰：「一語問君行篋裏，還留幾領舊征衣。」吴竹亭曰：「藥師縱有封侯志，紅拂何妨伴一生。」江笠人曰：「誰使相逢誰拆散，賊兵不恨恨奸人。」石蕙佩曰：「聽到丁寧臨別語，將軍如夢美人醒。」孟貞友曰：「紅顔無限傷心處，夢裏相逢訴未明。」僧種香曰：「倘許依尼皈浄域，省教散作雨花飛。」皆佳。此外佳者，汪惕齋、許季青、仲雲浦、鈕非石、江戞園、楊子堅、張羲河、朱石甫、楊蓮渚、于秋渚、陳書農、吴野渡、黄秋平、江南厓、江素山、金鶴船、符雨岩、康瑞伯、沐月江、諶味堂、顧千里、王鶴汀、李能白、許蔬庵、張筱軒、程書之、旋三橋、姜春舫、袁冶山、黄小秋、程秫香、吴萍波、汪子山、吴蘭墀、沈東岩、僧曇亭、閨秀熊澹仙。

詩餘佳者，吴穀人祭酒錫麒《金縷曲》曰：「萬帳沉兵氣。聽吹來、鶯啼燕咤，夜寒如水。中有青娥情尤苦，閱偏華嚴劫裏。怕重墮、者般身世。幸賴書生毛錐健，護名花、才得罡風避。論此段，信知己。　天涯誰是羅敷壻？甚闌干、銀河近處，密雲先蔽。憑著鳩媒催歸急。只説兒家故里。惹斷夢、淒迷無際。明月二分今宵照，唱秋墳、一縷酸文遞。鐙閃閃，落涼穗。」程禹山虞卿《望海潮》曰：「荒城寥落，空林蕭瑟，愁中幾度年華。金粉多情，朱顏易老，相思已付天涯。何處響悲笳？況野雲戰壘，腸啄飢鴉。玉碎香零，一川狂浪捲桃花。　驚魂臉暈晴霞。認離鸞破鏡，識字嬌娃。高柳罥絲，東風賺絮，無端墮落誰家？幽怨訴琵琶。但夢中掩泣，軟語咨嗟。無奈啼鵑，暗將心事寫箋麻。」方金門《滿江紅》曰：「煮鶴燒琴，如此事、最爲可恨。説甚麽、書生戎馬，大官軍政。韞櫝未能休惜玉，銷兵已後仍分鏡。問蒼天、何罪復何辜，紅顔命。　嘔不出，胸中憤。按不住，腰間刃。把奸人頭斷，我心方稱。萬劫不消精衛感，再生那見鴛鴦並。只空空、魂夢説情長，人誰信。」此外金子石、張子滸、江少泉、汪泳泉、金手山、包慎伯、吴定生、潘篠莊、江子珊、馮七雨、談蓉庵、汪榆谷，閨秀熊澹仙、李雲扶，女冠福慧皆佳。駢體文以顧雨亭佳。

《襄郎感舊圖》二，前圖《乍遇》，汪惕齋圻作；後圖《入夢》，周琴生序作。《蓮姑小象》，江嵇山會作。

余二十五歲，鄒荔軒爲余寫小象於兩湖節署，後程麗笙臨於紅蕖館。四十四歲，嵇筠谷寫小象於倚虹園。二象合爲一册，題曰《故吾今吾圖》。

題句佳者，周綺村曰：「偶值告凶困可指，半因愛客債無端。」石舒薰曰：「邑小無才容我放，文深翻恨見公遲。」顧月巢曰：「一時覿面渾如舊，衆口稱賢不獨予。」淩蓉渚曰：「芳筵夢繞秦淮月，驛路碑鐫楚塞勳。」馮七雨曰：「當年功績留三楚，此日詩歌壓六朝。」姚古鳳曰：「從戎一洗書生習，此事隨園要讓君。」繆子嘉曰：「九度華筵羅衆士，萬間廣厦庇群賢。」吴玉田曰：「卅載聲名傾趙勝，一朝湖海識元龍。」吴介卿曰：「封侯萬里尋常事，原是將軍座上賓。」江立亭曰：「十年戎馬空留績，萬口飢鴻尚感恩。交愈增多名愈重，今吾還比故吾尊。」吴竹亭曰：「少日文章空倚馬，壯年事業尚雕蟲。莫傷仇覽功名晚，猶見終軍劍佩雄。」江素山曰：「庾信文章猶作客，孔融家世尚依人。」金鋕蕉曰：「到處有花皆入詠，拈毫無字不生香。」金鶴船曰：「才人雅愛何平叔，友道誰如范巨卿。」石蕙佩曰：「鬚鬢知從今後改，襟懷還與昔時同。」朱漱坪曰：「善佐畢誠成偉略，不封李廣信前緣。只今未畫凌烟閣，冠玉依然貌若仙。」康瑞伯曰：「陸機洛下多新賦，庾信江南有故關。」石芸亭曰：「風高幕府千軍頌，感切蛾眉百口生。」江心止曰：「春遊偏著東山屐，秋讌常開北海樽。」歐陽棣之曰：「軍中百戰歸帆穩，石上三生旅夢孤。」徐珠浦曰：「快園烟景江東勝，弱冠文名海内知。」鄭棣原曰：「馮唐壯歲名成夢，杜牧揚州鬢易絲。」鄭嶸洲曰：「仗劍終軍懷膽略，渡江叔寶擅丰神。」沈東岩曰：「蓋代詞華誰抗手，英年韜略早羅胸。」楊蓉仙曰：「風前雅度圖中影，到眼分明李白三。」鄭任堂曰：「千金投贈尋常事，想像當年解橐時。」楊芷林曰：「才如穎士奚奴愛，詩近香山老嫗知。」沈酌亭曰：「戎馬縱横懷壯志，乾坤瀟灑寄閒身。」胡雲渚曰：「花箋乍拂詩腸熱，草檄將成敵膽寒。」汪逸園曰：「不獨文章能蓋世，運籌誰敵此儒生？」沈闐仙曰：「罕有書生能戰陣，從無才子不英雄。」僧煮石曰：「百萬金隨雙手散，千秋名讓一肩擔。」

此外或長篇或詞，不及擇録者，王晴岩、范蕖仙、汪芸巢、沈雙溪、于秋渚、保印卿、洪介石、孟貞友、樊問齋、石澧原、吴香湖、管静庵、沈素芬、吴定生、符雨岩、周實夫、徐生庵、周琴生、徐雪門、徐蘭圃、保鳳墀、吴鑾坡、吴飴亭、顧玉沙、俞四香、陳小伯、吴素卿、張羲河、孫秀江、王雪齋、韓劍泉、汪篠漁、虞星塘，閨秀熊澹仙、吴筠齋、李雲扶。

余詩文不稿，亦不點竄。每遇卷册，振筆直書，惟於磨墨時構思，故人不覺，多傳爲宿構。客東亭水月庵時，黄楚橋辰刻見訪，攜編年圖十六册索題。余分古近體詩、文、詞題徧與之，甫過午耳。游霜甸，叢罕山款飲竟夕。酒後出編年圖十六册索題，余挾之歸舟，用古近體詩及詞題畢，始寢。次早復爲文序之，持詣叢，叢猶未起，示圖愕然。此皆借速驚人之術，非關學問也。李小白贈余曰：「腕有風生疑鬼助，才如雲湧耐人思。」余和韵答之曰：「詩非矜速圖藏拙，文不求深省費思。」

余生平朋友一日不可離，因病不能訪而疏之。詩、文、詞、曲著高尺許，因貧不能梓而棄之。因有句曰：「太嫌求友天教病，不合耽詩自取窮。」

青溪小姑祠祀女仙，甚莊嚴，服御皆后妃物。有士見而疑之，題詩於壁曰：「聞説青溪是小姑，如何鳳衮與珠襦？蔣侯死後尤通顯，擇得君王作爾夫。」寓宿祠中，是夜夢宫粧美人曰：「妾陳宫張麗華也。有人憐妾之死，肖象祀於小姑祠，仍其名者，恐犯隋忌也。青溪小姑已隨其兄蔣子文居鍾山矣。」

士寤，又題壁曰：「陳殿隋宮總化塵，雲裳霞帔尚如新。青溪水接胭脂井，合有靈祠待降神。」「夢感仙靈事有無，神光香澤尚饃餬。雙眸自慶多遭際，親見千秋絶色姝。」有人愚而癡，聞其事，每涉遐想。適越，過苧蘿村，禱而宿於西子祠，冀得一覩。果夢一醜婦曰：「妾東家施也。西家施偕范大夫游五湖去，代其守祠在此。既蒙惠顧，當效繾綣。」其人驚避而醒。每語人曰：「人言西施美，不足信。予於東家施見之矣。」聞者噴飯。

余與吳蘭雪舍人嵩梁飲桃花庵，僧善田乞聯。吳書上句曰：「書臨貝葉經都韵。」余對曰：「居有桃花佛亦仙。」

朱培五名景福，號副農，工醫好義。余在邗上見其詩，佳句甚多，尤工排律。最愛其《咏雪美人》曰：「玉質生輝貌罕倫，天風吹下散花人。不將水性疑冰性，聊借香塵襯玉塵。未肯讓梅爭絶色，可知爲雨是前身。青娥耐冷嫦娥寡，合向雲階作近鄰。」

陳書農名宗選，甘泉諸生。品學並重，多長者風。所居淺齋，賓至如歸。詩有專集。其《過東軒》曰：「喬木鬱春氣，墟烟散晚晴。此間多古趣，空外到江聲。拍手花時墜，會心鳥一鳴。藤床今夜宿，芳草夢中生。」《有懷》曰：「箇人雙鬢已成絲，曷不歸來醉論詩。一尺魛魚三寸韭，江鄉風味杏花時。」警句如《用杖》曰：「幽尋好伴吟人屐，薄醉疑扶侍妾肩。」《落花》曰：「尚沿幽徑尋香夢，賸有芳心戀故枝。瞥眼春沉流水外，銷魂人是倚欄時。」

旋劍亭名錕，號三橋，江都諸生。善書，精醫卜，慷慨尚義。其《凉州詞》曰：「桃花楊柳映城樓，無限春光馬上浮。此日玉門關外暖，如何仍自號涼州？」《對菊》曰：「瑟瑟西風萬木愁，窗前宿雨未全收。丹楓半落黄花放，一樣天心兩樣秋。」警句曰：「燕來春有信，人去月無情。」「夏至日行北，潮來水向西。」「山深容月到，風定讓花閒。」

快園詩話卷七

江寧淩霄芝泉

《蒲塘幽夢乞詩圖》，季學耘標作，姚古鳳作記甚詳。記曰：「嘉慶乙亥冬，淩子芝泉自金陵來，時吴子隨山已去世半載矣。其子二泉出遺象索題，作四斷句應之，同人咸稱奇作也。明年正月五日，吴之友姜子琴南夜夢隨山衣輕裘，揚揚然來，大聲曰：『朱八負我，朱八負我。我有《尋詩圖》，曾屬其代求名下士題之。今芝泉先生至，朱八與之交且密，何絶不齒及耶？且吾《幕天席地圖》，陳子柯山已命吾兒丐題於芝泉，何朱八不如陳之戀戀有故人情耶？吾素善子，子又朱八契交也，盍爲我言之？』語竟，長歔數聲去。姜驚寤，床頭一鐙緑如豆，疑悸不復成寐。先是隨山游越歸，作是圖，藏之篋。没前數日，袖以授朱漱坪，諄諄相委。姜不知也，亦并不知芝泉已爲其題《幕天席地圖》也。晨興，亟詣朱，備述其夢。朱懼然曰：『吾誠負吴四，負吴四矣。今其靈既來切責，烏可復遲？』遂偕姜及陳柯山、姚古鳳挾圖至紫薇道院，告於芝泉，芝泉亦異之。古鳳曰：『吾聞鮑家詩好，鬼唱秋墳。又賀監謂太白曰「子詩可以泣鬼神矣」。非芝泉之聖於詩，無以感隨山之靈。而隨山塵夢已醒，猶拳拳風雅。才人結習，至死不除。亦可悲矣。』因語季子學耘，繪圖以紀其異，慫芝泉賦之。芝泉曰：『即以幽夢乞詩名圖可乎？子盍記之？』古鳳遂濡筆作記，書於册右。」

石蕙佩曰：「吴子癖尋詩，遠邇無弗届。游蹤徧吴越，逢人索詩債。一朝鶴背跨，高吟八仙界。

仙界樂固多，人間纔可愛。爰入姜子夢，丁寧作情話。爲言凌參軍，聲華壓當代。生前苦無緣，未得騷壇拜。《幕天席地》圖，題咏我心快。好句多益善，得一何妨再。朱子已遺忘，此圖汝是賴。若問乞者誰，九原一詩丐。語罷風有聲，窸窣窗紙背。」其二曰：「凌生蒲上游，早脱半年屣。吴子修文名，暫緩半年死。傾蓋如訂交，相契當何似？風雨夜聯床，天涯得知己。珠玉競紛投，旗鼓勁相抵。一篇又一篇，互索日無已。如願以相償，易如臂使指。奚煩姜與朱，展轉求之子。」其三曰：「離合有定數，人鬼途各歧。獨此翰墨權，非天所能離。元元談道旁，黄葉吟水湄。縑酬韓生畫，墳唱鮑家詩。幽明同至性，不因生死移。索詩入友夢，委婉情愈癡。世人好吟咏，夢夢昧良師。有才不知愛，交臂多失之。對此夢中魂，毋乃愧且悲。」

鄭耳山曰：「碧落九，黄泉九，已往詩家無不有。生人欲求不可得，所幸隨山已死後。何不攜此尋詩圖，乞題宋之范陸與蘇黄，唐之元白與韓柳。宜乎非往蓉城白玉樓，即當直達幽都才鬼藪。胡爲上天下地俱不尋，仍然彳亍鄉關走？想渠遺世半年餘，詩鬼詩仙皆尚友。曰與古人談今人，現在吟豪數誰某？同聲共稱金陵凌，風雅叢中獅子吼。詩星正照蒲水東，豈可失之腋與肘。急呼鬼車歸去來，不知此圖已題未題否？圖未曾題心不平，微朱君責將誰咎？歸咎於朱仍託朱，緩頰轉煩姜子口。此夢固甚奇，此事更非偶。請爲隨山别繪一圖傳不朽。先生太揮飛白帚，先生重傾才八斗。題尋詩圖語既超，題乞詩圖意尤厚。隨山必袖此詩上天下地去，歷歷呈之諸吟叟。送與先生兩師觀，弇山尚書應俯首，倉山太史應斂手。」

鄭伊曰：「快園公子騷壇雄，一枝椽筆揮生風。弇山倉山得衣鉢，香名久已盈江東。忽爾扁舟來蒲塘，蒲塘共識黄文江。來鶴軒静設吟坫，少長争登翰墨場。誰知才名動幽寂，信是詩成神鬼泣。隨山吴子本詩豪，昨歲修文仙界列。幕席遺照公已題，《尋詩》一圖求轉急。央友魂馳語絮煩，姜子夢醒陳歷歷。先生慨然贈新詞，幽明直可成相知。轉笑秋墳鬼，空唱鮑家詩。何如吴君耽吟咏，死後癖較生猶癡。得公錦句輝泉臺，泉下定多詩魂來。共爲吴子慶，争道先生才。吴君把卷亦必狂且喜，狂語地下諸同志，隨山獲此奚替生，隨山從此可以死。」

李雪齋芳梅曰：「騷壇推獨步，南國久知名。不道詩千首，還能動九京。辭工原泣鬼，夢短倍牽情。念此斯文脉，何曾判死生？」

姚鸞曰：「詩人癡絶愛尋詩，尋著詩人面乞遲。夢醒不妨重入夢，愛詩誰似此人癡？」其二曰：「襄鄖舊夢感前游，又爲吟魂慰隔幽。摇動生花一枝筆，九原才鬼盡低頭。」

姜圻《剔銀鐙》詞曰：「想是修文已畢。又動愛才癡癖。未散幽魂，來呼吾父，説把詩人尋得。夜臺路隔。未敢向、門墻親炙。　夢境纔經説及，引得先生感泣。白社酬吟，黄泉拜賜，也比醯從鄰乞。秋墳月夕。好聽唱、才人新什。」

吴玉田、冒籽南各文一篇，姜琴南四言，朱漱坪五十韵，吴竹亭五古，黄楚橋、江立亭、喬雲客、孫蔚原、鄭茗仙、吴香湖、楊蓉仙皆七古。傅柳橋三體，陳柯山五排，黄佩芸五截，范蕖仙六截，沈素芬、楊芷林、鄭健堂皆五律，鄭棣原、何涵川、屠西園、李瘦仙、汪筠溪皆七律，陳小伯、汪月樵、王鶴汀、談蓉庵、俞四香、周調梅、姜種蘭、張晴川、王閬風、沈希倫、吴鑾坡、鄭嶸洲、沈東岩、吴飴亭皆七載，汪逸園、李琴軒皆詞。

余題圖二首之一曰：「披圖不覺淚滂沱，知己平生感太多。三載交游偏東海，一朝賞識到南柯。新詩聽唱秋墳鬼，異事爭談春夢婆。轉使羈人增愧赧，巴謡難對九原歌。」

以上歷舉各圖詩，以紀友朋之盛。今余病處一室，不能與之交游，良可憾也。日惟著書，時令兒子鈔謄。著書三年，一切服食皆朋友所贈。八口之家得免凍餒者，友之德也。列在五倫，蓋有以哉。余有句曰：「鎮日讎書惟子伴，遠方樂事是朋來。」又句曰：「最感多情鷗鷺侶，分餐爭活信天翁。」以詩交者，膠漆相投，宜矣。亦有從未談詩，而屢被其德者，如東亭之方茂堂、西團之王紹川是已。自和有句曰：「大抵盍簪因義合，豈寧贈紵爲詩來？」

方子雲先生有東坡之癖，喜談鬼。嘗曰：「人鬼每相反。人，陽之靈，日見夜隱；鬼，陰之靈，夜見日隱。人以輕爲健，鬼以重爲健。人自小漸長，以至於大，始有童子、冠者之别；鬼自大漸消，以至於小，乃有新大、故小之説。無百歲之人，有千年之鬼。人一日不可缺三餐，鬼有終歲不得三餐者。鬼三餐謂春祭、秋祭、冬祭也。」先生有句曰：「説鬼鐙前風嘯紙，懷人枕上雨淋鈴。」先生詩多言外音。曾有句曰：「思婦空庭艷艷花，羈人孤館昏昏雨。」

周健翰、沈香谷賭作鬼詩。周曰：「紅袖雙垂雲髻聳，荒園對月悄無聲。」沈曰：「青草白楊山徑冷，靈衣風動出來遲。」沈有題畫句曰：「茫茫大海絶風塵，但見蓬萊色色真。只道學仙都到此，原來山上竟無人。」

俗傳試闈中有鬼，雖難盡信，然可風世。一士子書卷上曰：「芳魂飄泊幾經年，今日尋來矮屋前。褫汝功名污我節，當初錯認是良緣。」又一士書卷上曰：「一元莫道歸前定，十載須知有舊冤。如海恩情猶若此，他時富貴更難言。」二詩足爲喪心負行者戒。

徐朗齋鏷慶，初名嵩，崑山人。三場時，因宿妓家，誤點未入。主司以其文爲元，求策不得，乃刊其文於解元之前。不刊名而刊坐號，曰「麗六」。徐句曰：「芳名麗六流傳徧，下第江南第一人。」後雖中，而非元矣。副貢與正榜認同年，始於崇禎初年，前所未有。

門人中以《快園圖》乞詩者，佛寧安《執經圖》，姚鸞《授硯圖》，韓淦《負笈圖》，姜圻、虞步廣皆《問字圖》，鄭伊、汪照皆《立雪圖》。惟題鄭生圖詩未入集，姑記於此。詩曰：「風雪連朝閉小園，何人相訪到蓬門。書童報道停車客，半載詩囊半酒樽。」「蒲塘千里接秦淮，寒水征帆幾日開。姜小琴同姚小鳳，可曾相約一齊來？」「愛君家學本精微，詩理康成得指歸。雅合葩經經裏句，來時雨雪正霏霏。」「雪花如絮染青衿，爲問堦前幾尺深。笑指滿園桃李樹，枝枝轉眼變瓊林。」

余年十五，大母放賑，制府魄聯曰：「好施不藉同心助，餘慶良由積善多。」

余病後，族有迂老人，聞各友厚余，大奇之。凂人不遠數百里訪得其實，作謡勒石於祠。曰：「芝泉既得疾，所賴新交密。雖當貧困日，朋友不可及。東亭關欣戚，蠙浦每濟急。蒲塘慣助力，邗上衆林立。梓里悉和翕，古豐得三益。崇川才莫敵，海門賢士集。雉皋能分席，南沙心畫一。東海經歷畢，人人知愛惜。江南族多瘠，聞之但感泣。作謠勒以石，祠中紀游迹。語語皆樸直，八二衰老筆。」乃搨本裝卷，乞人題咏。余題四截，其一曰：「京江丈者太情長，勒石祠中善表揚。友好竟如三鼎甲，東亭蟥浦與蒲塘。」老人得詩，不當其意，屬注各姓。余遂以五截題後曰：「友在人倫内，公何太好奇。今將編姓字，只恐不成詩。」「自愧爲遊客，人緣到處宜。恩多應折福，賦此感相知。」「東亭誰最良，金氏詠堂、石渠共蘇雲巢、竹君姜。種蘭周西笭、琴生繆澹書吳沂泉、素卿姚亮工、麓樵外，栽培更有方。茂堂」「三亭蟥浦最，沈素芬繆潤亭並吳竹亭江。立亭、子珊、松橋監務諸君子，汪映嵐、洪穎書、方菊如、方花農、余尚章、程山溪、程湘帆、江笠人高懷實寡雙。」「佳侶徧蒲塘，陳柯山姜晴南、小琴石蕙佩沈禹東、松園、東岩、敏夫楊。芷林、蓉仙姚蓬邨、小鳳吳玉田、香湖、飴亭、顯文、鑾坡、二泉朱漱坪冒璞原季，學耘鄭氏棣原、茗仙、嶸洲、耳山、任堂更情長。」「邗上張老蘁黃春谷許，春卿交深二十春。群公將百數，最久舉三人。」「梓里交諸沈，約華、殿魁、密庵、蔭秋、希倫、蔭嘉、文粱、澤民、星潤扶輪首酉亭。墨庵椿圃外，錢老廷謨眼能青。」「古豐汪春田、春潯最久，義重又三徐。珠浦、雪門、蘭圃顧老陔吟兼吳蕉衫葛，晴嵐周旋世莫如。」「崇川徐凌萬、文修、紀雲戴承高楊，蓮渚馮七雨、春谷李雪岩、元朗邵芝臺明榮堦王。閬風、雲峰、碧池、燕鎬、稼蕃、慶謙、莒陵、晴岩胡雲渚顧玉沙，月巢孫秀岩、秋浦、南珊、儀堂、瀛洲張品南、孟民族，谷華、孟傳樊次求成步章劉銘勳宋六雨汪。孟芳、天池、仙渡、馥堂」「方秀山、守尉吳竹筠山長獅皐客，周琢亭沈景南、錦和顧奂成、雨泉倪朗屏程。在田楊冠山陸庸庵施雲坡陳衡甫季，汝陵秦南江孫雲堦意不輕。」「雉皋徐蓉湖、生庵與冒，妙隱、籽南、水雲、筠壑、琴石胡春岩、雲溪范蕖仙，曉園、潄環、懷勳石書勳、芸亭、新泉喬雲客黃。佩芸、孺子羅綏來卜漁艇陳拙齋、牧村、春軒、佩蘭朱岑灣顧，春華宗蕙亭劉味石錢介三蔣俊升張。呂溪」

「茗海先諸繆，湘洲、絅哉、景瑶俴亭及子卿。胡酉香汪純也于秋渚石澧原沈，子容晉接總多情。」「新地還餘李，蔭環曹橋更有朱。冠虹、雨林叢罕山、碧海爲霜甸冠，趙雨峰是馬塘儒。」「中結吴陵契，鄒耳山儲曉嵐仲雲浦、林庵夏紅舫王。左亭、沂中鍾竹椽康瑞伯羅夏園葉古軒子，方外曇亭又徐竹薌常。繼香」「邂逅在中途，情偏格外殊。王西團紹川，會於何垛。潘時堰可漁，會於東亭。陳商邱小伯，會於何垛。李馬塘心陶，會於掘港。吴門蘭谷，會於揚州。沈，崇川贊府、蒓波，會於白蒲。余興化荍庵，會於揚州。宋安邑之山，會於揚州。顧三里樓藹士，會於白蒲。吴門雨亭，會於揚州。劉旌德卧松，會於揚州。丁堰湘浦，會於霜甸。吴。全椒山尊，會於揚州。甘泉擔樗，會於拼茶。歙縣才甫，會於揚州。」「僖通州刺史陞河南太守敬亭梁海門司馬研溪、掘港鹽尹湘屏劉崇川遊府梅溪尚狼山總鎮守聞福，泰州游府涵亭何東臺大令涵川趙如皋大令壽莊戴别駕貞石陳瓜洲司馬曼生、東皋大令陶圃王。司馬春圃、小汀，大令晉川。周江都大令寄庵傅如皋二尹柳橋閻如皋分尹誠齋徐東亭分尹秋槎費，東臺少府甘泉韓何垛鹽尹曉岑程豐利鹽尹叔濤沈拼茶鹽尹桂亭白儀徵鹽尹坦庵汪。海門贊府再山、東臺鹽尹月樵」「客裏遇同鄉，關情得味堂。諶廣文扶持龔星槎守尉與寇，坦之守尉推薦有歐陽。棣之孝廉」「回首憶安豐，程魯山潘篠庄胡淞亭蔣詠春洪。蔗畦石鐫東海事，惜未載其中。」「遥社結真州，金可亭張少蓮汪緑埜與邱。白人玉如程詩筆健，喬梓二賢劉。外穠、吉林」「蓮社交邗上，方華並曙開。道峰何阜住，自拙雉皋來。」「力從遥處助，氣向暗中吹。感謝憐才意，靈臺一寸知。」「最洽平生友，天涯繫夢魂。汪玉屏江素山羈遠道，梁德圃佛寧安在都門。」「落落晨星散，洲邊又水邊。程天長禹山、淮安萩香袁桃源玉堂屠山陽西園宋高郵緑洲輩，周氏丹徒實夫、時也及陳甘泉書農旋。江都劍亭」「淚落由吴介卿甚，徐詠堂程曙蒼陸硯農鄭柿里汪。元波胡丙皋、冠海王桂岩陳克江、石泉戴雨峰蔣，秋竹洪介石繆竹癡許蔬庵袁嘯竹張。竹泉、篠軒、蔚堂「十載交游處，承投縞紵多。五言書不盡，負德定遭訶。」「十中遺四五，平仄韵難填。恐再添新雨，留爲續後篇。有同姓未盡注者，如東亭之姜春舫、蠙浦之吴子安，皆留續。餘倣此。」老人復勒於石。

快園詩話卷八

江寧淩霄芝泉

畢秋帆師女智珠，字蓮汀。著《遠香閣集》。其《唐明皇打毬場》詩曰：「廣場百尺紅欄護，三郎沈醉打毬處。一自漁陽戰鼓來，便從棧道聞鈴去。」「梐枑年深不復完，牧童樵客日盤桓。雨餘苔片平於掌，春暮楊花滾作團。」

桐城姚公女韵蘭，名素，適淮安程公子，賢能工詩。《咏月季花》曰：「菊傲寒霜梅傲雪，此花偏占四時多。」餘見後。

程山溪母張太孺人淑惠，著《茹荼詩草》，節母也。《題澥薇詞・滿庭芳》曰：「堦下蟲鳴，窗前月暗，挑鐙捧讀新詞。鏗金戛玉，字字斷吟髭。愧我才非咏絮，花間譜、未奉明師。況秋老多愁多病，拈筆幾回遲。　聲名傳已徧，揮金好友，賑米賙飢。早龍門拂塵，虎帳談詩。好箇翩翩公子，青雲路拭目相期。須努力，金門射策，奪取鳳凰池。」

吴竹亭妹玉芬，字筠齋。與諸兄弟賦餞菊詩，各隱其名，謄録以質余。余戲取菊花狀元，則筠齋詩也。《題故吾今吾圖》曰：「髫齡課讀賴萱親，壯負奇才迥出塵。投筆請纓荆楚地，最佳戎服稱儒巾。」「九度筵開憶昔年，今從海上結詩緣。敦槃孰作騷壇主，畢竟風流讓謫仙。」

如臯熊淡仙璉，夫姓陳，有奇疾。字後，夫故，依弟而居。詩卷飄零，家貲散盡。余贈句曰：「詩似謝家風裏絮，錢如天女手中花。」贈余《沁園春》詞曰：「公子多才，儒兼武略，名重士林。曾十年戎馬，謀參帷幄，三秋風雨，詩寫蕭森。掃蕩功成，登臨興健，奇水奇山到處尋。休孤負，恐韶光易逝，潘鬢霜侵。　交游散盡黄金，儘放眼蒼茫空古今。記廣場高會，樽前俠氣，哀絲豪竹，醉後狂吟。旅燕無家，朱門非舊，回溯生平百感深。行蹤過，悵寥寥塵海，幾箇知音。」余以原調贈之曰：「百折千磨，而今信矣，天挫真才。看新詩百首，金敲玉戛，清詞幾卷，月鏤雲裁。刻骨情深，填膺恨滿，都入毫端化作哀。難知事，是梅栽枳棘，蘭種蒿萊。　沈吟無限低回，振觸我紛紛憂思來。歎飄零鵠面，空歌吴市，支離駿骨，難售燕臺。命薄途窮，同聲一哭，碎硯焚書理竟該。他生願，變癡兒騃女，再轉輪迴。」淡仙爲余撰《湔薇詞》駢體序文一篇，題《感舊圖》七古一章，七截一首，《滿江紅》詞一闋。閨秀中，余見倚馬揮毫者，淡仙之外，通州鄭冰蟾而已。

蠙山李雲扶靚，父母皆故，兄久外幕，及年未字，訓蒙自給。《題感舊圖·滿江紅》詞曰：「慘矣亂離，憐嬌小、遇人不淑。纔幸得、恩公提挈，依然完璞。何苦餘生懸虎口，旋教薄命歸魚腹。問百般，護惜是誰行？居帷幄。　塵劫滿，危機伏。幽恨切，夢魂屬。竟才貌雙雙，良緣難續。若使遭兵身早殞，那能展卷人同哭。到如今，感舊有新篇，難終讀。」

余幼年《寄内》詩曰：「昨年書信寄來時，曾爲開函一展眉。寂寞旅情勞慰籍，零星家事賴支持。加餐堂上知逾健，弄果兒行定解嬉。我住衙齋幸無恙，不須終日繫懷思。」「憶昔匆匆別恨添，片言忘屬爾休嫌。改成詩稿藏文匣，戲匿花鈿在鏡匳。少要彈琴傷指爪，常須搜蠧撿書籤。家人旅卦爻皆吉，不用金錢兩地占。」「莫放春寒入小軒，春寒料峭不勝言。月如久玩衣須厚，香若濃熏被自温。戒采新花防露氣，休因閒事斂眉痕。何嘗千里雲山隔，夜夜相逢有夢魂。」「問余何日返歸途，春盡爲期斷不誣。單袷衣裳休再寄，塵污窗壁可重糊。前番小病全痊否，幾度音書總到無？只恐還家慚對汝，空囊仍是故狂吾。」內子丁佩蘭能詩，而無可録句，故以此詩代之。非以余詩雜入閨秀中也。

長女志珠性敏，善屬對，延李製桐舅氏課之。長喜吟咏。其《快園晚步》曰：「月轉迴廊人獨立，花園小閣燕雙栖。」《落花》曰：「餘香自許留庭院，小影猶能入繡絲。」余《寄女》曰：「儻寒應替娘温被，每晚須催弟背書。」又曰：「鍼線切毋荒妹課，琴棋都可散娘心。」

顧蓮姑，余不知其能詩也。及去後，節署中争誇其詩。片紙隻字，故不我與。乃使人於房邑尼庵覓其手跡，得綾幡一挂，上有小楷繡一詩，曰：「金鍼日日繡蓮花，繡出蓮花獻釋迦。但願銷除兵燹劫，來生免得化蟲沙。」字倣靈飛，曩所見慣，的其所書，詩則不知是其自作否也。

泰山墩有無名女史《九日題壁》詩曰：「霜葉紛飛石磴埋，登臨蹴損小紅鞋。西風不帶天涯信，見箇征鴻也放懷。」「荆榛勾絆畫裙開，小妹身輕先上臺。聞説登高能避阨，悔教夫壻不同來。」

傍花邨看菊，壁上有詩曰：「轉轉疏林曲曲籬，惜花人至怨花遲。如何行徧青徐界，不見重陽雨一絲。」「黄河北去捲風沙，幾日長淮水是家。畢竟揚州真福地，闔邨田畝盡栽花。」「莫將憔悴感秋容，未必黄花瘦似儂。自是客懷疏嬾甚，不從湖上看芙蓉。」「繁華終古屬揚州，多少閒情託好秋。隨處種來隨處賣，替花歡喜替花愁。」「籬邊游屐太紛紛，若道看花豈盡真。不是女兒無避忌，異鄉且喜盡生人。」「邗江轉旆即吴江，欲别花前意怎降。買得一肩歸去晚，愛分秋影上篷窗。」山左露芬女史冉夢薇題。

秦淮妓王翹雲，光艷動人。余會詩招之來。王不能古體，是日近體爲《送春》，王詩曰：「催歸聲裏放將離，欲問東君何所之。决志不留虧爾忍，斷腸相送笑儂癡。緑窗風雨心擔久，紅豆簾櫳夢醒遲。歲歲香車南浦外，小魂銷盡有誰知。」衆《送春》詩成，互録以示翹雲，令定甲乙。王首愛余「奢念妄思三月閏」及「餘花雖艷爲誰容」之句，次則李瘦人「似燕自來還自去，笑余能送不能留」、「老眼已無分手淚，香閨應有斷腸人」之句。時李年將八十，喜遇知音，手舞足蹈，翹雲避之。余秋農戲咏其事曰：「酒人臨水開詩社，織女穿花避壽星。」

翹雲年十九，有司馬以八千金購去，攜之官，舟泊漢陽之黄花洲，夜遇盜，以被裹翹雲去，餘不失一物。時余客漢陽，郡齋有戚蘭莊者扶乩，得秦淮王翹雲駢體一篇、七截二首，人皆疑爲明妓，争咏其事。余亦作《翹雲曲》，中有句曰：「誰知倩女離魂事，竟是司空見慣人。」末句曰：「何時歸棹紅樓泊，細叩分身聶隱娘。」次日司馬被盜之報至。

秦淮妓張倩紅，人比之璞玉，張蠡秋外翰曾虔詩弟子也。著《繡餘吟》。其《一半兒詞》曰：「羅衾難耐五更風，欲起披衣體尚慵。臨鏡羞看兩鬢鬆。撥薰籠，一半兒香灰一半兒紅。」妹倩雲亦殊色，《咏白蓮》曰：「小婢笑從池上指，六郎傅粉效何郎。」

秦淮妓馬友蘭，字芸卿。曾畫桃花寄所歡，題詩於上曰：「生長綏山骨本仙，塵凡小謫倩誰憐？

未隨流水原耽隱，偶逐東風便鬥妍。溪上紅濤翻灼灼，竹間翠袖倚娟娟。錦城三月春如海，笑破香唇又一年。」「輕薄休教並柳枝，侍香曾見讌瑶池。只因露面迎崔護，未許無言效息嬀。稚燕雛鶯嬌共惜，狂蜂浪蝶想休癡。夕陽一片亭亭影，倩女魂銷若箇知？」「雙槳争迎渡口春，略沾雨露便精神。游來前度題詩客，喜動芳年待字人。粧閣梨雲參入夢，離亭柳影佐含顰。仙郎儻憶胡麻飯，須記天台好問津。」「一從春去怨殘英，紫陌紅塵别恨生。此日門中應憶我，何時洞口再逢卿？劇憐靧面風華好，不覺驚心月令更。惆悵深潭千尺水，瓊瑶未報故人情。」

秦淮妓侯桂琳，字月娟。與俞種芙善。俞有美名，侯調之曰：「共驗新粧向鏡臺，鏡中雙臉笑相猜。與郎一樣神仙骨，莫是蓮花化得來？」妹雙琳有與施二郎服鴆事，張鑫秋爲譜《甦香記》傳奇。余題句有曰：「煩君多鍊媧皇石，盡補人間離恨天。」

余與江雪舫、方以虚飲秦淮妓王雙紅家。先是雪舫以《紅樓夢》書贈王。值王夜飲，方調江曰：「拚酒客圍紅燭暖，送書人坐黑窗孤。」雙紅笑曰：「何不改『獻書人立黑窗孤？』」似有風味。其小姑朱秀芳尤慧，熊晴欄戲謂曰：「秀色可餐。」秀芳應聲對曰：「芳心自警。」

女尼福慧年十六，親故無依。艷其色者衆，畏而皈尼。自愛其髮，不忍落。年二十二，其師强落其髮。性愛詩詞，即以其髮選余詩詞繡之。其《題感舊圖・一萼紅》詞曰：「甚因緣。這佳人才子，天竟不成全。賊匪驅來，奸邪騙去，悲歡離合徒然。直盼到、身歸幕府，已居然、閬苑作神仙。幸脱沙場，還辭金屋，仍赴黄泉。　若論庵堂小住，繡長幡供佛，佛也應憐。不渡愛河，偏沈禍水，無端凋謝青蓮。賸下了、情根未斷，夢魂中、哀語訴纏綿。可惜傳奇一本，少箇團圓。」有自遺句曰：「小謫紅塵二十春，鐘魚曉夜作勞薪。只因香閣攻書慣，誦得《楞伽》字字真。」「遺體愁傷父母恩，雲鬟不翦入空門。一般仍把金鍼弄，拋却羅襦繡布幡。」「西方三十六蓮花，得證無生也不差。聞説佛心空色相，如何肯度女兒家？」「我師戒我苦修真，成就金剛不壞身。修到無愁無樂日，非仙非鬼亦非人。」又句曰：「萬籟秋深總瑟然，最難調護授衣天。山居那復知寒暖，抱得閒雲作絮眠。」「禪床睡起坐雲房，手弄牟尼自忖量。止水心情誰解識，七條絃與一罏香。」

有妓《哭節婦》詩曰：「自慚余有淚，敢謂世無人？」後皈尼，詩曰：「謝却花鈿洗浄脂，有心聽講又生疑。但知誇説青蓮妙，留滿還牽不斷絲。」「昔年弄笛更吹笙，習出歌喉字字清。今日誦經依法座，遏雲聲變海潮聲。」「春花秋月過匆匆，不問時粧澹與濃。夢里闌干休下淚，雲堂喚醒有晨鐘。」「繁華寂静了前因，嘗徧酸辛廿五春。如意珠能修到手，不生西土不紅塵。」是人二十後皈尼，法名了因。前之姓名深隱，珍玩俱棄。惟一對聯不肯離側，對句曰：「立近晚風迷蛺蝶，坐臨秋水亂芙蓉。」字亦無甚奇處。

女尼韵香居雙修庵，能畫蘭，工小楷。名流過錫山者多訪之。有求其一見而不可得者，嘲之曰：「仙人居處號雙修，不許蓮花開並頭。福慧果然修得到，江南名士一齊收。」

丁曼仙《題快園詩話》曰：「焚香三復語清新，友誼師恩記逼真。人共鑄君爲賈島，君今又鑄鑄金人。」「得作乾坤不朽人，此生何幸與君親。分明千佛名經在，一朵蓮花一法身。」

快園詩話卷九

江寧淩霄芝泉

鐵嶺百菊溪節相齡和余《春柳詞》曰：「陰晴天氣散餘薰，垂柳垂楊萬緒紛。開眼東風過二月，畫眉春色到三分。瓕瓏朱户遮花影，瀲灩青溪蘸水紋。誰唱《陽關》腸斷曲，玉簫聲裏憶夫君。」「紅杏邨頭白板橋，天涯回首碧條條。社前社後風初翦，江北江南雪正消。倩影短長愁欲綰，離情深淺暗相撩。可憐鎮日眠仍起，懶傍花叢鬥舞腰。」「朝含宿雨暮含烟，水郭山邨斷復連。縷弱那禁棲翠鳥，陰濃還解覆紅船。門前繫馬知何日，樓上凝粧又一年。忽漫飄風花似雪，玉人衣冷欲裝緜。」「摇落江潭莫更悲，依依重見雁來時。渡頭波暖迎桃葉，陌上花開唱柳枝。一樣似人看自惜，幾回逢月約偏遲。牧之老去風情減，禪榻香銷感鬢絲。」公子札拉芬生，余賀之詩，公擇句書聯曰：「福地種寬欣得玉，軍門歲滿慶提戈。」

泗州陳雨峰總鎮階平以《游琅山》詩見寄，余依韵和之，并書聯贈之曰：「緩帶輕裘羊叔子，垂紳正笏郭汾陽。」

長白鰲滄來觀察圖有句曰：「厨奴不自慚偷米，道我春來飯量加。」

昌樂閻叅園觀察學淳《梅花嶺史公墓》句曰：「天留香土葬衣冠。」

山東王簣山觀察賡言，主持風雅，愛士耽詩，人比之淮海龍門。贈余詩曰：「散金真似散天花，倚馬高才世共誇。可惜兩年官白下，未曾一訪子雲家。」「友誼師恩鎮不忘，贈題佳句已盈箱。新詩好共梅花讀，一字吟來一字香。」時由江南糧儲移任常鎮。

真州汪劍潭太守端光，篤於愛才，甘於説士。今二子皆捷，竹素已貴爲方伯矣。書爲時重，詞尤獨步。昔與余唱和甚多，惜皆遺忘。今僅記其《詩冢》句曰：「薄葬無棺輕到紙，新埋有骨重於人。」《湖上納涼》曰：「佛開蓮世界，天縱水心情。」《湖上觀荷》曰：「美人本以蓮爲性，君子偏從水間交。」舉之聊見一斑。

錢唐陳雲伯明府文述善久交，無宿諾，余十餘年前陳曼生司馬招游吴門時所舊識也。余養病邗上，適公宰江都，政聲大著。民爲之歌曰：「德政歌，歌聲新，聽我歌紀陳公仁。有時四境多疫癘，公乃散藥還祈神。分俸義全宦家女，捐廉屢濟寒儒貧。誰如我，陳公仁？」「德政歌，歌聲奇，聽我歌紀陳公慈。公之愛民如保赤，示辱幾欲蒲鞭施。杖刑本因酷熱減，公於寒凍亦如之。誰如我，陳公慈？」「德政歌，歌聲盈，聽我歌紀陳公清。公來宰此繁華地，只飲邗江水一甖。富貴無理不可恃，萬金難買一分情。誰如我，陳公清？」「德政歌，歌聲純，聽我歌紀陳公神。公之治獄萬人覩，强者帖服枉者伸。秋毫隱處亦能察，百里之内無奸民。誰如我，陳公神？」余聞歌，乃書聯贈之曰：「明鏡高懸，共仰二分邗上月；惠聲廣播，如聽萬頃浙江濤。」

錢塘陳小雲司馬裴之，雲伯明府公子也。其才筆風華典贍，清新俊逸，酷肖其父。見其七古甚多，篇長不及備載。今見其《消夏詞》中句曰：「消受白蓮花外雨，蜻蜓紅颺釣絲風。」「貪卷疏簾延暝色，水蟲如雨撲秋鐙。」「滿地緑陰清似水，亂蟬風裏逗秋聲。」

興化余茭庵太守溶敦厚樸實，藹然可親。爲余書扇曰：「風都有意收殘雨，雲尚多情戀太陽。莫怪人間無易事，一晴天且費商量。」

仁和汪月樵鹽尹之選，風雅愛才，人方之王漁洋尚書。贈余詩卷甚多，皆爲愛者攜去。僅記其《平山看桂》曰：「茶味淡留客，桂香濃襲衣。」《遣懷》曰：「到門無熱客，滿眼有寒花。」《梅鐙》曰：「美人一笑相逢處，月下何如鐙下明。」《春風》曰：「幾番好信催梅萼，一種柔情託柳條。」《送春》曰：「記得來時先有信，欲尋歸路總無憑。」《湖上觀荷》曰：「竹影净摇初日薄，花香涼壓一湖平。」

丹徒周實夫廣文耿光，慷慨愛友。有句曰：「深徑連朝斷客蹤，小亭青受隔江峰。雨多溪水秋猶漲，風緊檐霜曉尚濃。偶被新寒開酒戒，每因離思悔情鍾。初晴恰與游行便，好負詩囊策短笻。」

白坦庵鹽尹守清，名宦白總戎雲上公子也。情深愛士，工吟而不多見。曾於江素山扇頭見其一詩曰：「溪雲纔散雨初晴，遠近樵擔盡入城。一簇筠籃籠絡緯，野人肩上賣秋聲。」

新安吳才甫外翰榕，古道君子也。工畫而不肯易作，工詩而不喜多吟，僅録其《小詩龕賞梅》有句曰：「巡檐定有花能笑，種樹應如我最閒。」「小院鴉鋤常在手，昨宵蟾魄正當頭。」

江都黄春谷大令承吉，余二十年前鄉試時交也。才品高超，友誼篤厚。以解元聯捷，宦游於外。僅記其題余《感舊圖》詩曰：「昔從金陵游快園，主人愛我情無已。荷花香裏賦新詩，竹箭東南一時美。於今荏苒十三年，異地重逢亦夙緣。示我新圖無限意，臨風展卷憶嬋娟。」

袁真來世弟暹，其性情才筆儼如簡齋師。官真州時，遣子志鈺往謁。真來撫字之備至。余書聯贈之曰：「官政美因家學富，師恩重繼友情濃。」

太平李雲章河尹貢三，豁達不羈。《咏瓦松》曰：「不愁梁棟居無地，深感中堂寄有恩。」《重陽雨》曰：「頭緣帽落剛尋笠，身便蓑穿不畏秋。」《返魂梅》曰：「風情未了生前夢，魂魄還依去後身。」《贈袁真來》曰：「恩威並濟心如水，寬猛能兼面帶霜。」

上元李文起太守師韓，余姑丈也。與卞芝軒大令枋集快園，同咏木瓜。李曰：「每思香澤曾探袖，轉覺嫌疑在正冠。」卞曰：「守株寒士金偏富，窺户秋娘粉又調。」余曰：「角枕如蘭留並蒂，藥囊比艾畜三年。」

梁湘屏鹽尹承綸，階平相國公子也。送余詩曰：「幕府曾傾國士風，襄鄖往事記從戎。早年傳誦元才子，到處逢迎陳孟公。詩卷每因題句益，槖裝多爲愛名空。留看明月纔三五，又指江雲鷁首東。」

如皋石蔥佩刺史珩，工詩善書，敦厚誠篤。贈余聯曰：「風騷骨帶三分俠，湖海人欽八斗才。」余轉贈之曰：「詩堪作史唐工部，書到通神晉右軍。」

段鶴臺州判玉立贈余詩曰：「寄言凌子善調身，莫念今爲競渡辰。此日江潭弔漁父，千秋詞藻屬騷人。客逢佳節須持酒，天忌高才不但貧。幸有知交相唱和，轉醫老病益精神。」余書聯報之曰：「老去誦經心有佛，狂來縱酒目無人。」

洪賓華殿撰瑩，余二十年前鄉試時交也。洪赴試時賃屋較遲，余代托孫淵如假於上邑吴宰，得王氏水榭，復爲江邑宰奪去，時已給租值五十金矣。孫將追還之，洪曰：「彼已窘於邑宰矣，贈之可也。」熊柱卿贊府贈洪句曰：「未元先積福，應比讀書佳。」後果狀元及第。

甘泉許春卿茂才之翰，亦余二十餘年交也。其人和似春風，其才清於秋水。卷中載其佳句甚多。今又見其《嘗酒》句云：「染指每從開甕始，沾唇多在速賓先。」《春風》句曰：「欲振羽翰期燕子，先傳消息到梅花。」

曙開上人，揚州柳蔭庵高僧也。工詩善醫，愛才好義。吴穀人祭酒曾贈之聯曰：「拯除疾苦推仙手，周濟貧寒仗佛心。」

徐晴圃廉訪炘官河庫道時，與余同飲於清江贊化宫。徐於筵間歌《陽關》一曲，屬余以詩和之。余詩曰：「歲歲舟車賦遠征，驪歌淒斷別時情。客中又聽《陽關曲》，勸我羈人何處行？」

諶味堂廣文配道，以孝廉舉孝廉方正。工醫愛友。有句曰：「小窗面面紙層層，霜氣今宵到未曾？愛放梅花香透入，輕風幾度滅銀鐙。」上元人，任旌德。

桃源袁大令潔耽風雅，重交游。記其咏古人二詩，《西楚項王》曰：「拔山蓋世枉英雄，垓下長歌霸氣終。頻唤奈何騅不逝，羞顔無復返江東。」《梁武帝》曰：「曾捨金錢濟衆生，豈期絶粒向臺城。雲光能致天花雨，不救衰年荷荷聲。」二詩別有深意。

傅柳橋河尹祖緒瀟灑耽詩，敦厚好友。有句曰：「暖風吹透小窗紗，陣陣新蟲入似沙。正是晴明好天氣，楊花飛過又蘆花。」

卞芝軒孝廉句曰：「謁貴刺如投水石，番番有去竟無來。」此言必有慨而發，近多謙謙君子，未盡然也。管健庵明經句曰：「不是貴人無禮數，未曾得見那能知？」阻隔之病蓋有之矣。

余抱病寓邗，自丁丑至壬午六年。承朋友解衣推食者，四方最多。而同城則以陳雲伯明府、汪劍潭太守、汪月樵鹺尹、許春卿茂才、曙開上人、寇坦之守尉、白坦庵鹽尹、吴才甫外翰、黄春谷大令數君爲最，數君者皆一時之名賢也。故秦蕙坪通奉贈余詩曰：「莫歎肢殘每黯然，聲華難得似君全。著書轉賴三年病，取友能交一國賢。駿骨燕臺原至寶，石蕙佩刺耀州，汪玉屏幕襄陽，皆來購詩文。豬肝安邑是廉泉。陳雲伯宰江都，按月分俸見贈，并代償逋欠。及身事事皆佳話，久信斯人後世傳。」

余生於富家，長游幕府，數十年夢夢也。及因病而貧，因貧而困，始知人情可感，物力維艱，因有句曰：「豪時那覺千金貴，飢後方知一飯恩。」

熊介之觀察方受，工詩愛才。主安定講席時，贈余詩曰：「快園詩話古文詞，藉甚聲名海内知。散盡黄金添白髮，英雄才子下場時。」「我亦身騎戰馬來，祇今設帳大江隈。性情迂緩成樗散，明月當頭夜舉杯。」

余每思袁簡齋太史師「千金買盡迎門笑，一病方知結髮恩」之句，意味深長。又記師家曾畜羊逸入鄰園食菜，鄰來告師，師曰：「鄰知園字乎？必築圍而後可。」鄰對曰：「公亦知園字乎？築圍僅防外人，不能止公家入也。」聞者絶倒。

如皋鄭龕濱副車韶風雅愛友。其《老將》句曰：「有志不妨終馬革，餘年尚未減牛餐。」《自題詩草》曰：「愧無才士八叉手，敢比良醫三折肱。」《楊花》曰：「張緒風流何晏粉，莫將冷落北蘆花。」《車中遇雨》曰：「在舟畏風波，在車畏雨露。須知行路難，豈但公無渡。」

快園詩話卷十

江寧淩霄芝泉

黄秋谷至馥，字郁亭，歙之業鹺於揚者。耽吟咏，重交游，風雅謙和，無豪華習，余二十年前與張老薑、王柳邨、李旭齋諸君唱和友也。近聞傳誦其《登北固山》句曰：「山經雲掩都成海，浪挾風飛欲上天。」

陳穆堂逢衡，揚之藏書家，首屈一指。有琴名小春雷，亦希世珍也。性雅好客。聞其《秋眺》句曰：「秋林密似春原草，遠水高過近郭山。」

海州黄退山進業《長相思》曰：「日夕憶君君不歸，等閒顔色鏡中老。」《柳眼》曰：「可能看得春愁破，不向東風管别離。」《冬夜》曰：「香怕有烟衾怕冷，薰籠開闔兩俱難。」

江都張篠坡清漣《對月》句曰：「不怪既圓偏又缺，獨憐圓少缺時多。」《寄懷》曰：「秋水一灣橋幾折，攜琴何日踏歌來？」《月下》曰：「今夜月明千里共，不知月果爲誰圓。」

甘泉陳小書德樟，書農茂才子也。年十五時有句曰：「海浪乘風立，江帆帶雨飛。」「文思清於水，詩情淡似秋。」「入簾花氣濃於酒，隔院柳棉飛上衣。」

江都蕭晴岩炳清高敦篤，信義過人。《咏樵》曰：「閒雲滿空山，流水下古渡。流水與閒雲，不知樵去路。」《客舟》曰：「歷來寒暑心難繫，見慣風波夢不驚。勝地欲留風轉駛，好山初泊雨將晴。」

真州咏雪，張少蓮曰：「偏栽瑶草神仙境，重壓茅檐處士家。」「金罏斗酒寧無處，葛帔當風亦有人。」汪緑埜曰：「鎮日圍罏休笑我，當時送炭是何人？」「豈無蓬蓽號寒怨，誰報倉箱預兆恩？」劉雨亭曰：「雲因太冷難爲雨，水到將枯尚作花。」「何物不能消俗態，此中也合帶春痕。」程玉如曰：「感我梅花和爾嚼，勝他乳竇帶雲烹。」「清白且因時著迹，光華豈藉月留痕。」邱白人曰：「詩酒且爲高士計，羊羔豈合大賢烹？」「淡交到底終無俗，白戰憑空不著痕。」志鈺曰：「雖非雨露潤衡門，報玖投瓊也是恩。念到人行衣少絮，記曾鴻過爪留痕。清寒骨自晶瑩在，飄落名常潔白存。春意未來先美麗，粉粧玉琢大乾坤。」

余與真州吟侶結神交社。劉雨亭寄余曰：「接得吟箋照膽寒，多才千古説方干。庭前雪色瑩瑩白，好與君詩一例看。」余答之曰：「記得軍中羽檄馳，奔疲驥足半因詩。而今遥結神交社，風雅依然似往時。」寄鈺曰：「一冬客裏寄行蹤，莫爲聯吟興太濃。記取催歸書唤汝，揚州臘月十三封。」

真州劉雨亭沛生字外穠，工醫善書。《並頭蓮》曰：「他日成房秋露裏，不知結子是誰多。」

真州金可亭標慷慨好友，工醫善書。《偶成》曰：「交情欲久須從淡，詩句求新屢欠工。」《秋感》曰：「年年黄葉飄零日，是我山齋卧病時。」《送鈺》曰：「折柳蟬吟秋水岸，買舟人渡夕陽天。」

真州王秋水澄才筆清健。《旅次留别》曰：「小駐月餘日，青霜滿碧天。花開時有蝶，秋老不聞蟬。興到攤書史，歌成雜管絃。來朝挂帆去，相見又何年。」《扁豆花》曰：「秋雨濕秋籬，秋風屋角欹。有根嗟寸土，結實愛雙歧。籐倩孤松附，香應冷蝶知。何人種紅豆，遺恨惹相思。」《寄衣曲》曰：「停鍼偷把淚痕彈，滴上征衣漬未乾。寄語檀郎須護惜，莫教痕跡被人看。」《秋山》句曰：「孤猿悲月咽清夜，野鼠驚人竄古松。」君母戴孺人，閨秀也。有句曰：「愁緒多如繭緒長，漫將心思自相商。停鍼欲問庭前月，露冷宵沈夜正涼。」「絲絲小雨濕疏桐，貧病何緣勢兩窮？理罷繡簾課兒讀，半間茅屋一鐙紅。」

真州劉漱石溱《訪友》曰：「獨步探幽徑，蕭然滿緑陰。院圍修竹窅，門掩落花深。鳥語亂禪室，鐘聲飛遠林。故人尋未見，斜日已沉沉。」《蓼花》句曰：「秋色艷分江漢路，夕陽紅到水雲鄉。」

程古稀守愚《攝山道中》曰：「馳驅野徑晚春晴，新沐峰巒迭送迎。草可攝生山得姓，霞來棲止寺因名。牛羊日落爭歸路，松栢風翻作雨聲。指點輿夫行莫倦，白雲深處是柴荆。」

汪問樵基福，字受堂。《雪美人》曰：「明月修容好，春風識面稀。」《鷗》曰：「不妨親近皆吾友，最好浮沉順世情。」《鰕》曰：「有客獨盲須爾目，爲誰頻折笑君腰。」《丈菊》曰：「愧居籬落頭難下，怕近塵囂立必高。」

方應韶震赴試南闈，余止而觴之。方詩曰：「湖水盪湖烟，湖光八月天。望中全畫境，座上總神仙。清酒如淮滿，高城接斗懸。千秋月泉社，一例藉詩傳。」「飲少輒先醉，兹游未可忘。六朝人已渺，一片水餘香。鷗鷺情同切，烟爨興倍長。嘉賓與賢主，韵事播詞場。」

余客楚時，寄兄健鵬司馬雲曰：「遇事悲雞肋，驚心感雁行。官卑兄乞米，客遠弟空囊。冷落東山月，時兄署郟城令。飄零漢水霜。何時聯大被，翦燭話中腸。」弟蘭谿別駕霈赴衡工時，余送之曰：「同步嫌舟近，頻看恐日沉。萬端離别感，卅載弟兄心。自愛互相屬，魂銷兩不禁。雖然千里隔，來往願佳音。」兄子志堯姪官山陰，余寄詩曰：「天涯一樣繫征艭，我客邗江汝浙江。暮汐晨潮來往便，鯉魚休惜寄雙雙。」

吾里王蜀江錦沅有句曰：「花蕊繽紛禽羽氄，萬般心事春愁擁。欲將紅豆賺風流，又虞灑作相思種。」

袁墨溪俊隱石城山下，賣麵筋爲業。有句曰：「偶窺月上疑窗曉，纔夢梅回覺枕香。」又曰：「杜門本是舊寒儒，又被飢驅上道途。子乏師資因廢學，天將貧苦逼人愚。」「韋布何從讀五車，公卿累代享榮華。豈因陋室無才子，膏火原輸富貴家。」

快園銷寒，每冬九讌。翁柳邨《寒鴉》曰：「因風團作陣，見月嬾于飛。」孫淵如《寒衾》曰：「足如投水怯，身擬卧冰涼。」俞種芙《寒春》曰：「衣多勤欲汗，地凍震疑鬆。」張香岩《寒機》曰：「忍寒雙足怯，借暖一身摇。」

又燕山南《閉户》曰：「殘梅是我曾斜插，古墨經誰却倒磨。」崔筠谷《曝背》曰：「獻覺野人愚可笑，搔希高士快何如。」吴孝侯《餬窗》曰：「添來虚室三分白，關住薰鑪一縷香。」蔡芷衫《炙硯》曰：「可能光燄臨文吐，易使雲烟觸紙生。」李瘦人《插梅》曰：「聘取美人勞護惜，安排高士費工夫。」方子雲《補裘》曰：「棄置三時雖冷落，披來百結也温柔。」曹澹泉《袖手》曰：「詩成腹稿教兒寫，琴試絃音累客彈。多少世間閑冷事，不妨局外作旁觀。」

朱春岩蘭，余姊丈也。愛其《采菱曲》曰：「菱實甘郎口，菱尖刺儂手。刺手儂不辭，但問郎甘否？」

陶子岑文本，余髫年交，江南藏書第一家也。所居阮懷寧宅園有阮姬人墓，余與何允軒銓、梁松坪增厚同咏詩。余有句曰：「眉顰新月餘溪柳，笑啓春風倩野花。」今四十餘年矣。

揚之同社，余多服膺。已過者，張老蘆之工夫，汪元波之韵致，胡丙皋之高超，李漁莊之流麗。現在者，黄小平之雄健，汪桂庵之細膩，汪稚泉之格律，汪泳泉之工整，江南厓之豪爽，江少泉之駘蕩，周在東之俊逸，周樂夫之清新，程半人之敏捷，江鄭堂之博雅，李琴軒之摹情，談蓉庵之體物，汪筠溪之老當，程書之之性靈，王鶴汀之鋭志，谷歗林之深思。惜皆忘其詩。先誌其筆路，俟録得再當續入。

陳生達字尊三，號穎叔，性好善。從余學詩畫，夢龍與牛交而畫大進。每畫必題，有題畫詩一百首行世。其《女兒紅萊菔》詩曰：「小名唤出艷於花，宛轉真如未破瓜。不用胭脂染顔色，生來紅透守宮砂。」

韓生淦字劍泉。有《虹橋鐙船歌》句曰：「十萬流螢燄不飛，一分明月光全讓。」

汪生照字筱漁。《禹廟塑壁》曰：「似得沈沙鼎，如登載鬼車。」《玉勾斜》曰：「子夜青燐吹不散，猶疑螢苑舊風流。」

解勗齋句曰：「洗却俗情茶竈雨，照清詩骨酒家鐙。」「歲月烟波雙鬢老，江湖風雨一蓑秋。」

葉布帆舟工書愛友。見其書扇曰：「東風作暖凍全銷，買醉平山一棹摇。二十四橋殘雪盡，都來湖上化春潮。」

徐芳洲名駒曰：「只恐夜深郎寂寞，挑鐙添繡一枝花。」

丹徒周愧廬必華工書。《竹西亭坐月》曰：「追涼來此地，暝色起岩阿。疎竹月輪靜，空亭螢火多。宵深生几席，鐙影上藤蘿。坐久素心愜，還思夜夜過。」

甘泉汪碧峰俊工畫。有句曰：「盈盈堂下花，息息堦前草。物豈不自愛，其奈秋風早。」

江都李漁莊澍工琴、畫。《桃花》曰：「非是故描輕薄態，要將春色寄同心。」

江鄭堂藩，字節甫。有句曰：「子夜愁聞觱篥歌，滿天風雪成交河。君王莫更開邊塞，青海西頭白骨多。」

道士王樸山至淳工弈解琴，善書能畫。有句曰：「從此向人誇富貴，堦前新種牡丹花。」

余客螾山僧舍，僧以《金山贈帶圖》乞題。余題曰「使君坐處尚空懸，已向山門玉帶捐。我借禪牀三月住，一無所贈愧」，書至此，適客至，遂出肅客。數友在座，欲續之「坡仙」、「前賢」，紛議未定，余返，乃續「腰纏」二字。

白沙張芷仲沅題余詩話有句曰：「得句揮毫傳手澤，尊師取友重心知。」

如皋石書勳崇鼎忼爽瀟灑，有氣節。《登攝山》句曰：「四圍暮色中峰見，六代秋光兩岸分。野客維舟侵落日，山僧開户納歸雲。」《郊行》曰：「遊蜂先我過橋去，知有花開在水西。」

石運南昌圖，書勳弟也，倜儻如其兄。題竿懸蝙蝠譏聯宗者曰：「昏夜跳梁未幾年，長成羽翼欲昇天。明知鼠輩原非族，借重高竿一線牽。」

如皋范蘂仙景瑗，弱冠著作等身。《遊山》曰：「境漸由佳入，乘從最上求。」《新柳》曰：「著意凝妝趁少年。」又曰：「淺能作浪初臨水，疎不因秋也怯風。」

通州朱石甫瑋，詩字雙絶，余畏友也。題余《隨園問字圖》曰：「海内靈光魯殿尊，掄才湖海幾人存。文章六代江山秀，衣鉢隨園付快園。」

如皋鄭生伊字任堂，瓠濱副車孫。居白蒲鎮，俗尚書禮君子鄉也。生敦厚誠樸，聰慧好學。有《咏迎春柳》句曰：「疑逢佳客頻開眼，爲迓東君學折腰。」

蕭泰初名銘，揚州府學。工詩好義，樂善愛交，鄉邑稱爲善士。其《暮春》句云：「露凝麥穗畦生浪，風動榆枝地落錢。」《中秋客中聞生子信》云：「秋花老健春花發，璧月真宜此夕看。」《七夕》云：「世間多少癡兒女，七孔鍼穿綫一條。」

陳受衡名均，號柳橋，江都人。工詩愛友，風雅重義。其《鶯囀》句云：「清音似教人求友，巧語如聞客鼓簧。」《夜宴》句云：「佇月滿斟留客酒，籠紗偏照礙人枝。」《暮秋》句云：「争奈重陽還未到，愁人風雨滿江城。」

黎用揚名青，號選亭，廣東人。敦厚温和，偕友公建濟嬰堂諸善舉，誠佳士也。《和關鑑湖明府畫梅四首》之一曰：「庾嶺同芳譜，江南寄此春。笛吹花不落，書帶草偏神。卧雪懷高士，揚風有故人。借觀東閣贈，韵致獨超倫。」餘見後。

快園詩話卷十一

江寧淩霄芝泉

余輯詩話，凡送詩來者，一聯一句或未入集者，皆入詩話。有全首佳者，不拘首數，彙爲《鍾秀集》。楊補雲部曹題《鍾秀集》句云：「又添銕網千層密，不使珍珠一字遺。」

余詩不自存稿。初吴蘭雪部曹以余詩合汪玉屏、張老蘿、江素山詩爲《溟鷗集》。百菊溪節相又以余詩合方子雲、余秋農詩爲《江左三家詩存》。石琢堂殿撰又以余詩合方子雲、余秋農、張老蘿、王柳邨、謝佩禾詩爲《江淮六家詩選》。然見諸剞劂者，尚未及十分之二，故吴砥山太史贈余句曰：「人盡求狐腋，君惟露豹斑。」

王簣山觀察風雅愛士。有士人新年呈以詩曰：「連朝漸覺笑顔開，蘇到楊枝綻到梅。管取寒爐成樂圃，專期春色渡江來。」「椒酒辛盤正盡歡，何人念及腐儒餐。新年莫怪無從訴，棋子初投國手難。」公子公孫聯登科第，人以爲愛士之報。

陳雲伯明府文述爲人行事酷肖范文正公。有女無力字者嫁之，喪無所歸者殯之。屢以冬衣贈寒士，其士人報以詩曰：「廣被來遮雪裏身，牛衣寒士頓精神。果然冬日真堪愛，頃刻能回黍谷春。」「高閣惟娱片刻情，萬錢買醉尚嫌輕。何如略展移暄手，直使寒儒感一生。」公撫之愈厚。又獻詩曰：「昔日漁洋愛野人，至今佳話播猶新。那知二百餘年内，竟有名賢步後塵。」「雪中送炭古來難，莫笑寒儒竟素餐。日後留教人羡我，居然無恙卧袁安。」其家童稚亦歌曰：「昔畏逢三節，糧空債又催。今偏思節至，預備笑顏開。未冷衣先製，將饑粟已來。欣欣榮小草，爲得近篷萊。」五袴之歌，不得擅美於前矣。

浙江吴澹川先生文溥殁，其孫仁燾幼，家有五棺未葬。王柳村徵君詩曰：「禾中書到爲沾巾，南野才名不救貧。破屋五棺被霜露，麥舟相助更何人。」黄秋谷太守見詩，贈以地。謝佩禾贈柳村詩云：「南野如東野，文章不救貧。五棺猶未葬，七字竟成仁。名姓他年事，交情此日真。關山正摇落，吾輩感風塵。」陳雲伯明府見詩，助其孫舉五棺而葬之。蕭晴岩賦詩曰：「富貴天原畀善人，但能行善莫憂貧。請看誰及鹺商厚，偏聽都傳大令仁。五柩承恩齊入土，二公積德妙如神。我爲陌路旁觀者，感激無端淚染巾。」

汪月樵鹺尹《登岱》云：「萬山如浪湧，孤客似雲浮。」《當頭月》云：「至高雲不掩，無極物同明。」《寒烟》云：「水風收不起，霜月照全空。」《寒花》云：「未經風日暖，深感雪霜仁。」《咏桅》云：「一鐙隨月上，倒影似槎浮。」《咏柁》云：「任涉波濤險，全憑掌握牢。」皆可誦。

滇南竇松溪大令欲峻工詩善書，有賢聲。宰鹿門時，見余詩話，以聯寄余云：「尚餘一臂能扛鼎，獨具雙眸摜揀金。」又《咏鏡》曰：「前身知爾爲明月，來世逢君或美人。」詩多不及備載。全首選入《鍾秀集》。

王柳村徵君豫樂善愛友。余寄之詩曰：「束髮論交久，行將四十霜。昔年皆未壯，今鬢兩俱蒼。

目暗君扶杖，肢殘我在床。及時須把晤，珍重此斜陽。」

旌德汪玉屏坤字元至，和藹瀟灑。游幕均陽，寄余詩曰：「書來猶説尚蹣跚，且喜年來稿盡刊。一代才原歸數運，千秋業莫補饑寒。在先射虎心何壯，此夜聞雞舞獨難。但望好音頻慰藉，君能加健我加餐。」君幕滇時見鴉片烟筒，戲咏云：「柯亭有材不作笛，一竅中開任呼吸。送抱推襟藉往回，嘘寒飫暖憑消息。時時腹效東床坦，兩兩咀含夜能短。共吸初疑卷碧筒，雙吹不是調金管。從來香火因緣重，天女維摩作清供。揾玉燒蘭可奈何，垂涎儂亦幾摩挲。不愁鶯粟花開少，但願雞林客到多。」

甘泉謝佩禾堃工書愛友。贈余詩曰：「廣陵烟月秣陵山，好景都歸卷軸間。不是天涯留病榻，那能詞賦動江關。」「億萬金錢撒手空，早年王粲賦從戎。蒜山葱嶺黄沙磧，都在鐃歌漢曲中。」佩禾《咏背面宫人》云：「自知薄命難承寵，免惹君王見妾容。」志鈺和之曰：「妾心只解君恩重，不許旁人見妾容。」

高郵印穀圃天保工詩，才氣過人。《紅梅》云：「絳蠟倚粧扶美女，碧螺殘醉夢高人。」《晚泊》云：「蘆荻漸隨秋意老，鷺鷗能伴客心閒。」《水患》云：「風雲騰幾日，人鬼哭深宵。」《秋興》云：「流水三生娘夜渡，高山一曲雉朝飛。」餘全首梓入《鍾秀集》。

高郵徐沐甫聯科《即事》云：「孤雲山徑遠，落照野塘寬。」《贈山僧》云：「清凉正佳日，歡喜有前緣。」《羽山》云：「龍雲挾腥雨，海氣斷秋虹。」《登奎樓》云：「爽生欄檻天風接，凉到衣衫雨氣涵。」《海棠》云：「睡起捲簾天欲曉，酒闌燒燭月初低。」

高郵吴蘭舲兆熙《新月》云：「窺鏡勿驚描黛女，倚樓幾誤捲簾人。」《春晚》云：「消除酒病三更夢，破費春工滿地花。」

高郵陸琴風芹字泮賓，曠達廉介，虚心友士。其詩有「不知身是客，猶自遠懷人」、「一天殘雪雁初過，幾樹夕陽鴉亂飛」之句。

寶應芮春湖獻墀字石丹，工畫善弈。其家三世工詩。有《贈别》云：「笑談一尊酒，風雨十年心。」又云：「千里辭家忘是客，一身多病已成翁。」

寶應馮丙山楨字蔭皋，工弈。有句云：「鐙隨村舍遠，犬吠水聲寒。」「囊空轉恨歸期迫，學淺翻嫌得句遲。」

儀徵王嘯雲鴻舉，字際飛。有「愁極翻無可寄書」之句。

寶應葛香谷棉，字民初。《咏雪》句云：「雲低篷背重，風逼櫓聲清。自同天一色，難辨路三叉。」

寶應葛菰溪綖，字昭度，香谷弟也。《過精舍》句曰：「滿院閒花開舊徑，一燈清話慰離懷。」

儀徵談蓉庵鏡《春草》句云：「任他春水平分緑，何處名山不借青。」「下士已甘居陋巷，美人何必怨長門。」

吾里歐陽棣之大令炘工詩尚義。贈余詩曰：「貧耶還復病，寂寞在他鄉。兩載分飄梗，三年未引觴。身雖同老繭，詩尚滿奚囊。吴質知能養，何須肘後方。」

傅柳橋明府祖緒風雅工詩。余客如時，日日相親，至交也。《咏秋柳》云：「别具疎狂名士格，亂頭粗服自風流。」

袁真來别駕句曰：「徑捷田成路，舟輕席作帆。水到宵來白，鐙從遠處圓。」

泰州黄顧玉石工書善畫。贈余詩曰：「無端萍水共留蓮，離合都關翰墨緣。名士文章豪士酒，一時高會短燈前。」「平原幾度宴名流，裙屐笙歌爲莫愁。選得快園詩話在，至今人話白門秋。」「翩翩書記昔從軍，豪氣鶩飛隴上雲。廿載功名同逝水，不堪衰病對斜曛。」

天長程禹山孝廉虞卿，工書愛友。《舟中》云：「帆回知路轉，犬吠覺村來。」《春草》云：「新機春雨助，前夢劫灰沉。」「北郭清明早，南朝廢寺多。」《荒塚》云：「宿草碧猶昔，墳荒鬼亦疑。無家供麥飯，有客認殘碑。穴古狐争踞，燐飛風倒吹。棠梨花下影，凄絶月明時。」《寒夜》云：「夢裏吟魂歡聚鬼，籬邊饞虎坐窺人。」「林外風腥知虎過，山中月黑覺雲來。」《客中春日》云：「心知花落偏愁雨，客到春來每憶家。」《擬古》云：「脈望生於書，即以書爲食。豈必飽六經，殺蠹笑微質。倘令生田中，亦當類蝨蟹。體未攀神仙，害先滋稼穡。乃知習俗移，善惡那可測？智士慎厥初，時時保令德。」《遼西送竈》云：「江干只有三間屋，就中竈與床相屬。終日高歌泣鬼神，狂來踏脚翻盂粥。竈神歲歲難安祠，上天泣訴天神知。天神苦我不得死，罰往遼西六千里。今夕却憶故園别，又值填門大風雪。土竈應供水一甌，三更破屋寒颼颼。炊烟冷落歲云暮，妻孥莫念行人愁。行人不怨天涯遠，七尺狂軀任蓬轉。竈神若問我如何，此日高歌仍白眼。」禹山佳作如林，不及備録，惜哉！淮關别後，又不知幾多新什矣。

俞薰仲徵君鳴南，江都孝廉方正也。其《題望雲圖》句云：「春郊寒食登山早，秋圃黄花列鼎遲。」《西山展墓》句云：「匹練迢迢通冀北，青螺點點隔江南。」

大興余雪柴少府壎，余姊丈也。昔同客楚，唱和甚多，皆忘之矣。惟記有「郢中白雪融詩骨，漢上紅霞照酒顔」之句。

戴貞石通守公望風雅工詩，亦客如時舊識也。有《冬行》云：「林空寛客眼，露滑印驢蹄。」

廣東陳陶圃大令玉成到處政績有賢聲，風雅工詩，余客如時舊識也。近聞傳其咏《色》云：「有癖可能如好德，不荒未必便傾城。」《聲》云：「有誰作賦同金石，未免牽情到管絃。」《香》云：「三日馣馣荀令座，一抔鬱鬱玉人墳。」《味》云：「衆嗜雖同知者鮮，萬情惟悟淡中長。」

雲伯明府開瓜洲河，民以爲便，歌頌紛陳。志鈺亦獻詩曰：「古今勝地總堪稽，利濟功原捍患齊。淮海並傳雙德政，陳公河與范公堤。」「疏鑿河渠一路新，瀠洄春水碧粼粼。知公福本如東海，分取支流濟後人。」「農工商賈各歡歌，瓜步江潮達運河。多少行人争指點，流通不盡是恩波。」「居人珍愛兩堤旁，不肯臨流種緑楊。留得寛閒無限地，他時好樹召公棠。」

雲伯明府署淮南鹺守，真州士民樂之。劉雨亭沛生獻詩曰：「忽聽錢塘一棹過，滔滔淮海見清波。地經佛到成香土，天爲人寒轉太和。上有箴規當事少，至誠調燮受恩多。想來懿行難名得，惟獻揚州德政歌。」

李留村河尹《當頭月》云：「顧影纔能知我直，問天何苦逼人寒。」

王步康茂才履泰，永順太守之孫，余表姪也，居余同里。凡書誦三遍不忘，經史背誦如流。題余邘上寓齋何陋軒曰：「書有百城擁，榮於萬户封。高眠宜雅静，薄醉任疎慵。此老才無敵，當時墨尚濃。時乙先生舊作書畫。小軒來坐久，頓覺醒癡聾。」余和之曰：「童嬾門稀掃，春來碧蘚封。太貧遭賊笑，久病覺醫慵。筆秃字翻古，梅殘香尚濃。市囂無礙近，轉幸耳雙聾。」

快園詩話卷十二

江寧淩霄芝泉

錢塘程玉尺度，字龍翔。黃春谷解元、胡丙皋廣文，皆其高足也。應書院試，《紅葉》云：「冷淡疏林醉曉霜，離情何處不淒涼。幾株斜日寺門閉，萬點西風山徑長。古岸無人秋水碧，江邨如畫暮雲黃。羨他不買胭脂染，一任春紅鬥洛陽。」「菊黃蘆白總宜秋，最愛丹楓景獨幽。逞艷絕勝花正放，相思欲寄水能流。山空有客看樵徑，江冷無人落釣舟。尚憶西湖殘照裏，晴霞橫抹亂峰頭。」時曾賓谷中丞爲兩淮都轉，書其後云：「繪影繪聲，風流旖旎。不意得此奇才，吾欲喜而不寐。」

長白吉止齋尚書綸有句云：「林暖鳥聲早，天空雁影懸。」「掀天巨浪聲猶怒，隔歲驚魂我又來。」

王簣山觀察賡言和余韵贈余詩曰：「盛名海内重滂膺，冰雪文章逐歲增。安得此身跨鸞鶴，蘇門長嘯學孫登。」「少年歲月去堂堂，故里田園半已荒。喜得東南賓主好，春蘭秋菊一時芳。」「尋春日日課新詩，到處人言王濟癡。一樹花開拚一醉，深杯百罰我何辭？」「方子雲謝佩禾張老蘿王柳村各擅場，選樓高坐午風涼。謂君選詩話。石琢堂殿撰亦選君詩入《江淮六家詩》。他年成就名山業，奕世人傳姓字香。」

甘泉李冠三比部周南文望隆重，一時名士多出其門。句云：「石巉奇似虎，樹老瘦於豺。」「日和冰盡解，風暖浪微皴。」「纍人皆骨肉，誤我豈詩書。」《春草》云：「羨爾宿根存本性，也隨群卉鬥芳姿。」《紅葉》云：「有葉自扶非仗緑，無花争放獨餘紅。文當老境詞偏麗，人到衰年貌返童。」《贈黃秋平》

云：「風雲變幻成蒼狗，歲月蹉跎惜白駒。雄才小試空空手，古調新翻《昔昔鹽》。」《飛絮影》云：「賸有花魂憑寫照，更無色相豈沾泥。化萍人憶前身幻，映水魚驚過眼迷。」《酒葫蘆》云：「五色差同莊叟器，一瓢較勝子淵厨。」

甘泉李夢白斗南，冠三比部兄也。有句云：「雁背帶霜天際唳，客身負月道中行。」「骨瘦自知緣老病，多情猶爲課花忙。」

天長戴暢村奉直景和，畹香殿撰父也。敦厚謙和。見其《游極樂庵題謝佩和詩草》曰：「解纜停湖曲，攜群古寺中。連雲瞻峻閣，把卷識宗工。春草生池緑，芙蓉計日紅。千秋家法在，歸釣莫匆匆。」

寶應芮愛山近綸，字君言。弈中國手，豪俠愛交。其詩曰：「閒臨古帖近窗紗，小院曾栽數種花。天水烹茶隨意啜，奕棋人散夕陽斜。」「昨宵夜雨濕濛濛，惹起春愁恨轉蓬。最是關情新燕子，雙雙偏識舊巢中。」斷句有：「帆檣雲外隱，樓閣水中明。」「地僻閒栽樹，居幽嬾築墻。」「草芟餘緑柳，花盡賸青松。」

寶應汪潤郊元春，字沛膏。工青烏之術。有句云：「雨過雲無跡，潮回岸有痕。」「山入混茫青到頂，水流天地白無邊。」皆樸實自然。

吾里王應星太守彝象，余姑表兄也。工弈。守杭時得句云：「人意閒於鶴，江光載一舟。」

上元談竹塘刺史逢堯，余舅岳漢黄觀察子也。《咏白海棠》句云：「小景徐熙如貌得，但須傅粉莫薰香。」「寄語莫燒高燭照，玉環非復醉時容。」

吾里陶孝廉外翰濟慎，金山解元孫，厚安刺史子，怡雲郎官弟，余表妹丈也。《題迷藏圖》句云：「東手得來西手去，笑他偏在暗中忙。」「眼明手快人多少，不及兒童片刻歡。」

揚州馬振遠，字素園。治内症如神，猶僧曙開之治外症也，皆堪獨步。記會詩其家時，所咏緑鳳仙有「指尖合染春葱色」之句，歎其精絶。

吾里楊桂堂給諫煊，余襟弟也。《咏鷹》云：「眼高可謂空凡鳥，腹飽緣何棄主人？」

歙方紹餘溥、方以虚廷瑞，皆余表兄也。紹餘《莫愁湖》詩曰：「功名久已視如塵，只有情癡尚認真。一樣樓中覩遺像，王侯不拜拜佳人。」以虚《秀芳閣》詩曰：「銀釭坐對話深更，無限中腸不易明。疏豈相宜親未許，最難爲是此時情。」自紹餘返歙，以虚捷後官湖南別駕，遂別至今矣。

太倉王小蓬譽孫、王影山岵孫，永州太守兩公子也。記小蓬句曰：「寄情思入畫，行樂夢游仙。」二君皆不知宦游何所矣。卅年之久，思之憮然。

龍泉陳學夫公子詩，余最厚友也。其渡江得句云：「未渡那知風力大，中流始見浪頭高。」余爲足成之。

卞芝軒大令枋有句曰：「人生年少好，春是少年人。」亦余足成之。

貴巍卿貳尹正元，曾館余於休園。七月七日廣招名士會詩，自題所畫紅蘭，警句曰：「楚國王孫本赤心。」

余四十，句有云：「到此無聞安足畏，將來縱仕已非强。」五十句有云：「百年過半身餘半，一事無成病已成。」内子五十，亦有句云：「果然蒲柳姿先損，未必桑榆景尚佳。」

儀徵阮梅叔明經亨，芸臺制軍弟也。敦厚謙和，獎濟寒士，鄉里感誦之。著有《珠湖草堂集》。其中警句曰：「楊柳春風調馬地，桃花細雨賣餳天。」「鐙影似星穿户出，月華如水隔簾流。名心更比詩心淡，歸思翻因别思留。」「幾樹緑痕潛破柳，一簾香氣暗通梅。」「地高雲氣侵衣濕，峰斷湖光潑眼來。」「鄉心似月三秋滿，詩思迎潮一線來。」「貪看山色墻低築，愛聽禽聲樹滿栽。」

清江張尊生鼐，豪邁愛交。佩禾贈以聯曰：「酒拌名士醉，劍共美人評。」

吴縣吴曉峰寶名有句云：「河梁一分手，覿面異鄉難。喜爾容如舊，嗟余影已單。謀生休問計，同客且言歡。不覺簾前雨，凄凄夜又闌。」

江都張松耀鴻鼎有句云：「滿身黄葉帶秋歸。」「草荒嘶病馬，天遠數來鴻。」「秋如社燕行將别，人對寒花瘦可憐。」

余伯岳丁副車鰲有句曰：「報國無才鳩杖懶，傳家有具硯田貧。」子垣名明經，孫金榜、金詔皆捷。

余纂志東亭，染患來揚。東臺金詠堂廣文撰寒日來揚探病，贈余一裘，數載賴之。及先生歸道山，余以聯輓之曰：「積德名留當代志，傷心淚濕去年裘。」

余平生多朋友，緣卧病七年，承獎濟備至者，如陳雲伯諸公，已記載九卷中。年來復有嘘寒借暖情意交摯者，同城則王簣山、熊介兹兩觀察，黄秋谷太守，王柳村徵君，謝佩禾太學，解勗齋布衣，談蓉庵居士。遠道則東臺之姜種蘭、蘇雲巢，都門之梁德圃、佛寧安，錢唐之袁真來，西江之傅柳橋，刺耀州之石蒽佩，辛㴑江之歐陽棣之，辛鹿門之竇松溪，秉鐸梅溪之諶味堂，幕均陽之汪玉屏，幕琅鎮之王步康。他則蠙山、蒲上、梓里、真州各友人也。吴履堂太史題詩話四首之一曰：「古人懷德重宣揚，一飯從來示不忘。争及快園老居士，千秋詩話姓名香。」

唐楚珍號六橋，工醫愛友。有句云：「維舟楊子渡，托跡廣陵泉。鴻爪初留雪，鵬飛未戾天。」曙開上人念舊愛才，久而不倦。嘗招吟侣會詩咏新緑，上人得句云：「花落有餘春。」衆皆擱筆。

王柳村徵君詩壇耆宿，著作等身。念舊愛才，交徧海内。初以孝廉方正舉，辭不就，乃舉山林隱逸。記其警句曰：「萬竹不知地，全山都似雲。貧嗟人易别，老覺袂難分。」「溪痕青過雨，柳氣白通潮。」「鬢因經世白，眼爲愛才青。」「客罕雪封徑，寒深竹掩關。」「亂山到海盡，遠水合天流。」「知否妾心怨秋色，臨江不敢種芙蓉。」「東亭百里無楊柳，不識春風有别離。」時余與合稿，又愛小邨、又村兩令嗣才，乃贈之聯曰：「他日附名聯六逸，此家有筆繼三蘇。」

王小邨茂才屋，柳村長子也。家學淵源，有雛鳳之目。愛其句云：「山曉翠欲活，水闊岸疑浮。」「城轉炊烟開，一塔出衆緑。」「雪留三徑白，山送四時青。」「微風吹酒香，知近蘭陵驛。」「劍是英雄氣，花爲美女魂。」「人事淡隨江上水，詩情壯壓海門濤。」「到來莫更誇烹茗，家在中泠第一泉。」

王又邨敏，柳村幼子也，時稱難兄難弟。其句云：「花送四時香，山流太古緑。」「市近酒香出，僧定磬聲稀。」

江南王春岩茂才右生交廣而殷，才捷而勇，詩中驍將也。尤工詠物，《詠簾》句云：「捲處夜寒貪有月，垂時花落悵無人。」《芙蓉》云：「縱有繁華那箅春。」《梅格》云：「冰雪聰明原在骨，孤高情性自成家。」《曲欄》云：「人倚愁腸九折同。」《燭淚》云：「剪處漸灰心寸寸，彈時曾濕指纖纖。」《憶燕》云：「我知繫足絲難在，人望投懷夢有期。」《讀岳傳題》云：「知幾老將騎驢去，料事書生叩馬來。」《送行》云：「柳嫩如金折贈多。」全首著入《鍾秀集》。

談蓉庵慷慨尚義，風雅愛友，詩多精思。其《春草》傳句已載前卷中。兹復記其《春草》句云：「馬頭細雨人千里，牛背斜陽笛一枝。」「也知未受栽培力，敢忘無私雨露恩？」《懷人》云：「愁憐小户難澆酒，貧愛空囊好貯詩。」《秋遊》云：「楊柳送青眼，蒹葭已白頭。」《看梅》云：「曉寒千樹雪，春雨一身苔。」《早春》云：「春在雨中忙。」《題照》云：「人同仙鶴瘦，松作老龍吟。」《桃花庵看桂》云：「僧迎前度客，人問小山花。」《紅梅》云：「丹砂今已得，莫問幾生修。」《扁豆花》云：「同根别有相煎句，一頃還聞行樂詞。」《春飲》云：「春雨乍晴嬌鳥唤，梅花正放故人來。」《檢詩》云：「共憐往事如蕉鹿，各檢殘篇感雪鴻。」《黄葉》云：「緑陰猶記客追涼。」全詩選二卷入《鍾秀集》。

甘泉李琴軒茂才桐，字于揚。篤於愛才，殷於念舊。有《雜感》句云：「無病幸邀神鬼恕，有求難怪友朋疏。」《書味》云：「香共菜根常淡淡，佳如蔗境入層層。」《殘燭》云：「詩剛得寸毋庸刻，酒未能狂已漸昏。」《贈玉屏》云：「蜀道已過難處少，南天得到壯遊全。」《秋葵》云：「信宿不留人再見，及時惟許菽同烹。」《客中》云：「客中過節歡先減，雨裹思家夢倍長。」《燭淚》云：「風前易落同衰老，歡處仍抛况别離。」《郭璞墓》云：「卜葬有方難避殺，拜瞻無地况招魂。」《寒月》云：「欲邀人賞惟紅友，始信冰清是素娥。」《秋鐙》云：「雨深涼夜昏無燄，人共茆堂聚有情。」《古井》云：「歷溯何曾因邑改，細看迴不見波横。」《枇杷》云：「有客園中攜酒醉，是誰花裏閉門居？」《海上小築》云：「樓高莫便疑爲蜃，居小何妨説似蝸。」《剪秋羅花》云：「山林雅合秋雲罩，草莽難將玉尺量。」《贈菊》云：「非無香色惟求淡，但有笙歌不稱花。」《鸜鵒硯》云：「底須斷瓦懷銅雀，不必臨池羨鳳凰。」《孫伯符》云：「公瑾多才同命短，仲謀有福賴兄賢。」餘入《鍾秀集》。

歙汪榆谷保孫贈余詩曰：「功名久已等浮雲，檄藁當年手自焚。清俸常分賢令尹，新詩不讓古參軍。琴書抛棄應慚我，珠玉收羅却羨君。同是思歸歸不得，故山猿鶴悵離群。」子菊泉工畫。

快園詩話卷十二

江寧淩霄芝泉

汪叢睦太守以子貴，誥加資政大夫。適見燕來，寄興曰：「玉剪金釵色色工，杏梁原在五雲東。一生溷跡香泥下，千古知名白社中。失偶淒涼眠草碧，銜雛辛苦啄花紅。幸他王謝諸郎貴，粧點烏衣與鳳同。」「呢喃渾不是啁啾，社日春風自在遊。海上朱霞猶照頂，宮中彩線早纏頭。竟教多占鶯鶯閣，也許高居盼盼樓。到底晚晴人最重，趁花飛舞向皇州。」余賀之曰：「紫雲一朵降階庭，鄉里群誇報德馨。天爵修多人爵晉，福星畢竟是文星。」「日長可喜即春暉，舞彩承歡興總飛。真樂別高人一等，笑看金紫作萊衣。」「位尊多在齒尊時，政務勤勞日費思。誰及先生無量福，起居八座但吟詩。」「廣厦寒儒氣亦揚，壽觴飲醉又歡觴。他時公子忙調鼎，請自閒開緑野堂。」又和《咏燕》曰：「愈到春深舞愈精，舒長時日正晴明。玳梁成壘原相賀，杏苑將雛舊有聲。瑞世自應同彩鳳，遷喬竟得並金鶯。紅襟紫綬天然貴，王謝真宜累代榮。」

張硯峰孝廉工詩畫，繪《七賢同濟圖》，并題詩曰：「里有參軍今高人，賑飢行義家爲貧。多年抱病困羈旅，饘粥無粟炊無薪。良士行將委朝露，惋惜聲都聞道路。天將果報示人間，暗使群賢相佑護。賢侯德政古所稀，濟人尚覺豬肝微。博施不肯使凍餒，飢授之食寒授衣。繡衣執法兩使者，分俸憐才世亦寡。昔年賢守今榮封，借暖噓寒不相下。名進士與賢茂才，高僧時復慈雲開。茫茫大海竟得濟，塵寰有地憂堪理。向平婚嫁漸能遂，累代書香期不墜。始信袁安守分高，不妨安卧柴荆内。濟者受者名俱香，作歌作畫聊稱揚。善必降祥足堪信，千秋可以風吾鄉。」陶渭川明經題曰：「善著名逾著，人窮學不窮。七賢争見濟，千古實堪風。此老吴嘉紀，群公周亮工。熙朝續佳話，前後頗相同。」熊俊園上舍題曰：「此中高卧竟安閒，塵海茫茫渡不艱。莫道一舟如葉小，載來恩德重於山。」

南城曾賓谷中丞燠遊篠園賞芍藥詩曰：「落花風雨太頻頻，今日湖天霽色新。造物有心憐小草，主人加意護餘春。朱家二圃名猶在，坡老三過跡已陳。手擘紅芳一惆悵，當年刺繡費針神。」汪叢睦資政和曰：「一番花事往來頻，同此芳名各自新。五色地延千畝瑞，九重天繫兩家春。雲烟本愛園林舊，風雨難磨姓字陳。閣下詩傳紅芍藥，繁絲輕縷頓精神。」余和之曰：「遊多餘暇不妨頻，同向香天放眼新。一座飽嘗無量福，萬花留得未歸春。茶因品水當階煮，筆爲題詩滿案陳。金帶圍祥知有繼，紅雲擁護已怡神。」

焦山僧借庵清恒，字巨超。贈余句曰：「抱病緑楊城，心清體自輕。春風吹大地，是日立春。短榻話平生。慷慨詩無敵，艱難歲又更。奇才天必妬，莫與世相争。」

儀徵江少泉茂才德芳，蔗畦太守子，秋史榜眼弟也。詩筆清俊。其《楊花》云：「春深紫陌猶飛雪，風暖青樓盡脱棉。」《咏醋》云：「風味不禁酸一點，書生態度美人心。」

石谷住持揚州高明寺，工詩愛友。贈余詩盈尺，佳什如林，不及備録。余答之詩曰：「梵宇琳宫壓水多，耽吟中有老維摩。禪關咫尺無由敂，孤負從前幾度過。」「都説詩禪領上方，甘分珠鉢齒猶芳。

瑶編贈我焚香誦，不見蓮臺拜也忙。」

心朗號盉亭，揚州隆慶寺住持。愛才好友。謝佩禾贈詩云：「繞徑萬竿竹，當階兩株樹。此即閉關人，終日譚經處。」慶庵老和尚頻牧，隆慶寺心朗師也。有詩云：「大用不揚眉，猢猻照古鏡。心燈朗月輝，國泰民安慶。」

吴朱卣生茂才釋㲉贈余詩曰：「斯人小隱寄邗江，卧聽春潮怒拍撞。金紫不縈塵夢淺，薜蘿歸老壯心降。曾將長劍揮南服，竟著奇書倚北窗。莫怪門前車轍滿，臨文隻手鼎能扛。」

寶應吴古亭茂才曰鼎《咏項王》詩云：「謂王爲英雄，江上如何弑義帝？謂王爲奸雄，壩上如何放劉季？英雄奸雄兩不成，學書學劍猶如是。吁嗟乎！八千子弟付東流，獨對虞姬哭不休。」

慈雲庵僧聽雲贈余詩曰：「見説凌夫子，詩豪力莫排。酒杯空歲月，聲價遠江淮。禪暇得來訪，痾沈難放懷。高軒容片晌，憐我是同儕。」

揚州谷曉山鰲，字歗林。工醫。《初夏戲占》云：「笑此木綿袍，偏逢入夏驕。羡他青海外，冰雪未全銷。」古雅深遠。

葛晴江茂才練贈余詩曰：「愛人高義本如雲，貧病何嘗減半分。畢卓袁絲謂纕蘅制軍、簡齋太史。曾問字，孫登洪邁共論文。謂君與洪稚存太史、孫淵如觀察爲膠漆交。藏來妙墨皆知寶，君舊時字畫，病後不能作，人皆寶之。交得名賢盡出群。典被刊書甘忍凍，是真清士老參軍。」

甘泉程雪門立，字書之。聰穎愛交，詩筆清雋。《夜話》云：「衹有山川增閲歷，那能文字免飢寒？」《雪美人》云：「如此明眸真剪水，果然仙骨竟裁花。」「却爲散花來世外，非關咏絮立風前。」《秋夜》云：「鐙影照殘孤枕夢，秋聲消盡少年心。」《問病》云：「我未工詩窮已召，君雖作達病猶來。」《歲除》云：「寒不能消惟戀酒，債無可避强吟詩。」《雨中客至》云：「貧能諒我自攜酒，情爲傷春同惜花。」《哭陳石泉》云：「早參慧業應成佛，乃見交情尚有人。」「幾點雨聲來燕子，一番風信上櫻桃。」《聞曲》云：「親裁《白紵》雖無分，細按紅牙定有人。」《初冬》云：「夜氣欲凝池面水，曉霜先瘦畫中山。」《送友》云：「客意如明月，人情比石尤。」

吾鄉胡雪房明經照贈余聯曰：「勸善者天，胡使斯人貧且病；承恩者衆，轉勞外客憫而周。」

上元余秋農明經工文章，通小學，精推步，善八分。隨園師稱其古詩有大氣力，縱横如意。今記其近詩警句。《江行》云：「一片布帆風似駛，但看兩岸有山來。」《秋懷》云：「也知心上山無數，可奈床頭劍屢鳴。」《孔雀》云：「毛羽似君宜愛惜，文章如此尚樊籠。」《種花》云：「垂頭不語還羞面，新種花如新嫁娘。」《咏雲》云：「但許美人堆鬢上，有誰名士吐胸中？暫藏湖海情非懶，得近蓬萊色自紅。」《大風》云：「欲吹山作地，能送海升天。」《耳閉》云：「飛泉鎮日下幽壑，清磬有時生曲房。一任市人傳有虎，但知西國號無雷。」《家居》云：「兒讀生書頻問字，親留熟客不增肴。」《補竹》云：「熟客忽迷當徑路，芳鄰驚見出墻枝。」《滌硯》云：「笑爾面塵如我厚，有誰交道比君堅？」《待月》云：「知有美人癡似我，晚粧吹燭倚高樓。」《社日》云：「散後雞豚渾似夢，望中桑柘總如雲。」《静裏》云：「屋漏巧當星一點，簾波碎剪月千絲。」《聞鶯》云：「争怪苦吟人易老，衹渠聲不似從前。」《蟬》云：「但飲都無事，長吟過一生。」《天界寺》云：「烟棲畫壁薰成墨，苔上金容繡作斑。」《客去》云：「將典裘多離別色，重編詩費掃除功。」《登臺》云：「雨痕如弩下，雲勢作山來。」《解纜》云：「舟移漸覺橋東徙，雲疾翻疑月倒行。」《立秋》云：「漸知歡愛當時錯，便覺炎涼此後平。」《驟雨》云：「虹騎遠岸橋争曲，雲墮平蕪塔讓高。」《病起》云：「偏於此際聞人死，又放餘年讓我狂。」「百事未遑先洗硯，一端最急是澆花。」《偶成》云：「客久不來猜是病，春如未去急須遊。」《看花》云：「君不見招吾亦至，酒還未設客先醺。」《新秋》云：「暑似愁心消不盡，涼惟病骨最先知。」《却聘》云：「雲路何堪鞭竹馬，天香應不染荷衣。」《蕭索》云：「酒愧屢賒憑客去，衣難易着笑兒長。探囊自掃游山興，乞米人傳辟穀方。」《哭金梅峰救其門人致溺》云：「奇事稀聞師殉弟，遺孤剛得女爲兒。」「夜臺桃李休開館，秋水芙蓉好築城。」「準情縱異逢蒙殺，畢竟難爲宰我仁。」《秋懷》云：「未官且用石爲印，學佛但須金滿身。」《移榻》云：「得月又愁多受露，迎風惟恐不當花。」

宋之山太史祝余詩云：「金粟如來是後身，黄花爛熳祝生辰。但欣兒女能承志，何礙偏枯作半人。不朽之名真可壽，多文爲富總非貧。那須九轉還丹藥，心太平時即養神。」

甘泉孟玉簫生金輝號「廿四橋詞客」，工書畫，精篆刻，耽雅重交。《夏日》句云：「笑煞無知雙粉蝶，自投蛛網學鞦韆。」《影園》云：「殘荷猶向晚烟紅，衰柳頓教斜照冷。」《納涼》云：「風軟水紋細，雲奇山勢多。」《揚州懷古》云：「金帶圍邊思宋相，玉鈎斜外弔隋妃。」《雪梅》云：「春破柴門纔幾夕，紅顔已到白頭時。」《康山》云：「山不在高名自古，人惟求舊品原清。」

真州張少蓮官保，字庶和。天性至孝，慷慨重義，遇一知己，肝膽可披，今之烈士也。其近句，《春樹》云：「在山能助色，得地便生春。」《楊花》云：「不自知飄泊，顛狂又一年。」《雪花》云：「如來拈不得，天女散何忙。」《鏡》云：「面目看來似，心肝照出難。」《琵琶亭》云：「偶然一到春衫濕，况是重來白髮生。」《客中》云：「攘臂釀成騎虎勢，捨身不及餵鷹僧。」「萬苦備嘗支敗局，百魔不動坐禪僧。」《荆山》云：「當年若解深藏璞，豈有傷心痛哭時。」《吴江》云：「猶幸伍員無肖子，鞭屍爲報父讎來。」《大澤》云：「天留三尺誅秦劍，不鑄金人十二中。」《葛陂》云：「從前只道爲人易，容易原來是學仙。」

真州張石樵安保，字懷之。工詩，古體沉厚。記其近體警句，《龍潭道中》云：「鐘鳴僧寺近，霜重馬頭寒。」《過笠庵》云：「山勢壓檐重，江聲捲地驕。」《春草》云：「送青回古砌，分緑到荒園。」《歲暮》云：「曾無白鶴馱腰裹，又近黄羊祀髻司。明知花柳春將轉，無奈冰霜氣太寒。」《曹孟德》云：「若使終循臣子分，亂時原覓此才難。」

快園詩話卷十四

江寧淩霄芝泉

「孤雁哀鳴望彼蒼，寒風凜冽稻田荒。明知斷送衡陽路，留取全身潔似霜。」此次女志珍自題白雁詩也。王步康爲之記，復綴聯以輓之曰：「嫁如未嫁時，無舅無夫又無子；死有不死處，全名全節是全歸。」

余跋曰：「嗟嗟我女，死爲貞魂。千辛萬苦，退無後言。矢志靡他，留此圖存。賢孝節烈，無忝我門。」

滄州張傳山河尹百禄追摹遺象並題句。西江曾賓谷鹺帥燠，真州汪劍潭資政端光，山東王簣山賡言、元和錢次軒栻，粤東熊夢庵、方受三觀察，安邑宋之山監正葆淳，錢塘陳雲伯明府文述，新安吴才甫外翰榕，錫山浦情田守尉承恩，上元寇坦之守尉譽趾，仁和汪月樵鹺尹之選，古歙黄秋谷太守至馥，江都黄春谷大令承吉，甘泉李冠三比部周南，古歙洪賓華殿撰瑩，儀徵阮梅叔明經亨，泰興季廉夫幕府爾慶，江都吴筱莊文學克讓，甘泉許春卿茂才之翰，甘泉謝佩禾上舍堃，丹徒王柳邨徵君豫，各題句，俱載《鍾秀集》。

王柳邨徵君女子久适敬未字夫故，守貞養姑。余題詩以表之，曰：「我與徵君卅年友，氣味相投事亦偶。我以筆墨伴此生，君向書城常坐守。君素愛交兼愛才，我曾結客園門開。謂白下快園。薄産我因賑飢破，濟人君久傳江隈。漸衰老態總堪憫，君目雙盲我肢損。惟餘吟癖皆難除，唱和詩筒時往返。我女守節能養姑，無姑可養仍殉夫。捐軀絶粒成節孝，表揚共咏哀鴻圖。正擬郵箋索君句，君忽雙魚來尺素。索我詩彰孝烈名，觸我中懷淚如注。君家有女年甫笄，未字夫已歸陰司。投繯欲殉不得殉，守貞甘與姑相隨。痛已勸君勿酸楚，成我二人賴二女。寒氊寂寂一無聞，清名得此芳名補。從今更好姓名儕，傷我懷還慰我懷。有女家風同不愧，豈徒詩卷播江淮。時石琢堂方伯合余與君詩入《江淮六家》。」

余選刻《鍾秀集》，劉外穠寄詩曰：「千秋風雅是詞林，萬户千門自此尋。惟願選詩如選色，過人眼目動人心。」

菊坪姪寄呈陳雲伯明府聯曰：「迎人和藹程明道，稀世仁慈范仲淹。」贈曙開上人曰：「詩書畫已稱三絶，仁義慈還並七賢。」

周菽原幕府《題七賢同濟圖》曰：「非翁不足承高義，一幅圖成兩美臻。最羨群賢仁智備，愛人難得是知人。」

余輯《鍾秀集》，菊坪姪取讀之，各跋以詩。其跋汪月樵鹺尹詩曰：「不但新詩衆口傳，扶持風雅義尤堅。若非遠宦餘東尹，定有圖成號八賢。謂張峴峰孝廉以汪劍潭資政，王簣山、熊介兹兩觀察，陳雲伯明府，吴才甫外翰，許春卿茂才，曙開上人合繪《七賢同濟圖》。」

陳雲伯明府、黄秋谷太守助吴澹川家葬事，王柳村、謝佩禾、蕭晴岩有詩紀之，已載前卷中。余家亦有三棺未葬，雲伯、秋谷復助葬其二，佩禾又紀以詩曰：「德厚仁深是兩賢，澹川助後又芝泉。世間不少憐才者，誰解推恩到昔年？」

余快園雙桂書堂，錢梅庵尚書保書額曰「九代讀書堂」。後余讀書晚静閣，孫淵如觀察題曰「曠世逸才」。陳桂堂太守廷慶書集聯曰：「此地有崇山峻嶺茂林修竹，是能讀三墳五典八索九丘。」

汪月樵鹺尹濟困愛才，久而不倦。官餘東，每來揚，寒士多被其德，而於余尤加意云。見其警句，《冬暖》曰：「就日襟懷如中酒，偷春格律合吟梅。」《咏白牡丹》曰：「人如閨閣千金重，官比朝堂一品榮。」《芭蕉》曰：「梅雨滴不破，暑風吹乍開。」《北樓》曰：「地偏僧似鶴，樓好客如仙。」

甘泉趙幼泉明經洵，字汝川。少負意氣，學有經濟。著《周易臆》、《孫武子捷解》、《河防議》等書，詩多警句。其《陳園》句云：「月來一窗竹，風過滿簾花。」《白桃花》云：「肥添梅雪幾分色，笑解梨雲一片愁。」《上河議歸舟》云：「碧隴到秋仍卧水，荒村過午幾炊烟。」《佛手》云：「如何但作黄金色，不肯慈悲點石頭。」《卧雲巢》云：「餘年易盡如錢少，小屋偷生比墓寬。」

趙彬仙茂才正文，幼泉明經子也。倜儻工詩。有句云：「烟霞今日事，花鳥少年心。」「高樓秋信早，古寺月明多。」「乍晴山意緑，初出月光紅。」「落日留孤塔，歸雲識遠山。」「烟定香無跡，花摇月有聲。」「秋先侵薤簟，月暗度銀床。」「月冷憐花瘦，燈昏怯夢單。」「一劍未酬知己德，千金曾散少年場。」「種竹正宜今日雨，移花莫去舊時泥。」

甘泉黄蔗塘明經兆萱，其父述齡工醫，有「半仙」之號。有《自遣》句曰：「既到殘棋難變局，縱教涸轍不隨波。兒因養病書聲少，我爲消愁酒債多。」《贈阮梅叔》曰：「交遊海内多名士，嘯傲人間是謫仙。」《萍》曰：「不知飄泊隨流水，猶認前身是落花。」

揚州高明寺住持石谷悟成，字方聚。愛才好友。見其警句曰：「月沈山色遥難辨，柳暗漁鐙獨自明。」「青山無計留人住，緑柳多情送客行。」「妙藥應難論價值，真金從不混泥沙。」「生死早翻空裏案，輸贏漫著夢中棋。」「放眼每窮湖海外，閒吟多在谷巖間。」「有寺空黄葉，無人賸白雲。」「年年梅子當軒熟，歲歲桃花映水紅。」「古樹閲人悲短劫，疎鐘醒夢發長歌。」「若非隔歲栽培好，争得當春取次開。」「濕雲低壓水，凉氣暗生衣。」「佳句初吟天若助，名花再賞客忘勞。」「禪心空夜月，詩意艷秋山。」「閒階風静鶴初睡，古渡月明僧未歸。」「截江帆疾如飛鳥，摩漢松高似立虬。」

聞都中至好盡職有聲，喜甚，寄之以詩曰：「平生喜得大賢親，前有洪有直聲。孫有政聲。後有陳。有惠聲。今日病餘居陋巷，又聞折檻直言人。」

孫淵如攝廉訪時，和致齋相公遣使詣撫軍，撫軍禮之恭。使遂驕僭，孫按之，竟荷以校，時服其風骨。其《寄洪稚存》有句曰：「折檻風流成勝概，埋輪心事有誰知？」

歙籍寄揚汪茂千議叙椿年工醫，號杏林。呈族叔劍潭資政曰：「竟教草野飄蓬客，許附萊衣戲彩行。」《瓶菊》曰：「傲不傍人籬下寄，清還助我案頭香。」《和包慎伯孝廉》曰：「笑談便爾傾肝膽，患難非徒托酒巵。」

錢塘陳汾川奉政時，字履中。好善有隱德，以仁厚世其家。工書善弈，精音律。著《種藥齋詩》。

其警句云：「緑借鄰家樹，紅分小圃花。」「松花糝棋局，竹露滴琴床。」「草堂邀乳燕，竹徑待流鶯。」「漁竿臨水檻，酒幔隔花樓。」「野人譚稗史，稚子課農書。」「征夫愁遠行，妻孥反色喜。不是輕别離，衹爲厨無米。」

陳雲伯明府讀禮回籍，余病不能送，饋書二百卷以自代，并繫以詩曰：「病難親送黯傷神，幾卷詩篇且代身。此去秋江潮正漲，請將情意比汪倫。」明府旋以文房各玩見答。

快園門前楹帖曰：「二十世公卿門第，七百年書禮人家。」先大理公忠節祠楹帖曰：「一時忠節齊方景，百代詩書毓子孫。」雙節孝坊柱鐫聯曰：「六十載冰霜承姒訓，幸我無慚婦職；二三行孫子守家法，望伊克繼書香。」蓋方太宜人遺聯也。

龔老人性達《九十自壽》曰：「人人頌祝賦高歌，歲滿期頤又若何。蚊到秋分蠶到繭，縱然有壽已無多。」後竟至百二十歲。

俞薰仲徵君以蕅粉見遺，謝之詩曰：「愛人兼善助才華，偶惠嘉珍亦大家。一自蒙公頒玉屑，至今出口盡蓮花。」曙開上人貽竹萌佳茗，紀之曰：「睡魔縈擾面生塵，何處蓮臺問夙因。幸有禪宗施妙訣，療人俗更沁人神。」李凫軒公子以月餅面贈，酬之曰：「入秋懷抱未曾開，爪果全拋嬾舉杯。自詡今宵吞有月，況從太白掌中來。」九日有饋筵饌者，即答之曰：「滿城風雨太牢騷，冷度重陽氣不豪。助興昔人惟送酒，流涎今日正題餻。蕭條忽變成佳節，珍錯紛陳況巨螯。徧插茱萸同盡醉，闔家歡讌勝登高。」數年間，海上友朋每得異味，源源見寄。最美者，古豐徐珠浦運副之鰣鮝，蒲上吴二泉公子之飛蟹，蠙浦江立亭茂才之蟶，東亭金石渠上舍之海參，吴陵夏紅舫茂才之鰕滷，淮安程菽香公子之海螺，東淘汪茂千議叙之蛤蜊。皆數百里遠將惠寄，良可感也。江南土物，堉馬純之寄供。至饋食品之屢，則陳雲伯明府、寇坦之守尉、金石渠上舍爲最。因記謝惠食物詩，附誌於此。

竇松溪明府詩入《鍾秀集》，兹復記其零句。《偶占》曰：「教子敢期聯聽鹿，爲民願夢衆維魚。」《鹿門山》曰：「穿草泉珠堆玉醴，持花笑口破金顔。」《新柳》曰：「眼飛烟外初窺鳥，腰舞風中學拜人。」《署中》曰：「習雅役夫偷看字，消閑胥吏每鈔詩。」《贈何明府》曰：「老境佳於嘗倒蔗，新情好似愛初蓮。」《盤香》曰：「燃落團灰描太極，裊來細篆繞雕梁。夜深紅豆懸虚室，風引青絲達上方。我是儒林烟火客，不須頻熱九迴腸。」《峪山》曰：「古佛當門迎客笑，老僧披衲接官忙。」《村居》曰：「落葉作薪雲爇竈，新泉煮茗雪翻盆。」

粤東黎選亭賫奏以玻瓈扇一柄見贈，繫以詩曰：「瓓瓏渾似罝罘罳，蟬翼冰綃未足奇。但許摇風難障面，請君轉贈美人宜。」

雙節孝坊在忠節祠，嘉慶九年建。孫伯淵資政撰記，洪稚存學政書丹。桐城姚姬傳秋曹鼐書聯曰：「一代孤忠，一時雙節；千秋豐祀，千古芳名。」

元和李晜軒上舍子喬，號冠卿。雪濤大尹子，從學於外舅黄澹人大尹，詩學蓋本自兩名進士也。爲人真樸謹信。有句云：「樹暗陣雲驅暑去，窗鳴飛雨挾風來。」「雲移岱影群峰出，風送泉聲萬壑鳴。」「葦籥謳歌圍老圃，牛車鼓吹嫁新娘。」

陳柳橋《九月三日登蔣山不果》曰：「蔣子山前一望秋，渡頭風緊去還留。茱萸酒熟休惆悵，好待重陽再放舟。」「一天秋氣碧空明，山畔銜杯別動情。争奈重陽還未到，愁人風雨滿江城。」有句曰：「路迷芳草添新恨，人立斜陽憶遠情。」「落葉村虚山露骨，采蓮歌起芰爲裳。」

快園詩話卷十五

江寧淩霄芝泉

余幼初學詩，有句云：「障風窗紙掩層層，明月今宵到未曾？愛看梅花横瘦影，忍寒捲幔滅銀鐙。」隨園師見而賞之，逢人必説。余之努力學詩，師獎進之也。

余輯《師恩友誼録》及送詩入選者漸多，且得閨秀一卷，遂更名《快園詩話》。有客問於余曰：「詩則余既得聞命矣，敢問話之謂何？」余曰：「頌師友之厚情，述往昔之遊歷，紀見聞之事實，無非話也。至如前輩指畫法則，評論臧否，則余豈敢。」

有嘲余選刊詩集遂以賣詩爲業者，以詩答之，有句曰：「事非污已詩求米，惠不傷人利换名。」

余薰仲徵君與余比鄰，以美醖見贈，謝之詩曰：「病軀難應隔籬呼，多感香醪贈百壺。何羡白衣餽重九，新涼已許醉饃糊。」

寒甚，以詩投陳雲伯明府曰：「病中豈作醉鄉饕，聊敵寒威抵緼袍。凍墨不辭頻獻句，博公獎賞賜葡萄。」明府以香醪大甕見贈。

傅柳橋明府以大洋枕箱見贈，答以詩曰：「客裏囊無枕亦無，須來洋篋夢堪娱。此中不敢香花置，恐惹癡魂落海隅。」

前人詩曰：「綈袍一贈猶難遇，誰肯輕裘共友朋？」此蓋有慨之言也。余則自困後，承友朋相待極厚。除錢米相周外，贈春秋衣，則蒲塘石葱佩刺史、冒璞原别駕、鄭任堂上舍、姜小琴文學、陳柯山廪膳、姚古鳳廪膳、朱漱坪茂才。贈夏衣，則東亭蘇雲巢議叙。贈冬衣，則蟂山江立亭茂才、吴竹亭茂才、程山溪上舍、江松橋上舍、東亭江種蘭茂才、金詠堂廣文。陳雲伯明府則闔家冬夏皆全，卧具亦備。陳柳橋上舍亦贈東紬爲卧具。贈器用，則何涵川明府之橱床等物，陳雲伯明府之長方各几，寇坦之守尉之椅櫈各器。贈文房各玩，則指不勝屈。武林陳雲伯明府，東皋黄楚橋太學、喬雲客廣文、黄佩芸明經、徐生庵公子、石舒薰茂才、冒籽南少府，蒲塘鄭耳山孝廉、顧靄士公子、崇川李拙齋比部、王燕鎬孝廉，海門沈雙溪孝廉，蟂山吴竹亭茂才，真州方應韶茂才，甘泉謝佩禾上舍，紙墨筆硯、字畫圖書不可勝計，皆友情之厚也。是書初名《師恩友誼録》，本因感友情而著，故備載於此，以示永矢弗諼之意，非敢自矜幸也。

陳雲伯明府去後，邑人歌曰：「三年之前，民愛忡忡；三年之後，民樂融融。去日之日，未聞有公；來日之日，安保如公。公今去矣，民獻愚衷。焚香萬炷，虔禱蒼穹。願公再來，高控五驄。被公之福，一郡皆同。」

隨園師論詩：才人之詩成句，學人之詩成章，然必成章成句而後成家。著集如建屋，古詩梁柱也，近詩裝修也。今人多用力於裝修，而不計梁柱，無怪集能久傳者鮮矣。

涇包慎伯孝廉世臣，余卅年交也。熱腸俠骨，議論風生。余與論詩話因感友朋而著，慎伯曰：「子知人有四黨乎？親族，父黨也；外家親，母黨也；内家親，妻黨也；朋友，身黨也。惟身黨列在五倫，其過於三黨明矣。」

隨園師言選詩之法，當各就其性靈，各存其面目。如選戲然，生、丑、净、旦，各取其長，不可責旦不能丑，丑不能净也。若再限以門户，律以格調，是令生、旦、净、丑盡演外矣。舉部皆外，何足觀哉？

水星鼎在江南聚寶城頭，康方伯基田取鐵塔廢頂鑄以禳火災者，高六尺。余秋農有歌，不及備載。

江南殯儀，用開路神，多者至十三。高數丈，首大如甕，掌大如箕。相傳始於明沐英之喪。有聯咏之曰：「爲出城門横九畆，偶凌山頂矗三霄。」

湘潭周石芳侍郎系英，視學江蘇，自書聯曰：「縣考難，府考難，院考更難，三十二年游泮水；鄉試易，會試易，殿試尤易，一十八月點詞林。」

泰興嚴太史振先有句曰：「忙裏人從驢背老，愁邊雲送雁行斜。」「人從萬苦經磨琢，家遇中衰看把持。」「關山路重妻孥累，萍水人稀故舊緣。」

丹徒畢蒓庵之澐有句云：「遠水淡生烟，栖禽倦啼樹。」「樹淺猶藏屋，窗虚易惹秋。」「露凉花氣重，風細竹聲清。」「樹深燈弄影，風定水生香。」「離思半消新綻柳，風光偏戀乍歸人。」「雲横別浦人千里，家隔空江夢幾宵。」「未尋北郭新開菊，獨上東籬舊見山。」

熊介兹觀察爲翰林御史時多吟咏，擇其警句，《登岱》云：「萬古此山先得日，諸峰無雨亦生雲。」《哭女》云：「癡想團圞甘作鬼，飽經憂患早忘官。世尊也合低眉坐，過客都成掩面看。」《送次女于歸》

云：「調瑟勉爲才子婦，知書幸有外家風。」《别次女》云：「失母兒尤難别父，能詩人自解多情。」《感花翎之賜》云：「敢謂飛揚添意氣，争看摇曳助風神。」《悼亡》云：「病慣翻教驚驟死，緣深轉怕續他生。」丹徒盧春航培廣有句云：「烟重迷歸棹，雲消露夕陽。」「水闊天疑合，雲垂樹欲傾。」「論詩字句頻教易，縱酒涓埃未許留。」

江都莊載良臣有句云：「豈知深院竹，忽作滿林秋。」「影瘦月移嬾，香疎風動遲。」「東風歡野鳥，殘雪畫春山。」

《癸未仲冬望懷雲伯明府》曰：「共仰當頭月，清光徹九天。愛他明且潔，照我直無偏。不覺霜華重，全教樹影圓。安能常此夕，永作夜珠懸。」「一年能幾見，自歎此生休。藉筆抒情話，觀書作卧遊。家貧兒代僕，冬冷酒爲裘。憶我吴門友，寒宵定倚樓。」

趙幼泉明經建保甲議，娓娓萬言，引漢唐歷代甚詳。初，頤園撫軍善之。趙有句曰：「類合緒分諸户口，莠除禾植此關頭。」

余生平多師，無所不學，未學者惟醫耳。及病後神衰，推步不能算，棋不能着，音律不能譜，臂廢琴不能彈，圖章不能鐫，雖字畫亦不能作，其他可知。七年來多看醫書，時與醫友談論，百事俱廢，而醫理稍知，此補平生所未學也。古云「久病自知醫」，信然。

吴才甫外翰以生豚見饋，報之詩曰：「陋室寒齏慣，肥甘味久忘。拜方登惠賜，澤已潤枯腸。捧見兒童喜，珍加鹽豉香。禦冬先有恃，大嚼佐壺觴。」

銕嶺沐月江通守特恩自都門來，以燕菜見饋，報之詩曰：「價本瀛洲貴，携來况日邊。頓教寒士饌，改學大官筵。繭縛絲絲絮，瓊雕瓣瓣蓮。食神應自笑，此味不知年。」

趙幼泉明經頌陳雲伯明府詩并引曰：「洵邵伯鄉老欽江邑陳公廉介，於上游之過境者無餽遺，涖任未期月，結宿案數百件，鄉之積猾皆力除之。閭閻戴德者，紅箋署公名，寫『官清民安』字，粘壁幾遍，真今之神君也。敬賦其事頌之。」「蓬萊散秩御仙鳧，歌吹聲中報政殊。供帳不聞煩海令，比閭頻見頌江都。一天杲日堅冰解，百里驚雷老魅驅。我竊有思非越畔，悠悠邗水接棠湖。」

吴小亭兆慶，荆溪石亭學政公子也，候補縣佐。有句云：「前身修得君先到，幾度曾游路未差。」「水聲喧古石雲氣，冷秋山漁笛數聲。」「新月上蘆花，灘畔一燈紅。那堪千萬樹，一併作秋聲。」「千里依君忘作客，卅年長我敢呼兄。」「花魂和夢冷，酒味入詩清。」「才高遊自壯，情重夢應多。」「身賤依人易，愁多好夢無。」「好景全憑驢背穩，一停鞭處一奇峰。」

歲杪蕭條，吴才甫外翰以食物見饋，報以詩曰：「寒厨歲杪正荒凉，多感珍肴辱寄將。野鶩熟烹和麵饌，無蔬無粟兩俱忘。」

東蜀費昆來幕府廷瑛，由江南携瓢兒菜見贈，報以詩曰：「江南風物久稀嘗，欲覓江船買一筐。多感勞君攜見贈，最宜人處是家鄉。」

包慎伯孝廉以風雞等物見饋，報以詩曰：「歲歲賢侯饋五辛，謂雲伯明府。而今依舊甑生塵。雪天有憶袁安者，雞黍情深是故人。」

余八口僑居，七年卧病，終年無一絲一粟之入，悉仗各賢友相濟以生。癸未冬，陳雲伯明府旋里，王簣山觀察署臬篆，熊介茲觀察游楚，惟賴汪劍潭資政、吴才甫外翰、寇坦之守尉、許春卿廪膳、曙開上人而已。漸逼歲除，萬不敷度，高吟自遣，且姑聽之。乃蒙吴才甫外翰調護之外珍惠頻加，又承阮梅叔明經、包慎伯孝廉、陳穆堂茂才、馬素園奉政、陳艾村上舍、李琴軒茂才、趙幼泉明經、趙彬仙廪膳、朱槐庭文學、李冠三比部、周在東茂才、憨憨上人競義相周，竟以度歲。幸哉！載諸梨棗，以示銘刻。

余十六歲十月初一日遘中風疾，卧床不起。是歲大饑，大母捐貲二十餘萬，以賑養親族數十家。凡施棺、救火諸事，無不力行。余病霍然若失。至四十七歲正月二十二日復病，中間三十年無恙。生子二、女六，皆成人。今病困七年，尚未轉於溝壑，非蒼蒼者默使善人相護佑耶？時有議天道難測者，余故書是條以證之。今天之所以病余者三十年，已厚余矣。

快園詩話卷十六

江寧淩霄芝泉

錢塘程掌綸鳳池工書善弈，課次子志珏三年。取余《集概》及《快園詩賸》摘句書扇頭。今記所摘句，《莫愁湖中山王樓見新月》曰：「知否此間看最稱，將軍弓勢美人眉。」《銅井道中》曰：「霜重草鋪平地白，霧低山露半峰明。人貪徑捷穿田走，驢喜沙鬆近水行。」《鳥夢》曰：「一樣春宵分冷暖，鴛鴦酣睡杜鵑醒。」《過單椒山房》曰：「十日不來秋意老，草花遮徑比人長。」《秋海棠》曰：「卿與桃花同薄命，桃花還得近東風。」《觀馬》曰：「空群當此度，展足看他年。」《老吏》曰：「宦海慣經波浪險，訟庭群服斷才高。」《頻婆果》曰：「色香都蘊藉，風味不酸寒。橘緑三分借，桃紅半面看。」《香櫞》曰：「天寒黄漸老，霜重皺難揩。漬蜜同柑味，留香共橘懷。」《美人對鏡》曰：「自知已絶色，猶妒鏡中人。」《泊皖江》曰：「江聲千尺岸，月色五更潮。」《晴川閣》曰：「翡翠裝成春草地，臙脂浸出夕陽江。」《飛來峰下待月》曰：「轉怪靈峰飛不去，礙他涼影上堦遲。」《看柳絮》曰：「風不送涼偏送暖，春棉鋪上酒人衣。」《送梁德圃》曰：「亂山他日夢，短燭此時心。」《再赴袁江》曰：「雄心漸短如燒燭，出路無常等弈棋。客路遇張還遇角，家園呼癸復呼庚。」《送朱觀察出關咏燕》曰：「分道雁群仍出塞，同枝鶯侣半遷喬。」《女涓圖》曰：「未持箕帚先持櫼，從此郎情水樣深。」《蕃釐觀》曰：「多情璧月還窺影，如夢瓊花久斷春。」《花朝》曰：「牡丹富貴梅寒瘦，何事都教並日生？」《夜發》曰：「月高人影小，市近犬聲多。」《南莊》曰：「隔村歸去日云暮，一路夕陽人影長。」《登天闕山》曰：「山腰雲嬾和僧宿，木末風腥認虎來。」《采石道中》曰：「樹静風不生，一縷窑烟直。喜指賣茶家，山腰一棚小。」《題項王》曰：「緣何蓋世英雄氣，僅抱還鄉富貴心。面目尚知羞父老，頭顱不惜贈將軍。」《青溪泛舟》曰：「侵人風露宜人月，涼透羅衣第二層。」《軍中紀事》曰：「白雲倦馬朝傳檄，黑月移營夜裹糧。」《泊舟湖口》曰：「星明埭口寒吹角，月暗潮頭夜打城。」《雨花臺馬湘蘭墓》曰：「值得此間銷艷骨，香泥多半是天花。」《偕友遊湖》曰：「風減半林葉，霜清一澗泉。誰爲天下士，臣是酒中仙。」《畫石》曰：「未經卞目空懷璞，儻入媧鑪定補天。礪齒不妨容我漱，問心可得比君堅？」《鳳凰山》曰：「擫笛樓頭無鶴馭，吟詩江上有龍聽。」《送出關》曰：「九邊草色三秋斷，一派河聲萬馬來。」「怪石劈開皆試劍，大風陡起欲飛人。」《自題快園》曰：「淵明松菊荒三徑，仲蔚蓬蒿長一園。」「愁似潮來真有信，夢如雲去本無心。」《題甦香記》曰：「煩君多鍊媧皇石，補盡人間離恨天。」《舟中書懷》曰：「亂山回首夢無數，寒雨到船鐘幾聲。」《瓦硯》曰：「祇恐磨穿終有日，墨痕轉比霤痕深。」《出惠山》曰：「山靈也恐人歸去，放出閒雲礙馬頭。」《西樓》曰：「檐敞夕陽紅一角，窗虚春樹緑三方。」《美人鐙》曰：「徵歌合奏《陽春》曲，擇里還居不夜城。」「芳年月姊剛三五，仙籍夫人本上元。」「薄命盈盈原似紙，相思寸寸易成灰。」「鬟雲鬢霧看常繞，意蕊心花喜便開。」「宜傍素娥居月窟，好同織女度星橋。多縈愁緒何難剪，暗動春心不禁挑。」「玉偶配來乘蠟鳳，弓鞋移處撤金蓮。」「珠藏何日方成孕，丹鍊前身已駐顔。鬥草定當邀火伴，采芝應許上鰲山。」「我擬贈珠無火齊，卿如留佩有明璫。」「振觸風情多冷落，聰明心竅本玲瓏。」《病起》曰：「新病起人如鶴瘦，舊遊過地有花紅。」《送春》曰：「紫陌曾聞來有脚，青年最苦别無家。」「傷心懷夢惟餘草，滿眼將離莫問花。」「奢念妄思三月閏，癡心空替百花愁。」「濁酒無情聊爾餞，餘花雖艷爲誰容？」《集桃花庵》曰：「修竹碧於水，孤僧閒似雲。」《登山》曰：「樹影小於薺，炊烟高似雲。」《青蓮寺畫蘭》曰：「西風吹冷三升墨，也學蓮花朵朵青。」《曉》曰：「紫氣東來滿，羲和已着鞭。雲霞初出海，環珮正朝天。」《淮陰一飯圖》曰：「扁舟羞向祠前過，一飯平生受已多。」「學得英雄前半世，年年乞食向風塵。」《偶占》曰：「客心酸苦人情淡，轉覺年來海味甘。」《七夕》曰：「飄零恐惹神仙笑，不敢當堦曬破褌。不如守拙江村裏，女織男耕過一生。」《登高》曰：「老衲瘦於菊，遊人多似鴻。」《留别》曰：「千言萬語寄遥箋，不及多留一見緣。歡會縱能如此日，光陰容易過中年。」《新柳》曰：「誰開青眼逢佳日，自取黄金鑄少年。」「輕暖輕寒春作態，多愁多緒爾何癡。」《寒食》曰：「不是禁烟烟也禁，寒虀風味本來多。」《旅次》曰：「杲之腸習惟三韭，高賀盤餐只一肴。」「囊裏蚨俱隨母去，書中蠹本化仙難。」「百不能堪惟酒遣，一無所就以詩名。」「江湖杜老雙蓬鬢，天地劉伶一草廬。」《未成畫稿》曰：「既能珍駿骨，豈在補龍睛。」《秋獵》曰：「氣爽馬隨人共壯，風高鷹與鷙齊飛。天將素月懸弓勢，地有青霜助劍威。」《秋笳》曰：「十八拍中人出塞，二三更後客思家。」《題家貧夢買書圖》曰：「有錢不買奇書讀，纔筭癡人在夢中。」《題幽夢乞詩圖》曰：「新詩待唱秋墳鬼，往事争談春夢婆。」《崇川雅集》曰：「鳩婦喚來榆莢雨，鼠姑偷度楝花風。」「人似餘春多暖意，客如明月有圓時。」「五代殘碑姚鎮遏，一抔乾土駱賓王。」「詩禪未許逃蘇晉，酒戒偏教破邴原。」「心盟江海同流水，目飽淮揚未有山。」《落花》曰：「吟紅誰復尋三上，惜翠人皆繫五中。」「夢儻能開惟筆在，喜如可卜有鐙挑。」《南莊》曰：「苔砌泥融喧蚓笛，茅檐風定聚蚊雷。」《采石》曰：「沙田足雨禾抽穗，澗水侵堤柳露根。」《石床洞》曰：「小憩就石床，古苔涼到骨。」《桃源洞》曰：「雞犬聲不聞，頭陀枕經睡。」《懸崖》曰：「秋氣欲生天半黑，大鵬展翼撲人來。」《古墓》曰：「草深春不到，冷放野棠花。」《寄洪太史》曰：「聽到琵琶心易醉，臙脂山下女兒多。」《送秦中丞》曰：「策馬請君揮手去，而今關外有桃花。」「他日賜環誇眼界，中原以外看山來。」《魯肅墓》曰：「一郡曾關支鼎重，千秋空憶指囷賢。」《謝祠檜》曰：「遺愛不殊丞相柏，受恩曾比大夫松。」《金山》曰：「鼉聲未息夫人怒，馬鬣猶存術士封。」《自笑》曰：「酒肉朝朝富貴家，齊人昔日而今我。」《贈汪玉屏》曰：「淮海十年鷗聚散，雲天萬里雁東西。」《贈袁玉堂》曰：「自遇袁絲甘作弟，得從東野願爲雲。」《忠愍祠》曰：「攘臂登陴無守禦，傷心犯闕有干戈。」《答熊女史》曰：「人似謝家風裹絮，錢如天女手中花。」《題上人畫蘭》曰：「色相無形香有迹，愛他空谷似空門。」《自題何陋軒》曰：「太貧遭賊笑，久病覺醫慵。」「家貧兒代僕，冬冷酒爲裘。」《和張學政》曰：「病喜賓忘禮，貧勞友具餐。」《月當頭夜懷陳雲伯》曰：「愛他明且潔，照我直無偏。」《口占》曰：「病遑他願求妻健，貧乏師資任子愚。」《即目》曰：「不自輕鬆蝸戴屋，爲誰辛苦鵲營巢。」「得權奴似當門犬，失路人如伏卵雞。」「雄心漸短如磨墨，好事難成比鍊丹。」《自遣》曰：「得酒每思佳客至，有花且當美人看。」《口占》曰：「殘月尚如新月式，今年又改去年觀。」「嬾從負局求盧雉，悔鬻遺書誤犬豚。」「異地幸能依骨肉，虛名羞説動公卿。」《有懷》曰：「好友夢馳千里路，佳人思過一春期。」《哭友》曰：「百身難贖秦淮海，千里誰爲范巨卿？」《弈棋》

曰：「變換萬端皆有劫，經營一着要争先。」《新歲》曰：「事過方知天意厚，齒增轉惹客心驚。」《有感》曰：「冰清雪白終成水，桂馥蘭芳尚任風。」《夢回》曰：「夢回酒醒窗全白，知是晨光是月光。」《贈友》曰：「生如無愧何妨困，名到能傳豈盡詩。」《答友》曰：「花到十分春不久，人無百歲慮偏深。」《自慨》曰：「五窮未備交猶廣，萬恨難消德未酬。」「慚非駿馬偏逢售，累徧豬肝豈自安？」「鼠腹飲惟容一勺，鰲頭重已戴三山。」

甲申春，汪月樵鹾尹新年由餘東來揚，即承惠眷，以《上元雨》詩柬余曰：「雨聲點滴亂如麻，漸短春宵轉覺賒。人意不能忘月魄，天心應是爲梅花。新愁舊恨惟孤枕，樺燭紅鑪想萬家。兒女淒涼鐙一粟，饃餬夢去海之涯。」余和云：「擬吟鐙月寫箋麻，助興呼童酒又賒。節好偏逢連夜雨，春寒應勒及時花。久抛蓑笠眠孤榻，遥聽笙歌隔幾家。最切懷人江水外，風嚴休阻夢天涯。謂懷王篔山廉訪、陳雲伯明府吴門。」

上元雨，袁真來別駕以肴見饋，答以詩曰：「佳節逢陰月不明，街頭稀聽賣鐙聲。得君珍饌遥相饋，佐酒堪娱客裏情。」

壬午、癸未，皆承陳雲伯明府見周以度。明府回籍，甲申春余家復空。余賦詩曰：「鎮日蕭條釜不開，杜門高卧徑封苔。癡兒囈語真堪哂，夢説賢侯送米來。」適明府來揚，忽遺數人肩白粲見贈，明府未見余詩也，明府德之厚、余詩之巧讖若此。

陳雲伯明府以海珍各品見饋，兒童歡甚。余紀以詩曰：「貧家得見海珍難，無怪兒童別樣歡。最是鮮蟶尤罕致，視同仙餔各争餐。」

俞薫仲徵君以豚酒見饋，答之以詩曰：「索居春社正無聊，多謝鄰翁慰寂寥。妙展陳平分肉手，讓儂大嚼醉終宵。」

僧憨憨有句云：「被累始逃禪，爲僧又加債。安得避紅塵，更有空門外？」

粤東張雲巢都轉青選謙和恤士，風雅愛才。時承過訪，值程掌綸在座。程題余陋室曰：「往來談笑總佳賓，小室三楹氣盡春。贏得鄉鄰争艷羨，上公飛蓋訪詩人。」

繆子嘉徵君玉成赴都過揚，惠眷交至。余送之詩曰：「五年重晤喜還驚，不負相期素日情。此去都門多得意，好爲霖雨濟蒼生。」

黄春谷大令承吉，以彩箋二百幅見饋，答以詩曰：「頒來最愛彩箋新，前有康成鄭任堂上舍。後有陳。雲伯明府。更謝解元黄大令，多情遥贈放吟人。」

方應韶茂才震以佳墨數十丸見饋，答以詩曰：「脱手豹囊贈，文章頓有光。三升揮灑足，點滴勝瓊漿。」

程掌綸贈余四詩之一曰：「天遣名賢爲解推，陳侯陳公雲伯。甫去列公來。運司張公雲巢。德厚能周急，觀察王公篔山、熊公夢庵。情多最愛才。太守汪公劍潭。明經阮公梅叔。長庇護，通儒許公春卿、陳公穆堂、馬公素園、朱公槐庭。外翰吴公才甫。慣栽培。佛心更有蓮臺客，曙開上人。時現慈雲法界開。」

王篔山觀察甫署臬篆回任，即使數人肩粟炭見贈，不忘高卧有袁安也。余感而紀以詩曰：「濟人恩德重於山，白粲烏銀次第頒。前有賢侯後廉訪，寒儒安得不歡顔？」

曙開上人性恬號碧溪，五月十三日誕，余祝句云：「壽域漸開蓮世界，高人宜並竹生辰。」是日竹生日也。

甲申夏，米珠薪桂，承周助者，王簣山廉訪、張雲巢都轉、熊夢庵觀察、吴才甫外翰、汪劍潭資政、汪月樵鹺尹、馬素園奉政、碧溪上人、阮梅叔明經、包慎伯孝廉、李冠三比部、朱槐庭文學、姚問田上舍、王春江副車。余《五日即景》曰：「共濟蟾蜍餒，争填墨滿胸。今朝仍畫虎，幾載負登龍。彩縷命思續，蘭湯香幸濃。調成鸜鵒舌，喜有賞音逢。」蓋誌感也。

陳穆堂茂才以《楚辭》、《急就章》、《漢樂府》、唐《協律鉤元》等書見贈，皆其尊人素村先生所箋注也。考覈精詳，洵爲善本，余愛而寶之。故余《消夏》詩曰：「把書手倦每輕抛，一枕羲皇自息勞。學得清狂名士態，終朝痛飲讀《離騷》。」

陳耀旗如赫，江都諸生柳橋之祖也。端方孝友，慷慨重義。其《雁字》云：「蕭索南天雁陣横，關山勞越惜平生。莫疑漫運《春秋》筆，畫出人間好弟兄。」其《自遣》云：「客至常賒酒，多愁懶近花。風塵驢背老，江帶夕陽斜。」

仁和錢次軒學政栻，主梅花書院，文望尊隆，謙和風雅。甲申夏，長子志鈺往謁真州伍松文大令，愆期未歸。余閉門困待，承公惠顧。余以詩謝之，有句云：「隨時能布春風暖，合爲梅花作主人。」

蕭韞山琪，江都諸生。性謙和，重然諾。最愛其《七夕》詞中句云：「人生修得如牛女，已較參商是福星。」

陳柳橋一號坦卿，江都諸生。質樸謹信。其《春柳》云：「雨晴憐過鳥，風到暖吹人。」《草》云：「摧殘野火愁添夢，感到東風憶舊恩。」

（吴忱、姚蓉、王玥、肖克毛點校）

見星廬館閣詩話

見星廬館閣詩話提要

《見星廬館閣詩話》二卷，據光緒十八年高城聯經號刊高涼耆舊遺書本點校。撰者林聯桂（一七七五—一八三六），字辛山，一作薪山，廣東吴川人。道光六年進士，歷任湖南、江西諸縣令。有《見星廬詩稿》、古文、駢體文等。林氏爲粤東七子之一。此書有道光三年、四年自序，約作於嘉慶二十四年己卯至道光三年癸未。按紀昀有《唐人試律説》一種，乃選唐人試律之作，逐首講解之。林氏則以爲試帖之作，清代大盛，法律亦較唐代爲細備，遂於紀昀《庚辰集》、法式善《同館試律彙鈔》等選外，續取本朝名作，上卷析題，下卷論對偶、用字、句法等具體作法。其體例與紀氏等偏於選本不同，故云詩話。

序

帖括肇興，唐賢最古。觀其運思綿密，敷藻整麗，信臺閣之鴻製，方來之懿矩也。然篇幅所檢，巧力未騁，局於一體，未能賅有萬殊。我朝館閣諸公，奮龍鸞之文，耀卷握之寶，匠心獨運，著手成春，振采必鮮，生趣迴出。所謂百家騰躍，并入環中，試體之工，輿歎觀止。辛山家兄壯遊日下，頡頏英賢，擊缽揮毫，聲名籍甚。暇乃綜其衆製，别具慧裁。詩取斷章，竽工獨奏。彦國屑玉，安石碎金，都爲一編，艷如《蕃錦》。昔秋雲隴首，見重名流；疎雨梧桐，亦稱清絶。古人所賞，摘句爲多，未有備取登瀛，專資應制。兹之握槧，實罕前聞。及門劉君桝堂雅有書淫，鋟傳藝苑。比《唐詩紀事》之刻，如《玉壺清話》之編。前輩風流，沆瀣一氣；後來花樣，清新無窮。繼此入木天、登秘閣者，手是編而衆美具焉。見鳳一羽，可知其文；食雞千蹠，弗嫌其飽矣。道光甲申閏七月弟召棠謹序。

自序

詩之有話夥矣，而館閣詩話絶少。余十年京邸，喜聯詩社。嘗與太倉盛子履，江寧吴天衢，鳳臺常芸閣，翼城李篤生，甕安宋壽峰，陽春譚康侯，香山黄香石，順德吴秋航、黄在庵，番禺張南山，靈山梁蓼圃，連山張立庵，鶴山馮晉魚，海康丁瑶泉，南海龐子芳，鎮平黄香鐵諸君子，間月一會、每月一會、半月一會，會輒數月乃罷。存稿叢叢如束筍，間有輯綴入詩話者，然皆古詩雜作，非館閣體也。嘉慶己卯爲夏課，乃近取館閣詩讀之，意有所得，筆存其説，一以備忘，一以習字，時日帙積，遂釐爲《館閣詩話》二卷。以搜羅未富，本不欲存。門人劉子楙堂謂有裨舉子業，且省學子傳鈔。勉從其請，而付之梓，因述其原起於卷端云。道光癸未秋杪薪山林聯桂自序於羊城之宜耐軒。

見星廬館閣詩話卷一

吴川林聯桂薪山手輯

沈歸愚尚書謂五言長律貴嚴整，貴匀稱，貴屬對工切，貴脈血動盪。唐初應制諸篇，王、楊、盧、駱，陳、杜、沈、宋，燕、許、曲江，並皆佳妙。少陵出而瑰奇宏麗，變動開合，後此無能爲役。元、白長律，滔滔百韵，使事亦復工穩。館閣體裁，權輿於此，帖括家所當窮流溯源也。

《全唐詩》凡詩四萬八千九百餘首，凡作者二千二百餘人。有唐三百年詩人之菁華咸采擷於一編之内，亦可云大備矣。然唐詩各體俱高越前古，惟五言八韵試帖之作不若我朝爲尤盛。法律之細，裁對之工，意境日闢而日新，錘鍊愈精而愈密，虚神實義，詮發入微，洵古今之極則也。故紀文達相國《庚辰集》一出，而前人之《近光集》、唐試律諸刻及《瀛奎律髓》等書一時俱廢。學者誠能於館閣諸詩博觀約取，則試律思過半矣。

法梧門祭酒輯《同館課藝》數十卷，人凡數首或數十首，以科第先後爲次序，侈侈隆富，煌煌鉅編，雖采擇未甚精醇，抑亦一代之淵海也。

戴文端相國謂國朝人文蔚起，詩學昌明，邇來專刻甚多，紀曉嵐、吴穀人兩前輩均有試帖行世，可爲後學之圭臬。又云聶蓉峰太史《寄嶽雲齋試律詩》，可稱後來之秀，良然。然自此數先生外，如法梧門、王惕甫、梁九山諸同課之九家詩刻，亦近代之最勝者。

姚秋農侍郎謂：今之科舉，試以五言，其體實兼賦頌，依題敷繹，惟在意切詞明。所謂賦也，言必莊雅，無取佻纖。雖源本《風》、《雅》，而閨房情好之詞、里巷憂愁之作，不容一字闌入行間。三《頌》俱存，體式固可考而知也。善手經營，專在開章得法，如繅絲者引之不竭，則逐節遞生，自無衡決之患。其中亦有疏密離合，非如纍土積薪，徒務平直。旨哉斯言，學帖括者可深思而自得之耳。

毛西河檢討謂：試帖八韻之法，當以制藝八比之法律之。此實爲作試帖者不易之定則。金雨叔殿撰《今雨堂詩墨》常引伸其論，紀文達公《庚辰集》每首評論，原本此意闡發，而《我法集》所論更爲推廣盡致。帖括先從事於此，不患無入頭處也。

《同館詩補鈔》自辛未以後之作，王藝齋、邱蓮舫兩侍御續輯之，蓋補法梧門祭酒所未備者也。藝齋之言曰：「《同館》之詩，其宏麗典博，則開織室而遊策府也；其幽氣艷逸，則翔孔雀而集鸞鳳也；其振采負聲，則走虡筐而拍夔牙也；其鈎心鬥角，則樞璿璣而織雲裳也。含咀英華，鏗鏘金石，盡有昔人之所有，兼有昔人之所未有。」誠哉是言也。學者誠從是鈔而擇覽焉，亦可以知風氣之所尚已。

《瀛海探驪集》爲朱椒雨所選，實可爲應制模式。其弟虹舫少司成嘗述其説曰：「襏襫之野，不可以陟廊寧；黻冕之飾，不可以遨曠林。緌纓虬髯，非粉緑所施；苦竹哀匏，非笑歌所節。體各有宜，詎容淩雜。《三百篇》若《鴛鴦》、《魚藻》諸什，即今應制之祖也。」學者苟能從是説而引申之，則凡瑰奇隱廋、飣餖瑣屑、纖巧嬛薄，有睽揚對之體者，皆宜汰除殆盡，不可令其稍犯筆端耳。

「恭則壽」，題本《武王帶銘》。此題名作頗夥，然余尤愛蔣笙陔殿撰立鏞之作，中多典切巧合之句。其詩云：「銘帶徵周武，陳書正爾容。論符仁者壽，《易》叶《禮》言恭。鐫鼎傳二命，呼嵩近九重。和衷寅位協，見象丙方逢。慶衍乾坤策，儀崇大小共。垂裳瞻舜陛，擊壤頌堯封。臣悃觥稱兕，宸躬衮繪龍。箕疇徵作肅，拜手祝如松。」此作典重矞皇，可法也。然又不如吴穀人侍講錫麒《山呼萬歲》一首，尤爲渾雄健舉。其詩云：「作鎮嵩高重，登封禮數殊。聖王千萬壽，靈岳再三呼。海上仙籌應，人間華祝俱。遥通鸞鶴奏，如見冕旒趨。餘響彌山谷，真形入畫圖。無疆綿日月，此地即蓬壺。瑞焕泥金字，光延赤伏符。堯天寧計歲，長願拜康衢。」似此響切光堅，遂爲此題絶唱。此題出《漢武帝紀》，唐張仲素、韓鎡俱有賦。

「慈儉爲寶」，題本出《宋史》及《舊唐書·文宗紀》。拈此種題者，按切本事固可，即不根出處，句句作頌揚體，亦屬應制正格。吴菊人榜眼毓英、陶太史樑兩作，皆頌揚體也。吴詩云：「在宥慈恩溥，還淳儉德施。良箴陳大寶，郅治本無爲。野網真宜祝，航琛勿貢奇。慎刑詳棘木，寡欲鑒茅茨。吏有鞭蒲化，人歌澣葛詩。陽和深醖釀，風俗異澆漓。金鑑前型式，珠囊法象垂。名言稽《宋史》，端拱慶昌期。」陶詩云：「寶祚綿區夏，乾符鞏帝基。止慈民有父，示儉道兼師。子愛流膏雨，辛勤重粟絲。面三湯網解，阿四禹宫卑。鴻澤勞綏輯，鳩工慎度支。租蠲丁力緩，貢却亥珍奇。修德行仁意，持盈保泰思。君臨軒鏡握，郅治頌無爲。」觀此二作，凡應制之題，可以類推，凡兩扇之題，亦可類推。

《無逸圖》，本《書經·無逸篇》，唐宋璟手寫爲圖以獻帝者也。蔣太史曰綸詩云：「一代艱難業，千秋座右圖。田遊箴主德，稼穡軫農夫。介弟綢繆計，今王法守模。虔恭朝政肅，眷顧帝心孚。戊甲徵玄鳥，丁壬溯赤烏。錫齡陳祖烈，負扆裕孫謨。衮舄流風遠，丹青舊跡摹。御屏書玉殿，勤政握乾符。」此作皆按切周公事洗發，宋璟事只一句帶及。此審題輕重之法，與吴穀人《豳風圖》詩全在《豳》詩點綴，歷代繪圖只輕輕帶過同一作法也。吴詩云：「萬古田蠶計，《豳》詩一卷傳。丹青重點綴，場圃接雲烟。春酒羔羊地，秋風蟋蟀天。農夫謀瑣屑，公子致纏綿。桑柘人家外，瓜壺耳目前。授衣懷九月，破斧感三年。極寫艱難業，能兼《雅》《頌》篇。太平歌聖世，意在畫圖先。」

「因地制流」，題本「孫子」；「經明禹貢」，題本《漢書》；《禹平水土》，題本《吕刑》。遇此種題，根據出處固可，按切時務亦可。羅賓田太史家彦《因地制流》詩云：「河策欽宸授，平安報速郵。地須因赤縣，汛已制黄流。石堰環前浦，金堤築上游。輿圖煩指畫，濤勢費心籌。尋紐通盤計，宣防底柱留。埭隨山脚轉，浪到水門收。秉野先分界，桃波穩送舟。細思《孫子》語，大知仰神謀。」又《經明禹貢》詩云：「都尉宣防使，經生治策良。是誰明《禹貢》，維漢有平當。導水胸中熟，之官足下强。讀能通《夏紀》，計不費商量。大知行無事，名儒學有方。勤猶三過記，《書》豈十年忘。根柢資經訓，源頭溯濫觴。安瀾符聖念，更喜出榮光。」吴穀人《禹平水土》詩云：「洪流方降割，下土失攸居。平地爰咨汝，滔天實警予。龍蛇觀變化，神鬼效驅除。癸甲勞心日，庚辰佐命初。距川先畎澮，通道及青徐。金鑄昆吾鼎，銀編《宛委》書。萬方欣乃粒，百姓免其魚。懷古思明德，艱難櫛沐餘。」三詩或粘或脱，在人運化之耳。

《金鏡舉要》、《保三鑑》二題俱唐太宗事，然一重「要」字，一重「保」字，名手多從此處著筆也。如喻萊峰太史元準《金鏡舉要》詩云：「理國垂金鏡，書偕《帝範》傳。令狐能舉要，貞觀憶招賢。慎保同三鑑，詒謀付一編。片言如絜領，餘意欲忘筌。旨合千秋獻，明從四目宣。求珍憑朗照，側席會真詮。治術參今古，才臣拔後先。宸章昭日月，擢秀正茹連。」又宮魯齋太史煥《保三鑑》詩云：「立鑑懷貞觀，當時治化覃。乘乾方抱一，保泰欲兼三。對我清輝滿，因他法矩諳。鞠謀居並奠，上下位中參。慧業多多證，圓光面面含。克知心有宅，乂用德無慚。朗若珠懸樹，澄如月印潭。重離欽睿照，太極理虛涵。」

「勸農」、「祈穀」一類題，必須摹景逼真，訓詞深厚，如譜《豳風》、如讀漢詔乃佳。余梧岡太史鳳喈《勞農勸民》詩云：「聖主勤民事，農官競課農。勞詩賡《小雅》，勸詔邁元封。冒卯扶犁出，諏辰載耒從。烟疇紛叱犢，星野正占龍。桑土先時徹，秧歌到處逢。豐年符甲紀，巽命叶申重。麥獻莖雙穗，禾登畝一鍾。親耕隆盛典，綏屢慶時雍。」又元眉庵太史在功《南薰觀稼》詩云：「教稼徵前宋，祈年重省觀。南薰聞啓蹕，北闕快迎鑾。翠仗風初動，芳塍露未乾。天門開詄蕩，民力憫艱難。⿰糹蜀緑秧針茁，鋪黃麥穗寬。犁鋤千耦集，慶賞萬家歡。辛苦紓農父，丁甯列從官。熙朝恩更渥，蠲緩聖心殫。」又周西山太史有章《南薰觀稼》詩云：「門以南薰記，勤民試省觀。稼功同趣扈，法駕聽鳴鑾。令甲周千耦，郵庚擁百官。開軒雲半亞，盈畝露全乾。餅餌聞香遠，菑畬畫罫寬。豐綏來壤擊，解阜叶琴彈。不藉時巡及，焉知力穡難。大田還報稔，泳澤徧騰歡。」三詩皆楚楚有致，然究不若陳少宗伯荔峰師《農輿輅木》一首更爲鮮新典麗。其詩云：「南畝親耕日，東京作賦初。制侔殷木輅，禮重漢農輿。不假金根飾，仍同玉輦徐。杏花扶翠蓋，楊柳映華旗。陪乘先常伯，清塵命野廬。屬車聞《燕燕》，仙仗望魚魚。黛耜三推畢，神倉九穀儲。聖心民事切，觀稼問春畬。」此題出張衡《東京賦》。

凡題中有干支字，詩中亦須用干支字面渲染，乃云稱題。如黄小舟侍御玉衡《日練吉亥》詩云：「吉日諏維亥，先農祀典揚。順時觀帝耤，垂象應天倉。脈起中央土，占殊外事剛。詎緣三豕誤，細向六身詳。酉熟遥欣慶，辛祈夙敬將。義參丁釋菜，禮視己親桑。列獻青壇肅，群推黛耜忙。皇誠欽格享，民氣樂豐穰。」又蔣霞軒太史超曾《辭必己出》詩云：「雪亮胸無滯，雷同響不馳。受辛防勦説，出己茁新辭。鳳藻庚庚管，蠶聲乙乙絲。珍黄金可擲，戰白鐵休持。杼軸予懷獨，葫蘆舊樣嗤。道謀非室築，匠意漫牆騎。理窟探根後，心源倒峽時。御箴垂翰苑，研鍊侍丹墀。」二作皆可法也。

「春風鼓俗」、「葉氣流春」二題同而不同，蓋一重「鼓」字，一重「流」字也。許萊山學使邦光《春風鼓俗》詩云：「鼓俗觀隆化，敷施驗作新。試看風以動，不覺物皆春。善也能丕應，甍乎已盡神。休徵疇曰聖，從欲帝之民。偃草思君子，登臺樂衆人。薰兮同解愠，慰彼正揚仁。吹萬機緘葉，中參宰製均。調元旋至德，庶類荷陶甄。」又端木俊民太史傑《葉氣流春》詩云：「鳴和傳雅樂，協氣正充周。能夏聲方大，如春化自流。媯簧揚駿德，舜琯譜鴻猷。調泰三陽順，歌豐九叙修。爾音來藹藹，我澤布油油。甘雨繽紛注，祥風澹蕩浮。律從姑洗正，吹聽女夷柔。聖世咸英奏，歡聯《擊壤》謳。」

近科鄉、會兩場，《四書》題固多理境，即詩題亦尚理致；風雲月露，浮薄之辭，概不貴也。仰見聖天子黜華崇實至意，制科之士宜知所嚮方矣。即如「天德」、「王道」一類題，固須精深博大，而題中正意字面，要從題中喻意字面層層映帶而出，乃云藻思綺合耳。如「度己以繩」，要著意「繩」字，朱虹舫學士方增詩云：「荀卿工設喻，度己理堪徵。視履宜循矩，批根貴引繩。直原絲可比，朽恐索難勝。橫玉天垂象，披金聖擅能。操符前哲未，結想古皇曾。繫日陰長惜，糾愆念倍兢。維駒賢敢並，立鵠志先凝。從木臣心切，恩邀鳳綍承。」又馬元伯太史端辰詩云：「惟木從繩正，荀卿喻慎修。材原工則度，福自己之求。大匠誠陳處，醇儒特立秋。閑邪恒爾室，審曲豈人謀。義比書紳切，功同絜矩周。直躬虞綆短，枉道鑒輪揉。檃括新硎發，楩枏巨任投。日躋昭聖敬，模範仰垂旒。」二作俱著眼「繩」字，異曲同工。

「智燭信符」，出揚子《法言》，要著眼「符」、「燭」字。梁太史昌運詩云：「自修兼智信，妙喻試稽揚。擬燭光常被，如符契自彰。照臨微悉到，要約久無忘。半券先操左，餘輝更徹旁。燎來宜暗夜，剖處達殊方。舜揆徽能合，燕書過不妨。印塗皇道暢，調玉帝期昌。聖德誠明擅，欽承遍八荒。」又裘春洲傳臚元善詩云：「智信修兼美，名言試記揚。燭然輝自遠，符合用斯臧。朗照華檠舉，操持左券償。目存瞻有赫，心契印無方。調玉嘉猷顯，封泥瑞彩彰。洞如觀火易，治豈改弦張。咫尺龍光近，葳綏虎節颺。咸臨欽睿聖，率被遍要荒。」

「執兩用中」、「中參成位」，二題爲理境之最精深者，然須典切巧合，不許有語録氣乃佳。端木俊民《執兩用中》詩云：「允執皇衷一，權衡用不窮。端雖開以兩，理必協於中。觀象儀先判，占星候總同。省愆常對闕，應律恰調宫。階舞分干羽，衢尊會雨風。叩原殊黑守，居已卜黄通。掌運璇樞密，心裁玉尺公。無偏宸極建，敷錫仰神功。」又蔣霞軒太史《中參成位》詩云：「幬載乾坤定，惟皇德與參。執中千聖紹，成位兩儀函。抱式辰居北，當陽午嚮南。會歸疇衍五，闡握統兼三。左右星樞應，高卑卦象探。降衷規子姒，贊化育丁男。大寶金甌鞏，元模玉瓚含。鶡冠垂治理，帝澤萬方覃。」

「循名責實」，題本《淮南子》。自來名作如林，兹謹摘其句之最佳者，如陳皋蘭太史傳均作中有句云：「循之無贋跡，責乃不騂顔。市骨珍龍種，留皮重豹斑。」元眉庵作中有句云：「有稜觚乃貴，無當玉還輕。迴異風塵賞，咸歸月旦評。」又陸少盧太史堯松《綜核名實》詩中有句云：「未遣蒲輪召，先憑藻鑑瑩。玉卮須有當，瓦釜敢争鳴。」又佘太史文銓《練跡校名》詩中有句云：「蹤須追召杜，譽或副包韓。仕途無取捷，浮論並須刊。」皆鮮妍警鍊，可誦也。

「受孔子戒」、「聖言如水火」，凡拈此等題，必須正喻夾寫，乃能盡題之妙。如瞿麗江會元溶《受孔子戒》詩云：「恪奉宣尼戒，醇儒共仰廉。昭昭忠孝則，凜凜子臣砭。獨守麟經訓，渾同象教瞻。真如三德達，上乘五常兼。鉢付顔曾的，燈傳閔冉嚴。尊親恒稟法，愛敬總持謙。闕里祥風洽，緇帷化雨沾。心傳欽聖學，釋奠教遐宣。」又祁叔穎太史寯藻《聖言如水火》詩云：「水火詳疇範，《詩》《書》載聖言。直將區蓋教，微抉坎離源。有本符泉湧，惟明象日暄。鑄人胥在冶，觀海共遊門。瓶守三緘慎，薪傳一字尊。懸河空好辨，炙輠不須論。橐籥天機運，訏謨古訓存。熙朝綸綍煥，揚子漫辭煩。」

「言在區蓋之間」，題本《荀子》，作法與「聖言如水火」同。黄小舟詩云：「可信如藏器，蘭陵善喻言。區分辭有物，蓋合理逢原。戛戛陳惟去，炎炎要不煩。括囊旡咎似，盈缶有孚存。智比甌臾止，精同水火論。卮流防日出，瓶守異瀾翻。祇覺心相印，甯虞舌莫捫。温綸宏啓牖，群仰聖謨尊。」又潘醇甫學使錫恩詩云：「敦信徵《荀子》，惟教稱量言。機緘原待發，區蓋恰宜存。義取流丸止，情期翕舌捫。司喉憑斗揭，守口借瓶論。定慮傾如盎，何嫌覆似盆。喧騰嗤瓦缶，斟酌配衢尊。孟戒原居要，卮言本不煩。金人垂示切，勤説戒瀾翻。」

「性禾善米」、「性比於禾」，二題本董仲舒《春秋繁露》。作此題者，詮性善處亦須向禾米上映合，不得膚衍性理話頭也。姚學使元之《性禾善米》詩云：「性善徵《繁露》，微言妙若何。始知成聖米，端不是凡禾。種自開仁域，澆應灌愛河。寸田千頃熟，福地一稃多。世界藏金粟，光明想玉科。亦同香子穫，可有壤童歌。天使除稂莠，人誰荷笠蓑。有恒欽帝德，綏屢樂時和。」又黄小舟《性比於禾》詩云：「善乃由於性，精言理不磨。始知人樹德，可擬土生禾。擢秀良知貴，抽萌夜氣過。情田堪共作，心種本無多。禮以爲耕也，仁如不熟何。經畬新有訓，學耨漸相摩。合穎將騰實，培根在養和。儒林勤播植，帝力起謳歌。」

「味道之腴」，題重「味」、「腴」字，亦不空衍道學話頭也。如陳英坪太守俊千詩云：「共説書三味，寧知道有腴。雜陳原類俎，淺入笑同膚。理既深含咀，情如悦豢芻。精華千蹠具，窾却一牛屠。疏水無窮意，糟醨那更需。心真能自饜，食豈或嫌癯。盎背群看晬，支腸未慮枯。堯羹欽聖學，多士酌康衢。」

羅寶田《化人似馴鷗》詩，處處從「馴鷗」寫出「化人」來，手法絶勝。其詩云：「治曾聞馬馭，民亦似鷗馴。可以人如鳥，纔知化入神。國中尋舊約，海上證前因。夢憶芳洲暖，花明遠岸春。翔仁欣溥博，浴德更深淳。時雨頻翹足，恩波穩寄身。鴻泥思境界，鳧藻慰和親。聲教知洋溢，群黎共葆真。」又《耕道獵德》詩亦處處巧切「耕」、「獵」字，最爲得法。其詩云：「志道還依德，勤修語溯揚。定知耕有穫，畢竟獵無荒。千耦情田闊，三驅藝圃忙。鋤應非種去，括乃若機張。灌溉經畬久，調馴意馬良。芸人曾示戒，範我詎乖方。畎畝懷莘野，龍彪卜渭陽。逢年欣盛世，作賦陋《長楊》。」又《斲梓染絲》詩亦語語藻思綺合，可謂因難見巧。其詩云：「《雕龍》工設喻，矢志慎初基。抱璞同文梓，含章比色絲。斲輪行我法，染采即吾師。作誥材原好，程功素竟移。三年嗤刻楮，七入便爲緇。手段輿人巧，心思墨子知。神斤須善運，意緒貴先持。隆棟兼明錦，輪忱及盛時。」

「拊本引綱」、「闢宇啓鑰」、「剖毫析芒」、「本衍末度」、「裒多益寡」等題，皆時務之最切者。館閣諸公以此爲課題，其最佳者如陳石士司業用光《拊本引綱》詩云：「治道徵《韓子》，安民在馭官。木須循本絜，網豈舉綱難。雨拂烟摇翠，霞擎浪激丹。良材迴匠顧，芳餌起淵蟠。音矢梧棲鳳，賢求玉釣磻。千章憑我植，九罭許人看。樹穫參微旨，雲羅證鉅觀。栽培歸聖德，鏡海佇呈珊。」黄範亭侍御中模《闢宇啓鑰》詩云：「秘宇兼嚴鑰，清時闢啓先。論材張贍美，薦士陸雲賢。鳳闥光争覩，雞籌令早宣。彤軒晴日朗，金管曉風傳。詄蕩開雙闕，葳蕤下九天。棟桴浮斗極，扃鍵拓星躔。聰已璿庭達，英方玉署延。聖朝隆籲俊，颺拜慶班聯。」陸小雅太史以烜《剖毫析芒》詩云：「《抱樸》名言在，探辭溯法曹。剖原兼以析，芒亦擬於毫。神妙搜能到，微茫隱莫逃。十分情畢露，三刺法曾操。疵豈吹毛索，形如在背搔。繭絲參杪忽，雀角解紛撓。察理誰能挫，鈎心轉笑勞。讞刑欽睿論，寬大聖恩叨。」馮菊人侍御清聘《本衍末度》詩云：「制法稽程木，謨猷本末陳。衍疇宏象教，度矩暢鴻鈞。資始乾綱大，推行涣號新。璇源支派順，玉尺短長勻。朝野機相引，懷來效自因。函三歸有極，執兩用能神。恭己經綸焕，由庚雨露均。皇躬昭律度，萬類荷陶甄。」趙樹三太史植庭《裒多益寡》詩云：「皇極持平準，經權飭謹嚴。裒多流自節，益寡象符謙。關石和鈞協，吹銅稱玉兼。重輕分燕雀，盈昃配烏蟾。卦策三三扐，疇圖一一添。辰猷衡獨秉，子惠澤均霑。執兩鴻模允，調元鳳律占。有無原不計，大利溥閭閻。」五詩皆典雅有法。

《地寧天澄》，馮菊人作，氣勢宏敞，尚與題稱。其詩云：「聖德周天地，休嘉信有徵。中和隆位育，參兩契寧澄。止止符山艮，昭昭應日升。道平看似砥，河直驗如繩。亥步金甌拓，辰居玉燭憑。鴻波融鏡面，象緯澈觚稜。得一黄裳葉，函三紫極凝。鶡冠陳治術，寰宇頌咸登。」

裘春洲《丁亥萬用入學》詩典重如題，不徒渲染干支字面而已也。其詩云：「諏吉逢丁亥，隆儀釋菜殷。三篇詩肄雅，萬舞典修文。濟濟衣冠肅，堂堂綴兆分。辰斿開梐枑，甲仗麗星雲。樂奏金陔夏，鳴徵鼓大昕。禮殊庚日拜，業向西山勤。酒醴尊浮柜，馨香几薦芹。聖人崇正學，元化被氤氳。」

「登高能賦」，語本《漢書·藝文志》。此題名作如林，而渾雄老健，莫如陳編修梅修師之作。其詩云：「秋色來千里，烟情落九皋。登臨餘蒼莽，咳唾入風騷。鳥路排空迥，鸞吟結興豪。層霞供咀嚼，萬木寫櫹椮。墨掃丹崖合，詞鐫碧落高。問天誰入想，摇嶽欲揮毫。懷抱青雲上，歌音《白雪》操。大夫能事富，蓬觀和仙曹。」

見星廬館閣詩話卷二

吴川林聯桂薪山手輯

聶蓉峰學使銑敏謂，天地之物無獨必有對，作詩者苟細心求之，自有天然對偶。然不可太熟，須是在人意中却又出人意外方爲入妙。第相沿既久，厭故喜新，僅工穩尚不能出色，必取巧以勝人矣。但巧不可傷雅，不可入纖。此誠遒鍊揣摩之論。近今試帖對偶之巧不傷雅而不入纖者，如吴稷堂太史省欽《雞鳴度關》詩云：「學成雞口利，穩度虎牙尖。」蔣丹林太常祥墀《求馬唐肆》詩云：「物已成烏有，人還與馬謀。」蔣笙陔殿撰立鏞《仁人居左》詩云「姬旦襄猷日，萊朱作相年」。曾覲軒太史秩《紅杏尚書》詩云：「下風桃李拜，湛露蓼蕭詩。」王霞九編修贈芳《舉筆不忘規》詩云：「畫傳前日荻，心切向陽葵。」又《宣德以詩》詩云：「時夏求惟懿，陽春妙入腔。」許萊山學使《庾信小園》詩云：「井梧憐半死，鄰笛感平生。」《東坡赤壁後遊》詩云：「鴻飛曾指爪，狼藉又杯盤。」黄小舟侍御《夢吞丹篆》詩云：「有人丹篆授，此日黑甜交。」喻萊峰太史《餘糧棲畝》詩云：「社因田祖賽，樓爲稻孫題。」王厚田太史培《甘雨滿缶》詩云：「膏流唐甕滿，潤浥魯壺多。」王聽濤太史茂松《班生投筆》詩云：「燕頷威名著，蠅頭事業閑。」潘醇甫學使《音聲木》詩云：「爲啓商巖兆，疑從魯壁聞。」邱蓮舫侍御家煒《舉筆不忘規》詩云：「建白何須草，輪丹恰類葵。」吴藹人殿撰信中《壚烟添柳重》詩云：「鵲尾薰時逗，鶯身壓處偏。」馬元伯太史《輕羅小扇撲流螢》詩云：「團團摇碧月，點點綴繁星。」陳潼溪太史《百花生日》詩云：「騰歡敲蝶板，作賀鬧蜂衙。」翟雲莊鹺使錦觀《先雨芸耨》詩云：「鳩聲鶯暖樹，鴉嘴荷晴天。」《收華采實》詩云：「往事蘇蓮撤，新枝郄桂稠。」元眉庵太史《奉揚仁風》詩云：「探懷疑滿月，揮手即仁風。」王蘭谷太史道行《銅雀臺瓦》詩云：「春風深鎖閉，明月認飛來。」周酉山太史有章《大山宮小山》詩云：「兒孫皆布列，天地此牢籠。」孫勗堂侍御貫一《二十四番花信風》詩云：「考應符郭令，詩恰品司空。」龍子嘉殿撰汝言《枕中琴筑落階泉》詩云：「箏琶憑洗耳，星月正當頭。」伍寶生榜眼長華《高宗夢得説》詩云：「理參漁父吕，占異客星嚴。」《見善如不及》詩云：「能無荒己百，擇必慎人三。」裘春洲傳臚《人情以爲田》詩云：「牧應除馬害，蹊或戒牛牽。」《四月秀葽》詩云：「踏青凫舄健，送緑馬蹄驕。」瞿麗江會元《日中星烏》詩云：「翼聯鶉羽麗，柳拂鳦巢新。」祁叔穎太史《横槊賦詩》詩云：「天老幽燕將，人多漢魏腔。」陳皐蘭太史《家書抵萬金》詩云：「枕恬今夕夢，燈憶昨宵花。」《解愠阜財》詩云：「消夏炎忘九，登秋慶兆三。」《咸與維新》詩云：「鼎卦從觀象，盤銘爲發凡。」《緑陰生晝静》詩云：「風疏間蝶夢，花謝息蜂喧。」陸小雅太史《人清可用》詩云：「頭銜冰署借，心跡玉壺明。」《烏鵲同巢》詩云：「燕睇如相賀，鳩居莫謾嘲。」楊叠雲太史殿邦《神祠叠鼓正祈蠶》云：「靈占雞骨兆，祠祭馬頭神。」《春來偏是桃花水》云：「魚磯分四面，鷗國認三叉。」《菊殘猶有傲霜枝》云：「天應憐晚節，人更憶重陽。」奎伯沖侍郎照《抱葉寒蟬静》云：「庭樹無情碧，秋風著意酸。」《春草秋更緑》云：「細雨遲歸燕，斜陽穩卧牛。」《一一吹竽》云：「雷同名枉託，星散客旋逋。」《年少不廉》云：「我方知不足，人乃笑無厭。」吴梅粱太史傑《春來偏是桃花水》云：「鱖鱗肥細雨，鷗夢醉晨霞。」《竹室生虚白》云：「案無塵馬到，人與簟龍居。」《修辭立誠》云：「佩銜秋實舉，渾噩夏書成。」王松廬太史協夢《二十四番花信風》云：「簫聲橋宛轉，詩品玉玲瓏。」《百川赴巨海》云：「到真天上落，行自地中由。」徐臨川太史錦《紙窗竹屋》云：「白兼餘地凈，緑覆半天陰。」以上諸作皆對仗工巧，不入纖、不傷雅者，可法也。

試律有空中一聯傳神者，情景在有意無意之間，神韻在不即不離之際，此境最爲超妙。如戴蓮士相國《漁舟唱晚》云：「月白人歸浦，山青客倚樓。」英煦齋相國《遠看原上村》云：「幾家深樹繞，一帶夕陽殘。」石琢堂殿撰《瀟湘夜雨》云：「雁飛秋在水，人語夜生潮。」葉毅堂太史《疏雨滴梧桐》云：「數行斜點處，一葉始凋初。」王霞九太史《鑑不辭形》云：「天空雲靄靄，水凈月如如。」許莱山學使《人淡如菊》云：「繁華皆落後，富貴獨輕時。」馬元伯太史《水鏡無私》云：「海涵天自碧，江鑄日初紅。」《繞屋樹扶疏》云：「柳巷成陰處，柴門返照餘。」陳萸坪太史《風遲山尚響》云：「鳥聲深澗隔，人語夕陽移。」《羅寶田》太史《遊子身上衣》云：「指工雙縷密，心事一燈知。」趙樹三太史《白雲無心》云：「流水隨朝暮，空山自古今。」元眉庵太史《奉揚仁風》云：「澤布吹嘘裏，春生掌握中。」程芝圃太史鍾靈《學校如林》云：「薪傳千古意，人樹百年心。」裘春洲傳臚《春星帶草堂》云：「燈燒雙穗紫，天壓四圍青。」祁叔穎太史《幾歲寄我空中書》云：「兩地浮沉裏，千言問訊餘。」端木俊民太史《拔十得五》云：「民獻登聞日，經生獲雋年。」王松廬太史《輕燕受風斜》云：「夕陽深巷裏，細雨小樓中。」《水仙花》云：「小閣挑燈夜，清齋釀雪天。」余梧岡太史《禹平水土》云：「山川終古績，風雨八年情。」諸如此類，皆空際傳神者。

端莊雜流麗，自是試帖正軌。近人詩喜用虛字，欲其流動也。然多用則薄，間用則靈，必須用古如己出，入妙成自然，乃云上乘。如吴雲巖學使《帆隨湘轉》云：「人兮常若有，逝者竟如斯。」曹儷笙相國《鴻毛遇順風》云：「時哉方舉矣，善也正泠然。」姚秋農侍郎《吉人辭寡》云：「吉哉彰九德，寡矣慎三緘。」許萊山《文以載道》云：「苟達斯而已，雖多曷以云。」趙樹三《如登春臺》云：「鼓鐘思樂只，雲物望佳哉。」蔣霞軒《儀正景正》云：「寅承旒儼若，午卓臬從之。」張潤夫太史玕《士伸知己》云：「肺肝相示也，薰沐以登之。」端木俊民《以虛爲德》云：「泰宇鴻調矣，離宫象取諸。」《安於覆盂》云：「甲戒曾匡乃，辰凝在撫于。」陽鑑堂太史宗城《政如農功》云：「辰告心如此，寅清道在斯。」王松廬《風泉滿清聽》云：「從知流不息，豈或激之鳴。」外此可類推而得之。

温庭筠《蘇武》詩云：「回日樓臺非甲帳，去時冠劍是丁年。」此干支巧對法也，近人試帖多喜用之。如黄小舟《調水符》云：「貯滿煩丁運，登高諾癸呼。」《生魚懸庭》云：「出穴知從丙，充庖莫付丁。」邱蓮舫《舉筆不忘規》云：「辰告猷同遠，辛箴事可師。」陳萸坪《臨燈披五典》云：「殷勤然乙後，鄭重拜庚初。」羅賓田《聖賢爲杖》云：「生申憑嶽降，太乙記藜然。」趙樹三《規矩成方圓》云：「周環循乙乙，横理絜庚庚。」宫魯齋《石上泉聲帶雨秋》云：「瀑似龍門未，寒生草閣辰。」《衡正階平》云：「近光環太乙，前路啓《由庚》。」劉心農太史煒《膏澤多豐年》云：「德並壬公頌，期寧甲子訛。」伍賓生《鏡清砥平》云：「洗甲光千服，由庚暢九垓。」《民生在勤》云：「生生垂甲令，在在惕辛勤。」瞿麗江《日中星鳥》云：「斗杓方建卯，月令尚賓寅。」《蓄蘭》云：「采剛逢午月，貯合等辛盤。」《麥具四時之氣》云：

「巳生嫌黍早，酉熟校禾遲。」陳皋蘭《爲世規矩》云：「巳謝丁庸取，還聞午饌裁。」陸小雅《牧民揆官》云：「辛苦求芻喻，寅清削簡彈。」《咸與維新》云：「詩樂《由庚》補，人知令甲嚴。」陽鑑堂《寰海鏡清》云：「甲亭修候尉，亥市列山城。」楊叠雲《神祠叠鼓正祈蠶》云：「蛹眠纔起乙，竈應恰逢辰。」《寒菜一畦》云：「雪甲紅留町，霜辰緑到門。」《萬寶成》云：「酉熟占盈缶，辛勤祝滿篝。」《政如農功》云：「如將辰告意，共切卯耕期。」徐臨川《月傍九霄多》云：「漏正丁冬聽，燈還午夜挑。」之類是也。

試帖有兩句作一句讀以醒題者，氣格更爲流宕。如彭芸楣尚書《風不鳴條》云：「有時花自落，應是鳥頻驚。」紀曉嵐尚書《殘月如新月》云：「有時斜照水，定亦誤驚魚。」王鐵夫廣文《風泉韵繞幽林竹》云：「却將千个緑，併作一庭秋。」王霞九《集思廣益》云：「予求予取廣，汝翼汝明兼。」陸少盧《齊民情正》云：「不須三約法，自鮮拾遺民。」陳萸坪《人情爲田》云：「望君如望歲，時雨復時晴。」伍實生《斷帶續燈》云：「有餘垂可用，不足繼猶能。」王松廬《水仙花》云：「葉葉花花意，空空色色詮。」葉兩坨太史維庚《易俗是張琴》云：「斯民殊皥皥，其德自愔愔。」皆兩句一氣者也。

律詩得勢，全在首句，而第二韵拍題之處，務使題中字字落紙有聲，或覵託，或開合，或流水，均要落題警醒乃佳。如馬元伯《水鏡無私》云：「水原稱混混，鏡乃悟空空。」《麥天晨氣潤》云：「恢台時届夏，温潤氣如春。」郭接三太史承恩《春兼三月閏》云：「斗指辰兼兩，春留月又三。」羅寶田《民得四生》云：「至誠周物物，大德慶生生。」王蘭谷《吕尚釣玉璜》云：「瑞待頒周玉，符先兆夏璜。」周酉山《甘雨滿缶》云：「隨車欣雨我，滿缶吉從他。」蔣笙陔《春浪白於鵝》云：「緑浪剛浮鴨，銀濤乍浴鵝。」吴叔琦探花廷珍《蠶三化》云：「綿貢宜登八，毛吹擬伐三。」張晴洪太史敦頤《陳言務去》云：「文豈陳陳襲，言真戛戛難。」王聽濤《枕善而居》云：「枕須元者善，宅是大哉居。」潘醇甫《大法小廉》云：「布象惟遵法，懸魚共表廉。」龍子嘉《下水船》云：「急灘曾況泊，下水獨推裴。」伍實生《見善如不及》云：「每切如登戒，而懷不及慚。」裘春洲《春來偏是桃花水》云：「春流添竹箭，舊境偏桃花。」陳皋蘭《循名責實》云：「孰是名爲貴，而忘實可患。」陸小雅《咸與維新》云：「維新歡洽比，觀感象符咸。」皆點題清警有法者也。

假對句法，近人多喜用之。如翟雲莊《欲問東坡學種松》云：「養龍憑指點，想象費心摩。」《收華采實》云：「雅望周楨蔚，殷情傅野求。」陳萸坪《桃笙象簟》云：「越席吴言異，陳庭鄭重鋪。」宫魯齋《律明法一》云：「達窮昭肺石，持準妙心衡。」周酉山《萬流仰鏡》云：「環橋頻集鳳，比户已能鳩。」劉心農《儀正表正》云：「慎戒箴銘帶，無偏範訪箕。」

卦名作對，其制非古，而今人亦多喜用之。今謹擇其巧不入纖者録之，以備貪新好奇者之一覽耳。如王聽濤《甘雨滿缶》云：「震盂高處瀉，坤釜挹來多。」《佩刀出飛泉》云：「定許占師吉，何煩掘井勞。」趙樹三《敦俗勸農桑》云：「井井青疇畫，離離緑蔭繁。」馮菊人《彈琴歌南風》云：「鳴豫攄懷早，乘離解愠堪。」劉心農《所寶惟賢》云：「逢時當泰運，論價重豐年。」陳皋蘭《王道如龍首》云：「象協乾行際，功昭震動初。」端木俊民《政如農功》云：「爾疆開井井，我黍藝離離。」《安於覆盂》云：「泰平基早定，震仰勢全殊。」陽鑑堂《寰海鏡清》云：「豫順覘民氣，咸亨驗物情。」諸如此類，以意推之可也。

結句有宜頌聖者，亦須頌揚得體，不可庸俗相因。如蔣笙陔《官無留事》云：「勤箴宵旰切，庶職勵鵷鸞。」《雨後郊原麥》云：「聖衷廑望歲，豐稔兆維魚。」曾覲軒《春風柳上歸》云：「願偕温室樹，譜入舜絃揮。」《夾竹桃》云：「倘能持獻壽，垓億算頻加。」《風馬雲車》云：「雩壇停玉輅，羽葆氣烟熅。」王霞九《集思廣益》云：「睿慮周蕃賾，詢謀衆議僉。」許萊山《剖毫析芒》云：「虚堂心鏡握，抱樸語閑評。」黄小舟《言在區蓋之間》云：「温綸宏啓牖，群仰聖謨尊。」《夢吞丹篆》云：「韓潮誰解溯，染翰侍螭蚴。」邱蓮舫《一之日觱發》云：「聖時箕好協，雷鼓奏郊壇」之類，皆莊雅可法。

題有難於頌結者，須善於持論。如紀曉嵐尚書《指佞草》云：「盛世原無佞，孤芳自效忠。」戈蘧園《繞屋樹扶疏》云：「倘令生盛世，肯許樂匏懸。」羅寶田《橘中弈叟》云：「揚州原錫貢，楓陛五雲團。」宫魯齋《更籌》云：「會須藏海屋，壽算紀瀛洲。」皆善於持論者。

題有不必頌結者，亦須自見身分，不可走入衰弱，乃稱完璧。如王晉川太史《披沙揀金》云：「莫教同翠羽，旖旎飾華簪。」金雨叔太史《河鯉登龍門》云：「多士天衢近，無煩慕李膺。」孫勗堂《二十四番花信風》云：「吹噓桃李徧，爛漫五雲東。」陸小雅《緑陰生晝静》云「詩懷禪味悦，合倩左司論」之類，皆可法也。

附録

林辛山先生傳

林聯桂，初名家桂，字道子，一字辛山，廣東吴川縣人。《正雅集》卷七十三。生時有大星降於廬，自撰《焕門府君行略》。以積學、能文章鳴。林召棠《緘石集序》。才思敏捷，對客成詩，洋洋灑灑，一日可得數十首。《粤東七子詩小傳》。嘉慶辛酉，充選拔貢生。甲子，舉於鄉。《行狀》。久客京邸，連不得志於有司。嘯詠自怡，不戚戚也。《七子詩小傳》。喜交遊，自簪纓先達及詞人文酒之會，多揖裳聯襟，探奇訪古，襆被勇往。故其文卓犖倜儻，聲生勢長，繁稱博引，以氣自豪。《緘石集序》。其所爲詩，雕鎪萬品，牢籠衆態，格律不一，雄騁莫當。趙翼《見星廬詩集序》。黄侍御玉衡向官京邸，與盛廣文大士、譚農部敬昭、吴解元梯、黄校録培芳、張進士維屏、黄孝廉釗，並先生爲八人，數爲文酒之宴，分題刻燭，各裒一集。《見星廬賦話》卷五。嘉慶丁丑，先生在京邸與常農部恒昌、吴編修坦，宋聯秀、李元杰、馮啓蓁三舍人，丁宗洛，龐藝林、黄釗、張大業、梁炅五孝廉結詩社於都中。《賦話》卷九。間月一會、每月一會、半月一會，會輒數月乃罷，存稿叢叢如束筍。《館閣詩話自序》。道光丙戌成進士，分發湖南知縣。《正雅集》作「官江西知縣」，誤。戊子夏委署綏寧，時虎徯書院脩俸甚薄，租穀纔一百八十餘石。先生捐廉添置田租二十石，復設法增益，遂得四百餘石。又拓建院廊兩所，以居來學諸生，親加訓課；恐語音不通，更作解詁示之。綏寧縣志不修者九十年，遴選紳士續修之。越二年，實授新化，癸巳署晃州直隸廳通判。歷任俱有政聲，大府器之。乙未八月，調補邵陽。四越月卒於任，得年六十二。《行狀》。先生著作甚富，《海山詩屋詩話》。有《見星廬詩稿》八集、《續刻詩稿》十四集、《見星廬古文》三集、《駢體文》二集、《文話》、《賦話》、《詩話》、《館閣詩話》、《作吏韵話》、《講學偶話》、《續清秘述聞》、《日下推星録》。

（吴忱、楊焄、張宇超點校）